普通高等教育"十五"国家级规划教材

中册

二十世纪中国文学史

20 Shiji Zhongguo Wenxueshi

严家炎　主编

撰稿者（以姓氏笔画为序）
王光明　方锡德　关爱和　陈思和　严家炎
孟繁华　袁　进　程光炜　解志熙　黎湘萍

高等教育出版社·北京

图书在版编目(CIP)数据

二十世纪中国文学史.中册/严家炎主编.—北京:高等教育出版社,2010.6(2019.12重印)

ISBN 978-7-04-028905-3

Ⅰ.①二… Ⅱ.①严… Ⅲ.①文学史－中国－20世纪－高等学校－教材 Ⅳ.①I209.6

中国版本图书馆CIP数据核字(2010)第034407号

首席策划 徐 挥	策划编辑 于晓宁	责任编辑 轩红芹	封面设计 张 楠
版式设计 王 莹	责任校对 杨雪莲	责任印制 耿 轩	

出版发行	高等教育出版社	咨询电话	400-810-0598
社 址	北京市西城区德外大街4号	网 址	http://www.hep.edu.cn
邮政编码	100120		http://www.hep.com.cn
印 刷	北京市白帆印务有限公司	网上订购	http://www.landraco.com
开 本	787mm×960mm 1/16		http://www.landraco.com.cn
印 张	25.5	版 次	2010年6月第1版
字 数	460千字	印 次	2019年12月第6次印刷
购书热线	010-58581118	定 价	36.50元

本书如有缺页、倒页、脱页等质量问题,请到所购图书销售部门联系调换

版权所有 侵权必究

物 料 号 28905-A0

目 录

第十二章
李劼人、沈从文等的小说创作 …… 1

第一节　李劼人与他的"大河小说" …… 1
第二节　沈从文的文学道路和短篇小说 …… 15
第三节　《边城》与《长河》的思想艺术特色 …… 21
第四节　京派小说 …… 29
第五节　新感觉派小说 …… 41
第六节　张恨水的章回体小说 …… 55

第十三章
三十年代的诗歌、散文创作 …… 65

第一节　臧克家和中国诗歌会的创作 …… 65
第二节　戴望舒、卞之琳和现代派诗 …… 72
第三节　杂文和林语堂等作家的幽默小品 …… 82
第四节　抒情叙事散文 …… 92
第五节　游记和报告文学 …… 100

第十四章
曹禺与三十年代的话剧创作 …… 106

第一节　三十年代的戏剧运动 …… 106
第二节　洪深、李健吾等作家的剧作 …… 110
第三节　曹禺的《雷雨》和《日出》 …… 115
第四节　《北京人》和中国话剧的新成就 …… 121
第五节　夏衍的《上海屋檐下》等剧作 …… 126

第十五章
全面抗战及四十年代的新诗潮 ……………………………………………… 134
- 第一节　新诗坛在全面抗战爆发前后的转变 ……………………………… 134
- 第二节　从抗战诗到讽刺诗及其他 ………………………………………… 138
- 第三节　左翼诗潮的新面目："七月"诗派与"反抒情"诗派 …………… 144
- 第四节　南北呼应的新古典主义诗潮 ……………………………………… 153
- 第五节　现代主义诗潮的"新生代" ……………………………………… 169

第十六章
冯至与艾青的诗 ……………………………………………………………… 184
- 第一节　"最为杰出的抒情诗人冯至"和他的早期诗作 ………………… 184
- 第二节　《十四行集》："真实的存在者"的体验与诗 …………………… 190
- 第三节　诗人艾青的由来与复归 …………………………………………… 198
- 第四节　诗的"现代中国"总体形象的塑造 ……………………………… 201
- 第五节　"左翼现代主义者"的创造性探索 ……………………………… 206

第十七章
全面抗战及四十年代的小说 ………………………………………………… 212
- 第一节　从抗战小说到讽刺暴露小说 ……………………………………… 212
- 第二节　沙汀与路翎：左翼小说向社会—心理分析的新拓展 …………… 215
- 第三节　钱锺书的《围城》及其他小说家的现代性探索 ………………… 225
- 第四节　师陀小说对现代中国"生活样式"的分解 ……………………… 241
- 第五节　战时小说家的浪漫叙事 …………………………………………… 256

第十八章
全面抗战及四十年代的话剧与散文 ………………………………………… 269
- 第一节　社会动员与话剧艺术的互动共进 ………………………………… 269
- 第二节　转进于世态人性写实的左翼剧作家及其他 ……………………… 274
- 第三节　郭沫若《屈原》等剧作与战时历史剧运动 ……………………… 287
- 第四节　全面抗战及四十年代的散文 ……………………………………… 308

第十九章
延安文艺运动和解放区文学 ……………………………………… 319
第一节 "延安文艺座谈会"召开以前的文学状况 …………………… 319
第二节 《在延安文艺座谈会上的讲话》和文艺界的整风 ……………… 324
第三节 新歌剧《白毛女》和解放区的戏剧 ………………………… 330
第四节 《王贵与李香香》和解放区诗歌 ………………………… 338
第五节 赵树理、孙犁等的中短篇小说 ………………………… 343
第六节 《太阳照在桑干河上》、《暴风骤雨》等长篇小说 ……………… 354

第二十章
抗战时期的中国沦陷区文学 ……………………………………… 362
第一节 "日据"时期的台湾文学 ………………………… 362
第二节 东北沦陷区文学的变迁 ………………………… 369
第三节 华北沦陷区文学的演变 ………………………… 375
第四节 "孤岛文艺"和华中沦陷区文学 ………………………… 380
第五节 张爱玲及其"反传奇的传奇" ………………………… 389

第十二章
李劼人、沈从文等的小说创作

第一节 李劼人与他的"大河小说"

李劼人（1891—1962），四川成都人，原名李家祥。六岁进私塾读书。1900年因父亲李传芳往赣南任职，遂与母亲移居江西。十一岁进江西临川县官立小学堂读书。十四岁时因交不起学费辍学，到抚州印刷局当排字工。1906年父亲病逝，在亲友帮助下，扶柩返回成都。从此，李劼人便与曾祖母、祖母和母亲三代寡妇一起生活。家事的不幸和生活的贫困，使李劼人早熟，为他日后直面社会、关注大众、确立"文学为人生"的理想，学习、翻译和借鉴法国现实主义的文学作品，并终生从事写实主义文学创作打下了认知基础。1908年考入成都高等学堂分设中学，先后与王光祈、曾琦、郭沫若、周太玄等同班就读。1911年，作为学生代表参加了四川保路运动。1912年中学毕业。1913年末，跟随任职四川泸县、雅安县知事的舅父，在地方政府做事近两年。这段经历使他"得到了不少社会知识，深切了解到在旧民主革命之后，全国大小反动政府的许多丑恶事件"，"对辛亥革命的成果发生了怀疑"①。

五四运动前后，李劼人任成都《四川群报》主笔和《川报》总编辑，参加了王光祈、周太玄、李大钊等人发起成立的"少年中国学会"，并在成都成立分会，主编该会特刊《星期日》。在此期间，李劼人写下了大量时评和杂文，发表了近百篇文言和白话小说，但留存下来的不多。其中，《儿时影》（1915年）嘲讽陈腐的封建教育，《做人难》、《续做人难》（1917年）、《强盗真诠》（1918年）等小说逼真地描写了军阀混战、民不聊生的社会状况，总题《盗志》（1916年）下的四十多篇小说，揭露官场黑暗，大多取材于他在四川泸县、雅安官场的见闻。

1919年8月，李劼人赴法国勤工俭学。他在法国巴黎大学旁听朗松、于勒威尔的《法兰西文学史》，在蒙北烈（蒙彼利埃）大学选修《法国文学史》、《雨果诗

---

① 李劼人：《自传》，《李劼人选集》第1卷，四川人民出版社1980年版，第3页。下引作品均据此版。

学》等课程,把扬弃了自然主义学派主张的法国后期批判现实主义的作家作品,作为自己学习和译介的对象。他先后翻译了莫泊桑的《人心》,都德的《小物件》、《达哈士孔的狒狒》,卜勒浮斯特的《妇人书简》,福楼拜的《马丹波娃利》(通译《包法利夫人》)等长篇小说,以及龚古尔兄弟等人的短篇小说。回国后,他继续翻译龚古尔、罗曼·罗兰、福楼拜、法莱士、莫泊桑、左拉等法国作家的小说,成为现代著名的法国文学翻译家。

1924年9月留学回国后,李劼人怀着"教育救国"和"实业救国"的理想,先后担任成都大学、四川大学教授,创办嘉乐纸厂,兼任成都《民立报》总编辑、《新川报》文艺副刊主编等职务。1930年辞去成都大学教职,为生活所迫,在成都开设餐馆,并由吴虞题名"小雅"。1933年秋,接受曾同为少年中国学会会员的著名爱国实业家卢作孚的邀请,赴重庆担任民生机器厂厂长。自回国之后,李劼人在工作之余仍勤奋写作,陆续发表了《好人家》、《编辑室的风波》等十多篇暴露军阀黑暗腐朽统治的短篇小说。后来,他把这个时期和三十年代写的数篇小说,编辑成短篇集,取名为《好人家》,于1946年出版。

1935年5月,李劼人辞去了民生机器厂厂长职务,立志了却夙愿:"把几十年来所生活过,所切感过,所体验过,在我看来意义非常重大,当得起历史转捩点的这一段社会现象,用几部有连续性的长篇小说,一段落一段落地把它反映出来。"①在两年时间内他写成了《死水微澜》、《暴风雨前》和《大波》三部曲,在当时的文学界引起轰动。全面抗战爆发后,李劼人毅然投入抗日救亡运动,与周文、朱光潜等人发起成立了"中华全国文艺界抗敌协会成都分会",并担任主要负责人和《笔阵》主编。四十年代末,李劼人著有第四部长篇小说《天魔舞》,主要反映抗战胜利前夕的成都和四川的社会生活,"描写国民党时期买办资本家的腐朽和特务们的横行"②。1949年后,作者又修改或局部重写了《死水微澜》到《大波》的三部曲。纵观李劼人留下的所有文字,无不浸透着他对黑暗势力的无情鞭笞,对光明世界的不懈追求,对"国"与"乡"的赤子之爱以及对人民大众的拳拳真情。

李劼人的代表作是被文学史家称作"大河小说"的三部曲。"'大河小说'原是法国文学术语 ROMAN-BLEUBE 的日译,是指反映时代超长篇小说。"③李劼人自己则称之为"联络小说":"各自有其首尾,分之自为若干部,合之又有一贯之脉络,犹巴尔扎克、左拉、大仲马之所为也。"④李劼人的"大河小说"三部曲在三

---

① 李劼人:《死水微澜·前记》,《李劼人选集》第1卷,第3页。
② 李劼人:《自传》,《李劼人选集》第1卷,第13页。
③ 司马长风:《中国新文学史》中卷,香港昭明出版有限公司1982年版,第51页。
④ 李劼人:《致舒新城》(1935年6月14日),《李劼人研究》,四川大学出版社1996年版,第202页。下引作品均据此版。

十年代由中华书局出版,由《死水微澜》(1936 年 7 月初版)、《暴风雨前》(1936 年 12 月初版)、《大波》(上、中、下三卷,1937 年 1—7 月初版)三部连续性的长篇构成。五十年代,李劼人修改《死水微澜》、《暴风雨前》,重写《大波》,分别由人民文学出版社和作家出版社同期出版,八十年代人民文学出版社出版了修改重写后的"三部曲"新版。因此,从五十年代起,李劼人修改重写后的"三部曲"遂成为通行的版本。

《死水微澜》是李劼人"大河小说"三部曲的第一部。小说以 1894 年到 1901 年,即甲午中日战争后,到辛丑条约签订为时代背景,以成都郊外一个小乡镇——天回镇为主要场景,重现了当时的社会历史状况。"当义和团、红灯教、董福祥,攻打使馆的消息,潮到成都来时",这座古城"虽然也如清风拂过水面,微微起了一点涟漪",但做官的照样做官,做生意的照样做生意,居家、行乐、吃鸦片烟的,照样居他的家,行他的乐,吃他的鸦片烟,"各处人心依然是微澜以下的死水,没有一点动象"①。小说塑造了袍哥头目罗歪嘴、小镇妇人蔡大嫂和粮户(即地主)顾天成等有血有肉的人物形象,并以他们三人之间的恩怨情仇作为主要故事情节,"描写当时之社会生活,洋货势力逐渐侵入,教会之侵掠,人民对西人之盲目,官绅之昏庸腐败,礼教之无聊,哥老之横行,官与民之隔膜,以及民国伟人之出身……"②其中,罗歪嘴联系着袍哥,顾天成联系着教会,二者都是当时四川社会最为活跃的社会力量,而身处罗、顾之间的蔡大嫂的悲欢离合的人生命运,则表征着四川社会的民间会党和教民两派势力的剧烈冲突,以及此消彼长的历史动向。

《暴风雨前》的时代背景是 1901 年到 1909 年。西方的科学民主思潮伴随着洋枪、洋炮、洋货、洋药不断涌入四川,"民智渐开,改良主义的维新运动已在内地勃兴","一部分知识分子不再容忍腐败官僚压制"③。新型知识分子不断推进新学和新政,因而维新和守旧、革命和改良、新潮和旧浪的冲突,逐渐走上历史的前台。小说以《死水微澜》中曾经出现过的郝达三、郝又三父子和成都的郝公馆作为结构的中心,网络起各种人物、思潮和矛盾冲突。作品以半官半绅的郝家的个人活动和各种社会关系为情节发展的主线,铺叙了官府和士绅等上流社会的众生相,较为突出地描写了维新党人苏星煌和革命党人尤铁民对清王朝封建专制的反对和对封建传统思想的冲击,以及维新党人和革命党人之间不同政见的纷争。为了展开对下层社会的市井和乡民的描写,小说还安排了郝又三与伍大嫂

---

① 李劼人:《李劼人选集》第 1 卷,第 224 页。
② 李劼人:《致舒新城》(1935 年 6 月 14 日),《李劼人研究》,第 201—202 页。
③ 李劼人:《死水微澜·前记》,《李劼人选集》第 1 卷,第 4 页。

相好的情节副线,不仅进一步刻画了郝又三这类知识分子挣扎于新潮与旧浪之间进退失据的窘态,而且呈现了底层市民生活的苦涩和艰辛。小说通过郝氏父子、葛寰中、尤铁民、苏星煌等人的经历,以及他们之间的相互往来,记述了内地正在勃兴的诸多新生事物,如宣扬维新思想的文明合作社的成立,开启民智的申报、沪报落户成都,东渡日本的留学热潮,咨议局的诞生,川汉铁路的建造,省城第一届运动会,以及孙中山等人开展的革命活动等。小说也或隐或显、或详或略地记述了当时发生在四川郫县三道堰"打毁教堂,殴毙教民数人"的大案、红灯教扑城、廖观音被杀、四川立宪党人的活动、同盟会联络会党暴动和革命党人被捕等历史事件,而描写社会环境和社会风俗,则一如既往,精彩纷呈,从而在更加开阔的历史时空中,呈现出庚子事变后四川社会各种矛盾的不断激化,新型知识分子和四川社会不同阶层要求政治变革、社会变革的普遍欲望,预示着暴风雨的必将到来。

如果说,"三部曲"的前两部小说是"写所闻,写所见",是将历史事件作为故事的背景来叙述,那么《大波》则是"写身所经历的"事情①,是李劼人最熟悉的,所以才有了"《大波》下卷奔腾胸中不能自已"②的冲动。他采取了正面描述历史事件的写法,并用历史事件的发生、发展的律动来构建整个故事。《大波》的背景是 1911 年辛亥革命前后。它在描写历史的深度、广度和社会生活容量上,充分表现了作家更大的艺术雄心。小说沿着四川保路运动发生发展的历史线索,紧紧扣住人民大众反抗清王朝封建专制统治的主要矛盾,展开了对四川社会各个阶层、各个地域人们不同的政治行动、道德观念、生活状态、环境风俗的多角度多侧面的描写:从立宪党人蒲殿俊、罗伦发起成立"保路同志会",领导保路废约运动,到号召全川民众罢市罢课、抗粮抗捐的热潮;从赵尔丰在制台衙门血腥镇压民众,到同志军在四川各地大规模武装暴动;从三江口惨案,龙泉驿兵变,重庆反正,到成都大汉军政府的成立;从端方与赵尔丰勾心斗角,到湖北新军兵变,端方贪权丧命;从赵尔丰"咸与维新",暗中操纵巡防军暴动"打启发",到大汉军政府垮台,赵尔丰被杀,尹昌衡取而代之登上军政府都督之位……小说遵循历史事件发展的时序,多条线索同时推进,场面壮阔,人物众多,真实历史人物和虚构人物同台表演,其中既有勾心斗角的政治谋略,尔虞我诈的权力争夺,血腥厮杀的战场搏斗,也有多彩多姿的民情风俗,温馨绮丽的家庭细故,诡谲多变的男女情场,一切都力求写得符合历史的原样和生活的原态。为了统摄纷繁的情节线索,小说依然安排了一个半官半绅的黄澜生公馆,作为宏大结构的支撑和主干,网络住

---

① 李劼人:《谈创作经验》,《李劼人选集》第 5 卷,第 539 页。
② 李劼人:《致舒新城》(1936 年 5 月 23 日),《李劼人研究》,第 210 页。

四面伸长的情节枝条。由于李劼人在《大波》中十分重视历史事件和历史人物叙述的真实性,他在《死水微澜》中曾经充分表现出来的艺术想象和艺术描写的才能,不能不有所抑制。

如上所述,"大河小说"三部曲以成都和四川为背景,再现了自1894年甲午战争到1911年辛亥革命之间发生的数次重大历史事件,生动记录和描述了中国从封建专制社会迈向现代文明这一历史巨变的艰难过程。对于这场影响深远的世纪之变,鲁迅生前曾遗憾地说:"即以前清末年而论,大事件不可谓不多了:鸦片战争,中法战争,中日战争,戊戌政变,义和拳变,八国联军,以至民元革命。然而我们没有一部像样的历史的著作,更不必说文学作品了。"①李劼人的"三部曲"填补了这一空白,为我们呈现了一幅真实、细腻、动人又浸润着浓郁地方风土人情的多姿多彩的历史画卷。郭沫若在1937年曾兴奋地撰文《中国左拉之待望》,高度评价他的"三部曲"是"小说的近代史","小说的近代《华阳国志》":"作者的规模之宏大已经相当地足以惊人,而各个时代的主流及其递禅,地方上的风土气韵,各个阶层的人物之生活样式,心理状态,言语口吻,无论是男的女的老的少的,都亏他研究得那样透辟,描写得那样自然。他那一支令人羡慕的笔,自由自在地,写去写来,写来写去,时而浑厚,时而细腻,时而浩浩荡荡,时而曲曲折折,写人恰如其人,写景恰如其景,不矜持,不炫异,不惜力,不偷巧,以正确的事实为骨干,凭借着各种各样的典型人物,把过去了的时代,活鲜鲜地形象化了出来。"②巴金对李劼人的"三部曲"也曾称赞备至:"过去的成都活在他笔下","也可以说,他是成都的历史家,他的小说岂止是成都的风俗志"③。据樊骏回忆,历史学家黎澍曾在二十世纪六十年代初的一次座谈会上"专门指出,李劼人的'大波'三部曲是不可多得的文学巨著,希望我们的文学史能够给予充分的评价。"④

"三部曲"突出的艺术成就,是为现代长篇历史小说创造了一种新的类型。这种历史小说新类型的主要特点是:在强调以历史事实为蓝本的同时,重视通过社会风俗、世态人情的描写,呈现社会思潮的变化、社会政治权力的嬗变。在李劼人看来,历史的变化和发展,并非仅仅表现在历史英雄人物的思想行为和性格发展中,普通人的命运遭际,同样推动着同时也承载着历史发展的脉动。他借鉴法国十九世纪现实主义作家,尤其是福楼拜、巴尔扎克、左拉等作家的创作精神和艺术手法,把社会风俗史和文化史纳入到历史小说的叙述和描写中,让并非英

---

① 鲁迅:《且介亭杂文二集·田军作〈八月的乡村〉序》,《鲁迅全集》第6卷,人民文学出版社2005年版,第295页。下引作品均据此版。
② 郭沫若:《中国左拉之待望》,《中国文艺》第1卷第2期,1937年6月。
③ 李致:《故友情深——巴金与李劼人的友谊》,《李劼人研究》,第7,8页。
④ 樊骏:《编撰〈中国现代文学史〉的若干背景材料》,《新文学史料》2003年第2期。

雄的普通男女加入到历史小说主角的行列,从而突破了中国传统历史小说以重大历史事件为纲的"编年体"和以历史英雄人物为中心的"纪传体"的叙述模式,把历史小说由演义正史中的帝王将相和英雄传奇的叙述模式,转变为社会风俗史、生活史和精神史的叙述。由此,形成了他的"大河小说"的一些鲜明的特点。

第一,注重历史事实,并以史实为蓝本,构建大河小说的框架与主脉,是"三部曲",尤其是《大波》的一个显著特点。

鲁迅曾经指出,历史小说的写作通常有两种路径:一是"博考文献,言必有据",二是"只取一点因由,随意点染,铺成一篇",并认为第一种路径虽然"有人讥为'教授小说',其实是很难组织之作"①。李劼人是一位有着浓厚的历史情结和强烈的社会责任感的现代作家,真实、客观、全景式地再现历史和社会生活,是他从事文学创作的主要追求。因此,就充分收集和利用历史文献资料来看,李劼人的《大波》显然更接近于第一种路数。

"三部曲"中,浓墨重彩正面描写历史事件的当数第三部《大波》。它如实记载了1911年发生在四川和成都的一系列重大事件。而前两部《死水微澜》和《暴风雨前》则为之作了很好的铺垫,因为李劼人认为,"直接从辛亥革命入手太仓猝了些,这个革命并不是突然而来的,它有历史渊源。历史上积累了很多因素,积之既久才结下这个大瓜。要写,就必须追根溯源,从最早的时候写起"。②

《大波》主要涉及了四川保路运动产生的原因、发展的经过以及最后导致辛亥革命爆发等一系列重大历史事件。据史书记载,该运动的构成,是非常复杂的,就是当时参加运动的人,也往往蔽于它那光怪陆离的外表,而不容易说明它的本质。只有文学作品才能有血有肉、极尽纤微地把它极其难测度的外表与隐伏在其中的错综复杂的内蕴形象化地反映出来。李劼人以自己烂熟于胸的历史知识和炉火纯青的写作技巧,将这一纷繁复杂的历史事件形象化地再现出来,将枯燥沉寂的历史档案进行筛选、清理、归纳、提炼、加工成曲折跌宕的惊险故事,编制成脍炙人口的"龙门阵"。

在《大波》第一部中,对于"铁路国有化"这个引发历史巨变的导火线的真实原因,李劼人主要是通过人物对话的形式进行回顾和倒叙的。但是保路运动的产生、由小到大的发展和后来的流血冲突,辛亥革命爆发,重庆独立,四川大汉军政府的成立和流产,以及贯穿于全过程的四川总督赵尔丰与"钦差查办大臣"端方之间的角逐较量、明争暗斗,则基本上是按照事件经过的时间顺序诸线并进地正面叙述的。对此,李劼人曾做过这样解释:"我在'大波'第一部中,用过一些取

---

① 鲁迅:《故事新编·序言》,《鲁迅全集》第2卷,第354页。
② 李劼人:《谈创作经验》,《李劼人选集》第5卷,第539页。

巧手法(也可说是偷懒手法),把某种应该描写的比较有关系的事件,或情节,都借用一个人的口,将其扼要叙说一番,便交代过了。这手法,也是一种艺术,偶一为之,未始不可。但我多用了几次,因就引起了朋友的批评。在写'大波'第二部,我已改正了,把有些可以从一个人口中叙述的事情,改为正面描写,例如第七章前三节,陈锦江和一百多名陆军士兵血染三江口一事,就是从头到尾,具体的将其描写出来,而不光借彭家骐的口来说。"①

"三江口惨案"的如实叙述,是李劼人的历史观和历史小说观的一个突出表征。这个惨案发生在同志军与官兵陆军的激战中。在保路运动接连发生了流血事件和捕人事件之后,成都及其周边地区的民愤高涨。革命党人伺机进行活动,串联保路同志会成员、袍哥组织以及学生组建了同志军,拿起武器进城声援。袍哥,又称哥老会,是从明末顾亭林、黄梨洲、王船山一脉相承下来的排满复汉的秘密结社的民间组织,不少都有自己的武装;但纪律比较涣散,成员也比较复杂,有流寇习气;既有打富济贫、行侠仗义的一面,也有目无法纪,杀人越货的劣行。在抗击外国侵略势力的斗争中,袍哥发挥了积极的作用。袍哥组织的这些特性,李劼人都融入小说情节,作了相当深刻而形象的描述。《死水微澜》的主角之一罗歪嘴便是袍哥组织的一个小头目。同盟会成立后,孙中山出于四川比较偏远,同盟会力量比较薄弱,尤其是缺乏武器弹药等因素的考虑,曾表示四川各地的袍哥势力都不小,如果能够联合起来,是可以收到事半功倍的效果的。这便是同志军中有袍哥成分的由来。陈锦江原是潜伏在陆军中的革命党人,奉命押运武器弹药支援驻守崇庆州城的官军,实际上却是准备乘机连人带武器归顺同志军。不料刚到三江口,就碰上袍哥孙泽沛的队伍。孙泽沛无视同志军事先给他打过的招呼,为了把这批武器弹药全部据为己有而野性大发,不仅将一百多位陆军士兵全部干掉,还将五十多名挑夫全部尽绝,甚至连陈锦江也没放过:"一群杀得眼红的弟兄,提着敞刀,蜂拥朝农民家去杀陈锦江时,竟自把飞跑出去的冯继祖,也不由分说,两刀斫死在枞门子边……陈锦江死得很豪爽,一点不拉稀。当他被几个人挽住他两膀时,(可惜把一个土碗打得粉碎!)他毫不抵抗,只是鼓着两只大眼,恶狠狠地瞪着冯时雨叫道:'你们这样对待朋友么!……'"②这一段秉笔直书的故事,丝毫不隐讳"正义之师"中的丑恶和血腥,读来实在令人心悸。

李劼人非常重视原始资料。有时为了查证一句话,他要查阅上百万字的材料,要拜访数十人。这样便使他的小说具有了学术价值,以至于《四川保路运动史》那样的史书,都要参考他的作品。公文函电对于研究历史的学者来说,是必

---

① 李劼人:《〈大波〉第三部书后》,《李劼人选集》第2卷下册,第1440—1441页。
② 李劼人:《李劼人选集》第2卷中册,第834页。

不可少的原始材料,在历史著作中照搬引用也不足为奇。但是对于文学作品而言,直接引用原文便会有枯燥乏味,与学术著作划不清界限之嫌。李劼人却反其道而行之,不仅在作品中大量引用公文函电,使之成为自己这部"信史"的有力佐证,而且还巧妙地利用它们来烘托人物性格,铺设故事悬念,并取得了意想不到的效果。据不完全统计,仅《大波》一书所选用的公文函电就近三十宗之多,包括朝廷谕旨、官府奏折、电报、公告、宣言、檄文等等,其中有不少是全文引述。最长的一份有 2500 多字,即革命党人撰写和发布的《川人自保商权书》;最短的一份只有 59 个字,即端方兄弟被处死的消息。难得的是,被李劼人选用的这些公文函电,大都具有个性色彩。比如奉召入川接任赵尔丰总督职务(后来因故未遂)的前任总督岑春煊,在自上海启程前,先给四川城乡发了一张《告蜀民书》。这份文告以与四川人民套近乎开头:"春煊与吾蜀父老子弟别九年矣,……未知吾蜀父老子弟尚念及春煊与否?春煊则固未尝一日忘吾父老子弟也!……"结尾则曰:"春煊生性拙直,言必由衷,苟有欺饰,神明殛之!……吾父老子弟幸听吾言乎?企予望之!"①竭力表明他的"爱民"之心。李劼人在书中通过市民围观阅读和互相传诵的方式,全文引用了这篇看似充满人情味,实为收买人心的告示,"无异于在一塘静止的臭腐的水中,投下了一块大石,虽不石破天惊,却也水花四溅……"②也让读者对出场不多的岑春煊过目不忘。

因此在如何做到"以正确的事实为骨干",充分利用历史知识、历史文献来创作有血有肉的历史小说方面,李劼人做出了自己的有益探索。

第二,通过风俗史和文化史的描绘,表现历史发展的全面性和整体性,是"三部曲"对现代历史小说的另一个重要贡献。

李劼人的"三部曲"运用风俗史和文化史的描绘,力图呈现时代风云和历史嬗变的全貌,开创了现代历史小说的先河。他曾经说过:"你写政治上的变革,你能不写生活上、思想上的变革么?你写生活上、思想上的脉动,你又能不写当时政治、经济的脉动么?必须尽力写出时代的全貌,别人也才能由你的笔,了解到当时历史的真实。"③李劼人以其长期以来所积累的人文、自然知识,通过对当地风俗习惯和生活方式的细致描写,不仅交代了小说中诸次历史事件发生的社会背景,烘托出小说人物的性格命运,而且用"他那一支令人羡慕的笔",写得有滋有味,有声有色,读来犹如身临其境,不啻是四川民俗文化的审美享受。

成都平原经历了明朝末年的张献忠农民起义军的屠戮和土著官军的几番内

---

① 李劼人:《李劼人选集》第 2 卷中册,第 740、745 页。
② 李劼人:《李劼人选集》第 2 卷中册,第 788 页。
③ 李劼人:《〈大波〉第二部书后》,《李劼人选集》第 2 卷中册,第 953 页。

乱之后，到十九世纪后期，已由衰落、破败走向了繁荣兴盛，逐渐形成了比较稳定、成熟的以地主官宦阶级为代表的封建文化，其主要特征就是：消闲、保守、注重享受、攀比奢华、讲究传统规矩程式，并由此而带来因循守旧和腐化落后等等。李劼人以下这段文字，不仅相当精辟地道出了当时成都社会生活的本质特征，也为小说营造了真实可信的时代氛围：

  至于成都府属十六州县的人民，顶早都是清朝康熙、雍正时代，从湖北、湖南、江西、广东、福建等处，招募而来。其后凡到四川来做官的，行商的，日子一久，有了钱，陆行有褒、斜之险，水行有三峡之阻，既打断了衣锦还乡之念，而又因成都平原，寒燠适中，风物清华，彼此都是外籍，又无聚族而居的排外恶习，自然不会发生嫉视异乡人的心理，加之，锦城荣乐，且住为佳。只要你买有田地，建有居宅，坟墓再一封树于此，自然就算你是某一县的本籍。还有好处，就是不问你的家世出身，只须你房子造得大，便称公馆，能读几句书，在面子上走动，自然而然就名列缙绅。这种人，又大都是只能做官，而又只以做官为职志，既可以拿钱捐官，不必一定从寒窗苦读而来，那么，又何乐而不做官呢？于是捐一个倒大不小之官，在官场中走动走动，倒不一定想得差事，想拿印把子，只是能够不失官味，可以夸耀于乡党，也就心满意足地世代相传下去，直至于式微，直至于讨口叫化。①

  郝达三在《死水微澜》中出现，是《暴风雨前》的主要角色。他是郝公馆的主人，祖籍扬州，三代之前入川，本身捐了一个候补同知。"初一十五，也去站站香班；各衙门的号房里，也偶尔拿手本去挂个号，辕门抄上偶尔露一露他的官衔名字；官场中也有几个同寅往来……"日复一日地打发着死水一潭的日子。浸淫在这样的文化中，渗入骨髓的便是忠君又怨君无能，喜洋又恐洋惹乱的矛盾心理。当听说端王带领义和团攻打北京外国使馆，他兴奋莫名："洋人可杀，但也不必杀完，只须给他们一个杀着，叫他们知道我们中国还是不好惹的，以后不准那样横豪！不准传教！不准包庇教民！不准欺压官府！生意哩，只管做，只要有好东西，我们还是公平交易。"②几天之后听说八国联军进了北京，慈禧太后挟光绪皇帝仓皇出逃，又吓得犹如大祸临头："愚民之愚，令人恨杀！他们难道没有耳朵，一点都不晓得现在是啥子世道吗？拳匪已经把一座锦绣的北京城弄丢了，这般

---

① 李劼人：《李劼人选集》第1卷，第209—210页。
② 李劼人：《李劼人选集》第1卷，第221页。

愚民还想把成都城也送给外国人去吗？"① 在"三部曲"中，像郝达三这样的没落意识，都程度不一地渗透到当时的家庭生活和社会风俗之中，包括婚庆、丧葬、祭祀、灯会、集市、博采、节日、农事、工艺、文物、建筑、戏剧、服饰、餐饮和茶馆文化等领域。在新思潮的冲击下，一切陈腐的东西只能"直至于式微，直至于讨口叫化"，而一切载有文化印记的劳动创造，又随着李劼人的不朽文字走进了历史，为今人所享用。

《死水微澜》第二部分《在天回镇》一开头，李劼人写了一条从成都出发，经四川广元连接陕西、甘肃等省的西北各县，并与北京相通的川北大道，不仅勾画出当时当地贸易往来的状况，揭示出贫富之间的等第差距，也传递着时代正在发生"渐变"的信息：

> 路是如此重要，所以每日每刻，无论晴雨，你都可以看见有成群的驼畜，载着各种货物，掺杂在四人官轿、三人丁拐轿、二人对班轿、以及载运行李的杠担挑子之间，一连串来，一连串去。在这人流当中，间或一匹瘦马，在项下摇着一串很响的铃铛，载着一个背包袱、挎雨伞的急装少年，飞驰而过，你就知道这是驿站上送文书的人。不过近年因为有了电报，文书马已逐渐逐渐的少了。②

《死水微澜》第三部分《交流》中，李劼人专辟一节写了天回镇的集市。他对集市中的猪市、米市、家禽市、杂货摊、布市以及妇女们喜爱转悠的小商品市场等，都如工笔描画般地作了详尽描述。《暴风雨前》中的"劝业会"，就更显示了现代文明的色彩：

> 劝业会虽然是以前青羊宫神会的后身，但有大大不同的两点。第一点，是全省一百四十多州县，竟有八十几州县的劝工局将货品运来赛会……第二点，是容许女的前来了。若干多的大家闺秀，小家碧玉，在前绝对不许抛头露面的，而在劝业会上，竟可以得到警察和巡兵的弹压保护，而大胆地游玩观赏，并且只在进会场处分了一下男女，一到会场中，便不分了。③

类似这样对集市的细致描写，在小说中多次出现，如"东门灯会"、"青羊宫庙会"、

---

① 李劼人：《李劼人选集》第1卷，第238页。
② 李劼人：《李劼人选集》第1卷，第23页。
③ 李劼人：《李劼人选集》第1卷，第434页。

等等，李劼人都写得精彩纷呈、情趣盎然，且各具特色，对再现当时的时代潮流，起到了较好的辅助作用。

李劼人在小说中多次写到四川的茶馆文化。坐茶馆是成都人若干年来就形成了的一种生活方式。在《暴风雨前》第一部分《新潮和旧浪》中，写到被父母命定成婚、几次留学受挫失意潦倒的郝又三，邂逅旧日讲新学的朋友田伯行，并邀其到茶馆叙旧时，有一段对茶馆文化的描写，尤其精彩。李劼人深入剖析了茶馆在成都人生活中的三种作用："各业交易的市场"，"集会和评理的场所"，"普遍地作为中等以下人家的客厅和休息室"。他还解释了茶馆成为"客厅和休息室"的原因：一是在茶馆里"可以提高嗓子，无拘无束地畅谈"；二是可以不必受文明、卫生、礼节的约束；三是"如其你无话可说，尽可做自己的事，无事可做，尽可抱着膝头去听隔座人谈论，较之无聊赖地呆坐家中，既可以消遣辰光，又可以听新闻，广见识，而所谓吃茶，只不过存名而已。"李劼人利用郝又三请田伯行到茶馆喝茶的情节，不仅介绍了坐茶馆在成都人生活中的特殊作用，而且侧面表现了郝又三结婚生子之后，因为与妻子不和等原因，觉得家里"实在不好安处"，所以每天外出跑亲戚、看朋友，聊以消遣的苦闷心境。

"三部曲"还详细地描写了四川的食文化。李劼人自己就是一个美食家。他不仅可以自己下厨烹饪各种美食佳肴，为了生活所需还开过餐馆"小雅"，曾写过专著《中国人的衣食住行》，其中关于"食"的部分就有 37 节，并在报刊上发表。"三部曲"中，无论是豪门家宴，还是路边小酌，无不显示着作家对美食文化，特别是川菜研究的浓厚兴趣，读来令人垂涎。在《死水微澜》天回镇赶集一段，李劼人介绍了川西坝子的猪的特点："它的肉，比任何地方的猪肉都要来得嫩些，香些，脆些，假如你将它白煮到刚好，切成薄片，少蘸一点白酱油，放入口中细嚼，你就察得出它带有一种胡桃仁的滋味，因此，你才懂得成都的白片肉何以是独步。"①相信对川菜钻研得如此出神入化，李劼人大概也是迄今为止的"独步"。就这样，李劼人将历史事件与日常生活有机地结合在一起。

第三，"三部曲"的人物创造同样表现了李劼人对现代历史小说的独特贡献。

李劼人从刻画人物心理及性格特征出发，恰当处理真实历史人物与虚构人物之间的关系，为"三部曲"注入了持久的生命力。"三部曲"全书将近 140 万字，其中"有名有姓的出场人物总计 265 人，此外为交代情节提到姓名但未露面的还有 133 人"②，这些人物上自朝廷高官，下至地方官吏、地主、士绅、商贩、佃农、学生、教民、袍哥、娼妓、洋人、军人、革命党人、反动头目、流氓无产者等等，三教九

---

① 李劼人：《李劼人选集》第 1 卷，第 67 页。
② 李旦初：《李劼人评传简编》，《李劼人研究》，第 284 页。

流,无所不包。其中的小说虚构人物,诸如《死水微澜》的罗歪嘴、蔡大嫂、顾天成、蔡傻子、妓女刘三金、农妇钟幺嫂……《暴风雨前》的地主士绅郝达三、葛寰中、郝达三之子郝又三、女儿郝香芸,维新派人士苏星煌,革命党人尤铁民,平民伍大嫂……以及《大波》中的士绅黄澜生、黄太太、学生楚用、教员田伯行、流氓无产者吴凤梧、伞铺老板傅隆盛……无论是大人物还是小人物,无论是主角还是配角,他都写得栩栩如生,呼之欲出。

在"三部曲"中,更描写了不少真实的历史人物。从李劼人拟写的《大波》第一章第一节的提纲,就可以看出其中涉及的真实历史人物就有盛宣怀、赵尔巽、赵尔丰、玉昆、周孝怀、蒲伯英、罗梓青、杨沧白等24位。以如此大的规模,让真实历史人物与小说虚构人物"同台演出",并且相互配合得惟妙惟肖,确实不同寻常。李劼人曾指出,我国许多古典长篇具有"正面描写每一个人的形象与其活动(包括语言、行为、思想、心情等等),而又把他写得活灵活现,恰如其分(尽管夸张,但夸张得也恰如其分)"的优点,为此"对于一个人物与其活动,首先要储备资料,储备丰富的资料;其次研究、探讨、分析、综合,使其如实地复活在脑子里,其人其事,差不多跃跃欲出了,而后加工剪裁,形象化出。这样,写出的人,才是典型人,也才能活,也才能想;每个人也才有每个人的特点,每个人的性格。他们成为作者的伙伴,他们不致成为作者的傀儡。"[①]

为了处理好真实历史人物与虚构人物之间的关系,作者对周善培(字孝怀)这个历史人物的描写独具匠心。周善培是辛亥革命在四川的标志性人物。一方面,他赞同康梁的维新思想,在出任四川商务局总办、劝业道等职期间,开办警察局,移风易俗,整顿社会治安;引进国外先进技术,推动蚕桑业的发展;经营蜀通轮,开辟重庆至宜昌间的客货轮航线。另一方面,他又左瞻右顾,行事骑墙。在保路运动中,身为四川提法使的他,一方面支持蒲伯英、罗梓青等人反对铁路收归国有的主张,为他们出谋划策;一方面又混迹于官场,与总督赵尔丰往来密切,给他通风报信。结果是几面不讨好,赵尔丰骂他"方方讨好,是小人之尤。"端方向朝廷参奏要罢他的官,老百姓对他也不满。由于他害怕端方报复,建议赵尔丰让出权力,以阻止端方进成都,从而引致四川大汉军政府的产生,赵尔丰下台,端方被杀。为写好这样一个多面人物,李劼人采用了"分身法",创造了一个虚构人物葛寰中来作为真人的补充。葛寰中是个贯穿"三部曲"的重要人物,几乎每一件重要事情发生他都在场,"谁也看得出有一部分就是周善培的影子"[②]。他是郝达三家的座上宾,也是黄澜生的好朋友,还与比他小一辈的郝又三有不少共同

[①] 李劼人:《〈大波〉第三部书后》,《李劼人选集》第2卷下册,第1441页。
[②] 李劼人:《〈大波〉第三部书后》,《李劼人选集》第2卷下册,第1443页。

语言。同时他和周善培也往来密切,观点一致,并且在众人指责周善培"两面讨好"之时,公开为他辩护。正因为如此,在一众立宪派人士和端方秘密派来的要员,在郝达三家商量罢免赵尔丰职务的时候,恰恰被葛寰中无意撞见,并泄漏给了周善培。这样才有了周善培说服赵尔丰主动让权,阻止端方夺权的历史转捩点。李劼人曾说:"我写《大波》,因为一半是真人,真人局限性大,的确不大好写。为了要写得透彻,写得全面,有时必须要创造几个人来,从旁发挥,笔在于此,而意却在于彼,分而观之,是两人或数人,合而观之,固一人也。"①

为了严守对历史的客观态度,李劼人对于自己笔下的人物,"咸以侧笔出之,绝不讥讽,亦绝不将现代思想强古人有之"②。他笔下的人物绝不是简单化、脸谱化、符号化的。

川滇边务大臣赵尔丰,在保路风潮兴起后,被朝廷任命为四川总督,负责平息成都及各地的抗议行动,从而成为被钉上耻辱柱的人物。这位大员刚愎自用、刻薄寡恩、狭隘多疑的复杂性格,在他发出的公文函告中也表露无遗。小说中,赵尔丰的出场很富戏剧性。他接到调任四川总督的圣旨后,并未立即赶回成都,而是步步为营迟迟不见踪影。直至到了成都附近,才开始分批接见赶到半路上迎接他的官员,做出一副"千呼万唤始出来"的姿态,引致疑团密布、悬念迭出。待他到任之后,这位曾怒斥"民气?什么东西叫民气?民气值几个钱一斤?如其真有什么民气的话,那也不在四川!"③的朝廷命官,面对已发展为罢市罢课的保路风潮,摇身一变,给朝廷发了一封由全省文武官员联名签署的支持收回路权的奏电,指称由于邮传部擅定铁路收归国有的政策带来诸多隐患,因而造成"现在民气甚固,事机危迫万状",恳请"准予暂归商办"④,这样就把四川时局的动荡归罪于邮传部。然而正是这个"为民请命"的赵尔丰,时隔不久又亲手制造了农历七月十五日的流血事件,并且逮捕了保路同志会几位为首的士绅。后来赵尔丰虽在各方压力下同意交出政权,重回川边任职,却阴谋掌握全部军权,巩固个人力量,伺机而动。李劼人详尽交代了这一政权更迭、波诡云谲的历史过程。在《大波》接近尾声,都督蒲伯英举行阅兵式演变成一场暴乱,成立才十二天的大汉军政府名存实亡,军人尹昌衡取代蒲伯英出任新都督之时,赵尔丰以为重新掌权的时机到了,于是又发出一通六言韵示,令所有叛军速到他的制台衙门报到受抚。李劼人设置了一个让伞铺老板傅隆盛扯下告示扔进河里的情节,预示着赵

---

① 李劼人:《〈大波〉第三部书后》,《李劼人选集》第 2 卷下册,第 1443 页。
② 李劼人:《致舒新城》(1935 年 6 月 14 日),《李劼人研究》,第 202 页。
③ 李劼人:《李劼人选集》第 2 卷上册,第 268 页。
④ 李劼人:《李劼人选集》第 2 卷上册,第 394 页。

尔丰大势已去，等待他的将是与端方一样的结局。旧版《大波》写到将赵尔丰押上断头台的，正是他以前的下属、现在的都督尹昌衡。

和赵尔丰一样，在四川保路运动中，端方是另一个兴风作浪却"搬起石头砸了自己脚"的人物。他原是一个被朝廷"革职永不叙用"人员，不到两年时间，便借"铁路国有化"的机会，花了四十万元"买"到一个钦差督办川汉、粤汉铁路大臣的官衔。但诡计多端却又自不量力的端方一直觊觎着湖广总督的宝座。待四川传来保路风潮的时候，他设下圈套企图将湖广总督瑞澂"调虎离山"派往四川声援赵尔丰，自己便可坐享其成。不想诡计被瑞澂识破，瑞澂将计就计上下活动让端方入套，待朝廷下令调端方入川协助赵尔丰平息骚乱之时，瑞澂还假装大方地调拨一标精兵给他率领，并另调一协兵力布置在川鄂边境为他殿后，孰料却把武昌重镇搞成一座空城，给同盟会的武昌起义，打响辛亥革命第一枪提供了可乘之机。奉命入川的端方心怀鬼胎，一路上与赵尔丰展开了勾心斗角、争权夺利之战。直到大队人马行至资州，机关算尽的端方，"壮志未酬"就与他的弟弟端锦一起，被他亲自扶持起来的鄂军将士杀了头。要写好这样一个性格复杂、诡计多端的历史人物，李劼人显示了他过人的才华。他在《〈大波〉第三部书后》里写道："对于那个风云人物端方，我便没有放松过一笔，从他的形象，到他的内心，差不多没有借重另一个人的口，和另一个人的眼，叙述他，描绘他。"①从而不仅还原了令人眼花缭乱的历史事件，而且通过高潮迭起、引人入胜的故事情节，写活了这一人物。

"三部曲"对女性人物的杰出描写，为中国现代文学人物画廊增添了新的人物典型，向来为人称道。其中，《死水微澜》中的蔡大嫂是一个性格矛盾复杂的典型。她由农家女儿到天回镇杂货铺的掌柜娘，到袍哥首领的情妇，最终嫁给"吃洋教"的土粮户顾天成。这一人生道路的发展变化，充分反映了一个大胆泼辣，不安本分，向往优裕的物质生活和丰富的精神生活，反抗陈规旧俗，冲破一切道德束缚的女性，如何敏感着时代历史涌动的"微澜"，艰难而决绝地进行着改变命运的挣扎。在《暴风雨前》亮相，在《大波》中徜徉，人性的底蕴得以充分展现的黄澜生太太龙兰君，同样是一个塑造得很成功的女性角色。李劼人对其在心理和个性方面的剖析和描写也下了很大工夫。她是龙家三个姑娘中的老二，长得最漂亮，也最精明能干。嫁给黄澜生当了官太太后，她很快便主持了家中大小事务，待人接客、内政外交，都不让须眉。在传闻同志军攻城和阅兵式引发暴乱的险要关头，她沉着机智，度全家于危难之外。同时她又骄横霸道，风骚刁钻，有着极强的占有欲。一方面，"她认定女人从十四岁到二十岁，算是一朵花，这时节，

---

① 李劼人：《李劼人选集》第 2 卷下册，第 1441 页。

才应该风流放荡,才应该得到男子的迷恋,和享受男子的奉承。过此到二十八岁,算是花已盛开,只有一些狂蜂浪蝶,偶来照顾,如其女人本身还存什么妄念,那就该鄙薄了。"①一方面,她又引诱一个比她小八岁的夫家侄子楚用,却又令其不能轻易得手,只能"留点余味在口里,有时吮一吮,倒有趣味多。"②在楚用收到家信,要他回乡下完婚时,尽管黄太太心里比猫儿抓得还难受,但她却作出一个令人意想不到的决定,命令楚用立即回去成亲,同时又给楚用提出两个条件:一是不许泄漏他们之间的秘密,二是必须尽快回到她的身边来。这就说明支配她的是占有欲而不是爱情。李劼人在"三部曲"中,多次写到情爱和性爱关系,甚至还写到了同性恋,但从未有过淫秽、低俗的描写,并未影响到文学审美的效果,而其挖掘、体察人性之深广却远胜于一般作品。对人性与生活的洞察入微,对文学创作的严肃认真,使李劼人的思考自然地贴近了时代跃动的脉搏和历史发展的规律,因而也就使得他的作品具有了现代精神和诱人的艺术魅力。

第二节　沈从文的文学道路和短篇小说

沈从文(1902—1988)是个非常独特的作家,尤其在五四新文学的传统规范以内,他的许多艺术感受和艺术表达都无法给以准确地阐释和命名。他自称是"乡下人",以此强调自己与众不同的文化背景和创作道路,但是他又具有一般知识分子的传统价值标准:从文学创作进而思想探索再进而从事学术研究,在风雨如晦的生存环境下平静而坚韧地走完了自己的独特道路。

沈从文出生在湖南凤凰的一个军人家庭,原名沈岳焕。他的曾祖母和生身祖母是苗族,母亲是土家族,身上混合着湘西边地军人和少数民族的血液。他的血脉和他生长的地方,对他后来的创作和人生道路产生了最基本的影响。就与故乡关系的紧密程度而论,在中国现代作家中,如沈从文这种情形是比较罕见的。地处湘西、黔北、川东间,杂交着数种边地文化的凤凰小城,极为偏僻,是清朝统治者为了镇抚与虐杀苗民,派遣戍卒屯驻,才有了城堡与居民而形成的。当沈从文还是一个小孩子的时候,他就见惯了野蛮的屠杀。《从文自传》里有一篇《辛亥革命的一课》,写的就是他在刚开始懂事的年龄看杀人,每天几十人上百人地杀,看了一个月。到十六七岁,在湘西部队里当兵期间,看杀人的经验又一次一次地重复。他在叙述怀化镇的生活时说了这么一段话:"我在那地方约一年零四个月,大致眼看杀过七百人。一切人在什么情形下被拷打,在什么状态下被把

---

① 李劼人:《李劼人选集》第2卷上册,第233页。
② 李劼人:《李劼人选集》第2卷,第240页。

头砍下,我皆懂透了。又看到许多所谓人类做出的蠢事,简直无从说起。这一分经验在我心上有了一个分量,使我活下来永远不能同城市中人爱憎感觉一致了。从那里以及其他一些地方,我看了些平常人不看过的蠢事,听了些平常人不听过的喊声,且嗅了些平常人不嗅过的气味;使我对于城市中人在狭窄庸懦的生活里产生的作人善恶观念,不能引起多少兴味,一到城市中来生活,弄得忧郁强悍不像一个正常'人'的感情了。"①

沈从文在湘西特殊的生活经验,还使他从小就形成了对于自然和日常人事的亲近之感,并且从这种强烈的亲近感之中,获得了对自己的特殊教育。这种教育,不同于旧式私塾的教育,也不同于新式学校制度的教育,这种教育的概念要宽阔得多,也更根本,有深入骨髓的影响。它是以自然现象和人生现象为一本永远也读不完的大书而进行的不停息的自我教育过程。"尽我到日光下去认识这大千世界微妙的光,稀奇的色,以及万汇百物的动静","我的心总得为一种新鲜声音,新鲜颜色,新鲜气味而跳。我得认识本人生活以外的生活。我的智慧应当从直接生活上得来,却不需从一本好书一句好话上学来。"②

1923年,这个在特殊的地理、历史和现实中成长起来的青年人,闯荡进了北京。第二年,沈从文开始发表作品,1927年出版第一部短篇小说集《蜜柑》。从此便一发而不可收,创作了大量的中短篇小说,成为三十年代小说和京派小说的代表性作家。

1932年,时在青岛大学教书的沈从文利用暑假写出了《从文自传》,这一年他刚过而立之年。这部作品的重要性不仅在于它本身是一部优秀的传记作品,更重要的是它具有超越文学的意义:借助自传写作,沈从文从过去的经验中重新发现了使"自我"区别于他人的特别因素,通过对以往纷繁经验的重新组织和叙述,这个"自我"的形成和特质就变得显豁和明朗起来。作家在写作中,认真回顾和追索自己生命的来历,进行自我的确认;而这样一个自我的确立,为已经可以触摸到的未来作好了准备。《从文自传》的完成,标志了他的创作摸索阶段已经完成,从而达到了一个较高的境界。确立了自我之后,最能代表个人特色的作品就呼之欲出了。1934年10月《边城》出版,同一年《湘行散记》中的篇章也陆续发表。这两部作品是沈从文的扛鼎之作。

正因为沈从文是带着成熟的"自我"出现在三十年代的中国文坛上,所以,他对于新文学的发展产生了相当重要的意义。五四以来,新文学一直是延续在一

---

① 沈从文:《从文自传·怀化镇》,《沈从文全集》第13卷,北岳文艺出版社2002年版,第306页。下引作品均据此版。

② 沈从文:《从文自传·我读一本小书同时又读一本大书》,《沈从文全集》第13卷,第252、253页。

条被后来者称作是"启蒙"的思想道路上努力经营,这条道路的基本思路是以西方的现代化成果为动力,以一系列表述现代人意识的概念为武器,努力批判本土文化传统的保守与落后,批判民众精神状态的愚昧和沉默,以唤起民众为己任,把思想启蒙直接推向实际的政治革命。站在文学的立场上说,新文学的作家们是以审美精神来推动这样一种中国式的现代化进程的,新文学从思想追求到语言形态,都是围绕着这一共同的目标而设计的。也正因为这条道路的形成,新文学一下子就与传统的文学道路拉开了距离,并且呈现出互为对立的势态。从五四初期鲁迅为代表的启蒙文学到二十年代末以巴金为代表的激进文学和继而出现的左翼文学,基本上是含有这样一种思路。但是,当启蒙文学发展到左翼文学阶段,其自身的困境也相应地出现了。到了三十年代,作家的文学创作道路出现了明显的分化,除了巴金等一部分作家坚持走启蒙道路和一部分更加激进的作家走左翼的道路外,还有一批很有才华的作家开创了新的作家立场和创作道路,沈从文就是其中最有影响的代表作家之一。他不同于主流文学"由启蒙到革命"的创作方向,回避讨论知识分子本身在现代中国的处境问题,把创作视野转向了普通的民众社会,揭示出被启蒙主义遮蔽的民间世界的真相,探讨民间承受苦难的能力,并且努力把社会底层的生活状态不带有意识形态偏见地展示出来。换句话说,沈从文并不以高高在上的启蒙者的立场为荣,而甘愿把自己看作是他所努力描写的民间世界的一分子。他的创作以描述民间世界的生活风尚为主要审美对象,他的批判色彩与意识形态都被包容在民俗审美的形式里面,并且为文学创作带来崭新的艺术世界,他所描写的湘西乡土社会是以前的新文学创作中所缺乏关注的空间。他的叙事、语言、题材、观念都焕然一新,改变了原来偏重于知识分子自身题材的"由启蒙到革命"的狭窄性。沈从文的创作实绩,是这种文学潮流变化的一种标志性的旗帜。这在沈从文来说也是具有充分自觉的,所以在三四十年代才会有因为他的挑起而引发的"京派海派"、"作家从政"等一系列的争论,在反对文学走向商业市场和从属政治的呼唤声中,沈从文的底气是很充足的。

　　沈从文的小说创作表明,他是现代文明的批判者。他对现代文明的批判,主要是从道德品性、性关系、人性、人情等方面来展开的。他的文化视野、审美趣味和文学理想,都是从批判现代文明和都市生活中发展成熟起来的,他的"理想国"是湘西边民世界的那种半原始状态的生活和风俗人情。他自称是一个"对政治无信仰对生命极关心的乡下人"[①],因此,他的小说创作,以其独特的"生命"意识,追求"自然人性"的审美选择,糅合写实、浪漫、象征、精神分析、意识流等多种

---

① 沈从文:《水云》,《沈从文全集》第 12 卷,第 127 页。

艺术方法,构建起自己的小说世界。其主体部分由湘西边民社会生活和都市上流社会生活这两个对立的世界构成。

湘西世界的边民社会生活的描写,贯串着沈从文对不同人生形式和生命形态的表现和探求。其中,《萧萧》、《柏子》、《丈夫》、《灯》、《会明》、《夫妇》、《虎雏》等小说,从社会现实生活出发,描绘了"乡下人"的形象系列。作家既赞美乡下人独有的德行品性,又表现他们在半殖民地半封建文化形态的冲击下,不能把握自己人生命运的痛苦和忧伤。为了探求人生命运的理想形态,沈从文在《神巫之爱》、《龙朱》、《阿黑小史》等湘西民间传奇故事中,在《月下小景》外八篇等重新改写的佛经故事中,追寻那种浪漫的野性的原始生命的活力,在《边城》、《长河》等交织着湘西边民生活的现实和历史的小说中,试图保留那种正在逝去的生命的正直和热情。他希望通过这种"追寻"和"保留",为湘西民族和整个中华民族的文化精神注入美德与新的活力,为重构民族文化精神和重塑国民的人性、人格精神,寻求一条"礼失而求诸野"的道路。

当沈从文以"乡下人"的眼光和"自然人性"的尺度来观照商业化的都市上流社会时,便难免露出嘲讽的口吻。作为湘西世界的对照和陪衬,他所描写的都市人生,是一个患有资本主义现代文明病的人生世界,是一个扭曲变态的衣冠社会。其中,《八骏图》、《绅士的太太》、《来客》、《自杀》等小说,为都市上流社会的"文明病"留下了一面镜子;而《如蕤》、《都市一夫人》、《一个女剧员的生活》等小说,则写出了都市人生泥淖中的人性挣扎。

这种艺术追求的独特性在沈从文的短篇创作中已经充分表现出来。他以湘西世界为艺术对象,创造出与启蒙文学所描绘的完全不同的充满生气和野性的生活图景。如《柏子》里年轻水手的故事:柏子是个快乐的水手,行船一段时间,终于泊到一处码头,"日里爬桅子唱歌,不知疲倦;到夜来,还依然不知道疲倦",走过跳板上岸,"目的是河街小楼红红的灯光,灯光下有使柏子心开一朵花的东西存在",而灯光下的妇人也正翘首以待,于是,"他们把自己沉浸在这欢乐空气中,忘了世界也忘了自己的过去与未来"……沈从文在这里的用笔是恣肆的,恰如故事中人物的粗犷热辣。柏子和妇人不像城里人在表达感情时曲折细腻,"粗卤得同一只小公牛一样";但是只要看看他们的对话与念想,你就能在粗犷欢会的背后窥见人性的单纯与真率。一朝欢娱要等上一个月甚至更长时间的"劳苦"与"风雨太阳",那么这份欢娱的背后未见得不是隐伏着忧痛;然而反过来想,正是在这样忧痛隐伏中的爱恋与相思,才更见出真率与淳朴。小说开篇时渲染热闹的劳动与歌唱场面,同水手与妇人的欢爱一样,这正是他们在"劳苦"与"风雨太阳"的桎梏下生命力蒸腾的自然状态。这种生命力的自然状态的背后还隐伏着某种不自觉的人生态度和社会准则。在《萧萧》中展现了与启蒙文学更显示距离的社会生活场景。

《萧萧》的主人公是一个童养媳。萧萧十二岁来到婆家,丈夫只有三岁,等到长成少女,却被雇工花狗引诱怀了身孕。她向往城里的女学生,想逃到城里去寻找"自由",不幸被婆家发现,"照规矩",不是被"沉潭"就是被"发卖","伯父不读'子曰',不忍把萧萧当牺牲",于是决议将萧萧发卖,然而"一时没有相当的人家",不久萧萧生下儿子,于是"不嫁别处","正式同丈夫拜堂圆房"。她的儿子十二岁时"也接了亲,媳妇年长六岁",迎亲那天,萧萧抱了新生的儿子看热闹,"同十年前抱了丈夫一个样子"……这部小说与二三十年代习见的控诉乡间童养媳制度的作品大不一样,婆家的人(婆婆、祖父等)并不凶神恶煞,"萧萧嫁过了门……一切并不比先前受苦";也没有安排"礼教吃人"的结局,萧萧并未被"沉潭",而是在婆家继续生活,甚至又一代"萧萧"也进了门。表面上看,萧萧的存活系于"不读'子曰'"的伯父与婆家的"不忍",但是再想下去,我们惯常理解的社会秩序(萧萧与婆家、本家家长的关系)与道德法则(童养媳越轨遭受家族惩罚),并不是萧萧命运的决定性因素。在这里最终起作用的是自然选择,沈从文在小说中称其为"神":"神的意义想我们这里只是'自然',一切生成的现象,不是人为的,由于他来处置。他常常是合理的,宽容的,美的。人作不到的算是他所作,人作得的归人去作。人类更聪明一点,也永远不妨碍到他的权力……"①麦黄四月天,萧萧被"花狗把心窍子唱开",这是人的自然欲望,不能自已;最终萧萧生下儿子,"一家人都欢喜",转危为安也是天赐。萧萧与《边城》中的翠翠,从命运来看似乎一喜一忧,但是这两个沈从文笔下最具代表性的少女,从生命的本质上说非常接近(其实两部小说的结尾——"……同十年前抱丈夫一个样子。"与"……这个人也许永远不回来了,也许明天回来!"——都流露出一种人事无法左右的自然状态),萧萧"风里雨里过日子,像一株长在园角落不为人注意的蓖麻,大枝大叶,日增茂盛",就好像是山野春风中自然生长的植物,似这样"在风日里"的自然"长养",自有一份生命的顽强与风致。

《柏子》中妇人的卖淫为生,《萧萧》中的童养媳制度,应该都是五四新文化运动加以鞭挞的封建残余,也是启蒙文学要"哀其不幸,怒其不争",并深以为怜悯的;无论是柏子们"忘了世界也忘了自己的过去与未来"、"也不知道可怜自己",还是萧萧们对城里"自由"与女学生般生活的无望等待,从表面上看都可以视作对自我生存方式缺乏反省的麻木。然而重要的是沈从文没有就此滑入"精神悲剧/等待启蒙"的模式,他没有高高在上持道德批判与理性启蒙的立场,他了解这种生存方式的委屈与困难,他也看到其中人性的温厚与美善。所以沈从文更能

---

① 沈从文:《凤子》,《沈从文全集》第7卷,第123页。

体贴乡土中国日常生活中的款曲委婉,就像《萧萧》中表现的那样,并不是每个家长都是"读过'子曰'"做蠢事的。《柏子》中有一处交代:"落着雨,刮着风","雨声风声","江波吼哮","船只纵互相牵连互相依靠,也簸动不止",然而对于船上的人来说,"这一种情景是常有的。坐船人对此决不奇怪,不欢喜,不厌恶,因为凡是在船上生活,这些平常人的爱憎便不及在心上滋生了"。沈从文在为柏子这样的人物画像时,其实正和他笔下的人物一处生息着,他自己也是"坐船人","在船上生活"着。

与描写湘西生活场景相对应的,沈从文还有一组以都市社会生活为对象的作品,正好形成了对照性的讽刺。而沈从文在展示"乡下人"精神特征时的寄托,在与《八骏图》这类小说的并置中,也可以得到进一步的显豁。所谓"八骏",是指客居青岛大学的达士先生连同他周围的七位教授,小说通过达士先生的视角,揭开七位教授虚假、萎靡、孱弱、阴暗的面貌:看似家庭美满的教授甲在"蚊帐里挂一幅半裸体的香烟广告美女画",自称"老人"的教授丙在心中晃着"苗条圆熟的女孩子影子"……最妙的是结尾处,达士先生身受海滩上神秘女子的魅惑,向未婚妻撒谎推迟归期,显然达士先生自己也在小说叙事者解剖的范围内。全篇精巧而锐利的讽刺,直指现代文明与城市文化培育出的精神贵族、知识精英,他们被社会与道德紧紧捆绑,自然本性被压制,终于人格分裂。两相比照,如柏子一般在湘西世界的光影声色中自然舒展的人性状态,显得活泼、自由、健康而明朗。小说最后写道:"自命为医治人类魂灵的医生,的确已害了一点儿很蹊跷的病。这病离开海,不易痊愈的,应当用海来治疗。"海的本质是沈从文素来钟爱的水,它与自然、人性本源相联系,"被阉割过的寺宦观念"①,"应当用海来治疗"。在这一意义上,苏雪林的评点贴近沈从文的创作理想:"借文字的力量,把野蛮人的血液注射到老迈龙钟颓废腐败的中华民族身体里去使他兴奋起来,年青起来……"②

抗战全面爆发后,南下途中,沈从文返乡,1938年启程去西南联大中文系任教。这一特殊时期短暂的家乡生活,促成了散文集《湘西》和小说《长河》的写作,"就我所熟习的人事作题材,来写写这个地方一些平凡人物生活上的'常'与'变',以及在两相乘除中所有的哀乐"③。但这部小说写得并不顺利,第一卷出版时遭到审查和删节,未能完成全书计划。沈从文当时身在昆明,处于动荡混乱的社会现实,战时的各种社会统制政策和现代民族国家的建设要求,都与沈从文沉醉于自然天地大美的艺术家之心发生剧烈摩擦,他以一己之心对这一巨大的

---

① 参见沈从文《八骏图·题记》,《沈从文全集》第8卷,第195页。
② 苏雪林:《沈从文论》,载1934年9月《文学》第3卷第3期。
③ 沈从文:《长河·题记》,《沈从文全集》第10卷,第6页。

社会现实进行艰难的思想探索,这一时期产生的《烛虚》、《绿魇》等篇章,埋藏了沈从文充分个人化、内心化的精神状态。这些作品风格与之前不同,有晦涩难解的地方;但这里的个人化、内心化,是在与社会、与外在现实互相砥砺的过程中产生的。

1949年,沈从文处在人生命运和个人事业的分水岭,巨大的时代裂变一度使他的精神崩溃,但很快他就调整过来,转入文物研究领域,在文学之外拓开了另一块安身立命之地,出版了以《中国古代服饰研究》为代表的一系列物质文化史研究成果。直到晚年,沈从文不再从事文学创作,但是他并没有停止自己的优美的文思和书写,在此期间所写的大量笔记,康复以后再与家人亲友的往来书信,都是直接抒发心灵的文学篇章,在潜在写作的意义上仍然是上好的文学作品。[①]

沈从文一生创作了短篇小说近200篇,中长篇小说近10部,文学传记5种,以及为数不少的散文、杂文和文学评论,他以"乡下人"的执著精神在新文学的园地中辛勤劳作,成果丰硕。他的文学创作承续并弘扬了中国古代抒情艺术传统。他用故事抒情作诗,成为现代抒情写意小说的代表作家。

沈从文的小说创造了独特的审美意境,为现代小说提供了与典型并立的审美范畴。他的湘西乡土题材小说,取材具有某种原始的神秘性,运用虚实相生的审美原则构设人事场景,以青绿为底色摹绘自然风物图画,主观情意的抒发采用情景交融或隐喻象征的手法等等,这些都为抒情写意小说的意境创造,提供了重要的经验。

沈从文是杰出的小说文体家。他的小说体式多样,真正做到了"文备众体"。他的小说结构布局多变化,不拘常例常规,依据表现的内容和情意的抒发而赋形定制。小说的情节安排曲折多变,波澜迭起,结构变化多端,尤其重视开头和结尾的设计,常有情节展开后的陡转,给以出人意料的结局,留有回味的余地。他的小说语言以湘西地方口语为母体,杂糅古代文学语言,少虚词,多方言和比喻,句式短峭简练,语汇丰富而带地方色彩,由此形成了一种古朴厚实、简洁凝练,而又清新活泼的风格。

第三节 《边城》与《长河》的思想艺术特色

中篇小说《边城》是沈从文的代表作,也是支撑他所构筑的湘西世界的柱石。作者于1933年秋开始动笔,中途因回乡省母停写一个多月时间,1934年4月完成。最初连载于《国闻周报》第11卷第1—4期、10—16期,1934年由上海生活

---

① 北岳文艺出版社出版《沈从文全集》(文学类)共27卷,其中第18卷到26卷都是书信,而1949—1988年的书信占了8卷,应该说是沈从文晚年写作的重要部分,其中有许多家信都含有很高的文学性因素。

书店出版单行本,曾先后收入作者的多种《选集》、《文集》,并被译成多种语言传播于世界文坛。同时代的批评家刘西渭(李健吾)曾盛赞《边城》是"一部 idyllic(田园诗的,牧歌的——引者注)杰作。这里一切是谐和,光与影的适度配置,什么样人生活在什么样空气里,一件艺术作品,正要叫人看不出是艺术的。一切准乎自然,而我们明白,在这种自然的气势之下,藏着一个艺术家的心力。"① 据沈从文说,原来有以沅水为背景写《十城记》的设想,后来没有写成,《边城》遂成绝唱。

《边城》以二十世纪二十年代湘川边境上的小山城茶峒及其附近的乡村为背景,描写城郊碧溪岨撑渡船的老船夫和孙女翠翠的生活,以及翠翠与当地掌水码头船总的两个儿子之间曲折的爱情悲剧故事。小说的基本情节框架是翠翠与船总顺顺的两个儿子傩送、天保的爱情纠葛。天保、傩送两兄弟都爱上了翠翠,可翠翠从十三岁情窦初开时,就对茶峒小城外号"岳云"的傩送一见钟情。在这个爱情纠葛中,两兄弟相互袒露了各自心事之后,相约按当地古老习俗,一起在月夜里轮流到碧溪岨去为翠翠唱情歌,谁的歌声打动了翠翠,得到应和,那么谁就将赢得翠翠的爱情。老大天保不善于唱歌,自知无望,又知道了翠翠倾慕的是自己弟弟傩送,便毅然放弃追求,跟随油船前往下江,结果这个"水鸭子"竟然被竹篙弹到水里"淹死"了。傩送因为记忆着哥哥的死亡,又被家中逼迫接受邻寨王团总女儿的妆奁,因而也在哀伤和负气中乘船下了桃源。老船夫鉴于自己的独生女——翠翠的母亲——曾经发生过的爱情悲剧,所以格外关心这个相依为命的外孙女翠翠的婚姻,常常为此心怀隐忧,以至言行犹疑多虑。这不仅引起傩送的不满,也受到船总顺顺的误解和冷遇。至此,他深感未能为翠翠找到美好的归宿而痛心,终于在一个雷雨交加的夜里死去。翠翠在杨马兵和船总顺顺等人的帮助下,安葬了爷爷之后,继续在碧溪岨摆渡。她等待着那个在梦里用歌声把她的灵魂轻轻浮起的青年归来。但是,"这个人也许永远不回来了,也许'明天'回来!"小说在这个爱情悲剧故事框架之外,还安排了翠翠与祖父相依为命的生活故事,以及翠翠早逝的母亲当年的爱情悲剧故事。小说容纳了现在和过去、生与死、恒常与变化、天命与人意等多种命题。

笼罩在整部小说之上的是一种无可奈何的命运感:"一切充满了善,充满了完美高尚的希望,然而到处是不凑巧。既然是不凑巧,因之素朴的良善与单纯的希望终难免产生悲剧。故事中浸透了五月中的斜风细雨,以及那点六月中夏雨欲来时闷人的热,和闷热中静与寂寞。"② 虽然"不凑巧"的"悲剧"具备了悲剧的

---

① 刘西渭(李健吾):《〈边城〉——沈从文先生作》,《咀华集》,上海文化生活出版社1936年版,第74页。
② 沈从文:《水云》,《沈从文全集》第12卷,第111页。

某些要素,《边城》所写原本也是人生命运悲剧的题材,但沈从文秉持的悲剧表现观念却是:"神圣伟大的悲哀不一定有一滩血一把眼泪,一个聪明作家写人类痛苦是用微笑表现的。"①因此,他无意开掘悲剧的情节内容和雕塑悲剧人物性格,而是创造出一支优美的牧歌,一首忧郁的田园诗,一部浪漫的抒情写意小说。但它并非幻想和臆造,因为作家还是以写实的笔墨描绘了一切物象和边地的生活场景,是一种实在的人生。然而它却又不是一部写实主义作品,因为它所展示的一切,并非现实生活的再现,而是以湘西边地传统的乡土风情构筑起来的理想世界。因此,《边城》世界及其人生形式,既非作家心造的幻影,也不是湘西生活的如实再现。沈从文曾经这样谈到他创作《边城》的意图:"我要表现的本是一种'人生的形式',一种'优美,健康,自然,而又不悖乎人性的人生形式'。我主意不在领导读者去桃源旅行,却想借重桃源上行七百里路酉水流域一个小城小市中几个愚夫俗子,被一件人事牵连在一处时,各人应有的一分哀乐,为人类'爱'字作一度恰如其分的说明。文字少,故事又简单,批评它也方便,只看它表现得对不对,合理不合理;若处置题材表现人物一切都无问题,那么,这种世界虽然消灭了,自然还能够生存在我那故事中。这种世界即或根本没有,也无碍于故事的真实。"②显然,《边城》世界是沈从文用理想之光重新发现和挖掘的湘西人生历史图景。

沈从文曾经这样谈到他的创作理想:"我只想造希腊小庙。选山地作基础,用坚硬石头堆砌它。精致,结实,匀称,形体虽小而不纤巧,是我理想的建筑。这神庙供奉的是'人性'。"③《边城》正是沈从文的"理想建筑"。在他所创造的《边城》理想世界和理想的人生形式中,人性美和人情美是他描绘的重点,它在传神的风景画和风俗画中得到全力以赴的表现。

茶峒小城及其周边的自然风物如诗如画:清澈见底的酉水,逼人眼目的满山翠竹,凭水依山的小城;鸟鸣山深、桃李掩映的山居人家;矗立百年的白塔,碧溪的古老渡船,河边的碾坊等等——"自然的大胆处与精巧处,无一地无一时不使人神往倾心。"

湘西边地的民风民俗古朴淳厚:"边地的风俗淳朴,便是做妓女,也永远那么浑厚";人事宁静,人民在单纯寂寞里度日;端阳节里热闹的龙舟竞赛,秋末酬神还愿时的火燎、鼓角和巫师的歌声,迎新年的烟火、舞龙和耍狮;月夜里青年男女缠绵的情歌;为身体和名誉,为仇敌和朋友,拔刀舍命相搏——这里是湘楚文化

---

① 沈从文:《废邮存底·给一个写诗的》,《沈从文全集》第17卷,第186页。
② 沈从文:《习作选集代序》,《沈从文全集》第9卷,第5页。
③ 沈从文:《习作选集代序》,《沈从文全集》第9卷,第2页。

的遗脉,古老而纯朴。

生活在这样一个如诗如画的自然和古朴淳厚的民风环境中的人,当然具有良善的人性和美好的品德。他们忠厚善良,慷慨豪爽,诚笃天真,单纯质朴。这种人性美和人情美,不仅在上一代人物老船夫、船总顺顺、杨马兵等人身上表现出来,而且也在年轻一代人物翠翠、天保、傩送等人身上表现出来。

祖父——老船夫是边地人民古朴遗风的代表,是植根于湘西社会的传统道德的体现与象征。他饱经忧患,历经沧桑,却乐观旷达,宽厚慈善。五十年如一日,风雨无阻地在碧溪岨摆渡船,勤勉地忠于职守。他重义轻利,古道热肠,不收别人的船钱,因为"渡船为公家所有"。如果有人硬要给钱,他一定要塞一把茶峒的烟叶。他的独生女殉情死去之后,他就把慈爱倾注在孙女翠翠身上,全身心地关心着她的命运与幸福。杨马兵同样有着善良诚朴的人性。他年轻做马夫时,曾到碧溪岨来对翠翠的母亲唱情歌,却没有得到理会。老船夫死后,他却以满腔的热诚来关怀和保护翠翠,成为翠翠唯一的靠山和信托的人。他要按老船夫的心意安排好翠翠的生活,甚至为了保护翠翠的幸福而愿意舍命相拼。在老一辈人中,就连掌水码头的船总顺顺也是一个大方洒脱、慷慨尚义、公正无私的好心人。

小说主人公翠翠一直是沈从文内心中某种美好理想的化身,是作家倾注全力描写的年轻一代的形象。她延续着老一辈的生命,同时也承继着传统的美德。小说不仅描写了她像祖父一样勤劳、善良、乐于助人,更突出地表现了这个"自然的女儿"对爱情的忠贞。她是自然之子:"翠翠在风日里长养着,故把皮肤变得黑黑的,触目为青山绿水,故眸子清明如水晶。"她是没有沾染人世间的一切功利是非思想、与自然融为一体的境界,是不含渣滓、纯净透明的世界。翠翠不是五四时期被教育出来的"大写的人",在所谓人道主义的概念中,人是"天地之精华,万物之灵长",一切都是围绕着人转的,而翠翠则是跟着自然走。她是山水中的活物,与风、与大自然浑然一体,她的整个生命的长养,不是靠文明社会的家庭、母爱、社会关爱等,而是风日,是大自然。翠翠是一种生命的现象,是一种本能的和自然融汇一体的气质,是跟风、跟日、跟树、跟绿水青山一样的一种生命。

不难见出,《边城》世界中的人物性格都极为单纯质朴,不同于一般写实小说人物性格的丰富和复杂。主要人物翠翠的纯真专一,二老傩送的热情正直,老船夫的慈爱善良,船总顺顺的宽厚大度等等,都只是作为一种美好道德品性的象征,甚至是作为湘西古老传统的一种文化符号来颂扬的。作家孜孜以求的,是画出一幅优美、健康、自然,而又不悖乎人性的人生形式的图画。但是,理想的人生形式毕竟无法避免生命中诸多"不凑巧"、"偶然"和误会的冲击,也无力抗拒唯实唯利的人生形式的侵袭,因而小说在表现出沈从文对湘西古老传统美德的巨大热情的同时,也浸透着他对湘西人民不能主宰自己命运的悲痛和忧伤。

在这个理想化的世界中,矛盾和压抑并没有消失。随着小说情节的慢慢展开,青山绿水下各种不和谐的因素仍然显现出来。翠翠母亲的爱情悲剧故事在小说中虽然没有正面呈现,但却像阴影一样一直笼罩着人物的命运。祖父每次谈到翠翠的婚事,必然要想起翠翠母亲,甚至"忽然觉得翠翠一切全像那个母亲"。从小说提供的线索看,翠翠母亲当年之所以没有跟相爱的人逃走,一方面可能是老船夫不愿意把女儿嫁给当兵的,另一方面可能是她考虑到父亲年纪大了不肯走。最后这对恋人殉情而死,女儿给父亲留下了翠翠。老船夫接受了女儿的教训,对孙女的婚事变得格外谨慎小心,举棋不定。翠翠简直成了他的一个心病,在这里面包含了他对女儿的赎罪。由于女儿的死成了一种精神重压,这种压抑导致了老祖父违背了自己的天性。老祖父本来应该像翠翠,像所有乡下人一样豪爽坦诚,可是女儿的悲剧,让他想到大家太直爽了,导致了不可挽回的悲剧。于是他变得小心翼翼,弄得所有的人都不喜欢他,最后由于误会导致了一系列的悲剧。老祖父枉费了心机,最后什么都没做到,以至郁郁而死。

翠翠的血缘里头,有着母亲的遗传因子,潜藏着跟这个世界不和谐的因素,但作品的表层没有显示。天保和傩送两个人商量了同去唱情歌的求爱办法,而为了公平竞争,弟弟要代哥哥唱,因为哥哥嗓子不好。兄弟俩这种克己的"公平"竞争,对于翠翠的选择是一个荒诞的难题。显然,由于二老的诗人气质使得一场爱情竞争变成了游戏,导致爱的信息传递过程发生了障碍。翠翠面对这场游戏,心有灵犀却无法沟通。作家在小说里写了好几次翠翠与傩送的错过。第一次傩送爱上翠翠是在抓鸭子的时候,他请翠翠到家里去,翠翠误以为请她到妓院里去,因而拒绝了。第二次唱情歌,他因为想帮哥哥,结果扰乱了信息传递,翠翠又没有回应。第三次是摆渡,他希望翠翠来给他摆渡,可是翠翠看到他以后惊慌失措,竟逃走了。从故事结构来说,连写三次两个人阴差阳错没有缘分,不会是无意的闲笔。傩送虽然爱翠翠,可是每次传递爱的信息,都遇上了"不凑巧",于是就出现了悲剧。

此外,二老傩送迫于中寨王团总女儿的妆奁的压迫,不得不负气出走,这种唯实唯利的人生形式给小说人物带来的压力,同样也是造成悲剧的原因之一,因而也是这首优美的牧歌中出现的不和谐音调。

但小说显在层面表现的依然是美的自然,美的风俗,美的人性人情。作者正是通过这样的描写,建造了一个传统美好道德的理想世界。在这里,宁静而安适的生活,没有尔虞我诈的倾轧,没有名利争夺的纠纷,悲剧虽然不可避免,但那是因为"不凑巧"和误解,或是由于道德高尚的克己行为造成的,而不是因为人性中的恶。这里的确是一个"理想国",是一种田园牧歌的世界。而这个理想国的存在，就在于生活其中的人们具有一种传统的超现实的美德。沈从文之所以要创造这样一个理想化的《边城》世界，是因为在他看来，由于"现代"的入侵，"地方的好习惯是消灭了，民族的热情是下降了，女人也慢慢的象中国女人，把爱情移到牛羊金银虚名虚事上来了，爱情的地位显然是已经堕落，美的歌声与美的身体同样被其他物质战胜成为无用的东西了"①。总之，在湘西世界，唯实唯利的庸俗人生形式已经取代了古朴的人生形式。现实既然如此，沈从文就要用他所感受到的传统道德来改造这个现实。他说创作《边城》的目的，就在于将过去与当前相对照，从而探索"民族品德的消失与重造"。因此，这篇小说也可以看成是完整地表现了沈从文企图重造的理想道德的模式，以及实现这一理想模式的途径——即通过对封闭式的边地人民古朴淳厚道德的礼赞，唤起湘西人民身上已经逝去，但"还保留些本质在年轻人的血里和梦里"的"正直和热情"②。小说最后写了一个极富象征性的细节：河边白塔的倒塌和重造。老船夫在大雷雨之夜死去时，关系茶峒风水的白塔也在大风雨的冲击下坍塌，这似乎象征着古老的生活秩序的崩坏。作品的结尾，又特别点明人们捐钱重造白塔。小说的这种描写，暗示与象征着作家把"民族复兴"的希望放在旧有的古老民风民德的重建上。如果比较一下鲁迅和沈从文对"塔"的坍塌的不同态度，倒是值得深思：鲁迅曾经为雷峰塔的倒掉而感到快意，沈从文却为边城白塔的坍塌而哀伤。

《边城》在文体上也代表了沈从文语言的最高境界，沈从文夫子自道，他的语言是"一部分充满泥土气息，一部分又文白杂糅，故事在写实中依旧浸透一种抒情幻想成分，内容见出杂而不纯"③。它有点黏糊有点啰嗦，但读上去非常自然，营造了一种优美的现代白话的节奏。更重要的是，所谓的"沈从文文体"，不仅仅表现在语言上；背后还有一个世界观在支撑着，它把湘西文化转化为一种人生态度，以一种悠扬的文化节奏来看现代人的生活。它往往是软性子的，慢条斯理的，有种"无风舟自转"的感觉。《边城》开头的文字就很舒缓，像是一位老人坐在那里不紧不慢地向你讲述他极为熟悉的这块土地：由四川过去湖南，有一条官路，官路到哪有个小山城，小山城哪处有小溪、白塔和一户独户人家，家里有什么人……层层套叠，层层剥开，不是那种跳跃的，而是平缓、沉静、朴素的。沈从文的叙事与现代生活节奏脱离了关系，与现代生活不合拍，这就使他的文体变得特别空灵，甚至有虚幻的感觉，好像一片晴空，特别蓝，特别亮，清朗幽远。在这种文体的背后，有着他对世界、对人生的看法。沈从文的文体包含了以湘西世界文

---

① 沈从文：《媚金、豹子、与那羊》，《沈从文全集》第5卷，第356页。
② 沈从文：《长河·题记》，《沈从文全集》第10卷，第5页。
③ 沈从文：《沈从文小说选集·题记》，《沈从文全集》第16卷，第375页。

化为参照系的对现代文明的态度,他以文字的澄明与现实世界的肮脏分开,以原始性的力量,原始、粗犷、美好的风俗冲击着现实的虚伪和无力。

在《边城·题记》中,沈从文意识到《边城》的纯诗意的美好意境并不能真实反映湘西农村的情况,所以他许诺说:"将在另外一个作品里,来提到二十年来的内战,使一些首当其冲的农民,性格灵魂被大力所压,失去了原来的朴质,勤俭,和平,正直的型范以后,成了一个什么样子的新东西。他们受横征暴敛以及鸦片烟的毒害,变成了如何穷困与懒惰! 我将把这个民族为历史所带走向一个不可知的命运中前进时,一些小人物在变动中的忧患,与由于营养不足所产生的'活下去'以及'怎样活下去'的观念和欲望,来做朴素的叙述。"①全面抗战爆发后,沈从文再度返乡住了几个月,转道昆明。1938 年 7 月开始写作《长河》,第一部大部分内容在香港《星岛日报·星座》上连载,后经整理补充后,到 1945 年才出了初版的单行本。但由于国民党审查机关的审查和删节,文字是不完整的。后来作者一直没有继续创作第二部,所以,原来的大构思并没有得以完整体现。

如果说,《边城》是作者为了"创造一点纯粹的诗,与生活不相黏附的诗"②而设计的理想世界,那么,《长河》里所描写的湘西辰河边上的吕家坪水码头和萝卜溪的橘园,则是一个现实风雨中的中国农村的缩影。在乡下的风情、人物和时事关系上,两部小说也可以一一对应。如《长河》里的夭夭、滕长顺、老水手、三黑子与《边城》里的翠翠、顺顺、老船夫、傩送,都"分别具有对应的类特征"③。这么做可能是为了表现出作家的一点野心,希望通过有延续性的乡土画卷的展现,为读者展示出一幅近现代社会变化与动荡下的农村社会历史场景。沈从文笔下的人物都含有一点喜剧因素,这是出于对民间社会中健康、善良、乐观、硬朗与智慧的一面的信任与自信,悲剧不是人为的悲剧,而是来自冥冥中非人力因素所能掌控的更大的历史命运,这种"命运感"在传统社会里可以理解为一种天地间的自然因素,但在现代社会,那就成了湘西农民非常陌生的外来势力。现代生活作为一种新的势力如何进入中国农村,如何以或猛烈、或舒缓的姿态推动着社会的进步与变化,甚至这"变化"是以某种堕落的形态出现,这就是沈从文立意要表现的"这个地方一些平凡人物生活上的'常'与'变',以及在两相乘除中所有的哀乐"。④ 为了使这种"变化"通过细节来表达,作家努力刻画一些负面的外来因素,如所谓现代性生活仅仅在物质层面上对人们发生影响,徒然助长青年人的虚

---

① 沈从文:《边城·题记》,《沈从文全集》第 8 卷,第 59 页。
② 沈从文:《水云》,《沈从文全集》第 12 卷,第 110 页。
③ 凌宇:《在'常'与'变'的撞击中》,《沈从文名作欣赏》,赵园主编,中国和平出版社 1993 年版,第 610 页。
④ 沈从文《长河·题记》,《沈从文全集》第 10 卷,第 6 页。

荣心，甚至导致了他们在尖锐的政治冲突中作了无谓的牺牲。这种负面的外来因素也包括了现代政治的冲突，有研究者指出，《长河》的背景是1934—1936年间的湘西事变，在这场事变中，国民党中央势力和以何健为代表的省政府势力驱逐了湘西王陈渠珍的地方势力，而对湘西人民并没有带来安定和繁荣，相反，农民们以恐慌的眼光注视着这一切外来势力所推动的变化。① 在湘西民众的眼里，代表了国民党中央势力的是非常抽象的"新生活"，这个怪物给老水手这样生活经验丰富的老百姓所带来的莫名的恐慌，在小说里有非常传神的描写；对于省里派来的政治势力，小说里通过具体的保安队长这个人物加以描写，这是一个读过洋学堂的军人，但他对于湘西地方从上（商会会长）到下（橘园主人滕长顺）所构成的蛮横的掠夺与压迫，以及在道德上对于单纯与美好（以夭夭为代表）的破坏，都在湘西民众的精神上造成了"无边的恐怖"②。相反，对于陈渠珍的湘西地方势力和起义的苗人，作家是含有明显的同情的。在《大帮船拢码头时》一章里，通过客人的对话，把陈渠珍称作"家边人"，对于省军队镇压苗民起义，也表示了愤怒。这些议论时政的话过于尖锐，出版时遭到了审查机关的删除，现在的版本里已经只剩下残缺的段落了。

很显然，《长河》与《边城》不一样，沈从文在这部小说里，不是为了营造一个理想的桃源社会，而是直接把现实中的湖南和现实中的湘西写进了作品，相当尖锐地揭露现代政治冲突给湘西社会带来的灾难。因为他创作这部作品是在抗战时期，民族矛盾的上升加强了国民党检察机关钳制意识形态的合法性，所以这部作品只能部分零星地发表在香港地区，并且在出版单行本时遭到了多方的刁难，以致第一卷只能以残缺的形式问世，而第二卷终于胎死腹中，未能以齐全的面貌留名于文学史，这是非常可惜的。

但是，沈从文在《长河》里并不是被动地写湘西社会如何接受了外来负面势力的骚扰和破坏，湘西的民众也绝不是像辛亥革命时期的阿Q那样对于社会的变化采取可笑的愚昧的态度，最终遭到出卖和淘汰。因为小说没有写完，无从猜测作家的整体构思，但从作家笔下已经描写的人物和情节来看，像老水手、滕长顺、三黑子等朴素、健康的生活方式，以及耿直、乐观的精神心态，都表达出一种湘西人民自在的生存力量。像老水手遭遇的天灾人祸的打击，长顺面对保安队长的欺诈和威胁，都自有一种自信和对抗的勇气，他们良心未泯，不骄不贪，自信热爱劳动是最基本的人生信仰。小说开始的部分，作家象征性地描写了湘西橘

---

① 参见凌宇《在'常'与'变'的撞击中》，《沈从文名作欣赏》，第608页。
② 司马长风在《中国新文学史》下卷中提到这个概念，香港昭明出版有限公司1983年版，第79页。张新颖在《沈从文精读》里对此有进一步的阐述。复旦大学出版社2006年版，第129—130页。

园如火如荼的壮丽景象,又联系到两千年前的三闾大夫高歌桔颂的文化历史,把湘西人的高贵血脉传统鲜明地表现出来。在《摘橘子》一章里描写劳动场面非常欢乐,以及在《社戏》一章里描写民间艺术和民俗场景,都完全没有作家惯有的讽刺性的笔调,而是充满了热情的颂扬和强烈的艺术感受力。这是作家沈从文与五四一代启蒙主义作家所不相同的地方。

《长河》语言一如《边城》那样自然而温情,但是多了一些乡土气息和口语的杂芜,由于小说里记载了大量的人物对话,运用方言成为小说的一大特色。沈从文曾经为小说里的方言一一作了注释,①其实,由于整个民间场景展现得丰富多彩,其中方言的运用被恰到好处地融入在内,并没有什么理解上的困难之处,反而让人读之有本该如实说话的感受,语言和人物、场景完全融为一体了。

第四节 京派小说

"京派"是指新文学中心南移到上海之后,由继续活动在文化古都北京的一批作家所形成的文学流派。他们在三十年代特定的时代环境和文学环境中,由于共同的文学主张和创作上相近的审美追求,逐渐形成了区别于其他文学社团和作家群体的鲜明文学特色。京派的成员主要包括三部分人:一是二十年代末期语丝社分化后留下的偏重讲性灵、趣味的作家,像周作人、废名、俞平伯;二是新月社滞留在北京的或与《新月》月刊关系密切的一部分作家,像梁实秋、凌叔华、沈从文、孙大雨、梁宗岱;三是清华、北大等校的其他师生,包括一些当时开始崭露头角的青年作者,像朱光潜、李健吾、何其芳、李广田、卞之琳、萧乾、李长之等。"京派"虽未正式结成文学社团,但他们以富于影响力的文学刊物、大学的文化氛围和文学教育、类似"文学沙龙"性质的读诗会、刊物的组稿会等文学活动方式,联结了许多作家,从而形成了一个成员众多,影响力和号召力颇大的文学流派。在三十年代文坛上,它与左翼文学、海派文学形成了鼎足而三的文学格局。京派的主要文学刊物有:创刊于1931年,由废名、冯至编辑的《骆驼草》;自1933年9月开始,由沈从文、萧乾相继编辑的《大公报·文艺副刊》;创刊于1934年10月,由卞之琳、沈从文、李健吾等编辑的《水星》;创刊于1937年5月,由朱光潜编辑的《文学杂志》等。京派在理论方面的代表是朱光潜、李健吾、梁实秋、李长之,在散文和诗歌方面的代表是周作人、俞平伯、何其芳、李广田、卞之琳。小说创作是京派文学的重要组成部分,较为集中地体现了他们的文学观念和文学理想,突出地显示了京派文学的鲜明风格和特色。京派小说作家除沈从文外,还

---

① 沈从文《〈长河〉自注》,共收方言注释158条。《沈从文全集》第10卷,第171—182页。

有废名、凌叔华、萧乾、林徽因等，以及四十年代后期京派代表小说家汪曾祺。

京派小说最早的一位作家，是以写乡间儿女翁媪日常生活著称的废名。他在周作人的引导下，经过摸索，逐渐形成自己独特的风格。

废名(1901—1967)，原名冯文炳，湖北黄梅县人。1922年入北京大学预科，并开始在《努力周报》、《浅草》季刊、《晨报副刊》等刊物上发表短篇小说。1924年入北大英国文学系，并加入语丝社。1925年出版第一部短篇小说集《竹林的故事》，1926年开始断续发表长篇小说《桥》的部分章节。1929年毕业后任教于北京大学中文系。1928—1932年间，先后出版短篇小说集《桃园》(1928年)、《枣》(1931年)，长篇小说《桥》、《莫须有先生传》(1932年)。四十年代后期发表长篇小说《莫须有先生坐飞机以后》(1947年)。

废名早期的短篇集《竹林的故事》尝试过包括意识流在内的多种手法。其中《浣衣母》、《柚子》等篇，运用文字虽稍嫌滞涩费力，却体现了作者注视、关怀下层贫病者的倾向，完全可以归入当时乡土小说的范围。1925年发表的《竹林的故事》显出审美意识的变化。作者采用抒情性的清淡笔墨，着力描绘幽静的竹林、茅舍、菜园等农村风物，刻画天真未凿、美好无瑕的乡村少女形象，尽力显示和平的人性之美，触笔之处都是一派田园牧歌的气息。1926年6月，作者起用笔名"废名"，作为自己一年来"蜕壳"的纪念①。从这一年长篇小说《桥》的断续发表，到1927年秋《桃园》、《菱荡》等短篇的写成，废名开始具有了自己比较稳定、成熟的艺术风格。这些作品以奇僻简洁的语言，写出古奥悠远的意趣，形成平淡朴讷的风味。

1932年出版的长篇《桥》，写的是程小林与史琴子青梅竹马的爱情故事。然而故事情节被作者大大淡化了，整个作品散发的是抒情诗般的阵阵清香。私塾学生的顽皮，少年男女的无邪，乡间民情的淳朴，自然风光的美丽，这一切在上篇里大多写得亲切有致，平淡中见出悠远。《桥》的下篇是"跳"过去的，十年以后，小林沐浴了都市文明之后回到故乡，这时琴子的妹妹细竹也长大了。小林甜蜜地重温与琴子的昔日友情，同时也惊异于细竹的活泼美丽。于是，琴子有时不免产生林黛玉式的嫉妒心理。而小林，也变得带有贾宝玉的气质。然而这种经典式的三角恋爱，不论是故事情节，还是人物性格，废名都没有让其得到发展。因为他所着力描写的依然是诗意、画境、禅趣，使小说的每一章都成为一幅画、一首诗、一个独立自足的艺术境界。从小说"楔子"所透露的作者构想来看，男女主人公最后似乎应该成为一对佳偶，可惜《桥》的第二部只发表了零星的几章，并未写完，读者无从得知整个故事的进程了。

---

① 废名：《忘了的日记》，1927年4月23日《语丝》第128期。

废名小说最看重的是情趣和意境,而不大注意结构布局的集中和完整。周作人曾经这样比拟他的小说:"像是一道流水,大约总是向东去朝宗于海。他流过的地方,凡有什么汊港湾曲,总得灌注潆洄一番,有什么岩石水草,总要披拂抚弄一下子,才再往前去,这都不是他的行程的主脑,但除了这些也就别无行程了。"①这使废名的一些小说带有散文化乃至散漫的特点。弥补这一点的,是语言运用上的极为讲究。作者自言:"就表现的手法说,我分明地受了中国诗词的影响,我写小说同唐人写绝句一样,……不肯浪费语言。"②在新文学初期一般作者奉行"信腕信口皆成律度",对文字很不讲究的情况下,废名却在语言文字的运用上取得了出色的成就。《菱荡》、《桃园》等短篇,都以简而不文,白而不冗,看似闲笔,实具情趣,平淡中见奇僻的出色描写,表现出文章之美。

废名小说的生活题材、审美境界都比较狭小,内容比较单薄,有些作品还相当晦涩,"莫须有先生"系列小说更着力表现所谓"禅趣"和"谐趣",成为"观念小说"和"玄想小说"的代表,不免使读者兴味索然,连沈从文也认为"近于邪僻文字"③。但仅就周作人所称"用了他简练的文章写所独有的意境"④这一点来说,废名已经对现代小说的发展做出了自己的奉献。

废名的出现带来了一小部分年轻的追随者。沈从文在小说《夫妇》尾记、《论冯文炳》等文章中,就曾多次谈到他受了废名小说的影响:"自己有时常常觉得有两种笔调写文章,其一种,写乡下,则仿佛有与废名先生相似处。由自己说来,是受了废名先生的影响,但风致稍稍不同,因为用抒情诗的笔调写创作,是只有废名先生才能那种经济的。"⑤沈从文对自己与废名小说创作异同的比较表明,他们之间的共同点,实在不少,而且在沈从文方面来说,走这一条路是相当自觉的。更其可贵的是,沈从文不仅接受了废名小说的影响,而且避免了废名小说的一些弱点,推进、健全了废名已有的风格。沈从文的小说创作以奇异、新鲜和相对宽广的题材,改变了废名及其影响下的一些青年作者描写生活过于狭窄的缺陷,拓展丰富了京派的艺术趣味和审美境界,大大提高了京派小说的艺术水平。京派小说到了沈从文的手里,才真正显示出成熟的样态和艺术的魅力,沈从文也因此而成为京派小说杰出的代表。

京派的另一位小说家是凌叔华(1900—1990),原名凌瑞棠,笔名素华、瑞唐、

---

① 岂明(周作人):《莫须有先生传·序》(1932年2月6日),原载废名《莫须有先生传》,上海开明书店1932年版。
② 废名:《废名小说选·序》,人民文学出版社1957年版。
③ 沈从文:《论穆时英》,《沈从文全集》第16卷,第233页。
④ 岂明(周作人):《〈枣〉和〈桥〉的序》(1931年7月5日),原载废名《枣》,上海开明书店1931年版。
⑤ 沈从文:《夫妇·尾记》,1929年11月《小说月报》第20卷,第11号。

祖籍广东番禺，出生于北京，1919年毕业于天津第一女子师范学校，1923年考入燕京大学外文系。1924年开始在《晨报副刊》发表小说。1926年大学毕业后任职于故宫博物院。1928年后因丈夫陈源在武汉大学任教而长期居住珞珈山。1947年随同陈西滢出国，旅居英、美、法、加拿大及新加坡三十余年，其间曾多次回国。凌叔华原是画家，自言生平用工夫较多的艺术是绘画。她的好友朱光潜认为，她的画"继承元明诸大家"，"在向往古典的规模法度之中，流露她所特有的清逸风怀和细致的敏感。"[①]她的小说作风也与此颇为相似。自从短篇小说《酒后》1925年在《现代评论》上发表后，凌叔华就开始引起人们的注意。以后又陆续在《新月》月刊、《大公报·文艺》上发表不少小说，先后结集为《花之寺》(1928年)、《女人》(1930年)、《小哥儿俩》(1935年)三种。凌叔华的小说以描写女性(尤其是已婚的女性)和儿童见长，她的后两本小说集的题名，已经标示了这方面的特点。《花之寺》中的早年作品，多写绅士家庭的生活情趣和中等人家姑娘的梦。稍后，她逐渐转向儿童题材，有时也涉及下层劳动者，境界有所扩大，作品风格也与京派其他作家更为接近。在这些小说中，寄托着作者未泯的童心以及对贫苦人民的同情。《杨妈》通过刻画劳动妇女的善良灵魂，写出一种混合着愚昧与伟大的执著的母爱。《凯瑟琳》写主观武断的主人对孩子的坏毛病习焉不察，致使女佣冤柱受诬。《搬家》写出枝儿与四婆间的纯真友谊，以及孩子热爱生命的赤诚心理。《小哥儿俩》一篇描述两个孩子由仇猫到爱猫的心理转换过程，显示儿童的稚气可爱和天真善良的本性。可以说，用童心写出一批温厚而富有暖意的作品，正是凌叔华为京派作出的贡献。

凌叔华创作态度朴实诚恳，始终保持一个作家的"平静"。她长于用对话刻画人物(《写信》一篇甚至全用独白式口语写成，模拟家庭妇女口吻惟妙惟肖)，观察细致入微，笔法柔婉熨帖，每一篇故事都能组织缜密，在合理的情形中发展与结束。沈从文认为，她的文字虽然"谨慎而略显滞呆，缺少飘逸"，但"使习见的事，习见的人，无时无地不发生的纠纷，凝静的观察，平淡的写去，显示人物'心灵的悲剧'，或'心灵的战争'，在中国女作家中，叔华却写了另外一种创作"[②]。这个评价道出了凌叔华小说的一些特点。

三十年代中期是京派活跃的时期。沈从文接编《大公报·文艺》，以及《水星》、《文学杂志》的创办，都在这个时期。朱光潜家中以京派作家为主干的"读诗会"，也活动在这个时期。在沈从文主持下，1937年《大公报》文艺奖决定颁发给

---

① 朱光潜：《论自然画与人物画——凌叔华作〈小哥儿俩〉序》，《朱光潜全集》第9卷，安徽教育出版社1993年版，第212页。下引作品均据此版。

② 沈从文：《论中国创作小说》，《沈从文全集》第16卷，第212—213页。

何其芳的《画梦录》，曹禺的《日出》，芦焚的《谷》，京派更由此扩大了在文学界的影响。这样，京派除了上述几位中年作家以外，也有了一些年轻的小说作家。在沈从文的培养帮助下，三十年代中期出现的萧乾就是其中重要的一位。

萧乾(1910—1999)，原名萧秉乾，蒙古族，出生于北京。因家境窘困，自幼半工半读。在北新书局当学徒时开始接触文艺。1926年曾因在北京崇实中学参加共青团而被捕。获保释后，1927年秋化名到广东汕头一所中学任国语教员。1929年夏回京，改名萧乾进燕京大学国文专修班。1930年秋入辅仁大学英文系。1933年秋转入燕京大学新闻系，在美国教授埃德加·斯诺的影响下，决定走记者之路，但最终鹄的却是创作小说。同年开始在《国闻周报》、《大公报·文艺》和《水星》上发表小说，先后出版了短篇集《篱下集》、《栗子》(1936年)和长篇小说《梦之谷》(1938年)等。1935年毕业后，接替沈从文编辑天津《大公报》文艺副刊，兼任该报旅行记者。1939年至1944年，先后在英国伦敦大学任教，在剑桥大学留学，并兼任《大公报》驻英特派员及战地记者。1946年以后，在上海《大公报》社工作并兼任复旦大学教授。五十年代任《人民中国》与《文艺报》副总编辑。

萧乾最初两年的小说创作，京派的韵味相当浓重。他喜欢通过小孩子天真的眼光，展示人间的不平和世态炎凉，给作品染上忧郁的色彩。《篱下》借助于不懂事的孩子环哥的眼睛和感觉，衬托出母子俩寄人篱下的辛酸。《雨夕》通过私塾学生躲雨时的目睹与耳闻，有力地写出一个为丈夫抛弃、又遭人蹂躏、被逼致疯的少妇的悲惨命运。《俘虏》则活泼生动地写了男女孩子间的一场纠葛，着力塑造了荔子这个年仅十二三岁却思想早熟、聪明、懂事、自尊、善良的少女形象。萧乾笔下的下层劳动者形象也相当出色。《印子车的命运》写了一个想凭出卖体力挣到车子的骆驼祥子式人力车夫的悲剧。《花子与老黄》通过少爷的眼睛，从花子这条狗与黄姓老仆的相互映照中，写出十分忠厚的老黄终于落个死无葬身之地的结局。《邓山东》以活泼的笔法，传神地刻画了一个诙谐、仗义、豪爽、体贴人的卖杂货糖食的担贩形象，呈现了劳动者的人性之美。

1935年以后，萧乾在杨刚等影响下态度更趋激进，从民族意识出发写了侧面反映一二·九运动的《栗子》和一组揭露教会题材的小说(如《皈依》、《昙》、《鹏程》等)。其中，《鹏程》对王志翔灵魂的描写可谓鞭辟入里。它们在现代小说史上充实了宗教和教会题材的小说。长篇《梦之谷》是一部自传体小说，采用第一人称叙事，通过爱情悲剧控诉金钱社会和黑暗势力，文中抑郁缠绵的情感抒发，笼罩了南国山光水色的明丽，成为感伤的抒情诗。萧乾作品艺术上都下了较多功夫，比较精致，也有一定深度。

京派小说第一个显著的特色，是着力赞颂纯朴、原始的人性美和人情美。

京派作家都把表现美作为文学的最高职能，作为创作的极致。表现什么美？

在京派作家看来，最基本、最核心的就是表现纯朴、原始的人性美、人情美。沈从文就是带着宗教般的虔诚和神圣的使命感，把自己的创作比喻为建造希腊神庙，说"这神庙供奉的是'人性'"①。在《〈看虹摘星录〉后记》中，他称自己的一些短篇小说是在"用人心人事作曲"，"其间没有乡愿的'教训'，没有腐儒的'思想'，有的只是一点属于人性的真诚情感"。在为萧乾的《篱下集》所作的《题记》中，他曾经这样谈到自己"为什么要写作"："因为我活到这世界里有所爱。美丽，清洁，智慧，以及对全人类幸福的幻影，皆永远觉得是一种德性，也因此永远使我对它崇拜和倾心。这点情绪同宗教情绪完全一样。……我的写作就是颂扬一切与我同在的人类的美丽与智慧。"②的确，沈从文笔下的故乡人物，无论是农民、士兵、猎人、渔夫、水手、土娼、富家子弟、青年男女，都那么淳厚，真挚，热情，善良，守信用，重情谊，自己生活水平很低却那么慷慨好客，粗犷到带一点野蛮却又透露出诚实可爱，显示出一种原始古朴的人性美、人情美。《会明》里那个做了十几年老伙夫的主人公长期把蔡锷讨袁时说的话记在心里，把护国军的那面军旗视作无上光荣，珍惜地裹在身上，他对革命的"忠"不免有点"愚"，却也正好表现了劳动者出身的下层士兵的性格本色。《月下小景》那对青年情侣，在得不到自由的爱情时，宁可双双服毒而死，展现了一种使各式良辰美景都黯然失色的美好情操。《边城》就是通过几个"凡夫俗子"围绕一场恋爱悲剧的纠结，对人类的美好德行唱出的一首赞歌，一首充满着忧郁、宁静的田园牧歌。

至于废名，朝写人性美这个方向做的努力比沈从文更早，而且比沈从文走得更远。他从二十年代后半期起，就在《竹林的故事》、《桃园》、《菱荡》、《枣》和长篇小说《桥》等一系列作品中，表现故乡极为纯朴的风土人情之美了。他笔下的人物，有老汉、村姑、牧童、雇农，也有业主，却大体都有一颗闪光的心灵。《桥》中的史奶奶与三哑叔之间，《菱荡》中的二老爹与陈聋子之间，没有一般业主与长工的关系，他们都各自尽心竭力，不存利害芥蒂，保有良好的人性。

京派作家往往喜欢称自己为"乡下人"，连出生在北京的萧乾也说："虽然你是地道的都市产物，我明白你的梦，你的想望却都寄在乡野。"③其原因就在于，他们认为朴野的乡村真正保留着原始、美好的人性。沈从文说得明白："我欢喜同《会明》那种人抬一箩米到溪里去淘，看见一个大奶肥臀妇人过桥时就唱歌。我羡慕《夫妇》们在好天气下上山做呆事情。我极其高兴把一支笔画出那乡村典型人物的脸同心，如像《道师与道场》那种据说猥亵缺少端倪的故事。我的朋友

---

① 沈从文：《习作选集代序》，《沈从文全集》第9卷，第2页。
② 沈从文：《萧乾小说集题记》，《沈从文全集》第16卷，第325页。
③ 萧乾：《给自己的信——〈篱下集〉代跋》，《水星》第1卷第4期，1935年1月。

上司就是《参军》一流人物。我的故事就是《龙朱》同《菜园》,在那上面我解释到我生活的爱憎。……我太与那些愚暗、粗野、新犁过的土地同冰冷的枪接近、熟悉,我所懂的太与都会离远了。"①这一切,就都是由他们的人性观所决定的。

在京派作家看来,淳厚、善良、美好的人性除保留在农村以外,还往往本色地体现在天真无邪的儿童身上。因此,京派小说有不少是以儿童生活为题材,通过儿童视角和童年回忆来表现和讴歌童真美的。像废名《桥》的上篇和《竹林的故事》中一些作品,凌叔华《小哥儿俩》集里的绝大部分作品,沈从文的《福生》和《三三》(前半篇),萧乾的《俘虏》等,就都在于写出孩子们的至性至情。凌叔华《搬家》中的枝儿,与四婆一家好到不能分离的地步,"曾有两三次,被生人错认她是四婆的孙女"。如今,枝儿在全家搬到北京前,特意将自己心爱的花母鸡送给了四婆。四婆出于对枝儿的挚爱,杀鱼宰鸡,准备了许多菜,为她饯行。那鸡就是宰的枝儿的大花鸡。枝儿为此伤心得大哭了一场,饭也不吃,觉也不睡,发了好大的脾气。沈从文《三三》中的三三,常"坐在废石槽上洒米头子给鸡吃","什么鸡逞强欺侮了另一只鸡,三三就得赶逐那横蛮无理的鸡,直等到妈妈在屋后听到声音,代为讨情才止。"这些作品都细致率真地写出了孩子们喜爱小动物的天性和纯洁可爱的心灵。凌叔华在短篇集《小哥儿俩》的《自序》中说:"书里的小人儿都是常在我心窝上的安琪儿,有两三个可以说是我追忆儿时的写意画。我有个毛病,无论什么时候,说到幼年时代的事,觉得都很有意味,甚至记起自己穿木屐走路时掉了几回底子的平凡事,告诉朋友一遍又一遍都不嫌繁琐。怀恋着童年的美梦,对于一切儿童的喜乐与悲哀,都感到兴味与同情。这几篇作品的写作,在自己是一种愉快。"②这番童心未泯的话,在京派作家中可以说是有代表性的。

京派作家所以如此讴歌淳朴、原始、美好的人性,一个重要根源在于他们对近代中国特别是都市半殖民地化过程中人性异化现象的憎恶与不满。这些作家看到了帝国主义侵凌下大都市生活的丑恶与腐烂方面,看到了资本主义金钱势力怎样无孔不入地腐蚀着一切、扭曲着一切,看到了上流社会的堕落与荒淫无耻,因而更加怀恋和向往较多地保存着古朴民风的内地农村,尤其像湘西一带留存着不少原始风俗习性的农村。沈从文写过一系列小说(如《绅士的太太》、《八骏图》、《王谢子弟》、《大小阮》、《若墨医生》、《有学问的人》),揭露都市中"衣冠社会"的种种丑行,鞭挞他们的投机、欺诈、虚伪以及生活的空虚无聊。他在《绅士的太太》中公开声明:"我是为你们高等人造一面镜子"。萧乾在《鹏程》中,塑造了王志翔这个灵魂被金钱腐蚀、人性完全丧失的典型。废名也写过《李教授》、

---

① 沈从文:《生命的沫·题记》,《沈从文全集》第16卷,第306页。
② 凌叔华:《小哥儿俩·自序》,《花之寺·女人·小哥儿俩》,人民文学出版社1986年版,第235页。

《浪子的笔记》等揭露都市生活内容的作品。这些作家都对人性异化现象相当敏感和反感。沈从文说:"我是个乡下人,走向任何一处照例都带了一把尺,一把秤,和普通社会权量不合。一切临近我命运中的事事物物,我有我自己的尺寸和分量,来证实生命的价值与意义。我用不着你们名叫'社会'为制定的那个东西。我讨厌一般标准,尤其是伪'思想家'为扭曲压扁人性而定下的庸俗乡愿标准。"①他又说:"禁律益多,社会益复杂,禁律益严,人性即因之丧失净尽。许多所谓场面上人,事实上说来,不过如花园中的盆景,被人事强制曲折成为各种小巧而丑恶的形式罢了。"②因此,京派作家有意把农村生活的纯朴、自然和都市生活的扭曲堕落相对照来写。沈从文在《习作选集代序》中就有这样一段话:"请你试从我的作品里找出两个短篇对照看看,从《柏子》同《八骏图》看看,就可明白对于道德的态度,城市与乡村的好恶,知识分子与抹布阶级的爱憎,一个乡下人之所以为乡下人,如何显明具体反映在作品里。"③在沈从文心目中,《柏子》里那种"爱情"当然是畸形的,却毕竟多一点自然和真诚,远胜于《八骏图》里的虚伪、堕落、扭曲。沈从文和京派多数作家虽然也是人性论者,却并不承认"衣冠社会"与"抹布阶级"之间有相同的人性,这说明他们的许多看法是从现实的人生经验来的,比教条地膜拜外国文学理论的人性论者梁实秋切实得多。

京派小说的另一重要特色,是把写实、记"梦"、象征熔于一炉,推动现代抒情写意小说走向一个新的阶段。

京派小说以抒情写意作品最为见长。京派小说的代表作,几乎全是抒情写意成分相当重的,有些简直就是小说体的诗。沈从文在二十年代末谈到废名小说时,就认为他是"用抒情诗的笔调写创作"。沈从文也一再谈到自己乡土题材小说的抒情写意特征。五十年代,在独尊现实主义思潮盛极一时之际,沈从文仍然承认他的"故事在写实中依旧浸透一种抒情幻想成分"④。八十年代初,他依然认为,当年那样写家乡生活,目的是想对人事哀乐、景物印象"试试作综合处理,看是不是能产生点散文诗的效果"⑤,"作品一例浸透了一种'乡土性抒情诗'气氛"⑥。凌叔华在《小哥儿俩》一书的《自序》中,也称自己的一部分小说是"写意画"。至于萧乾、汪曾祺的小说,人们也是公认为富有诗意的。可见,在小说创作中渗透情感,凝结诗意,形成意境,这是京派作家们的共同审美追求。

---

① 沈从文:《水云》,《沈从文全集》第12卷,第94页。
② 沈从文:《烛虚》,《沈从文全集》第12卷,第14页。
③ 沈从文:《习作选集代序》,《沈从文全集》第9卷,第4页。
④ 沈从文:《沈从文小说选集·题记》,《沈从文全集》第16卷,第375页。
⑤ 沈从文:《沈从文散文选·题记》,《沈从文全集》第16卷,第385页。
⑥ 沈从文:《湘西散记·序》,《沈从文全集》第16卷,第394页。

京派的代表作家都很喜欢把自己的小说和"梦"联系起来。废名在《语丝》133期上发表的《说梦》就承认，他的有些小说，是"与当初的实生活隔了模糊的界"的"梦"。周作人为废名《桃园》写的《跋》中也说，书中"这些人与其说是本然的，无宁说是当然的人物；这不是著者所见闻的实人世的，而是所梦想的幻景的写象。"①沈从文在《小说作者和读者》一文中说，小说"容许包含了两个部分：一是社会现象，即是说人与人相互之间的种种关系；二是梦的现象，即是说人的心或意识的单独种种活动"，写小说"必须把'现实'和'梦'两种成分相混合"②。他们两人所说的"梦"，同弗洛伊德说的"梦"不一样，都是现实生活之外属于作家创作过程中主观孕育的范围，实际上是浪漫主义的东西。他们都觉得，只有把"梦"的成分羼和进去，小说才能成为有生命的。

京派作家所说的"梦"，大体上说，无非是把作家的情感、意绪、想象、美学理想等融入小说。像《月下小景》这篇爱情悲剧故事，用那样幽婉的笔调叙述，用那样的神异的气氛烘托，用那样的清丽的月色衬托，最后又用男女主人公双双含笑死去作结，在充满浪漫主义的想象中构成了和谐的境界。全篇小说完全是一首诗，或者说诗化了的小说。京派作家创作了不少相当出色的抒情写意小说，除上面已经提到的之外，如废名的《河上柳》、《阿妹》、《我的邻居》，沈从文的《灯》、《三三》、《边城》、《长河》，萧乾的《俘房》、《雨夕》等，可以说都充满情韵。尽管有的作品从社会内容来衡量未免薄弱，而且废名后来所谓"写意"写的是佛教哲学的禅意，很怪涩，但作为抒情写意小说的这种文体，他们是很好地完成了自己任务的。

记"梦"之外，象征在京派抒情写意小说的意象构成上同样是十分重要的因素。许多小说从题目到具体形象，都具有象征性。废名小说《桥》，沈从文小说《渔》、《泥涂》，《菜园》中的菊花，《夫妇》中的野花，凌叔华小说《凤凰》，萧乾小说《蚕》、《花子与老黄》，涵义都远远超出了形象本身。然而这大多还只是局部性的象征。沈从文的长篇《边城》，则蕴蓄着比全书字面远为丰富的更深的意义，可以说是一种整体的象征。不但白塔的坍塌象征着原始、古老的湘西的终结，它的重修意味着重造人际关系的愿望，而且翠翠、傩送的爱情挫折象征着湘西少数民族人民不能自主地掌握命运的历史悲剧。朱光潜谈到《边城》时认为："它表现出受过长期压迫而又富于幻想和敏感的少数民族在心坎里那一股沉郁隐痛，翠翠似显出从文自己的这方面的性格。……他不仅唱出了少数民族心声，也唱出了旧一代知识分子的心声，这就是他的深刻处。"③这个判断应该说是有根据的，有作

---

① 周作人：《桃园·跋》，原载废名《桃园》，上海开明书店1928年版。
② 沈从文：《小说作者和读者》，《沈从文全集》第12卷，第65页。
③ 朱光潜：《从沈从文先生的人格看他的文艺风格》，《朱光潜全集》第10卷，第492页。

品本身的艺术内容乃至情绪气氛可资参证的。总之,京派小说意象中象征性内涵的出现,大大丰富了作品的抒情容量,增强了含蓄性,扩大了小说艺术表现的空间。

现代抒情小说从鲁迅开辟源头以后,到废名、沈从文等作家手中,把各种人生形态和自然美景大量引进小说中来,扩大了小说的抒情领域和抒情容量,使这种小说获得很大发展,这个功绩,不能不归于京派。

京派小说的总体风格平和、淡远、隽永。这是由京派作家的审美追求,特别是他们选择题材、处理题材和艺术表现的特殊性所决定的。

京派小说往往具有温厚的牧歌情调,这对流派总体风格的形成大有关系。废名最有代表性的一些小说,像短篇《菱荡》、长篇《桥》等,都具有浓重的田园牧歌风味。《菱荡》写的是陶家村的风物,这里有美好的传说,美好的风光,更有人们美好的心灵。菱荡主人二老爹固然待人和谐,他的长工陈聋子更是淳厚朴实。陶家村处处是一派宁静和谐的田园风光,朴野可爱的生活情趣!沈从文在论及废名小说时也说:"冯文炳是以他的文字'风格'自见的。用十分单纯而合乎所谓'口语'的文字,写他所见及的农村儿女事情,一切人物出之以和爱,一切人物皆聪颖明事,习于其所占据那个世界的人情,淡淡的描,细致的刻画,由于文字所酝酿成就的特殊空气,很有人喜欢那种文章。"①这里说的就是他风格清淡悠远的方面。其实,沈从文自己的小说相当一部分也具有这种牧歌风味。他在《水云》中说:"爱情生活并不能调整我的生命,还要用一种温柔的笔调来写各式各样爱情,写那种和我目前生活完全相反,然而与我过去情感又十分相近的牧歌,方可望使生命得到平衡。"②这大概就是《夫妇》、《雨后》、《三三》、《边城》一类作品产生的原因。作者谈到《边城》的写作时说:"我要表现的本是一种'人生的形式',一种'优美,健康,自然,而又不悖乎人性的人生形式'。我主意不在领导读者去桃源旅行,却想借重桃源上行七百里路酉水流域一个小城小市中几个愚夫俗子,被一件人事牵连在一处时,各人应有的一份哀乐,为人类'爱'字作一度恰如其分的说明。"③又说写《边城》时,"心若有所悟,若有所契,无滓渣,少凝滞。"④《边城》风格之所以淡远隽永,正是由"温柔的笔调"和"心若有所悟"这类牧歌因素决定的。其他京派作家如凌叔华、萧乾、汪曾祺的作品中,温馨的牧歌情愫也随时可见,有时还混合着一层淡淡的悲哀。

---

① 沈从文:《论中国创作小说》,《沈从文全集》第16卷,第215页。
② 沈从文:《水云》,《沈从文全集》第12卷,第110页。
③ 沈从文:《习作选集代序》,《沈从文全集》第9卷,第5页。
④ 沈从文:《烛虚》,《沈从文全集》第12卷,第14页。

与牧歌情调的追求有关,京派作家对大自然也怀有特殊的审美情感。他们认为,"生命另一形式的表现,即人与自然契合"①。沈从文和废名都在不同程度上接受过泛神论思想。沈从文在《水云》、《潜渊》等文中多次谈到自己有"泛神的思想"、"泛神倾向"、"泛神情感"。《潜渊》中有这样一段文字:"美固无所不在,凡属造形,如用泛神情感去接近,即无不可以见出其精巧处和完整处。生命之最大意义,能用于对自然或人工巧妙完美而倾心,人之所同。"②中篇小说《凤子》中,采矿工程师在欣赏湘西大自然的美以后,就与人讨论了泛神论的问题,得出"神即自然"的结论。可以说,泛神倾向促进了沈从文对自然美的抒写与讴歌。而在废名那里,由于对哲学的研究,对庄子思想的研究,他作品中"人与自然契合",神往甚至陶醉于大自然的倾向,更是非常明显。有些作品干脆让写景抒情压倒写人叙事,形成情景交融的和谐境界。其他作家像凌叔华,原是山水画家;朱光潜说她"写小说像她写画一样,轻描淡写,着墨不多,而传出来的意味很隽永"。③的确,凌叔华小说中的大自然特别富有绘画美、诗意美。《女人》集里《疯了的诗人》一篇,不论是意境,还是形式,都达到了诗画交融的境地,充分显示了作者兼具小说家、画家、诗人的艺术气质。京派作家对自然美的这种态度,无疑加强了他们总体风格上的一致性。

京派小说选取的题材一般是平和的,即使写到一些时代性强的尖锐的题材,他们也有自己很不相同的处理方法。他们的作品中,很少有强烈激越的悲剧,也很少有横眉怒目的姿态和剑拔弩张的气氛(如果有悲剧成分,也往往像《三三》那样是淡淡的,或者像《边城》结尾的两句:"这个人也许永远不回来了,也许明天回来!")。对此,他们有自己的看法。沈从文说:"神圣伟大的悲哀不一定有一摊血一把眼泪,一个聪明作家写人类痛苦是用微笑表现的。"④这不能理解为京派作家对黑暗现实不痛恨。他们其实同样是痛心疾首的,不过不用横眉怒目、大声疾呼的方式表现而已。"四·一二"以后国民党政府对青年的血腥屠杀,沈从文在《菜园》、《大小阮》、《新与旧》中就都是从侧面去写,采用"暗转"的方法来处理的。像穷苦人的妻子被迫卖淫或被他人占有这类题材,如果到左翼作家笔下,一定写得义愤填膺,而沈从文的《丈夫》、废名的《小五放牛》却不这样处理。他们避开事情本身,把冷酷的背景推向远处,有时故意用些轻松的笔调,或借不懂事的孩子的眼光来看待。这种处理,在淡远中发人深思。如果《大小阮》里写小阮这类革

---

① 沈从文:《泸溪·浦市·箱子岩》,《沈从文全集》第11卷,第376页。
② 沈从文:《潜渊》,《沈从文全集》第12卷,第32页。
③ 朱光潜:《论自然画与人物画——凌叔华作〈小哥儿俩〉序》,《朱光潜全集》第9卷,第215页。
④ 沈从文:《废邮存底·给一个写诗的》,《沈从文全集》第17卷,第186页。

命者的遇害作者可能有所顾忌的话,那么对于大阮这类见利忘义的投机者和飞黄腾达的新贵的鞭挞,理应酣畅地抒其愤懑。事实却不然,作者只在小说结尾时轻轻落笔,却在沉痛中流露出深深的鄙视。然而,这种感情一旦和怜悯相混合,又显得温厚蕴藉。这是典型的京派风度。

这种风度不仅仅由于追求艺术表现上的含蓄所致,而且同作家的美学理想直接有关。沈从文说:"不管是故事还是人生,一切都应当美一些! 丑的东西虽不全是罪恶,总不能使人愉快,也无从令人由痛苦见出生命的庄严,产生那个高尚情操。"[①]正是这样一种审美追求,造成了京派小说平和淡远或接近于平和淡远的境界。此外,京派小说有时故意淡化情节,淡化故事发生的时代背景,叙述事件时故意采用信马由缰的散文笔法,给人超凡绝俗的空灵之感,使作品蒙上一层朦胧永恒的色彩,特别是用笔时故意留下空白,这些也增强了淡远隽永的艺术效果。

京派小说的语言简约、古朴、活泼、明净。就讲究语言这一点说,京派在中国现代各小说流派中,也许是努力最多的。

京派作家都程度不同地接受过欧美文学的影响。废名、凌叔华、萧乾都具有大学英文系的学习背景,读过不少英语文学作品(如废名之于哈代、艾略特,凌叔华之于曼斯菲尔德、契诃夫)。沈从文也曾通过翻译作品,大量接触过外国文学。在创作实践过程中,他们都尝试以欧化语言(有的还尝试以现代派语言)写小说。但是,他们的代表作,都在吸收欧美文学语言长处的同时,出色地运用了自己民族的语言,显示了较高的中国文学的素养。

京派小说最早的一位作家废名,语言运用上相当有特色。周作人曾说:"废名君的著作在现代中国小说界有他独特的价值者,其第一的原因是其文章之美。"[②]废名的文字极简练,尤其是在白话文基础上,吸收了若干文言成分,显得古奥朴讷,平淡中见出优美;而人物对话则相当活泼,并能显示地方特点。但后来由于审美趣味的变化,语言的跳跃性过大,由奇僻走向晦涩,便成为沈从文所批评的"离朴素的美越远"了。

沈从文小说的语言同样有古朴味,却更显得活泼清新。尤其是进入成熟期后写的那些湘西题材作品,格调古朴,句式简峭,主干凸出,单纯而厚实,朴讷却传神。他摒弃各种浮文,也很少用虚词,很少用"的"、"了"、"吗"、"呢"这类字样,有浅近文言的那种简约精炼,却又保持着口语的活泼、亲切感和表现力。这些长处的得来,除了传统白话小说的影响外,根本上还是得力于丰厚的湘西生活经

---

① 沈从文:《〈看虹摘星录〉后记》,《沈从文全集》第 16 卷,第 342 页。
② 岂明(周作人):《〈枣〉和〈桥〉的序》(1931 年 7 月 5 日),原载废名《枣》,上海开明书店 1931 年版。

验。他自己说:"我文字风格,假若还有些值得注意处,那只因为我记得水上人的言语太多了。"①无论是人物对话中生动风趣的谐谑,还是叙述语言中新鲜、贴切的比喻,都是从生活海洋中直接采来的珠贝,因而显得特别珍贵。

京派小说语言的简约、精练、活泼,还同作家们努力借鉴中国古典诗歌艺术有关。废名说自己小说创作的表现手法,"分明地受了中国诗词的影响,我写小说同唐人写绝句一样"②。沈从文也强调:"短篇小说的写作,从过去传统有所学习,从文字学文字,个人以为应当把诗放在第一位"。他指出,向古代抒情诗学习有很多好处:"由于对诗的认识,将使一个小说作者对于文字性能具特殊敏感,因之产生选择语言文字的耐心。"③这确是沈从文的经验之谈。可以说,古典诗歌的学习,给了废名、沈从文小说丰富的语言文字营养。

京派小说其他作家中,凌叔华语言朴实亲切;萧乾较多吸收现代派用语的长处,显得清新而富有诗意;四十年代的汪曾祺则颇得废名与沈从文两家的长处。他们的语言各有个性,但又都洗练、活泼、明净,并带有不同程度古朴的意味,因而具备了一个流派的共同特征。

第五节　新感觉派小说

稍晚于太阳社、后期创造社的"革命小说",二十年代末三十年代初,中国文坛上出现了一个以刘呐鸥、穆时英、施蛰存等为代表的新的小说流派——新感觉派。这是中国第一个现代主义小说流派。创造社前期小说虽然具有不少现代主义成分,一部分作品或是运用弗洛伊德精神分析学来写潜意识、性心理、变态心理,或是片断地采用意识流手法,但它的主要特点还是浪漫主义,现代主义成分仍然依附于浪漫主义而存在。真正在小说创作领域把现代主义方法向前推进并且构成了独立的流派的,便是这个当时被称做"新感觉主义"的作家群。从产生的时间和历史背景来说,这个现代主义流派和中国普罗文学运动几乎是相同的:它们可以说都是大革命的产物;新感觉派的某些成员,在大革命高潮时期也曾经相当激进,加入过共青团,和普罗文学运动的成员颇为相似。然而不同的是,新感觉派的作家在大革命失败后处于彷徨、苦闷之中,他们尽管同情革命,不甘沉沦,但在政治上和文艺思想上并没有明确的方向。他们因探索新的文学道路而趋向现代主义。

---

① 沈从文:《废邮存底·我的写作与水的关系》,《沈从文全集》第17卷,第209页。
② 废名:《废名小说选·序》,人民文学出版社1957年版。
③ 沈从文:《短篇小说》,《沈从文全集》第16卷,第505页。

新感觉派首先崛起于二十年代的日本。它同以德国为中心的表现派,以法国为中心的超现实派,以意大利为中心的未来派,以英美为中心的意识流文学,都属于20世纪西方现代派文学的范畴。所谓新感觉派,是日本文艺评论家千叶龟雄给日本《文艺时代》杂志周围那批作家(横光利一、川端康成、中河与一、片冈铁兵等)起的名称,同这些作家最初在创作实践上,随后在理论主张上追求的一种新的艺术倾向有直接关系①。这些作家不愿意单纯描写外部现实,而是强调直觉,强调主观感受,力图把主观的感觉印象投进客体中去,以创造对事物的新的感受方法,创造所谓由智力构成的"新现实"。横光利一那篇《新感觉论》,就提倡新的文学要以"快速的节奏"和"特殊的表现"为基础,从理想的感觉出发进行创作,把自然主义或现实主义作为过时的墓碑加以抛弃。所谓"特殊的表现",就是从直觉、主观感觉出发来革新小说的技巧,包括革新表达方式和语言辞藻等等。片冈铁兵曾说:"要使作者的生命活在物质之中,活在状态之中,最直接、最现实的联系电源就是感觉。"②可见他们把追求新奇的感觉当做创作的关键。日本的新感觉派存在的时间不长,成员随后也发生了分化:片冈铁兵向左转,参加到日本无产阶级文学运动中去;而横光利一、川端康成等自1930年起又走上新心理主义的路,后来又或早或晚地回到传统文学的道路上。

中国新感觉派小说,不仅是在日本新感觉主义的影响下,而且是在接受欧美心理分析、意识流小说和弗洛伊德主义的影响下发展起来的。它的酝酿,应该从1928年9月刘呐鸥创办的《无轨列车》半月刊算起。最早的尝试者就是刘呐鸥自己。《无轨列车》发表的稿件,内容倾向于进步,艺术形式上则追求创新。经常撰稿人除刘呐鸥外,还有写着现代派诗并热衷于介绍法国文学的戴望舒,外国文学的翻译家徐霞村,正在尝试着写多种形式的小说的施蛰存,以及译、作兼擅的杜衡、林徽音等人。当时,给了日本新感觉派较大影响的法国作家保尔·穆杭(Paul Morand,1888—1976)恰好来华,《无轨列车》第四期上刘呐鸥译载了《保尔·穆杭论》。这篇论文介绍了保尔·穆杭的生平和他的短篇小说集《温柔货》、长篇《夜开着》、《夜闭着》,认为穆杭是一个"印象主义者"、"感觉主义者",他采用"影戏流的闪光法,感情分析上的综合的秩序法,对于所欲表现的对象不从正面直攻而取远攻"等新鲜的"话术"方法,"用他微笑的手段,把这潜在近代生活里面

---

① 在理论主张上,横光利一写有《新感觉论》(发表时初名《感觉活动》),川端康成写有《新进作家的新倾向解说》、《新感觉辩》,片冈铁兵写有《新感觉派的主张》、《告年轻的读者》等文,都是阐明这种新的艺术倾向的。

② 《告年轻的读者》,转引自西乡信纲等著《日本文学史》(中译本),人民文学出版社1978年版,第348页。

的悲痛的人们的精神状态表示出来"①。《无轨列车》共出八期,到1928年底就被国民党政府封闭,但从发表的诗和小说来看,已初步显示了现代主义倾向。

1929年9月,施蛰存、徐霞村、刘呐鸥、戴望舒又共同创办了《新文艺》月刊。在冯雪峰推动下,《新文艺》政治上支持成立"左联",倾向于"普罗文学"。一卷六期以后的《新文艺》,无产阶级文学的色彩更浓了起来。与此同时,创作上的新感觉主义倾向也有了发展。刘呐鸥写了八篇用感觉主义和意识流方法表现现代都市生活的小说,不久编集为《都市风景线》正式出版。刘呐鸥还翻译印行了日本作家横光利一、片冈铁兵、池谷信三郎等的一本短篇小说选集《色情文化》②。他在《译者题记》中说:"文艺是时代的反映,好的作品总要把时代的色彩和空气描出来的。在这时期里能够把现在日本的时代色彩描给我们看的也只有新感觉派一派的作品。这儿所选的片冈、横光、池谷等三人都是这一派的健将。他们都是描写着现代日本资本主义社会的腐烂期的不健全的生活,而在作品中露着这些对于明日的社会,将来的新途径的暗示。其余几个人也都用着社会意识来描写现代生活的;林房雄就是一个普洛派的新进的翘楚。"可见,刘呐鸥对日本的新感觉派评价很高。另一本横光利一的短篇小说集《新郎的感想》,这时也由郭建英翻译过来。而施蛰存,在早年写的抒情味很重的短篇小说集《上元灯》出版以后,创作注意力也转到自觉地运用弗洛伊德学说来分析、表现人物的心理,这就有了《鸠摩罗什》、《将军底头》等小说,开始显示出另一种特色。到1930年春天,穆时英的小说《咱们的世界》也发表在《新文艺》第六期上。编者"特别向读者推荐"道:"《咱们的世界》在Ideologie③上固然欠正确,但是在艺术方面是很成功的。这是一位我们可以加以最大的希望的青年作者。"尽管穆时英最初发表的几篇小说(后收入《南北极》)与新感觉特点并无干系,但他毕竟已经和这个流派的骨干刘呐鸥、施蛰存等取得了联系,为后来进入这个流派准备了条件。《新文艺》出到1930年初夏,又被国民党政府封闭,他们的尝试再次搁浅。

1932年5月,《现代》杂志创刊,标志着这些作家作为一个流派已经集结在一起。尽管《现代》杂志在《创刊宣言》中声称:"本志并不预备造成任何一种文学上的思潮,主义,或党派",但实际上,编者施蛰存(稍后还有杜衡)对穆时英、刘呐鸥的作品给予很高的评价。如创刊号将穆时英小说《公墓》发在首篇,《编辑座谈》还说:"尤其是穆时英先生,自从他的处女创作集《南北极》出版了之后,对于

---

① 刘呐鸥译:《保尔·穆杭论》,《无轨列车》第4期,1928年10月25日。
② 《色情文化》共收有日本新感觉派和无产阶级作家的小说七篇,以片冈铁兵的一篇为书名,1929年9月由上海水沫书店出版。
③ 意识形态。

创作有了更进一层的修养,他将自本期所刊载的《公墓》为始,在同一个作风下,创造他的永久的文学生命,这是值得为读者报告的。"①二卷一期发表穆时英的《上海的狐步舞》、刘呐鸥的《赤道下》,编者施蛰存写的《社中日记》说,穆时英的《上海的狐步舞》"是他从去年起就计划着的一个长篇中的一个断片,所以是没有故事的。但是,据我个人的私见看来,就是论技巧,论语法,也已经是一篇很可看看的东西了"。他还说:"我觉得在目下的文艺界中,穆时英君和刘呐鸥君底以圆熟的技巧给予人的新鲜的文艺味是很可珍贵的。"②苏汶在答复舒月的批评时也说:"时英的创作,与其说是用了旧的技巧,实无宁说是用了新的技巧,而且确实是在这新技巧的尝试上有了相当成功的。"③可见,他们对穆、刘二人的作品都是高度赞赏并积极鼓吹的。穆时英具有流派特点的那些代表作,如《夜总会里的五个人》、《街景》、《本埠新闻栏编辑室里一札废稿上的故事》、《上海的狐步舞》、《Pierrot》等,都发表在《现代》杂志上,先后共有 11 篇之多。在这前后,施蛰存那些按弗洛伊德学说写的心理分析小说也扩大了影响。《现代》上就有《将军底头》这本集子的评论和赞誉。《梅雨之夕》集里的作品发表后也引起种种反响,其中如《四喜子底生意》,在取材、写法、语言等方面,都受了穆时英的影响。此外,《现代》杂志还介绍了更多外国现代派小说作家,如英国的詹姆斯·乔伊斯,美国的福克纳,法国的阿保里奈尔,日本的横光利一、池谷信三郎等。所以,我们尽管不能说《现代》杂志是一个现代主义流派的刊物,但可以说,《现代》杂志里确实存在一个现代主义小说流派——新感觉派。而刘呐鸥、施蛰存、穆时英正是新感觉派小说的主要代表。

刘呐鸥(1905—1940),原名刘灿波,笔名洛生。生于台湾省台南县,15 岁前在台湾念书。1920 年转入日本东京青山学院中学部,1923 年入青山学院高等学部文科,专攻英国文学。1926 年毕业后回国,入上海震旦大学法文特别班,并在这里结识了班内同学杜衡、施蛰存、戴望舒。二十年代末期,刘呐鸥是个倾向进步的作家。1928 年,他先创办第一线书店;被查封后,第二年又经营水沫书店,出版了许多进步书刊,其中值得特别重视的是那套《马克思主义文艺论丛》(出了两种以后改名《科学的艺术论丛书》)。刘呐鸥自己也翻译过苏联弗里契的《艺术社会学》,以及日本新感觉派小说集。水沫书店当时是左翼文学的大本营。它还造就了一些新进作家,像戴望舒、杜衡、施蛰存等都在书店里担任过经理与编辑之类的职务。《无轨列车》、《新文艺》被国民党政府封闭后,刘呐鸥转向电影研

---

① 施蛰存:《编辑座谈》,《现代》第 1 卷第 1 期,1932 年 5 月。
② 施蛰存:《社中日记》,《现代》第 2 卷第 1 期,1932 年 11 月。
③ 苏汶(杜衡):《答舒月先生》,《现代》第 1 卷第 6 期,1932 年 10 月。

究,1933年与黄嘉谟等人创办《现代电影》杂志,提倡"软性电影",并批评左翼作家的所谓"硬性电影"。1936年和穆时英等合编文学刊物《六艺》。1940年9月,他在穆时英被暗杀之后,刚刚接任汪伪政府筹办的《国民新闻》社社长,同样被人暗杀。

刘呐鸥著作有短篇小说集《都市风景线》,以及集外的《赤道下》、《A Lady to Keep You Company》等少量小说,还有《Ecranesque》、《电影节奏论》、《关于作者的态度》、《开麦拉机构——位置角度机能论》等电影论文多篇,还翻译过安哈姆(阿恩海姆)的《艺术电影论》等电影理论专著。《都市风景线》包括作者1928—1929两年中写的八篇小说,1930年出版。这是中国第一本较多地采用现代派手法技巧写的短篇小说集,作者采用了适应于现代都市生活快速节奏的跳跃手法、意识流手法、心理分析方法以及并不见得高明的象征讽喻手法。其中,《游戏》、《两个时间的不感症者》、《礼仪和卫生》等篇,均采用非理性的感觉化叙述和情绪性文体,表现"肉的游戏",着重暴露资产阶级男女腐朽、糜烂、空虚、堕落的生活,他们把一切都化为赤裸裸的金钱关系,无所谓纯真的爱情,只剩下逢场作戏而已。《流》等篇也接触到资产阶级的对立面——无产者的反抗和斗争,多少暗示了新兴阶级的前途。但是,刘呐鸥小说在暴露资产阶级的腐朽、堕落生活时,实际上也不无欣赏,这就使他的作品带有不健康的内容。《都市风景线》在运用新的形式、技巧方面的意义,大于作品的思想意义。进入三十年代后,刘呐鸥写得很少。他的集外小说的作风,大体也与《都市风景线》相似。

施蛰存(1905—2003),原名施德普,后名施青萍,曾用笔名安华,生于杭州,幼年随父母去苏州,辛亥革命后又长期迁居松江。他后来的小说除写上海外,往往以这三处为背景。施蛰存中学毕业后先入杭州之江大学,1923年入上海大学。1926年秋,转入震旦大学法文特别班。同年,加入共青团。"四·一二"事变后,回松江任中学教员。1928年秋,为帮助刘呐鸥做书店的编辑出版工作,常往来于上海、松江之间。先后参加过《无轨列车》、《新文艺》等刊物的编辑。1932年应上海现代书局之聘,主编大型文学月刊《现代》(后与杜衡合编),从此成为专业文艺工作者,1935年出至六卷二期后因故辞职。此外还编过《文艺风景》等多种文艺刊物。在此前后又应上海杂志公司之聘,与阿英同编《中国文学珍本丛书》,出了七十多种。全面抗战爆发后去内地,先后在云南大学、厦门大学等校任教。1947年回沪,在暨南大学、光华大学执教。1952年院系调整后任华东师范大学中文系教授。

施蛰存1926年在震旦大学法文班时,就曾和戴望舒、杜衡、刘呐鸥等创办了一个小型文艺刊物《璎珞旬刊》,但只出四期就夭折了。此后在《小说月报》上发表小说。最早的小说集有《江干集》(自费印刷)和《娟子姑娘》、《追》等三本。作者自己后来"悔其少作",而将 1929 年出版的《上元灯》称为"我正式的第一个短篇集"。《上元灯》集里的十篇作品,抒情气息较重,艺术上颇有特色。这些作品大多以成年人怀旧的感情来回顾少年时代的某段经历,某次邂逅,某种青梅竹马之情,借此抒发人生的感慨,带着淡淡的哀愁,犹如江上的暮霭,夜半的笛音,写得单纯,有诗的意趣,感情也比较纯洁。除《渔人何长庆》一篇外,其他九篇都是第一人称。《上元灯》通过元宵节前扎灯、赏灯的活动,活泼、真切地写出了少年男女最初萌发的爱情。《栗芋》、《闵行秋日纪事》则在较为复杂的背景上反映了社会世态的某些侧面,表现了一些出人意料的事件、人物和性格。《栗芋》中那位女主人公,当她还是奶妈时,待主人家两个孩子非常好,但到她成为主妇以后,原先那点慈爱、贤惠却无影无踪,待两个孩子极其残酷和苛刻,表现了一种令人可叹的世情。《闵行秋日纪事》中那位活泼聪明能干的姑娘,却原来是个剽悍的盐贩子。《周夫人》、《宏智法师的出家》两篇,则开始显示出弗洛伊德学说的影响,预示着施蛰存后来的变化。从总的方面看,《上元灯》这本集子不以人物形象刻画的饱满取胜,而以蕴含诗情、烘托气氛见长。

施蛰存有意识地运用精神分析学来创作的小说,主要是《将军底头》(1932 年)、《梅雨之夕》(1933 年)、《善女人行品》(1933 年)等三本小说集。这是他接受奥地利心理分析小说家显尼志勒影响的结果。《将军底头》收了四篇近于中篇的小说,除《阿褴公主》稍有不同之外,都是用精神分析学来写古代历史人物的。作者在《自序》中说:"自从《鸠摩罗什》在《新文艺》月刊上发表以来,朋友们都鼓励我多写些这一类的小说,而我自己也努力着想在这一方面开辟一条创作的新蹊径。"这里所谓"开辟一条创作的新蹊径",也就是运用弗洛伊德的精神分析学来解释历史上的种种事件和人物,通过心理分析方法加以表现。用作者自己的话说,"《鸠摩罗什》是写道和爱的冲突,《将军底头》却写种族和爱的冲突了。至于《石秀》一篇,我是只用力在描写一种性欲心理"[①]。其中较有代表性的,恐怕还是《石秀》和《鸠摩罗什》两篇(《将军底头》除弗洛伊德主义之外,还有较重的浪漫气息)。但是,更多地体现施蛰存心理小说的特点的,应该是收在《梅雨之夕》、《善女人行品》两集里写现实生活的作品。这 22 篇作品中,有不少是典型的心理分析小说,作者也说《梅雨之夕》"都是描写一种心理过程的"[②],《善女人行品》则又增加了较多讽刺的色彩。这些作品大多在日常题材的处理中,隐寓着反封建以至反资本主义的社会意义。例如《雾》,写一个相当守旧的神父的女儿,28 岁还没有找到理想的对象,有一次因为赶到上海去参加表妹的婚礼,在火车上碰到

---

① 施蛰存:《将军底头·自序》,原载《将军底头》,上海新中国书局 1932 年版。
② 施蛰存:《梅雨之夕·自跋》,原载《梅雨之夕》,上海新中国书局 1933 年版。

一位青年绅士,交谈之下颇为中意,对方也给她留下了名片准备以后通信联系。然而当表妹羡慕地告诉她,留下名片的男子原来是一位出名的电影明星时,这位神父的女儿竟"好像受了意外的袭击",她觉得自己受了欺骗和侮辱,内心里骂这个男子是"一个下贱的戏子",她"不懂表妹为什么这样羡慕一个戏子"。小说表明,在三十年代,即使有些受过教育的女性,封建守旧的思想意识其实还是深入骨髓的。至于《善女人行品》中《春阳》等篇,其内涵更可以说相当丰富和深刻。也有一些作品,例如《魔道》,虽然说不上一定有多少社会意义,它只是借"我"的一次周末旅行,描画了一个敏感多疑的妄想症患者的病态心理,但在艺术上却称得上是颇为出色的创造。小说运用较为圆熟的意识流手法,从黑衣老妇出现在车厢中开始写起,完全通过日常生活场景在精神病患者身上引起的反应——种种错觉、幻觉和妄想,既生动刻画了病人的性格,又活灵活现地营造出一种神秘乃至恐怖的气氛。直到结尾时,家中电报还传来三岁女孩的死讯,而且"我又看见黑衣裳老妇孤独地踅进小巷",依然保持了神秘的扑朔迷离的魔幻效果。

施蛰存最后一本短篇小说集是1936年出版的《小珍集》,这时他已经从现代主义又较多地回到现实主义道路上来了。《小珍集》所反映的社会生活内容比较开阔,揭露了江南地区发生的形形色色的怪现象,思想意义比较鲜明。自然,这并不是简单的复归,而是一种前进,一种发展,它扬弃了某些非理性的方面,保留了心理分析小说的一些长处。像《鸥》这一篇,就较多地保留了新感觉派小说的某些特点。而《名片》这一篇,则在现实主义基础上吸取了心理分析小说的长处。施蛰存没有收到集子中去的最后一篇小说是《黄心大师》(发表在朱光潜主编的《文学杂志》上),这是试用传统手法来写的小说,但我们依然可以从中闻出弗洛伊德主义的气味。可见,直到最后,施蛰存小说创作中精神分析学的烙印还是没有完全消泯的。

穆时英(1912—1940),笔名伐扬、匿名子,浙江省慈溪县人,生于上海,父亲是富裕商人。1929年入上海光华大学西洋文学系,1933年毕业。1930年春在《新文艺》上发表《咱们的世界》、《黑旋风》等作品。施蛰存把他的《南北极》推荐到《小说月报》发表后,引起了文艺界的重视。这些最初发表的小说,后来都收入1932年出版的《南北极》。集子里五篇小说,大多以闯荡江湖的流浪汉为主人公,写出了贫富对立、阶级压迫、自发反抗乃至革命造反等内容。它们全部是第一人称,而且纯熟地运用了都市下层人民的口语,麻利、泼辣、粗犷,没有知识分子气,同作品所写的人物和所要表现的内容比较和谐,这在当时是相当难能可贵的。但穆时英的小说从一开始就流露出流氓无产者的气味,无论是作品的人物或体现的思想,都有一点不正,都有一点疯狂性。从这方面说,穆时英后来的发展变化,绝不是偶然的。

《南北极》中的作品,并没有新感觉派的味道。穆时英小说具有新感觉派特点,是1932年开始的事。收入《公墓》(1933年)和《白金的女体塑像》(1934年)两集里的小说,用感觉主义、印象主义方法,写了上海社会中的形形色色的世态人情,人物尤以舞场男女为多,它们给当时文坛造成了一种描写都市爱情生活的甜腻腻而又轻飘飘的"海派文学"或者"洋场文学"的风气,使一些人竞相模拟,也使穆时英获得了"中国新感觉派圣手"的称号。中国最早介绍日本新感觉派的是刘呐鸥,而穆时英的小说不久在数量和质量上都超过了刘呐鸥。穆时英的小说在题材与人物方面都很接近于刘呐鸥,却比刘写得活泼,更见才华,更有新感觉派特点。有人形容穆时英是:"满肚子堀口大学式的俏皮语,有着横光利一的小说作风,和林房雄一样的在创造着簇新的小说的形式。"[①]可见,他是自觉地在学习日本新感觉派,自觉地在探索中国新感觉派的创作道路。他的小说写法、风格确实比较多样:既能用纯熟的市民口语写《南北极》那样的作品,也能用意识流、感觉主义、心理分析写《夜总会里的五个人》、《街景》、《上海的狐步舞》、《白金的女体塑像》这类新感觉派代表作,还能用流畅、细腻的散文笔调写《公墓》、《莲花落》、《父亲》这类抒情小说——他可以说是个有几副笔墨的多面手。

在政治思想上,穆时英前后态度有很大变化。最初,左翼作家对穆时英小说既肯定其成就,也指出其流氓无产者意识等缺点。穆时英当时对左翼作家这种批评,看来是接受的,他稍后写的《偷面包的面包师》、《断了条胳膊的人》,题材与早年《南北极》里小说差不多,而内容则纯正、干净得多了。1933年大学毕业后,他思想发生变化,参加了官方图书杂志审查会。1935年起,先后出任官方创办的上海《晨报》、《时代日报》副刊编辑,并力图把他主编的《晨报》副刊《晨曦》办成新感觉派的园地。在出版了第四本小说集《圣处女的感情》后,穆时英还加入"软性电影"和"硬性电影"的争论,发表了《电影批评基础问题》、《电影艺术防御战——斥掮着"社会主义的现实主义"的招牌者》、《电影的散步》,以及《MONTAGE论》等长篇电影论文。1936年他离开上海到香港,结识了后来成为汪伪政府成员的胡兰成、林柏生等人。1939年秋,穆时英返回上海。1940年3月出任汪伪政府《国民新闻》社社长、汪伪行政院宣传部驻沪特派员等职,同年6月于上海福建路被国民党军统特务暗杀身亡。

新感觉派小说的第一个显著特色,是在快速的节奏中表现现代大都市的生活,尤其是表现半殖民地都市的畸形和病态。可以说,新感觉派是中国现代都市文学开拓者中的重要一支。

鲁迅在1926年谈到俄国诗人勃洛克时,曾经赞许地称他为俄国"现代都会

[①] 迅俟:《穆时英》,载杨之华编《文坛史料》,上海中华日报社1944年版,第231页。

诗人的第一人",并且说:"中国没有这样的都会诗人。我们有馆阁诗人,山林诗人,花月诗人……;没有都会诗人。"①如果说二十年代前半期中国确实没有"都会诗人"或"都会作家"的话,那么,到二十年代末期和三十年代初期可以说已经产生了——而且产生了不止一种类型。写《子夜》的茅盾,写《上海狂舞曲》的楼适夷,便是其中的一种类型。他们是站在先进阶级立场上来写灯红酒绿的都市的黄昏的(《子夜》初名就叫《夕阳》)。另一种类型就是刘呐鸥、穆时英等受了日本新感觉主义影响的这些作家,他们也在描写上海这种现代大都市生活中显示出自己的特长。他们写大都市中形形色色的日常现象和世态人情,从舞女、少爷、水手、姨太太、资本家、投机商、公司职员到各类市民,以及劳动者、流氓无产者等等,几乎无所不包。这种描写常常采取快速的节奏,跳跃的结构,如霓虹灯闪烁变幻似的画面转换,迥异于过去小说用从容舒缓的叙述方法表现恬淡的农村风光,宁静的生活气氛。《新文艺》在介绍刘呐鸥的小说集《都市风景线》时说:"呐鸥先生是一位敏感的都市人,操着他的特殊的手腕,他把这飞机,电影,JAZZ,摩天楼,色情,长型汽车的,高速度大量生产的现代生活,下着锐利的解剖刀。在他的作品中,我们显然地看出了这不健全的,糜烂的,罪恶的资产阶级的生活的剪影和那即刻要抬头起来的新的力量的暗示。"②这种说法大体上是切中特点的。当时左翼作者的文章也说:"意识地描写都市现代性的作家,在中国似乎最初是《都市风景线》的作者呐鸥。"③

本来,新感觉派的先驱者往往都以描写大都市生活见长:像法国拉博(Valery Larbaud,1888—1957)就被称为善于以"头等车上旅客"的身份描绘"都市风景线"——表现现代都市的物质文明;保尔·穆杭的《夜开着》、《夜闭着》,横光利一的《上海》,也都是以描写现代大都市生活著称的长篇。刘呐鸥的小说集所以叫做《都市风景线》,就同这些外国作家的先导和影响有关。他的小说场景,涉及赛马场、夜总会、电影院、大旅馆、小轿车、富豪别墅、滨海浴场、特快列车等现代都市生活的各个方面,其中心主题是暴露资产阶级男女的堕落和荒淫。

继刘呐鸥小说而起的,就是穆时英《公墓》、《白金的女体塑像》等集子里的作品。他在创作都市文学方面的地位,实际上比刘呐鸥还重要些。杜衡在三十年代初期说:"中国是有都市而没有描写都市的文学,或是描写了都市而没有采取了适合这种描写的手法。在这方面,刘呐鸥算是开了一个端,但是他没有好好地继续下去,而且他的作品还有着'非中国'即'非现实'的缺点。能够避免这缺点

---

① 鲁迅:《集外集拾遗·〈十二个〉后记》,《鲁迅全集》第7卷,第311页。
② 《都市风景线》广告,《新文艺》第2卷第1号,1930年3月。
③ 壮一:《红绿灯——一九三二年的作家》,《文艺新闻》第43号,1932年1月。

而继续努力的,这是时英。"①苏雪林也说:"穆时英……是都市文学的先驱作家,在这一点上他可以和保尔·穆杭、辛克莱·路易士以及日本作家横光利一、堀口大学相比。"②以穆时英的《夜总会里的五个人》为例,它取一个周末的夜总会作为场景,从这个横断面反映了旧上海这个大都市的生活,可以说是上海的一个缩影。作品里五个主人公,一个是在交易所投机失败以至破产的资本家胡均益,一个是失恋的大学生郑萍,一个是失业的市政府职员缪宗旦,一个是失去了青春的交际花黄黛茜,一个是整天研究《哈姆雷特》各种版本、迷失了方向、越研究越糊涂的学者季洁,他们都带着自己的极大苦恼,在星期六晚上涌进了夜总会,疯狂地跳着舞,从疯狂中寻找更大的刺激,一直跳到第二天黎明的最后一支乐曲为止。出门时,破产的"金子大王"胡均益终于开枪自杀,其余人把他送进了墓地,为他送葬。这就是二十世纪三十年代上海的一个周末。《上海的狐步舞》则更进一步接触到上海这个半殖民地都市的某种本质:"造在地狱上的天堂"。应该说,这些描写是有真实性的。小说有异常快速的节奏,电影镜头般跳跃的结构,在读者面前展现出眼花缭乱的场面,以显示人物的半疯狂的精神状态,所有这些,都具有现代主义的特点。

此外,穆时英在采用刘呐鸥惯用的题材时,往往能写出人物内心的悲哀,这也是他比刘呐鸥显得深沉的地方。他的人物尽管"戴了快乐的面具",却都有大大小小的精神伤痕。作者在《〈公墓〉自序》中说:"在我们的社会里,有被生活压扁了的人,也有被生活挤出来的人,可是那些人并不一定,或是说,并不必然地要显出反抗,悲愤,仇恨之类的脸来;他们可以在悲哀的脸上戴了快乐的面具的。每一个人,除非他是毫无感觉的人,在心的深底里都蕴藏着一种寂寞感,一种没法排除的寂寞感。每一个人,都是部分的,或是全部的不能被人家了解的,而且是精神地隔绝了的。每一个人都能感觉到这些。生活的苦味越是尝得多,感觉越是灵敏的人,那种寂寞就越加深深地钻到骨髓里。"③的确,"在悲哀的脸上戴了快乐的面具",这可以说是穆时英小说人物的一个特点。《黑牡丹》里那个外号叫"黑牡丹"的舞女的命运,已经算是够好的了:她在一个深夜为了躲避舞客的奸污,从汽车中脱逃狂奔,在一所别墅外边被狼狗扑倒咬伤,得到别墅主人的救护,终于成为这位男主人的妻子而摆脱了原先那种疲倦、紊乱、不安定的生活。但她一直没有对丈夫说出自己的舞女身份,也要求一切知情人为她保密,她不愿

---

① 杜衡:《关于穆时英的创作》,《现代出版界》第9期,1933年2月。
② 苏雪林:Present Day Fiction and Drama in China.英文本《当代中国小说戏剧一千五百种提要》,北京怀仁学会1948年出版,香港龙门书店1966年翻印。
③ 穆时英:《〈公墓〉自序》,《南北极·公墓》,人民文学出版社1987年版,第174—175页。

再去触动自己灵魂深处的那块伤疤。也正因为这样,穆时英的作品常常充满着一种"同是天涯沦落人,相逢何必曾相识"的人生慨叹和感伤情绪。

稍有不同的是施蛰存,他的作品题材范围最为宽广,不仅写上海这个大都市,也写到上海附近一些小城镇的生活,表现出半殖民地半封建环境的一些重要特点。他写大都市生活的那些小说,如《薄暮的舞女》、《四喜子底生意》、《特吕姑娘》、《失业》、《鸥》等,偏重写都市中的下层人物,但节奏也是比较快的。《薄暮的舞女》主要通过电话上的对话,表现舞女的悲哀和辛酸。女主人公渴望结束舞女生涯,急盼情人如约到来,以便终身有靠。她回绝了舞场老板签订合同的要求,也婉言谢绝了舞客的邀请。然而她所等待的人却一等再等仍不见踪影。最后得到消息:她的情人原来在投机事业中失败,已经破了产。这位舞女绝望了,只得赶紧给已经谢绝了的舞客打电话,赔笑脸,表示接受对方的邀请。作者怀着很深的同情而又很冷峻地刻画了女主人公素雯在一个黄昏时刻的心理变化过程,表现得相当活泼生动。《失业》写一个洋行小职员被解雇,领了最后一次薪水以后一路烦恼、混乱、惊恐、焦虑的心情。他在熙熙攘攘的马路上碰见一个不很熟的老同学,就好像溺水者抓住一块木片,捞到一点希望;拉着对方一起进了冷饮店,却忘了叫食品和抢先付钱;很想开口托老同学为他找个职业,却又不敢谈起自己现在已经失业,怕对方瞧不起;回到家,闷坐不开口,无故打孩子,最后才在纸上给妻子写了三个字:"失业了"。小说写得惟妙惟肖,既有现实主义的通常写法,也有新感觉主义的跳跃手法。另如《特吕姑娘》等等,也都写出了半殖民地都市下层人物的悲哀。

总之,三十年代新感觉派作家在尝试打开都市文学道路方面是有功的。如果说二十年代中国现代小说的成就是在"乡土小说"和表现知识青年生活的"自我小说"方面,那么三十年代都市文学的兴起在现代小说史上就是突出的发展,其中就包括新感觉派所作的一些贡献。

新感觉派小说在表现都市生活内容的过程中,刻意捕捉新奇的感觉、印象,并对小说的形式、手法、技巧作了一定程度的革新。

这个流派的主要艺术特色,是将人的主观感觉、主观印象渗透融合到客体的描写中去。他们那些具有流派特点的作品,既不是外部现实的单纯模写和再现,也不是内心活动的细腻追踪和展示,而是要将感觉外化,创造和表现那种有强烈主观色彩的所谓"新现实"。刘呐鸥的《两个时间的不感症者》开头描写赛马场,通过"流着光闪闪的汗珠"的白云,使人了解到上海某一天很高的气温;通过天空里发散的"尘埃,嘴沫,暗泪和马粪的臭气",使人体会到赛马场的紧张的气氛……作者通过视觉、听觉、嗅觉、味觉、触觉的客体化、对象化,使艺术描写具有更强的可感性,具有某种立体感,这正是新感觉派要追求的效果。穆时英《夜总会里的五个人》写上海租界繁华区的夜景,作者没有一般化地说商店的霓虹灯光如何变幻闪烁,街上行人如何熙熙攘攘,卖报的孩子如何在叫卖晚报……而是作了这样三段具体描写:

"《大晚夜报》!"卖报的孩子张着蓝嘴,嘴里有蓝的牙齿和蓝的舌尖儿,他对面的那只蓝霓虹灯的高跟儿鞋鞋尖正冲着他的嘴。

"《大晚夜报》!"忽然他又有了红嘴,从嘴里伸出舌尖儿来,对面的那只大酒瓶里倒出葡萄酒来了。

红的街,绿的街,蓝的街,紫的街,……强烈的色调化装着的都市啊!霓虹灯跳跃着——五色的光潮,变化着的光潮,没有色的光潮——泛滥着光潮的天空,天空中有了酒,有了烟,有了高跟儿鞋,也有了钟……

猛然读到卖报孩子"张着蓝嘴,嘴里有蓝的牙齿和蓝的舌尖儿"时,读者会惊异的。接下去,读到五光十色的霓虹灯的描写,不但不再惊异,而且会感到很真实。像这样把卖晚报孩子的叫卖与周围亚历山大鞋店、约翰生酒铺等商店霓虹灯光的闪烁变化综合起来描写,写出形体、声音、光线、色彩诸种可感因素的交互作用,加上幻觉和想象,就克服了平面感,产生了如临其境的感觉,使人感受到殖民地、半殖民地都市的畸形繁华与紧张跃动的气氛,加深了读者的印象。

即使在施蛰存的心理分析小说中,感觉的描写也占有重要地位。《魔道》一篇中的心理分析,实际上是建立在某些特殊的感觉——幻觉、错觉的基础上的。黑衣老妇人一出现在车上,主人公就感觉对方满脸"邪气",它引导人物想入非非,成为整篇小说发展的基础。《梅雨之夕》里那个"我"在打伞送少女的过程中,也有几处使读者感兴趣的感觉描写:一是"我"感到这少女忽然像年轻时的女伴,二是"我"偶尔看到一家店里站柜台的女子,便仿佛感到对方眼神里有着嫉妒和忧郁,因而怀疑那是自己的妻子。这些莫名其妙的感觉,对于刻画主人公特定的心理,起着重要的作用。特别是《魔道》中描写病态的主人公欣赏夕阳下的村野景色竟也产生幻觉、想入非非,那是相当精彩的:

种种颜色在我眼前晃动着。落日的光芒真是不可逼视的,我看见朱红的棺材和金黄的链,辽远地陈列在地平线上。还有呢?……那些一定是殉葬的男女,披着锦绣的衣裳,东伏西倒着,脸上还如活着似的露出了刚才知道陵墓门口已被封闭了的消息的恐怖和失望。——永远的恐怖和失望啊!但是,那一块黑色的是什么呢?这样地浓厚,这样地光泽,又好似这样地透明!这是一个斑点,——斑点,谁说的?我的意思是不是说玻璃窗上那个斑点？那究竟是一点什么东西呢？……

这样一段正常人觉得不可思议、莫名其妙的文字,用在小说里那个思维已经有点不正常的主人公身上,却是相当贴切,可以说恰到好处地表现了他当时的心境。这里的感觉、幻觉写得如此富于色彩,"朱红"、"金黄"、"黑色"的对比衬托是这样鲜明而强烈,都体现了新感觉派的某些特点。

正因为新感觉派重视写各种感觉,有时将视觉、听觉、嗅觉、味觉、触觉这些不同的方面复合起来写,因而容易出现所谓"通感"的现象。西方现代派本来就主张在感觉上"五官不分",托麦斯有这样的诗句:"我听到光的声响,我看到声音的光","我的舌头大叫,我的鼻子看到"①。新感觉派由于追求感觉的新奇,更需要在"通感"上下工夫。穆时英的《上海的狐步舞》就有"古铜色的鸦片烟香味"这类句子。他的感伤气味很重的爱情小说《第二恋》中,更运用了不少"通感"手法。当天真稚嫩的女主人公玛莉第一次露面时,小说通过男主人公"我"的感觉写道:"她的眸子里还遗留着乳香。"两人虽感到很投合,但因为男方经济地位太低,不敢向女方求婚,于是造成了终生的遗憾。九年以后,玛莉已成为两个孩子的母亲,"我"在景物依旧、人事全非的境况中,准备与玛莉再次见面,这时的心情是:"我觉得很痛苦,同时有一点孩子气的高兴,我坐着,然而在笑里我听得见自己的心的沉重的叹息。我是拖着一个衰老的、破碎的灵魂走回记忆里边来了,走回蜜色的旧梦里边来了。"相见之后,倾诉别情,玛莉为了排解"我"的痛苦,把手"按到我头上来,抚摸着我的头发",这时"我"产生了这样的感觉:"那只手像一只熨斗,轻轻熨着我的结了许多皱纹的灵魂。"应该说,这类"通感"手法运用的贴切和成功,为新感觉派作品增色不少。

此外,他们在借鉴电影的表现手段,吸取西方意识流手法,以及将诗歌中的叠句运用到小说中创造某种气氛等方面,也都是有特点、有成就的。像《上海的狐步舞》那种场景切换的方法,那种跳跃的镜头和快速的节奏,没有对电影的借鉴是不可思议的。至于小说《街景》②,连时间、空间也是有所颠倒,写得颇有特点。总之,新感觉派小说在形式、手法、技巧等方面很重视创新,而且取得了一定

---

① 转引自袁可嘉《外国现代派作品选·前言》,袁可嘉等选编《外国现代派作品选》第一册(上),上海文艺出版社 1981 年版,第 19 页。

② 穆时英短篇小说《街景》开头写三个修道女的几段文字,曾被《现代》的读者揭发是改头换面地抄袭日本作家池谷信三郎《桥》的最末段。穆时英自己承认曾参考和局部地搬用那篇作品,但他说那是"取巧",不是"抄袭"。《现代》的编辑确认两篇小说"有类似之处",除了检讨自己的失察,"向读者表示歉意"外,还批评穆时英的写作办法"到底是不足为训",肯定读者的评摘对于他"一定是有利无害的"。参见《社中座谈·(三)读者的告发与作者的表白》,《现代》第 3 卷第 2 期,1933 年 6 月。

的成就。

在挖掘与表现潜意识、隐意识、日常生活中的微妙心理、变态心理等方面,新感觉派同样显示出重要的特色,并且获得了相当的成就。三十年代新感觉派小说中,有一部分专门表现一种心理过程。像刘呐鸥的《残留》,完全用内心独白的方式写成,撇开它感情内容方面的问题暂且不谈,艺术表现上是颇有特色的。发表时《新文艺》编者曾说:"《残留》是刘呐鸥先生自己很满意的新作,全篇用着心理描写的独白,在文体上是现在我们创作上很少有的。"①穆时英的《白金的女体塑像》,施蛰存的整本《梅雨之夕》和《春阳》、《莼羹》等篇,都属于这种性质。这些作品发展丰富了心理小说的表现手段,增强了心理分析的深刻程度和细密程度,表明了弗洛伊德学说对小说创作影响的积极方面。

弗洛伊德主义对施蛰存小说产生影响,也许该从《周夫人》算起。这篇作品通过12岁男孩的眼睛和感受,表现出一个守寡的年轻妇女内心的深沉痛苦。她由于对亡夫的长期思念,以致把这种感情变态地加到了这个可能同亡夫长得多少有点相像的男孩身上。如果小说早出现几年,放到五四时期,肯定会在社会上引起很大轰动。虽然如此,从表现方法来说,《周夫人》还不是典型的心理分析小说。

真正圆熟地写现实题材的心理小说开始于《梅雨之夕》。小说几乎没有什么情节,只是写一位有雨具的男子在街头碰上一个躲雨的姑娘主动将她送回家时一路上的心情。一次完全没有结果的萍水相逢,作者却有本事把人的心理过程写得极为曲折细微而又富有层次。开头是把姑娘作为美的对象来欣赏;以后侧面看姑娘的脸型仿佛像自己少年时代的女朋友而发问;再后来雨停了,姑娘道谢告别,男子心里竟埋怨老天爷何不再多下半点钟;最后回到家里怅然若失,甚至有点失魂落魄:这一切都写得很能吸引住读者,不断使人发出会心的微笑。不会写的人常常把这类细微的心理过程给拉直了,而施蛰存却能把它写得这样曲折和引人入胜。

施蛰存的心理分析小说中,最值得重视的是那些具有较多的反封建意义,而且艺术表现上也相当精致的作品。如《春阳》一篇,细致地写了一个三十多岁的中产阶级妇女内心的隐秘活动。十二三年前,她为了要得到夫家一大笔产业,在未婚夫病死后抱着丈夫的牌位举行了婚礼。不久公婆也去世,她掌握了遗产,然而被族中人虎视眈眈地窥伺着,只能孤身生活下去。作品从她某天来到上海的银行取钱以后写起,写了她在春天暖和的阳光照耀下内心一些微妙的活动(包括意识和深一层的潜意识),表现她渴望得到爱情、得到幸福的热切心情。然而周

---

① 《编辑的话》,《新文艺》第1卷第2号,1929年10月。

围的男子都把她看做是有夫之妇,称她为"太太"。她只好颓丧地离开上海回家。小说采用某些迹近意识流的手法来写,但写得明白好懂,绝不晦涩费解。另如《莼羹》一篇,写"我"与妻子之间为各自维护自尊心而在究竟由谁做一碗莼菜上产生的家庭生活矛盾,题材完全属于日常琐事。但作者发掘了夫妇双方内在的微妙心理,从日常生活琐事中发现并鞭挞了残留的封建大男子主义,给人一种新鲜感。这些作品都把人物心理的分析与社会内容的发掘较好地结合起来,使两者相得益彰,因而成为既有某种思想容量又有鲜明艺术特色的力作,至今仍可供我们借鉴。正是沿着这一方向,施蛰存在复归于现实主义道路之后,仍然以圆熟的笔法,写了《名片》、《失业》等保留不少心理分析特点的作品。它们与《春阳》、《梅雨之夕》等心理小说一起,共同构成了施蛰存作品中最有价值的部分。

新感觉派的创作实践表明:弗洛伊德关于潜意识的学说,为推进心理分析小说,深入表现人物心理,开辟了新的天地;而这种小说的健康成长,则有赖于作家对人物心理的社会内容作出深入的开掘。这两个方面的结合,乃是心理分析小说得以发展的康庄大道。以施蛰存为代表的新感觉派作家,正是在这个重要的方面迈出了最初的步伐,取得了一定的成就。

新感觉派小说是三十年代海派文学中有成就有贡献的流派,但同时也带来过某些倾向性的问题。这突出地表现在:他们毫无分析地接受了弗洛伊德学说和唯心史观的影响,醉心于表现"二重人格",而较少分析批判地揭示产生"二重人格"的社会根源;他们企图按照弗洛伊德主义来解释各种历史事件和历史人物,因而形成了历史唯心主义倾向。这个流派的失误也同样有一定的代表性。

第六节 张恨水的章回体小说

张恨水(1895—1967),安徽潜山人,原名张心远,恨水为其笔名,取自南唐后主李煜词《乌夜啼》中"自是人生长恨水长东"一句,寄托着惜时奋进之意。他十四岁以前一直接受旧式教育,在四书五经之外,沉迷于中国古代小说,并钻研以林译说部为主的西方翻译小说。到十七岁时,已经阅读了几百种小说,逐渐明白了小说的叙事方法和描写艺术。其后,由于家道中落,他度过一段流浪生活。后经人介绍,进入芜湖一家报馆工作,并开始小说创作,陆续发表了一些具有"礼拜六"风的章回体小说。1919年秋,张恨水进入北京新闻圈,做过校对、新闻采写、副刊编辑等工作。1924年起加入成舍我创办的《世界晚报》和《世界日报》,编辑新闻和副刊,开始在《世界晚报》副刊连载长篇小说《春明外史》,受到北京市民读者的欢迎。从此他一身而二任:既是一位职业的报人,先后供职于北京《益世报》、《今报》、《世界晚报》、《世界日报》、《朝报》、上海《立报》、重庆《新民报》、北京

《新民报》,并创办《南京人报》;又是一位以卖文为生的职业小说家,一生笔耕不辍,创作了《春明外史》、《金粉世家》、《啼笑因缘》、《八十一梦》等中长篇章回体小说百余部,被誉为中国现代章回小说大家。

《春明外史》全书 86 回,近百万字,是张恨水的成名作,1924 年 4 月—1929 年 1 月连载于《世界晚报》副刊,历时近五年。"春明"原指唐代长安东城三门的中门,后世用作都城的别称。小说题名已经标明描写的主要内容:它以言情为经,描写世相为纬,通过出身皖省世家的报人杨杏园在北京的两段爱情悲剧穿针引线,编织串联了大大小小近七十个社会新闻的"话柄"故事,相当开阔地表现了北京市民生活的方方面面,成为二十年代北京社会世相的长卷。

杨杏园的爱情故事分成两大段落次第展开,成为小说情节发展的基本线索。小说前 22 回描写杨杏园对八大胡同松竹班的"清倌人"梨云情深意笃,不仅在梨云病重弥留之时给予深情的安慰,而且以未婚妻的名义将她安葬。这个故事带有传统青楼文学"才子+妓女"的鲜明痕迹。稍有不同的是,作者或多或少受到五四人道主义思想的影响,因而不仅表现了妓女生时的辛酸、死后的凄凉,而且在描写杨杏园对梨云由"怜"而"爱"的感情发展时,以同情、尊重、专一作为情感的基调,剔除了狎妓生活中的玩弄成分,让杨杏园对梨云的爱情显示出精神恋爱的一面。小说后 64 回描写杨杏园与出身书香世家的飘零才女李冬青的缠绵悱恻的爱情故事。李冬青因身有隐疾,不能婚嫁,于是"辛苦补情天",举荐史科莲李代桃僵,自己则黯然奉母南下。不料杨杏园却心无旁骛,在心力交瘁中吐血而亡。杨、李的爱情悲剧虽然不脱旧式才子佳人故事的胎记,但已经融入了更多的时代气息。因而这个爱情故事和男女主人公都显示出半新半旧、亦新亦旧的明显特点。一方面,他们都是坚持人格独立、坚持自食其力的知识劳动者,把爱情建立在互爱和双方平等的基础上,而这正是五四新文化思潮影响的印记;另一方面,他们同病相怜、惺惺相惜,以传统诗词唱和"为媒"的情感交流方式,落落寡合、狷介自赏的性格,万事皆空的感伤情调,甚至李冬青让史科莲李代桃僵的"爱情补偿"等等,又不难看出旧式文人的精神特征。

为了大范围地描写社会世相,小说围绕杨杏园的情感历程和人际交往,衍生出近七十个话柄故事。这些逐渐生发并横向展开的大大小小的故事,描写的范围从政界、军界、外交界到学术界、新闻界、演艺界,描写的人物则三教九流,无所不备:全书出场的两百多个人物中,既有总理、总长、议员、政客、军阀、遗老遗少、豪门公子、学界名流,也有小吏、听差、仆妇、车夫、妓女、乞丐、流氓无赖。作者把高官显贵到底层市民,统统纳之笔下。这些人物及其连带的故事,大多发生在那一时代北京市民日常生活中的妓院、戏园、电影院、舞厅、公园、旅馆、饭店、会馆、报馆、大烟馆等公共活动场所,因而具有相当的市民"公共性",其中的一些公共场所则具有较为鲜明的现代生活特征。这些具有"市民公共性"的新旧杂陈的人物故事，正是市民读者茶余饭后消闲的话柄。张恨水以其敏锐的报人眼光，适应市民读者的阅读趣味，把这些人物故事统统摄入他的连载小说中，成为二十年代报纸版面上常见的"本埠新闻"和各种消闲类副刊的集合，充分显示了"报人小说"的鲜明特点。因此，这些人物故事大多具有新闻的时效性和"一过性"的特点，作者对他们招之即来，挥之即去，全书人物大多罕见鲜明的性格，故事也缺少提炼和集中。

然而，张恨水并不想让他的这些故事仅仅成为消闲的话柄，他有更高的追求。他说《春明外史》是"用作《红楼梦》的办法，来作《儒林外史》"[①]。这既是叙事方法，也是创作态度：他希望针砭时弊世相。就叙事方法来说，他希望能够创作像《儒林外史》一类指摘时弊、公心讽世的社会讽刺长篇，同时又力求避免这类长篇没有主干，"说完一段又递入一段"的结构松散的毛病，于是取《红楼梦》的叙事办法，用言情故事的几个主角来穿插全局，把言情小说和社会小说结合，在民国初年李涵秋《广陵潮》所开创的小说模式基础上，改造和完善了章回体小说中的社会言情小说类型。从针砭世相看，作者侧重从道德批判的角度，采用影射手法和新闻纪实笔调，对官场黑幕、情场诡谲、花界秽行、菊部伎俩、儒林争斗、学界风潮中的这些人物故事，给予不动声色的暴露。

与此同时，作者还努力通过小说主人公杨杏园这一悲剧形象的塑造，对社会世相做出批判。杨杏园是文化转型时代新旧杂陈的知识分子类型，是在旧的道德文化崩坏、新的道德文化成为时代主潮的历史条件下，却主要以传统道德文化中的积极因素艰难立身处世的"过渡型"人物。他性格矛盾，具有多重人格特征。他秉持着中国传统文人的气节操守，既有扶危济困的侠义心肠，又有独善其身、克己忍让的人生态度。面对污浊的社会，他绝不同流合污，而努力保持自己人格的清白。人生多苦、浮生若梦的佛家色空观念，使得他总是在多情与忘情、入世与避世的艰难选择中痛苦地徘徊，并最终在"恬淡学佛"中追求自我道德的完善。他在生命垂危时的自挽联中说："生不逢辰，空把文章依草木！死何足惜，免留身手涉沧桑！"清晰地反映了那一时代一部分下层知识分子孤独绝望的人生处境。小说正是通过杨杏园的两段悲剧性的爱情经历，他的人际交往和人事应对，他因精神创痛和过度劳累而孤独地客死京华等多方面的描写，曲折地寄托着那一时代正直而又无力改变世道的知识分子悲愤无所依托的主题。

《春明外史》连载期间，张恨水又开始发表另一部百万字的长篇，这就是1927年2月—1932年5月连载于《世界日报》的《金粉世家》。鉴于《春明外史》

[①] 张恨水：《我的小说过程》，原载《上海画报》，1931年1月27日—2月12日。

把几个主角的故事穿插全书,前后疏落在近七十个话柄故事之中,使得小说主线时隐时现、时断时续,小说结构有"断烂朝报"之嫌,张恨水在进行《金粉世家》的艺术构思时,对于小说的结构布局、人物设置、叙事方法和描写技巧作了更加精心的设计。他以"家"为全篇的结构中心,设置整部小说的人物和故事,安排好大致的情节,列出一张人物表,简要标明每个人物的性格和所发生的故事,运用倒叙方式开篇,半开放式的结尾,注意吸收西方小说的景物描写方法,大量采用内心独白等等,都使得这部同样逐日连载的报章长篇,在艺术上比《春明外史》有了明显的进步。

《金粉世家》的故事背景照样安置在北洋军阀统治时期的北京。小说以一对地位悬殊的青年男女——男主角是现任国务总理家的七少爷金燕西,女主角是出身书香门第的贫寒才女冷清秋——从恋爱、结婚到反目、离散,作为全书的贯穿线索,集中描写一个官僚大家庭的繁华绮丽而又奢靡荒淫的日常生活,铺叙大家庭中众多人物的离合悲欢的故事,呈现高门巨族的衰败史,并旁涉当时北京官场和中上层社会的众生相。张恨水试图赓续《红楼梦》的叙事传统,在家长里短的日常生活描写中,把言情、讲述大家庭的没落故事、暴露社会三者结合起来,并努力解释婚姻和合离散与家族衰败的原因,因而使得这部作品成为现代长篇大家庭衰败史小说的滥觞。

小说主要人物冷清秋在精神本质上,其实就是一个"女性的杨杏园"。不过,与杨杏园的性格缺少发展变化不同,小说呈现了冷清秋的性格成长史和她的精神变异的历程。她自幼受到传统文化的熏陶,长成后又受到五四新文化的影响和教育。她纯朴善良,才貌双全,然而却红颜薄命。由于涉世未深,贪慕虚荣,她与纨绔子弟金燕西演出了一场爱情婚姻的悲剧,经历了人生命运的大磨难。她追求纯真的爱情,可是羡慕豪华的虚荣心却使她失足。她心地善良,同情弱小,可是洁身自好、出污泥而不染的传统文化性格,又使她身处金府一堂沉溺的污浊环境中而不善于应对周旋,因而落落寡合。她善于反躬自省,然而把自己的恋爱婚姻悲剧归结为"齐大非偶",认为这是命运的安排,却又减弱了这一人物应有的时代气息。她的特行独异之处在于,一旦认识到自己的错误,就坚定地维护女性的人格独立和尊严,坚持自我谋生的独立生活,不做男性的附庸,不做寄生虫,即使饿死,也决不妥协。她用自己艰难困苦的自立生活,证明女性人格独立与尊严的可贵,从而把传统文人富贵不能淫、贫贱不能移的气节融入现代知识女性捍卫独立人格的斗争之中。因此,冷清秋的形象,是中国传统文人的人格精神和五四民主思想融化结合的一位具有典型意义的青年知识女性。

金燕西是豪门巨族没落途中由膏粱子弟转变为自食其力的普通市民的一种类型。他自幼生长于金粉丛中,倚红偎翠,习以为常,深深地感染了纨绔子弟的习气,但他却从未见到过像冷清秋这样气质高雅、纯朴秀美的女性。他从三位哥哥的婚姻中看到,交朋友需要交际场中的新式女子,娶妻还是朴实的女子好。因此,当他遇见冷清秋之后,就不顾一切、不择手段地追求她,一再向冷清秋表白自己决心冲破门第等级的爱情婚姻观念。他对冷清秋的热恋,有追求合理幸福生活和人性向善的一面。为了与冷清秋结合,他甚至抛弃了与贵族小姐白秀珠的恋情,并最终受到白秀珠的报复。然而金燕西的纨绔习气却已经深入骨髓。婚后不久,他就喜新厌旧,追随几位兄长,花天酒地,胡作非为,消退了恋爱时的热情。小说较为细致地描写了金、冷两人由于不同的经济地位和文化教养所导致的生活观念、人生追求的巨大差异和撞击,并最终导致两人婚姻的离散,从而折射出两种不同的文化道德观念的冲突。

对于阀阅家族由繁华绮丽到大厦倾圮,小说主要通过金铨和金燕西三位哥哥的腐朽堕落的生活,道德的沉沦,以及姐娌之间的勾心斗角的叙述来完成的。这种描写,重在道德暴露,并把家族衰败的原因归结为败家子的胡作非为。与作家刻意仿效的《红楼梦》和后起的巴金的《激流三部曲》、端木蕻良的《科尔沁旗草原》、林语堂的《京华烟云》、路翎的《财主底儿女们》(第一部)等现代长篇大家庭衰败史小说相比,《金粉世家》的这种描写相当浅显,并且没有揭示出家族衰败的深广的社会历史原因,张恨水的认识也没有超出一般市民的水平。

《春明外史》和《金粉世家》连载期间,张恨水还在报纸副刊上陆续发表了《新斩鬼传》、《京尘幻影录》、《春明新史》、《剑胆琴心》、《斯人记》等多部连载长篇小说。由于这些小说在思想内容和艺术描写上呈现出半新半旧、亦新亦旧的改良形态,因而受到市民读者群中多数人的喜爱,再加上这些小说借助报纸作为传播媒介,受众的范围更加扩大,从而使得张恨水的章回小说在北方声名鹊起。1929年严独鹤邀请张恨水为上海老牌的《新闻报》创作长篇小说,因而有了1930年3—11月发表于《新闻报》副刊《快活林》的长篇《啼笑因缘》。《啼笑因缘》在编辑和作者的共同运作下,充分满足了上海市民读者的阅读趣味,成为著名的畅销小说,并相继被改编成电影、戏曲、曲艺和话剧。在《啼笑因缘》取得艺术和商业运作的巨大成功的同时,他沿着《啼笑因缘》的基本叙事模式不断生发,陆续发表了同样受到读者欢迎,并相继改编成电影的《欢喜冤家》、《落霞孤雾》、《银汉双星》、《秘密谷》、《现代青年》、《美人恩》、《夜深沉》、《过渡时代》等大批量创作的小说。张恨水从此成为享誉全国的多产小说家。

让上海市民读者如痴如醉的《啼笑因缘》,依然描写与十里洋场迥然不同的古都北京风貌,采用社会言情小说的套路。不同的是,它在《春明外史》和《金粉世家》已经成型的"一男两女"的三角言情模式基础上,发展为"一男三女"的多角恋爱模式。故事发生在北洋军阀统治的二十年代中期,讲述出身杭州官僚世家的青年学生樊家树对唱大鼓书的少女沈凤喜一见倾心，他的热诚和悉心呵护，获得了沈凤喜的爱情。不料，沈凤喜因为贪慕富贵虚荣，竟然落入军阀刘德柱精心设置的陷阱。侠女关秀姑深入虎穴，仗义锄奸，救凤喜于水火。然而凤喜由于精神和肉体的巨创，却已经惊疾成狂。秀姑虽然一直暗恋家树，却无法使家树动情。最终，在关秀姑的帮助下，长相与沈凤喜酷似的财政总长的小姐何丽娜经过多方磨难，赢得了樊家树的爱情。全书就是这样以言情小说的多角恋爱故事为中心，颂扬不以门阀、权势、金钱作为择偶标准的恋爱思想，否定封建的贞操观念，熔武侠传奇的锄强扶弱和谴责小说的暴露社会于一炉，张扬武侠的正义与柔情，批判封建军阀的为非作歹和穷奢极欲，暴露官场的黑幕，因而适应了市民读者多方面的欲望和审美需求，成为现代章回小说的名篇。

《啼笑因缘》也代表着张恨水章回小说的艺术水平。与《春明外史》和《金粉世家》相比，这部小说的艺术概括能力有了明显的提高，因而人物更加集中，故事更加精炼，情节更加曲折。在艺术技巧方面，除了重视小说的趣味性，长于编织故事情节，善于运用巧合、误会、悬念等传统章回小说的技巧之外，更加显著的是吸收了西方小说的多种手法，写出了比较丰富的人物个性和人物性格的发展变化，并且努力开掘人物性格变化的内在因素，而不仅是外部环境的影响。

小说男主角樊家树初到北京的半年间，周旋应对于三个青年女子的爱情纠葛中，悲欢离合，不难见出他的习性。身为世家子弟，他能冲破门第等级、尊卑利禄等世俗偏见，热恋下层平民女子沈凤喜，追求自由自主的恋爱婚姻，甚至抛弃封建的贞操观念，都表现了这一人物受到五四新文化所倡导的爱情婚姻观和伦理道德观的影响。然而他的追求中又透出私欲和救世主的心态，失去爱人后，因为无力与军阀抗争，只能以"宁人负我"来自我安慰，又呈现出他性格中的复杂和脆弱的一面。樊家树与关氏父女的密切交往，同样凸现了他的品格和风度，其中既有传统的"为富好仁、怜悯弱者、潇洒开阔"的一面，也有五四平民意识的一面。他敬重关秀姑的侠义，却因为她是旧式女子，与自己性情不合，于是以落花有意、流水无情的无可奈何的心境处之。樊家树不满于何丽娜的奢华世故，然而她为爱情而重新塑造自己的执著，却不能不让樊家树感动，他最终还是接受了何丽娜的热情。小说呈现了樊家树思想行为上的种种矛盾，展现了这一人物性格的多面性和丰富性，较为生动地写出了这一"过渡时代"的"现代青年"的特征。

沈凤喜、关秀姑、何丽娜三个女性各具情态，形象较为鲜明，同样写出了性格的发展变化。沈凤喜的性格是多侧面的。作为青春美貌而沦落风尘的鼓书艺人，污浊的社会和市井的恶劣环境原本就决定了她潜意识中存在着待价而沽的倾向。因此，她与樊家树的恋爱，在纯情浪漫中就已经沾染了小市民的利禄习气，从一开始就受到金钱的支配。她后来落入军阀的虎口，受尽凌辱，固然与其叔叔沈三玄的阴谋诡计有关，但根本原因还是她自己贪图虚荣富贵酿成的恶果。当她落入军阀刘德柱的富贵陷阱之后，甚至想以四千元支票买断樊家树的爱情，这就说明爱情婚姻在她看来，只不过是一种交易，换取的是自己和家人的富足生活。张恨水小说对冷清秋、沈凤喜一类平民少女因为羡慕荣华而失足的情节安排和悲剧性结局的设计，反映了作者对于市民欲望既企羡又焦虑的复杂态度。关秀姑是一位侠骨柔肠、儿女多情、富于传奇色彩的侠女。她和其父关寿峰形象的设计，以及相关故事情节的编排，是副刊编辑和作者为迎合上海市民读者的阅读趣味，共同创造的结果。这两个人物的安排，一方面表现了樊家树性格中仗义疏财、分金续命的开阔潇洒和平民意识；另一方面，则是对市民渴求除暴安良欲望的宣泄和对市民读者猎奇心理的抚慰。樊家树眼中的关秀姑，可敬而不可爱，固然由于她是一个旧式女子，既无沈凤喜的活泼动人，又无何丽娜的大胆执著；然而更重要的，是关秀姑作为一个侠女，已经成为正义的化身，而正义的化身是必须无我的。所以，她深入虎穴，山寺锄奸，两次成人之美，把对樊家树的一片痴情化作肝胆相照的自我牺牲。这一侠女形象虽然是大众欲望想象的产物，但却负载着相当复杂的文化内涵，其中尤其是传统侠文化的正负两方面的精神特质。出身财界官僚家庭的何丽娜，从衣食住行、言谈举止到社会交际，都是已经欧化的新潮女性。她与关秀姑正好处于新潮与旧式的两极，而沈凤喜则处于半新半旧的中间状态。樊家树对沈凤喜一见倾心，可对何丽娜的感觉却是"美丽"而"太放荡"，亦新亦旧的樊家树很难爱上她。但何丽娜却大胆而执著，为了迎合樊家树，她不惜把自己转变为适应传统审美标准的女性，并最终获得成功。然而在小说的描写中，何丽娜的转变却缺乏切实的思想基础和细腻的描写，带有人为干预的明显痕迹。为了适应樊家树，同时也是适应市民读者的审美标准，张恨水舍弃了这一人物思想转变的合理逻辑。此外，小说中的其他人物，如陶伯和的忠厚老成，陶太太的调侃戏谑，沈三玄的攀附贪利，刘德柱的凶狠残暴，也都各具面目。

从全面抗战爆发到四十年代末，张恨水的创作思想发生明显变化。惨烈而神圣的民族抗战和当权者的腐化堕落，激起了张恨水的义愤。他更加贴近现实，把自己的创作建立在深切的民族忧患意识和人民大众密切关注的问题上，抛弃了二三十年代曾经有过的靠写作"图利"①的思想。在创作道路上，他自居"民间"立场，坚持与赵树理的"文摊"文学观相似的"赶场"文学观，主张写作"赶场的文章"②。由此，他重申要肩负起改良章回小说的志向：在"新派小说"和"旧章回小说"之间，采用"改良的办法"，走出一条新路，为"习惯读中国书，说中国话的普

---

① 参见张恨水《写作生涯回忆》，人民文学出版社1982年版，第28、36页。
② 张恨水：《赶场的文章》，原载1944年4月11日重庆《新民报》。

通民众",创作"写现代事物的小说"——"改良的"章回小说①。他在办报的同时,勤奋写作了三十余部中长篇小说,正是贯注这一志向的实践。

这些小说大体上可以归为两类:一类是直接或曲折地反映抗战的"国难小说"。张恨水是一位民族生存意识和家国情感极为强烈的作家,早在"九一八"事变后,他就取"弯弓射日"之意,写作了短篇小说集《弯弓集》和多部中长篇抗战小说。全面抗战爆发后,反映民族存亡的斗争,成为他小说创作关注的一个重点。《巷战之夜》、《蜀道难》、《敌国的疯兵》、《大江东去》、《虎贲万岁》等作品,直接描写处于国难中的人民群众自发组织起来展开抗日战争。受到毛泽东赞扬的《水浒新传》改写已有的故事,描写梁山泊英雄招安后抗击金兵、为国捐躯的悲剧,借古喻今。《秦淮世家》、《丹凤街》等作品,则描写故都南京的市民生活,曲折隐晦地表现着抗日的主题。由于担心书生描写战事容易闹笑话,张恨水坚持"写真实",不少抗战小说采用真人真事为模本,减缩了艺术的想象和虚构,放弃了编织故事的特长,就连擅长的"言情"在这类作品中也已经退居次要的或是可有可无的地位。另一类作品则是以《八十一梦》、《魍魉世界》、《纸醉金迷》、《五子登科》等为代表的社会讽喻和社会暴露小说。这类集聚着郁愤的作品,基本上舍弃了社会言情小说的叙事模式,只剩下了强烈的社会谴责。作家站在人民大众的立场,对于当权者的卑劣与丑恶展开了辛辣的讽刺和鞭挞,饱含着忧国忧民的强烈情感,深得读者的欢心,因而在当时产生了广泛的影响。

《八十一梦》从市民阶层最为揪心的生计问题的特定视角,讽刺国民党贪官污吏的卑劣行径,以及大后方官绅纸醉金迷的丑恶生活。全书除"楔子"和尾声外,一共写了十四个梦,名为长篇,实乃短制,多数作品含蕴着批判性的叙事智慧,发人深思。其中的《号外号外》,幻想收复南京号外的叫卖,引起了重庆市民日常生活的恐慌,宣泄的是对通货膨胀、房租物价狂涨的愤慨。《生财有道》揭露抗战时期囤积居奇、发国难财的各种社会丑态。《狗头国一瞥》描写狗头国上至国王、下至百姓,私相授受,用人唯亲,奴颜婢膝,崇洋媚外等丑态。《退回去了廿年》暴露二十年代京城衙门人浮于事,任人唯亲的腐败风气。《天堂之游》叙述"我"梦为天堂的观光客,所遇者皆为猪八戒、哪吒、妓女李师师、西门庆、潘金莲等文学人物。他们或出任警察署长,或掌管交通机关,或充当银行行长、公司董事,然而所干的却是相互勾结、走私货物、巴结贿赂、玩弄女人等卑鄙龌龊的勾当。而南天门夹道的洋槐和法国梧桐的描写,则又把荒诞的情节引向社会现实。《在钟馗帐下》描写钟馗斩除爱财不要命的恶魔守将钱维重("钱为重")及其同伙,同时批判国民性中空谈误国的病态。《上下古今》描写"我"神游太虚,在书人

---

① 张恨水:《总答谢——并自我检讨》,原载 1944 年 5 月 20—22 日重庆《新民报》。

柳敬亭的引荐下,访问了唐明皇、史可法、张士诚、绿珠、陈圆圆、柳如是、苏东坡等历史人物,用访谈叩问历史,反思国家的兴亡。《我是孙悟空》叙述"我"幻化为孙悟空,却战不过金面、银面、铜面三位妖王用黄白之物练就的黄雾和鹰犬,幸得伯夷、叔齐馈赠的蕨薇,廉颇老将军的粪便,才战胜三个妖王,并直捣他们的总后台"通天大仙"的巢穴,不料却被老太婆戴满黄金钻石戒指的巨掌罩住,再也无法跳出那堵不软不硬的墙。小说鞭笞当局的鹰犬追腥逐臭的卑劣品性,批判钱可通天的世道,同时又激励人们淡泊自甘,保持高洁的精神操守。

《八十一梦》虽然贯穿着强烈的现实主义批判精神,却没有采取写实的方法。张恨水借鉴《西游记》、《封神演义》的荒诞性叙事,承续《儒林外史》的讽刺性笔调,采用"故事集缀式"结构的第一人称叙事,通过"我"的匪夷所思、荒诞不经的梦境,在上下五千年,纵横几万里,古今交错,时空颠倒的故事情节中,让人神鬼兽同台演出,以梦幻折射现实,用变形显露原形,实现了批判性的艺术追求。作者悲愤郁积于心,整部小说含沙射影,嬉笑怒骂,讽刺批判的正是那个发国难财的政府当局,同时也不乏对国民性改造艰难的忧思。然而在荒诞不经的揭发中,却不时见出辞气浮露之处。

沿着批判社会现实的创作思路,张恨水对章回体小说进行了较大的改良。他由"梦境"回归现实,在走进批判现实主义的同时,也走近了新文学。写于四十年代初的《魍魉世界》和中后期的《纸醉金迷》、《五子登科》等作品,构成了"社会经济腐败批判"系列,从而使得张恨水的这些小说在四十年代独具一格。《魍魉世界》暴露陪都重庆社会在发国难财的浪潮冲击下,普遍存在的形形色色追逐暴利的人生形态。其中最为触目惊心的,是知识界在社会经济腐败中的堕落。《纸醉金迷》暴露抗战最后半年席卷重庆的黄金潮,描写了在黄金投机中普遍存在的疯狂的赌徒心态,呈现出社会生活的糜烂和荒诞,对恶性的金融狂潮扭曲人性和人的生存方式,作出了悲悯性的批判。《五子登科》写日本投降后,国民政府派到北平的"接收专员"的腐败。这位接收大员来到新光复的北平不过数月,全部的作为,就是想尽一切办法接收"房子、女子、金子、车子、儿子"。张恨水正语反用,以反讽的笔调,概括地写出了腐败政治中的一种腐败官员的类型。小说的取材具有尖锐的谴责性,触及当时社会大众热切关注的话题,是特定时代的"官场丑行记",因而轰动一时。

张恨水的"批判社会经济腐败"系列小说,带着强烈的社会批判意图,从经济生活的视角切入,聚焦于种种社会腐败现象,摹写战时战后的社会和人生的丑恶形态,这使他真正走近了新文学。然而在这些小说中,叙事主体的主观意念往往支配着叙事流程,带着义愤情感的情节讲述往往胜过冷静节制的描写,这又使得"批判腐败"系列小说依然带有很强的新闻话柄故事的特点,小说的艺术结构比较粗糙,更重要的是小说人物缺乏鲜明的个性和生动的形象。张恨水虽然走近了新文学,然而他却或多或少地失去了作为现代章回小说大家的一些独具风采的艺术个性。

1949年以后,张恨水病魔缠身,但他依然写作了以《梁山伯与祝英台》、《秋江》、《白蛇传》、《牛郎织女》、《孟姜女》、《孔雀东南飞》、《磨镜记》等为代表的"重写型"小说。

张恨水的一生,是辛勤劳作的一生,也是不断改良章回小说的一生。

五四文学变革中,传统章回体小说中的优秀作品,虽然被新文学作家奉为"白话老师",然而章回体小说从思想内容到叙事方法,都受到新文学倡导者的口诛笔伐。民初以后章回体小说缓慢演变过程中的"鸳鸯蝴蝶派"和"礼拜六派",更是直接被批判的对象。因此,五四文学变革直接导致了章回体小说求生存的蜕变。脱胎于"鸳鸯蝴蝶——礼拜六"胚子的张恨水,正是章回体小说在二十世纪蜕变过程中的重要作家。他适应社会时代的发展和市民读者的需求,坚持走章回体小说改良的道路,渐进地走向新文学,为章回体小说的演进作出了独有的贡献。

张恨水的改良主要表现为"整合旧法"和"推陈出新"两个相辅相成的方面:一方面,他是章回体小说各种类型和叙事方法的综合者,集大成者。他继承了章回小说的基本套路和文体形式,以及常见的"三角"或多角恋爱叙事架构,在"言情为经,社会为纬"的叙事模式基础上,把家族叙事、武侠想象、神魔志异、历史演义、奇幻荒诞熔于一炉,进行了章回体小说改良的多种探索和试验。另一方面,他在始终坚持章回体白话的文法组织基础上,又不断接纳风景描写、内心独白、梦境呈现、潜意识和性心理分析、电影蒙太奇、戏剧"小动作"等一系列新的表现手法,破除"大团圆"的叙事结局,逐渐淘汰章回体小说的老套,使章回体小说在他的手中获得新生。因此,他不仅赢得了读者的喜爱,而且得到新文学作家茅盾在四十年代的首肯:"近三十年来,运用'章回体'而能善为扬弃,使'章回体'延续了新生命的,应当首推张恨水先生。"[①]

作为一位报人小说家,张恨水不仅以一个新闻从业者的开阔视野、丰富阅历和敏锐感觉,突出地描写了北京、南京、重庆三个城市的市民生活和社会世相,为现代的都市小说提供了另一种形态,而且充分利用了现代最有效的文学载体和传播媒介——报纸副刊,连载发表了绝大部分中长篇小说。他的小说创作、传播、接受和畅销,以及这一过程中的商业化运作,为现代小说提供了另一种值得注意的生产方式。他不是小说创作的先锋派,然而却通过他的改良的章回体小说,以读者容易接受的艺术形式和审美形态,把新的思想文化和新的小说艺术传播给大众。他的文学贡献相当独特。

---

① 茅盾:《关于〈吕梁英雄传〉》,原载1946年9月《中华论坛》第2卷第1期。

第十三章
三十年代的诗歌、散文创作

第一节 臧克家和中国诗歌会的创作

三十年代的革命诗歌和现实主义诗歌,植根于大革命失败后的政治现实和社会现实,是二十年代革命诗歌在剧烈变动的历史条件下的新发展。它承续了初期白话诗关注现实的态度,汲取了新诗浪漫主义的反抗精神,从而形成了批判社会现实、宣传无产阶级革命、贴近大众生活的现实主义诗歌风格。

革命诗歌伴随着中国无产阶级反帝反封建的革命运动而发生。早期共产党人邓中夏、恽代英、沈泽民等人的积极倡导,瞿秋白的《赤潮曲》等诗歌创作,工农革命运动中产生的战斗歌谣等等,都不仅在理论上,而且在实践上推动了革命诗歌的发展。大革命失败后,无产阶级革命文学勃兴,时代的急剧变动对诗歌提出了新的审美要求。二十年代风靡诗坛的浪漫主义的自我表现,已经被那些追随时代、关注社会现实的诗人们否定。郭沫若和创造社、太阳社的许多成员,适应时代的审美情绪,积极创作反映新的现实的无产阶级革命诗歌,于是在三十年代初期的诗坛上,形成了一个以革命抒情诗为主要特征的诗人群。革命抒情诗人以鼓吹革命为己任,直接介入当时的政治现实和社会现实,极大地强调了诗歌的政治宣传功能。他们否定诗歌中的自我表现和个人情绪,认为抒写自我是资产阶级个人主义的自我中心主义。在表现方法上,革命抒情诗人大多经历了从浪漫主义向现实主义的艰难曲折的探索。代表这种创作倾向,并在当时产生影响的是蒋光慈和殷夫。

蒋光慈是一位专心致力于无产阶级革命诗歌创作的重要诗人,他始终实践着"全身,全心,全意识——高歌革命"[①]的追求。诗人短暂的一生虽然生活坎坷,但他始终不忘祖国和人民:"如果我这个说着中国话的诗人,/不为着中国,而为着谁个去歌吟呢?"(《我应当归去》)"我的诗要歌吟着民众的悲欢,/纵然我是

---

① 蒋光慈:《〈新梦〉自序》,《蒋光慈文集》第3卷,上海文艺出版社1985年版,第256页。

飘泊,颠连,/但是我的心永远不变"(《牯岭遗恨》)。在《新梦》、《哀中国》、《乡情集》等诗集中,歌颂俄国十月革命(《莫斯科吟》、《新梦》),鼓舞中国人民的革命精神(《太平洋中的恶象》、《中国劳动歌》、《哀中国》、《血花的爆裂》、《血祭》),成为他歌唱的主要内容。他的诗洋溢着灼人的政治热情,闪烁着无产阶级革命理想的光芒。为了灌注革命的理想,他加强了诗歌的议论成分、革命的呼喊、政治概念的演绎,却轻视了鲜明的抒情个性和新鲜生动的形象,革命的思想内容被置放在粗糙的艺术形式中。他要求抒情诗的"政治化"、"社会化",同时又从理论上否定诗歌的"自我表现",因而消解了抒情诗的艺术个性。这片面的认识不仅是蒋光慈个人的,同时也是革命诗歌历史发展进程中的曲折。在这个意义上,蒋光慈的革命抒情诗正是前进的诗人由"表现自我"转向歌唱革命途中的桥梁:他的诗歌不是在表现现实的方法上,而是在关注现实的态度上,给予后来的左翼诗人以启发。

后起的年轻诗人殷夫(1909—1931)继续开辟着革命诗歌的发展道路,他的出现表明革命抒情诗的艺术成长。殷夫恢复了被蒋光慈所忽略的革命抒情诗的艺术个性,诗歌自我抒情主人公形象以一种完全崭新的面貌出现在读者面前。这个"自我"从个人孤寂的反抗开始,勇敢地背叛了自己出身的阶级,并逐渐成长为一个无产阶级革命战士。

当殷夫还沉湎在个人休戚中的时候,他的诗歌抒情形象在《白花》、《祝——》等早期诗作中,还只是一朵孤傲摇曳、"缀着粗莽的荆丛"的"野花"。当诗人投身到工人阶级斗争中时,他的阶级立场和思想感情发生了根本变化,诗歌表现方法也从浪漫主义转向现实主义。在《Romantic 的时代》中,殷夫宣布,拜伦和他的夜莺的浪漫时代已经逝去了,今天需要新的歌声。所以他要把那些病弱的骸骨送进"孩儿塔"去。他拒绝了统治者的"荣赏的爵禄"和"薄纸糊成的高帽",他这样宣告自己向旧的阶级的"告别词":"别了,哥哥,别了,/此后各走前途,/再见的机会是在,/当我们和你隶属着的阶级交了战火。"(《别了,哥哥》)殷夫抒情诗中的这个"自我"已经溶化在工人阶级的"大我"之中,成为工人阶级战斗集体"我们"中的一员:"我已不是我,/我的心合着大群燃烧"(《一九二九年的五月一日》)。因此,他勇敢自觉地承担起阶级的使命和历史的责任:"我是一个叛乱的开始,/我也是历史的长子,/我是海燕,/我是时代的尖刺。"(《血字》)他对未来的光明前途坚信不疑:"我们身旁是世界革命的血波,我们的前面是世界共产主义"(《我们是青年的布尔塞维克》)。他在工人示威游行的队伍中充满着革命的豪情和斗争的幸福感:"我在人群中行走,/在袋子中是我的双手,/一层层一叠叠的纸片,/亲爱地吻我指头"(《一九二九年的五月一日》)。在这里,长期以来充塞在新诗中的那种顾影自怜、多愁善感的"自我"形象不见了,这个"自我"经过长期的追求,终于在"历史的长子"的队伍中找到了自己的位置,呈现出一种从未有过的雄强刚健而又奋斗不息的精神风貌。

从低吟"我清冷的一生,无人顾惜",到自豪地高歌"我也是历史的长子",殷夫诗中的"自我"抒情形象的转变具有典型意义。它不仅深刻地反映了中国知识分子投身无产阶级革命斗争的必然过程,也浓缩了五四以来诗歌抒情主人公形象的演变和发展的历史。当郭沫若高歌"我……崇拜我"时,他是从五四时代的潮流中汲取诗情。他的"自我"歌唱,正是民族觉醒和个人觉醒结合之后所发出的呼喊。此后,前期新月派诗人和蒋光慈等革命诗人又从不同的角度对这种"自我表现"作了否定。新月诗人在艺术形式上作了新的探索,但拉大了诗与现实的距离,蒋光慈拓展了诗的革命内容,却忽略了抒情个性。到了殷夫,抒情诗中的"自我"才走完了螺旋式上升的进程,以一种全新的姿态出现在中国新诗史上。殷夫的诗本身就是自我参加革命斗争时心灵震动的记录,情绪激发的回声。他的感情应和着无产阶级革命斗争的旋律。他所吹奏的,正是革命时代的号音。因此,鲁迅这样评价他的诗:"这是东方的微光,是林中的响箭,是冬末的萌芽,是进军的第一步,是对于前驱者的爱的大纛,也是对于摧残者的憎的丰碑。一切所谓圆熟简练,静穆幽远之作,都无须来作比方,因为这诗属于别一世界。"①

1932年9月由蒲风、穆木天、杨骚、任钧等人发起成立的中国诗歌会,是左联领导下的一个群众性诗歌团体。它除了在上海成立的总会外,还在北平、广州、青岛、厦门及日本的东京等地先后设立了分会。总会于1933年2月出版机关刊物《新诗歌》旬刊(后改为半月刊、月刊),各地分会也大多办有自己的刊物。中国诗歌会在理论主张和创作实践上的突出特点和主要贡献,是坚持了现实主义诗风和探索了新诗大众化的途径。

中国诗歌会诞生于国民党政权残酷镇压人民革命和日本帝国主义加快侵略中国步伐的时代,因而"捉住现实"是他们首先举起的旗帜。在《缘起》、《新诗歌·发刊诗》等诗文中,他们鲜明地表示了自己的革命意识:要用诗歌反映人民群众反抗蒋介石政权压迫剥削的斗争,表现中国人民反帝抗日的高涨情绪,号召人民在反蒋抗日斗争中去创造伟大的新世纪。他们对于新月派和现代派脱离人民,脱离时代,"闹着洋化","沉醉在风花雪月里"的形式主义诗风采取了严肃的批判态度。在"我们要捉住现实,歌唱新世纪的意识"这一共同"写作纲领"下,他们努力描写"反帝国主义军阀压迫阶级的热情","天灾人祸(内战)苛捐杂税所加与大众的苦况","当时的革命斗争和政治事变"等多种现实题材,而农村题材的叙事诗在他们的创作中则始终占据着中心位置。

---

① 鲁迅:《且介亭杂文末编·白莽作〈孩儿塔〉序》,《鲁迅全集》第6卷,第512页。

蒲风(1911—1943)是写作农村题材叙事诗的一位活跃的代表诗人。他的第一部诗集《茫茫夜》就比较集中地描写了农民的苦难和他们的反抗斗争,表现了诗人对光明必将战胜黑暗的坚定信心。《咆哮》写觉醒的苏区农民面对敌人的进攻,"要用自己的力量来护卫他们自己的土地"的蓬勃生机。副题为"农村前奏曲"的《茫茫夜》一诗,通过一位参加了"穷人军"的儿子与母亲的对话形式,歌唱了农民的觉醒:"为着我们大众我离开了家,/为着我们的工作离开了你和她!/母亲,母亲,别牵挂!"从而塑造了一位英勇行动起来为人民解放而战斗的革命战士形象。叙事长诗《六月流火》围绕王家庄农民反对国民党军队为攻打红军而修筑公路的中心事件,揭露了国民党当局实行反革命围剿的罪行,歌颂了工农红军领导的人民革命斗争。全诗热情洋溢,格调高昂,注意使用大众口语,较为真切地反映了第二次国内革命战争时期农村革命星火燎原的时代主潮,是同类题材中一篇影响较大的作品。此外,王亚平的《十二月的风》、杨骚的《乡曲》等叙事长诗也是这方面题材的代表之作。

反帝抗日同样是中国诗歌会创作的一个中心主题。上海"一·二八"抗战后,中华民族危机进一步加深。中国诗歌会从它成立之日起,就把"致力中国民族解放"作为自己的一项重要任务。1935年,在全国人民反帝抗日、救亡图存运动的高潮中,他们又在"国防文学"这一总口号之下提出了"国防诗歌"的具体口号。第二年他们就出版了四本国防诗歌丛书:杨骚的《乡曲》,穆木天的《流亡者之歌》,任钧的《战歌》和柳倩的《自己的歌》。穆木天的叙事长诗《守堤者》以东北沦陷区农民的护堤斗争为中心事件,鞭挞了日寇的残暴罪行,是一篇很有鼓动力的爱国主义诗作。这些作品都与当时整个左翼文学创作较为集中地描写农村破产,表现农民反抗斗争,揭露日本帝国主义的猖狂侵略和国民党当局投降卖国的罪行,取着同一步调,说明他们是紧紧贴近时代和现实的。

中国诗歌会认真响应左联"文艺大众化"的号召,明确提出了"创造大众化诗歌"的创作口号。在"要使我们的诗歌成为大众歌调"的主张下,他们主要从中国民间文学汲取艺术营养,朝着"新诗歌谣化"的方向努力,利用旧的民间形式装进革命的现实内容,改造旧民歌的形式,扬长避短,推陈出新,采用俗言俚语等等,是他们探索新诗大众化、歌谣化的主要途径。他们采用民谣、小调、鼓词、儿歌等民间形式,写下了不少具有新的思想内容而又生动活泼的作品,出版过"歌谣专号"和"创作专号",显示了他们这方面探索的成绩。蒲风的《行不得哥哥》,石灵的《新谱小放牛》、《码头工人之歌》、《菜花歌》,温流的《打砖歌》、《卖菜的孩子》,柳倩的《长相思》等等,都是他们努力实践大众化诗歌较为成功之作。其中的《新谱小放牛》、《打砖歌》、《码头工人之歌》等,曾被聂耳谱曲,一度广泛流传。

1936年春,中国诗歌会自动解散。它是现代诗歌史上第一个有组织、有明确纲领的革命诗歌团体。它在坚持现实主义,探索新诗大众化的途径,推动长篇叙事诗的写作等方面都作出了一定的贡献,并对抗战时期的诗歌运动产生了积极影响。但他们忽视艺术个性,不重视诗歌艺术形象;抒情诗喜欢直露的说教,显得概念化;叙事诗缺少扣人心弦的典型细节,往往流于表面生活现象的罗列;诗歌语言不重锤炼,冗长拖沓。这些都是比较明显的缺点。

同样坚持现实主义诗风的臧克家(1905—2004),全面抗战前出版的诗集主要有《烙印》、《罪恶的黑手》、《运河》、《自己的写照》等。这些诗作努力把坚实的生活内容和完美的艺术形式相结合,在三十年代诗坛独树一帜。他1933年出版的第一本诗集《烙印》,以其对中国乡村和农民生活的杰出描写,受到读者的欢迎和评论家的重视,并被誉为"农民诗人"。这是时代审美选择的结果。因为在人民普遍挣扎于水深火热之中,热切地为民族危机焦灼呼号的时代,他们需要的是直面人生血泪,正视民族苦难,能够鼓舞人们反抗斗争的雄健强悍的"力"的歌唱。所以新月派、现代派诗人的那些吟咏个人休戚和风花雪月的软歌绵语,在当时被冷落就是必然的了,虽然他们的诗情同样植根于那一时代的社会现实。而中国诗歌会的诗人们虽然紧紧拥抱了时代和现实,热烈粗犷地喊出了人民的心声,但他们在急切中却轻慢了诗的艺术规律。臧克家批评徐志摩的诗歌装满了"爱和风花雪月"的"闲情",断言戴望舒表现"清淡迷离的情感和意象"的诗歌形式"没有前途",反对"失掉了诗的条件"、"作为一种思想的宣传工具"、"满纸的鲜血和炸弹"的"口号诗"①。正是在认真反思新月派、现代派和革命诗歌的不足的基础上,他开始了自己的现实主义诗歌的艺术探索,并成为三十年代左翼诗人之外少有的直面现实生活的苦难,"嚼着苦汁营生"的歌者——一位真正的"生活"的歌者。

臧克家的诗在艺术形式上师法闻一多,思想内容上却跳出了新月派,走向了清醒的现实主义。他的诗歌创作敢于直面苦难的人生,不肯逃避现实,也不粉饰现实,处处显出硬碰硬的生活,显出咬紧牙关和生活磨难苦斗的豪气与刚硬的力度。因此,严肃认真的抒写自我的人生经验和表现农民的苦难生活,正是诗集《烙印》所歌唱的重要内容。

臧克家在大革命失败后为了躲避当局的追捕,曾经颠沛流离,亡命东北,经历了人生巨大的痛苦和磨难,是其顽强的求生意志和坚忍苦难的精神,帮助诗人驾着人生的航船驶过了生活的激流险滩。这种"坚忍主义"的生活经验和人生态度,经过诗人的咀嚼升华,凝结为人生体验的永久性真理,成为诗集《烙印》的重

---

① 臧克家:《论新诗》,原载1934年7月《文学》第3卷1号。

要主题。《生活》、《烙印》等被闻一多称为"具有一种极顶真的生活的意义"的诗①,就是这一部分作品的代表。生活是什么?生活是"一万支暗箭埋伏在你周边,/专瞅你一千回小心里一回的不检点";生活是"痛苦在我心上打个烙印,/……我嚼着苦汁营生,/象一条吃巴豆的虫"。生活虽然如此险恶可怕,让人提心吊胆,但诗人不逃避,不退却,他要"从棘刺尖上去认识人生",到忧患里求生,以坚韧的毅力去搏击生活:"在人生的剧幕上,你既是被排定的一个角色,/就应当拼命地来一个痛快,/……当前的磨难就是你的对手,/运尽气力去和它苦斗"。支撑着诗人这倔强的人生态度的力量,不是别的,正是他心中蕴藏的"美丽的希望":"从昨天度到今天,从今天又度到更美丽的明朝"(《希望》)。这使得他"还有勇气往下看,我拭干眼泪瞅着你们变"(《变》),使他坚信"暗夜的长翼底下,伏着一个光亮的晨曦","不久有那么一天,/宇宙扪一下脸,/来一个奇怪的变!"(《不久有那么一天》)这忍受,等待,预约,揭示了"坚忍"生活苦难的力量源泉。因为正是对"宇宙"变化的希望,迎接"光亮的晨曦"到来的期待,才给予了生活的苦斗者以坚强的信心。

　　与上述诗作相比,诗人那些描写农民和下层人民苦难生活的诗篇,具有更多的现实内容和顶真的生活意义。《难民》写饥民离乡背井的苦况,《老哥哥》写老年长工晚境的凄凉,《歇午工》发现劳动者的生命强力,《渔翁》刻画渔民的艰辛,《炭鬼》写炭工的劳苦,《当炉女》同情孀居妇女承担生活的重压,《小婢女》怜悯婢女人生的悲哀,《神女》体察妓女欢笑掩盖下的辛酸……中国农民被压迫被奴役的痛苦,灾荒岁月里的流离失所,下层人民为生存的挣扎和妇女的血泪,都在诗人的作品中得到朴实深刻的反映。就这方面来说,他的诗歌汇入了当时的诗歌主潮。诗人在描绘苦难生活的真实图画时,也殷切地希望这些在痛苦中煎熬的人民能够"有那一天,心上迸出个勇敢,/捣碎这黑暗囚牢,/头顶落下一个光天"(《炭鬼》)。但他所持的人生态度基本上还是"坚忍主义"。这是他的代表作《老马》:

> 总得叫大车装个够,
> 它横竖不说一句话,
> 背上的压力往肉里扣,
> 它把头沉重地垂下!
>
> 这刻不知道下刻的命,

---

① 闻一多:《〈烙印〉序》(1933年7月),《闻一多全集》第3卷,三联书店1982年版,第389页。

> 它有泪只往心里咽,
> 眼里飘来一道鞭影,
> 它抬起头望望前面。

由于诗作渗透着诗人"我爱农民,连他们身上的疮疤我也爱"①的炽热情感,包含着诗人独特的人生体验,这个老马形象的象征性蕴含极为丰富:承受着生活的重压而又默默无语,挨着苦难的鞭打却吞咽着血泪,在对未来命运的希望中透露着倔强与坚韧,在这老马的悲剧型性格中,不仅象征着诗人的生活态度,同时也象征着农民的苦难生活,中华民族的苦难命运,这三者达到了有机的统一。这首诗诗行整齐,押韵讲究,格律严谨。在语言运用上,这首诗也显露出作者精心推敲的特色。一句"背上的压力往肉里扣",给人极为鲜明的形象,带来沉重而痛苦的感觉,显示了作者的锤炼功夫。

在臧克家对诗歌艺术的不懈追求中,他所坚持的也正是一种"坚忍"的人生态度和艺术精神。他做诗认真,谨严,坚持以格律形式反映社会现实,善于摄取人生图景,仔细地寻找和捕捉每一个能够寓含诗意的形象,努力避免概念化。他苦心地选择锤炼一句一字,尤其对于动词的推敲,力求生动准确,新奇妥帖,尽量扩大诗的容量,在有限的文字里,让读者咀嚼体味到更丰富的内容。所以朱自清说他"知道节省文字,运用比喻,以暗示代替说明"②。他是新诗中的"苦吟派",但有时苦吟太过,难免露出斧凿的痕迹,有时拘束太紧,又显出冷涩,少了自由流畅的韵味。

茅盾在评论《烙印》时,曾经期待臧克家能够"接受了前进的意识",写出"在生活上真正有重大意义的诗"③。这希望没有落空。《烙印》之后的诗集《罪恶的黑手》、《运河》及长诗《自己的写照》等,确实在内容上渐渐着眼于更广阔的生活,形式上也由拘谨趋向雄健。其中固然不乏《罪恶的黑手》、《村夜》、《壮士心》等许多好诗,但总的看来,《烙印》中那种饱和得能够流淌出来的诗情诗意却也渐渐地稀释了。

四十年代,臧克家的诗作内容和艺术风格都发生了较大的变化。四十年代初期的诗集《泥土的歌》仍然承续了《烙印》歌唱乡村和农民的诗风,吟唱着乡村的"土气息"、"大自然的风貌"和生活于其中的农民的苦难与坚韧精神。其中,以象征手法写实的《春鸟》,以及《三代》等诗为人称道。

---

① 臧克家:《〈十年诗选〉序》,原载《十年诗选》,现代出版社1944年版。
② 朱自清:《新诗杂话·新诗的进步》(1936),《朱自清全集》第2卷,江苏教育出版社1988年版,第320页。下引作品均据此版。
③ 茅盾:《一个青年诗人的〈烙印〉》,原载1933年11月《文学》第1卷5号。

第二节 戴望舒、卞之琳和现代派诗

同样孕育于大革命失败后的社会现实，以戴望舒、卞之琳为代表的，具有大体相似艺术倾向和审美追求的一批年轻诗人，其创作却与革命诗歌和现实主义诗歌不同。他们不是向外扩展自己的艺术视野，强化诗歌的社会职能，而是走上了一条向内发展的艺术道路：凝视自身，开掘自我的内心世界，探索表现内在世界的艺术方法。这一诗歌创作潮流被称为"现代派诗"。

现代派诗潮酝酿于戴望舒、施蛰存等人1928—1929年间编辑《无轨列车》、《新文艺》时的文学活动。1932年在上海出版的施蛰存、杜衡主编的《现代》杂志，则成为现代派诗潮诞生的重要标志。《现代》杂志在理论主张，诗歌创作倾向的倡导，外国现代派、意象派诗歌的系统译介等方面，都为三十年代现代派诗歌的发展起到了推波助澜的作用。此后，曹葆华1933年主持《北平晨报》副刊《北晨学园·诗与批评》，卞之琳1934年编辑《水星》，戴望舒1935年主编《现代诗风》，进一步扩大了现代派诗的影响。到了1936年，由戴望舒、卞之琳、孙大雨、梁宗岱、冯至主编的《新诗》月刊，则把现代派诗歌创作推向高潮。1936—1937年间，上海、广州、苏州、北平、南京等地出版了一批具有现代诗风的杂志，应和着也扩大着这一诗潮的发展，从而形成了三十年代现代派诗歌创作的鼎盛时期。其代表诗人除戴望舒、卞之琳外，何其芳、废名、林庚、曹葆华、施蛰存、金克木、徐迟、路易士等也都产生过影响。

现代派诗崛起于三十年代诗坛并风靡一时，既是社会现实的曲折反映，也受到新诗艺术发展辩证运动的制约。

就社会时代原因来说，现代派诗同后期新月诗派一样，都植根于大革命失败后的政治现实。他们都不能直面惨淡痛苦的人生，虽然对国民党政府心怀不满，却无力反抗，因此转向了艺术追求以安顿自己的灵魂。杜衡在《〈望舒草〉序》中说，从大革命失败之后的五年内，"在苦难和不幸底中间，望舒始终没有抛下的就是写诗这件事情，这差不多是他灵魂底苏息、净化。从乌烟瘴气的现实社会中逃避过来，低低地念着'我是比天风更轻，更轻，是你永远追随不到的'（《林下的小语》)这样的句子，想象自己是世俗的网所网罗不到的，而借此以忘记。诗，对于望舒差不多已经成了这样的作用"[①]。这一段话很可以说明戴望舒等现代派诗人差不多把写诗当成了自己灵魂的逋逃薮。

但在艺术上，戴望舒、卞之琳等人虽然都曾受到新月派的影响，却没有重复

---

① 杜衡：《望舒草·序》，原载《望舒草》，上海现代书局1933年版。

新格律诗的道路,而是开创了现代派诗风,原因在于新诗艺术内部矛盾运动的规约和所借鉴的艺术传统的不同。前期新月诗派在倡导新格律诗的同时,徐志摩就已经发现了这一主张所造成的形式主义的流弊。所以后期新月派诗人陈梦家在强调诗要用格律进行限制和约束时,开始作了灵活的解释:"但我们决不坚持非格律不可的论调,因为情绪的空气不容许格律来应用时,还是得听诗的意义不受拘束的自由发展。"①这就在理论上为后期新月诗派逐渐向现代派诗的散文化自由体过渡开启了闸门。同时,初期象征派诗人李金发把象征主义手法和中国古典诗词语汇结合起来写诗未能获得成功的教训,也为现代派诗人提供了有力的借鉴。而在后期象征主义基础上发展起来的美国意象派诗人把象征主义方法和中国古典诗歌情景交融的意象结合起来的尝试也给戴望舒、卞之琳等人以启示,使他们看到了中国古典诗歌在创造意境和含蓄蕴藉等方面与西方象征派的相通之处。戴望舒等现代派诗人正是广采博取了西方象征派、意象派诗歌的艺术营养,融化了中国古典诗歌,特别是晚唐温庭筠、李商隐一派诗人的诗情和意象,借鉴了中国初期象征诗派和新月诗派的经验教训,发展并成熟起来。

施蛰存认为,"《现代》中的诗……是现代人在现代生活中所感受的现代的情绪,用现代的词藻排列成的现代的诗形。"②他从内容和形式两方面指出了现代派诗的一些重要特点。所谓现代生活中的现代情绪,按照施蛰存和金克木当时的看法,主要是指都市工业文明和日常生活所激发起来的诗人的新感觉和新情绪③。由此,形成了现代派诗歌在表现自我主观情绪和感觉时,侧重关注的一些基本内容:都市琐屑生活的发现,漂泊者的形象,"荒原"意识等。

对都市日常琐屑生活的感受与观照,成为现代派诗的重要内容。现代派诗人在人们忽视的"平淡的日常生活里","在微细的琐屑的事物里发现了诗"④。他们放弃了浪漫主义诗歌的英雄基调,田园牧歌式的题材,而用一种新的审美视角,重新发现生活。即便是传统的生活内容,他们也要用现代人的眼光进行重新审视和选择,强调一种"新的感觉"。戴望舒的《我的记忆》,何其芳的《古城》,卞之琳的《白螺壳》,废名的《理发店》等诗作,都是努力在日常琐细的事物中发掘诗意的重要作品,而徐迟的诗集《二十岁人》,更是对于大都会的纷繁杂沓的病态生活有所发现,成为三十年代少有的都市诗。

现代派诗创造了许多漂泊者的抒情形象。这些漂泊者由于对社会现实的绝

---

① 陈梦家:《新月诗选·序言》,《新月诗选》,上海新月书店,1931。
② 施蛰存:《又关于本刊中的诗》,1933年11月《现代》杂志第4卷第1号。
③ 参见:施蛰存《又关于本刊中的诗》;柯可(金克木)《论中国新诗的新途径》,1937年1月《新诗》第4期。
④ 朱自清:《新诗杂话·诗与感觉》(1943),《朱自清全集》第2卷,第327页。

望,对自我存在价值的质疑,自居于"边缘",于是在艰难的人生跋涉中不懈地探索着"梦中迷离的道路",苦苦地追寻着已经失落的人生理想,因而成为现代的"寻梦者"。疲惫的漂泊,孤独的倦行,寂寞和忧郁时时咬啮着他们的心,这些都是现代派诗歌经常歌唱的主题。戴望舒的《寻梦者》、《我的素描》、《烦忧》,卞之琳的《道旁》、《寂寞》,金克木的《旅人》等,都鲜明地刻画了这些寻梦者、漂泊者、倦行人的精神状态和情绪特征。

在英国诗人 T.S.艾略特的《荒原》影响下,三十年代现代派诗形成了自己独有的批判意识。出于对人类悲剧性命运的现代性审视,现代派诗人运用象征性的"荒原"意象或是"类荒原"意象,拒绝和否定了中国社会现实的冷漠和黑暗,批判并诀别荒芜寂寞的人生。戴望舒的《乐园鸟》中"荒芜"的乐土,《深闭的园子》中"荒芜"的废园,都表达了对现实的否定。身处北方的诗人们,更是创造了"古城"、"古都"、"荒城"等完整的象征性意象群。卞之琳笔下的冷清寂寥的"古镇",死寂凄清的"古城",何其芳笔下的"像是绝望的姿势,绝望的叫喊"的"荒凉的古城"等不断出现的意象,不仅画出了荒凉衰落的古城形象,而且批判了丧失生命活力的民众的麻木,其中蕴藏着深刻的现实关怀和痛愤情绪。这种"荒原"意识说明,现代派诗人并不是现实的多余人或是厌世者,他们的诗歌创作同样应和着时代的主潮,只不过这种应和更加曲折隐蔽而已。

现代派诗的艺术具有深厚的中外诗学背景的支撑,是"化古"与"化欧"的融合与统一,从它的艺术资源不难看出它以象征主义方法为中心的主要艺术特点:朦胧美的审美原则,以意象组合与智性化抒情为主的艺术表现方法和以散文化的自由体为主的诗歌形式。

现代派诗人明确地把朦胧作为自己追求的诗歌美学原则。戴望舒在《诗论零札》中说:"诗是由真实经过想象而出来的,不单是真实,亦不单是想象"。杜衡在《〈望舒草〉序》中认为这一句话"包含着望舒底整个做诗的态度,以及对于诗的见解"。他说诗人虽然"在诗作里泄漏隐秘的灵魂,然而也只是象梦一般地朦胧",所以"诗是一种吞吞吐吐的东西","它底动机是在于表现自己与隐藏自己之间"。卞之琳等诗人更是从中国诗歌美学传统的讲含蓄和西方象征派诗歌的重暗示中发现了共同的"诗心",于是朦胧或含蓄暗示就成为现代派诗的重要美学原则。他们把诗看成是梦一样朦胧的美学追求,虽然继承了初期象征派诗人穆木天、王独清等人的诗要暗示的理论,继承和发展了初期象征派诗歌的抒情形象的多义性、远取譬、广泛的拟人化和观念联络的省略法等多种表现方法,却避免了初期象征派诗人的那种"诗越不明白越好"的偏颇主张。

为了实现朦胧美的追求,现代派诗人把象征派、意象派和中国传统诗歌的艺术表现方法熔为一炉,形成了属于自己的艺术表现方法:以创造意象为中心来展开诗歌的艺术构思和表现。施蛰存径直把自己的诗称作"意象抒情诗",徐迟认为"意象派诗……是一个意象的抒写或一串意象的抒写"①,都说明他们对诗歌意象的高度重视。现代派诗人反对"狂叫"、"直说"、"坦白奔放"式的抒情,但并非不要抒情。他们要"表现自己",又不愿直露,所以要求"隐藏自己"。他们要在"表现"与"隐藏"之间寻找适度的平衡,自然要寻找寄托蕴藉自己情绪的客观对应物,比喻和暗示便成了他们的秘诀。但比喻和暗示在他们那里不是通常意义的修辞手段,他们借以比喻暗示自己情绪的事物往往是作为一种现实的存在和完整的境界来描写的,它本身就是诗人描写的主体。诗人通过它呈现出一个个的意象,而自己则往往隐蔽在这些意象的背后。就现代派的代表诗作看,他们一般情况下并不拆掉联络各个意象之间的桥梁,他们的办法是"岭断云连",在影影绰绰之中,读者仍然可以寻见通向各个意象之间的路径。

抒情诗应该"情智合一",应该富于"智性",但是这种"智性"又必须转化为诗,不是哲学的说理,不以议论为诗,这也是现代派诗的重要表现方法。金克木把这种"以智慧为主脑的诗"称作"新的智慧诗"②。它的特点,一是在情感与理性之间,倾向于理性,避免感情的发泄而追求智慧的凝聚,不使人动情而使人深思,在情智合一的基础上,既要非逻辑,又要有感情;二是在主体与客体之间,倾向于客体,主体隐藏于客体之中,呈现出一种抒情主体隐退的"非个人化"情境。现代派诗中的主智一派,他们在观察世界,认识人生,体察人情物理时,或如运用建立在自然科学理论基础上的新宇宙观和相对论思维的卞之琳,或如运用佛教禅宗思想观念的废名,他们的诗歌大多表现了感情抒发和智性思考相统一的追求:他们更愿意把情绪的抒发升华为智慧的光芒,把哲理的思考融化在象征性的抒情意象之中。

鉴于新月派格律化的流弊,戴望舒又提出抛弃诗歌中听觉艺术的成分,变诗歌为纯粹的视觉艺术。他明确反对诗的"三美"主张,认为"诗不能借重音乐","诗不能借重绘画的长处","诗的韵律不在字的抑扬顿挫上,而在诗的情绪的抑扬顿挫上"(《诗论零札》)。所以现代派诗大多不押韵,诗行也不整齐,没有明显的节奏感,呈现一种散文化的自由体倾向。与此相适应,他们尽量运用日常口语,偶而也融化一点文言词汇。这些既造成他们诗作亲切自然的长处,但同时也带来语言缺少锤炼和形式松散枝蔓的不足。

戴望舒(1905—1950),浙江杭县人。他是现代派诗的代表诗人,诗集《我底记忆》、《望舒草》和《灾难的岁月》呈现了现代派诗的形成、发展及其演变的轨迹。

---

① 徐迟:《意象派的七个诗人》,《现代》第 4 卷第 6 期,1934 年 4 月。
② 柯可(金克木):《论中国新诗的新途径》,原载 1937 年 1 月《新诗》第 4 期。

其中,《望舒草》标志着作者艺术性的完成,《灾难的岁月》标志着作者思想性的提高。"①

戴望舒二十年代中期开始新诗创作。他初期诗作与当时诗坛上风行的浪漫主义诗歌潮流和格律化运动大体上取着同一步调。他以较为整齐的诗行和讲究的音韵,直接倾诉自己的热情,在"绛色的沉哀"中唱着忧郁哀伤的歌。不过在艺术上他也与当时的浪漫主义诗人有些不同,他注意从中国古典诗词中汲取诗情和抒情意象。初期诗作中反复出现的两个抒情形象——孤零徘徊的流浪人和飘忽愁怨的姑娘,正是古典诗词中的"游子"与"佳人"形象的演化。

但戴望舒并没有流连于这种感伤的浪漫主义直接抒情,而是很快转向了象征主义表现方法的探索。写于大革命失败之后1927年夏季的《雨巷》,就成为他初期尝试象征主义诗作的代表。这首诗表现的,是诗人对于黑暗现实既愤慨又无力反抗的一种空茫心境,追求理想却又不能实现的哀怨情绪。诗人选择一个独自彷徨在悠长而又寂寥的雨巷中的姑娘作为抒情形象,描写这姑娘有丁香一样的颜色、芬芳、忧愁和哀怨。她像梦一般地凄婉迷茫,飘逝在雨的哀曲里,连同她的美好和愁怨。在这里,象征性的抒情形象和诗人那种难以捕捉的迷茫怅惘的情绪之间的桥梁是可见的,因为丁香、愁雨、美人这样一些抒情意象来自传统诗词的题材和意境。"丁香空结雨中愁",美人芳草不可得,人们由这些传统意象的象征意义中,不难感受诗人那种理想破灭而又有所追求的哀怨彷徨的情绪。这首诗的发表,为戴望舒赢得了"雨巷诗人"的声名。叶圣陶称誉这首诗"替新诗底音节开了一个新的纪元"②。全诗首尾呼应,采用复沓,小变化的叠句等艺术手段,运用芬芳、惆怅、迷茫、彷徨等双声叠韵的词汇,造成一种回荡的旋律、流畅的节奏、流动的音韵,体现了象征派诗人魏尔仑"音乐高于一切"的主张。而对于传统象征性抒情意象的活用,也实践了魏尔仑关于诗的情感应当像"面纱后面的美丽的双眼"这种朦胧美的追求。

但《雨巷》终究不过是诗人初期艺术探索的一个小结。卞之琳后来在《〈戴望舒诗集〉序》中曾经批评这首诗说:"用惯了的意象和用滥了的词藻,却更使这首诗的成功显得浅易、浮泛"③。显然,诗人还没有唱出自己独特的声音和风格。因此戴望舒很快就进入诗歌艺术探索的第二个时期。《我的记忆》、《寻梦者》等一批诗作显示了诗人独具的特色,使他成为名副其实的现代派诗的代表诗人。

---

① 施蛰存:《戴望舒诗全编·引言》,浙江文艺出版社1989年版。
② 转引自杜衡:《望舒草·序》,原载《望舒草》,上海现代书局1933年版。
③ 卞之琳:《戴望舒诗集·序》(1980),《卞之琳文集》中卷,安徽教育出版社2002年版,第350页。下引作品均据此版。

在这些诗作中，戴望舒为新诗的发展带来了一些新的因素。他在现代日常生活中寻找客观对应物，半隐半显地表现自己生活中的复杂细微的思想情绪。这些抒情意象是现代的、新鲜的，而非传统的、陈旧的。他以比喻暗示的手法在这些普通具体的形象中隐藏起自己的感情，为新诗带来了朦胧美。他摒弃了华美精致的书卷语，采用日常生活口语作为诗的语言，追求现代日常口语的自然潇洒而又不失其朴素清新，形成了亲切淳朴的诗风。他抛弃了自己曾经追求过的"音乐美"，而在情绪的抑扬顿挫中重建适应现代口语自然流动的节奏，重新恢复并推动了新诗形式散文化的趋向。如他自己所说，这些正是他"为自己制最合自己的脚的鞋子"（《诗论零札》）。

其中，被戴望舒称为"我的杰作"的《我的记忆》是一首典型的现代派诗。记忆是抽象的，是人的一种客观存在的思维能力。把"记忆"当成"友人"，是象征主义的"思想知觉化"的写法。诗中幽灵般的"记忆"，实际上正是诗人隐秘灵魂的再现，暗示着实体自我的"第二自我"。作者用人们熟悉的一系列具体可感的日常生活事件，写到记忆的存在，呈现出它的音容笑貌、言谈行动，将记忆具体化、拟人化，从而在平凡琐屑的生活里写出抽象的事物，发掘了诗情，扩大了新诗的表现能力。它在形式上借鉴了法国后期象征派诗人保尔·福尔、耶麦、果尔蒙等人的无韵诗的体式，完全摆脱了音节的追求，表现出一种自然的情感的起伏。《寻梦者》同样给人以巨大的艺术魅力。梦象征着一种理想的美好人生，但是实现人生追求和人生理想的道路却崎岖曲折。只有经过长期不畏艰险的磨难，付出毕生的辛勤劳动，才能获得那"无价的珍宝"："金色的贝吐出桃色的珠"。作者在这里表达了实现人生理想的深刻的哲理性内涵。但理想的实现必须以"鬓发斑斑"、"眼睛朦胧"的"衰老"为代价，又显出作者对人生的感伤情调。与徐志摩的诗作《为要寻一颗明星》相比，虽然两首诗表达了同样的主题和人生哲理，然而戴望舒的感伤中似乎又显露出某些亮色。诗人选择了"金色的贝"、"桃色的珠"、"娇妍的花"这些富于美感的具体形象，来表达抽象的人生哲理。以寻贝、养贝、吐珠的全过程，搭起了联系各个形象之间的桥梁，同时也搭起了抽象的思想和具体形象之间的桥梁。象征性的具体描写扩大了诗的容量，也增加了主题的多层次性。诗人在这里实现了"意在言外"的艺术效果，读者也在参与再创造时获得了广阔的想象天地。"寻梦者"的形象和"寻梦"的艰难，是戴望舒歌唱的一个基本主题，《寻梦者》和《对于天的怀乡病》、《单恋者》、《游子谣》、《乐园鸟》等，构成了戴望舒诗歌的"寻梦者"的抒情形象系列。

全面抗战爆发，带来了国家民族命运的变化，也带来了戴望舒诗作的变化。虽然他个人的生活遭遇了沉重的不幸，但关心国家民族的危亡代替了个人休戚的吟咏，对于寒冰解冻、鲜花重开的"等待"，是他抗战时期诗歌的基本主题。他的诗风趋向沉郁蕴藉。标志这转变的是《元日祝福》。诗人在这首诗中祝福"坚苦的人民,英勇的人民",并坚信"新的年岁带给我们新的希望","苦难会带来自由解放"。诗人已经把个人的苦难不幸放到了全民族的灾难中来考察和认识。思想感情的变化,生活视野的开拓,使他在艺术上又开始了新的追求。他将自由体和格律体协调并用,探索着一种半自由半格律的诗歌形式,以纠正上一时期诗作语言缺少锤炼和诗歌形式过于散文化的不足。《狱中题壁》写作于日本侵略者占据香港后的监狱中,表现的是诗人对日本侵略者的深刻仇恨,对死亡的无所畏惧,对胜利的坚定信心,充满着一种悲壮激越的爱国情怀。全诗四节,每节四行,二、四行押韵,是大体整齐的格律体。《过旧居》、《偶成》等诗,也都是近乎押韵的格律体。这说明诗人对规范的形式作了有条件的回归,又重新认识与肯定新诗不仅是视觉艺术,同时也应是听觉艺术。同样写于香港狱中的《我用残损的手掌》,则是押韵的半自由体。诗人用比喻象征手法描写了祖国山河沦陷和人民遭受涂炭灾难,对抗战中的祖国"寄与爱和一切希望"。深沉的激情流溢在一组组扑面而来的祖国江山的特写画面中。广袤的祖国大地,当然不可能去用手掌去摸索,一般的象征手法也无法表现诗人深爱祖国的激情,诗人采用了幻觉和梦幻,运用超现实主义的艺术方法来表现自己的爱国主义情思,从而扩大了诗情的蕴含,加强了诗情的冲击力度。因此,强烈的爱国主义思想和完美的艺术技巧的结合,使它成为新诗史上有数的雄浑悲壮的爱国主义名篇之一。

何其芳(1912—1977),四川万县人。他三十年代的诗歌近八十首,其中一部分先后收入与卞之琳、李广田合出的《汉园集》中的《燕泥集》(1936年),另有小说、散文、诗歌合集的《刻意集》(1938年),诗集《预言》(1945年)。此外,散佚的诗作还有四十余首。他早年的诗歌不脱西方十九世纪浪漫主义诗歌和徐志摩、戴望舒等诗人的影响,但他很快就由那种浮泛夸张的情感倾泻走向宁静和透明,1931年秋《预言》的发表,开始显现自我的风格。他以华美精致的文字,忧郁缠绵的格调,抒写着青春、爱情、梦幻和对美的追求的"独语",创造出一种新的柔和、新的美丽,呈现出鲜明的唯美主义色彩。

促成这一转变的是他在西方象征主义和晚唐五代诗词之间发现了相通之处。他在散文《论梦中道路》中回顾《燕泥集》的创作时说,那时既沉迷于"晚唐五代时期的那些精致的冶艳的诗词,蛊惑于那种憔悴的红颜上的妩媚,又在几位班纳斯派以后的法兰西诗人的篇什中找到了一种同样的迷醉"。对于唐人绝句,那些深思的诗人愿意在空幻的光影里寻求一份意义。何其芳不同,他喜欢的是那种文字的锤炼,色彩的配合,镜花水月的幽深和丰富,欣赏的是表达意思的一个微笑、一挥手的姿态。他说"自己的写作也带有这种倾向"。由此形成了他的富于个性化的诗歌思维方式和传达方式。在诗歌思维方式上,他不是从一个概念的闪动去寻找它的形体,浮现在他心灵里的原本就是一些颜色和图案。他倾听的是一些飘忽的心灵的语言,捕捉的是一些在刹那间闪出金光的意象。在诗歌传达方式上,他"从陈旧的诗文里选择着一些可以重新燃烧的字,使用着一些可以引起新的联想的典故。"他说:"我最大的快乐或辛酸在于一个崭新的文字建筑的完成或失败。"①显而易见,这种个性化的运思方式和语言文字的表达,更加接近于诗的本质。因此,李健吾在比较"汉园三诗人"时认为,何其芳虽然缺乏卞之琳的"现代性",李广田的"朴实","而气质上,却更其纯粹,更是诗的"。②

歌唱爱情,尤其是歌唱对爱情的体验和感悟,是何其芳《预言》时代诗歌创作的基本主题。然而爱情真正让何其芳动心的仍然不过是它作为人生的一种表现,而不是情感本身。因此,他的情诗介于经验和想象之间,热情的内敛和上升到哲学层面的思考,使得这些"艺术化的情诗"在精致的色彩、图案和文字的组织中,升华为一种普泛性的人生哲理。《预言》是何其芳的成名作,也是他的代表作。这首诗化用了希腊神话中的回声女神埃科追求水仙之神纳喀索斯的故事,也可能受到瓦雷里的长诗《年轻的命运女神》和戴望舒的名诗《雨巷》的某些启示。全诗描写一种无望的爱情,通过抒情主人公"我"向"年轻的神"的一唱三叹的倾诉,表现了其爱情的热切期待和深深的失落。"我"与"年青的神"的对话,已经隐没在"我"的"独语"中,爱情命运的"预言"则节制了怅惘情怀的泛滥,从而显露出人生哲理的思考,充满着宁静与和谐。尽管何其芳后来在散文《夏夜》和小说《迟暮的花》中对这首诗做过某种说明,但人们对于"年青的神"究竟是"诗人自我诗性的化身"还是"命运的女神"却依然有着不同的阐释,这正说明象征性抒情意象的内涵所具有的弹性。《预言》其实也正是何其芳三十年代情诗特点的一种"预言":《爱情》抒写对"南方爱情"和"北方爱情"的独特感觉,《雨天》在爱情失落的寂寞中回味着爱情的美丽,《赠人》抒写热恋中的微妙感觉,《祝福》写爱的思念,《欢乐》写欢乐的颜色、声音等等,这些情诗都以闪光的意象,敏锐的感觉,新颖的表达,把情感的体验和哲理的思索结合起来,成为爱情和青春的艺术化的结晶。

何其芳内敛的热情和认真的人生态度,使得他不仅仅是青春和爱情的歌者,而且也是荒凉现实的批判者和不断进行自我反思的自省者。他的《古城》、《风沙日》、《夜景》等诗作,就是针对社会现实所发出的绝望和呼喊。他也不断地表示厌弃自己的精致。当进一步走向社会现实生活之后,他就表示:"要使自己的歌

---

① 何其芳:《论梦中道路》,原载《大公报·文艺》第182期,1936年7月,天津。
② 刘西渭(李健吾):《读〈画梦录〉》,原载《文季月刊》第1卷第4期,1936年9月。

唱变成鞭子,还击到这不合理的社会的背上。"①因此,他在全面抗战前夕转变了自己的诗歌美学追求,写出《送葬》和《云》这样的诗作,要"在长长的送葬的行列间/我埋葬我自己","我再不歌唱爱情/像夏天的蝉歌唱太阳",也就不是无来由的自我转变了。

四十年代,何其芳的诗风发生显著变化。收入诗集《夜歌》中的作品,热情地歌唱群众、青春、自我的变化。其中,《我为少男少女们歌唱》、《生活是多么广阔》等代表作热情明朗,乐观向上。《夜歌》、《叹息三章》、《解释自己》等诗作,则现身说法地表现了投身革命的知识分子自我探索、自我改造的心路历程,在献身的热忱中仍然包含着某种复杂的个人情怀。

戴望舒、何其芳的诗在情理合一的基础上,见出情胜于理的倾向,属于现代派诗中的主情派;而卞之琳、废名等人则在情理合一的基础上,偏向理胜于情,属于现代派诗中的主智派。

卞之琳(1910—2000),江苏海门人,1929年入北京大学英文系,在徐志摩、沈从文等人的鼓励下发表诗作。他以《数行集》与何其芳的《燕泥集》、李广田的《行云集》合出《汉园集》之前,已经出版了诗集《三秋草》、《鱼目集》。全面抗战前,又出版《音尘集》,并编辑了《装饰集》(未出版)。大学时代的诗作,如《西长安街》、《酸梅汤》、《叫卖》、《一个闲人》、《一个和尚》、《墙头草》等,内容多描写北平"街景"和下层社会的凡人小事,在玩笑出辛酸中感触着北国的荒凉境界,呈现着人生命运难以把捉的迷惘。这些诗作大多采用洗练的口语,戏剧化的手法,讲究"音组"和"顿",形式较为整饬,诗风受到新月派格律体影响的同时,又接受了法国象征主义的淘洗。由此,卞之琳在西方诗歌的"戏剧性处境"、"暗示性"中发现了与中国传统诗歌的重意境、重含蓄的相通之处,甚至在西方诗歌的"世纪末"情调中感受到"晚唐南宋诗词的末世之音"②。正是在追求"化欧"与"化古"融合统一的基础上,卞之琳在1935年前后形成了自己的抒情智性化的独特风格,成为三十年代上承"新月",中出"现代",下启"九叶"的重要诗人。

成熟期的卞之琳诗歌的显著特点,是诗情的"智性化"和"非个人化"。这些特点的形成,直接受到西方现代派艾略特、瓦雷里等人的诗学主张的影响,这些诗学主张主要是:诗应当逃避情感、逃避个性,诗是经验的集中,诗是智力的节日,思想的诗歌,思想的知觉化等等。所以卞之琳说,他写诗总是倾向于克制情感,"仿佛故意要做'冷血动物'"③,追求理性观照,甘于做一个寂寞的"多思者"。

---

① 何其芳:《刻意集·序》,上海文化生活出版社1938年版。
② 卞之琳:《雕虫纪历·自序》,《卞之琳文集》中卷,第459页。
③ 卞之琳:《雕虫纪历·自序》,《卞之琳文集》中卷,第444页。

为了实现感性与智性的融合,创造诗情的智性化,卞之琳以爱因斯坦相对论的新宇宙观作为诗歌思维方式的基础,展开诗歌的逻辑运思和艺术想象的翅膀,省察自我心灵,感觉人生宇宙,建构起诗作内容的想象世界。为了实现非个人化,卞之琳主要采用抒情主体变位,戏剧性处境和戏剧性对白、独白等艺术手法,使抒情主人公隐退成为小说化、戏剧化中的角色。

仅有四行的《断章》一向被看成卞诗的代表作:"你站在桥上看风景,/看风景人在楼上看你。//明月装饰了你的窗子,/你装饰了别人的梦。"作者对晚唐冯延巳的《蝶恋花》词下阕中的"独立小桥风满袖,平林新月人归后"两句,作了不露痕迹的创造性的转化,克制情感,隐退自我,通过精心描绘的两幅情境独立而又意境相联的画面,表达了一个更具普遍性的全新主题:"着意在这里形象表现相对相亲、相通相应的人际关系"①,蕴含着世间一切事物似断实联的相对性的深刻哲理。如果说《断章》在诗的架构上侧重空间的相对性,《航海》的相对主义观念却重在时间的相对性。骄傲而好胜的茶房让旅客对表,凸现了航海所代表的现代时间观念,而"多思者"回想乡间从蜗牛爬行的痕迹认一夜的长度,则见出乡土时间观念与现代时间观念的鲜明对比。《尺八》更在时间与空间、现实与历史、外部世界与内心世界的大跨度转换中,写出事物在一定条件下相互转化的相对性,在对祖国式微的深深哀愁中,蕴藏着哲理性的历史沧桑感。《白螺壳》的立意构思,受到瓦雷里的散文《人和螺壳》的启迪,形式上则对瓦雷里的《蛇》和《棕榈》等诗有所借鉴。它通过多个抒情主体的交换变位,百转千回地赞美经过大海淘洗的空灵而丰富的洁白螺壳。"多思者"却由此彻悟理想与现实的矛盾,产生可喜可爱与可愁可哀的复杂的思想情感,从而表现了一种普泛性的人生哲理。与戴望舒表现同样主题的《寻梦者》相比,这首诗在艺术手法上更加回环曲折,诗意也隐藏更深。《圆宝盒》按作者自己的解释,是对一种"道"——"beauty of intelligence"("智慧之美"——引者注)的"知"和"悟"的"心得"。② "一颗晶莹的水银/掩有全世界的色相",象征着理想生活和圆满生命的圆宝盒,也同样拥有整个世界的丰富。然而在时空的长河中,"圆宝盒"同样也会一刻不停地顺流而下,所以应当珍惜生活和生命,把刹那当成千古。不难看出,诗人认知和悟道所得的"理智之美",不是别的,正是宇宙万物的相对性。这些诗作都在情境的描写和意境的创造中,对有限与无限、绝对与相对、偶然与必然、时间与空间、理想与现实、历史与当下、有与无、生与死等相对性命题,做出了充满智慧性的思考。

---

① 卞之琳:《洗星海纪念附骥小识》,《卞之琳文集》中卷,第 208 页。
② 卞之琳:《关于〈鱼目集〉》,引自刘西渭《咀华集》,上海文化生活出版社 1936 年版,第 154 页。

即便是情诗,卞之琳所表现的也不是热烈的情感本身,而是对爱情作出冷静的哲理性思考,在爱情中悟道。题为"无题"的五首情诗和《鱼化石》,就是这方面的代表作。其中的《无题·五》,在簪花散步中顿悟"无之以为用",体味世间一切事物的相对性,充满了禅意。《鱼化石》采用对白体的"戏拟"(Parody)方式,在炽热的爱情表白中,却陡转为冷静的沉思,体验爱情和人生在无迹可求的契合中蕴藏的哲理。"你我都远了乃有了鱼化石",相爱的激情已经成为遥远的过去,诗人在无限感慨中由衷地赞美生命的激情,既惋惜它的逝去,又坚信"生生之谓易",归结为对雪泥鸿爪的纪念。

由此不难看出,卞之琳总是努力寻求情感和思想的客观对应物,设境造象,在象征性的意象世界创造中,化情绪为思考,融情趣为理趣,发现并暗示他的哲学思辨,从而使得诗歌不再是一种情感的体验和抒发,而是变成一种诗化的经验,一种情感的思想,一种智慧的结晶。

卞之琳长期醉心于诗的技巧与形式的探索。他的诗作不仅融汇传统的意境与西方的"戏剧性处境",化合传统的含蓄与西方的暗示,运用电影蒙太奇手法对诗歌意象进行组接等艺术技巧的创造,还对格律体作过多种尝试,被朱自清认为是"最努力创造并输入诗的形式的人"①,这一点与三十年代其他现代派诗人明显不同。抗战期间,卞之琳有诗集《慰劳信集》,抒情从容而委婉,诗风趋向明朗浅白。

废名同样是三十年代致力于"新智慧诗"创作的重要诗人。他努力在西方现代派诗歌的表现方法与中国诗禅传统之间寻求联结的契合点。他在诗歌的思维方式、感受方式、表达方式等方面,都直接从禅学中摄取艺术灵感。他的诗往往从佛学典籍中精心摄取意象,却省略意象联结的中介,超越常规逻辑做大跨度的跳跃,依赖的是直觉与顿悟。他的一些代表诗作,如《十二月十九夜》、《海》、《掐花》、《灯》、《星》、《妆台》等,大多蕴含着禅宗的哲理智慧,充满着一种玄学的色彩,诗意隐藏很深。林庚则坚持从现代白话语言的节奏中去探索新诗的格律,诗集《北平情歌》等代表了诗人的不懈努力。

第三节　杂文和林语堂等作家的幽默小品

现代意义上的散文,在五四反封建和批判"文以载道"散文观的文学变革中发端,原本就包含着战斗的意味和个性的表现。因此,充满凌厉之气的杂感,表现不同个性风采的白话美文,成为二十年代散文充分发展的两种文体。然而,

---

① 朱自清:《新诗杂话·诗与感觉》,《朱自清全集》第2卷,第332页。

第三节 杂文和林语堂等作家的幽默小品

1927年大革命失败之后,时代风云突变,知识分子曾经高悬的民主政治理想,人性向上发展、个性张扬的美好愿望,都在杀戮中遭到践踏,在血泊中被玷污。于是,作为作家思想观念和情感意绪直接产物的散文,在三十年代风沙扑面、虎狼成群的残酷社会现实中,就以其独特的面貌,映射着知识分子群体的不同人生选择和个性鲜明的艺术追求。

那些秉持五四战斗精神的知识分子,直面社会人生,由个性主义走向集体主义,加入了阶级抗争的行列。他们把二十年代进行社会批评、文明批评的杂感,发展为匕首投枪式的杂文,从而使得杂文这一散文品类不仅登上了神圣的文学殿堂,而且在中国文学史上放射出从未有过的光辉。相当一部分知识分子仍然坚持五四时期的个性主义和自由主义。他们身处"训政时代",虽然对暴政不平,却又向战斗者冷笑,因为他们觉得"头颅一人只有一个",大可不必去招惹"犯上作乱"、"死无葬身之地的祸"①。于是深味着"太平人的寂寞与悲哀",在一个"皇帝不肯笑,奴隶是不准笑"的时代,却要勉强招笑,高举幽默文学的旗帜,适应文学商业化的新潮,时或曲折地倾吐着心境并不闲适的悲愤牢骚,时或又洋洋自得地抚摸着旧家抛舍的"小摆设",从而使得幽默闲适小品文,在一个暴政猖獗的时代开出了奇异的花。而那些远离政治斗争漩涡,徜徉十字街头的人们,则大多转向了自我内心的开掘和芸芸众生的生存状态的审视。他们或抒情,或叙事,或寄情山水,或游览异国风光,或报告人民疾苦,或为散文文体的艺术独立奉献自己的才情,这些,都使得三十年代抒情叙事散文在二十年代绚丽多姿的基础上获得了长足的进步,其中,报告文学开始兴盛,而游记文学则走向了发达。正是由于众多作家的不同艺术选择,三十年代散文艺术借鉴的视野更加闳放开阔。他们承续了二十年代散文接受"外援"的经验,吸收法国蒙田,英国培根、约翰逊、高尔斯密、爱迪生、史第尔、兰姆,日本厨川白村等外国作家的散文艺术和理论的同时,也重视"内应"的传承,从中国源远流长的散文传统,特别是从魏晋、唐末的杂文和晚明小品中汲取艺术营养,把中外散文艺术融化综合,使现代散文艺术在三十年代臻于成熟。

现代杂文萌生于《新青年》的随感录,又经过鲁迅等"语丝社"作家的辛勤探索,杂文文体走向成熟;形成了以议论文为主体,社会批评和文化批评为重点,主张思想自由,针砭时事,不拘形式,任意而谈的"语丝文体"。三十年代杂文在"语丝文体"以议论文为主体的基础上,向不同方向拓展。其代表作家均出自"语丝社"。其中,鲁迅和"鲁迅风"杂文作者群,发扬反抗战斗的精神,嬉笑怒骂地抨击时弊,把社会批评和文化批评发展为一种战斗的艺术。周作人、俞平伯、废名等

---

① 参见林语堂《翦拂集·序》(1928年9月),上海北新书局1928年版。

则远离政治斗争的漩涡,坚持思想独立和艺术独立,走向趣味散文的一路。而林语堂提倡幽默闲适小品,在重视议论文的同时,却把"语丝文体"中某些原本具有弹性的内容,推向自由主义、个性主义的一端,并与左翼杂文相互对峙,相互补充。因此,林语堂的幽默小品其实是"语丝文体"变异的一支流,是三十年代杂文的一个分支。

被鲁迅视为"知己",写过《〈鲁迅杂感选集〉序言》的瞿秋白,早年曾写过不少"寸铁"、"小言"、"随感录"一类的杂文,但尖锐泼悍有余,蕴涵不足。三十年代,他的杂文日渐丰赡,多篇以鲁迅笔名发表的杂文,几可乱真。收入《乱弹及其他》中的杂文多为尖锐的政论、时论和文艺杂感,阶级分析是其展开运思逻辑和分析对象的基本方法。揭露政敌的《流氓尼德》,讽刺帮闲文人的《猫样的诗人》,把胡适称为"花言巧语的鹦哥儿"的《鹦哥儿》等等,都以犀利的语言塑造了鲜明的艺术形象,显示出善于捕捉社会典型现象的特征,从中不难看出鲁迅杂文的影响。瞿秋白对杂文文体也进行了许多探索:引入古文的注、疏、传的体式(《流氓尼德》、《迎头经》),模拟古代白话小说"有诗为证"的样式(《王道诗话》),化用寓言(《菲州鬼话》),巧用杂剧(《曲的解放》),以散文诗式的语言呼唤革命高潮的到来(《一种云》、《暴风雨前》)等等,都见出他创造杂文新形式的热情。

"鲁迅风"杂文多刊载于《申报·自由谈》、《太白》、《新语林》、《芒种》、《中流》等刊物。1939年更有专门刊登杂文的《鲁迅风》创刊,四十年代诞生于桂林的《野草》杂志,则是三十年代"鲁迅风"的延续。本时期的唐弢、徐懋庸、聂绀弩等,都是师法鲁迅、具有"鲁迅风"的杂文作家。援引中外典故来抨击社会时代的疮病,是他们共同的特点。唐弢(1913—1990)收入《推背集》、《海天集》的杂文,简练、锋利,融会历史又巧用物喻。《两种虫类》以"叫哥哥"比喻满口天经地义的正人君子,以知了比喻那些口惠而实不至的"时代的旁观者"。《鬼趣图》通过描绘清人罗两峰的八帧《鬼趣图》,用漫画手法画出了无行的世人。徐懋庸(1910—1977)有《不惊人集》、《打杂集》。他笔锋常带感情,文字质朴生动,鲁迅称其"能移人情"。《论凑趣》以古喻今,用杨修卖弄聪明反害了自家性命等例子,批判帮闲文人的"二丑艺术"。《摩登的破坏》驳斥"国家之亡完全由于妖孽之生"的谬说。聂绀弩(1903—1986)乃二十世纪重要杂文作家,本时期已经崭露头角。他的杂文常常表达独到的见解,笔力老道且文采斐然,引经据典则浑然天成。《谈〈娜拉〉》指出,新时代走出的女性跟娜拉完全不同,是时代的女英雄。《阮玲玉的短见》认为,她自身的封建残余思想是造成悲剧命运的主因。这些看法都别具只眼,发他人之未见。四十年代他的杂文有更大的发展。此外,徐诗荃(梵澄)、周木斋、柯灵、巴人等也都创作过"鲁迅风"杂文,并各具特色。

三十年代幽默小品文的理论倡导者和代表作家是林语堂(1895—1976)。他出身于福建漳州一个基督教牧师家庭。1916年上海圣约翰大学毕业后,入北京清华学校任英文教员。1919年后赴美国哈佛大学、德国耶拿大学、莱比锡大学学习,1923年获莱比锡大学哲学博士学位。回国后任教于北京大学、北京师范大学、北京女子师范大学、厦门大学,并加入"语丝社"。大革命失败后,他决心以汉语和英语写作为职业,立志"两脚踏东西文化,一心评宇宙文章",为中西文化的沟通和交流,做出了有益的贡献。汉语写作方面,他出版了《翦拂集》、《大荒集》、《我的话》、《语堂文存》等散文集,学术著作有《语言学论丛》,以及发表在《论语》等刊物上未收集的大量文章。英语写作方面,出版了《吾国吾民》、《小评论选集》、《中国新闻舆论史》,以及1936年9月移居美国以后出版的《生活的艺术》、《苏东坡传》,长篇小说《京华烟云》(或译《瞬息京华》)、《风声鹤唳》等。他一生思想矛盾,半东半西,亦耶亦孔,最终归宗孔孟。

二十年代,林语堂虽然第一个主张将英文"humour"译成"幽默",但作为《语丝》杂志的同人,他在进行社会批评和文明批评时,风格勇悍泼辣,带有战斗的"凌厉浮躁"之气,既少"幽默",更无"闲适"。1928年出版的《翦拂集》,收入"语丝"时期的随笔和杂文,无论是呼唤民主,声援爱国学生运动,鞭挞北洋军阀的黑暗统治,抨击为虎作伥的"文妓",还是誉扬"土匪",针砭国粹,探索国民性的改造,均记录了"往日的悲哀与血泪"[①]。其中一些看似愤激之语,却往往一针见血。如《祝土匪》认为:"言论界,依中国今日此刻此地情形,非有些'土匪'、'傻子'来说话不可。""因为真理有时要与学者的脸孔冲突,不敢为真理而忘记其脸孔者则终必为脸孔而忘记真理,于是乎学者之骨头折断矣。""有史以来大思想家都被当代学者称为'土匪''傻子'过。"《给玄同先生的信》中说:"今日中国政象之混乱,全在我老大帝国国民癖气太重所致,若惰性,若奴气,若敷衍,若安命,若中庸,若识时务,若无理想,若无热狂,皆是老大帝国国民癖气",所以"民族精神有根本改造之必要"。《论性急为中国人所恶》中,他称颂孙中山"为思想主义而性急,为高尚理想而狂热"的刻不容缓的进取精神。他不仅以笔墨,而且以实际行动热情地投入女师大学潮和"三·一八"运动,参加学生示威队伍,用旗杆和砖石与警察格斗。在惨案发生之后,他写了《讨狗檄文》、《打狗释疑》、《〈发微〉与〈告密〉》等文,不但揭露军阀政府的凶残,而且撕破现代评论派某些人的帮凶面目。所以郁达夫赞誉他"生性戆直,浑朴天真","《翦拂集》时代的真诚勇猛,的是书生本色"[②]。他虽然也曾主张"费厄泼赖",但一经鲁迅指正,即刻从善如流。总之,他这一时期的文章,带着搏战的意绪,语言明快而热烈,然而笔意稍显浅露。白

[①] 林语堂:《翦拂集·序》,上海北新书局1928年版。
[②] 郁达夫:《中国新文学大系·散文二集导言》,上海良友图书公司1935年版。

话之中夹杂文言词语,也不时见到生硬的拼接,远不像三十年代的文章那样融合无间。

三十年代,林语堂参加了中国民权保障同盟,做了不少反对专制统治的工作。但在杨杏佛被国民党特务暗杀后,面对白色恐怖,他萌生退意,对自我的生存策略和言说方式做出了适时的调整。这位"翦拂"时代的健将,既不上"梁山",也不下"草泽",更拒绝成为"不吃人间烟火"的清高"遁世者",而是"逃入大荒",甘愿做一个"孤游的人"①,表示从此不再"坦白"地说话。于是,他先后创办《论语》、《人间世》、《宇宙风》三种杂志,张起幽默文学的旗帜,笑中含泪地倾吐牢骚,谑而不虐地亵渎社会生活中一切正儿八经演把戏的"神圣面目",以"非政治化"的具有"合法性"的话语方式,寻求并实行自由主义知识分子的政治性抗争。其中,《论语》被林语堂释名为"不过是'评论的话'之文言而已"②,表明他仍然坚持以刊载社会批评和文明批评的杂感随笔为中心。不过言说的方式和策略,则与"语丝"时代"匪气"十足、无所惧惮的直白袒露明显不同。他极力避免刊物具有某种党派的思想和立场,主张少谈政治,"因为我们不想杀身以成仁"③。他明确规定《论语》以提倡幽默文字为目标,试图采用招笑的方式隐晦曲折地说话。该刊设列的"论语"、"群言堂"、"月旦精华"、"幽默文选"、"卡吞"等栏目,大多仿效孔子春秋笔法,采用幽默的文字或漫画,泛论社会时事,摹绘世故人情,见出针砭世态的良苦用心。《人间世》则揭示"以自我为中心,以闲适为格调"、"专为登载小品文而设"的办刊宗旨。④《宇宙风》宣称"以畅谈人生为宗旨",同时要求"无论何种写作皆可有幽默成分夹入其中"。⑤ 这些刊物畅销一时,使得幽默闲适在上海文坛蔚为风气。再加上简又文主编的《逸经》,海戈(张海平)主编的《谈风》,黄嘉音、黄嘉德编辑的《西风》等刊物的推波助澜,遂在三十年代的上海形成了一个倡导幽默闲适小品文的流派——史称"论语派"。属于这一散文流派的作家有陶亢德、徐訏、章克标、邵洵美、全增嘏、李青崖、潘光旦、老向等人。周作人、俞平伯、刘半农、老舍、陈子展、何容等也是这些刊物的重要作者,鲁迅则是前期《论语》的重要撰稿人。

林语堂的小品文理论主张的要点,是他一再标举和申说的"幽默"、"闲适"、"性灵"、"自我"。四者之中,幽默是核心,性灵和自我是达到幽默的前提和条件,闲适则是实现幽默的方式方法。林语堂幽默说的思想基础是个性主义和自由主

---

① 林语堂:《大荒集·序》,上海生活书店1934年版。
② 《编辑后记》,《论语》第3期,1932年10月。
③ 《编辑后记——〈论语〉的格调》,《论语》第6期,1932年11月。
④ 林语堂:《〈人间世〉发刊词》,《人间世》第1期,1934年4月。
⑤ 参见《编辑后记》,《宇宙风》第1—3期,1935年9月16日—10月16日。

义,文学资源则是西方表现主义和晚明公安派"独抒性灵,不拘格套"的融合。把晚明小品尊为典范,直接受到周作人的影响。林语堂在《四十自叙》中说:"近来识得袁宏道,喜从中来乱狂呼"。他对周作人尊崇公安派的主张心悦诚服,明确表示:"吾从而和之"①。因此,弄潮于十里洋场的林语堂和"论语派",得到故都"苦茶庵"中知堂老人的大力支持,也就在情理之中了。

林语堂提倡的"幽默",不单是一种表现方法、一种语言文字风格。他从反道学、反正统文学的立场出发,认为"幽默本是人生之一部分",是一国文化和精神生活发达向上的标志。他强调"幽默只是一种态度,一种人生观"。幽默的作者"只是一位冷静超远的旁观者",他带有一点我佛慈悲的念头,世事看穿,无所挂碍,不作滥调和道学的丑态,才能用轻快的笔调写出幽默的文字。② 为了理论的纯粹和自足,他竭力追求"纯正的"幽默,放大幽默的自然、客观、冲淡的品性,而要清除与幽默难解难分的讽刺、滑稽、机警和火气。这种脱离社会生活实际和文学创作实践的"纯正"幽默观,带有浓厚的经院派学究气。

"性灵"和"自我"在林语堂的理论语汇中,其实是取自不同理论资源的同一概念。当他推举晚明小品时,更多使用的是传统文学理论话语中的性灵说;当他称赞西方近代文学的个性主义张扬和小品文的个人笔调时,往往强调的就是自我。所以他在《论文》中直截了当地说:"性灵就是自我。"③他要求小品文作者必须解放自我,发挥个性才有思想自由,坚持己见方能直抒胸臆,这样才能破除一切文章的章法格套。唯其如此,才能产生幽默。所以他说,提倡解放性灵正是提倡幽默的前提。

而"闲适"则是一种笔调。林语堂把西方散文理论指称的"小品文"笔调,译为"个人笔调"或"闲适笔调"、"闲谈体"、"娓语体"。他认为这种闲适笔调,就是西方现代散文的笔调,因为它不仅用于尺牍、演讲、日记等体裁,而且已经侵入社论及通常时论的范围。他不但要提倡这种闲谈的笔调,而且认为"须寻出中国祖宗来,此文体才会生根"④。为此,他又从中国文论中引出"言志"、"言情"笔调。其实,它们指称的都是同一意义。在《〈人间世〉发刊词》、《论小品文笔调》、《关于本刊》(《人间世》)、《小品文之遗绪》、《再谈小品文之遗绪》等文章中,林语堂一再阐述闲适笔调和闲谈文体的特点。他认为这种笔调是亲切的:如"良朋话旧,私房娓语";也是庄谐并出的:"如在风雨之夕围炉谈天,善拉扯,带情感,亦庄亦谐,

---

① 林语堂:《语录体举例》,《论语》第40期,1934年5月。
② 林语堂:《论幽默》,《论语》第33、35期,1934年1月16日、2月16日。
③ 林语堂:《论文(上)》,《大荒集》,上海生活书店1934年版。
④ 林语堂:《小品文之遗绪》,《人间世》第22期,1935年2月。

深入浅出";更需要机锋和博学的支撑:"如与高僧谈禅,如与名士谈心,似连贯而未尝有痕迹,似散漫而未尝无伏线"。闲适笔调的描写方法多种多样,可以抒情、说理、叙事、纪实、描绘、评论,无所不包,表现的内容同样广阔无边,可以谈论人世间的一切,"'宇宙之大,苍蝇之微'无一不可入我范围,……凡方寸中一种心境,一点佳意,一股牢骚,一把幽情,皆可听其由笔端流露出来"。① 为了防止过度闲适可能产生的流弊,林语堂在《〈人间世〉发刊词》中还曾特别提醒:"尤注重清俊议论文及读书随笔……不仅吟风弄月,而流为玩物丧志之文学已也。"②这说明,至少他这时还是清醒的,不想让小品文仅仅成为"小摆设"。

然而,当幽默和闲适被鼓吹成一种潮流和风尚时,理论上容易走向偏执,创作实践中更难免泥沙俱下。幽默闲适小品当时即遭诟病,就是因为"苍蝇之微"太多,而"宇宙之大"太少,过于关注身边琐事,人生志趣流于庸俗,这大概是林语堂始料不及的。特别是当林语堂和"论语派"对反抗暴政专制的战斗者们发出讥嘲时,他受到鲁迅善意的规劝,左翼作家的批评,也就势所难免了。鲁迅希望"生存的小品文,必须是匕首,是投枪,能和读者一同杀出一条生存的血路的东西",而不要成为"小摆设"③。然而林语堂不怕钻牛角尖,执著于自己的文学主张,坚持"我行吾素"。三十年代发生的这次小品文争论,并非全是意气之争,而是在暴政专制时代,知识分子选择不同生存方式的对话,也是不同言说方式和策略的冲突,更是现代散文不同艺术追求和审美理想的碰撞。

创作实践和理论倡导往往不能一致,这一点同样发生在林语堂身上。二十年代林语堂提倡幽默时,曾经做过这样的声明:"我是绝对不会做幽默文的人。若有人问我何不以身作则,我只能回答:幽默之事不能勉强的。"④因为幽默乃是出于自然,出自本性。其实,三十年代的林语堂仍然不具备这些幽默必须的"品性"。他虽然思想转换,矛盾重重,但所秉持的人生观,却始终没有脱离儒家入世观念的拘范。他的推崇道家,不仅是儒道互补,更是心向往之而不得的表现。他高唱幽默闲适文学,同样是欲求幽默闲适而不得的表现。他并没有彻底幽默,更不可能真正闲适。

综观他三十年代的小品文,除开少量的作品,如《论西装》、《我怎样买牙刷》、《说避暑之益》、《作文六诀》、《论握手》、《论躺在床上》等,确乎具有闲情逸致的知识性、趣味性外,从中还是不难发现一个"家事国事天下事事事关心"的林语堂。

---

① 林语堂:《论小品文笔调》,《人间世》第 6 期,1934 年 6 月。
② 1934 年 4 月 20 日《人间世》第 1 期。
③ 鲁迅:《南腔北调集·小品文的危机》,《鲁迅全集》第 4 卷,第 592 页。
④ 林玉堂:《幽默杂话》,《晨报副刊》,1924 年 6 月。

1934年他将"论语"时期的小品文结集为《我的话》出版,并分为上、下两集:"行素集"和"披荆集",就表明他在坚持"我行我素",依然带着"披荆斩棘"的余绪①。虽然在理论上他把幽默和讽刺说得泾渭分明,可是一涉及具体的话题,他就经不住讽刺的诱惑。

作为中国民权保障同盟的全国执行委员之一,林语堂在1932—1934年间,并没有消退谈政治的热情,对于国民党政府的专制独裁,依然发出了委婉曲折的讥刺。《论政治病》名为写病,实际却是谈论政治。"政治病虽不可常有,亦不可全无。各人支配一二种,时到自有用处。"幽默的背后是极其辛辣的讽刺——揭露了政府要人"政治上斗争的武器及失败后撒娇的仙方"。《文字国》借萨拉图斯脱拉之口说:"弃甲曳兵谓之'通盘计划',无意抗外谓之'保全元气'";"刮民脂膏谓之'义捐'。强种烟苗谓之'懒税'。鸦片公卖名为'寓禁于征'。全身却走谓之'一面抵抗'";"文雅的中国人啊,你们的民贼实在太文雅了"。文章抨击的矛头直接指向国民党军政当局这一伙"民贼",仍然带着"剪拂"时代的激愤之情。《谈言论自由》针对当时社会没有言论自由的现实,指出"中国说话自由的,只有官","所以我们必求民权保障"。《梳、篦、剃、剥及其他》批判"虐政",援引报纸所刊载的童谣云:"匪是梳子梳,兵是篦子篦,军阀就如剃刀剃,官府抽筋又剥皮。"作者辛辣地指出,这首童谣"描写军匪官僚搜刮百姓之惨酷,可为民国治绩的写照"。《假定我是土匪》讽刺中国的社会名流政客,揭露他们由"乡匪"到"省匪"再到"国匪"的发达道路,十分辛辣。《半部韩非治天下》批判"人治"和"好言道德仁义",主张建立"法治"。作者指出,今日中国政治问题的"一切关键","在矫正人治之恶习。得法治则治,不得法治则乱"。"若不速速多设囹圄,安放官僚,道德仁义再讲一千年,散沙仍是散沙,私人不会减少,公民不会加多,道德仁义之为害实大矣哉"。《中国何以没有民治》、《哀莫大于心死》等散文小品,同样都具有政论时评的性质,都表现了强烈的现实关怀,对当权者旁敲侧击,处处露出揭破真相的刺,虽然曲折委婉,缺少旺盛的"火气",却时时见出冷嘲的心。这或许正是林语堂的自觉追求。在《萨天师与东方朔》中,他曾经借着萨拉图斯脱拉与东方朔的口,把他身处的三十年代中国比喻成"鹘突之国鲁钝之城",说他学会了保全自己的"头颅",他像东方朔一样:"只有他分得清青红皂白,只有他不玩世盗名,游戏人生;他的笑中有泪,泪中有笑"。因为"在这城中,裸体的真理,羞涩已无容身之地,所以披上谐谑的轻纱……"其中的悲愤苦涩和心有不甘,自不待言。

林语堂具有深挚的爱国主义情怀,对"九一八"之后日本帝国主义不断膨胀的侵略野心,对国民党政府的不抵抗主义,他忧心如焚。因此,对于军政当局面

---

① 参见林语堂《行素集·序》,上海时代书局1934年版。

对强敌入侵时种种"救国策略",他给予了毫不留情的嘲笑和揶揄。《梦影》描写"寄身租界之一未亡国人"的梦境。作者在日本侵略者窥视北京之际,仿佛梦见倭兵在长城之上"作春夜野宿之欢宴",因为北京已成空城,倭兵认为他们"可以长驱直入了!"林语堂不仅曲折地批判了国民党政府的不抵抗政策,同时也表达了"国破山河在,城春草木深"的悲愤心情。《如何救国示威》、《等因抵抗歌》等文章指出,政府当局高喊的"长期抵抗"、"枕戈待旦"、"薪卧胆尝"等抗敌方略,似乎言之都能成理,实行却是不能。原因就在于"某将军提出跳舞救国法","戴季陶提出筑金光明道场咒救国法"等等,所以这些抗敌方略"理合慷慨激昂",但"是否打得日本,伏惟计议从长"。《诵经却倭寇》、《国事亟矣》等文章,同样对国民党政府的不抵抗主义发出了嘲讽。

林语堂三十年代的小品文,也有相当一部分实践着他所主张的"空泛的笼统的社会讽刺和人生讽刺"。这些作品大多有感而发,尽管开掘不是很深,却有着鲜明的社会批评和文明批评的立意。《中国的国民性》纵论历史兴亡,分析民族性的优点和劣处,集中批判国民性中的"忍耐性、散漫性及老猾性",开出的药方却是极具现实针对性的"人权保障"。《怎样写〈再启〉》举例分析人们很少关注的生活细节——信末附语,揭露人际交往的虚伪,反话正说,行文之中不时显露机锋,深含反讽之意。《冬至之晨杀人记》取孔子"中士杀人用语言"之义,嘲讽托人办事拉关系套近乎,如同做八股文"起承转合"一般的虚伪客套。全文夹叙夹议,撷取社会生活中的典型现象,执著追求的仍然是国民性批判。《涵养》一文在与英国、法国、德国教育的对比论述中,揭露中国的旧式教育"标举'涵养'二字",其"含义注重忍辱负重,和平达观,不露锋芒,喜怒不形于色,不轻易得罪人,不吃眼前亏,聪明的计算等",结果是"越养越柔","受过涵养的人……如一切圆滑的东西"。作者犀利地批判了这种"涵养"教育的危害。《杂说》则揭露近代以来学校教育"所造之孽":扼杀学生创造力,"高材生是教员肚子里的应声虫"。《救救孩子》由陈衡哲在《大公报》呼吁"救救中学生"而提出,批评当时的学校教育用两条鞭子——"文凭"和"分数"来摧残学生健康,主张"儿童最要之国民天职在于长大而已"。在这些散文中,作者虽然力图"化板重为轻松,变严肃为幽默",但似乎并没有完全超然,依然不时显露出热切的心。

此外,他的少量叙述性小品,如《水乎水乎洋洋盈耳》记肖伯纳访华,《春日游杭记》记杭州之游中的琐事等等,都鲜明地体现了林语堂式的机智锐利、语含讥刺、广征博引的散文风格。

从上述几类散文小品中不难看出,在林语堂那些使用文白夹杂的"语录体",庄谐并出地谈性灵、说自我、话闲适的文章中,大量存在的依然是政治批评、社会批评和文化批评,而"闲谈"和"说笑"之中流露的冷嘲热讽,恰是地道的杂文笔法。这或许正应了鲁迅的预言,在一个实在难以幽默的时代,幽默也就免不了要改变样子:"非倾于对社会的讽刺,即堕入传统的'说笑话'和'讨便宜'。"① 已经习惯于发议论的林语堂,自然地走向了前者。在这个意义上可以说,林语堂的主要贡献也许并不是人们津津乐道的"幽默闲适"的小品文,而是创造了另一种文体风格的杂文——闲谈式、娓语体杂文。

1936年林语堂移居海外以后,作为对外国人讲中国文化的一个重要组成部分,他用英文创作了多部长篇小说。其中,《京华烟云》(一名《瞬息京华》,1939年)、《风声鹤唳》(1941年)、《朱门》(1953年)等三部长篇小说,被称为"林语堂的三部曲"。三部曲之中,《京华烟云》在艺术上略高于后两部,在国外曾获得较广泛的好评,在国内也曾引起读者和评论家的关注。林语堂当时曾约请郁达夫翻译这部小说,可惜未能完愿。1940—1941年上海春秋社出版了郑陀、应无杰合译的全译本。虽然林语堂认为他们"译文平平","未谙北京口语","书中人物说那种南腔北调的现代话,总不免失真"②,但是郑陀等人的译本,对于这部小说在抗战期间的传播还是起到了一定的作用。1977年台湾德华出版社出版了张振玉的译本《京华烟云》,1991年湖南文艺出版社出版了郁达夫之子郁飞的译本《瞬息京华》。这两个译本遂成为当今通行的译本。

《京华烟云》分为"道家的女儿"、"庭园悲剧"、"秋之歌"三卷。全书以"道家的女儿"姚木兰的人生命运和婚姻恋爱为主干,以北京城的曾、姚、刘三个大家庭的兴衰荣辱、离合悲欢为枝条,环绕主干和枝条,辅以大量的中国民情风俗、历史掌故、地理风景和时代大事的描写,向西方人介绍了从1900年八国联军入侵北京到1937年底南京陷落、抗日战争全面爆发这一历史时期的中国社会历史和文化。作者在给郁达夫的信中曾经这样介绍这部小说的内容安排:

> 大约以书中人物悲欢离合为经,以时代荡漾为纬。举凡风尚之变异,潮流之起伏,老袁之阴谋,张勋之复辟,安福之造孽,张宗昌之粗犷,五四、五卅之学生运动,三·一八之惨案,《语丝》《现代》之笔战,至国民党之崛起,青年之左倾,华北之走私,大战之来临,皆借书中人物事迹以安插之。其中若宋庆龄、傅增湘、林琴南、齐白石、辜鸿铭、王克敏,及文学革命领袖出入穿插,或藏或显,待人推敲。③

---

① 鲁迅:《伪自由书·从讽刺到幽默》,《鲁迅全集》第5卷,第47页。
② 林语堂:《〈语堂文集〉绪言及校勘记》,季为龙、黄保定选编《林语堂书评序跋集》,岳麓书社1988年版,第339页。
③ 林语堂:《给郁达夫的信——关于〈瞬息京华〉》,季为龙、黄保定选编《林语堂书评序跋集》,第333页。

但小说不单是以主要人物的活动带出二十世纪上半叶的中国历史大事件，也不仅是介绍中国的风俗人情，作者更为关注的还是要表现他所理解、所主张的中国文化的精神。为此，他在小说每一卷的题目之下分别引用《庄子》的《大宗师》、《齐物论》、《知北游》篇中的一段话作为"格言"，点明各卷的不同题旨，上卷重点宣扬道家哲学"天人合一"的宇宙观，中卷突出表达"死生一如"的生命观，下卷着力呈现"随遇而安"的人生观，并让小说中的主要人物姚木兰、姚思安、孔立夫等成为承载这种文化哲学精神的符号，以实现他的"全书以道家精神贯串之，故以庄周哲学为笼络"的创作追求①。然而这些人物并非纯粹道家哲学的载体。由于林语堂本人思想复杂，充满矛盾，所以他笔下的这些重要人物在以道家思想为主体的同时，既以儒、释为补充，又包含了基督教的某些观念和近代民主、科学的思想。也许还是林语堂的长女林如斯当年说得对："此书的最大的优点不在性格描写得生动，不在风景形容得宛然如在目前，不在心理绘画的巧妙，而在它的哲学意义。"②

《京华烟云》在人物、情节、结构等方面，都曾受到《红楼梦》的影响。小说的总体布局均衡，节奏张弛有度。重要人物如木兰、莫愁、姚思安、孔立夫、孙曼妮等的性格刻画都应该说是成功的。孙曼妮的形象尤其出色感人，她的死有力地控诉了日寇的侵华暴行。全书语言颇多譬喻，流畅而不失含蓄。一些议论通过特定人物之口说出时，大多带上"这一个"的性格烙印。小说文化内涵之厚重，更成为一大特点。这是林语堂在现代跨文化交流中，向西方读者传播中国文化精神和中国人民抗战意志所做出的一个贡献。

第四节 抒情叙事散文

三十年代，专心致志进行抒情散文艺术探索的，是身处京派文学氛围之中的何其芳、李广田，以及不随文学流派风气转动、孜孜矻矻从事散文艺术实践的丽尼、陆蠡、缪崇群等作家。

何其芳早期散文集《画梦录》中的作品，是一个生活在白日梦里的年轻人，使用重叠的意象，反复的句子，百转千回的语词，精心雕刻的"情感的浮雕"。这个年轻人曾经过着一种可怕的寂寞的生活，几乎绝望地期待着爱情，遗弃了人群而又感到被人群所遗弃的悲哀。于是，他在寂寞中展开想象的抒情叙事，以精致细腻的笔触，充满孤独苦闷的情调，洋溢着莫名的忧伤，探索着人生的表现形式、色

---

① 林语堂：《给郁达夫的信——关于〈瞬息京华〉》，季为龙、黄保定选编《林语堂书评序跋集》，第334页。
② 林如斯：《评〈瞬息京华〉》，载白林译述《瞬息京华》，北京东风书店1940年版。

彩和图案。作者耽于幻想,"刻意""画梦",使得这些散文成为内心哀怨独语的散文诗。《雨前》抒发焦灼的"渴望"。作家以我观物,憔悴的柳条、干裂的大地和树根、烦躁的白鸭、愤怒的鹰隼都在盼望着雨的降临,大自然中的一切都是着我之色彩的"渴望"。《黄昏》在街头孤独而又忧郁的马蹄声中,抒发自我孤独的"寻找"和内心的失落。《独语》描写一个永远期待、永远寻找的灵魂,独步荒凉的夜街,对于孤寂产生的各种感觉的"独语"。《梦后》写寂寞导致梦境的荒凉,以及由此产生的对于人生的思索。这些诗意浓郁的散文,通过一连串象征意象的描写,抒发自我情感,实际上是何其芳诗歌写作的继续,因而成为诗意的独语。而在《炉边夜话》、《画梦录》、《哀歌》、《货郎》、《楼》等散文中,作家则利用辽远的想象,不存在的人和物,找不到的国土,编织一些诗情洋溢而又蕴涵哲理的故事,慰藉自己孤独寂寞的心灵。何其芳不满于现代抒情散文多半流入身边杂事的叙述或是感伤的个人遭遇的告白,以为"每篇散文应该是一种独立的创作,不是一段未完篇的小说,也不是一首短诗的放大",所以立志"为抒情的散文发现一个新的园地"①。《画梦录》中的散文,运用比喻、象征、通感、意识流等多种艺术手法,在想象和幻想中建造起一个现实和梦境交融的艺术世界,同时也创造了"独语体"和"幻想叙事体"的抒情散文文体。由于对散文艺术的独特贡献,《画梦录》获得1937年"大公报文艺奖金"。然而这个精致的艺术世界,却"删去"了"人生里戏剧的成分"②。《画梦录》的抒情世界是单纯的,同时也是狭窄的。

随着民族抗战的到来,何其芳的人生经历和思想意识开始发生重大变化,他逐渐走出内心的独语,走出单纯狭窄的艺术世界,转向对社会现实的抒写。《还乡杂记》及其以后的作品,正如作者所说:"我再也不忧郁地偏起颈子望着天空或墙壁做梦。现在我最关心的是人间的事情。"③。《老人》通过对几位故乡老人的回忆,生发出对社会、人生的思考,"在成年和老年之间还有着一段很长的距离。我将用什么来填满呢?应该不是梦而是严肃的工作。"《街》描写"凄凉的乡土"——故乡县城,在抚今追昔中,暴露社会的黑暗。《老百姓和军队》以书信体描绘新型的军民关系。这些散文表明,作者确实"发现了我的精神上的新大陆"。然而遗憾的是,这些作品在呈现"新大陆"时,艺术上却未能与思想的前进取得同步发展。

李广田(1906—1968)著有散文集《画廊集》、《银狐集》、《雀蓑集》等。他与何其芳文学经历相似,同样感受着京派回忆美学的熏陶,同样有着京派的从容和精

---

① 何其芳:《我和散文》(1937年6月6日),原载《还乡杂记》,上海文化生活出版社1949年版。
② 刘西渭(李健吾):《读〈画梦录〉》,原载《文季月刊》第1卷第4期,1936年9月。
③ 何其芳:《我和散文》(1937年6月6日),原载《还乡杂记》。

致,然而散文风格却不相同。何其芳"画梦",李广田"画廊",单从两人第一本散文集的题名,即可看出差异:"画梦"者,耽于玄思,感染着巴蜀民性的热情和浪漫的想象;"画廊"者,执著事实,带着齐鲁大地的朴实浑厚,"粗中有细"地表现出一种"艰苦卓绝的生活与精神"①。因此,同是缅怀故乡童年,何其芳长于感味,创造了散文的"独语体";李广田却长于亲切含蓄的叙谈,在讲述故乡平常人事时,设置一个叙述者"我"与倾听者"你"进行"对谈"或"潜对谈"的叙述语境,创造了散文的"叙谈体"。

李广田出身山东农村,自认是一个爱乡间、爱乡人的"乡下人"②,是一个"永踏着土地","永嗅着人间的土的气息"的"地之子"(《地之子》)。他以现代知识者的眼光反观故土,努力在平庸的事物里寻找美和真实,在乡土乡情的发现中抒发情感,体悟人生,拾掇人生途中的哲理情思,从而使得他的散文成为"道旁的智慧"的结晶。《野店》写"鸡声茅店月,人迹板桥霜"的乡间小店,旅人的萍水相逢,店主的迎来送往。作者在诗意的亲切叙谈中,有着"一种特别的人间味"。《山水》描写平原人民创造"山水"的历史,在波澜迭起、曲折回环的亲切叙谈中,寄寓着感人的乡情。《画廊》展现乡间市集中的"画廊",描写乡下人买年画时从容、闲静的"和平之感",字里行间流露着对乡风民俗的赞美之情。这些作品大多通过乡村生活的细节和片断,表现故乡山水和风俗人情,生活气息扑面而来,显示了作者散文叙事的功力,因而格外迷人。

李广田的散文长于刻画人物,但在方法上却与小说不同。他认为,同样描写人事,小说需要严密的结构,填补许多空白,而散文则"不过是一个简单的报告"③,"用一种最简单的方法记述……一个没有故事的人物"④。他的散文往往通过细节、不完整的情节等"简单方法",塑造了一个个性格鲜明的形象。《老渡船》描写了一位承载生活重负,耐劳苦,忍受一切屈辱,永远听凭"命运"任意渡送人生,却没有一点怨尤的农民性格,并称之为"老渡船",其象征意义与臧克家的诗歌《老马》异曲同工。《山之子》描写把生命挂在悬崖峭壁之上,折取红百合花出售,以奉养老母和寡嫂的哑巴,并称之为"山之子",赞美一种顽强的生命意志,一种沉默勇敢的"泰山性格"。《柳叶桃》描写善良美好的女戏子"柳叶桃"被黑暗社会不断摧残,发狂致死,赞美之中带着同情,惋惜中流露着痛愤。《记问渠君》、《黄昏》等作品,描绘黑暗时代知识分子的心灵创伤和苦闷彷徨。这些人物都没

---

① 周作人:《画廊集·序》(1935年2月),原载《画廊集》,上海商务印书馆1936年版。
② 李广田:《画廊集题记》,原载《画廊集》,上海商务印书馆1936年版。
③ 李广田:《柳叶桃》,《李广田文集》第1卷,山东文艺出版社1983年版,第172页。
④ 李广田:《老渡船》,《李广田文集》第1卷,第149页。

有什么"故事",却刻画了鲜明的性格,显示了用散文写人的技巧。

李广田散文中那些采用象征主义方法,而又寄意深远的篇章,则往往凝聚成为优美的散文诗。这些作品在他以叙事为主的散文中,格外引人瞩目。《井》通过井的深邃,象征自己尘封已久的某种思念。《马蹄》写攀登"绝顶"的渴望和"无上的快乐"。《树》以树的常绿和清荫,象征一种人生理想。《荷叶伞》通过神仙的赠品"荷叶伞"不能为众人遮风挡雨,并被风雨摧折的描写,象征人生理想与现实的无情冲突。《绿》描写广漠而沉郁的"深绿色的悲哀",惊叹于"青春之凋亡"。《通草花》感悟艺术的"永久"和生命的"暂时",在艺术和人生两个世界的冲突中发掘哲理。《影子》在寻找和发现"我自己"的过程中,解剖自我。《雾》歌颂太阳和光明。收集在《雀蓑集》中的这些散文诗,大多描写梦境和幻境,依然采用第一人称叙谈式笔调,创造出一些超现实的情节和画面,用以象征作者的思想和情感,诗意隐藏较深。其文学资源,显然取自西方文学中的象征派和鲁迅的《野草》,但由于作者的语言是叙谈式的,所以不如《野草》精练,艺术世界也没有那样复杂。

全面抗战爆发后,李广田出版了散文集《日边随笔》等多种,作者的视野更加开阔,题材也更多样,时或采用锋芒显豁的杂文笔法抒写广阔的人生。

丽尼(1909—1968)前期散文集《黄昏之献》中的作品,多采用散文诗的笔法,倾诉个人的爱情悲伤,情调忧郁感伤。其后视野逐渐开阔,慢慢脱离自我情感创伤的抒发。他在《〈鹰之歌〉后记》中说,"我怀着一颗企望黎明的心"[1],希望自己能够像鹰那样,雄健矫捷地飞翔,嘹唳清脆地歌唱。《秋夜》用沉痛的笔触,描写农村经济的破产和农民的流离失所。《松林》描写两代长工迫于贫病而自尽的悲剧。《原野》象征性地描绘民族的悲惨历史,忧郁地憧憬着历史的前进。《鹰之歌》、《夜间来访的客人》、《急风》、《寻找》等赞颂革命者的反抗斗争,憧憬光明。《江南的记忆》抒发炽热的爱国情感。这些作品都已经走出爱情悲歌的沾恋,而进入生活苦吟和斗争的呼喊。丽尼后期散文逐渐加强叙事因素,融散文、小说于一体,并在抒情叙事中蕴涵哲理性的意旨,散文集《白夜》中的《池畔》、《恶梦》、《秋》等篇,体现了作者对散文艺术的不断实践。

陆蠡(1908—1942)初期散文集《海星》中的《海星》、《荷丝》等意境优美纯洁、如童话般迷人的作品,带着一颗纯真至诚的童心,追求爱与美的理想,时或又夹杂着淡淡的忧郁,陷入孤独的幻想和沉思。此后的散文集《竹刀》、《囚绿记》,在冷峻的社会现实和民族抗战的洪流中,开始增强散文的叙事因素,逐渐摆脱青春的幻想和忧伤,进入成年的厚实和沉郁。《水碓》描写饱受虐待而死的童养媳,

---

[1] 丽尼:《鹰之歌·后记》,《鹰之歌》,上海文化生活出版社1936年版。

《庙宿》描写身世孤苦、热情助人的堂姐,《嫁衣》描写了一富一贫,却都结局悲惨的姐妹。作者通过这些勤劳善良、饱受封建压迫的农村妇女形象,通过她们的人生经历,抒发了对黑暗制度的强烈抗议。《竹刀》以传奇性的笔触歌颂山民的反抗,用竹子做成的尖刀终于插入奸商腹中,象征一种压抑已久的抗争精神的血性爆发。《囚绿记》形象地描绘了身体虽然被囚禁,却"永远向着阳光生长"的常春藤,颂扬了坚贞不屈、渴求自由光明的民族精神。陆蠡的散文抒发主观情感时,多采用散文诗笔法,真挚纯净,精巧玲珑;叙事写人时,则布局跌宕起伏,曲折多变,节奏自然。

缪崇群(1907—1945)呕心沥血地致力于散文创作,著有多部散文集。初期散文集《晞露集》,沉郁感伤地追忆少年时代的生活,以及留学日本的人生经历。这一时期的创作多写儿女之情,交织着探求人生的寂寞与忧伤。《芸姊》描写"我"与芸姊这一对有情人难成眷属的痛苦经历。《守岁烛》以忧伤的笔触回忆逝去的母爱。后来的散文集《寄健康人》、《废墟集》等,视野渐渐转向更加广阔的社会人生。《旅途随笔》、《北南西东》叙写旅途见闻,《凤子进城》表现弱女被欺凌,这些作品揭露了劳动人民被掠夺、被伤害的社会现实,表达了对弱者的同情。抗战时期,缪崇群控诉日本帝国主义的侵略行径,关注人民命运。《一觉》、《血印》表现战争给人民造成的巨大创伤,《苦行》呼唤人民勇敢抗敌,坚持到底。《夏虫之什》用拟人手法描写了九种昆虫,每一种都象征一种人生态度,如蝇的趋炎附势、蝉的辛勤劳动等,藉此讥讽社会现象,探究人生意义。《人生百相》等审视社会芸芸众生相,《街子》、《牛场》等描写云南边陲风情民俗,体现了独特的艺术风格。缪崇群的散文长于素描性格,抒写人情,蕴涵哲理,风格平实亲切,细腻委婉。

三十年代叙事散文在二十年代多彩多姿的基础上,进一步发展,不仅题材、风格更加多样,而且叙事容量急剧扩大,出现了用散文体式进行长篇叙事的"大品"散文,改变了二十年代"小品"散文主导叙事散文的局面。小说家原本就具有叙事的优长,因而对长篇叙事散文的发展,贡献尤为突出。其中,沈从文的《湘行散记》、《湘西》对故乡风土人情和自然山水的描写,与其小说创造的"湘西世界"既相互阐释,又交相辉映。长篇人物传记《记胡也频》、《记丁玲》和《从文自传》,或记述作家的创作道路和人生道路的选择,或反观自我人生历程,是现代传记文学的佳作。此外,冰心的《南归》叙写丧母之痛,吴组缃的《泰山风光》描写世态人情等等,也都是本时期重要的长篇叙事散文。

在叙事"大品"之外,从浙江上虞白马湖畔春晖中学—上海立达学园—上海开明书店同人逐渐发展起来的"开明"作家群的叙事散文,显出与左翼作家、京派作家、论语派作家不同的群体风格。"开明"作家群大多以中等文学教育和出版为职业,坚守文化启蒙主义立场,尊重个人自由和思想独立,与政治保持一定距离,不介入文坛纷争,不事张扬,为文化和文学事业兢兢业业地实干。他们的散文创作大多从身边日常生活取材,不论叙事说理,抒发情思,都讲究文章规范,重视文学趣味,在追求对读者起到人格感化、道德教育和审美陶冶作用的同时,还力求起到文章示范的效果。这种具有鲜明文学教育特点的散文写作,正是"开明"精神和风格的表现。这个松散的作家群体以叶圣陶、夏丏尊、丰子恺等人为中心,其成员包括胡愈之、周予同、匡互生、顾均正、宋云彬、方光焘、刘薰宇、刘大白、徐调孚、王伯祥、章锡琛、刘叔琴、傅彬然、贾祖璋等。朱自清、朱光潜一度也是这一群体的重要成员,但他们后来或独自成家,或另入别派,志趣发生变化,散文创作风格也与"开明"作家有所不同。其中,夏丏尊、丰子恺与弘一法师(李叔同)关系密切,是在家修行的居士,思想和创作都深受佛学影响。他们的散文创作突出的特点是"悟道"——在日常琐细平凡的生活中,体悟人生之道,对生存作智慧的思考。他们给现代散文带来了明净的佛学智慧的哲理。这使他们的散文不仅在"开明"作家群中风采卓异,而且在整个三十年代散文中别具一格。

  夏丏尊(1886—1946)集教育家、文学家、出版家于一身。教育家是其当行本色,从事出版是其教育工作的延续,散文创作则是其教育家人格精神的外化。他从事国文教育多年,与叶圣陶合著的《文心》、《文章讲话》,与刘薰宇合编的《文章作法》,以及从日文翻译的意大利亚米契斯著《爱的教育》等著作,都曾发生过广泛的影响。他为人真诚,严于解剖自己,散文倾吐的正是肺腑之言。他创作于春晖—开明时期的散文多收入《平屋杂文》。《白马湖之冬》、《试炼》、《"无奈"》、《怯弱者》、《长闲》、《中年人的寂寞》、《猫》等篇,于自我平凡琐事的记叙中,透彻感悟人生,传达一种奋斗进取的生活态度和人生哲理。《钢铁假山》、《命相家》、《春天的欢悦与感伤》等篇,从生活细节出发,抒发感时忧国,悲天悯人的情怀,见出作者寂寞忧愁中鲜明爱憎的一面。这些作品都善于把日常生活化为艺术观照的对象,体验吟味其中的人生情味和世态风习。夏丏尊是现代著名的"记述文"文体家。他的散文长于在记叙中展开议论抒情,构思谨严,立意深远,笔法老到,风格朴素。

  丰子恺(1898—1975),现代著名的漫画家、艺术教育家和散文作家。其散文结集有《缘缘堂随笔》、《随笔二十篇》、《车厢社会》、《缘缘堂再笔》、《子恺近作散文集》、《率真集》等多种。此外,他还写作了大量的艺术随笔。丰子恺的画,用他独创的"漫画"艺术形式表现世态、人生,所作主要有"古诗新画"、"儿童相"、"社会相"、"自然相"等。不仅如此,他还遵从弘一法师的教诲,用漫画宣扬"去除残忍心,长养慈悲心,然后拿此心来待人处世"[①]的佛法精神,创作了"护生画集"多

[①] 丰子恺:《护生画三集自序》,《丰子恺文集》第 4 卷,浙江文艺出版社,浙江教育出版社 1990 年版,第 425 页。下引作品均据此版。

册。丰子恺的散文,描写内容和艺术风格都与其漫画十分相似,同样以人生、世态为中心,同样率真亲切,自然恬淡,蕴含着哲理,只是不用线条色彩表现,而改用谈话风的平易的语言文字罢了。郁达夫甚至认为他的散文高于他的漫画:"人家只晓得他的漫画入神,殊不知他的散文,清幽玄妙,灵达处反远出在他的画笔之上。"①

丰子恺认为,儿童是人生的黄金时代,童心就是最初一念之本心,没有成人世界的虚伪实利,是"清净心"与"佛性"的一种表征。他说"在人世间与我因缘最深的儿童,他们在我心中占有与神明、星辰、艺术同等的地位"②,因为只有儿童"能拆去世间事物的因果关系的网,看见事物的本身的真相"③。故而代表着"真"的儿童,与代表着"善"的神明,代表着"美"的星辰和艺术,是他人生追求的最高理想。因此,在《华瞻的日记》《儿女》《给我的孩子们》《送阿宝出黄金时代》《从孩子得到的启示》等描写"儿童相"的作品中,他极力歌颂赤子之心,赞美人生的黄金时代。与此同时,他又以我佛慈悲的心怀,对成人世界的种种"社会相"作了生动的描写。他说自己常常化身为二人,"其一人做了这社会里的一分子,体验着现实生活的辛味;另一人远远地站出来,从旁观察这些状态,看到了可惊可喜可悲可哂的种种世间相"④。《肉腿》写社会的不平等。《车厢社会》写人世间的冷漠与倾轧。《吃瓜子》借"吃瓜子"这一普遍性的国民消闲行为,剔抉出国民性中慵懒、无聊的一面,表达了对国家前途和命运的忧思。《作客者言》描写国人待客中"优待的虐待"。《两场闹》通过司空见惯的场景:富人为少付几个铜板与人力车夫讨价还价,筵席上却争抢付账,揭露国民性中残忍的吝啬和可耻的大方。这些作品都从日常生活琐事切入,摹写人间的不调和、不欢喜、不可爱的世相,暴露缺乏仁爱之心的国民性的病态,表达了对温暖、和平、幸福生活的向往。

成人世界的异化,使得作家不仅在童心中发现真,而且到自然、艺术和宗教中去发掘美和善。作者把自己的同情心推及一切自然,有情化一切自然。在《渐》《大账簿》《两个"?"》等文章中,他思索着人生宇宙、时间空间、有限无限、刹那永恒等根本性的问题,渴望一种"大人格"、"大人生"。而实现这种"大人格"和"大人生"之路,则归结为佛家的"纳须弥于芥子",慈悲为怀,恻隐之心,尽形寿,不杀生。故而在《蝌蚪》《蜜蜂》《放生》等"自然相"散文中,作者不仅描写自

---

① 郁达夫:《中国新文学大系·散文二集序》,上海良友图书公司1935年版。
② 丰子恺:《儿女》,《丰子恺文集》第5卷,第116页。
③ 丰子恺:《从孩子得到的启示》,《丰子恺文集》第5卷,第122页。
④ 丰子恺:《谈自己的画》,《丰子恺文集》第5卷,第470页。

然万物的生趣,而且表达护生思想。在《我与弘一法师》一文中,丰子恺曾提出"人生三层楼"的看法。他认为人的生活,可以分作三层:一是物质生活,即衣食;二是精神生活,即学术文艺;三是灵魂生活,即宗教。他说自己虽然还停留在二层楼上,但也时常向三层楼上望望。① 所以他格外勤勉地描写"艺术相"和"佛法相"。《山中避雨》表现"乐以教和"。《颜面》从造型艺术探讨世间各种各样的奇异的脸。《房间艺术》从房间的布置谈"生活的艺术化",批评奢华浮靡的低俗趣味。《画鬼》论"绘画以形体俏似为肉体,以神气表现为灵魂"的艺术真谛。这些散文不仅宣扬了艺术世界的自由纯真和美,而且起到了审美教育作用。佛家的"无常"是丰子恺散文中经常表达的观念,但并不导向虚无,而是引申出一种积极达观的人生态度。《无常之恸》从古代诗歌阐释佛教的要旨——"诸行无常,是生灭法。生灭灭已,寂灭为乐",归结为呼唤现世缺乏的慷慨、忍苦、慈悲、舍身的行为和精神。《陋巷》讲"无常"即是"常"的佛理,却不悲观,而是主张破除我执,跳出"无常的火宅",去追求"大人格"、"大人生"。《忆儿时》通过童年时代养蚕、吃蟹、钓鱼三个故事,阐发护生思想。而写于全面抗战爆发后的《还我缘缘堂》、《告缘缘堂在天之灵》、《佛无灵》等篇,则以佛教的仁爱精神和戒杀护生的思想,揭露日本帝国主义的侵略罪行,表达了深挚强烈的爱国主义情思。

丰子恺的散文不仅长于叙事,而且善于写人。《湖畔夜饮》写郑振铎的率真厚道,意味深长。《悼夏丏尊先生》写自己的两位导师从"痛感众生疾苦"而发展起来的两种不同教育性格:李叔同博学多能,如同佛像有后光,身教重于言教,威严自在,实行的是"爸爸的教育";夏丏尊"多忧善愁",忧生、忧国、忧世,毫无矜持,事无巨细,悉心关照,实行的是"妈妈的教育",风趣幽默中洋溢着深情。

丰子恺的散文在艺术上长于叙事中说理。他的叙事,描写婉曲细腻,体贴入微,充分发挥了一个画家的艺术才能:观察事物敏锐深刻,善于择取蕴涵哲理的生活片断,而表达则是"文中有画",正像他的画是"画中有诗"一样。他的说理,充分吸收了佛经宣扬教义的优长,往往通过引人入胜的故事讲述,把读者带入一种预设的情境,然后篇末点题,卒章显其志,显露作者所要表达的哲理内核——正是他所奉行的佛学精义。丰子恺谈自己漫画的艺术追求时说:"最喜小中能见大,还求弦外有余音。"②其实,这也是他散文的艺术追求。由此,形成了他的率真平易,细腻深沉,蕴含理趣,"富有哲学味的"③散文风致。

---

① 参见《丰子恺文集》第 6 卷,第 399、402 页。
② 丰子恺:《丰子恺画集·代自序》,《丰子恺文集》第 7 卷,第 790 页。
③ 郁达夫:《中国新文学大系·散文二集序》,上海良友图书公司 1935 年版。

第五节 游记和报告文学

游记文学在中国古代文学中有着悠长的传统。近代以来,随着国门的被迫打开,国外游记作为新的成员加入了游记文学的行列。晚清的国外游记,主要来自出使大臣们的手笔。其中,斌椿的《乘槎笔记》,王韬的《漫游随录》,康有为的《欧洲十一国游记》,梁启超的《新大陆游记》,以及后来的《欧游心影录》,都是颇有影响的作品。五四新文化运动兴起后,更多的文人学者走出国门,前往异域游学访问,学习他国文化的同时,也记录下自己在异邦的行踪见闻和所思所感。与国内山水游记主要描摹自然山水不同,国外游记的作者,面对的是一个异质文明的世界,在观察异域的政治经济、文化风俗、世态人情时,往往情不自禁地要与本国参照比较,做出自己的思考。因此,这些国外游记,不仅刻画了异国的形象,而且描绘了二十世纪上半叶中国知识分子走出国门,与西方世界接触时的切身感受,记录了现代知识分子身处中西文化碰撞历史境遇中的心态和文化选择。

本时期的国外游记,在二十年代孙福熙的《山野掇拾》、徐志摩的《巴黎的鳞爪》等作品基础上,更加发展。朱自清根据三十年代初在欧洲休假访学的经历,写成《欧游杂记》和《伦敦杂记》。与一般游记着意表现浪漫见闻和游踪琐事不同,朱自清实实在在地报道所见所闻,刻意避免放言高论,不谈身边琐事,极少说到自身。《欧游杂记》细致描绘了意大利、瑞士、荷兰、法国的历史、文化和自然风光。《伦敦杂记》则视点集中,除了描写伦敦的书店、博物馆、公园、市场等景点之外,还具体表现了各种各样的人物和文化现象,人情味更加浓郁。与朱自清不同,李健吾的《意大利游简》采用书信体,渗透着鲜明的自我意识。作者向收信人娓娓讲述自己在威尼斯、翡冷翠、罗马等地的游览经历,夹杂着浓厚的个人情绪与体验。郑振铎的《欧行日记》同样以欧洲之行为记叙内容,由于是写给家人看的旅行日记,除了旅程描写之外,还增加了个人情感方面的内容,显得真实动人。关于这次旅行,郑振铎在散文集《海燕》有更加细腻的描述。值得注意的是,由于近代以来,中国人民遭受外国侵略者的欺压凌辱,所以作者开始与外国人接触时,往往心怀成见与恶感,经过进一步的了解,却发现他们本性淳朴友善,从而发出了"人都是好的"感叹。这反映了国人与外国人交往时的常见心态。王统照《欧游散记》除了景物描写之外,特别提到了欧洲的职业教育。作者如同多数中国作家一样,在对欧洲先进文化的向往中,带着浓重的感时忧国情绪。此外,小默(刘思慕)的《欧游漫忆》,刘海粟的《欧游随笔》,刘半农的《欧游回忆录》,徐霞村的《巴黎游记》,胡愈之的《莫斯科印象记》等,也产生了一定影响。这些游记作品,都在形象描写异国风土人情和文化名胜的同时,塑造了异国的不同形象,加深了中国人对于异国人民的了解和对不同文化的认识。

国内游记更多地承续了古代山水游记的传统,在表现祖国山水美丽的同时,大多寓含着自我的情思。其中,郁达夫游记集《屐痕处处》、《达夫游记》中的《钓台的春昼》、《感伤的行旅》、《浙东景物纪略》等,以江南风物为表现对象,一方面凭借良好的人文素养,层次分明、画面完整、富于动态地描绘大自然的山川地势、风貌特征;另一方面则在景物书写中渗透着浓重的个人情感,使山川风物成为作者心灵的外化。钟敬文的游记追求平远清隽的风格,冲淡静默的趣味。《西湖漫拾》、《湖上散记》等作品描画自然风景时,注意营造优美纯粹的意境,不时流露出作者对文化、人生的感悟,是情景交融的佳作。

游记文学具有深厚的中国文学传统,报告文学则是散文家族的末子,是从异域文学中移植到华苑的新葩。在西方,报告文学是报刊传媒兴起的产物。在中国,也是伴随晚清报刊业的发展,才催生了报告文学的最初形态:主要是以游记文学形式出现的旅行考察报告。这种旅行考察报告是一种介于叙事散文和新闻报道之间的报章文体,只是由于作家主体意识凸现,往往以政论的形式介入评说,才使得它区别于传统的游记文学。晚清王韬、康有为、梁启超等人的外国游记,实际上都是这种介于游记和报告之间的报章体文学。

报告文学的雏形出现于二十年代,其代表作是瞿秋白的《饿乡纪程》、《赤都心史》和周恩来的《旅欧通讯》。《饿乡纪程》和《赤都心史》是瞿秋白作为北京《晨报》的特派驻苏记者所写的通讯报告。作者把记述游踪中的见闻经过和具体事实的"路程",摹写"社会的画稿",与记述自我的思想变迁和理论思考的"心程"融合在一起,采用多种体裁,"突出个性"地记述了十月革命后的俄国,主体介入意识强烈,带有内心独白的印记。他自己则称之为"随感录"①。1921—1924年间陆续刊载于天津《益世报》的《旅欧通讯》,是周恩来对旅法勤工俭学学生的困境及其为命运而抗争事件的深度报道。作者溯其根源,求其真相,判其出路,既有生动的现场目击纪实,又有真知灼见的评论,文字简洁朴实,在尊重客观、据实直书的叙事中带有鲜明的政论色彩。"五卅"运动中,沈雁冰、叶圣陶、郑振铎等人也都发表过一些带有报告文学性质的散文。整体来看,二十年代的报告文学,都还具有明显的跨文体性质,大多介于新闻报道与散文之间,尚不具备独立的文体意义。

报告文学三十年代开始兴盛并走向成熟。这种兴盛的显著标志,不仅在于从英语翻译过来的"报告文学"这一文体名称得到确立,报告文学融新闻性、纪实性、文学性于一炉的文体特点,经过袁殊、阿英、胡风、周立波、茅盾等人的阐述,

---

① 参见瞿秋白《饿乡纪程·跋》、《赤都心史·序》,《瞿秋白文集》文学编第1卷,第109、114页。

得到较为充分的论证，更在于报告文学的几种主要样式——旅行考察报告、事件报告、社会问题报告、人物特写等，都出现了较为成熟的或是具有典范意义的作品。

三十年代报告文学的兴盛与左联的大力倡导密不可分。1930年8月，左联执委会在《无产阶级文学运动新的情势及我们的任务》的决议中，就明确地要求"创造我们的报告文学（Reportage）"。1931年11月，左联执委会的决议《中国无产阶级革命文学的新任务》中进一步提出，为了实现文学的大众化，必须研究并且批判地采用"西欧的报告文学"等文学体裁。正是在左联的推动下，当时的进步作家和文学青年深入现实生活，踊跃撰写报告文学，而《中流》、《文学界》、《光明》等刊物则积极支持报告文学作品的发表，由此形成了三十年代群众性的报告文学创作热潮。

报告文学的走向成熟，也与左联对外国报告文学理论和作品的积极译介密不可分。当时，马尔罗的《报告文学的必要》、梅林的《报告文学论》、捷克著名报告文学家基希的《秘密的中国》、密勒的《上海——冒险家的乐园》、约翰·里德的《震撼世界的十日》、巴比塞的《从一个人看一个世界》、斯诺的《西行漫记》等，先后译成中文。这些报告文学理论和作品的引入，对于报告文学在三十年代的兴旺发达，起到了不可忽视的推动作用。其中，捷克记者基希关于报告文学必须具有战斗性、真实性和合乎逻辑的想象等理论主张以及他的报告文学创作借用小说叙事技巧，引进电影手法等等，美国记者斯诺关于"新闻与文学并不是两码事"的特写理论等，都对三十年代的报告文学理论和创作，产生了较为深远的影响。

群众性的报告文学写作热潮，是左联推动文艺大众化的重要成果。这突出地表现在报告文学专集的编辑出版上。1932年4月，阿英以"南强编辑部"名义，从反映上海"一·二八"事变的报告文学作品中精选出28篇，辑成《上海事变与报告文学》出版。他在《代序》中指出，上海"一·二八"事变，"在文笔活动方面，产生最多的，是近乎Reportage的形式的一种新闻报告；应用了适应于这一事变的断片叙述的报告文学的形式"。并认为，"报告文学是最新的形式的文学，是具有着无限的鼓动效果的形式"。《文艺新闻》编辑部稍后推出的《上海的烽火》，则成为前者的姊妹篇。《上海事变与报告文学》一向被看成是中国现代的第一部报告文学专集，除了它对上海事变的及时和全面的报告之外，还在于它首创了"事件报告"这一报告文学的重要样式。

群众性报告文学写作的另一重要成果，是1936年9月上海生活书店出版的大型报告文学专集《中国的一日》。这是主编茅盾看到高尔基动议编辑《世界的一日》而萌生的计划。征文非常顺利，后者竟先于前者出版。《中国的一日》征文规定记录1936年5月21日发生的事。全书共十八编。第一编为"全国鸟瞰"，其中十二编内容涉及二十四个省市,另有"失去的土地"编描写东北,"侨踪"编记录香港,"海、陆、空"编为旅途纪事,最后两编为"一日间的报纸"和"一日间的娱乐"。正如茅盾指出的那样,全书近五百篇报告,在"丑恶与圣洁,光明与黑暗交织着的'横断面'上",全景式地反映了当时中国的面貌,"这里是什么都有的:富有者的荒淫享乐,饥饿线上挣扎的大众,献身民族革命的志士,落后麻木的阶层,宗教迷信的猖獗,公务员的腐化,土劣的横暴,女性的被压迫,小市民知识分子的彷徨,'受难者'的痛苦及其精神上的不屈服⋯⋯"显然,这种编辑报告文学的宗旨,正是小说家茅盾的本色。

与《中国的一日》同月出版的报告文学专集,还有上海生活读书出版社出版的《生活纪录》和上海天马书店出版的《活的记录》。前者是工人、农民、兵士、小贩、船夫等普通民众生活的报告,后者编选了从1932年到1936年的52篇报告文学作品。此外,宋之的的《1936年春在太原》、洪深的《天堂中的地狱》、夏衍的《包身工》,以及职业记者的多部著名的通讯报告,也都在这一年问世。因此,1936年被称为"报告文学年"。

在报告文学写作的热潮中,夏衍1936年发表的《包身工》,是社会问题报告的典范之作。这是继杨潮的《包饭作》之后,进一步剖析"包身工"制度这一社会问题的重要作品。和记者偏于新闻报道的笔触不同,《包身工》更富于文学色彩。作者运用阶级分析方法,把典型透视和群像描写结合,以上海杨树浦福临路东洋纱厂一个女童工"芦柴棒"作为主要刻画对象,不仅形象地描绘了包身工的悲惨生活,创造了鲜活如生的人物,而且分析"包身工"制度的来龙去脉,暴露其残酷的剥削本质,揭示包身工制度发生发展的政治经济等方面的原因,因而相当深刻地剖析了社会现实问题。《包身工》对中国报告文学影响深远。受其影响,彝族作家李乔依据自己十二岁到个旧锡矿当童工的亲身经历,在1937年发表了《锡是如何炼成的》。作者以锡的开采、洗炼、熔铸过程为线索,描写个旧锡矿野蛮落后的生产方式,矿工们的艰辛劳作和悲惨命运,并从社会制度上分析了造成工人悲惨命运的根源。而《包身工》对电影艺术方法的借鉴和成功运用,则在艺术上启迪了后来更多的报告文学作家。

报刊传媒是报告文学的诞生地,报刊记者创作报告文学原本就有天然的优势。记者以其职业的敏感发现具有新闻性的人和事,再用纪实性、文学性的笔触加以描写,往往就成为报告文学的篇章。因此,三十年代报告文学的成就,相当一部分是由职业记者贡献的。其中,邹韬奋、范长江和萧乾的贡献尤为突出。

邹韬奋(1895—1944)是现代著名的新闻记者、作家和出版家。1921年毕业于上海圣约翰大学。1926年主编《生活》周刊。"九·一八"事变后,《生活》周刊力促抗战,反对投降,抨击国民党政府的不抵抗政策。1932年创建生活书店。

1933年初加入中国民权保障同盟。同年7月,受到国民党政府的迫害,被迫流亡欧美,1935年8月回国。在两年的欧美旅行考察期间,邹韬奋重点考察了英、法、德、意四国,尤其重视资本主义发源地的英国和法西斯德国的研究。此外,他还各用两个月的时间分别考察了苏联和美国。在此基础上,他完成了著名的报告文学集《萍踪寄语》(共三集)和《萍踪忆语》。《萍踪寄语》初集报告了英、法、意大利、瑞士等国政治、经济、文化等方面的情况,其中以英国最为详尽。《萍踪寄语》二集着重探究德国法西斯的形成及其制度,并谈到比利时、荷兰等国的情况。《萍踪寄语》三集报告苏联社会主义制度下的物质和精神方面的成就。《萍踪忆语》则是对美国社会的考察研究。作者虽然将这些散文集题为带有游记意味的"萍踪",但实际上已经超越了传统游记文学的规范。他关注的中心,已经由传统的风土人情转向了国家社会制度的考察。这些作品较为系统地考察和研究了欧美和苏联两种社会制度下的政治、经济、文化、教育等方面的情况,并在叙述的基础上,侧重分析评论,不再以记述游踪为文章的主要内容,因而成为一种社会旅行的考察报告。作者自觉选择了这一报告视角,他说:"记者在观察研究的时候,在持笔叙述的时候,心目中却常常涌现着两个问题:第一是世界的大势怎样?第二是中华民族的出路怎样?"这种从关注世界形势和国家民族角度出发的旅行报告,视野开阔,叙事宏大,在新闻性、纪实性、文学性结合之中,融注了强烈的民族使命感。它承传了梁启超、瞿秋白等人的报告文学传统,成为现代报告文学发展的一条重要线索。邹韬奋的报告文学,在艺术表现上,具有与读者亲切交谈的诚恳,行文简洁朴实,于平淡中透出热情、幽默和睿智。

范长江(1909—1970)是现代著名的记者、作家。曾先后进入南京中央政治学校、北京大学学习。在校期间,即开始为报纸写稿。1935年7月,他作为天津《大公报》的特约通讯员,只身奔赴西北地区的川、陕、甘、青等省进行实地采访考察,写下了影响一时的通讯报告集《中国的西北角》。此后他又创作了《塞上行》等多部通信集。范长江在《〈塞上行〉自序》中说,"在这一小册子里面我比较注意三个问题:第一,是国内民族问题,第二,是统一国家之途径问题,第三,社会各阶级利益之调整问题。"这三个问题也正是《中国的西北角》所关注的基本问题。他以一个记者的敏锐感觉和强烈的社会责任感,带着几分传奇色彩独闯西北,报道西北各地贫穷闭塞、民生凋敝的景象,描述西北各省政治、经济、文化的弊病,对于国民政府西北政策的失利,中央政府驻军的不良状况,汉藏回和汉蒙民族关系中的问题等等,也多有针砭,并对时局做出自己的分析判断。其中,最具有历史意义的是有关红军长征情况的报道。在《成都江油间》、《"苏先生"和"古江曲"》、《刘志丹与民心之向背》等作品中,他以行踪为线索叙述自己的采访和观察,要言不烦地描写了工农红军的宣传优势、军事的勇猛和民心的向往,寓褒扬于客观的报道之中。这些写于红军长征尚未结束的报道,和后来斯诺的《西行漫记》一样,成为震撼中国的作品。它虽然是新闻报告性质,但其实就是当时中国的活的历史。《中国的西北角》的语言文字偏于文言,简洁而具有感染力。《塞上行》的文字则已经近于纯粹白话,因而更为流畅。

范长江的通讯报告,作家的主体性相当突出,具有很强的政论色彩。他在文学性和新闻性之间,偏向新闻性;在文学性和政论性之间,又偏向政论性。他往往在实地采访、客观叙写事件和人物的基础上,直接介入叙述的进程,表达自己的议论、见解,抒发自己的情感,呈现出一种震撼激越的风格。而《大公报》的另一位著名记者萧乾的报告文学,则往往通过曲折的故事情节、栩栩如生的人物形象、鲜活的生活场景,来客观地报告人生世相,主体意识常常隐身于人生世相的背后,尽量少发议论,呈现一种含蓄深沉的风格。范长江和萧乾,正代表了三十年代报告文学两种不同的创作倾向和艺术风格。

萧乾报告文学的特点,突出地表现在对社会重大事件的捕捉。作为《大公报》的记者,萧乾不仅在国内报道了黄河决口而造成鲁西流民的苦难,抗战期间250万民工用汗水和生命修筑滇缅路的壮举等重大事件,而且作为战地记者奔赴二次世界大战的欧洲战场,报道了英法对德国宣战后的战况,苏美英法联军对德国的反攻,二战胜利后纽伦堡审判,以及旧金山联合国成立等重大的国际事件。这些采访报道的作品,后来大多辑入《南德的暮秋》、《人生采访》和《珍珠米》等集子中。在国内采访写作的《流民图》、《平绥琐记》、《血肉筑成的滇缅路》等作品,萧乾则站在弱小者一边,目光注视着社会最底层,以民生疾苦作为报道的重大题材,表现出对国家、民族、人民的深重的忧患意识。国外采访报道的《矛盾交响曲》、《银风筝下的伦敦》、《南德的暮秋》等作品,不仅在反法西斯的欧战报道中,时时返顾故国神圣的民族抗战,对人类命运做出思考,而且从战争毁灭文明、摧残人性、倒转历史的视角,反思战争的灾难。小说家出身的萧乾,他在报告文学艺术上的贡献,主要是将小说的艺术表现手法,移植到报告文学中。由此,他发展了报告文学描写人物形象的各种艺术手段,《刘粹刚之死》、《湘黔道上》、《爱狗者》、《珍珠米》等作品,从艺术表现上看,实际上已经介于报告文学与小说之间,很难做出明确的划分。这使得萧乾成为报告文学中的艺术写生派。

第十四章
曹禺与三十年代的话剧创作

无产阶级文学运动的勃兴,直接影响和推动着三十年代戏剧运动和戏剧文学的发展。在经过二十年代的民众戏剧、爱美剧和小剧场戏剧运动之后,话剧运动更加紧贴社会生活现实,应和着现实的政治斗争、阶级斗争和民族斗争的需求,三十年代话剧与普通民众有了更加紧密的联系。同时,由于话剧职业化和商业性演出的普遍发展,对剧本也提出了更高的要求。这样,由现实产生的对话剧社会功能的重视,对话剧文学的审美需求,以及话剧艺术自身的发展等诸多因素的合力,共同推动着三十年代戏剧创作走向生机勃勃,并显示出一些比较明显的特点:工人农民的反抗斗争生活得到较多的反映,抗日救亡剧作和"国防戏剧"大量涌现,贯穿人道主义精神和人性分析的剧作在艺术上做出较多的探索,戏剧艺术趋于成熟。

第一节 三十年代的戏剧运动

影响三十年代剧坛面貌和戏剧创作走向的戏剧运动,主要有三种:一是左翼剧联推动的无产阶级戏剧运动,二是左翼剧作家推动的"国防戏剧"创作和演出热潮,三是熊佛西等人在北方从事的"农民戏剧实验"活动。

大革命失败之后,在上海地区出现了戏剧运动的热潮。这一方面是因为文学运动的发展对戏剧提出了新的要求,另一方面则是社会的激变,引发青年知识分子不得不离开实际的革命工作,转而在艺术活动中寻求人生的出路和心灵的方向。而上海这个现代商业化都市的中心,不仅能够为话剧这种综合艺术提供必需的物质基础,而且能为话剧的演出提供足够的观众。当时,田汉领导的南国社,洪深领导的复旦剧社,应云卫领导的上海戏剧协社,朱襄丞领导的辛酉剧社,陈白尘领导的摩登剧社是活跃在上海的五大戏剧团体。这些剧社或是搬演外国的名剧,或是演出田汉创作的一些浪漫感伤的戏剧,抒发着广大青年知识分子对社会黑暗现实的不平和努力寻找新的出路而不得的苦闷彷徨的心声。无产阶级文学运动日渐壮大的声势,很快就改变了这种戏剧热潮下的苦闷情绪,把这种戏剧的热情引导到一个新的方向。

1929年6月,夏衍、郑伯奇、冯乃超、钱杏邨等中共党员发起成立上海艺术剧社,提出"无产阶级戏剧"的口号。在这一口号下,艺术剧社主要从事以下几方面的戏剧活动:编辑出版专业性的戏剧刊物《艺术》月刊、《沙仑》①月刊(夏衍、冯乃超主编)和《戏剧论文集》(艺术剧社编),宣传无产阶级戏剧的理论主张;在1930年上半年举行了两次公演,上演了美国辛克莱的《梁上君子》、法国罗曼·罗兰的《爱与死的角逐》、德国米尔顿的《炭坑夫》,根据德国雷马克小说改编的《西线无战事》等外国的左翼戏剧作品,以及冯乃超、龚冰庐创作的《阿珍》等反映工人与资本家抗争的剧本;举办戏剧讲习班,培养戏剧人材;组织到工厂、学校巡回演出,加强戏剧与大众的联系。无产阶级戏剧活动在当时产生了深刻的影响。田汉在1930年4月发表著名的《我们的自己批判》,宣布南国社转换方向,这带动了其他戏剧团体也开始倾向无产阶级戏剧活动。1930年8月,以艺术剧社为基础,联合辛酉、摩登、南国等戏剧团体,成立了"中国左翼剧团联盟"(后改称"中国左翼戏剧家联盟"),从事左翼戏剧运动。"剧联"成立了在田汉等人指导下的中坚剧团——"大道剧社",开展革命演剧活动,并广泛地推动学生、工人和剧联之外的业余剧社的演出活动,进一步扩大了无产阶级戏剧运动的影响。1935年底,为适应文艺界建立抗日民族统一战线的需要,"剧联"宣布自动解散。

作为左翼戏剧运动的一个重要方面的左翼剧本创作,在本时期显示出鲜明的特点。在创作的取材方面,左翼剧作都高度关注社会现实和工人农民的生活,如田汉的《乱钟》、楼适夷的《S.O.S》等剧作直接反映"九·一八"事变这样的社会重大事件,郑伯奇的《轨道》描写胶济铁路工人的反日斗争等,说明左翼剧作对于时代的敏锐反应。表现革命和反抗斗争是左翼剧作的基本主题。工人农民在贫困失业和灾难病痛面前的奋起抗争,寻求自己的活路和出路,引起左翼剧作的普遍关心。田汉的《梅雨》、《月光曲》,洪深的"农村三部曲",于伶的"江南三唱"(《丰收》、《腊月二十四》、《一袋米》),楼适夷的《活路》,袁殊的《工厂夜景》等剧作,都是紧紧抓住现实生活的颇具影响的作品。同样表现革命和反抗的主题,女作家白薇则更多地带有浪漫抒情的特征。她的代表作《打出幽灵塔》,在第一次大革命的背景下,熔家庭革命和社会革命于一炉,剧情曲折复杂,抒情氛围浓郁,显示出在同一反抗的基本主题下,左翼剧作风格的多样性。左翼戏剧运动从一开始就把戏剧大众化作为奋斗方向,因此力求把剧本写得通俗易懂。仿用工人农民的语言表达方式,甚至采用方言俗语,是左翼剧作家的普遍追求。但是作家对于工农生活缺乏深入的了解和常常急就章式的写作方式,由此也形成了左翼

---

① "沙仑",俄文"汽笛"的音译。

剧作理性超越感性、思想大于形象的弱点。

从艺术剧社的成立到剧联的解散,左翼戏剧运动历时六年,期间虽然存在着左的偏向,如戏剧理论和创作上的过分政治功利化,对非左翼戏剧活动一度排斥等等,但是左翼戏剧运动对于现代戏剧的发展依然作出了重要贡献。它坚持无产阶级戏剧运动的方向,坚持戏剧的大众化,培养和造就了一批戏剧工作者,田汉、洪深、于伶、郑伯奇、冯乃超、白薇等左翼剧作家创作了一批反映现实斗争的剧作,对非左翼的戏剧活动产生了直接或间接的影响等等,都对三十年代戏剧的发展作出了历史性的贡献。

1935年,随着华北危机的发展,日本帝国主义加快了侵华步伐,民族危机进一步加深,救亡已经迫在眉睫。左翼作家在民族矛盾上升为主要矛盾的新的历史条件下,转换了文学活动的中心内容,提出了以建立抗日民族统一战线为中心内容的"国防文学"口号。与此相配合,"国防戏剧"的口号应运而生。"国防戏剧"是紧接着左翼戏剧运动之后又一次戏剧热潮。1936年初成立的上海剧作者协会制订了以"国防戏剧"为宗旨的《国防剧作纲领》,对戏剧创作提出了明确的要求:戏剧要取材于现实斗争和民族解放的历史题材,表现反帝反汉奸的主题。① 由此,戏剧界的各种力量开始聚集到抗日民族统一战线的旗帜下,抗日救亡开始成为戏剧活动的基本主题。国防戏剧运动带有鲜明的鼓动性、群众性的特点,国防戏剧的演出深入到学校、工厂、农村,激发起人民群众的爱国热情,推动了抗日救亡活动广泛深入地开展,同时也培养锻炼了一批青年戏剧工作者。在国防戏剧活动中,被誉为"国防戏剧的力作"的夏衍的历史讽喻剧《赛金花》,洪深执笔的《走私》、《咸鱼主义》,尤兢执笔的《汉奸的子孙》、易扬编剧的《打回老家去》等剧作,都曾经得到广泛的演出,石凌鹤、章鸣、姚时晓等也都是影响一时的"国防戏剧"作家。

左翼戏剧运动之外,熊佛西在河北定县推行的"农民戏剧实验",也是三十年代的重要戏剧运动。熊佛西(1900—1965)原是北京艺专戏剧系主任,他认为戏剧是以动作为核心的与观众和剧场共生共存的"综合艺术",强调戏剧美学特征上的"趣味"和"单纯",一直坚持着戏剧改造人生、开启民智的启蒙主义功能。在三十年代文学大众化思潮的影响下,他从二十年代的"小剧场"实验转向了农民戏剧的实验。1932—1937年间,他应中华平民教育促进会总干事晏阳初的聘请,带领陈治策、杨村彬等艺专戏剧系的部分师生到定县,作为晏阳初主持的"定县乡村建设实验"的一个组成部分,开展农民戏剧实验。他把这一戏剧运动称之为"戏剧大众化实验",并做出理论总结。在他看来,戏剧本来就是为大众的,属

---

① 参见周钢鸣《民族危机与国防戏剧》,《生活知识》第1卷2期,1936年2月。

于大众的,是经大众之手而成的大众艺术,而占全国人口百分之八十五以上的农民,正是今日中国的大众,所以"戏剧大众化",就是要使"戏剧农民化",因此他提出了"在农民当中创造一种新的农民戏剧"的任务。[①] 他从与左翼作家不同的思想观念和艺术观念出发,深入农村和农民群众,走出了一条"戏剧大众化"的独特道路,并对四十年代的戏剧走向民间、走向农民产生了潜在的影响。

熊佛西在定县五年多的农民戏剧实验活动,主要围绕戏剧的基本要素(剧本、演员、剧场、演出等)展开,进行了多方面的试验。

为了"农民演剧给农民看",熊佛西在定县期间创作了《锄头健儿》、《屠户》、《逼上梁山》、《牛》、《过渡》等直接描写农村生活的剧作,杨村彬创作了《龙王渠》,陈治策创作了《鸟国》。在这些"农民剧本"中,《过渡》和《龙王渠》当时产生了较大的影响。《锄头健儿》采用象征寓意手法,描写某村恶虎为患,乡民惧怕,以虎为神,修庙供奉;而青年农民健儿为民除害,放火烧庙,用锄头将虎杀死,受到乡民的称赞。《屠户》描写外号"屠户"的恶霸地主、高利贷者孔大爷盘剥农民,欺压百姓,最终激起农民的抗争,将作恶多端的孔大爷交给政府处理。由《王四》改名为《逼上梁山》的剧本,描写善良老实的农民王四不堪地主的压榨,被逼得铤而走险。这些剧本大多以鲜明的戏剧动作、紧凑的结构、精练的语言,真实地描写了农村的黑暗,获得农民的强烈共鸣。三幕剧《过渡》,描写劣绅胡船户霸占渡口,勒索过往农民,农民不堪重负。具有新思想的回乡大学生张国本,为方便村民渡河,反抗胡船户的压迫,带领农民建桥,却遭到胡船户的百般阻挠和破坏。张国本带领农民坚持斗争,最终使得县政府拘捕了胡船户,宣布取消渡船,支持造桥。该剧的演出以农民为主,引起较大反响,并获得好评。《过渡》的创作和演出都在洪深的《五奎桥》之后,不难看出反映农民抗争的主题广泛地影响了三十年代不同倾向的戏剧作家。为了农民能够演出和接受,熊佛西还改编了不少剧本,如《卧薪尝胆》、《兰芝与仲卿》和自己的旧作《喇叭》、《穷途》、《纪念日》、《裸体》,以及爱尔兰女作家格瑞格雷夫人的《月亮上升》、《市虎》,果戈理的《巡按》,法郎士的《哑妻》等。杨村彬的三幕剧《龙王渠》同样包含了定县农民戏剧实验中常见的两大基本主题:农民反抗地主,用科学破除封建迷信。该剧描写村民为了不受洪水冲击,捣毁了龙王庙,挖渠保护堤坝,可是地主却在水灾泛滥时刻,加紧剥削农民,并挑动农民械斗。剧本演出中采用了民间传统的巫术仪式和武术打斗的形式,对话剧吸收民间艺术因素作出了探索。

在五年多的戏剧实验中,熊佛西通过创建剧场的实践,逐渐形成了"观众与演员混合的新式演出法"。它集中地代表了熊佛西"跳出镜框,与观众握手,揭开

[①] 熊佛西:《戏剧大众化之实验》,南京正中书局1937年版,第15—20页。

屋顶,打破围墙,与自然同化"的戏剧理想。① 这种"新式演出法"的主要特点是:突破镜框式舞台,打破第四堵墙,让观众直接参与戏剧活动,演员和观众混合在一起进行演出。经过《逼上梁山》、《鸟国》、《过渡》等剧的演出,熊佛西总结出这种新式演出法的四种形式:台上台下沟通式,观众包围演员式,演员包围观众式和流动式。② 熊佛西还从理论上论证了这种"新式演出法"在戏剧哲学上的根据,认为它呼应着"由分析走入综合"的一般哲学上的时代潮流。这一切,表明了熊佛西对二十世纪戏剧思潮发展趋向的熟悉和敏锐的戏剧艺术感觉。二十世纪戏剧发展的各种流派,从特定的角度看,始终在演员和观众(被看者/看客)之间的空间距离上作出大小远近的不同调整,在"幕线"(第四堵墙)的有无消长之间作出选择。熊佛西的"新式演出法",将观众和演员合二为一的演剧方式,既吸收了西方现代戏剧的美学思想,又融汇了民间庆典活动中的"会戏"传统(如高跷、旱船、龙灯等)和戏曲传统,具有相当的先锋性。全面抗战的爆发,中断了熊佛西的定县戏剧实验,他的某些艺术创新成果,则在四十年代新的历史语境中,成为抗战戏剧活动的艺术资源。

第二节　洪深、李健吾等作家的剧作

洪深(1894—1955),江苏武进县(今属常州市)人。1916年清华学校毕业后留学美国,先是学习陶瓷工程,1919年转入哈佛大学,学习文学与戏剧,师从美国著名戏剧家贝克教授学习戏剧编撰,并获得硕士学位。1922年回国后,他在大学任教的同时,积极从事戏剧运动和话剧创作,先后参加了"上海戏剧协社"、"复旦剧社"、"南国社"等戏剧团体的活动。二十年代洪深认为,"戏剧是感化人类有力的工具"③,戏剧家负有"造成观众伟大的人格"、"改善人生"的"重大使命",因而坚持戏剧要"充分地描写人生"④的创作思想,真实地表现了军阀混战的旧社会的黑暗和罪恶。九幕剧《赵阎王》是洪深的成名作,也是他早期话剧的代表作。剧中人物赵大,原本是一个忠厚朴实、安分善良的农民。旧社会逼得他家破人亡,只得到军阀部队里当了兵。这使他逐步堕落成一个杀人放火、甚至活埋伤兵、无恶不作的"阎王"。后来他偷了营长克扣的士兵饷银,逃跑途中,在树林里因良心受到折磨而精神错乱,终于被追兵打死。剧本采用"心理暴露"法,通过赵

---

① 熊佛西:《戏剧的解放与新生》,《北平晨报·剧刊》,1936年1月12日。
② 参见:熊佛西《戏剧大众化之实验》,南京正中书局1937年版,第98—99页;杨村彬《〈过渡〉及其演出·序》,《过渡及其演出》,南京正中书局1937年版,第16—17页。
③ 洪深:《戏剧的人生(代序)》,载《五奎桥》,上海现代书局1933年版,第8页。
④ 洪深:《中国新文学大系·戏剧集导言》,上海良友图书公司1935年版,第65—66页。

大的精神幻觉,重现他堕落的人生道路和犯下的罪恶,揭露军阀混战的黑暗社会环境造成人的种种罪恶,具有较强的社会批判意义。《赵阎王》第一幕的对话与人物性格均写得较为成功;自第二幕起运用表现主义方法,在情节结构,戏剧场景,把主人公错乱复杂的精神世界外部化、戏剧化等方面,都对美国剧作家奥尼尔的名剧《琼斯皇》有所模仿。由于这种从西方引进的表现主义艺术在中国还相当陌生,所以当时未能获得观众的理解。

三十年代,洪深在左翼文学思想影响下,有意识地关注农村生活,反映农村的破产和农民的反抗。"农村三部曲"是洪深加入左联后,应和着三十年代左翼文学关注农民生存斗争的文学思潮,所创作的反映农村破产的重要作品。1930年冬创作的独幕剧《五奎桥》是"农村三部曲"中比较优秀的一部,也是三十年代影响较大的剧作之一。剧作描写农民反抗地主的斗争,同时也是科学反对迷信的斗争,戏剧冲突单纯而尖锐。它以农村久旱成灾为背景,围绕"拆桥"和"护桥"的中心事件,层层展开剧情,生动地反映了三十年代初期江南农村中残留的封建势力对农民的压迫和广大农民与地主官绅阶级的抗争。李全生是剧本着力塑造的抗争型农民形象,也是五四以来话剧创作中刻画得比较成功的农民形象。他之所以积极带领农民群众和周乡绅展开拆桥的斗争,是因为拆掉五奎桥,让农民租借的"水龙船"开过桥东去车水浇田,救活桥东四百亩将要枯死的稻苗,是农民抗灾活命的需要。他公而忘私,正直刚强,不被金钱收买,不为权势所屈,坚持从斗争中寻找出路,最终拆掉了"五奎桥",赢得了这场斗争的胜利。周乡绅写得有血有肉,作者拒绝了三十年代初期反面人物脸谱化、概念化的流行倾向。他"读过书,做过官,办过事",积累了一套对付农民的伎俩,表面上温文尔雅,实际上奸诈狠毒。周乡绅之所以保护"五奎桥",是因为它记述着周家"一家三代,出了一位状元,四个举人",成为"一个重要的象征":既是"周乡绅家对于乡下人的一种夸耀",更象征着"乡绅大户欺压平民的权威"。所以,为了保住周家的风水和威权,他妄图仰仗法院法警的恐吓来阻止农民拆桥,当一切伎俩被揭穿之后,他也就露出了凶狠的本相。《香稻米》以富裕农民黄二官丰收破产为中心,穿插了众多农民的苦难。《青龙潭》描写农民为了抗灾到青龙潭求雨的故事,反映农民在走投无路的情况下,铤而走险的自发斗争。

"农村三部曲"的艺术成就并不整齐。《五奎桥》结构完整,矛盾展开自然,人物形象也比较鲜明生动。《香稻米》和《青龙潭》的结构则显得松散,人物形象存在概念化的毛病。作者当时只是一般性地阅读了一些社会科学书籍和关于农村经济破产的报告,"仅有结论主张而去寻觅发挥的材料"[①]。他并没有参加实际

[①] 洪深:《我的经验》,《创作的经验》,上海天马书店1933年版,第142页。

的农民斗争,因而对农民的实际生活缺少本质性的了解。剧情的发展只是沿着最后的"结论"所设计的戏剧动作前进,而这一"结论"却是作者预设的,这造成了作品中的人物形象缺乏生活的真实感。这种理性分析大于形象描写,思想倾向性与生活真实性未能有机结合的情况,在当时就被评论家认为是"机械的现实主义"①。抗战前期,他积极倡导"国防戏剧",创作了引起社会强烈反响的《走私》、《咸鱼主义》等揭露日本帝国主义和汉奸罪恶的独幕剧。

全面抗战爆发后,洪深辞去教职,于1938年奔赴武汉,任军委会政治部三厅戏剧科长,参与筹组抗敌演剧队,深入农村宣传抗日救国,创作了《飞将军》、《包得行》等反映抗日现实的剧本。《飞将军》既痛惜被誉为"飞将军"的飞行员高鹏飞在亡国论的影响下走向颓废堕落,也热情歌颂了以徐卓午为代表的空军指战员为国家民族献身的崇高精神。采用四川方言写成的四幕剧《包得行》,描写绰号叫"包得行"的无业游民从混世的壮丁油子转变为抗日战士的过程,同时也对国统区地方官吏徇私舞弊、发国难财的罪恶行径给予愤怒的谴责。该剧洋溢着乡土气息,讽刺辛辣夸张,浓厚的喜剧色彩获得了观众的喜爱。三幕闹剧《鸡鸣早看天》是洪深抗战后的重要作品。该剧截取社会生活的横剖面,描写一群抗战胜利后返乡的人们,因为汽车抛锚,被迫滞留在川北公路一个小旅馆内一天一夜之间发生的种种事情。既暴露社会上的各种丑类:凶残狠毒的特务,无耻的汉奸,发国难财的奸商;又表现争自由争民主的青年一代与封建家长的冲突。题目与剧情都带有象征隐喻意味,剧作者敏锐地提醒人们,辨别阴晴明晦,摈弃黑暗,走向光明。该剧戏剧效果强烈,代表着作家的喜剧艺术成就。此外,作者在戏剧形式和艺术技巧方面,也作了较多的探索,《狗眼》的拟人夸张,《樱花晚宴》的利用梦境,都显示了作者的艺术进取精神。

洪深是中国现代话剧的奠基人之一。他怀抱"愿做一个易卜生"的志向,始终坚持剧作要对当前社会说一句"有益的话",强调戏剧的"时代性"和戏剧的教育作用。他的剧作以紧贴社会现实的人生态度,描写社会的贫富不均、军阀混战带给人民的苦难、农村的破产、民族战争中人民大众的抗争精神等紧扣时代现实的题材和主题。这不仅决定了他的剧作带有鲜明的理性色彩,而且也影响到他把社会问题剧和宣传剧结合,这既是他剧作的特点,也是他剧作的弱点。在剧作艺术上,他汲取了中国戏曲和西方戏剧艺术的因素,尤其是在戏剧结构和舞台演出效果方面显示了自己的特色。洪深也是我国最早创作电影剧本的作家。他不仅编导过《爱情与黄金》、《劫后桃花》、《风雨同舟》等十几部影片,而且在戏剧电影理论等方面也作出了特有的贡献。

---

① 张庚:《洪深与〈农村三部曲〉》,《光明》第1卷第5期,1936年8月。

李健吾(1906—1982),山西安邑县(今运城市)人。1925年北京师范大学附中毕业,考入清华大学中文系,次年转入西洋文学系。1931年往法国巴黎现代语言专修学校学习。1933年回国后,从事教学、创作和翻译工作。中学时代即开始从事文学写作和戏剧活动,在小说、戏剧、文学批评、法国文学研究和外国文学翻译等方面,都表现出杰出的文学才能。二十年代即开始发表小说,先后出版了短篇小说集《坛子》、《使命》,中长篇小说《西山之云》、《心病》等。短篇《终条山的传说》,得到鲁迅的好评;中篇《一个兵和他的老婆》探索用纯净口语叙述故事和刻画人物,获得朱自清的赞赏。他以笔名刘西渭发表的两本《咀华集》,成为中国现代印象派文学批评的代表。他同时也是现代著名的法国文学研究家和外国文学翻译家,出版有法国文学研究专著《福楼拜评传》、《司汤达研究》以及许多文学翻译作品。

李健吾的戏剧创作从独幕剧起步,一生创作了独幕剧、多幕剧近三十部。二十年代的剧作基本是独幕剧,《母亲的梦》等剧作主要采取悲剧的形式反映下层人民的苦难生活,表现出对被侮辱被损害者的深刻的人道主义同情。三十年代是李健吾戏剧创作的高峰时期,《这不过是春天》等一系列剧作,把五四时期文学为人生的主张推向了"为人性"——表现"深厚的人性的波澜",不仅是人和人、人和命运的冲突,尤其是人和自己的深刻广泛的心灵冲突,从而显示出独特的戏剧主题和风格。

三幕剧《这不过是春天》是李健吾的代表作,1934年与曹禺的《雷雨》同时发表于《文学季刊》。该剧在第一次大革命的背景下,通过"客厅喜剧"中常见的爱情纠葛,侧面表现北伐革命的社会现实对于人性和人心产生的波澜:北伐军派来北京秘密工作的冯永平,会见昔日的情人、如今的警察厅长夫人后,厅长夫人渴望旧情再续,于是留客家中,革命者成为警察厅长家的座上客。与此同时,捉拿冯永平的密令也已送达警察厅长的案头。当密探获知厅长家中客人的真实身份后,冯永平已经成为警察的囊中之物。然而由于人物对于自身利害的不同态度,剧情却发生了喜剧性的突转:密探贪钱,厅长爱钱,厅长秘书要保住职位,厅长夫人为了旧情,愿意舍财,于是秘密交易成功,各遂其愿,革命者逢凶化吉,厅长夫人派秘书护送冯永平前往天津。剧情的中心是表现性格复杂多变的厅长夫人对革命者剪不断理还乱的恋情,通过多层次的心理分析,着重刻画了她复杂而且多向度的内心冲突:理想与现实、纯情挚爱和世俗利益、流年似水和旧情难忘、强烈的虚荣和隐蔽的自卑等纠缠交织在一起的矛盾。最终,厅长夫人的人性向善的力量胜出,使革命者化险为夷。剧作者以机智和理性控制着紧张的戏剧情节的发展,显露出轻松活泼和优雅从容的喜剧性内涵。

李健吾的剧作也表现着农村的生活,不过与左翼戏剧关注农村的现实斗争有所不同,他关注的中心依然是乡间人性的冲突。《梁允达》写村民梁允达年轻时荒唐堕落,受流氓刘狗撺掇,犯有杀父夺财之罪,心里蒙上沉重的罪恶感,二十年中,内心的冲突和对刘狗的憎恶从未平息,虽想改恶从善,却又在一系列的误会中,再次犯下杀人的罪恶,从而写出了人心中的善恶斗争。《村长之家》以村长女儿的恋爱喜剧和村长本身的悲剧为经纬,集中表现村长的心理冲突。杜村长拒绝相认被迫改嫁的生母,冤枉同母异父的兄弟,又干涉女儿的婚姻,甚至逼得女儿跳井,造成了家庭悲剧。对于自己悖逆亲情的罪恶,他的内心始终笼罩着悔恨和恐惧,透露出人性向善的愿望和挣扎。《以身作则》以遗老徐守清女儿的婚姻喜剧和他本人的求爱喜剧为线索,讽刺了封建道学和传统礼教思想。徐守清一方面大讲礼教之大防,拘束着儿子,压迫着女儿;另一方面却无法压抑自己的情欲,居然不守礼规,荒唐地去向仆妇求爱,结果闹得众叛亲离。正如作者所说,徐守清的形象显示了"道学将礼和人生分而为二,形成互相攘夺统治权的丑态","证明人性不可遏制的潜伏的力量"①。剧本在谐谑的氛围中,在徐守清的人性挣扎中,嘲笑了封建道学的虚伪和虚弱,张扬了人性的胜利。

李健吾的这些剧作大多以其"深广的人性"冲突,"传达人类普遍的情绪"②的戏剧主题,突出地表现了人物心灵的冲突与挣扎,着重开掘了人性中的善与恶、世俗观念和本能欲望之间的深刻矛盾,揭示了人性世界的复杂性。这些剧作同时体现了李健吾在借鉴法国佳构剧艺术的基础上所形成的编剧艺术:构思精巧,剧情曲折,善于运用巧合和突转等喜剧手法,对话机智俏皮,讲求趣味,以及悲喜剧融合交织的喜剧风格等等。由此,他的剧作不同于曹禺剧作的震撼人心,不同于夏衍剧作的生活化,也不同于左翼戏剧对社会阶级和现实斗争的执著,而是聚焦于人性的分析,重视人性矛盾冲突的心理呈现,重视戏剧艺术形式和技巧的探索,创造了人性之中善恶共存、美丑并举的多种人物形象,从而显示出三十年代戏剧创作的多样性。

四十年代李健吾创作了《贩马记》(1942年发表于桂林《文艺杂志》时题名《草莽》)、《青春》等剧作。其中,《青春》以幽默轻松的笔触,情节突转的手法,描写一对青年冲破守旧势力的恋爱喜剧。而《贩马记》则以喜剧手法写辛亥革命的悲剧,传奇性的故事和突转性的结局,把革命与爱情两条剧情线索有机结合。在艺术上,分"折"不分场,也无"人物表",完全按照中国传统戏曲的"南戏"的范式来创作。李健吾的这种探索,反映了四十年代戏剧艺术转向民族化探索的共同趋向。

---

① 李健吾:《以身作则·后记》,上海文化生活出版社1936年版。
② 李健吾:《以身作则·后记》。

三十年代剧作家中与李健吾喜剧风格近似,讲究戏剧的结构布局和机智的戏剧对白,还有袁牧之、宋春舫等人。袁牧之的独幕喜剧代表作《一个女人和一条狗》在当时颇具影响。该剧写女主人公被迫与巡警周旋,用机智而又妙趣横生的语言降伏愚笨的巡警,构思精巧而又活泼幽默。

第三节　曹禺的《雷雨》和《日出》

曹禺(1910—1997),原名万家宝(笔名曹禺由萬字拆开),祖籍湖北潜江,出生于天津一个曾经阔绰而后败落的封建官僚家庭。父亲万德尊毕业于日本士官学校,北洋军阀统治时期,担任过师长、大总统黎元洪的秘书、宣化镇守使等职,虽身任军职,却爱好诗文。仕途失意后,常将自己的愤怒发泄在家人身上,1929年因投资纺织公司破产,气愤而死。曹禺的母亲生下他三天后病逝,他由继母抚育成人。幼失生母带给他童年的抑郁和终身的痛苦。少年时期的这种封建大家庭的文学熏陶、生活经历和创伤性记忆,后来成为曹禺戏剧创作的重要素材和动因。少年曹禺接受的是四书五经和传统诗文的教育,并阅读了大量中国古代小说。由于继母爱好戏曲,他从小就接触京戏、地方戏和文明戏,观看过许多戏曲名家的表演。这种看戏活动使他体悟到"戏原来是这样一个美妙迷人的东西",幼小的心灵播下了戏剧的种子。1922年,曹禺进入南开中学。在南开中学,他热心地投身到戏剧活动中,通读了英文版易卜生全集,阅读了莎士比亚、契诃夫、奥尼尔等外国名家的剧作,参加了"南开新剧团",演过易卜生的《国民公敌》《娜拉》,莫里哀的《悭吝人》,以及丁西林的《压迫》等剧目。在五卅运动中,他还演过许多自编或改编的戏剧。南开中学的戏剧活动,培养了曹禺对话剧的兴趣和舞台感觉。1930年曹禺由南开大学转入清华大学西洋文学系。在清华,他较为系统地钻研了欧美戏剧文学,广泛地阅读了欧美戏剧史上的主要作家作品。他特别喜爱希腊三大悲剧家剧作中的神秘的故事、血缘的关系、天意的报应、命运的残酷,欣赏莎士比亚剧作的复杂的人性、精妙的结构、诗意的激情、充沛的人道精神和浩瀚的想象力,倾心于契诃夫寓深邃于平淡之中的戏剧艺术。除了醉心于这些戏剧大师的作品外,现代派戏剧家斯特林堡、霍普特曼、梅特林克、奥尼尔等人的作品同样使他倾倒。据他自己回忆,在写作《雷雨》之前,他阅读过数百个剧本。这样,丰富的戏剧活动实践,对西方戏剧文学和中国传统戏剧文学的深入了解,对封建大家庭生活的熟悉与憎恶,对人生命运的不可知主宰的憧憬和探询,使得曹禺在大学毕业前夕,在批判继承古希腊命运悲剧和易卜生社会悲剧艺术经验的基础上,以他的悲悯之心和独特的艺术构思,创作了中国话剧史上具有里程碑意义的剧作《雷雨》。从此他开始了一个职业剧作家的生涯,并陆续创作了

《日出》《原野》《北京人》等影响深远的剧作。

《雷雨》在从早晨到午夜不到二十四小时的舞台时间内,展开五四前后时间长达三十余年的戏剧情节,演绎了一个带有浓厚封建性的资产阶级家庭的悲剧故事。多重的矛盾冲突构成多重的悲剧:既有现在进行时的繁漪反抗周朴园专制的悲剧,周萍与繁漪、四凤之间的双重乱伦悲剧,工人鲁大海反对资本家父亲周朴园的悲剧,也有过去时的侍萍被周朴园始乱终弃的悲剧。曹禺在这个复杂多重的家庭悲剧故事中,一方面蕴含着他对社会现实斗争及其残酷性的敏感,呈现着他对支配人生悲剧性命运的"主宰"的探询;另一方面又表现着他的郁热、焦灼和苦闷,因为他无力发现宇宙"残忍"、"冷酷"斗争背后的"神秘事物",而只能表现"对宇宙这一方面的憧憬"。因此剧中人物侍萍、周朴园把这一系列的悲剧归结为"宿命",而他自己却说,始终不能用"上帝"、"命运"或是"自然法则"来为这个"主宰"命名①,并且强调他"写的是一首诗,一首叙事诗,……但决非一个社会问题剧。"②然而在《雷雨》的演出、观众的接受和评论家的阐释中,人们更多的还是把《雷雨》的主题归结为暴露封建性家庭的罪恶,或是表现"命运"的主宰——虽然对"命运"的解释各式各样。创作主体的意图和接受者的阐释之间的歧义,正说明《雷雨》文本内涵的丰富性和戏剧主题的非单一性。

《雷雨》共写了八个人物,分属周、鲁两家,每家四人。无论是主要人物或是次要角色,都和戏剧冲突有着直接或间接的联系。作为封建家长和资本家的周朴园则是全剧的中心人物,是一切矛盾冲突的制造者和发源地。他一端联结着侍萍,构成悲剧的历史根源,引出四凤、鲁大海、鲁贵等人物,另一端联结着繁漪,引出周萍、周冲,构成现在进行时的悲剧,由此形成《雷雨》的多重戏剧冲突,并组合为显在与隐在交织的双层叙事布局。《雷雨》的戏剧冲突复杂多样,蕴含着丰富社会内容的情节线索主要有四条:繁漪对周朴园的反抗,繁漪与周萍的冲突,侍萍对周朴园的控诉,鲁大海对周朴园的斗争。前两条线索更多地表现了封建家庭的罪恶,后两条线索更多地表现了下层人民的不幸和抗争,它们通过亲属和性爱之间的关系,以及繁漪与四凤、周冲、鲁贵等人的矛盾纠葛,彼此联系,相互制约,相互冲击,形成一个完整而又错综复杂的矛盾冲突的发展过程,最后以矛盾的总爆发、总解决的悲剧结束,从而构成《雷雨》完整的艺术图画。

繁漪与周朴园之间的冲突,是女性要求爱情、家庭民主自由,与封建家长的禁锢压迫之间的斗争,斗争的实质是自由向专制作绝望的抗争。繁漪思想性格复杂。她受五四个性解放思想影响,反抗周朴园的专制,与周萍发生畸形关系。

---

① 曹禺:《雷雨·序》,上海文化生活出版社 1936 年版。
② 曹禺:《〈雷雨〉的写作》,《杂文》第 2 号,1935 年 7 月。

她受到周家父子两代的欺侮,在绝望的抗争中,性格变态发展成"乖戾"、"阴鸷",郁热的情感趋于极端,由爱到恨,由复仇变成疯狂,最终以"雷雨"式的激情摧毁了封建家庭秩序,也毁灭了自己。周朴园是一个带有浓厚的封建色彩的资本家。他的全部目的,他的贯串动作,就是要维护"最圆满,最有秩序的家庭",维护封建家长统治的尊严。他与蘩漪的冲突,表现了他的专横、自以为是、奴役别人、使别人服从自己的性格特征。蘩漪与周朴园的矛盾冲突贯穿全剧始终,作家的描写倾注着很大的精力和热情。这两个性格之间的正面冲突在剧中突出地描写了四次:第一幕周朴园逼迫蘩漪喝药;第二幕周朴园督促蘩漪看病;第四幕开头,蘩漪跟踪周萍,冒着大雨从鲁家回到客厅后,以"我有神经病"、"我是疯了"报复周朴园;第四幕结束时,蘩漪叫来周朴园阻止周萍、四凤离家出走,彻底揭露家庭的罪恶,向周朴园父子展开了毁灭性的报复。每一次冲突,他们之间的关系都逐渐发生着变化,推动着剧情发展,刻画着人物性格。

　　蘩漪与周萍的矛盾冲突,揭示了蘩漪悲剧性格的另一层面:追求爱情自由的女性被男性遗弃的悲剧。蘩漪爱上周萍这个"美丽的空形",固然是情欲导致的乱伦,但也是环境的限制,使她误以为周萍可以拯救她脱离生存的苦海,因此她的贯串动作是留住周萍,抓住这棵弱不禁风的枯草。一旦她发现周萍爱上四凤,就开始毫不犹豫地报复。为此,她破坏周萍与四凤的结合,招鲁妈进周公馆领回四凤,并跟踪周萍,关上鲁家的窗户,使周萍与四凤的幽会被鲁大海和鲁妈发现,在关键时刻叫来周朴园,阻止周萍与四凤出走,打破鲁妈迫不得已的安排,完成了悲剧的结局。周萍性格同样复杂,他与蘩漪的冲突是典型的内心冲突的悲剧。他自幼失去母爱并被送往乡下,重新进入家庭后,隐含着母爱需求的性爱欲望导致他与蘩漪的乱伦。但是封建家庭的规范,使他很快萌生了罪的意识,于是他爱上富有青春活力的四凤,把她当成拯救自己的"太阳",但是不可知的命运主宰却使他第二次犯下乱伦之罪。他罪孽深重,没有人能够救他脱离人生苦海,强烈的自我救赎的冲动使他走向饮弹自尽。周萍的悲剧具有浓厚的"俄狄浦斯情结"的意味。

　　侍萍与周朴园的冲突,实质是被侮辱被损害的下层人民与权力阶级之间的斗争。侍萍的贯串动作是逃避,她并不想正面与周朴园冲突,而是试图逃离这个爱恨情仇的漩涡。可她就是逃避不了"命运"的安排,无论怎样挣扎,还是脱离不了这个是非之地。侍萍是推动全剧发展的关键性人物,她是周家一切矛盾的导火线。正是她不断有所"发现",使得剧情不断推进。侍萍首先发现并认出了周朴园,使两个家庭由原来单纯的主仆关系立即变得复杂化。侍萍接着发现了四凤和周冲的关系,发现了四凤和周萍的关系,最后发现四凤已经怀孕。这就使得剧情一步步走向高潮,最终四凤、周冲、周萍死亡,蘩漪、侍萍发疯,鲁大海出走,只剩下周朴园和鲁贵受道义的谴责。侍萍与周朴园见面的一场戏,通过一连串紧张的内心冲突,刻画了两个人的性格。周朴园虚伪,一心想保全家庭的体面,维护自己的尊严。侍萍有自己的尊严和骨气,她只想见见自己的儿子,她善良纯洁的心灵表现出动人的美,她的不平遭遇引起人们的同情。但她相信宿命,又有浓重的封建伦理观念,虽然对周朴园进行了控诉,并不想报复周朴园。对于侍萍,周朴园也曾有过内疚和忏悔,特别是听了侍萍的控诉后,引发良心上的自我谴责,后来还准备寄两万元到济南,并让周萍认自己的亲妈等等,曹禺的这些忠实于生活的描写,呈现了周朴园人性复杂的一面。

鲁大海与周朴园的冲突,主要揭露周朴园作为一个资本家的本质特征。鲁大海的形象还不够丰满,但却体现着作家对于社会现实的敏感,显示了三十年代左翼文学思潮普遍而深远的影响。此外,剧作也以相当的戏剧场面写到蘩漪与周冲、侍萍与四凤、四凤与鲁贵、鲁大海与鲁贵等人之间的冲突,刻画了他们鲜明的性格。

《雷雨》遵循着西方戏剧的"三一律"原则,采用了"回溯"式的戏剧结构。"现在的戏剧"与"过去的戏剧"紧密结合,"过去"不断地被"发现",推动"现在的戏剧"奔向高潮。题名"雷雨"作为一种象征性的意象,具有深刻的蕴含,不单是剧作的氛围、情绪和人物性格的象征,更是作为一种罪孽惩罚之神的原型意象,时时警醒着剧中人物的罪孽感、自我灵魂的审视和自我救赎的意识。由于受到希腊命运悲剧的潜在影响,剧作更多地借助家庭、血缘、伦常关系来展开情节冲突,这使得剧作带有明显的"命运"观念,并处处表现为设置的"精巧":侍萍抱着"远害"的目的,可就是不能避开祸害,四凤重蹈母亲的覆辙,周萍居然两次乱伦,所有人物都在挣扎着要摆脱"命运"这张"无形的网"的束缚,可无论怎样呼号也难以逃脱宇宙这口残酷的井。由此导致戏剧冲突紧张激烈,充满着极度郁热、压抑的氛围。为了调节这种极端的气氛,作者安排了具有"教堂气息"的"序幕"和"尾声",在巴赫宗教音乐的氛围中,意图把观众带向更古老、更幽静的境界中,这不单是为了让观众如听"很久很久以前"的故事,同时也是为了净化观众的情感,使剧作的诗意内涵更加深远。

《雷雨》的发表和演出获得了成功,然而曹禺却觉得它的结构太像戏,技巧用得过分,渐渐生出一种对于《雷雨》的厌倦。他要改变方向,另辟蹊径,探索新的"平铺直叙"的艺术方法。他的目光由家庭转向社会。社会的黑暗,人间的酸辛,不肖的子孙们避开太阳和光明的鼹鼠式的生活,使曹禺按捺不住情感的激动,于是就有了《日出》这部"我恶毒地诅咒四周的不公平","宣泄这一腔愤懑"的都市罪恶录。[①]《日出》1936年在《文季月刊》发表后,引起评论界高度关注,并于

---

① 曹禺:《日出·跋》,上海文化生活出版社1936年版。

1937年获得"《大公报》文艺奖金"。

《日出》的创作意图明确,题注征引了老子和《圣经》的八段话,经过细心的排列,象征性地暗示了《日出》所要表现的社会生活和对理想社会的期待,实际上代替了剧作的"序言"。其中老子《道德经》的"人之道则不然,损不足以奉有余"一段话,表达了《日出》的基本主题。作家有意识地暴露和抨击"损不足以奉有余"的现实社会,描写都市社会的腐烂与罪恶,揭示了旧社会必然走向灭亡的命运,并认定只有劳动的工人们才会生活在光明和阳光中,然而太阳还没有升起来,剧作对于未来社会的光明前景只是做了象征性的暗示。作家由《雷雨》的"家庭悲剧"走向了"社会悲剧",人物关系不再局限于血缘纠葛,而是写到社会现实中的不平等的两极。因此《日出》展开的生活现象比《雷雨》丰富宽广,而思想主题却比《雷雨》单纯。

《日出》展开社会生活的横剖面,通过都市上层社会的腐烂罪恶和下层社会的苦痛不幸,呈现了人鬼两个世界,塑造了"有余者"和"不足者"两类人物形象:上层社会中买空卖空的银行经理潘月亭,狡黠的银行高级职员李石清,满脑子金钱女人的洋奴张乔治,卑俗而自作多情的富孀顾八奶奶和她的"面首"胡四,流氓打手黑三,以及幕后操纵人们命运的金融寡头金八等,下层社会中穷病而疯狂的银行小职员黄省三,在三等妓院被迫卖笑的翠喜,尚未成年含恨而死的小东西等。这些人物通过陈白露和方达生的联结,不期而遇,互为宾主,交相陪衬,共同烘托出一个"主要角色"——那个"损不足以奉有余"的社会。"不足者"与"有余者"的矛盾对立构成剧作的基本冲突。围绕这一基本冲突,作家安排了剧情发展的三条重要线索:方达生试图带走陈白露,小东西的被卖和死亡,潘月亭和李石清的斗法。

陈白露是全剧的中心人物,她是一个离开了"家"而又无法找到归宿,不得不把自己卖给都市"旅馆"的"漂泊人"。她出身于书香之家,曾经是爱华女校的高材生,父亲的突然去世改变了她的人生道路,从此"一个人闯出来",当过社交明星、电影明星、红舞女。她也曾和一个诗人有过纯真的爱情,但是人生的理想不同,导致他们各奔东西。当《日出》的大幕开启,我们随着她青年时代的朋友方达生所看到的陈白露,已经是一个"舞女不是舞女,娼妓不是娼妓,姨太太不是姨太太"的逢场作戏的交际花。但她却是一个清醒的沉沦者,仍然挣扎于明暗之间,方达生的到来只不过是加速了她的灵魂觉醒和精神自救的过程。于是"过去的我"与"现在的我"在她内心发生激烈冲突,脱离都市腐朽生活的出走,同有余者相拼,或是跟他们同流合污,陈白露都做不到。因为生活的桎梏和自来的残忍,已经麻痹了她奋飞的翅膀。搭救小东西是陈白露试图自救的一次"预演",但是她失败了。她已经无力自拔,只能在光明到来之前沉没于黑暗,觉醒使她走向自救的死,从而完成了人性向善和灵魂新生的升华。这是她对自我命运仅有的一次悲剧性的把握。方达生是剧作者巧妙安排的一个贯串剧情线索的陪衬性人物,同时也是作者为呈现都市生活所提供的一个观察者和一个评价者。通过他的视角,带出了剧中的一连串事件。方达生在剧中的全部活动和贯串动作就是要"感化"陈白露和拯救小东西。但他书生气十足,不谙世事和人情,要做的两件事全都失败。他在《日出》最后迎着阳光走去,并且表示"我们要一齐做点事,要同金八拚一拚"!这位唐·吉诃德式的书呆子当然不是光明的使者,救世的英雄,但他的思想行为却表征着人类的正义和良心的底线。

小东西被卖到三等妓院"宝和下处"和她的自杀,震慑人心。她是砸夯工人的女儿,父亲的惨死使她落入金八的魔掌。她反抗,逃跑,却无力挣脱金八一伙的控制,终于不堪凌辱,以自己的生命来做最后的抗争。在小东西的惨烈故事中,同样负载着三十年代文学普遍关心的阶级压迫的主题:劳动工人不仅以自己的血汗为压迫者建造享乐的大厦,他们的女儿还被迫以自己的肉体供"有余者"玩弄。小东西和"宝和下处"妓女翠喜的悲惨人生命运,集中地表现了曹禺对社会底层人民的同情,对"有余者"社会的"时日曷丧,予及汝皆亡!"式的愤怒。

银行经理潘月亭和他的高级职员李石清,既吃人,又被吃。他们合伙吃掉了小职员黄省三,自己却又被更有势力的金八所吞噬。他们之间的争斗正面展露了"有余者"之间的矛盾冲突。李石清性格复杂而鲜明。不择手段地向上爬,是其基本特征;但卑污的灵魂有时也显露出人性的某些亮色。"潘李斗法"、"申斥黄省三"、"自我诅咒"等戏剧场面,展现了其性格的不同侧面。

同《雷雨》比较,《日出》不仅在思想内容,而且在戏剧艺术上也作了"一次新路"的探索。在艺术表现上,《日出》不再刻意追求精巧,而是走出莎士比亚式的情节丰富性,开始转向契诃夫式的写实抒情。它截取社会生活的横断面,采用"人像展览"方法,用许多人生片断来塑造人物,表达主题,呈现的是一种开放性的散状结构。全剧以陈白露的休息室和翠喜的卧房为舞台场景,通过陈白露、方达生作为串线人物,联系着人、鬼两个世界,人多事多却不杂乱。这种以呈现社会生活断面而形成的散状结构,表现为戏剧冲突散点呈现,人物关系互为宾主,戏剧故事性弱化等特点,从而打破了传统戏剧在矛盾冲突、人物关系和情节线索等方面强调突出中心、分明主次的结构方式,使戏剧更加贴近社会生活和人生。曹禺在戏剧艺术中的这种探索也与三十年代叙事文学的横断面的写法相互呼应。在戏剧技巧方面,《日出》还采用了现代电影的一些表现手段,如小东西上吊的视觉造型,"宝和下处"院外川流不息的叫卖声、弹唱声,黄省三疯狂之后的意识错乱,张乔治的诉说噩梦等等,这些更加富有现代色彩的艺术表现手法的运用,扩展了舞台艺术的表现空间,进一步深化了戏剧的主题。

发表于 1937 年的三幕剧《原野》,视野由都市转向农村,写农民向压迫者反抗复仇的故事。这与三十年代文学关心农民命运的精神一致。曹禺的深刻性在于,不仅追寻农民反抗压迫的原始生命力,而且开掘带着封建宗法思想铁镣的盲目复仇者的心理悲剧。在这个复仇故事中,仇虎对焦母的斗争构成了剧作的外部冲突,而剧作的深层则是仇虎的心理冲突。这种复杂的心理冲突,在第三幕中通过仇虎在黑林子中奔突时的幻觉和内心独白,运用怪诞奇幻的舞台景象显露人物的深层意识,作了集中地表现和开掘。

仇虎生长于"原野",被囚于"牢笼",一旦挣脱肉体的镣铐,就爆发出"虎"一样的野性的复仇力量。与焦母的冲突,同花金子的性爱,都充满着原始的生命强力。"父仇子报"、"父债子还"、"断子绝孙"等封建宗法伦理思想,使顽强不屈的反抗走上歪曲的道路。在无法杀害真正的压迫者时,他却杀害了无辜的焦大星和小黑子。良心的自责与痛苦导致神经错乱,使他奔突于封建思想拘囚的"心狱"。他的野性反抗没有挣脱封建思想精神的镣铐,最终毁灭了自己,成为一个悲剧英雄。花金子泼野风流,充沛的生命热情和无所畏惧的反抗力量,都与仇虎的野性反抗相互映衬、相互激荡。焦母暴戾阴险,表现出剥削阶级的残忍毒辣的本质。焦大星善良,懦弱无能,与周萍、曾文清等形象构成曹禺剧作的同一人物类型。

《原野》描写现实题材,主旨却要求把人物的外在行动与内心的复杂矛盾冲突结合,充分揭示人物内心冲突的悲剧。作者把现实主义描写和表现主义方法结合,剧作第三幕借助表现主义手法写人物的精神幻觉,通过仇虎的幻觉和多种象征性的意象,表现农民在现实生活中遭受的苦难,暴露社会的压迫和法律的不公,这对主题的表现和人物形象的塑造,取得了较强烈的效果。曹禺在现实主义方法中吸收表现主义手法,进行了有益的艺术探索,与二十年代洪深的借鉴相比,有了长足的进步。

第四节 《北京人》和中国话剧的新成就

全面抗战爆发后,曹禺随南京国立剧专西迁至重庆。在此期间,他创作了《黑字二十八》、《蜕变》等反映民族抗战现实生活的剧本。1940 年他创作了《北京人》,1942 年他把巴金的长篇小说《家》改编成同名话剧,这两部剧作较为集中地反映了曹禺在四十年代的艺术追求和艺术成就。1949 年以后,曹禺创作了《明朗的天》和《王昭君》等剧作。

三幕剧《北京人》标志着曹禺的话剧艺术进入一个新的阶段。这部剧作重新返归作家熟悉的家庭题材,为中国封建家庭和封建文化送葬,呼唤着人应当活得像人的新生活的到来。剧本以"争棺"为情节的外部框架，着重从经济的拮据，封建伦理秩序的混乱等方面，正面展开大家庭内部在日常生活中因为平凡琐事而产生的各种矛盾冲突，写了一个封建大家庭的衰败没落。但作家并没有局限于大家庭经济拮据和伦常无序的暴露，而是更进一步，试图对整个封建文化传统作出整体清算：不仅揭示封建文化的腐朽，而且挖掘传统文化中的真金，发掘民族精神中的精华，指明走向新生活的精神力量。这与四十年代反思民族文化传统的文学潮流相一致。

剧本所描写的现实中的北京人的曾家，是封建社会衰落腐朽的缩影。这个家庭曾经是气象轩昂、门第鼎盛的诗书礼仪世家，如今却是家道中落，内里蛀空：长辈腐朽，儿孙堕落，相互之间勾心斗角。剧本刻画了曾皓、曾思懿、曾文清、江泰等现实中的北京人在精神上的没落和颓败。曾皓是这个封建大家庭的家长，他自私守旧、顽固执拗，已经丧失了宗法制家长的权威，只有愫方还在受到他的控制和奴役。家运不昌，儿孙不孝，使他牢骚满腹，甚至连昔日引为骄傲的种种士大夫趣味也唤不起他任何诗意的激情。他唯一关心和感到快慰的就是那口棺材，所以一遍一遍地油漆它，竭尽全力保住它。然而不幸的是，他连一口棺材都已经不能保全。因此，剧作中曾、杜两个封建家庭竭力争夺的棺材，就成为一个鲜明的象征性意象。对棺材如此高度重视，正说明了人的异化——封建文化已经将一个人异化成一口棺材，曾皓实际上已经成为一具封建僵尸，争棺事件在这里也就成为一个象征：传统的封建文化和生活在这种文化中的人已经日薄西山、气息奄奄，以曾皓为代表的社会制度和封建文化正在争着抢着走向坟墓。末代子孙中较为能干的儿媳妇曾思懿，既是封建士大夫文化培养出来的优秀人物，又是封建家族制度和封建文化的最忠诚的维护者。在她身上表现出虚伪、自私、狠毒、尖刻等许多不良品质，但这并不是她个人品行不好，而是整个封建文化培育的结果。曾思懿虽然虚伪狡诈，精明能干，却无力扮演重振家业的角色，相反，她的精明干练倒是加速了封建世家的瓦解和灭亡。因为才干和心计并不能挽救一种制度和文化的必然命运。她最后一无所有，是一个悲剧性的人物。她的悲剧说明，封建家族制度和家族文化的灭亡不以人的意志为转移。曾家的女婿江泰除了吃和空谈，一无所能。他是学化学的留洋学生，却满脑子充斥着做官发财的封建思想，当官贪污，办肥皂厂却造不出肥皂，寄居在老丈人家赋闲又满腹牢骚。他想创造奇迹，结果却做了小偷。他是中西文化撞击中培养出来的废物。江泰的妻子曾文采比江泰还要无用，是一个把江泰的每句空话都当成自己思想的二重废物。这些人物都是现实中的"北京人"，死亡和腐朽的气息伴随着他们，光明和未来不属于他们。

然而《北京人》的描写重点并不是代表封建势力的曾皓、曾思懿等人物，而是曾文清和愫方。这两个主要人物的内心冲突,成为全剧矛盾冲突的主线。曾文清是腐朽的封建文化教养出来的殉葬品。他天资聪明,善良温厚,在他身上并不缺少封建文化中的儒雅潇洒的一面。但是封建士大夫的文化教养腐蚀了他的灵魂,士大夫的生活情趣和懒散习性,扭曲了人性正常健康的发展,使他精神瘫痪,成为一个"生命的空壳"。他沉溺于下棋、赋诗、作画、独坐品茗的悠闲生活中,自以为高雅飘逸,其实是在玩物中消耗着自己的生命。这样的生活方式使曾文清变得极其沉滞懒散:"懒于动作,懒于思想,懒于用心,懒于说话,懒于举步,懒于起床,懒于见人,懒于做任何严重费力的事情。重重对生活的厌倦和失望甚至使他懒于宣泄心中的苦痛。懒到他不想感觉自己还有感觉……"他自然也有感情上的痛苦。他爱愫方,却始终不敢真的去爱她,更不能保护她。他不满妻子曾思懿的骄横却只能逆来顺受。他被逼迫离家出走,不幸的是他早就失去了飞翔的能力,所以又只能灰溜溜地回到家中,最后在绝望中寂寞地吞食鸦片自杀。他的离家复返,说明他的挣扎和内心冲突的激烈,加强了悲剧的控诉力量:这不仅是一个人的悲剧,更是一种文化的悲剧。因为正是封建文化和士大夫家庭的桎梏扼杀了人的希望,扭曲了人的个性,造就了曾文清这样的"多余人"。愫方如空谷幽兰,心灵里深深埋着丰富的宝藏,却压抑着无尽的苦痛与哀愁。剧作突出了她的自我牺牲精神和容忍精神,这种精神集中了传统文化的精华与糟粕。因此,愫方是体现传统美德,挣脱封建枷锁,跨进新生活的精神力量的典型。愫方虽然也在曾家消耗了自己的青春,但她不像曾文清那样麻木敷衍,得过且过,巨大的耐性和倔强使她仍然时时追索着生活的目的和意义。她善良无私,温厚而慷慨,富有自我牺牲精神。尽管自己受苦,却时常忘却自己的幸福和健康,抚爱着和她同样不幸的人们,把自己宝贵的青春献给了曾皓、文清和瑞贞。她把希望寄托在只有一个"生命空壳"的曾文清身上,是一种无价值的自我牺牲,带有明显的精神扭曲的性质。然而曾文清"没出息"的最后归来,彻底轰毁了她的思想,在她的内心发生了激烈的冲突,推动着她性格的发展变化。文清和瑞贞从正反两方面启发她重新思考人生出路,终于下定决心与封建家庭彻底决裂。她带着顾盼和眷恋告别旧世界,走向新的生活,成为冲出黑暗王国的一线光明。愫方的出走是时代呼唤的结果。曹禺的这种艺术表现说明,愫方品格中的传统美德,只有经过彻底的改造,才有可能成为新的民族美德的构成部分。而这正是四十年代文学创作中的较为普遍的探索。瑞贞在性格上与愫方有许多相似之处,她的形象的刻画是对愫方形象的补充。

剧本在侧重表现现实生活中的"北京人"精神衰败的同时,还通过对想象中的远古时代和未来"北京人"形象的象征性描写,寄托着作家的理想。为了强调对新的时代和新的生命形态的呼唤,曹禺在剧作中安排了袁氏父女和具有象征意义的远古"北京人"。作家以人类祖先的纯朴、勇敢、健康的精神气质,来批判封建文化的苍白、消沉和病态,揭示了传统的民族精神力量的精髓所在。但是,这种原始力量的象征,缺乏充实社会内容的支撑,终究只是一种理想的象征,并没有完全实现作家的创作意图。剧本还写到理想化的人类学家袁任敢和他的女儿袁圆。袁圆充满生命活力、健康、开朗、朝气勃勃,象征着一种新型的、蓬勃向上的健康文化中的生命形式。作为现实人物的对照,在他们身上寄托着作家对健全文化和健全人性的探索,但他们的形象还比较单薄,只能作为愫方和瑞贞等明日"北京人"形象的补充。

《北京人》是真正平淡自然、蕴含深邃的戏剧艺术。它的戏剧氛围不同于《雷雨》的紧张,《日出》的嘈杂,《原野》的强蛮,它带给人们的仿佛是一种送葬途中寂静而期待的艺术感受:旧的死去,期盼着新生的到来。这里有契诃夫《三姊妹》、《樱桃园》在日常生活琐事的叙述中呈现人物内心冲突的戏剧艺术的借鉴,更有《红楼梦》在封建大家庭的家长里短的平淡生活中叙述家族没落、刻画性格、描写复杂人性的叙事艺术的融化。《北京人》的这种艺术探索,显示出曹禺戏剧走向了民族艺术风格的美学追求。

四幕剧《家》是对巴金同名小说的改编。曹禺在尊重巴金原著的基础上,根据戏剧体裁的特点和自己独特的艺术构思,对原著的故事情节和人物作出了必要的增减,进行了新的艺术创造。巴金小说以觉慧反抗封建家庭作为故事情节发展的主要线索,剧本则以觉新、瑞珏、梅小姐三人的婚姻爱情悲剧为主线,选择了觉新的婚礼、兵变前后、高老太爷的寿辰和去世、瑞珏之死等四个片段,在有限的舞台场景中努力重现小说的基本内容,而侧重控诉的则是宗法制大家庭的腐化和旧式婚姻制度扼杀青春、爱情的罪恶。曹禺认为,剧本的题材和小说不同,剧本有较多的限制,不可能把小说中的所有人物、事件、场面完全写到剧本里面,只能写下自己感受最深的东西。他读巴金小说,感受最深和引起当时思想上共鸣的是对封建婚姻的反抗。他当时在生活中对这些问题有许多感受,所以在改编《家》时就以觉新、瑞珏、梅小姐三个人物的关系作为剧本的主要线索,而小说中描写觉慧的部分,他和许多朋友的进步活动都适当地删去了。①

瑞珏从新婚到病亡的悲剧,是全剧艺术构思的中心。她是作者继繁漪、陈白露、愫方等女性的悲剧形象之后的又一新的创造。剧本通过她在新婚之夜的独白、她与梅小姐的倾心长谈、病势沉重之后的诀别等精心安排的重要戏剧场面,集中地刻画了瑞珏的心灵纯洁,温婉大度,挚爱觉新,向往自由幸福的生活等美好的品性。这些东方女性的美德,被作者极富诗意地表现出来。剧本在集中表

---

① 参见《曹禺同志漫谈〈家〉的改编》,《剧本》月刊,1956年12月。

现瑞珏、觉新、梅小姐的婚姻爱情悲剧的同时，也以适当的场面表现了觉慧的反抗，觉民的抗婚，鸣凤的自杀等小说中原有的情节内容。而对小说中着墨不多的孔教会长冯乐山，则在原有情节线索的基础上加以生发，调动多种戏剧手段，刻画了这一人物在儒雅潇洒、和蔼可亲的外衣掩盖下的虚伪肮脏的灵魂。

《北京人》和《家》反映了曹禺剧作风格的明显变化：从三十年代的紧张热烈、焦灼郁愤，到四十年代趋向含蓄深沉、平淡幽远，具有抒情的韵味。

曹禺最熟悉的是封建官僚家庭和知识分子的生活，并且努力向他不太熟悉的生活扩展，他的代表性剧作出色地呈现了现代中国社会生活的这方面的内容，表现了反封建和个性解放的基本主题。然而曹禺并不是按照某种现成的理论来指导自己的戏剧创作，他是依据生活的形象和感受，依据生活中的人事所激发的情感，来表现社会人生的种种现象，并努力在戏剧艺术中表现自己追寻社会人生命运的解释和这种追寻的焦灼苦闷。当他无力获得社会人生现象的解释时，他往往在想象和幻想中，借助象征性的戏剧情节和戏剧意象来表达自己的某种朦胧的意识和感觉。《雷雨》中的雷雨、命运和教堂，《日出》中的太阳和打夯声，《原野》中的脚镣和原始森林，《北京人》中的猿人登场等等，都反映了曹禺戏剧的这种艺术特点。形象本身的多向度性，象征艺术的多义性，极大地丰富了曹禺剧作的思想内涵，因此曹禺多部剧作的思想主题常常有着不同的阐释，即便曹禺自己的解释也常常因时因地而发生变化。曹禺剧作思想主题的这种复杂性，正是他的剧作具有恒久艺术魅力的重要原因。

曹禺广泛地吸收了古希腊悲剧和莎士比亚、易卜生、奥尼尔、契诃夫等外国剧作家的艺术养分，融化了中国传统文学的血脉和韵味。他的剧作以现实主义方法为主导，糅合了表现主义、象征主义、浪漫主义等多种艺术手法，把命运悲剧、性格悲剧、社会悲剧、写实抒情剧、现代主义戏剧和本民族戏曲传统的艺术成分熔于一炉，把中国现代话剧艺术推向成熟，开创了中国话剧的一个新的时代。他善于根据主题和生活内容来构思戏剧冲突，结构精巧缜密，紧凑完整，形式多样。《雷雨》"锁闭式"的精致结构成为西方古典戏剧"三一律"铁则在中国二十世纪的绝响，《日出》的"人像展览式"结构和截取生活横断面的"散点式"布局，则开启了现代戏剧结构的新程式，《原野》的开放式结构中带有现代主义戏剧的非对称和非平衡的特点，《北京人》和《家》在开放式结构的框架中采用"人像展览"式等等，都说明曹禺对剧作艺术的不懈追求。曹禺的剧作善于运用动作性强和富于潜台词的性格化语言，创造了一批艺术典型和成功的人物性格。其中，以蘩漪、陈白露、愫方、瑞珏等为代表的悲剧女性形象系列尤为杰出。他特别长于通过人物之间的心灵交锋和人物内心的矛盾冲突来塑造人物，而为登场的戏剧人物撰写性格小传，则是他的独创。

曹禺是戏剧诗人,情感炽烈而内敛,他的剧作诗意洋溢却不张扬直露。他一再申说他的剧作是抒发情感的诗。浓郁的主观情感的投射,象征性戏剧意象的创造,超越物象真实表现的多义性,内心独白、梦境、幻觉、潜意识和潜台词等多种艺术手法的综合运用,是他创造诗意和抒情的主要手段。他在西方移植进来的话剧艺术中,灌注了民族戏剧的抒情传统的灵魂,为这种外来的艺术形式本质上的民族化,而不仅仅是在形式上的民族化,做出了杰出的贡献。

在中国现代话剧发展史上,曹禺的出现具有里程碑的意义。《雷雨》之前的现代剧作,多数生活视野不够开阔,主题开掘不深,缺少性格鲜明而内涵丰富的人物形象,戏剧冲突和戏剧结构带有比较明显的欧化倾向,不能适合中国观众的欣赏要求,戏剧语言或是文白夹杂,或是带着"翻译腔",没有吸取白话文的明白晓畅的长处,多数剧作还是独幕剧,即便是多幕剧,也很少能演出几个小时。而《雷雨》恰恰是在戏剧主题、人物、冲突、结构和语言等方面都有着突破性的作品。它溶化了中外戏剧的长处,通过一个家庭的悲剧反映了广阔的社会生活内容,塑造了性格鲜明的典型形象,根据中国观众要故事,要穿插,要紧张场面的欣赏习惯,在情节安排、结构布局上大胆地作了民族化的尝试,并对戏剧语言作了精心的锤炼,因而获得了巨大的成功。《雷雨》也是中国现代话剧史上第一部可以演出四小时以上的剧作。此外,曹禺的《雷雨》、《日出》等剧作,在推动话剧演出活动由二十年代的小剧场向三十年代正规剧场的转变,由非职业化的实验性演出向职业化、商业化演出的转变,也起到了重要的作用。因为曹禺提供了适合中国观众需要的剧本,并且这些剧本都曾被广泛地作过商业化的演出。所以曹禺的这些剧作对话剧在中国的普及和发展同样做出了卓越的贡献。

第五节　夏衍的《上海屋檐下》等剧作

夏衍(1900—1995),浙江杭州人。原名沈乃熙,字端轩,夏衍是其常用笔名。早年学习工业,曾积极投身五四新文化运动。1920年赴日留学,先后进入福冈明治专门学校机电科和九州帝国大学工业系学习。1927年5月回国后,参加无产阶级文学运动。从此,由自然科学转向文学。1929年发起组织上海艺术剧社,1930年参加左联的筹备与组织工作,成为左翼文化运动的重要领导者。1932年进入上海电影界,化名黄子布,以其创作、改编的《狂流》、《春蚕》、《上海二十四小时》、《风云儿女》、《自由神》等电影文学剧本及电影论文,享誉影坛。1935年开始话剧创作,至1954年发表五幕话剧《考验》,二十年间创作了十一部多幕剧,九个独幕剧,成为现代重要的剧作家之一。他在报告文学、杂文等领域,也取得突出的成就。

第五节 夏衍的《上海屋檐下》等剧作

剧作家的夏衍开始于 1935 年的独幕剧《都会的一角》，真正在剧坛产生影响的，则是 1936 年发表的七场话剧《赛金花》和三幕四场话剧《秋瑾传》（发表时名为《自由魂》）。"讽喻史剧"《赛金花》是国防戏剧运动的产物。作者关注华北危机的现实，为了讽刺国民党政府的"叩头外交"，"想以揭露汉奸丑态，唤起大众注意'国境以内的国防'为主题，将那些在这危城里面活跃着的人们的面目，假托在庚子事变前后的人物里面，而写作一个讽喻性质的剧本"。剧作对于历史现象的描写，选择的是那些"与今日的时事最有共同感的事象"，以便读者能够"唤起联想"，"在历史的人物里面发见现今活跃着的人们的姿态"①。因此，剧作的目的性和主观性相当明显。《秋瑾传》描写民主革命的先驱者秋瑾的壮烈事迹，歌颂了她献身革命的英雄气概，对她忽略革命的策略和缺乏必要的警惕性也有所批评。剧作的主题是为了鼓吹革命，并提醒革命者需要警惕内奸。由于剧情比较单纯，影响了人物形象的丰满，留有概念化的痕迹。

夏衍很快就对自己只是想借戏剧"表达一点对时局的看法"，"很简单地把艺术看作宣传的手段"表示不满，特别是读了曹禺的剧作《雷雨》、《原野》之后，他不仅对左翼戏剧一度轻视艺术性作出了"痛切的反省"，而且对 1935 年兴起的戏剧职业化商业化演出浪潮中风靡一时的"情节戏"、"服装戏"，"深深地怀抱着不服和反感"。于是，他决心"改变那种'戏作'的态度，而更沉潜地学习更写实的方法"②，在《上海屋檐下》这部剧作中，"开始了现实主义创作方法的摸索"③。夏衍的现实主义探索，集中于戏剧的日常生活的表现，底层市民内心情感冲突的呈现，平淡而隽永的戏剧风格的追求。这些特点在《上海屋檐下》中，都有着较为突出的表现。因此，1937 年 6 月完成的这部三幕剧，不仅集中体现了夏衍戏剧创作的现实主义特色，而且在中国现代戏剧史上占有重要地位。

《上海屋檐下》一名《重逢》，直接取材于现实生活。西安事变后，国民党政府有条件地释放了一批被长期关押的共产党人和政治犯，一些革命者出狱以后的悲欢离合的故事触动了作者，于是他依据自己十分熟悉的上海小市民的生活，创作了这部悲喜剧。作者在戏剧舞台上采用新颖的空间横切手法，截取上海石库门一座"弄堂房子"的横断面，共时性地呈现居住在这里的五户人家的日常琐屑的生活，通过人物语言、生活细节、情境氛围，以及歌曲和戏曲唱词来表达主题，展开戏剧冲突，刻画人物的心灵。故事在黄梅时节细雨连绵、抑郁沉闷的自然环境中开始。剧作中的五户人家都是在灰色困顿生活中挣扎的小市民，他们各有

---

① 夏衍：《历史与讽喻——给演出者的一封私信》，《文学界》创刊号，1936 年 6 月。
② 夏衍：《上海屋檐下·自序》，戏剧时代出版社 1937 年版。
③ 夏衍：《上海屋檐下·后记》，中国戏剧出版社 1957 年版。

自己难言的痛苦,但都承载着不公平的生活带给他们的不幸。因此,从天气、环境到人们的心情,一切都被阴沉郁闷的气氛笼罩着。而阴沉郁闷正是剧作家所要象征性地表现的那一时代的氛围。

住在灶披间的是小学教员赵振宇一家。他虽然收入微薄,生活困顿,却性格开朗,幽默风趣,乐天知命,常用"比上不足,比下有余"的话来宽慰自己。而他的妻子则因生活贫穷而变得势利吝啬。生活的重压使她整天絮絮叨叨,怨天尤人,冷漠地嘲讽邻里的不幸。住在亭子间的失业的洋行小职员黄家楣,身患肺病,正为生计发愁。而他的父亲却以为儿子大学毕业后做了大事情,特地从乡下前来探望。为了不让满怀希望来上海的父亲失望,黄家楣只得依靠借债和典当妻子"出客"的衣服来接待父亲。夫妻之间既相互争执,又相互安慰,试图把失业的窘困遮掩过去。黄父察觉儿子的艰难后,托故回乡,偷偷地留下了仅有的三元血汗钱。住在前楼的施小宝是一个沦落风尘的弃妇。她的丈夫是终年漂泊在外的船员,她生活无靠,为了生存,只得和一些不三不四的男人来往,结果落入流氓的魔掌。她想挣扎,却无力挣脱黑势力的控制。住在黑暗阁楼上的老报贩李陵碑,孑然一身,独生子在"一·二八"抗战中阵亡,他却依然幻想着儿子还能活着回来,整天凄凉地哼唱着京剧《李陵碑》中的唱词:"盼娇儿,不由人,珠泪双流……"

住在客堂间的是二房东林志成、杨彩玉一家。他们和刚刚出狱的革命者匡复的情感纠葛,是全剧的中心线索。林志成是工厂的一个普通职员,在工厂里做着亦"牛"亦"狗"的工作。他与革命者匡复是十年前的好友。匡复入狱后,他在照顾朋友家属时,对朋友的妻子彩玉产生感情并与之结合,养育着匡复的女儿葆珍。但他并没有获得幸福,辜负朋友的嘱托而欠下难以偿还的感情债,使他常常抑郁不欢。杨彩玉曾经是同情革命,为着爱情而脱离家庭的女性。匡复被捕后,在误以为丈夫已经遇难的情况下,为着自己和女儿的生存而与林志成同居。匡复从狱中归来,带着一颗伤痕累累的心,面对林志成和杨彩玉,本想从妻女和好友那里得到精神的抚慰,却没有想到生活的航道已经改变。重逢,使得三个人都陷入进退两难的痛苦之中。正当林志成经过内心痛苦的挣扎,决定放弃厂里的差事,从既受人欺负又得欺负人的生活里"解放出来",打算离开家庭,使朋友与妻子团圆时,革命者匡复也走出了情感的漩涡。匡复在短短的一天中,目睹了在"屋檐下"生活着的人们的痛苦,女儿葆珍的歌声《勇敢的小娃娃》,鼓起了他直面新生活的勇气,他离开了这些让他爱恋又让他痛苦的人们,勇敢地投入到"大家团结起来救中国"的新生活。

匡复最后的离去,把全剧推向了高潮。他的"归家"而又"离去",寓含着更深的象征性意义。于是,这些低头在"屋檐下"痛苦地生活着的小市民,这些在郁闷、焦虑、愧疚、悔恨、期待的情感漩涡中煎熬着挣扎着的小市民,终于看到了一线希望:阴暗的日子一定会过去,"总有一天会晴的!"希望在未来,不仅在儿童身上,而且也在革命者身上,正如林志成最后的预言:"他一定也会很勇敢地为着我们这些受难的人……"因此,这部弥漫着阴沉郁闷氛围的悲喜剧并不消沉悲观。最后的戏剧情节已经向人们昭示:这样的生活必须改变!从稚气而又充满爱国热情的孩子身上,从《勇敢的小娃娃》的主题歌声中,从匡复留下的"勇敢地活下去"的临别赠言中,都预示着阴沉郁闷时代的必将结束。剧作正是由此完整地实现了作家的创作意图:"反映一下上海这个畸形的社会中的一群小人物,反映一下他们的喜怒哀乐,从小人物的生活中反映出一个即将来临的伟大的时代,让当时的观众听到一些将要到来的时代的脚步声音"①。

《上海屋檐下》显示出夏衍的平淡质朴而又含蓄深沉的现实主义戏剧艺术风格开始成熟。作者坚持描写自己十分熟悉的小市民的日常生活,在朴素自然的描写中揭示生活的深刻内涵。他自觉地避开了"情节戏"常有的离奇曲折的情节安排和紧张激烈的戏剧冲突,更放逐了"服装戏"利用豪华的场面、眩目的服装来招徕观众的不良倾向。他自觉地在广泛而琐碎的题材中去提炼鲜明的时代主题,在小市民的平庸灰色的普通生活中开掘人物的内心冲突,"用淡墨画出了这些人物的灵魂,细致而不落痕迹,浑成而不嫌模糊,真正的感情深沉地隐藏在画面的背后,不闻呼号而自有一种袭人的力量,这是现实主义的力量。"②

夏衍在表现最普通最平凡的生活时,艺术上受到他所翻译的日本作家藤森成吉的剧本《光明与黑暗》和法国电影《巴黎屋檐下》的启发。他运用了当时具有先锋性的艺术方法。除了在生活内容的表现上,在戏剧的时间和空间的处理上,采用了在当时颇为新鲜的"横断面"的描写方法外,他还将电影艺术的镜头剪辑和组合手法移植到话剧结构和戏剧场景的安排中,这是《上海屋檐下》在艺术上获得成功的重要因素。由此,他突破了戏剧在同一舞台上只能表现一个戏剧情节的空间限制,扩大了戏剧舞台空间的范围,用同一座舞台同时表现五家的故事,采用类似电影镜头转换的方法,转换戏剧场面和情节,将五条平行发展的线索和情节交织穿插,表现丰富复杂的生活内容。因此,全剧虽然用一支笔叙五家事,"是一出个个角色有戏的群戏"③,却能做到剧情主线明晰,旁支错落有致,聚散分合,似断复续,浑然一体。

《上海屋檐下》也是左翼戏剧和左翼文学的杰出作品。这部剧作不仅表现了左翼戏剧艺术的先锋性,更重要的是它真正摆脱了左翼文学中常见的观念化和

---

① 夏衍:《谈〈上海屋檐下〉的创作》,原载《剧本》1957年第4期。
② 唐弢:《廿年旧梦话"重逢"——再度看〈上海屋檐下〉的演出》,原载1957年6月2日《解放日报》。
③ 李健吾:《论〈上海屋檐下〉》,原载1957年1月26日《人民日报》。

公式主义。夏衍把创作的视野转向了现代都市的小市民,在他们的日常生活中开掘具有鲜明政治意识的时代主题,突破了左翼戏剧常常关注现代都市政治生活、经济生活和阶级斗争题材的局限,扩大了左翼戏剧的表现领域。他笔下的革命者也不再是那种振臂一呼的浪漫英雄,而是植根于现实生活,带有普通市民知识分子的某些弱点的人物。在这部剧作中,没有抽象的理念和空洞的说教,一切都来自"弄堂房"的灶披间,水门汀砌成的水斗,挂着的淘箩、蒸架,晾着的小孩尿布,天井里的破旧家具、小煤炉、饭桌,灯罩已经破了一半的五支光电灯……正是在这种充满浓郁生活气息的氛围中,在底层市民的家长里短的真切描写中,作者深入地表现了小市民人物的命运和心灵的颤动。所以李健吾认为这部剧作是"自然而又艺术地把平凡琐碎的淤水聚成一股强烈的情感的主流。"①

为了坚持摸索现实主义的创作方法,描写自己十分熟悉的题材,既发挥戏剧的宣传教育作用,又加强作品的艺术性,夏衍一度对自己十分了解的上海小市民生活倾注了高度的热情,在他的多部剧作中描写了形形色色的生活在都市底层的小人物的离合悲欢。1940年,他将其中的《都会的一角》、《中秋》、《重逢》(即《上海屋檐下》)、《赎罪》、《娼妇》等五部作品结集出版,书名就叫作《小市民》。作者这样自述他描写小市民生活的创作意图:在民族抗战中,这些小人物的民族感情已经抬头,但他们一时还难以摆脱传统的生活方式和思想方法的束缚,"我把他们放在一个可能改变,必须改变,但是一定要从苦难的现实生活里才能改变的环境里面。我想残酷地压抑他们,鞭挞他们,甚至于碰伤他们,而使他们转弯抹角地经过各种样式的路,而达到他们必须达到的境地。"②对市民生活和市民灵魂,满怀希望地展开温情地鞭挞,正是夏衍剧作的一个鲜明的特点。

全面抗战爆发后,夏衍辗转迁徙于香港、桂林和重庆。整个抗战期间,夏衍的主要工作是办报,业余时间从事戏剧创作。他的剧作在关注抗战中的小市民的人生命运的同时,逐渐转向了对抗战中的知识分子心灵历程的开掘。《心防》、《法西斯细菌》、《芳草天涯》等描写知识分子题材的多幕剧,就是其中比较突出的作品。

1940年写于桂林的四幕剧《心防》,表现上海抗日文化工作者在"孤岛"时期坚持战斗的事迹。戏剧情节发生在1937年11月至1939年冬上海沦陷后的最初两年间。所谓"心防",是指战斗在沦陷区的文化战士,自觉地用笔坚守住中国人精神上的防线,"要永远地使人心不死,在精神上永远地不被敌人征服"。为此,剧作较为集中地描写了在沦陷区上海辛苦工作的文化战士刘浩如的形象,主

---

① 刘西渭(李健吾):《〈上海屋檐下〉》,《咀华二集》,上海文化生活出版社1942年版,第93页。
② 夏衍:《小市民·后记》,新知书店1940年版。

要展开刘浩如和沦为汉奸的倪邦贤的冲突,来表现抗日文化战士在"心防"战线上的艰苦斗争。剧作通过揭穿倪邦贤妄图勾引汉奸来控制进步的戏剧俱乐部的诡计,撤换倪邦贤的副刊编辑职务,揭露他挑拨刘浩如家庭纠纷的造谣伎俩,挫败汉奸特务破坏为抗日将士募捐寒衣游艺会的阴谋等情节和场面,较为成功地塑造了刘浩如这位"在荆棘里前行,在泥泞里苦战"的抗日文化斗士的形象。剧终,刘浩如不幸遭到特务暗杀,他从怀中取出鲜血溅染的将要发表的论文和随身携带的遗嘱,在昏迷中仍然念念不忘:"咱……们……的防……线"! 作者以"感慕与忧戚"[①]的心情,对在上海苦斗着的文化战士们表达了他的敬意。

创作于1942年的五幕六场话剧《法西斯细菌》,是夏衍又一部描写知识分子题材的名剧。在动乱的抗日战争中,夏衍接触到许多善良纯真的知识分子,看到了日本法西斯强盗制造的悲剧:把许多"为科学而科学"的自然科学家从科学之宫驱逐到战乱的现实中,"他们被迫着离开实验室,离开显微镜,而把他们的视线移向到一个满目疮痍的世界。"现代细菌学家金瑟(Zinseer)教授的名著《老鼠,虱子和历史》及其自传《比诗还要真实》,让夏衍感到"魅惑"。金瑟教授关于"人类的愚蠢和野蛮"会让伤寒细菌继续长期活动的论断,给夏衍以深刻的启迪。于是,他以善良的细菌学者俞实夫作为"悲剧里的英雄",创作了这部"法西斯与科学不两立"的多幕剧。[②]

剧作以抗日战争和太平洋战争为背景,时间从1931年秋到1941年春,场景从日本的东京写到上海、香港和桂林。作家在大跨度的时间和空间转换中,在民族危亡的时代环境中,以俞实夫的人生道路和心灵历程为中心,较为集中地探讨了现代中国知识分子所面临的一个根本性的问题:知识分子在自己的专业和现实政治之间如何协调这样一个令人困扰的矛盾复杂的问题。剧作表现的丰富内容,作家对俞实夫这位"悲剧英雄"的复杂情感,为这一问题的阐释提供了多种可能。

作家在戏剧情境的具体进展中,在戏剧人物的人生抉择和心灵冲突中,通过三个知识分子的不同人生道路的选择,塑造了具有典型意义的中国知识分子形象。细菌学博士俞实夫,被誉为"新中国医学界的光芒"。但他不慕虚荣,淡泊名利,只想全身心地投入细菌学研究。他深信科学研究为人类谋利益的崇高价值,所以埋头研究,不问政治。在法西斯侵略不断加剧,民族危机不断加深的时代,他依然锲而不舍地经营自己的科学之宫。直到太平洋战争爆发,香港沦陷,法西斯侵略者殴打他,侮辱他的妻子,杀害他的年轻朋友钱裕,战争彻底摧毁了他从

---

① 夏衍:《〈心防〉后记》,原载《野草》第1卷第2期,1940年9月。
② 参见夏衍《法西斯细菌·代跋一·老鼠,虱子和历史》(1942年10月17日),开明书店1946年版,第138—140页。

事研究的一切可能之后,他的科学与政治无关的信念才彻底破灭。残酷的现实终于使他认识到:"法西斯细菌不消灭,要把中国造成一个现代化的国家,不可能!""我的科学至上主义,都已经支离破碎"。于是,当他从香港逃回后方以后,便决心投入扑灭法西斯的民族解放战争,进行一次"再出发"。俞实夫的思想转变过程,他的心灵斗争的曲折历程,都表现得脉络清晰,真实可信。在作者的戏剧人物配置中,赵安涛和秦正谊所起的只是烘托和比较的作用。作为两种不同类型的知识分子,他们的性格同样写得鲜明和真实。不同于俞实夫的不问政治,赵安涛自命懂得政治,而且热衷于政治。但他自以为聪明,东抓西捞,为善不足,作恶又不敢,所以很快就由从政梦转向发财梦。当法西斯战争把他积聚的财产洗劫一空后,他终于觉悟:"我们得从头做起,做一点切实有用的事情"。作者以温情的笔触,对赵安涛人生选择的多变进行了讽刺,同时又寄予希望。至于秦正谊,那是等而下之的"知识分子中的丑角",是一个丧失人生目标,只顾谋取私利的帮闲。剧作用漫画化的笔法勾抹他的品性,采取了完全鞭挞的态度。

剧作虽然在民族战争的大背景中表现知识分子人生道路选择的重要主题,却依然没有安排有头有尾的故事、贯穿始终的情节和紧张激烈的冲突,而是采取生活化的描写和呈现人物内心冲突的表现方法。剧作只是通过俞实夫一家不同时期在四座城市的平淡生活的描写,选取剧中人物在各自人生转折关口的戏剧场面,朴实自然地表现主题,塑造人物,显示出相当高的艺术造诣。

《芳草天涯》是夏衍在抗战时期集中探讨知识分子爱情婚姻问题的剧作。夏衍从伦理道德角度切入,通过尚志恢、石咏芬、孟小云在战乱离难中的爱情婚姻纠葛,对这一问题展开思考,对人性的某些弱点作出分析。人近中年的心理学教授尚志恢与他大学毕业的妻子石咏芬,原本是一对情投意合的夫妻。可是战争的残酷环境和当权政府的腐败,使尚志恢处处碰壁,精神处于长期的孤独压抑中。而战争苦难导致的经济拮据,也使得石咏芬在家庭柴米油盐的琐屑事务中陷入庸俗。尚志恢为了逃避妻子的精神虐待,离家出走,投奔桂林的老友孟文秀。不料在这里却邂逅孟文秀的侄女,一位年轻活泼、热情大方而又富有进取精神的大学生孟小云,两人由相互倾慕发展到超越世俗观念和物质生活限制的爱情。尚妻发觉后,恳求孟文秀和孟小云"帮助"。经过孟文秀的劝阻,尚、云终止了关系的发展,孟小云加入了战地服务队,尚志恢也决定斩断儿女情丝,表示要"坚强起来",尚妻与丈夫和解,决心开始新的生活。这些人物并没有在人性的弱点中沉沦,人性中的理性美德终于奏出了凯旋。这自然是一个老套的故事,然而作者却把它置放在民族生死存亡的时空背景中,使得这个永恒的主题在伦理道德层面显得更加深刻沉重,放射出人性美的光辉。夏衍在剧作中的探讨是深刻的,然而他的情感却是复杂的。他"把'现今的'恋爱定义为人类生活中最苦痛的悲剧",并表示:他虽然谴责自己和同时代的知识分子,但是"在叙述人生的这些愚蠢和悲愁时,我是带着眼泪的。"①剧本题名《芳草天涯》,来自苏轼《蝶恋花》词:"枝上柳绵吹又少,天涯何处无芳草"。这显然寄寓着作者对战时知识分子摆脱个人精神负累、瞩目于民族国家的殷切期望。

夏衍以《上海屋檐下》、《法西斯细菌》、《芳草天涯》等剧作所取得的艺术成就,显示出中国现代戏剧的发展。他的剧作,把鲜明的政治理性意识和戏剧艺术审美力的自然而有机地融合,对小市民和普通知识分子生活两大题材的持久关注和杰出的表现,探索现实主义戏剧的生活化和抒情性,着重戏剧人物的内心冲突和人物灵魂的刻画,在淡雅、单纯、平凡、隽永的风格中沸腾着巨大的现实主义力量等鲜明的特点,都对现实主义戏剧艺术产生了深远的影响。

---

① 夏衍:《〈芳草天涯〉前记》(1945年春),《文萃》第7期,1945年11月20日。

第十五章
全面抗战及四十年代的新诗潮

第一节 新诗坛在全面抗战爆发前后的转变

1937年7月之后的十二年间,战争连着革命,时代的暴风骤雨弥天盖地,诗人再也没有"象牙之塔"可避,他们四处播迁,寝食难安,栉风沐雨,艰苦备尝。这样的境况对诗这种精微的语言艺术之创造似乎不太相宜。所以在当时和后来都有人怀念着相对安定的三十年代,尤其是抗战前期现代派纯诗之花的南北竞放,以为那才是新诗的"黄金时代",并惋叹这"黄金时代"在全面抗战及四十年代的难以为继是中国新诗的不幸。

然而历史要比它给人的表面印象复杂得多。诚然,三十年代的新诗确实比较繁荣,但由于它始终局限于学院的沙龙和大都市的亭子间里,在那里待得太久了,也就不免沾染了一些虚骄之气。这在当时分立的两大诗潮上都有表现。一方面,以普罗诗人、中国诗歌会等为代表的左翼诗潮,自觉地追求诗的社会意识、现实功用和大众化趋向,这些确属值得肯定的进步追求。但毋庸讳言,这些发自大都市亭子间的呐喊,事实上与左翼诗人们想要把握的真正现实还相差甚远,因而不免虚浮之弊,并且左翼诗人们因为自满于其思想意识的进步性而轻视诗的艺术性,甚至以艺术的粗糙自傲,而将诗所必须的艺术形式简单地摈弃于"资产阶级艺术"之列,也同样是虚骄的表现。另一方面,从南到北的现代派诗人所构成的现代主义纯诗潮,在西方现代诗的启发下,致力于表现现代人——主要是知识分子——在现代都市复杂微妙的生命感怀,竞相抒写着一些美丽而不免怅惘的陶醉与幻梦,并极力追求诗艺的完美与纯粹。如此纯粹的努力确实获得了相当的成功,这成功显著地巩固了新诗的艺术地位,有力地证明新诗不仅是诗,是艺术,而且完全可以达到不亚于中外古典诗歌所曾营造的精微境界。但同样无可讳言的是,纯诗人孤芳自赏的艺术追求与对更广大的社会不公和更迫切的民族灾难的置若罔闻,不仅招人诟病,而且也确实使它陷于自我封闭而难以自广——温室的花虽美毕竟难以苗壮,何况那点迷离感伤的诗意又哪里经得住一写再写、你写我写？所以冯至后来曾借用法国作家纪德的话批评说,"诗在他们变成了避难所;逃出丑恶的现实的唯一去路;大家带了一种绝望的热忱而直奔那里",仿佛比赛看谁绝望得深刻似的竞相表现着"怀疑人生是否值得过一遭"①的悲观—虚无情绪。这种不免浮浅的虚无咏叹加上自矜自喜的个人感伤和刻意朦胧的矫揉造作,差不多成了当时新诗坛上的流行风尚与摩登公式,这岂不也是一种虚骄？

可喜的是,三十年代新诗坛两种趋向的局限,在全面抗战爆发前已被其中的一些诗人认识到,而改变的努力在全面抗战爆发前业已开始。就前者而言,蒲风、田间、臧克家等就已初步扬弃了单纯政治宣传的概念化写作,贡献出了一些现实感较强而在艺术上也不无可观的诗作,尤其是艾青的《大堰河——我的保姆》等诗作的连续发表,是一个显著的进展,标志着左翼诗潮不仅能以深广的社会关怀取胜,而且在艺术上也拥有了足以与纯诗潮分庭抗礼的诗人和诗作。与此同时,在纯诗人一方也出现了严肃的自我反思和改弦易辙的迹象。1936 年 6 月,曾经耽迷于"纯粹的柔和与纯粹的美丽"的何其芳,数次撰文总结并反思自己此前唯美的创作取向:"我倒是有一点厌弃我自己的精致。为什么这样枯窘？为什么我回过头去看见我独自摸索的经历是这样一条迷离的道路？"②"而且当我倾听时,让我诚实的说出来吧,他人的声音也是多么微茫,多么萎靡"。③ 仿佛是对何其芳的回应,1937 年 5 月的一个夜半,另一位更精致的现代派诗人卞之琳在杭州西湖边的小楼上一觉醒来,猛省到国难当头,而自惭其为诗为人都如同那些精致而盲目的小灯虫一样"小处敏感,大处茫然",遂提笔写下了他在全面抗战前的最后一首诗《灯虫》以借物明志:"'晓梦后明窗净几,/待我来把你们吹空,/像风扫满阶的残红',把这一个悲欢交错都较轻松自在的写诗阶段划了一道终止线"。④ 正因为在全面抗战前就有了这样的觉醒,所以何其芳和卞之琳才能在全面抗战爆发之初即创办《工作》半月刊,踏踏实实地为民族解放而工作,并在随后联袂奔赴前线,走向延安……

---

① 冯至:《关于诗》,《冯至全集》第 5 卷,河北教育出版社 1999 年版,第 296 页。下引作品均据此版。按,冯至批评的"象征派"其实包括了现代派,参见冯至:《论新诗的内容和形式》,《中国诗坛》新 2 期,1946 年 3 月,广州。
② 何其芳:《论梦中道路》,1936 年 7 月 19 日天津《大公报·文艺》第 182 期(即《诗歌特刊》第 1 期)。
③ 何其芳:《〈燕泥集〉后话》,《何其芳全集》第 1 卷,河北人民出版社 2000 年版,第 184—185 页。
④ 卞之琳:《话旧成独白:追念师陀》,《卞之琳文集》中卷,第 261 页,并参阅〈雕虫纪历〉自序》。按,卞之琳的这个"觉悟"似乎来得突然,但其实是有前兆的,如他 1934 年的诗《春城》、1935 年的诗《尺八》以及 1936 年的散文《尺八夜》等作品,就表明他对国家的忧患和包括自己在内的国人的苟安心态有所意识与不安,只是还没有达到下决心"觉醒"起来以自觉承担责任的地步,所以这些诗文才写得隐约朦胧而又含糊其辞,那正是作者感觉不安而又不能痛下决心的游移不定心态之表现。

当然，更多的诗人还是被战争打醒的。事实上，战争对新诗人们来说既是严峻的挑战，也给了他们转变的契机和动力，推动着他们真正走出封闭，走向现实——如其虚骄确是全面抗战前新诗的流行病，则全面抗战的暴风骤雨倒不失为对症的猛剂。不少新诗人经过抗战风雨的洗礼，果然变化巨大。徐迟和戴望舒就是两个典型。徐迟在全面抗战之初还野心勃勃地创办《纯文艺》杂志，梦想着继续发扬其纯诗、纯文艺的理想，但家国人民的灾难与日本侵略者的暴行，不久就使他率先放逐了个人的抒情，进而断然宣告："我已经抛弃纯诗（Pure Poetry），相信诗歌是人民的武器……"①从此徐迟走上街头和战地，积极地投身宣传抗日的朗诵诗运动。而作为三十年代现代派纯诗人领袖的戴望舒，在1937年4月还曾著文挑剔"国防诗歌"的倡导者，漫不经心地说："我不懂他们为什么抓住了诗不肯放手"，②但抗战中亲身感受到侵略者加给中国人民的灾难，很快就擦亮了戴望舒的眼与心，使他明白了诗歌与家国的血肉联系，所以他断然与自己先前亲密的诗友而今业已堕落为妥协文人的杜衡、路易士以及妻兄穆时英等决裂，并转而对"还在诉说个人的小悲哀，小欢乐"③的诗人们提出批评，而当他自己再次提起诗笔时，也就与全面抗战前的他判然有别了。

新诗坛在全面抗战爆发前后一段时间的这些反思与转变，为全面抗战及四十年代新诗的发展提供一个接近健全的机会。这健全在诗学观念上的显著表现，就是从此之后不论新诗坛各家各派诗人的议论如何纷纭，但全面抗战前那种在现实和艺术上各执一端的偏颇不再有多少市场了，绝大多数诗人都毫不含糊地肯认诗必须关怀时代现实，诗对民族、国家、社会有着无可推卸的责任，同时大多数诗人也都认识到诗必须是诗——必须保持诗所应有的艺术质地，缺乏诗艺术的肤泛叫嚣，对抗战、对社会、对个人都无益处。这种认识在艾青笔下得到了不容置疑地宣示："中国新诗，已走上了可以稳定地发展下去的道路；现实的内容和艺术的技巧已慢慢地结合在一起。新诗已在进行着向幼稚的叫喊与庸俗的艺术至上主义可以雄辩地取得胜利的斗争。"④这话事实上表达了战时大多数诗人的共同追求。正因为有这种比较接近的诗学观念，所以全面抗战以来新诗界的关系也比此前较为健全，各家各派诗人不再像全面抗战前那样陷于分裂与对抗之中，而更多地表现出团结互动、求同存异的自觉意识，并在行动上常常采取一致的步调。全面抗战前分裂的两种诗歌取向的代表诗人戴望舒和艾青，在全面

---

① 徐迟：《〈最强音〉增订本自序》，《诗》第3卷第2期，1942年7月，桂林。
② 戴望舒：《关于国防诗歌》，《新中华》第5卷第7期，1937年4月。
③ 戴望舒：《致艾青》，《戴望舒全集》散文卷，中国青年出版社1999年版，第235页。
④ 艾青：《〈北方〉序》，上海文化生活出版社1939年版。

抗战爆发后联合主编新诗刊《顶点》(1939年),就不是故作姿态的合影,而是发自真诚的合作。在该刊上他们宣告:"《顶点》是一个抗战时期的刊物。它不能离开抗战,而应该成为抗战的一种力量。为此之故,我们不拟发表和我们所生活着的向前迈进的时代违离的作品。但同时我们也得声明,我们所说不离开抗战的作品并不是狭义的战争诗。"在要求新诗为抗战而歌的同时,他们也期待着诗自身能"从现在的新诗的现状中更踏进一步,……把水准尽可能地更提高,使中国新诗有更深远一点的内容,更完善一点的表现方式。"①这样一种诗学理想与创作追求无疑比全面抗战前各趋极端的诗歌取向更为健全也更具包容性。

　　正是有了上述反思与转变后形成的比较健全的共识,才使得全面抗战及四十年代的新诗坛呈现出繁荣多彩、互动互补的良好态势,而在此基础上形成的各种诗派、诗潮则从不同的角度致力于一个共同的大目标,那就是尽可能地深入现实而将其升华为具有艺术性的诗,不辜负那个伟大的时代。所以,作为战时诗坛领袖的艾青1942年在为一部集合了战时各流派新诗的选集作序言时曾欣慰地说:"在这四年的期间,从参加写诗的诗人的人数和诗的创作的生产数量,他们之间的团结与互助,过去各种流派之间的意见的分歧,和那些无形的对立的消泯,他们在抗战与民主的旗帜下的出现的统一与亲爱,超过了中国革命以来的任何一个文学上最光荣的时期,同时,在这四年半以来的中国新诗很坚固地保持了中国革命的新文学的优良的传统,贯彻着中国革命的新文学的鲜活的血脉,使自己成为中国革命的新文学的继续成长,继续发展的一个重要的阶段。"②也因此,检点全面抗战以来中国新诗的成就,艾青欣然赞同这样一种估价:"有人说,抗战以来的中国文学,以新诗的收获为最大。我想,这话并不是过甚的夸张。假如我们对抗战以来的中国文学的各部门,不单是从量上去考察,而是从质上或是从他们所发射出来的精神的强度上去考察,这话是并不难证实的。"③这话是艾青1941年回顾全面抗战三年来的新诗创作时所说。次年的艾青进而断言,战时的新诗"由于培植它的土壤的肥沃,由于人民生活的艰苦与复杂,由于诗人的战斗经验的艰苦与复杂,和他们向生活突进的勇敢,无论内容与形式,都多少倍地比过去任何时期更充实更丰富了。"④这个"多少倍"的评价就不免是诗人的夸张了,比较起来还是他1941年的估价更切实际;至于艾青所欣赏的全面抗战以来新诗坛的良好气氛和良性互动格局,如现代主义诗潮和左翼诗潮的良性互动就成效显著,差不多维持了将近十年,直到四十年代

---

① 见《顶点》创刊号的《编后杂记》,新诗社(桂林),1939年7月。
② 艾青:《论抗战以来的中国新诗——〈朴素的歌〉序》,《文艺阵地》第6卷第4期,1942年4月。
③ 艾青:《抗战以来的中国新诗》,《中苏文化》第9卷第1期,1941年。
④ 艾青:《论抗战以来的中国新诗——〈朴素的歌〉序》,《文艺阵地》第6卷第4期。

末新诗坛才因政治的巨变而再次走向分裂与对抗。

大体说来,全面抗战及四十年代的新诗随着时代而发展,在国统区先后出现了这样几个比较重要的诗歌创作趋向:一是表现民族战斗意志的抗战诗歌,它最先发生而贯穿于抗战的全过程,几乎所有诗人都参与了抗战诗歌的写作,包括一些少数民族诗人,因此它也就是一种普遍的创作动向而无所谓独立的抗战诗歌流派。二是相对独立的左翼诗潮,它综合了民族解放与社会革命的双重要求,但更富于独立思考的精神和艺术的开放性,程度不同地吸取了现代主义的因素,比较成功地克服了全面抗战前左翼诗歌在政治和艺术上的左倾幼稚病。三是富有新感觉气息的新古典主义诗潮。四是注重新综合思维的现代主义诗潮"新生代"。后两股诗潮都以学院诗人为主体,表现了自由主义知识分子的生命情怀与人文关怀,同时它们也在时代思潮推动下,或显著加强了对社会现实的关怀,或着意于新诗与古典诗学传统的接续,所以它们都明显不同于全面抗战前现代主义纯诗潮的封闭自足及其"摩登主义"的做派,[①]显著地推进了中国现代诗的发展。从诗歌类型上看,自由诗和现代格律诗在本时期均获得了长足的进步,真正在新文坛上站稳了脚跟,而作为其代表的艾青和冯至的诗作,更标志着新诗已告别了浪漫浮躁的青春期而臻于较为成熟的境界。此外,与全面抗战前相比有更多的新诗人趋向于长诗——叙事长诗和抒情长诗——的写作,但水平参差不齐;讽刺诗的写作在抗战末期和解放战争时期颇为流行,这是当时普遍流行的讽刺暴露文学倾向在诗歌中的表现,还没有形成独立的讽刺诗派和诗潮;诗剧也不乏尝试者,但成就甚微。诗人冯至和艾青两大家另有专章,这里集中叙述其他诗风、诗派、诗潮及诗体的情况。

第二节 从抗战诗到讽刺诗及其他

抗战诗歌是表现民族战斗意志和人民战争伟力的战歌。这一创作取向的源头可以追溯到"九·一八"之后的抗日爱国诗歌和华北危机时期的"国防诗歌",但由于当时国民党当局对日采取妥协政策而对内极力压制抗日的呼声,所以全

[①] 在三十年代的半殖民地都市上海,新派市民往往怀着歆羡的心态把来自西方的"Modern"事物和生活方式当作时髦风尚来消费和模仿,形成了一种追逐洋派时髦、寻求新鲜刺激的行为方式和消费口味,俗称"摩登"。在"摩登"做派中包含着相当深重而未必自觉的殖民意识。海派小说家不但热心表现"摩登"生活方式,并且同样把外来的"Modernism"当作时髦文学风尚来追随和仿制,而缺乏文化的批判意识和自主意识。这样一种复制"Modern"和"Modernism"所以貌似"现代",但不免使"现代"时尚化以至于庸俗化的文化风尚和文学行为方式,与其说是"现代主义"不如说是"摩登主义",这可能是发展中国家的文化和文学走向现代化的过程中特有的"现代性"特征之一(参阅解志熙:《"摩登主义"与海派小说》,《上海文化》2005年第2期)。在这方面,三十年代的现代派诗的情况比海派小说要好一些,但在一时风气之下,也多少沾染上了一些"摩登主义"的色彩。

面抗战前的抗日诗歌得不到自由的发展。全面抗战爆发之初,全国一致对外,奋起抗战,长期被压抑的抗日爱国热情喷薄而出,新诗坛上洋溢着昂扬的战斗热情和普遍的乐观情绪,诗人不分党派与流派,为民族解放而歌是他们的共同心愿,富于战斗性和宣传鼓动性的抗战诗歌盛极一时,掀起了宣传抗日的街头诗、朗诵诗运动,并且诗再次与音乐联手,不少抗战诗作被谱曲,成为真正的抗战"诗歌"。高兰、光未然分别成为战时朗诵诗和抗战"诗歌"的代表。高兰(1909—1987,原名郭德浩,黑龙江爱辉人)积极倡导朗诵诗并率先创作,有《高兰朗诵诗集》(1938年),其代表作《我的家在黑龙江》、《哭亡女苏菲》等是传诵一时的名作。诗人在这些诗中现身说法,沉痛倾诉自己家破人亡的遭遇,大声呼吁民众为了保护自己的家园和亲人而奋起抗日,曾经引起无数听众和读者的共鸣。光未然(1913—?,原名张文光,以张光年行世,湖北光化人)的代表作有《五月的鲜花》和《黄河大合唱》,都曾被谱曲,至今传唱不衰。正当人们殷切期待着"纪念碑性"的"大史诗"的时候①,组诗《黄河大合唱》(1939年)出现了。这是名副其实的民族史诗,民族的形象、民族的命运、民族的感情和民族的战斗意志,在其中得到了恰如其分的表现,全诗形象鲜明、气势宏伟,旋律跌宕起伏而情感沉郁顿挫,具有震撼人心、催人奋起的巨大感染力。

抗战诗歌与传统汉文学中的爱国诗有显著的不同。清人赵翼回顾以往的诗史,曾不胜感慨地说:"国家不幸诗家幸,赋到沧桑句便工"。这话在准确地陈述了一个吊诡的事实的同时,也揭示出古代文人有心救国却无力回天的悲哀。在历史上,晋、宋、明诸王朝都因异族入侵而南迁,包括诗人在内的大批文人也随着南渡,他们渴望着王师北伐、华夏重整,都未能如愿,只留下一些梦中恢复中原、神游故国家园的名篇佳作。全面抗战爆发后,国民政府迁至西南的重庆,大批文人南渡,名教授兼旧诗人的陈寅恪沉痛地写道:"南渡自应思往事,北归端恐待来生"(《蒙自南湖 戊寅夏作》),他预感历史的悲剧又要重演,因而悲不自胜。但时代毕竟不同了,中国各政党放下分歧,共同抗日,建立了统一战线,人民被广泛动员、组织起来,与敌人誓死抗战的是全中国人民。这种全民抗战的人民战争形势是以往的历史上不曾有过的,并且抗战不是单纯的抵御侵略、挽救危亡之举,而是要在战斗中创建一个崭新的现代民族国家。所以,"抗战建国"成为一体相连的伟大事业;而文学,包括诗歌则成为动员人民、鼓舞人民抗战建国的有力武器。正因为这样,抗战诗歌不仅有强烈的民族意识,更普遍反映出人民大众的战斗意志和必胜信念。在这一过程中,涌现出了一些著名的战斗诗人。除艾青外,田间

---

① 参阅郭沫若:《纪念碑性的建国史诗之期待——庆祝文艺界抗敌协会周年纪念》,1939年4月9日重庆《大公报》;林冷秋:《大史诗的期待》,《唯》第3卷第2号,1939年9月1日,福建长汀。

是最有影响的战斗诗人。田间(1916—1985,原名童天鉴,安徽无为人)在全面抗战前不满二十岁,即已出版了《未明集》、《中国牧歌》和《中国农村的故事》等诗集,表现出独特的抒情才华和对农村社会的深切关怀。全面抗战爆发后,田间准确地把握着民族的战斗意志和时代的战斗节奏,创作出了一系列鼓舞人民战斗的诗篇,结集为《给战斗者》等。这些诗作没有书斋中的旧诗人那种深刻而无力的感伤自悼,也没有全面抗战前一些新诗人孤芳自赏的独语奇想,而是不容回避地将民族生死存亡的问题严峻地提到祖国的每个儿女面前:"敌人,/突破着/海岸和关卡,/从天津,/从上海。//敌人,/散布着/炸弹和瓦斯,/到田园,/到池沼。//敌人来了,/恶笑着,/走向/我们。//恶笑着,扫射,绞杀。//今天,/你将告诉我们以战斗或者以死呢?//伟大的/祖国!"然后便是直截了当的战斗召唤:"我们/必须/战争了,/昨天是懦弱的,是惨呼的,是挣扎的/四万万五千万呵!//斗争/或者死……//亲爱的/人民!/抓出/木厂里/墙角里/泥沟里/我们的/武器,/挺起/我们/被火烤的,被暴风雨淋的,被鞭子抽打的胸脯,/斗争吧!/在斗争里,/胜利/或者死……//在诗篇上/战士底坟场/会比奴隶底国家/要温暖,/要明亮。"(《给战斗者》)《义勇军》等篇以简练而传神的笔触生动地勾画出作为抗战主力军的劳动人民及其子弟兵在战斗中成长的英姿,《多一些》等篇则以朴实的语言写出了人民大众深明大义、支持抗战的精神:"'多一颗粮食,/就多一颗消灭敌人的枪弹!'/这是好话哩!……/拿这些东西,/当作/持久战的武器。//(多一些!/多一些!)//多点粮食,/就多点胜利。"田间的诗句像战鼓一样,简短有力而且一句紧逼一句地连续出现,呈现出一种急促前进的节奏和坚定不移的气势,恰到好处地表现了中华民族的战斗意志和时代的战斗节奏,给读者以有力的鼓动和强烈的感染。所以闻一多欣喜地赞誉田间为"时代的鼓手",认为他的诗恢复了新诗朴质健康的传统,"这里没有'弦外之音',没有'绕梁三日'的余韵,没有半音,没有玩任何'花头',只是一句句朴质,干脆,真诚的话,(多么有斤两的话!)简短而坚实的句子,就是一声声的'鼓点',单调,但是响亮而沉重,打入你耳中,打在你心上。……鼓舞你爱,鼓动你恨,鼓励你活着,用最高度的爱与力活着,在这大地上。"①

人民大众的积极参与抗战,也使先前的一些现代派诗人看到了抗战的前途、坚定了民族复兴的信心,从而让他们不论在战场、后方还是在侵略者的牢狱中,都努力发而为诗,表现出积极乐观的情调和坚定不移的民族守望。1938年11月到1939年11月,卞之琳辗转前线与后方,响应文艺界发起写"慰劳信"的号召,用诗体写出了十九首"慰劳信","公开'给'自己耳闻目睹的各方各界为抗战出力的个人或集体,都是写真事真人,而一律不点名,只提他们的岗位、职守、身

---

① 闻一多:《时代的鼓手——读田间的诗》,1943年11月13日昆明《生活导报周年纪念文集》。

份、行当、业绩,不论贡献大小、级别高低,既各具特殊性,也自有代表性,……最后归结为'一切劳动者'(也显得有一点整体观)。……写人及写事,率多从侧面发挥其一点,不及其余(面),……而只是这一点本身在有限中蕴含无限的意义,引发绵延不绝的感情,鼓舞人心。"①《慰劳信集》成功地实现了作者的创作意图,十九首诗分别从一侧面写出了全民族齐动员,不分阶级、男女、老幼,而同仇敌忾、积极抗战的气概与风采。一位此前最醉心"弦外之音"的现代派诗人,现在却写出了这样一部表现抗战作为一场广泛动员的人民战争的诗集,这实在是一个重大的转变。并且作者也没有为了服务抗战而放弃艺术的追求与实验,他精心捕捉抗战时期典型的人事与细节,诗的语言明白如话而又传神入化,节奏自然而又气韵生动,读者几乎不会注意他其实采用了外来的格律诗体。所以冯至欣赏卞之琳的《慰劳信集》在追求新形式上"作了很成功的试验。"②此前现代派诗人的领袖戴望舒在全面抗战爆发后走过了更曲折的道路。起初他留恋家庭,蛰居上海,企图译书谋生,但稍后就感受到日伪魔爪的威胁,遂于1938年5月挈妇将雏来到香港,积极参与了文协香港分会的筹备,成为其主要负责人,并主编《星岛日报》文艺副刊《星座》,成为抗战文艺的一个重要阵地。1939年元旦他在《星座》上发表了《元日祝福》一诗:"新的年岁带给我们新的希望。/祝福!我们的土地,/血染的土地,焦裂的土地,/更坚强的生命将从而滋长。//新的年岁带给我们新的力量。/祝福!我们的人民,/坚苦的人民,英勇的人民,/苦难会带来自由解放。"诚如艾青所说,"写这样的诗,对戴望舒来说,真是一个了不起的变化。我们在他的诗里发现了'人民'、'自由'、'解放'等等的字眼了。""他从纯粹属于个人的低声的哀叹开始,几经变革,终于发出战斗的呼号。"③变革是艰难的,更大的考验还在后头。太平洋战争前夕,戴望舒顶住了汪伪的劝诱,却因为无法割舍离意已决的妻子而滞留香港。1942年春,戴望舒被日军投入狱中,诗人经受住了种种酷刑的考验,并在铁窗里打下了《狱中题壁》、《我用残损的手掌》等伟大诗篇的腹稿。半年后身体备受摧残的戴望舒被保释出狱,他隐忍度日,作《等待》等诗,勉励自己坚韧地等待着民族的解放……在沦陷的漫漫长夜里,这些诗作当然不可能发表,直到抗战胜利才经诗人重新写定、陆续发表,并连同全面抗战前的几首诗一起结集为《灾难的岁月》。今天要精确考定《我用残损的手掌》等杰作的写作过程已不可能,④但可以肯定的是,若非信念坚定,诗人是不可能经受住那

---

① 卞之琳:《〈十年诗草〉重印弁言》,《卞之琳文集》上卷,第4—5页。
② 冯至:《论新诗的内容和形式》,《中国诗坛》新2期,1946年3月,广州。
③ 艾青:《望舒的诗》,《艾青全集》第3卷,花山文艺出版社1991年版,第380—384页。
④ 关于这个问题,王文彬的《论戴望舒晚年的创作思想》一文有专门考辨,见所著《中西诗学交汇中的戴望舒》一书,安徽教育出版社2003年版。

样严酷的考验的,而当一个诗人经受住了如此考验之时,伟大的诗篇也就在他心中孕育了。这些诗作标志着戴望舒在艺术上从过于精致的象征性抒情回归到朴素浑成的比兴寄托,"我用残损的手掌,/摸索这广大的土地:/……无形的手掌掠过无限的江山,/手指沾了血和灰,手掌粘了阴暗,/只有那辽远的一角依然完整,/温暖,明朗,坚固而蓬勃生春"以及"如果生命的春天重到,/古旧的凝冰都哗哗地解冻/……这些好东西都决不会消失,/因为一切好东西都永远存在",兴寄是何等朴素而阔大,而其寄托之令人肃然起敬处,其实并不是由于诗人抛弃了自我,倒恰是因为他绝不自弃,尽其在我地承担着民族的灾难,坚定不移地守望着祖国的复兴。《过旧居》、《示长女》等篇则于追念家庭幸福的往事中,传达出漫漫长夜中的坚守者必有的辛酸与心灵的寂寞,显示出一个真实的存在者的另一面真实。所以,抗战诗歌的确不是狭义的战争诗,它也表现着战争中人性的多面性与复杂性。

抗战诗歌与传统汉文学中爱国诗歌的另一个不同,是它在汉族诗人外还包含了其他少数民族诗人的战斗歌唱。蒙古族青年诗人纳·赛音朝克图和维吾尔族青年诗人黎·穆塔里夫是两位杰出的代表。纳·赛音朝克图从1938年开始创作,有诗集《知己的心》等。他的诗表现了对黑暗现实的不满和对民族富强的渴望,在蒙族人民中间较有影响。黎·穆塔里夫在全面抗战时期的创作相当丰富:《中国》、《祖国至上,人民至上》等诗篇,充满了对伟大祖国的热爱和决心为祖国自由解放而战斗的激情;《给岁月的答复》是对神圣的抗日战争的崇高礼赞,抒发了参与战斗的幸福感;四幕诗剧《战斗的姑娘》,歌颂了抗日游击队的战斗业绩。这些诗作虽然不够凝练,却具有澎湃的热情和高昂的格调。

抗战进入相持阶段之后,诗歌创作也迈进到一个多样化的深入发展时期,但战斗的歌唱始终是抗战诗坛上最嘹亮和最雄壮的主调,各家各派诗人无不如此。

抗战后期,讽刺诗作为讽刺暴露文学的一支而崛起,它针对国统区的种种社会政治弊端而发,像警钟一样随着国统区民主运动的渐趋高涨和解放战争的胜利进行而长鸣不衰,成为一种广泛流行的诗体,代表性的讽刺诗人有袁水拍和臧克家。袁水拍(1916—1982),江苏苏州人,原名袁光明,在全面抗战爆发后开始诗歌创作,并译介西方诗歌与诗论。四十年代后期他用马凡陀的笔名,发表了《抓住这匹野马》、《一只猫》、《这个时间倒了颠》、《万税》等一系列讽刺诗作,后结集为《马凡陀的山歌》及其续集。这些诗作从国统区城市居民朝不保夕的生活处境和天怒人怨的政治危机中,抓取典型事例和典型情绪,并将其提高到反帝、反专制、反腐败的高度,表现出鲜明的政治立场和强烈的战斗性。在艺术上,作者巧妙地运用漫画式的夸张、怪诞的反讽等技巧,并创造性地融入了杂文出奇制胜的笔法,配之以通俗的民间语汇和大众喜闻乐见的歌谣形式,因而雅俗共赏,被广泛传诵。臧克家是崛起于三十年代诗坛上的著名诗人,抗战时期有抒情诗集《泥土的歌》和叙事长诗《古树的花朵》等。抗战胜利后国民党倒行逆施,发动内战,继而又玩弄宪政,欺骗民众。为了戳穿反动当局的伎俩,臧克家转入讽刺诗的写作,发表了《胜利风》、《人民是什么》、《枪筒子还在发烧》、《宝贝儿》、《谢谢了"国大代表们"!》、《"警员"向老百姓说》等讽刺诗,收集在《宝贝儿》、《生命的零度》等集中。这些诗作辛辣地嘲讽了国统区的丑恶现实,有力地鞭挞了国民党当局祸国殃民的罪行。臧克家的讽刺诗擅长运用反话正说的技巧,常常让反动派自己登台表演、自我暴露,颇具艺术匠心和喜剧效果。在为反动统治送葬的四十年代后期,讽刺诗成了最顺手的武器,不少诗人虽然没有出过讽刺诗专集,但都写过讽刺诗,讽刺诗合集有《海内奇谈》等。

长诗,尤其是长篇叙事诗的增多是本时期诗坛上的一个引人注目的现象。这种创作取向在全面抗战前就已经出现,茅盾在1937年初即指出:"这一二年来,中国的新诗有一个新倾向:从抒情到叙事,从短到长。"[①]这种新倾向在全面抗战及四十年代诗坛上有增无减,长诗不但频频出现于各个刊物,而且有些刊物如战时最重要的诗刊《诗创作》还曾出过"长诗专号",以至于当时不少人把"长诗的不断出现"视为战时诗坛的"一种进步"的标志。[②] 这种情况的出现,一方面是由于抗战显著地推动了诗人与现实的接触,增进和扩大了他们对时代的认识,他们愈来愈体认到现代中国是一个民族复兴、人民革命的伟大时代,这个时代变动剧烈因而极富英雄主义和史诗性质,抒情短诗已不足以表现其复杂与宏大;另一方面则是因为长诗、叙事诗一直被认为是中国古典诗歌的一个缺憾,而到了全面抗战时期,新诗已有近二十年的艺术积累,不少诗人已不满足于短篇抒情,而对长诗、叙事诗的写作则跃跃欲试,企图用它来反映这个伟大复杂的时代,并藉此将年轻的新诗艺术推进到一个可与长篇小说、多幕剧媲美的境界。上述两方面的感受是许多诗人都有的,所以他们便不约而同地趋向长诗,尤其是叙事长诗的写作。据不完全统计,全面抗战及四十年代发表和出版的长诗、叙事诗不少于百部(篇),长逾千行的长篇叙事诗专集就达三十余部,其中比较有代表性的是臧克家的《古树的花朵》(1942年,又名《范筑先》)、玉杲的《大渡河支流》(1947年)、唐湜的《英雄的草原》(1948年)和田间的《赶车传》(1949年)等。但显然,长篇叙事诗写作所必须的从容构思的时空环境,其实不是那个动荡的时代所能提供的,并且年轻的新诗在如何处理从抒情到叙事的转变,如何处理复杂宏大的内容与形式的关系,以

---

① 茅盾:《叙事诗的前途》,《文学》第8卷第2期,1937年2月。
② 参阅《诗》志同人:《诗的光荣 光荣的诗——从今天到明天的工作》,《诗》第3卷第4期,1942年11月,桂林。

及大型长诗的统一架构和局部肌质的关系等方面,都还缺乏足够的艺术准备与经验,面临着太多的艺术难题,所以这一时期的大型长诗少见成功之作。

相比之下,以三五百行来处理一个适当的题材,则比较适宜而且也在新诗人们力所能及的范围内。所以这类中型的长诗确乎不乏成功者,力扬的《射虎者及其家族》就是被公认的成功之作。力扬(1908—1964,浙江青田人)早年与艾青同学美术、共同参加左翼美术活动并一同被捕入狱,也是在狱中开始写诗,抗战后出版有诗集《枷锁与自由》、《我底竖琴》等。1942年8月他在《文艺阵地》上发表了长篇叙事诗《射虎者及其家族》,是现代叙事诗中少见的精彩之作。诗作写的是江南一户农家三代人的命运变迁,其实可以看作近代以来中国农村社会和农民命运的缩影,并在历史的回叙中融入了阶级分析的因素,严肃地探讨着民族的出路和社会的前途,颇具历史的广度和思想的深度。由于素材来自作者自己家族的历史,而作者的阶级分析并不教条,所以全诗感情深挚,形象丰满,情节结构完整而又不乏生动的细节,叙述节奏有张有弛,语言沉实有力,给读者以深切的感动和厚重的美感。

第三节 左翼诗潮的新面目:"七月"诗派与"反抒情"诗派

诚如鲁迅在逝世前夕曾经强调的那样,文艺界抗日民族统一战线的形成,"决非革命文学要放弃它的阶级的领导的责任,而是将它的责任更加重,更放大,重到和大到要使全民族,不分阶级和党派,一致去对外。这个民族的立场,才真是阶级的立场。"① 这种民族的与阶级的统一立场,便是把抗日战争视为以人民大众为主体的民族革命战争,它在对外反对帝国主义侵略的同时,也要坚持进行反对封建专制、争取人民民主和自由解放的革命。应该说,抗战以来左翼诗潮的发展与壮大,正好验证了鲁迅的主张的正确性。"左联"解散之后,正是倍感民族危机深重的左翼诗人率先提出了"国防诗歌"的号召,呼吁新诗人们捐弃"过去的个人恩怨和狭义的派别的对立",推动了"诗歌的联合战线"② 的迅速建立,为战时新诗的健康发展营造了一个比较和谐的气氛和良好的格局。但这并不意味着各种诗潮、诗派的相对独立性和诗人个性的消融,其实在这个"诗歌的联合战线"内部仍然存在着分歧、分流和竞争,而在纷争中也产生出某些主导性的诗潮和诗派。事实上,全面抗战以来新诗坛上最重要的主导力量,就是左翼诗潮。它不仅

---

① 鲁迅:《论现在我们的文学运动》,《鲁迅全集》第6卷,第612页。
② 雷石榆:《在诗歌的联合战线上》,《诗歌杂志》第2期,1937年2月。

没有消亡,反而获得了更大的发展,而其主导作用也特别显著。具体到个人来说,艾青作为战时最著名的左翼诗人同时也被公认为整个战时新诗坛的领袖,他在抗战期间就曾再三著文指出"这战争的革命的性质,这战争的进步的意义必须被每个诗人所了解,所熟稔,"①反复强调"中国革命——对外要求民族解放,对内要求民主政体的实现这一运动"②的双重使命,这无疑对整个战时新诗坛发挥了引导作用。若要进一步观照左翼诗潮在整个战时新诗坛上的分量,诗刊则是恰当的窗口。艾青在抗战最严峻的年月里曾如数家珍般地逐年点评抗战以来出版的新诗刊——

> 诗刊。抗战一爆发,留日的同学都被迫回国,他们在上海最初出版了诗刊《高射炮》,主持人是征军、王亚平等(同时在街头张贴街头诗和壁报),至上海撤退而停刊。继《高射炮》而出版的诗刊是武汉的《时调》,主持人是穆木天、锡金,内容偏重于通俗读物——大鼓词和小调之提倡。随后《五月》以丛书的形式出版,主持人仍为穆木天、锡金,里面刊登了已故诗人瞿秋白遗译稿普希金的《茨冈》。不久,《诗时代》亦在武汉出版,主持人是力扬,内容相当充实。之后,长沙出版了《中国诗艺》,主持人是孙望。广州出版了《诗群众》,形式较美,主持人是胡明树、柳木下、欧外鸥,热心地探求着新形式。《中国诗坛》也继续出版,主持人是胡危舟、蒲风。昆明出版了《战歌》,主持人是溅波、罗铁鹰。温州出版了《暴风雨》,主持人是莫洛。上海出版了《行列》,主持人是朱维基。桂林出版了《诗》已至五期,主持人是胡明树、婴子、周为。《顶点》亦出版了一期,这是篇幅较大的诗刊,主持人是戴望舒和我。③

这还只是全面抗战三年来的诗刊,如果再加上抗战后期和解放战争时期出版的《诗创作》(1941年7月创刊,李文钊、胡危舟等主持)、《诗垦地》(1941年11月创刊,邹荻帆、姚奔主持)、《诗焦点》丛刊和丛书(1942—1947年,李岳南、魏荒弩、沙鸥等主持)、《诗文学》(1945年2月创刊,丘晓崧、魏荒弩主持)、《诗创造》(1947年7月创刊,臧克家主编),以及与新诗关系密切的综合性文学文艺刊物如《七月》、《希望》、《文艺阵地》等,那么全面抗战及四十年代的一大半诗刊都是由左翼作家主持、以左翼诗人为主导的。正是诸多左翼诗人主持的刊物及社团在很大程度上团结、吸引和引导着战时新诗的发展方向,确证了左翼诗潮在抗战

---

① 艾青:《论抗战以来的中国新诗——〈朴素的歌〉序》,《文艺阵地》第6卷第4期,1942年4月。
② 艾青:《抗战以来的中国新诗》,《中苏文化》第9卷第1期,1941年。
③ 艾青:《抗战以来的中国新诗》,《中苏文化》第9卷第1期。

时期不仅没有消亡,而是进一步发展壮大了,到四十年代后期左翼诗潮更是声势强大,非一般诗派、诗潮可比。

全面抗战及四十年代的左翼诗潮大体可以刊物与社团为线索区分为三个分支——这当然是相对而言,并不是说这些分支之间就没有沟通,一些著名的左翼诗人如艾青就穿梭其间。

首先是围绕在《高射炮》、《时调》、《诗创作》和《中国诗坛》诸诗刊周围的诗人群,以穆木天、王亚平、雷石榆、蒲风、田间等诗人为代表,他们大多来自三十年代的左翼诗歌团体"中国诗歌会"和"左联"东京分盟的"诗歌社"(1935年在东京创办有《诗歌》杂志)。这两个左翼诗歌社团关系密切,它们虽然在全面抗战前夕因应着民族危机而解散,但有关的左翼诗人在全面抗战爆发后依然保持着比较紧密的联系,并且不断创办诗刊,也不时有观点相近的其他左翼诗人如黄药眠、胡危舟等加盟。这些左翼诗人在努力为民族解放而歌的同时,仍然坚持了左翼的阶级立场和现实主义取向,为诗歌的大众化而不懈努力。其中成就显著的诗人蒲风不幸于1942年病逝,而在三十年代新诗坛上显露头角的年轻诗人田间,则在全面抗战爆发后有更出色的表现,成为著名的战斗诗人。其他诗人虽然也各有所成,但由于对诗的现实主义和大众化的理解不免片面性和简单化,其创作显得有些狭隘而创新不足。

显著地推动了战时左翼诗潮的进步而使其获得了新面目的,是另外两个诗人群体:"七月"诗派和一个可以称为"反抒情"诗派的左翼诗人群。

"七月"诗派因其团结在《七月》、《希望》等刊物周围而得名。这是一群响应着民族解放战争和人民革命的召唤而崛起的青年诗人:鲁藜、绿原、邹荻帆、彭燕郊、冀汸、阿垅、曾卓、杜谷、化铁、孙钿、牛汉等,二十多位才华杰出的青年诗人的聚合,使"七月"诗派成为全面抗战及四十年代新诗坛上最引人注目的一支生力军。他们在诗歌观念上受胡风文学主张的启发较大。胡风的那种富于主观战斗精神的现实主义文学主张,是革命思想、现实意识与生命美学的结合,它启发这些年轻诗人带着强烈的生命激情进行社会批判和政治抒情,并且富于探索精神,不为艺术教条所束缚,因而他们的现实主义带上了特别的现代特色,更具主体性、体验性和象征性,使其既与一般现实主义、浪漫主义诗歌不同,也与过于个人化、精英化的现代主义诗歌有别。在创作上,"七月"诗派颇受艾青的影响——作为左翼现代主义诗人的艾青以其丰富博大的创作给他们树立了可以效法的范型。像艾青一样,"七月"诗派的诗人对民族的现实与未来有着深切的关怀和明确的政治理想,所以他们既是战斗的民族诗人,又是革命的政治诗人。发掘并歌颂民族的生命强力和倾向鲜明的政治抒情,是他们的诗歌创作致力表现的主要内容。而不论是在民族颂歌还是在政治抒情中,他们都注意主体与客体、个人与群体的统一,力求以个性鲜明的歌唱,表达中华民族的战斗意志和人民群众的革命心声。这使他们的抒情诗特别富有战斗的激情和刚健的力度。化铁和冀汸在这方面颇有代表性。在冀汸(1920—?,原名陈性忠,湖北天门人)的《旷野》里,一群纵马驰骋在祖国大地上的年轻战士的形象跃然纸上,显然受了艾青的同名诗作的启发,但更富有青春的朝气和战斗的豪情。化铁(1925—?,原名刘德馨,四川奉节人)的《暴雷雨岸然轰轰而至》自由奔放,气势非凡,意象生动而寄托宏大——

  风走在前面,前面。

  现在,云块搬动着。
  从天的每个低沉乌暗的边隙,
  无穷尽的灰黑而狰狞的云块的轰响,
  奔驰而来;
  以一长列的保卫天的真实的铁甲列车
  奔驰而来,
  更压近地面,更压近地面,
  以阴沉的面孔,压向贫苦的田庄,压向狂啸着
    的森林,无穷尽的云块底搬动,云块底破裂,
  奔驰而来,
  从每个阴暗的角落里扯起狂风底挑战的旗帜。

如此奔放不羁而又沉郁顿挫的自由诗句,恰到好处地渲染出一幅"山雨欲来"、"黑云压城"的气象,那其实是革命的暴风骤雨的前兆。果然,"然后,是雨……随后,一个大的破坏在地面开始了。"在摧枯拉朽的革命风雨中,"旧的脆弱的折断在风的急浪里;/山洪从地里爆发,响应,/河流崩溃,/古老的房屋摇动,吱吱地响了——/让地主们从被窝里伸出头来,想着他底粮仓。//好呀,一个大的破坏在地面进行!"这与高尔基笔下的海燕对暴风雨的呼唤一样,是革命诗人对革命的欢呼。

  不过,"七月"诗派的诗人并不是单纯的理想主义者,他们固然满怀革命的激情,但同时也深切地体验到民族复兴的艰难、反动势力的凶残和人民的疾苦,所以他们在致力于发掘人民原始的生命强力的同时,更号召人民群众团结斗争,认准方向,用集体的意志和力量去战胜敌人,打败反动派。这在阿垅和绿原的诗中得到了突出的表现。阿垅(1907—1967,原名陈守梅,笔名还有亦门、圣门等,浙江杭州人)的《纤夫》直喻我们民族的悲苦处境是"中国的船啊!/古老而破漏的

船啊!"而那些除了苦力别无所有的纤夫们无疑是劳动人民的象征性形象。但阿垅并没有像俄罗斯伟大画家列宾的名作《伏尔加河上的纤夫》那样以刻画出人民的悲苦形象为足止,他更进一步着力描绘了人民群众向着一个光明的前景而齐心协力、艰苦奋进的感人情景,虽然人民的"脚步是艰辛的啊,"但由于他们被组织了起来,有明确的方向和道路,所以这"人底力和群底力"才不可阻挡地一寸一步地迫近"那一轮赤赤地炽火飞爆的清晨的太阳!"当然,这种对民族命运的艰难性和革命进程的复杂性的把握,对每个诗人来说都有一个过程,而并非一蹴而就的。以其中成就较为显著的绿原(1922—?,原名刘仁甫,湖北黄陂人)而论,他这一时期先后出版的两部诗集《童话》(1942年)和《又是一个起点》(1948年),就鲜明地标画出自己从不免浪漫的憧憬到振聋发聩的政治抒情的转进过程。前一集中的《小时候》生动地展现了一个少年的社会理想和人生梦想——

> 有一天,
> 这世界太平了:
> 人会飞,
> 小麦从雪地里出来,
> 钱都没有用……
> 金子用来做房屋的砖,
> 钞票用来糊纸鹞,
> 银币用来飘水纹……
>
> 我要做一个流浪的少年,
> 带着一只金的苹果、
> 　一只银发的蜡烛、
> 　和一只从埃及国飞来的红鹳,
> 旅行童话,
> 去向糖果城的公主求婚……

如此天真的美梦哪个少年没有呢?然而就是这个绿原在三年后的1944年写出了一首题为《给天真的乐观主义者们》的长诗,集中暴露了国统区大后方荒谬的真实:一方面是小民百姓在生死线上挣扎——十七岁的女工积劳成疾,月经停闭,十岁的童工患着肺结核,贫民日常过着非人的生活,大轰炸后尸肉横飞、身首异处,更是司空见惯的景象,而另一方面则是富人的脑满肠肥、骄奢淫逸,特务横行,警察主持着国家的命运,……面对这一切,作者的涅克拉索夫式的发问——"在中国,谁能快乐而自由?"——就具有振聋发聩的意味。但诗人对不合理现实的暴露并不以义愤填膺的控诉出之,而是采取了现代派诗人常用的反讽笔调,诗中的许多观感就出自"一个不相干的旁观者",他以自嘲的态度出场——

> 我是一个都会的流氓,没有受过良好的教育。
> 我的见闻和我的感想自然非常卑微。
> 在喧哗的马路上,我朦胧地看见许多刺客不
>   说话,走着又停留着……
> 呀,有人被杀死了,警察还十分客气地向凶
>   手送去一根纸烟呢。

这样一种反讽的抒写并没有降低诗作的力量,倒是给它增添了耐人寻味的味道。所以对绿原来说,思想认识上的逐步成熟与诗歌艺术的积极拓展是同步进行的。绿原曾宣示:"不是要写诗,//是要写一部革命史呵"(《憎恨》),这表达了"七月"诗派诗人共同的追求——要使诗歌革命化。但革命化的追求并没有把他们导向三十年代左翼诗歌的单一与狭窄,因为他们认识到革命者也是人,不可能也不必要时时刻刻都以战斗的姿态出现。有时他们也会有意味隽永的生活体验,如鲁藜(1914—?,原名许度地,福建同安人)的《泥土》:"老是把自己当作珍珠/就时时怕被埋没的痛苦//把自己当作泥土吧/让众人把你踩作一条大路。"同时革命化的追求也没有减少"七月"诗派诗人的艺术个性和开放性,事实上这些年轻诗人对自由诗体的运用是各有创造的,同时他们显然也对象征派与现代派诗艺的优长有所吸收。"一个年轻的笑/一股蕴藏的爱/一坛原封的酒/一个未完成的理想/一颗正待燃烧的心"——邹荻帆(1917—1995,原名邹文学,湖北天门人)的这首意象叠加、超越逻辑而意境朦胧的短诗《蕾》,就很富于现代感,而这样的诗在"七月"诗派那里绝非孤例。所以"七月"诗派的确拓展了左翼诗歌的境界,并赋予它以现代的美感,其主体强有力地介入现实的抒情姿态和自由刚健的诗风,令全面抗战及四十年代的新诗界有左翼诗潮获得了"新生"的强烈感受。

另一支左翼诗人先后以《诗群众》(广州)和《诗》杂志(桂林)为阵地,其主持人和骨干作者主要来自岭南地区,如胡明树、鸥外鸥、柳木下、婴子、周为等都是两广人士。他们在坚持为抗战而歌的同时,"热心地探求着新形式"(艾青评语),从全面抗战初期的《诗群众》到四十年代的《诗》杂志,一直坚持不懈,特别自觉地追求一种"反抒情"的知性诗风,成为战时左翼诗潮中独特的一支,可称之为"反抒情"诗派。其代表性的诗人就是鸥外鸥、胡明树和柳木下。鸥外鸥(1911—

1995,广东东莞人,原名李宗大,笔名又曾作欧外鸥)是现代中国最具艺术个性和前卫意识的诗人之一。他少年时期就读于香港,二十年代积极投身进步学生运动;大革命失败后,转而从事文学,三十年代前期在上海曾与现代派诗人交往,诗作兼有唯美颓废的风味和知性讽刺的意趣。稍后他不满现代派诗人的脱离实际,诗风有所转变而接近左翼的立场。全面抗战爆发后在广州与胡明树、柳木下等组织"少壮诗人会",主编《诗群众》。广州沦陷后,流亡至香港。1941年底香港陷落后,来到桂林,与胡明树等编辑《诗》杂志。1944年出版《鸥外诗集》,收入1931年至1943年的诗作,而以全面抗战爆发后在香港和桂林所作为多而且也最有特色,分别构成"香港的照相册"和"桂林的裸体画"两个系列的组诗。前一系列其实也可以包括关于广州的诗篇,它们颇富反帝爱国精神,如《和平的础石》、《文明人的天职》、《用刷铜膏刷你们的名字》等,末一首用在租界里为外国资本家住宅刷门牌的中国人口吻,斥责外国资本家是"一群贪婪可憎的苍蝇满伏在中国"。后一系列则展示了战时文化城桂林的文明危机:由于香港沦陷,大批香港的资本家与市民涌入桂林,不仅使桂林百物腾贵,而且用摩登都市的生活方式污染着这座纯朴的山城,这让诗人忧心忡忡。《被开垦的处女地》一首就展现了原本自然的桂林与"外来的现代文物"的对立。诗人别出心裁地运用象形的汉字,对诗形与诗行的安排颇为讲究。如开头一段(按原文从右至左竖排)——

山　山　又　北　南　山　山　西　山　山　东　山　山
呵　呵　是　面　面　　　　面　　　　面　　　
　　　　山　望　望　　　　一　　　　一
　　　　山　一　一　　　　带　　　　带
　　　　　　望　望　　　　望　　　　望

这并非诗人故弄玄虚的文字游戏,而是为了形象地凸现自然与现代的冲突:"狼犬的齿的尖锐的山呵/**这自然的墙**/展开了环形之阵/绕住了**未开垦的处女地/原始的城**/向外来的现代的一切陌生的来客/**四方八面举起了一双双的手挡住**/但举起的一个个的手指的山/也有指隙的啦/无隙不入的外来的现代的文物/都在不自觉的隙缝中闪身进来了。"诗人在最后提醒人们:"**注意呵**/看彼等埋下来的是**现代文明的善抑或恶吧**。"(引者按:诗中黑体字在原诗中是用较大的字号排印的)所以,鸥外鸥的新形式实验是为了表达他的现代性感受服务的。但与一般现代派质疑现代文明而不关心社会现实的态度不同,此时作为左翼诗人的鸥外鸥对文明的现代性批判同时也是对国统区不合理的社会现实的批判——他不仅讽刺那些带着殖民地崇洋迷外生活作风的人是"一群传染病人呵"(《传染病乘了急列车》),更指斥那些发国难财的贪官奸商们是"食纸币而肥的人",辛辣地嘲讽"他们吸收着纸币的维他命 ABCDE"(《食纸币而肥的人》)。对那些辛苦挣扎的升斗小民,鸥外鸥也不像一般左翼诗人那样情绪化地为其作不平之鸣以至愤怒的呐喊,而是将他们的可悲处境做了反抒情的冷处理,转化为超越了情绪反应的反讽。如《肠胃消化的原理》如此表现食不果腹的穷人——

> 我蹲伏在厕所上竟日
> 一无所出
> ……
> 我消化不良了
> 医生也诊断为"消化不良"要我服泻盐三十瓦……
> ……
> 我的胃肠内一无所有
> 既无所入焉有所出
> 既无存款即无款可提
> 泻无可泻
> 泻无可泻
> 我这个往来存款的户口
> 从何透支

如此富于知性的反抒情诗风,既不乏批判的力度,又让人读了别有一番滋味在心头。所以艾青曾赞誉"鸥外的诗有创造性、有战斗性、有革命性。"①那创造性就突出地表现在善用知性的反抒情风格,来表达对社会现实和现代文明的批判性反思。这种知性的反抒情诗风也是柳木下和胡明树的主导风格。胡明树在当年的一篇诗论中对此有所申论——

> 数年前,鸥外鸥的《情绪的否斥》和徐迟的《抒情的放逐》,虽曾惹起不少人的反对,但作为反"抒情主义"这一点来看,我还是赞同的。
> 抒情诗不可无抒情成分,但叙事诗已减低其成分,讽刺诗,寓言诗也就更少。那么,会不会有一种完全脱离了抒情的诗呢?可能有的,将会有的,而且已经有的。那样的诗一定是偏于理智底、智慧底、想像底、感觉底、历史地理底、风俗习惯底、政治底、社会底、科学观底、世界观底。
> 总结一句:抒情仍是存在的,因为人仍存在,而抒情是天赋[赋]的本能。

---

① 转引自《鸥外鸥之诗·自序》,花城出版社 1985 年版。

但抒情之外当仍有诗存在,因为抒情可以不是诗的决定因素。

抒情以外的诗表面看来是毫无"感情"的,殊不知那感情是早就经过了极高温度的燃烧而冷却下来了的利铁。①

这表明"反抒情"确是该派诗人的自觉追求。在这方面他们的执著程度既超越了提倡"抒情的放逐"而实践不力的同代诗人徐迟,也与主张"逃避感情"而张扬知性的西方现代派诗人不同,因为他们的"反抒情"还包含着"政治底、社会底、科学观底、世界观底"的鲜明指向。当然,他们所谓"反抒情"并非不要情感,而是用知性深化诗情。

柳木下(1914—1998,原名刘慕霞,另一笔名为马御风,广东人)曾写给艾青一首短诗:"静静地冥想罢,/激昂地和着海的韵律高歌罢,/脆弱的,/知性的/风中的芦苇。"②柳木下自己的诗《无题》就是这种融合了激昂的情绪和知性的思考的典型诗篇。这首诗从充满青春热情的想象开始:"假若/将所有的煤/都掘出来//假若/将所有的树子/都伐下来//于是/把树子和煤/堆成一个大堆//于是/燃上了火//于是/所有的少年们/所有的少女们//拉着手/围着火/唱着歌/跳一个回旋舞/你说/会怎么样呢",然后转向知性的考问和革命的启发——"假若/山是可以移动的/将大的/小的/所有的山/都移填在海里/你说/会怎么样呢//假若/有一天/所有的穷人们/都明白了/富是由他们造出来的//而且/起来抗议//你说/会怎么样呢"——到这里激情的确已经通过思想的冷却而转化成锐利的政治锋芒。诚如胡明树所指出的那样,"抒情成分愈少的诗也愈难写。所以抒情以外的诗也就更难写。"这是因为"抒情以外的诗表面看来是毫无'感情'的,"③而一般认为"感情"是"诗意"之源。所以写"反抒情"的诗是要冒着失去"诗意"的危险的。而该派诗人之所以执意"反抒情",是因为他们从 20 多年来新诗的"抒情主义"之流行看到了问题的另一面,那就是"滥用感情"也会败坏诗意。正是这个发现促使他们走上了知性的"反抒情"的诗路。

胡明树(1914—1977,原名徐善沅,广西桂平人)在这方面不仅有理论,而且在创作上也躬行实践,不遑多让,表现出几个突出的特点:一是在描写下层人民的苦难境遇时,感情特别克制,甚至格外冷峻。如战时的一天他路过漓江桥头,

---

① 胡明树:《诗之创作上的诸问题》,《诗》杂志第 3 卷第 2 期,1942 年 6 月。
② 柳木下:《芦苇——遥赠笛吹芦的诗人》,诗见胡明树编《若干人集》,《诗》社 1942 年版。按"笛吹芦的诗人"应作"吹芦笛的诗人",指的是艾青,艾青与这个"反抒情"的左翼诗派的关系颇为密切,以至于"读者到'《诗》社'找'总编辑艾青'的事也发生过"——见《诗》编者在该刊第 3 卷第 2 期(1942 年 6 月出版)上所载艾青来信《退居衡山时》后面写的附记。该派的诗合集《若干人集》也以艾青的诗打头。
③ 胡明树:《诗之创作上的诸问题》,《诗》杂志第 3 卷第 2 期,1942 年 6 月。

看到一些乞丐冒着寒冷向路人寻求一点剩余的温暖——一角、二角的镍币,于是写了一首《觅温暖于寒冷地带》的诗,但他在诗中并未大表同情,结尾更是冷峻异常。作者曾解释说他之所以对苦难与不公做冷处理,就是"想用这些事情对那些'滥用感情'的'抒情主义者'诗人下很恰当的一针。"①。二是写到自己作为一个战时知识分子的窘困时,有意运用幽默自嘲的口吻,而力戒自伤自悼。如组诗《二百立方尺间》之一《将被免本兼各职的寝房》,在"宽阔的宇宙"的比较下,租住的小小寝室已"兼职了/我的会客厅/读书间与厨房……",又因为"租金像细菌的繁殖之快"而不得不退租,但诗人却模仿官样文章自寻开心地宣告"该房另有任用/着免本兼各职"。三是用科学知识来解构传统的神话思维和浪漫想象,如《宇宙观三章》就亦庄亦谐,别出心裁,实践了他自己的诗学主张——诗人"不独要从审美的目光去认识自然,而且要从智力的目光去认识自然。"②凡此等等,都显示出"反抒情"诗派诸诗人独树一帜的创造性,他们的探索不仅显著地拓展了左翼诗歌的诗意境界,而且在革新中国现代诗的感受力方面也作出了独特的贡献。

第四节　南北呼应的新古典主义诗潮

　　致力于"破旧立新"的革命,无疑是五四及二十年代中国新诗发展的主导方向。这个方向显然有其片面性,因为它有意忽略了与悠久丰厚的古典诗学传统的接续,即便是有所继承和发挥,也特意选择了与新诗的现代性追求相接近的传统。但实事求是地说,这种片面的追求和有意的忽视在新诗初创期其实是恰当的历史选择。因为非如此不足以打破明清直至近代对古典诗学传统劳而无功的"路径依赖",非如此不能为中国诗歌开辟出一片真正的新天地。因此也不难理解,当年那些在诗学上主张"因陈创新"(梅光迪、缪凤林语)的新人文主义者兼新古典主义诗人如《学衡》、《湘君》诸子,虽然在理论思考上似乎比新诗的开创者们更为周全,但恰恰因为他们把继承发扬古典诗学传统视为诗歌创新的不二前提,就首先束缚住了他们自己的手脚,所以他们的诗作几乎命定地了无创新——除了《湘君》的吴芳吉所作于旧诗有所改良外,其余诸人自以为是的"创作"其实还是陈陈相因的旧诗。

　　当然,无论如何,与悠久丰厚的古典诗学传统,尤其是本土诗学传统相接续,毕竟是中国新诗健康发展的题中应有之义。这个问题在新诗发轫之初可以被忽

---

① 胡明树:《〈觅温暖于寒冷地带〉的写作经过》,《胡明树作品选》,漓江出版社 1985 年版,第 555 页。
② 胡明树:《论"诗与自然"》,《文学批评》创刊号,1942 年 9 月桂林出版。

视,却不应该也不可能长期被忽视。而有意思的是,就在二十年代后期和三十年代前期,陆续有一些颇为现代或先锋的新诗人们自觉到新诗与本土古典诗学传统接续的重要。象征派诗人李金发在 1927 年就率先提出了这样的问题和设想,①梁宗岱在 1931 年更大力弘扬中国"二三千年光荣的诗底传统"。这表明年轻一代的新诗人们"对于诗的认识,是超过了'中外''新旧'和'大小'底短见的,"②从而在传统与现代、继承与创造、中与西的关系问题上确乎有了比较辩证的看法。与此同时,一些象征派、现代派诗人也在创作上开始了融合古今诗艺的尝试。这种动向在此时出现并非偶然。历史的奥妙或许就在于,只有在彻底打破了对传统的"路径依赖"而不必再担心被传统束缚之时,人们才会获得这样一种可以主动地向传统学习而又不妨碍其现代性追求的自由。李金发和梁宗岱未必意识到这一点,但他们确实已经拥有了这样的自由。只是由于象征派和现代派诗人当时的主要兴趣仍在接受西方现代主义方面,而且在诗学观念上还执著于诗的纯粹,所以他们向古典诗学传统学习的努力就颇受局限而未成气候。

真正把这种努力向前推进了一步并获得了显著成就的,是战时的一些学院诗人,他们南北呼应,构成了一股颇有气势和规模的新古典主义诗潮。

南方的一群学院诗人在全面抗战前就标举出"新古典主义",自觉地致力于创建一种既有现代特性又有传统特色的新诗。他们大多出身于中央大学、金陵大学和南京美专,主要成员有汪铭竹、常任侠、孙望、滕刚、程千帆、沈祖棻、章铁昭、艾珂等(后来又有李白凤、吕亮耕等校外诗友)。1934 年他们在南京组织"土星笔会"、创办同人诗刊《诗帆》,稍后并刊行了"土星笔会"丛书数种。全面抗战爆发后他们先后辗转于湖南的长沙、四川的重庆和贵州的贵阳等地,继续在中央大学、金陵大学及其他文教机关工作,在辗转颠沛中仍不辍歌咏。1938 年初他们在长沙与左翼诗人联合组建"诗歌战线社",创办《诗歌战线》附刊于左翼文人主持的《抗战日报》。同年夏他们又筹组"中国诗艺社",在长沙推出《中国诗艺》杂志,作者仍以"土星笔会"的原班人马为主而有所扩大,新加入者仍以中大、金

---

① 李金发曾说:"余每怪异何以数年来关于中国古代诗人之作品,既无人过问,一意向外采辑,一唱万合,以为文学革命后,他们是荒唐极了的,但从无人着实批评此,其实东西作家随处有同一之思想,气息、眼光和取材,稍微留意,便不敢否认。余于他们的根本处,都不敢有所轻重,惟每欲把两家所有,试为沟通,或即调和之意"——见《食客与凶年·自跋》,北新书局 1927 年版。

② 梁宗岱:《论诗》,《梁宗岱文集》第 2 卷,中央编译出版社、香港天汉图书公司 2003 年版,第 29—30 页、第 34 页。梁宗岱并强调说:"目前底问题,据我底私见,已不是新旧诗学底问题,而是中国今日或明日底诗底问题,是怎样才能够无愧色去接受这无尽藏的宝库底问题。但这种困难并不是中国今日诗人所独具,世界上那一个大诗人不要承前启后?"——同上书第 30 页。

陵和美专三校师生为多。① 由于长沙大火，《中国诗艺》在那里只出版了一期，但1941年又在重庆复刊，并推出"中国诗艺社丛书"多种，此后又在昆明出版"百合丛书"一套，1945年与带有左翼倾向的"诗文学社"愉快合作，1948年又在南京出版诗刊《诗星火》……这群诗人如此一路走来、不断拓展而又始终自成一体，成为全面抗战爆发前后十年间对新诗贡献良多的一支重要力量。② 鉴于他们一直活动在几所南方学院里，所以可称其为南方学院诗人群。

这群学院诗人之所以标举诗的"新古典主义"，自有其特定的学术背景：他们大都出自古典诗学气息浓厚的中央大学和金陵大学国文系，曾经师事黄侃、吴梅、汪东、汪辟疆、胡小石、胡翔东和王伯沆等古典文学专家兼旧诗人，受到了较为扎实的古典诗学训练，即使出身于中央大学哲学系的汪铭竹也不免受到濡染，并且那时集中在南京的新人文主义者以及正在崛起的新儒家如方东美的诗学主张，对他们也有所启迪。③ 这样的诗学背景是当时及后来的其他现代派诗人所缺乏的。但这只是他们的一面。必须注意的另一方面是，这群年轻的南方学院诗人们也不甘心脱离时代，他们在诗学上并不封闭，而颇受法国、俄苏现代诗以及欧洲唯美派艺术的感染。正是这两方面因素的交互影响，促使他们在全面抗战前就试图在南北各路新诗人之外另辟新路，一条具有中国本土诗艺特色而又不乏现代性的诗路。所以"他们既不喜新月派的韵律的锁链，也不喜现代派的意象的琐碎，标举出新古典主义，力求诗艺的进步，对于现实的把握，与黑暗面的解剖，都市和田园都有所描写。……以认真的态度，意图提倡中国新诗在世界诗坛的地位，并给标语口号化的浅薄的恶习以纠正。"④ 这里所谓"力求诗艺的进步"，

---

① 据1938年6月17日出版的《诗歌战线》第14期所载《诗坛情报》透露，这批学院诗人发起的"中国诗艺社"原拟"联合前沪平间新诗作者多人"，并且在1938年6月24日出版的《诗歌战线》第15期所载《中国诗艺社征稿小笺》后，也确有戴望舒、徐迟、路易士、施蛰存、周煦良等诗人签名，但可能因为稍后长沙大火，诗人们分头撤退到云南、四川和贵州等地，这个拟议中的联合未能实现，所以在长沙和重庆的"中国诗艺社"，其实仍然以南京"土星笔会"的原班人马为主。

② 或许是由于这群学院诗人一心埋头创作，不求闻达（《诗帆》甚至只供同人观摩交流而不对外发售），所以全面抗战前他们的声名仅限于南京高校一隅，抗战胜利后他们又大多专心学术，所以其新诗创作成就就长期被忽视了。朱晓进的《略论〈诗帆〉诗歌的成就》（载《南京师范大学学报》1988年第3期）可能是迄今唯一专论该诗人群全面抗战前创作活动的文章，但未论及全面抗战爆发后的情况。

③ 即以汪铭竹而论，王士仪曾指出："（汪铭竹）先生毕业于国立中央大学哲学系，受教于刘伯明、方东美、胡小石、宗白华诸大师。潜心文史哲与艺术"（见《纪德与蝶•跋》，台湾再版本，台北巨光设计印刷事业股份有限公司承印1990年版）。按，汪铭竹是"新古典主义"的理论倡导者，据《中国诗艺》创刊号（1938年8月长沙出版）披露，他曾准备出版诗论集《新诗丛谈》，但后来似乎未能问世。《诗歌战线》第6期（见1938年4月22日《抗战日报》）的"社讯"明确指称他为"新古典主义派诗人汪铭竹"。

④ 常任侠：《五四运动与中国新诗的发展》，原载《中苏文化》第6卷第3期，1940年5月，此据《常任侠文集》第6卷，安徽教育出版社2002年版，第404页。下引作品均据此版。

就表明他们所标举的古典主义不同于其师辈的旧"古典主义",而是真正的"新"古典主义,尤其是对波特莱尔和果尔蒙等描写现代都市人生景观的现代诗风的爱好,使得他们自己的诗歌创作"多沾染这种丰采,不觉的漂浮着新感觉派的气息。"①这"新感觉派的气息"就是其"新古典主义"之"新"的注脚。显然,这样一种带着现代"新感觉派的气息"的"新古典主义",其实是外来的现代主义诗风与中国本土诗学传统相结合的产物。这种结合在南方学院诗人们那里是颇为自觉的,所以他们力求传统的田园情趣和当下的都市忧郁的交汇,古典的优雅美与现代的新感觉之融合,以及理性节制抒情之自觉与"要求内在的韵味"②之自由的中和。只是由于生活经验与艺术经验的不足,他们在三十年代的尝试清新别致而格局不免狭小。随着全面抗战的爆发,这批年轻的学院诗人积极投身于"诗歌战线"的构建,热烈"号召我们一切的诗人,一切爱好诗歌的青年战友,……以千万个光亮的声音向祖国,向人民,向自由,向神圣的抗战,向春天的太阳,大声地歌唱。"③这表明他们在时代的推动与左翼诗潮的影响下,显著地加强了诗作的现实感和社会性,但他们并没有因此而简单地抛弃其融"新古典"与"新感觉"于一体的诗学理想,而是进一步将其落实到更为坚实的层面,拓展到更为开阔的境界。

这一切在南方学院诗人群的三个代表诗人汪铭竹、常任侠和沈祖棻那里有突出的表现。

汪铭竹(1907—1989,原名汪鸿勋,江苏南京人)是这个学院诗人群的核心人物,有诗集《自画像》(1940年出版)、《纪德与蝶》(1944年出版)。他虽然出身于中央大学哲学系,但酷爱诗歌,对中国古典诗歌和西方现代诗有湛深修养,所以他在全面抗战前就率先标举一种包含着现代"新感觉"的"新古典主义"诗学。《自画像》一集是他1934—1937年新诗创作的结晶,其中就交织着"新古典"的韵味与"新感觉"的情趣。如《秋之雨日》就表现出经过现代洗礼的东方古典意境:"秋天是曳着林檎味的;/落雨的日子,/也是读不完的小品。//瓦楞上,无休歇泼着银白的/柔光,于是我无怨尤的;只惮惧溃湿了蟋蟀之小居。//焚有檀支香息的书斋,/我将禁足其中,寄遐想于/从破屋顶沥下之雨滴。//如孀女素穆的天,/我也将/以橙黄色之笔触,疏朗地/给写上三两行诗句。//秋天是有着澹谧的心的,/而落雨天更是篇读不完的小品;/那是属于东方人之灵魂的。"这样的意境颇像脱胎于宋院画的文人山水小品,而疏朗的笔致加上灵动的想象和自由的句法,

---

① 常任侠:《土星笔会和诗帆社》,《常任侠文集》第6卷,第190页。
② 常任侠:《土星笔会和诗帆社》,《常任侠文集》第6卷,第190页。
③ 常任侠:《致抗战诗歌的工作者》,《常任侠文集》第6卷,第394页。

又使它饶有新意。这种"新古典"的情韵在汪铭竹的笔下反复出现,既不像早期的戴望舒那样偶一为之,也与戴望舒所批评的林庚"四行诗"的古意白话化显然有别。① 同时该集也颇多表现现代都市风情之作,如《足趾敷蔻丹的人》、《都市之秋底横颜》等。有些诗在优雅中确实包含着浓郁的"新感觉派的气息",如:"手,触角之触角;/手,金色乳房投宿的鸽巢。//为彼女理浩修之长发兮,/此乃一柄精金的梳齿。//而当以靡曼之女体为其流成地时,/又将是落入艳梦中之冶游子"(《手》)。还有一些诗篇如《自画像》和《人形之哀二笔》等,则上承被古代文人叹为"万古愁"的人本悲怀和来源于西方的"司芬克司"式的人本探询,而进一步拷问自我的本相、质疑生命的意义,显示出一个富于哲学修养的诗人的独特思考。并且年轻的诗人也不乏对现实的批判与民族的关怀:"豺狼当道,我愿为土拨鼠,/钻土牢而自囚。//向后羿借箭,我将射落红日/入大海,反正它早已失去了热力。//就随四下冥黑不辨五指;我要/唤起屈原,让其随我身侧而歌。//……//吁,五百年必有王者兴;那时候,/我或将扬一扬眉棱。"这首题为《孤愤篇》的诗写于1937年1月,它强烈地传达出不满现实的孤愤与对民族命运的新古典想象,同时也显示出年轻诗人在书斋里的诗与思之局限。这种局限随着全面抗战的爆发和诗人生活的遽变而被打破了。正是伟大的民族解放战争给了汪铭竹的诗笔以扬眉吐气的机会,而经过战火的淬炼,他的诗艺也臻于炉火纯青之境,诗句凝练坚实、刚健有力。如《迎凤曲》——

  天下事大有可为,
  且看你今后之身段了;
  或跃马而前,
  抑或叠足而歌。

  岂止狼烟十里,
  如水愈深,如火愈热;
  然而狂歌可以当哭,
  岂不终胜于奴才之笑脸。

  空举首望天蓝如梦;

---

① 戴望舒曾批评林庚自矜为独创的"四行诗"实际上"不过用白话去发表一点古意而已",连形式也不脱古典律绝的窠臼,"只是经过了一次洗刷的旧瓶而已"(参见戴望舒:《谈林庚的诗见和"四行诗"》,《新诗》第1卷第2期,1936年11月)。

春天呀，已没我们的份。
塞北龙卷风，自我心上
一柱柱卷起；白凤，你咧。

这是写给其诗友李白凤的。其时李白凤正在赴贵阳途中，而汪铭竹已漂泊至贵阳，他遥望惨遭日寇蹂躏的故园南京，不免憾恨，但感伤随即被节制，不屈的意志则如狂飙突起，直冲云霄，而后又从容落地，转为对即将到来的友人的亲切叩问与激励。诗的境界非常阔大豪迈而诗笔也同样雄健豪放。这证明经受了民族解放战争洗礼的诗人的确已超越了往常，从优雅的诗意想象与都市新感觉走向了对民族苦难现实与民族复兴大业的自觉承担。所以《纪德与蝶》一集中颇多表现民族情怀和战斗意志之作，而洗尽铅华后的朴素诗句如"是好子孙都该记着：埋下的，这/又是一粒种子，而不是一个尸身"（《谢将军晋元之死》），则沉实有力而寄托宏大。即使率性而吟的小诗如"我爱看夜灯一上，夜游者成群/敲响街口；每个人活得更崛[倔]强。//你看六年前轰炸后的危墙下/不是野草已怒生，并有半个人高"（《我来自夜街上》），也自有一股沉雄之气，流贯着"国破山河在，城春草木深"（杜甫《春望》）的感时忧国精神和"野火烧不尽，春风吹又生"（白居易《赋得古原草送别》）的民族战斗意志。但诗人所继承和发扬的传统并不限于中国本土，而表现出更为开阔的世界意识。如《蛇》从圣经中关于蛇的传说起兴，反思知识与良知对人的意义，《致苏格拉底》感慨于真理的不幸遭遇，《彼德归来记》咏赞犹太先贤的担当精神。同时诗人的现代意识也拓展到"反思现代"的深广境界，这特别表现在《纪德与蝶》、《法兰西与红睡衣》二首中。前者写爱蝶的法国作家纪德满怀浪漫的想象到非洲捕蝶，"但不久纪德的坏时辰到来了，他的热心/照射了非洲的空间，他闯入了后台，扯开了/眩目的布景，在那里他目击了丑陋与可耻。"那丑陋与可耻的内幕原是西方殖民主义者所造成而且被他们所掩盖。由于这个发现，"于是从憧憬之高塔跌下了，纪德深深诅咒/自己着了魔。眼光失却了新奇的感觉，忘了蝶，/忘了长柄的捕蝶网；终于他冲出谎言的黑屋。"后一首写沦陷前的巴黎曾是"世界的花床，"以浪漫华美引领时尚，然而又耽美淫逸成风，直到亡国之后人们才意识到这正是法兰西亡国的原因之一，于是"千夫所指，十目所视/红睡衣是压着法兰西的魇魔"，痛定思痛之后，"集中营拥挤着人众/人众日夜作圣贞德之幻想。"这是法兰西民族命运的反讽，也是诗人对现代性本身的反思。诸如此类的现代性反思和反讽，不仅深化了汪铭竹抗战时期诗作的思想境界，而且也为诗作增添了一层耐人寻味的知性之美。可惜的是，汪铭竹自四十年代末移居台湾后一直缄默自守，直至终老再未着一字，早年的两部诗集《自画像》和《纪德与蝶》也是他 1989 年逝世后才陆续在台湾再版的。《纪德与蝶》再版序指出:"汪先生的诗感受空间非常之广,……他的诗以极其犀利透辟的分析,作温蕴轻巧的吐露,以极其深入的扩展,作轻浅有致的表达;在形式上,她们统摄着古典文学的雅致,心思绵密地排除了浪漫主义的夸张,广泛地[的]语言能力,对置性的象征方法,显而易见地证实着中国文人的淳雅温静之美。"①这话大体上说出了这位"新古典主义"诗人的诗艺之美。

常任侠(1904—1996,原名常家选,安徽颍上人)其实属于五四后的新青年一代。他经历丰富而多才多艺:曾参加北伐,全面抗战爆发后加入军委政治部第三厅,并曾一度担任周恩来的联络秘书;曾留学日本、任教印度,是现代著名的东方艺术史专家;并曾与冼星海合作歌剧《亚细亚之黎明》,还作有《祝梁怨》等南北曲多种。但新诗无疑是他创作的重心,不过也经受过曲折:先是五四新文学思潮的推动,在二十年代中期就有作品发表,但1928年入中央大学后受到传统诗学与新人文主义的影响,被同学谑称为"传统"。这两种因素的矛盾曾经使他一度碍难创作。随后在三十年代前期他又接触到法国与俄苏的现代诗,深受感染,但也没有轻易抛弃古典诗学传统和五四开创的浪漫抒情新传统,而试图有所综合,走出一条不同于新月派的新格律和现代派的新意象的新路。这与年轻的汪铭竹所标举的有新感觉派气息的"新古典主义"诗路不谋而合。从此常任侠的新诗创作走上稳步发展的道路,先后贡献出了《毋忘草》(1935年出版)、《收获期》(1939年出版)、《蒙古调》(1944年出版)各集,此外还有长诗《创世纪》和不少已发表而未结集的诗作(2002年始结集为《春与原野》,与《创世纪》一同收入《常任侠文集》)。比较而言,常任侠对新诗的突出贡献还是他的现代爱情诗。这可能与他丰富而曲折的感情经历有关。三十年代前期常任侠在南京工作期间即有所爱恋而未果,三十年代中期留日期间与一位日本少女前野元子相爱并结婚,全面抗战爆发前夕曾相约回中国,但女方由于家庭的反对而未能偕行,从此天各一方,饮憾终身;1939年他在重庆与以前暗恋过的一位蒙古族少女不期而遇,陷入热恋,并且同居,但女方贪图奢华的生活而堕落,几年后不得不分道扬镳,给诗人留下了痛苦的创伤。这些曲折的情感经历不免要发而为诗,所以在常任侠三四十年代的诗作中爱情诗不仅占了很大的分量,而且其爱情体验也格外丰富。《毋忘草》是题献给女友"野萝英"(Yellow Rose)的情诗集,展现了一个老中国的新青年从爱情意识初醒的激动直至情爱错失之怅惘的全过程,其中交融着东方人的传统情操与现代的新感觉气息:"千代子,你是趁东风吹来的?/你的裙幅飘动着,/像五色云那样美丽。/你静坐伞下,圣洁而端淑,/你微笑像初春的花,/散发

---

① 于还素:《〈纪德与蝶〉再版序》,《纪德与蝶》台湾再版本,台北巨光设计印刷事业股份有限公司承印1990年版。

百合一样的香气。/你浸在蔚蓝的海水里,/浮起你细白的肢体,/小鱼在成群的围绕你。/你丰圆的乳房,像小鹿的头,/在浴衣下面像花蕾样隆起。/千代子,我不能形容出你的美丽!/但我不敢献出我的灵魂来爱你!/恕我吧,我是来寻野萝英的。"(《毋忘草·西风歌》)这里的端淑以至守身如玉当然来自中国的传统,而丰盈的新感觉则显然是受了法国象征主义诗人果尔蒙的《西末纳集》的感染。《收获期》一集是诗人题献给其日籍夫人前野元子的,多为在日本和初归国时所作,充满了对异国的新鲜感受和对爱情的圣洁之感。《蒙古调》以组诗的形式抒写了诗人与那位蒙古族女性之间的爱情传奇,并附有叙述性的长篇序言,1944年以常醒元的笔名出版,几日之内即告售罄,算得上是失败爱情的成功艺术收获。其中既有长久的暗恋后突然不期而遇的欣悦:"那骑着骏马而来的/蒙古荒原的女孩子,/你春风中飘动的衣裾,/闪着珊瑚宝石的光,/……/你的轻捷秀美的身躯,/像一支白海青飞来了,/你照亮我的眼睛,/而且仿佛一支火球投近我。"(《蒙古调·蒙古调》)而在表现两情相悦的性爱时,则运用象征性意象融现代的坦荡和古典的含蓄于一体:"让我们俩合成一张弓,/让我们来弹射那一头小鹿。//你看是多么丰美的草原哪,/你看是多么清澈的小溪哪,/这涧谷间正好畅快的沐浴,/这里正好饮我饥渴的马。//不要动,你听骏美的鹿子跳动了,/它仿佛探头在幽林中窥视,/它仿佛又缩头回去了,/多么聪明的一头鹿子哪。//你,你怎么张不开眼睛了,/你中了暑了吗?还是不?/让我拂拭你通身的汗,/让我给你一口甘美的泉水。……"(《蒙古调·猎歌》)最末的《触礁的船》同样用象征的手法冷静地抒写了爱情破灭的痛苦和痛苦后的自我调适:"在惊悸的梦魇中醒过来时,/才知道是在荒凉的岛屿边。/风已静日光已经射出,/只有轻轻的浪在呼吸叹息,/水鸟翱翔着觅食欲下。/……船带着一身伤痕,/必须好好去休息静养。/但他看见远远飘驶的白帆/又悠然而作重新翱翔于洋面的幻想。"在中国古代,爱情诗一向不发达;到现代,爱情诗虽然多了许多,但好的并不多见。若论爱情体验的复杂和艺术表现的成功,常任侠无疑是中国现代文学史上最出色的爱情诗人:乐而不淫的古典诗学传统与现代的新感觉气息在他的爱情诗中达到了水乳交融般的融合。

沈祖棻(1909—1977,字子苾,别号紫曼,笔名绛燕、苏珂,江苏苏州人)是名副其实的现代才女,在旧词和新诗写作上都显示出过人的才情,历年所为词结集为《涉江词》,被公认为李清照之后最杰出的女词人,所作新诗结集为《微波辞》作为"中国诗艺社丛书"之一于 1940 年出版,并有多篇新历史小说在身后结集为《辩才集》。她的词作确实出色当行,如 1932 年春在大学词选课上的第一篇习作《浣溪沙》就出手不凡:"芳草年年记胜游,江山依旧豁吟眸。鼓鼙声里思悠悠。　三月莺花谁作赋?一天风絮独登楼。有斜阳处有春愁。"这首词让她的词学老师汪东激动不已,四处为之延誉,使年轻的女词人获得了"沈斜阳"的美名。这确实是一首言近旨远的旧词,其时"九·一八"事变发生不久,国民党政府不事抵抗,故都新京的南京市里仍然到处莺歌燕舞,仿佛江山依旧,但年轻的女词人却不随时浮沉,而有悠悠鼗鼙之思,她的春愁也非一般儿女之情,而是对民族危机的感怀——据后来成为其丈夫的程千帆先生的笺释,"末句喻日寇进迫,国难日深。"① 这笺释自然是可以凭信的,但问题恰在于如果没有这样的笺释,读者是很难从"有斜阳处有春愁"这样出色的旧词句和典型的旧意象里感受到如笺释所说的新时代意识。这其实并不是读者的接受能力问题而是由于"旧瓶装新酒"局限了作者——人们即便借助笺释得以理解作者的深层寄托,仍然会感到用那样的旧词句表达这样的新寄托实在捉襟见肘、难免牵强。所以,这一词例固然表明在现时代要写出像旧词一样的旧词是完全可能的事情,但它也同时证明要使词这种传统的倚声之道传达新时代的心声,那即使是才华杰出如沈祖棻者也难以运用自如。但当作者把她的才情施于新诗时,她显然获得了抒写的自由,并且正是这种自由使她能够从容自如地把古典诗词的情韵以至传统的情操与自己的现代感兴融为一体,她也因此成为这群年轻的"新古典主义"诗人的典范,对其诗友如汪铭竹、孙望和程千帆等都有所启示与激励。例如她的表现爱情的新诗,就既有传统的矜持与含蓄,又富有现代的新感觉和新气息:"藏我们的船在荷叶底下,/让你停了桨,轻轻地说着/只有我才听得懂的话。//水波会留下我们的影子,/十四夜的月亮是够亮的,/照着我的羞涩,你的放肆。"(《泛舟行》)即使写到夫妇之爱,也同时交汇着传统的趣味与现代的情调:"绣枕边的私语是低低的,/一些煦问,一瞬怜惜的眼光,/今天的你是有着更多的温柔。//你的声音放得更低,更低,/听不清,什么?一个吻吗?/亲爱的,可以,但是要轻轻地。"(《病榻》)在战乱中诗人漂泊异地,她沉痛地抒写着家园之思与流离之苦(如《忆江南》和《故事》诸篇),悲愤地控诉了敌人的现代的残暴如血腥的空袭(《夜警》),更自豪地描绘了英勇的中国空军让敌寇闻风丧胆的神威(《空军颂》)。最感人的则是那些记叙夫妇在战时聚别的诗篇。他们在抗战的烽火初起时结缡,恩爱甚笃,但因为战争和为了生活,聚少离多,因而每当丈夫远道跋涉归来时,女诗人总是给予他温柔备至的关爱:"是深夜路途上的风寒,/还是忧郁,使你病了呢。/来吧,来休息一会吧,/这里是你的温暖的家!/我为你安排下柔软的/被褥,不嫌厚,也不嫌薄;/一切随你的意思,/……闭上眼,好好地睡/不要动,也不要做梦!/我用温柔的手指,/试探你发热的额角。/我不许秋虫在窗下唱,/当心每一片落叶的响,/让你有一刻宁静的休息,/我为你数着停匀的呼吸。/……"(《来》)由于聚少

---

① 见《涉江诗词集》第5页《浣溪沙》词后的笺注,河北教育出版社2000年版。

离多,意外归来的丈夫仿佛成了家的过客,甚至"不说一声再会就重上你的征途"(《过客》)。而孤独的女诗人却不能无言,因为"相见时难别亦难",何况在战时,生离可能就意味着死别——

> 什么是我的临别的言语呢?
> 我将微笑地祝福你的远行。
> 但是让我为你讲一个望夫石的故事,
> 或者告诉你秋海棠是怎样生出来的。
> 我对于做梦或许是太老了,
> 但是对于离别却又嫌太年轻。
> 不过我懂得要怎样地忍耐,
> 人类历史已经过了几千年;
> 我将计算着年年的潮信,
> 直到你的船舶从海外归来。
> 告诉你,你真的去航海吧!
> ——《航海吟》

这里有温柔的怨望与忠贞的守望,还有一个知识女性的现代体验如人本的孤独——"我的心象深山的旅人,/栉沐着风雨的寒冷,/找不到借宿的人家"(《风雨夕》),以及纵使恩爱夫妇也难免无奈的相互隔膜以至冷漠——"纵有南海鲛人的泪水,/该也凝成北极的冰柱了;/从你寒冷的目光中,/我学会了冬天的宁静"(《春夜小唱》)。这些诗不再是浪漫的感伤的宣泄,而是委婉的暗示和克制的吟味,包含着复杂的人生感受和自解自析的元素。这样的诗当然是现代诗,是真正具有中国特色的"新古典主义"诗:它们创造了沟通古今、涵容中外的诗歌意境,再造了中国古典诗歌怨而不怒、温柔敦厚的美感风韵。

几乎与南方学院诗人同时,在北方学院里也有一些人做着不约而同的努力,如燕京大学就有几个关心新诗前途的师生陆志韦、郭绍虞、吴兴华、宋淇(笔名林以亮,1942年后蛰居上海)、孙羽(孙道临)、汪玉岑等。陆、郭二位都是五四文学革命时期的活跃人物,从三十年代直到1941年太平洋战争爆发前,他们都在燕京大学任教,陆志韦继续着他的新诗实验,郭绍虞也对新诗的前途有其独到的理论思考,并指导学生在课堂上进行写作实验。回顾中国诗歌史和新诗发展的经验教训,郭绍虞以为"历史上每一种旧体逐渐没落新体将要代兴的时候,一般作者很自然的分为两派。一派是左派,力变旧作风,力革旧体制,处处对旧派站在反对的地位,也可称为革命派。一派是右派,旧作风与旧体制之长兼收并蓄;然仍不忘创造其新作风与新体制,这可称为修正派。……现在新诗的进行也正是如此。"①在郭绍虞眼中,古典诗歌里左右两派的代表是李白和杜甫,他们虽然有左有右,但都不守旧,而且左右相通、新旧兼顾——"所以李杜之成就,不仅他们在诗坛上代表左右两派,更在他们是虽左而不废右,与虽右而不废左的精神。"历史的经验使郭绍虞认定:"对于新诗的进行也须能有这种态度。新诗中原不妨容纳旧的,但必须容纳得使人不觉,易言之,也即是容纳而出之无意。容纳旧的以后依旧不妨碍新诗的风格与体制,那才是成功。新诗中原不妨使之欧化,但必须先有运用母舌的能力,必须对于国情先有相当的认识。欧化而不破坏母舌的流利,欧化而不使读者感觉到是否中国的背景,那也是成功。本此标准以检讨已往的新诗那得失便了然了,本此标准以看到新诗的前途那进行的方向也可以了然了。"②郭绍虞的话大体上反映了抗战时期直至战后燕园诗人的诗学追求。燕园诗人中的两位代表陆志韦和吴兴华师生就通过其"化欧"和"化古"的创作实践,企图在接续中外古典诗学传统的基础上为年轻的中国新诗拓展出开阔的前途。

陆志韦(1894—1970,浙江吴兴人)是现代著名的心理学家、语言学家和资深的新诗人,1920年自美国留学回国后任教于南京高等师范及后来的东南大学,在二十年代初即有新诗集《不值钱的花果》和《渡河》问世,③1927年后一直任教于燕京大学,又有新诗集《渡河后集》(1932年出版)和《申酉小唱》(1933年出版)。早年的陆志韦既反对《学衡》派的保守,也反对白话—自由诗潮主流极端忽视艺术形式的自由主义,而致力于"诗的躯壳"即新格律形式的建设,被朱自清誉为"第一个有意实验种种新体制,想创新格律的"④新诗人。三四十年代他特别注重化欧为中的创作实验。正如郭绍虞所说,新诗原不妨使之欧化,但必须先有运用母语的能力,必须对国情先有相当的认识,欧化而不破坏母语的流利,欧化而不使读者感觉到刻意的中国背景,那也是成功。这样一种成功的"欧化"其实就是化欧为中了,即与中国的语言、国情和诗学传统相适应。在这方面,陆志韦的"杂样的五拍诗"是颇有意义的实验。"五拍诗"即英语诗歌中的"五音步"诗行,一般采用"抑扬格"、重音音律,由于它与英语词汇的自然节奏相吻合,所以是英语诗歌中最普遍、最常用的节奏形式。陆志韦是语言学家兼新诗人,多年来一直致力于为新诗探寻"诗的躯壳",尤其是节奏形式。他在战前就听另一位语言学家赵元任说,"北平话的重音的配备最像英文不过。仔细一比较,他的话果然

---

① 郭绍虞:《新诗的前途》,《燕园集》,燕京大学燕园集出版委员会1940年版,第30页。
② 郭绍虞:《新诗的前途》,《燕园集》,燕京大学燕园集出版委员会1940年版,第32—33页。
③ 一般以为《渡河》(亚东图书馆,1923年出版)是陆志韦的第一部诗集,这是不确的。其实他的第一部诗集是1922年自费出版的《不值钱的花果》,可能由于该集是无锡锡成印刷公司代印的,故而流传不广。
④ 朱自清:《中国新文学大系·诗集导言》,上海良友图书公司1935年版。

不错。当时我就有一种野心,有把英国古戏曲的格式用中国话来填补他。又不妨说要模仿沙士比亚的神韵。"①因此他从 1936 年春到 1940 春进行了四年的创作实验,陆续在京派刊物《文学杂志》和燕京大学的文学辑刊《燕园集》上发表,抗战胜利后又再作整理,将全部 23 首重新发表在复刊的《文学杂志》上,并表示自己对这点心血特别爱惜。这 23 首诗也确实值得特别珍惜,因为它们在化用欧洲诗歌的形式来建立中国现代诗的节奏方面,确实相当成功,以至于人们读这些非常口语化的诗时几乎完全不觉得它们利用的是外来的形式,随便翻开一首都是那样地道的口语,其节奏也都是那么抑扬自如。但值得注意的是,这些明白如话的诗并不是直抒胸臆的浪漫派诗,也不是老妪能解的大众诗,而确如朱自清所说,"这二十三首诗,每首象一个七巧图,明明是英美近代诗的作风。"②朱自清的判断非常准确,他所谓"英美近代诗的作风"即是指以 T.S.艾略特为代表的现代主义诗风,而 T.S.艾略特在英语诗歌史上恰恰是开创了以口语化的、反浪漫主义的作风表达复杂的现代经验而同时又特别注重接续古典人文传统和诗学传统的大诗人,一个带有显著的新古典主义格调的现代派诗人。陆志韦对来自 T.S.艾略特的影响和启发并不否认,第 15 首诗前自注就坦承自己写这首诗的"前一天又读 T.S.艾略特的《荒原》。"③受此启发,他在《杂样的五拍诗》里悉心表达了自己大半生复杂的人生经验,如第 1 首——

> 是一件百家衣,矮窗上的纸
> 苇子杆子上稀稀拉拉的雪
> 松香琥珀的灯光为什么凄凉?
> 几千年,几万年,隔这一层薄纸
> 天气暖和点,还有人认识我
> 父母生我在没落的书香门第

同时还有极富历史沧桑感的人文反思,如第 13 首:"手抱着贼亮的琵琶自言自语/喂你,这一勺儿吃剩的胡麻饭/这黄花菜又叫做忘忧萱草/阮肇,我的孩子,你到今天才来呀?/早年的干净的血,你可以醒醒啦/把头发撸一撸,这就回家去"以及紧接着的第 14 首:"波斯的一个女子来到长安/下马上骆驼,给转了好几手啦/当今皇上的诗人满街的闯/那有不从你手里喝过一碗的/'我管得了这些

---

① 陆志韦:《杂样的五拍诗》,《文学杂志》第 2 卷第 4 期,1947 年 9 月。
② 朱自清:《诗与话》,见《论雅俗共赏》,《朱自清全集》第 3 卷,第 284 页。
③ 陆志韦:《杂样的五拍诗》,《文学杂志》第 2 卷第 4 期,1947 年 9 月。

么?'那妓女说/'我管压酒,我靠脸蛋子卖酒。'"这样的诗虽然是纯熟的口语并且有具体的戏剧化场景,但它们那种间接暗示的反浪漫、非个人化的诗风,使读者对其复杂深隐的意味只可从那些化用古典的象征性意境里得其仿佛。所以《杂样的五拍诗》确是富于现代性的新古典主义之作——对陆志韦来说这不仅是一种诗艺风格,还是一种诗意境界和人文态度。

吴兴华(1921—1966,笔名有钦江、梁文星等,原籍浙江杭州),青少年时期随父母在津京度过,1937 年他年仅 16 岁即考入燕京大学西语系,同年就在戴望舒主编的《新诗》杂志上发表了出色的新诗《森林的沉默》,显示出杰出的诗歌天才。在大学期间吴兴华不仅表现出非凡的外语能力,同时也博览中国古代典籍,被视为具有可继陈寅恪、钱锺书而后成为第三代真正中西兼通的学术大师的潜力。1941 年毕业后留校任教,珍珠港事件后日军进入燕京大学,父母双亡的吴兴华为抚养年幼的弟妹而滞留北京,在艰辛病困中写下了不少诗作,散见于战时和战后的刊物上。这些诗作在坚持现代性的同时特别表现出向古典诗学传统学习的倾向,而从其诗论《现在的新诗》看,这种倾向在他自己是相当自觉的。因此,吴兴华被海外学者称为具有"新古典主义风格"的诗人。[①]

这种风格当然也有一个建构的过程。大体而言,吴兴华的诗歌创作可以1941 年为界分为前后两个阶段。在此之前的几年,这位天才早熟的少年诗人走的是当时流行的诗路——以现代派的风格表现浪漫微妙的现代感受。后来吴兴华对新诗的现状进行了严肃的反省,认为它有两个明显的弱点:一是缺乏形式,写得过于随意自由而且安于那随意自由;二是平凡无奇,没有深度,缺乏 intellect(知性)的成分。这两条缺点可以说是从二十年代主情任性的浪漫派诗到三十年代随意即兴的现代派诗的通病。正因为有了这样的觉悟,吴兴华在诗学观念上转向了新古典主义:为了纠正新诗缺乏形式的弊端,他呼吁新诗人不要"忘了中国古时的律诗和词是规律多么精严的诗体,而结果中国完美的抒情诗的产量毫无疑问的比别的任何国家都多。'难处见作者',真的,所谓'自然'和'不受拘束'是不能独自存在的,非得有了规律,我们才能欣赏作者克服规律的能力,非得有了拘束,我们才能了解在拘束之内可能的各种巧妙表演。"而"为了避免'平凡'的弊病起见",他认为"最好的办法就是多读中外古人的诗歌。Pope 说过:'模仿古人就是模仿自然'。时光是最后的裁判者。在她冷酷的指缝间漏下的作品绝不会一点价值都没有的。当然,在这里所指的是聪明的拟作,并不是字句模

[①] Edward.M. Gunn, JR.: Unwelcome Muse: Chinese Literature in Shanghai and Peking, 1937—1945, p.194, New York, Columbia University Press, 1980.

拟，……溶化作者的精神，研究作者的形式和抄袭作者的字句是完全没有关系的。"①吴兴华1941年以后的新诗写作基本上实践了他自己的这种新古典主义诗学主张。

这集中表现在两类诗作上。一类是"新绝句"，如《绝句四首》的第一首："仍然等待着东风吹送下暮潮/陌生的门前几次停驻过兰桡/江南一夜的春雨，乌桕千万树/你家是对着秦淮第几座长桥"以及第二首："一轮满月滑移下无垢的楼台/微步起落下东风使桃李重开/仿佛庭心初舒展孔雀的丽尾/万人惊叹的眼目都被绣上来"。这类"新绝句"不仅成功地使五、七言绝句的形式转生在现代的语言节奏里，而且在诗歌意境上也复现出惊采绝艳而又优雅含蓄的古典情趣，一如李商隐诗的现代版。吴兴华曾赞誉说"诗人林庚用完全是古诗氛围的四行诗，来写北平，实在是很恰当的。"②他的"新绝句"显然受了林庚四行诗的启发，但后来居上，比林庚写得更为富丽精工而且成熟老到。吴兴华的另一类诗乃"资书以为诗"，仿佛用典，大多取材于古代史传或文学典籍，往往从某一人物的事迹铺陈开去，如《柳毅和洞庭龙女》、《书〈樊川集·杜秋娘诗〉后》、《大梁辞》、《听〈梅花调·宝玉探病〉》、《褒姒的一笑》、《岘山》、《给伊娃》、《吴起》等，所以当代的评论者称之为"叙事诗"或"叙事史诗"，以为作者的主要贡献在于弥补了现代叙事诗的稀缺。这种说法未必妥当。诚然，这些诗作确有较强的叙事性，但除了较早的《柳毅和洞庭龙女》着重铺叙那个浪漫传奇的故事之外，其余都是取其一点一刻或一面而已，并且作者的心思并不在发怀古之幽情或炫耀其拟古之才藻，所以也不同于传统的怀古、咏古、拟古之作。即使说是咏古、使典，吴兴华的兴趣也在历史与典故所蕴涵着的那些亘古常新的人生经验与人生况味上，且予以别有会心的现代性拟想与创造性重构，所以索性称他这些咏"古"使"典"的诗为"新古典诗"也许更恰切些。他从历史故实中抓取的那些别有意味的一点一刻或一面，多是将要发生重大转折的瞬间或平常中蕴含着不平常的情境，通过对这些历史瞬间或人生情境颇富想象力的重构，诗人表达了自己对历史经验的独特体会。如《褒姒的一笑》重构了那著名的毁灭性一笑，但过于戏剧化了。更成熟也更具知性深度的是《岘山》和《给伊娃》等篇。《岘山》一篇取材于西晋名臣羊祜的事迹。羊祜勋业彪炳，生前已江汉归心，又德高一世，死后乃遗爱深长，有著名的"堕泪碑"故事。但这些常人羡称的功德都不为吴兴华所看重，他别出心裁，想象羊祜在功成名就之际于岘山置酒高会，慨叹自然永恒而人生无常。这一刻迥异常人的觉悟无疑特别突出了羊祜的非同寻常之处，而吴兴华之所以对此大书特书，显然是因

---

① 钦江（吴兴华）：《现在的新诗》，载《燕京文学》第3卷第2期，1941年11月。
② 吴兴华：《鸽，夜莺与红雀》，《纯文艺》第1卷第3期，1938年4月。

为他于此心有戚戚,所以他赞誉羊祜的慨叹"贯穿往古和现今"。《给伊娃》乍看是一首情诗,但诗的开头和结尾两段却呈现出近似于英国玄学派诗人安德鲁·马伏尔诗《致他娇羞的女友》那种理性的态度,而作为诗的核心的中间部分则是对西施的静默情态的描写。作为倾国的古代美女典型,西施充满了传奇性与戏剧性的一生曾经倾倒无数诗人墨客。但吴兴华却撇开那一切,而专注于西施那宠辱不惊的静默和难以揣测的沉思情态——

> 啊这可悲的空间!我们所惊奇的
> 不过是一点微尘,她或许看见过,
> 直觉的感受过甚么,以至相形下
> 一切都像是长流水,她则是岩石。
> 她则是万古的岩石屹立在水中,
> 听身后身前新的浪淹没了旧的,
> 自己保持着永远的神圣的静默。

这种独出心裁的着眼点以及注重典型细节与情态描写的小说化笔法,是从两个最具"古典"精神的西方现代主义大诗人里尔克和 T.S.艾略特那里学来的,①并且运用得颇为出色。

同时,吴兴华还写了不少表达个人生命体验和一些表现个人艺术体会的诗作,如《西珈》组诗、《记忆》组诗、《画家的手册》组诗以及《北辕适楚,或给一个青年诗人的劝告》等等。与前两类诗作过于尊仰传统因而下笔不免拘谨有所不同,这些形式上"化洋"而旨在抒发个人生命体验的诗作显然写得更为得心应手而舒卷自如。这是因为这些诗作所表达的不是来自书本上的间接经验,而是发自个人本真的生命体验和艺术体会,那感受当然更深切而表现自然也更见本色,也因此这些诗作可说是吴兴华诗歌创作的最佳收获。如《西珈》组诗由 16 首十四行诗组成,完整地呈现了诗人复杂的爱情体验,从最初惊鸿一瞥式的一见倾心:"像

---

① 吴兴华在《黎尔克的诗》(《中德学志》第 5 卷第 1—2 期合刊,1943 年 5 月)一文中说:"他(指黎尔克,通译里尔克)的诗篇,散文及信札多年来就是我欢乐与忧愁中最亲切的伴侣,"并说里尔克廾掘传统趣材时"择取的路径——趋向人物事件的深心,而在平凡中看出不平凡,""能够在一大串不连贯或表面上不相连贯的事件中选择出'最丰满,最紧张,最富于暗示性'的片刻。"这其实也是西方古典文艺的一个传统,至莱辛的理论著作《拉奥孔》始获美学上的阐明,参阅钱锺书《读〈拉奥孔〉》,见《七缀集》,上海古籍出版社,1985 年版。在《现在的新诗》一文中吴兴华也坦承:"我很起劲的读《荒原》,同时,尽管仍不大懂,很感兴趣的念关于《荒原》的讨论。"应该说,启发了吴兴华的不仅是 T.S.艾略特的小说化、戏剧化抒叙技巧,还有其关于传统与个人才能的诗学观念和现代性的"用典"意识,这与吴兴华所熟悉的"资书以为诗"的宋诗传统又有契合之处。

一个美好的梦景开放在白日中间,/向四周舒展它芳香鲜艳欲滴的花瓣,/同样我初次看见她在人群当中出现,/不稳的步履就仿佛时时要灭入高天"(第一首),直到爱情理想幻灭后的知性沉思——

> 最后这首十四行我写下,当多少年代
>   流过了,自从你初次浅笑的走下楼时,
>   片刻间摇动我身心从未陷落的城池
> 以你无意的一顾。唉这种理想的情爱,
>
> 穿过无量数阶层,终止于哲学的膜拜,
>   当她已不存在,或在群众涌动里消失
>   凋残在她的鬓发里蔷薇与月桂的青枝,
> 这种存在是临近且更可悲于不存在。
>
> 如今往回看,难道我能禁止心不跳动?
>   眼泪,热切的等候与得到之后的荒芜,
>   平凡无奇的真相与上面绣成的锦梦,
>
>   一切溶合在距离内,不改应赴的定途——
> 像帆船,时时回首于过去激狂的生命,
>   虽然已滑行入港里,不闻巨浪的惊呼。

至此,曾经荡气回肠的激情在回味中终于波澜不惊,而在节制的吟味中暗含着铭心刻骨的情感深度;对十四行体的运用甚至比资深诗人卞之琳更舒展自如,而接近于冯至的从容与淡定。这种驾驭激情与形式的能力,对一个二十多岁的诗人来说实在是非同寻常的。难怪抗战胜利之初资深诗评家周煦良读到吴兴华的诗作后,欣喜地发现"中国诗坛已出现一颗新星",预感"在中国诗坛上,他可能是一个继往开来的人",尤其是与此前十多年来中国新诗"愈走愈窄"的"纯诗"之路相比较,使周煦良欣然断言:"新诗在新旧气氛里摸索了三十余年,现在一道天才的火花,结晶体形成了。""无疑的,摆在我们面前的是一条坦荡的大路。"①

吴兴华的诗才确属罕见,但周煦良的断言也不免夸张。年轻的吴兴华也只是酝酿了一个好开头,他的新古典主义诗路亦难免局限,未必就是坦途。事实

---

① 周煦良:《介绍吴兴华的诗》,《新语》第5期,1945年。

上,就在周煦良做出断言后不久,吴兴华的创作即趋于停顿。卞之琳在晚年谈到吴兴华时曾说,"他显然是受了艾略特传统论的启发,于是他走向所谓'反浪漫主义',走向现代,实际上一方面向十八世纪古典主义主智的、明朗的说理诗和讽刺诗开了一点门;一方面向中国传统诗风更靠拢一步。"同时卞之琳也认为,"不论'化古''化洋',吴诗辞藻富丽而未能多赋予新活力,意境深邃而未能多吹进新气息,对于19世纪英国浪漫派诗风也罢,对于中国历史悠久的旧体诗传统也罢,尽管作了多大尝试的努力,似乎在一般场合终有点'入'而未能'出'。"并指出,"中外书本钻研的深广而公私生活圈子的狭隘,也可能给兴华过去带来了新发展的主观限制,而客观上由不得自己而盛年谢世,也就剥夺了他重振诗业、打开新局面的机会,实在可惜。"①对才华杰出而英年早逝的吴兴华来说,卞之琳的分析无疑是切中肯綮的评价。

汪玉岑(?—2003)有诗集《夸父》(燕京大学1941年3月)、《卞和》(台湾新力出版社1946年11月),前者写于太平洋战争爆发前的燕京大学,后者则写于燕京大学被日军占领后的黑暗岁月。两集里既有《夸父》、《虞兮》、《卞和》等从古代神话史事里重构而来的长篇诗作,也有《绝句》、《短句》之类简短的抒情短章。《夸父》通过重构神话传说中的英雄夸父,暗示了"逐日"的民族意志,但激情澎湃有余而精炼深化不足;倒是一些短诗如仅仅两行的《短句》("耶路撒冷的一匹驴子,/到天堂里还是头牲口")和不过四行的《绝句之一》("昨宵你偶然把镜面上的尘土拂去,/惊呼出你绰约的芳姿像一位仙女;今朝我匆匆地避开那明净的妆台,/怕瘦损了的容颜会对我默默无语。")写得含蓄凝练、意味隽永。汪玉岑的诗作显然受到同时的燕园诗人吴兴华和稍前的汉园诗人卞之琳的启发。

第五节 现代主义诗潮的"新生代"

诗人唐湜曾以个中人的身份指证,在四十年代后期新诗坛上"一个光辉的诗的新生代在涌现着",并指出这新生代有两个浪峰:"一个浪峰该是由穆旦、杜运燮们的辛勤工作组成的,一群自觉的现代主义者,T.S.艾略特与奥登、史班德们该是他们的私淑者。""另一个浪峰该是由绿原他们的果敢的进击组成的。不自觉地走向了诗的现代化的道路,由生活到诗,一种自然的升华,他们私淑着鲁迅先生的尼采主义的精神风格,崇高、勇敢、孤傲。在生活里自觉地走向了战斗。"②不论对左翼诗潮还是对现代主义诗潮的新发展,这都是一个准确的观察。

---

① 卞之琳:《吴兴华的诗与译诗》,《中国现代文学研究丛刊》第2期,1986年。
② 唐湜:《诗的新生代》,《诗创造》第8辑,1948年。

的确,如同左翼诗潮一样,现代主义也是全面抗战及四十年代重要的居于主导地位的诗潮之一。这不仅因为冯至、戴望舒、卞之琳等资深诗人的创作在这一时期获得了重大的进展,还因为一大批年轻的现代主义诗人的崛起。把眼界放大一点看,在四十年代崛起的新生代现代主义诗人的阵容是相当庞大的,粗略地说就有王辛笛、穆旦、王佐良、杜运燮、杨周翰、陈敬容、杭约赫、郑敏、马逢华、罗寄一、赵瑞蕻、俞铭传、袁可嘉、唐湜、唐祁、王道乾、叶汝琏等 20 余位。除王辛笛和陈敬容在三十年代略有创作外,其余诸人都是在战时开始创作而在四十年代后期显露头角的新人。他们大多就读于由华北撤退到昆明组建的西南联大及中法大学等处,抗战胜利后则主要集中在复员回北京的各大学以及上海等地,所以曾经被讥称为"南北才子才女大会串"。其实他们大多都是在战争中成长起来的北方学院诗人,在资历上要比前述南方学院诗人们晚一些,并且与南方学院诗人大多出身于古典诗学气氛浓厚的国文系因而在创作上倾向于新古典主义不同,这群年轻的北方学院诗人多就读于战时最接近欧美文学新潮的外文系,他们当时"是用一种无礼貌的饥饿吞下了"刚从国外运来的"珍宝似的新书",①因而其诗学趣味无疑更偏向于西方的现代主义诗——不限于英语现代诗,还涉及法、德现代诗,但对中国诗学传统则比较疏忽。《文聚》、《世界文艺季刊》、《诗创造》、《中国新诗》、《中法文化》、《大公报》和《益世报》文学副刊,以及战后在上海创刊的《文艺复兴》和在北京复刊的《文学杂志》等,都曾是这群年轻的学院诗人发表诗文的阵地。他们也曾组织过社团,如在西南联大就曾组织过"冬青文艺社"、"新诗社"、"文聚社"等,战后复员到北方又组织了"方向社"等。这些社团比较松散,并且也不是每个人都始终参与其中,所以"他们之间并未发展起一个排他的,贵族性的小团体,"②不能说形成了一个流派。但他们的"不约而同"也是显而易见的,那就是自觉地致力于新诗的"现代化",而现代主义则是他们共同选择的途径。在这方面他们的志同道合、声气相投实远胜于一般的文学社团或流派。不过,他们对现代主义的理解已与时俱进,有了不同于既往的新思维,即追求现实、象征与玄学的综合:"现实表现于对当前世界人生的紧密把握,象征表现于暗示含蓄,玄学则表现于敏感多思、感情、意志的强烈结合及机智的不时流露。"③此种"新综合"诗学思维一方面促使他们告别了三十年代现代派的纯诗论调及其精致而萎靡的诗风,显著地加强了对现实的批判、社会的关怀与民族的承担。这显示出民族革命战争和左翼文学的积极影响——正如王佐良当年所说,"每一个有

---

① 王佐良:《一个中国新诗人》,《文学杂志》第 2 卷第 2 期,1947 年 7 月。
② 王佐良:《一个中国新诗人》,《文学杂志》第 2 卷第 2 期。
③ 袁可嘉:《新诗现代化——新传统的寻求》,《大公报·星期文艺》,1947 年 3 月,天津。

为的中国作家多少总是一个左派。"①但另一方面"新综合"诗学思维也使他们不以现实的反映和感伤的抒情为满足,而企图营造寄托深广的象征性境界,并追求形而上的沉思与诗的知性美。凡此都表明这群年轻诗人确实比三十年代的现代派诗前进了一大步,堪称现代主义诗潮的"新生代"。② 连带而及的,还有抗战胜利后归国而重新现身于诗坛的现代派诗人罗大冈。

"新生代"现代派诗人的"新综合"诗学思维中最引人瞩目之点,是拓展了诗的现代性概念,使之含纳了诗人应有的社会现实意识。这种意识对中国现代主义诗潮那里是久违了的——从二十年代的象征派到三十年代的现代派诗人多以"纯粹"相标榜、以"摩登"为现代,而把社会现实性排斥在诗的现代性之外,不少纯诗人甚至以不关心社会、逃避现实来自鸣清高。这种片面的现代性观念在很大程度上还停留在西方浪漫—唯美文学趣味的余绪里,但在新诗坛上却影响深广,以至全面抗战爆发前夕,一些现代派诗人还从纯诗观念出发,质疑左翼诗人为什么要把国防与诗歌关联起来。直到全面抗战爆发后,一些资深诗人和诗论家有感于时世的严峻,才开始对此前纯诗人排斥诗的社会性的观念有所反省,并对包括现代派诗在内的西方现代文学的现代性有了新的认识。如被公认为最了解西方现代主义诗学的资深诗论家叶公超1939年初在西南联大撰文强调:抗战使作家们的生活发生了很大的变迁,而"经过这样一个伟大的时期,我们一般作家的意识应当扩大了,他们的灵感也应当比从前丰富了。……我们只希望一般作者要在这个时期把他们的知觉的天线立起来,接收着这全民抗战中的一切。最近百年来西洋文学里最重要的趋势就是扩大了文学里的社会性,虽然一方面有纯诗运动,有极端个性的尝试,多半的作品仍然还是根据各种社会现象来表现人生的。我们的文艺似乎也向着这个方向走,……我们希望,从事文艺的人也在同样的开发一个新时期。"③这种呼吁在三十年代的摩登诗场里是不可想象的。叶公超的话显然对正在成长中的"新生代"现代派诗人们是个及时的提醒。与此同时,也在西南联大任教的英国现代诗人兼批评家威廉·燕卜逊对带有左翼倾向的英国现代诗人奥登一代的介绍,以及其他人对法国左翼现代诗人阿拉贡、艾侣雅等人的介绍,再加上资深诗人艾青和卞之琳在创作上的率先示范,都成为影响和启发这些学生辈的"新生代"现代派诗人们走向社会现实的重要因素。更何况这些年轻的诗人虽然大多身处学院之中,但战时的学院并非世外桃源,颠沛流

---

① 王佐良:《一个中国新诗人》,《文学杂志》第2卷第2期。
② 按,由于这群诗人中的九个后来出版过一部诗合集《九叶集》,所以有"九叶派"之称;又由于《中国新诗》曾是其中一些人发表诗作的主要刊物,所以又有"《中国新诗》派"之称。现在看来这些命名都不够周全,所以此处从其"新综合"诗学思维着眼,称他们为现代主义诗潮的"新生代",这或许更名副其实些。
③ 叶公超:《文艺与经验》,《今日评论》第1卷第1期,1939年1月。

离的迁徙拉近了他们与社会现实的距离,艰苦紧张的生活打掉了他们天之骄子的娇气,战争的硝烟使他们感同身受地体验到民族的苦难,目睹劳苦大众的困苦也使他们对社会改造有了同人民一样迫切的要求……这一切的一切使"新生代"现代主义诗人们断然抛弃了三十年代现代派诗人的"纯诗"观念,而公开肯认对社会现实的关怀与承担乃是诗的现代性的题中应有之义。如这群"新生代"诗人的理论家袁可嘉就强调,在现代诗人的作品中除了"强烈的自我意识",还存在着"同样强烈的社会意识",他并且表示"绝对肯定诗应包含,应解释,应反映的人生现实性"。① 陈敬容说得更明确也更周全:"现代的诗(以及一切艺术作品),首先得要扎根在现实里,但又要不给现实绑住。……所谓诗的现代性(Modernity),据我个人的理解,是强调对于现代诸般现象的深刻而又实在的感受:无论是诉诸听觉的,视觉的,内在和外在生活的。"② 这些主张事实上代表了"新生代"诗人对现实的共同态度。这对三十年代的现代主义诗学无疑是一个重要修正,标志着诗的现代性观念实现了一次重大的转折。

正因为"现实"在"新生代"现代派诗人的意识里居于首位,而"社会现实"在他们的"现实"意识里又具有首要的意义,所以这些年轻的学院诗人才能自觉地把关注的眼光投向万方多难的祖国,使自己的诗歌创作始终扎根在当前的社会现实里,对中华民族的复兴和中国社会的改造表现出可贵的关怀与承担。这就和以往的现代派诗人大不相同了。如被公认为"新生代"诗人佼佼者的穆旦(1918—1977,原名查良铮,生长于天津,祖籍浙江海宁县)在一首诗中断然宣告,诗人"再也不能安于一个角度的温暖"、再也不能"关起了自己心里的门窗"不看现实,"因为我们的背景是千万人民,/悲惨,热烈,或者愚昧地,/他们和恐惧并肩而战争,/自私的,是被保卫的那些个城……//我们看见,这样现实的态度/强过你任何的理想,只有它/不毁于战争……"(《控诉》)穆旦的确没有在现实面前闭上自己的眼睛,他深切地关怀着人民的不幸(《不幸的人们》)和民族的苦难(《在寒冷的腊月的夜里》),并从全民奋起抗战的暴风骤雨中真切地体会到一个饱经苦难的民族正在重新崛起,所以他欣然发出了由衷的赞美,至今读来仍感人肺腑——

> 走不尽的山峦的起伏,河流和草原,
> 数不尽的密密的村庄,鸡鸣和狗吠,
> ……
> 说不尽的故事是说不尽的灾难,沉默的

---

① 袁可嘉:《新诗现代化——新传统的寻求》,《大公报·星期文艺》,1947 年 3 月 30 日,天津。
② 默弓(陈敬容):《真诚的声音——略论郑敏、穆旦、杜运燮》,《诗创造》第 12 辑,1948 年 6 月。

> 是爱情,是在天空飞翔的鹰群,
> 是忧伤的眼睛期待着泉涌的热泪,
> 当不移的灰色的行列在遥远的天际爬行;
> 我有太多的话语,太悠久的感情,
> 我要以荒凉的沙漠,坎坷的小路,骡子车,
> 我要以槽子船,蔓山的野花,阴雨的天气,
> 我要以一切拥抱你,你
> 我到处看见的人民呵,
> 在耻辱里生活的人民,伛偻的人民,
> 我要以带血的手和你们一一拥抱,
> 因为一个民族已经起来。
> ——《赞美》

当然,"新生代"诗人充分体会到民族复兴的艰难,正如罗寄一(1920—2003,原名江瑞熙,安徽池州人)所歌咏的那样:"当雪花悄悄盖遍城市与乡村,/这寒冷的国度已埋好被绞死的人性。/只有黑暗的冬夜在积聚、凝缩、起雾,/那里面危险而沉重,是我们全在的痛苦。"(《在中国的冬夜里》)但是,置身于民族解放战争中的"新生代"诗人自觉与民族同呼吸共命运,这不仅使他们对现实的认识具有了更大的深广度,而且显然更为乐观。如人民用最原始的方式开掘出来的滇缅公路,在杜运燮(1918—2002,祖籍福建古田县,少年时自南洋归国)眼中就有着非凡的象征意义和深远的启示——

> 不要说这只是简单的现实;
> 试想没有血脉的躯体,没有油管的
> 机器;你们该起来歌颂:就是他们,
> (营养不足,半裸体,挣扎在死亡的边沿)
> 就是他们,冒着饥寒与疟蚊的袭击,
> 每天不让太阳占先,从匆促搭盖的
> 土穴草窠里出来,挥动起原始的
> 锹铲,不惜仅有的血汗,一厘一分地
> 为民族争取平坦,争取自由的呼吸
>
> 歌唱呵,你们,就要自由的人民,
> 路给我们希望与幸福,而就是他们

（还带着沉重的枷锁而任人播弄）
给我们明朗的信念，光明闪烁在眼前。
……

——《滇缅公路》

杭约赫（1917—1995,本名曹辛之,江苏宜兴人）的长诗《复活的土地》,则不仅歌咏了民族的复活,更进一步描绘了"沉睡的人民已经醒来"、"新世界就要在人民的觉醒里到来"的光明前景。……事实上,几乎每个"新生代"诗人都不乏这类咏赞民族复兴和人民觉醒的颂歌。即使年轻的女诗人郑敏（1923—　,福建闽侯人）也情不自禁地在抗战的暴风骤雨中展开了她的民族复兴的想象：虽然她痛感中国如"一只方解缆的小船"在暴风雨中飘摇,但她坚信祖国"不会沉灭,你的人民第一次/助你突破古老的躯壳,第二次助你把/自卫的手臂举起,第三次,现在,他们向/你呼唤,噢中国！觉醒！"而"这一次是自你的血液里升出真的觉醒,"祖国"正为了一个更透彻的复活忍受诞生的痛苦！"（《噢中国》）所以,民族的独立解放和人民的自由解放确已成为"新生代"诗人普遍"意识到的历史内容"。这是三十年代的现代派纯诗人所不曾也不屑想象的事体。"新生代"现代派诗人对民族的承担和对社会的关怀,既是他们自觉地与时代共进的表现,也折射着左翼诗人如艾青等人的积极影响。

对抗战后期和解放战争时期国统区不合理的现实以至于腐朽的社会制度,"新生代"诗人们也像左翼诗人一样给予严厉的揭露和严肃的批判,但他们努力避免了一般政治讽刺的简单化和感伤性,在表现上兼有象征的隐曲和知性的冷峻。如杜运燮的《追物价的人》将飙升的物价比作伟大的抗战时代的最不甘落伍的人,故作正经,极富反讽意味。袁可嘉（1921—2008,浙江慈溪人）常以悖论的笔调揭露国统区悖谬的真实,如官吏借救济难民之名行劫掠难民之实："要拯救你们必先毁灭你们,/这是实际政治的传统秘密;/死也好,活也好,都只是为了别的,/逃难却成了你们的世代专业;//……//像脚下的土地,你们是必需的多余,/重重的存在只为轻轻的死去;/深恨现实,你们缺乏必需的语言,/到死也说不明白这被人捉弄的苦难。"（《难民》）当然,捉弄人民以至于与人民为敌的反动统治是不可能长久的,所以在袁可嘉笔下,国民党政权的垮台乃是咎由自取、罪有应得而且无可救药——

一梦三十年,醒来到处是敌视的眼睛,
手忙脚乱里忘了自己是真正的仇敌;
漫天飞舞是大潮前红色的蜻蜓,
怪来怪去怪别人：第三期的自卑结。

……
……
糊涂虫看着你觉得心疼，
精神病学家断定你发了疯，
华盛顿摸摸钱袋:好个无底洞!
　　　　　　——《南京》

　　的确,国统区的现实往往不合理到荒诞的地步,所以陈敬容(1917—1989,四川乐山人)有《逻辑病者的春天》那样的诗,这位柔弱多病的女诗人在痛陈现实的不合逻辑之余,也禁不住呼唤真正的革命风雷的到来:"我们只等待雷声。/雷,春天的第一阵雷,/将会惊醒虫豸们的瞌睡;/它应该是真正的鸣雷,/而不仅仅是这个天空的/伤了风的咳嗽。"而一向温厚的辛笛也对倒行逆施的反动统治者发出了战斗的呐喊:"让我给你以最简单的回答/除了我对人类的热情绝灭/我有一份气力总还要嚷要思想/向每一个天真的人说狐狸说豺狼。"(《回答》)唐祈则善用简约的笔触描绘抗战后国统区社会的残酷景象,仿佛电影镜头的剪辑,形象具体而又引人思索:"我看见:/许多男人,/深夜里大声哭泣。//许多温顺的/女人,突然/变成疯狂。//早晨,阴暗的/垃圾堆旁,/我将饿狗赶开,/拾起新生的婴孩。//沉思里:当他们向我走来。"(《严肃的时辰》)"天亮:少女在公园里/割断自己/蔚蓝色的脉搏。//……//一群群警察深夜巡行;敲开每一扇门。//一切名字的枪,向自己的/兄弟:瞄准。//四方绝望的/叹息,像风雨/震撼全城市的屋脊。"(《最末的时辰》)他的《雾》一诗则用朦胧的意象暗示抗战"惨胜"后无所不在的内战的阴影:"灰白的雾,/在夜间,走着/粗笨大白熊的脚步。//……/雾啊,扩大了,掩护了/拖在后面无期的淫雨/下落,人民再不用试探了;/灰色的和平下面黑暗的/一片战争的泥泞。"仿佛是对唐祈的呼应,杭约赫既悲愤难抑地控诉了反动统治者发动内战给人民带来的深重苦难有如噩梦的降临:"不是守防边疆,又不是护卫/血地,你们要挂着哭声离开,/母亲揉着干瘪的乳头啜泣,/几千年了,我还要写《石壕吏》。//……百年的冤仇不去报,教你们/举着来自海外的凶器,撕杀/自己的弟兄,听号音的'帝达'。//弟兄们的血流在一起,母亲的/泪流在一起。遍地狗哭狼嚎,/从此英雄有了用武之地。"(《噩梦》)随后他又用戏剧性的反讽暴露了反动统治者"最后的演出"的失败——

　　由你开始,也得由你收场,
　　爆竹、悬旗、欢呼,你明白
　　这掩压不住四周的风声雨声;

你痉挛的笑,笑得发抖,你明白

我们是用绳子栓来的观众,
以充血的眼睛来欣赏你
最末一段演技,和"悲壮"的结局。
亿万个呼号和掌声,在我们的召唤里等待
————《最后的演出》

这些诗作表明,"新生代"现代主义诗人的艺术才华在对现实的批判作里得到了颇为出色的发挥,以至于让人感到,他们从西方现代主义诗歌学来的反讽、悖论、蒙太奇式的意象拼接、戏剧化的场景展示等现代性的感受方式与表现方式,与离奇的中国社会现实倒是恰如其分地匹配,如此"相得益彰"的结合倒也给这些"新生代"现代主义诗人的社会批判诗作带来了不同于一般讽刺诗作的现代特色——冷峻的笑与机智的美。

当然,作为现代主义的"新生代",这些年轻的学院诗人的才思发挥最出色处还是在现代主义一贯擅长的领域:对现代知识分子的内在现实——人生感怀和生命经验——的开掘,并努力将这感怀与体验提升到"玄学"的层次。按照"新生代"的理论家袁可嘉的说法,"玄学"是"表现于敏感多思、感情、意志的强烈结合及机智的不时流露"。这也就是说"玄学"乃是指诗人综合运用自己的各种感受力,对生活经验进行富有深度、广度的开掘,从而给诗作赋予某种带有形而上意味的质素,只是由于诗的这种质素不离感觉经验而又不止于感觉经验,仿佛水中的盐味之可感觉而不可抓取一样,所以就用"玄学"或形而上来喻指其复杂微妙的诗意境界或层次,而并非说把诗当作抽象的哲学命题来写。此亦即陈敬容所谓"现代的诗首先得要扎根在现实里,但又不要给现实绑住"之意。在这方面,从波德莱尔到里尔克等西方现代诗人,再到现代中国"沉思的诗人"冯至,都给"新生代"诗人以深刻的影响和启发。自然,"新生代"诗人也有独到的造诣,显著地将中国现代诗推进到了更具深广度和更具复杂性的境界,但刻意求深之迹也时或有之。

穆旦就颇为典型。在"新生代"诗人中,穆旦最钟情于"丰富的痛苦"(语见其《出发》诗)和"曲折的感情"(语见其《赠别》诗)的表现。著名的如《诗八首》写的虽是一向被认为浪漫的爱情,但它们所传达的爱情感受却一反浪漫主义的热情与忘我的传统,而呈现出爱情关系中难以克服的人本距离和抒情主体对爱的永恒性的冷峻怀疑:"你底眼睛看见这一场火灾,/你看不见我,虽然我为你点燃;/唉,那燃烧着的不过是成熟的年代,/你底,我底。我们相隔如重山。//从这自然底蜕变底程序里,/我却爱了一个暂时的你。/即使我哭泣,变灰,变灰又新生,/

姑娘,那只是上帝玩弄他自己。"晚年的诗人曾说,"我的那《诗八首》,那是写在我二十三四岁的时候,那里也充满了爱情的绝望之感。"并解释说他之所以绝望,是因为自觉到"爱情的关系,生于两个性格的交锋,死于'太亲热、太含糊的'俯顺。这是一种辩证关系,太近则疏远,应该在两个性格的相同与不同之间找到不断的平衡,这才能维持有活力的爱情。"[1]然而当人一旦自觉到爱情关系终难克服人本的矛盾,再要维持平衡与和谐就很难了。知性的质疑就是如此啮咬着现代人的心,使他们再难忘我地投入爱情了。这样一种现代的爱情体验是以前的中国诗歌从未触及的。穆旦的同学和诗友王佐良之所以盛赞"这个将肉体与形而上的玄思混合的作品是现代中国最好的情诗之一",[2]就因为它表达了现代人面对爱情既冲动又怀疑的矛盾心态——冲动是难免的本能,怀疑却不是针对具体对象的疑虑,而是对爱情本身的根本性质疑,这就有点形而上的意味了。不仅限于爱情,事实上穆旦几乎是习惯成自然地带着这种倍感矛盾的疑思来观照自我与生命,这使他获得了"最善于表达中国智识分子的受折磨而又折磨人的心情"[3]的声名。的确他抒写最多的是人生的矛盾与意义的虚无,而很少感受到矛盾获得统一、意义获得肯定的时候。诸如"我们希望我们能有一个希望,/然后再受辱,痛苦,挣扎,死亡,/因为在我们明亮的血里奔流着勇敢,/可是在勇敢的中心:茫然"(《时感四首》之四)以及"一切的事物使我困扰,/一切事物使我们相信而又不能相信,就要得到而又/不能得到,开始抛弃而又抛弃不开"(《我歌颂肉体》)等等,不一而足。这是所谓"现代病"的典型症候:由于自觉其存在失去了根本的意义之源,现代人陷于希望与绝望、行动与迷茫之间而进退失措。这种生命体验自然是深刻的痛苦,所以当穆旦三十抒怀的时候,他就像 T.S.艾略特笔下那个灵魂苍老的年轻人一样,痛感人不过是"从至高的虚无接受层层的命令"的"小兵,"而"胜利和荣耀永远属于不见的主人,"他呈现给读者的三十自画像是"一个没有年岁的人站入青春的影子,/重新发现自己,在毁灭的火焰之中"(《三十诞辰有感》)。诸如此类绝望的感怀进一步扩展到对整个世界与人类文明的观照,其中折射着诗人参加赴缅远征军而九死一生的体验与反思。

不难想象,亲历了现代战争的残酷,目睹了现代文明的荒凉,穆旦的确满怀深重的痛苦和绝望的情绪,这促使他去寻求精神的救赎,由此他找到了"上帝",一个形而上的超越性存在——

---

[1] 转引自郭保卫:《书信今犹在 诗人何处寻——怀念查良铮叔叔》,见《一个民族已经起来——怀念诗人、翻译家穆旦》,江苏人民出版社,1987年版,第177—178页。
[2] 王佐良:《一个中国新诗人》,《文学杂志》第2卷第2期,1947年7月。
[3] 王佐良:《一个中国新诗人》,《文学杂志》第2卷第2期。

在我们的来处和去处之间，
　　　在我们获得和丢失之间，
　　　主啊，那日光的永恒的照耀季候的遥远的轮转和山河
　　　　的无尽的丰富
　　　枉然：我们站在这个荒凉的世界上，
　　　我们是廿世纪的众生骚动在它的黑暗里，
　　　我们有机器和制度却没有文明
　　　我们有复杂的感情却无处归依
　　　我们有很多的声音而没有真理
　　　我们来自一个良心却各自藏起，

　　　……

　　　等我们哭泣时已经没有眼泪
　　　等我们欢笑时已经没有声音
　　　等我们热爱时已经一无所有
　　　一切已经晚了然而还没有太晚，当我们知道我们还
　　　　不知道的时候，

　　　主啊，因为我们看见了，在我们聪明的愚昧里，
　　　我们已经有太多的战争，朝向别人和自己，
　　　太多的不满，太多的生中之死，死中之生，
　　　我们有太多的利害，分裂，阴谋，报复，
　　　这一切把我们推到相反的极端，我们应该
　　　忽然转身，看见你

　　　这是时候了，这里是我们被曲解的生命
　　　请你舒平，这里是我们枯竭的中心
　　　请你揉合，
　　　主啊，生命的源泉，让我们听见你流动的声音。

　　这是长诗《隐现》的片段，它可能是穆旦诗作中境界最为深广而又深切感人的篇章了。王佐良曾说，"穆旦对于中国新写作的最大贡献，照我看，还是他创造了一个上帝。他自然并不为任何普通的宗教或教会而打神学上的仗，但诗人的皮肉和精神有着那样的一种饥饿，以至喊叫着要求一点人身以外的东西来支持

和安慰。"①这话是不无道理的。换句话说,"上帝"乃是穆旦超越性(玄学)追求的象征。同时王佐良还说,"穆旦的胜利却在他对于古代经典的彻底的无知。甚至于他的奇幻都是新式的。那些不灵活的中国字在他的手里给揉着,操纵着;他们给暴露在新的严厉和新的天候之前。他有许多人家所意想不到的排列和组合。"②这段话对穆旦诗风的概括是颇有见地的,而所谓"胜利"倘视为出于友情的鼓励也是可以理解的,若坐实为穆旦其时(1947年)已在艺术上获得"胜利"的断言则未免言之过早。

穆旦显然才华横溢,但四十年代的他毕竟还在学习和摸索阶段。他悉心学习的典范的确不在中国而是西方现代诗诸大师——从叶芝、T.S.艾略特到奥登等。应该说穆旦是个忠实的好学生,尤其在学习运用悖论式的思维和语言来开掘现代人复杂矛盾的生命感受方面成就显著。但穆旦也为自己过度忠实而且成功的学习付出了代价,以至于面对他那些连篇累牍的充满了悖论思维和矛盾意象的诗作,人们不免要想这样一些问题:这些诗作有多少是出于他的真实感受,又有多少是出于一种习得的语言习惯?哪些是他的独特创造,哪些仅是成功的模仿?这并非没来由的猜想,而是一个值得严肃分析的问题。③

王佐良(1916—1995,浙江上虞人)是当代著名的英国文学专家,而在20世纪四十年代他也曾是风华正茂的"新生代"诗人。他的组诗《异体十四行诗八首》与穆旦的《诗八首》都堪称是"现代爱情诗"的经典之作,但二者也有显著的不同:《诗八首》对爱情的现代体验集中在"恋爱"的范围里,而《异体十四行诗八首》则以"夫妻之爱"为中心展示了颇为"另类"的复杂体验。这组诗从恋爱成功的喜悦与骄傲开篇:"让我们扯乱头发,用冰冷的颊/证明我的瘦削,你的梳双辫的日子/远了。……//我们已无须在树旁等候,/无须有不寐的街角的分别,/我们并合,我们看各自眼里的笑。/或者窘迫,我们上菜市去/忍受同样的欺凌。我们回来/又同样地胜利——因为我们已经超越。"然而新婚的激情似乎很短暂,接踵而来的是日常生活对爱情诗意的消磨:随着孩子的出生,曾经美丽的身体难免"要粗要胖",而当琐屑的生活成为日常之事,曾经的痴情也就难免要消减,令人感到那美好的"存在只是一个假日,来的还远,/去的却触目惊心地近。"抒情主体的"爱情"体验在无形中经历了巨大的变迁:从视对方为"我的宗教"直到自觉已是"无神的心"。所以最末一首便势所必至地宣告了浪漫之旅的结束和真实生活的开始——

---

① 王佐良:《一个中国新诗人》,《文学杂志》第2卷第2期。
② 王佐良:《一个中国新诗人》,《文学杂志》第2卷第2期。
③ 江弱水的《伪奥登风与非中国性:重估穆旦》一文已对此做过分析,文载2002年第3期《外国文学评论》。按,大概是出于对近些年有些学者跟风哄抬穆旦的浮躁学风之不满吧,该文对穆旦的批评不免言重了些,但作者翔实的分析是值得参考的。

> 我们的爱情决不纯洁。天和地,
> 草木和雨露,在迷人的抒情过后,
> 就是那泥土的根。你如水的眼睛,
> 我却是鱼,流入了你生物学的课本。
>
> 但孩子并不算是惩罚。一种胜利,
> 但我们在感伤的哭泣里忽然亮了闪了。
> 过去的,要来的,交会在产床上,
> 但拒绝了不朽,我们拥抱在烦腻里。
> 为什么用手遮住脸,为什么不看
> 我那皱眉的忧郁,我那踌躇?
> 你的腰身拯救了我,我的无神的心。
>
> 然而你做着山山水水的梦!
> 让我们坐上马车,走出东郭的门,
> 看无尽无尽的绿草,而流下眼泪。

在中国古典诗歌里不乏离恨恰如春草、更行更远还生之类的绵绵深情,近现代浪漫诗歌对爱情的神圣与纯洁的咏赞更是高唱入云。但王佐良的《异体十四行诗八首》却展现了爱情由"迷人的抒情"到现实的"不纯洁"以至于"烦腻"的过程,这样的爱情诗的确迥异于古典的与浪漫的传统,而传达出现代人特有的体验。《诗两首》之二更进一步揭示了日常生活对爱和生命的侵蚀是一个无声无息的时间过程,《他》用非个人化的小说笔法刻画了现代人人格的分裂:"他有智慧的眼睛,正直的鼻子,/会说几种语言,也善于茶桌上的絮谈,/一慷慨,他会向你坦白他信仰什么,在半夜忏悔什么,/可是,街坊们,你们认识他么?"王佐良的诗作虽然不多,但就其质量而言,较之同时诸子是毫不逊色的。

罗寄一和马逢华也是善于体味生命意味的"新生代"诗人。罗寄一的《诗六首》和《月·火车》等作品,创造性地综合了冯至深厚的沉思与卞之琳明哲的慧心,而又不乏甘苦自知的体验:"我们都是这般虔诚,/当风雨吹打,飞鸟来投影,/黄昏空留下零落的贝壳,/潮汐的遗迹融入一片空灵。//我们有一滴水的浑圆,/欢乐与哀愁在不时地旋转,/赞美上帝完整的成型,/突破它,惟有归诸大海的宁静。//这其间有无穷的焦灼,/渴求着烟雾中梦的颜色,/我只为年青的莽撞叹息,/当宇宙沉入暗淡的明哲。"(《诗六首》之二)尽管诗人感受到"时空严酷的围困"和命运"无边的阴暗",但他并没有向命运屈服,因为他听到"上帝庄严地说:'你要承担。/风正柔,夜色美丽而丰满,/哀痛自己透明而年青,/只留下嘎哑的歌唱:"我赞美生命。"'"(《诗六首》之四)并且年轻的诗人也欣感自己正同苦难的祖国一起在风雨中迎接着生死的蜕变——

> 死去的已经复活,那沐浴后的光彩,
> 新鲜的泥土的植物的气息,
> 一切都带着震惊,远山的翠绿,
> 叶片上招展的黄金,闪闪地
> 号召一个否定,一个新生,这里需要摆脱,
> 因此有发狂的兴奋,通过潺潺的流水,
> 肺结核复元的一朵朵浮云,
> 通过厌倦欲死的飞鸟,低头默想的鹰隼
> 一种攫得生命的欢叫,你听吧,
> 嘹亮地从地面直到云霄。
> 　　　　——《序——为一个春天而作》

这种自觉地承担命运并投身于生死蜕变的生命情怀,是三十年代现代派诗人缺乏的。马逢华(1922——,河南开封人)的《春》、《哭泣》和《无题》等诗表达了一个现代人对生命的敏感和对痛苦的玩味:从春的来临,他体会到人"必须要先毁弃自己,才能把自己完成"(《春》);从深夜窗外传来的孩童的哭泣,他感受到"这个世界有太多的痛苦,/我们不容人心这样锈闭。但愿/这个哭泣,能像一把钥匙,/把人们的灵魂一一开启"(《哭泣》);而年龄的变化则触发了他对自我生命之完成的亲切体验,这在《无题》一诗中有感人的表现——

> 从年龄的手里接到了试题
> 我们才发觉自己底渺小无依
> 像初上学的孩子,显得惶惑、笨拙。
> 过多的聪明和自信,总像
> 临时遗忘的答案,走出了
> 教室以后,才又霍然忆起。
>
> ……
> 于是我们在长期的痛苦里扩展,

奉献我们底所有,体认,再扩展。渐渐
失去自己,而开始懂得更多。恰像
生命转入了风平波静的溪岸,
从一片明净里,我们明白什么是
最真的真实,最美的美丽。

这些诗作显示马逢华从资深诗人冯至并经由冯至从歌德和里尔克那里获得了明显的启发。对此,晚年的作者有亲切的回忆。①

同样的影响和启发也体现在两个女诗人陈敬容和郑敏的创作里。陈敬容是"新生代"诗人中唯一没有上过大学而通过自学成为诗人与翻译家的。三四十年代她四处漂泊,而且曾经遭遇爱情的曲折,所以初期诗作颇为感伤,多追步《画梦录》时代何其芳的忧郁与优雅。抗战后期以来她的社会视野显然有所扩大,加上冯至及里尔克的影响,所以自此之后她的诗作虽然未能免却感伤的喟叹,但渐渐被知性的沉思引向深入。如《夜思》:"留不住的白日,让它去,/必要来的黑夜,已经来,/也不过是暂时的安息,/暂时地,睡去了,多少恨,多少爱,//纷纷扰扰的到头都落入平静,/被黑夜收尽了所有的色彩,/清晨有鸡声报晓,有阳光服[照]耀,/而坟墓中的死者永不醒来。//因为活着,我们才眷恋这世界,/从荆棘和陷阱里挣扎起来,/一旦不幸跌倒,可什么全不带。//让一切呈露应有的形态:/去,留,存,殁,该落的落,该开的开⋯⋯/谁给安排,但都有一个终点在那儿等待。"在沉思中诗人甚至把自我当作客体来予以冷静的观照:"我时常看见自己/是另一个陌生的存在/独自想着陌生的思想/当我在街头兀立/一片风猛然袭来/我看见一个陌生的我/面对着陌生的世界//⋯⋯//在空间里和时间里/我随时占有/又随时失去/我如何能夸说/给出什么我的所有/虽然人类舞台上/永在扮演取予的悲剧//我没有我自己/当我写着短短的诗/或是长长的信/我想试把睡梦里/一片太阳的暖意/织进别人的思想里去"(《陌生的我》)。这是对个人存在的有限性的自觉,但诗的情调并未陷入衰飒、止于感伤,反而拓展到对他人的关怀。这对诗人来说是一个不小的进步。也许是学哲学出身吧,郑敏比较喜欢在诗里抒发哲理感悟,诗作多从名人、名画、名曲以及景物起兴,如《歌德》、《献给贝多芬》、《金黄的稻束》、《荷花(观张大千氏画)》、《兽(一幅画)》、《Renoir 少女的画像》等,笔致颇为清新,但或许是体验和经验不足吧,所造较为浅显。

罗大刚(1909—1998,浙江绍兴人)的资历要比上述"新生代"诗人老一些。他 1929 年至 1933 年间就读于中法大学,随后与爱人齐香赴法国里昂大学

---

① 马逢华:《马逢华散文集》,台北传记文学出版社 1993 年版,第 306 页。

(1934—1937)和巴黎大学(1937—1939)留学,二战爆发后无法回国,遂滞留欧洲,兼为国民政府驻瑞士使馆等处做翻译,渡过战争岁月;1947年返国后任教于南开大学。罗大刚在三十年代就曾以"陈琴"、"罗莫辰"等笔名在《现代》、《新诗》等刊物上发表过一些诗作,显示出不同凡俗的格调,如《夜》的生命沉思就相当深湛:"梦在无梦的梦中/知道跋涉的重量么//悄悄落在林外的/流星而已//当我们怀归的时候/我们是鱼/古代的行脚僧人/一一闭目而远去//夜在盲人眼里/莲花开遍大千世界//寂灭的渴慕者与鱼/仍以大海作最后的家乡"。他那时的爱情诗如《无法投递》、《短章为S作》等也融古典的含蓄与现代的敏感为一体,给人别具一格的美感。但诗人的真实身份长期不为人所知。直到抗战胜利后,罗大刚自欧洲归国任教之余,热心介绍法国左翼文学和存在主义文学,同时也有颇为出色的诗作与诗论发表,令人误以为他是与"新生代"诗人同时崛起的诗坛"新人"。他此时发表的诗作如《骨灰(诗料)》16首多写于滞留欧洲期间。这组诗近似于吴兴华"新绝句"的风致,其中颇富生命的感悟如对生之苦的洞彻:"他偏要隔岸观火我们的火,/明知自己也在火坑里熬煮。/要不是三千年前那一念之差,/这时他足[是]在菩提树下赤身酣卧。"(之二)"抹我一脸泥沙又为什么/不饶过我这场鸡虫得失?/深悔当年静听市声如潮声远/远到而今低头说柴米油盐。"(之三)还有洞彻后依然难免的关情与执著:"请别抚摸我的脸用你毛森森的手掌呵夜!/我熟悉你的重门叠户你有千层百合心。/罪过罪过容我背负你的一切秘密像骆驼,/深怕世上还有一人二人在远方为我受苦。"(之六)"大海可并不刻意磨灭它的心迹,/试读沙滩上巡礼者纵横的足迹。/不含明珠的老蚌含大海的真谛,/而你我的相思正是海的宿命论。"(之十三)把古典的韵味与现代的感兴浑然融为一体,是这些诗作的突出特色,如"白天徒然把耳朵贴在收音机上,/夜里何从设想半空中长波短波?/三十三天碧落和云罗如何/印证他来时雨雪去时风沙?"(之十五)罗大刚的诗善用古典与象征,语言洗练而玄学味浓,达到了相当精微的境界。

抗战胜利之后,先前一致对外的政治局面转变为国共两党的政治对决。临近四十年代末,人民解放战争势如破竹,同时国统区的民主运动如火如荼。历史的大变动虽然未必直接决定了文学的转型,但的确强有力地激化了文学界的矛盾,政治上的何去何从与文学方向的选择在这特殊的时刻难解难分地纠结在一起,从而促使自全面抗战以来相当一个时期里基本上保持了良性互动状态的新文坛再次走向分裂与对抗。这在国统区的新诗坛上表现得尤为明显,《诗创造》与《中国新诗》的从合到分,左翼诗人和现代派诗人围绕新诗"方向"问题所展开的论争等,就是典型的事例。这令人不禁想起那句老话:诗的确是时代的晴雨表。

第十六章
冯至与艾青的诗

第一节 "最为杰出的抒情诗人冯至"和他的早期诗作

1923年5月出版的《创造季刊》第2卷第1期上发表了一组新诗,诗的作者"冯至"是一个让读者感到陌生的名字,此时的他才是北京大学德语本科一年级学生。他从1921年进入北大预科时就开始新诗的写作,但一直自作自歌,不求人知。只是由于他的老师张定璜教授动了怜才之念,特地向《创造季刊》推荐了这些新诗,才使读者第一次欣赏到冯至独特的诗作。从此开始,冯至的一生与诗结下了不解之缘。

冯至(1905—1993),原名冯承植,字君培,出生于原直隶省涿州(今河北省涿州市)一个败落的盐商之家。幼时家境相当艰难,加上9岁失母,生活苦多欢少,这无形中使少年冯至养成了敏感内向的性格。幸亏继母甚为慈爱,她在1916年力主让冯至到北京读书,先在著名的京师公立第四中学(今北京四中)上学,1921年秋考入北京大学预科,两年后转入德文系本科。此时新文学已进入稳步发展的时期,新文学社团层出不穷。由于在《创造季刊》上的诗作引人注目,冯至应邀加入了浅草社,在该社的刊物上发表了不少诗作,同时结识了一批爱好新文学的青年同道,在文艺思想上受鲁迅、张定璜影响较大。1925年夏浅草社陷于停顿,冯至与好友杨晦、陈炜谟、陈翔鹤等发起了沉钟社,创作更为自觉,除诗作外,并有小说、散文发表。1927年是冯至创作与人生的一个小小的转折点:这年的4月,他出版了第一部诗集《昨日之歌》,夏天毕业后本可在北京工作,却在杨晦的鼓励下,远赴北国哈尔滨第一中学任国文教员,主动接受生活的考验。这次北游的确开阔了冯至的视野,促使他的创作从幽婉的青春抒情转向对社会与人生的严肃思考,其结晶便是1928年初写成的长诗《北游》。1928年夏冯至重返北京,在孔德学校任教并兼任北京大学德语系助教,此后两年,沉钟社社员四处漂泊,冯至渐渐与周作人身边的一些讲究趣味的言志派文人接近,并与废名合编了专发此派文人作品的《骆驼草》周刊。

第一节 "最为杰出的抒情诗人冯至"和他的早期诗作

1930年10月至1935年6月,冯至赴德国留学,先后在柏林大学和海德堡大学学习德国文学及哲学与美术史。在这期间,他得以聆听著名学者宫道尔夫和哲学家雅斯贝斯的教诲,倾心于德语诗人里尔克的作品,领受了现代主义文艺与现代哲学的洗礼,思想和诗学观念发生了深刻的转变,创作态度更趋严肃,所以不轻易下笔,只有少量作品在国内发表。1935年6月冯至在海德堡大学获得博士学位后,随即启程回国,途经巴黎与交往7年的女友姚可昆结婚;9月归国后在北京从事翻译工作。1936年赴上海任同济大学教授,兼任《新诗》杂志编委,但几乎没有创作。全面抗战爆发后,冯至随同济大学南迁浙江金华、江西赣县等地。1939年暑假后转任昆明西南联大外文系教授,直至抗战胜利后回到北京,任北大西语系教授。从1939年至1949年的10年间,历经多年的忍耐、体会和积累,冯至不论在思想、学术和创作上都趋于成熟,终于在这一时期赢来了联翩的丰收。一方面,冯至体念时艰,潜心中外诗歌经典,欲以学术报国,尤其对歌德和杜甫的诗有特别深切的体会和发现,不断有独到的学术心得发表,稍后并结集为《歌德论述》(1948年)和《杜甫传》(四十年代后期陆续发表,1952年出版),很快就被公认为代表了现代中国的歌德研究和杜甫研究学术水平的扛鼎之作。另一方面,冯至的创作也在将近10年的等待、积淀和深化之后,获得了一个厚积薄发的高潮:1941年他创作了27首十四行诗,编为《十四行集》于次年出版。这部诗集以深沉的思想、精湛的诗艺,获得了诗坛一致的赞誉,被视为中国新诗进入成熟期的标志之作;同时他在小说和散文创作上也有不凡的造诣——历史小说《伍子胥》和散文集《山水》以及一系列知性散文,都是现代文学史上不可多得的杰作。并且,在时代思潮的推动下和独立的思考中,冯至的社会立场也明显地由自由主义向人民革命转化,成为自由主义知识分子里偏向左翼的进步人士。1949年以后,冯至在繁重的教学行政工作之余,仍有诗作和译诗发表。他的一生,的确是为诗歌努力工作而且成就非凡的一生。

二十年代中后期,新诗坛上的著名人物有新格律诗派(也称"新月"诗派)的徐志摩、闻一多和象征派诗人李金发等。冯至和他们同时登上诗坛,但由于其诗风的含蓄内敛和为人的低调谦抑,没能广泛影响他人而形成一个流派,所以在当时并无显赫的声名,以至于他自己这一时期独特的诗歌创作成就,也是直到三十年代中期人们回顾二十年代新文学时才得到了确认的——鲁迅在1935年首称他为"中国最为杰出的抒情诗人冯至。"[①]对一个新诗人如此好评,这在鲁迅是破例的事情,但鲁迅的话并非一时兴到之言,历经半个多世纪的反复检验,已证明

[①] 鲁迅:《中国新文学大系·小说二集导言》,收入《且介亭杂文二集》时改"导言"为"序",《鲁迅全集》第6卷第43页,第251页。

冯至在二十年代的创作实绩是当得起鲁迅的评价的。

这一时期的冯至在抒情诗、叙事诗和抒情长诗三个方面都有不凡的成就。

首先进入人们视野的是其幽婉的抒情诗。"幽婉"是鲁迅对冯至早期抒情诗风格的概括,这是非常准确的。除了初登诗坛的几首诗作略显直露外,冯至早期的抒情诗作很快就表现出独特的风致,那风致既不同于当时新诗坛上流行的朴直写实诗风,也与异军突起的创造社诗人浪漫豪放的作风判然有别,而确以幽婉的抒情给读者深切的感动和别致的美感。这些诗作悉心表达的是一个青春觉醒的年轻人对爱情暗自的渴望和无奈的怅然情怀,其忧郁近似于暗恋者那种带着绝望的深情默默为对方祝福的心态。在这方面,《我是一条小河》与《蛇》是至今传诵的幽婉名篇——后一首诗居然将青春的寂寞与隐秘的爱情想象为"蛇",这在中国诗歌史上是前所未见的。据作者自述,这是受了一幅唯美—颓废派的绘画的启发而作的,却完全祛除了原画的颓废气息;同时作者显然也受益于他所喜爱的晚唐及宋代婉约一路诗词的沾溉,但格调温柔而不涉轻薄,如此中西兼融而又力求独出心裁的创造,于是有了这首幽婉而特别的现代爱情诗。冯至的其他爱情诗作也大都这样深情幽婉,想象独特,而且音韵和谐,所以才能给人清新别致的美感而传诵不绝,这对中国爱情诗歌写作无疑是一个新的拓展。

同时,冯至还显示出驾驭叙事诗体的过人才华。在中国古典诗歌史上,长篇叙事诗一向不发达,相传为汉末古诗的《焦仲卿妻》和北朝民歌《木兰诗》不世而出,几成两个孤独的存在。因此,在初开的新诗坛上颇有人想弥补这个长期的历史缺憾,可惜所作大多不如人意。冯至则在1923年—1926年间即他18岁到21岁的时候,接连奉献了四篇相当成功的叙事长诗——《吹箫人的故事》、《帷幔》、《蚕马》和《寺门之前》(这四篇诗作都长逾140行,此外在1926年他还创作了一篇数百行的叙事诗《窦娥之死》,但当时未发表,后来遗失),在当时的新诗坛上允称独步一时的卓越建树。前三篇可以说是"旧曲新唱",晚年的作者曾回忆说:"我的几首叙事诗,取材于本国民间故事和古代传说,内容是民族的,但形式和风格却类似西方的叙事谣曲。"①这或者正是冯至成功的地方——由于他借鉴西方的形式与风格对本民族的故事与传说进行创造性的重构,所以他笔下重叙的"吹箫人的故事"、"帷幔的故事"和"蚕马的故事",既具备了植根本土文化的传统而让人感到耳熟能详的亲切感,又不乏缘于外来养分的生发而令人颇觉新鲜别致的陌生感,同时叙事谣曲的形式也赋予这些叙事诗以鲜明的叙事节奏和婉转的抒情韵味。如《蚕马》的故事就见于晋代干宝的《搜神记》,那原是一篇志怪小说,

---

① 冯至:《在联邦德国国际交流中心"文学艺术奖"颁奖仪式上的答词》,《冯至全集》第5卷,第196页。

而冯至不仅用诗体重叙了这一故事,并在诗的三部分前都加上一段说唱者的序曲,这三段序曲既可自成一首完整的现代情歌,又可作为叙述主体的现代抒情与被叙述的"蚕马"这一神奇爱情"古事",构成了古今呼应、相互配合的谐和关系。如此富于创意的重构,的确使一个古老的传说获得了崭新的艺术生命,给人耳目一新的美感。与前三篇诗借故事传说抒写青春期情爱意识的觉醒有所不同的是,《寺门之前》让一个年老的僧人自叙其中年时的一次"非常的经验"。这完全出自冯至独立的创造性想象,而并无所本。那位老僧青年时期就遁入空门,"用力打破了层层的难关","用力解开了结结的烦恼","好容易跋到了中年",自以为修行有成了,却不料在一个月夜路经一个战乱后的乡村,偶然触碰到一个半裸的女尸,长期被压抑的人性遂情不自禁地以变态形式表现出来:"我的手无心触着了她,/我的全身血脉都打颤,/在无数的颤栗的中间,/我把她的全身慢慢都抚遍!"以至于"最后我枕在尸上边,/享受着异样的睡眠,/……"自从那可怕的一晚之后,这个僧人再也不敢出外行脚,而蛰居寺中"一住住了三十年"。然而人性是无法回避的,即便是孤独地自我封闭于方丈之地也枉然。所以三十年来每当夜深人静的时候,独居方丈的他"还一似躺在女尸的身边!"晚年的他回首前尘往事,坦承自己的悲欢与迷惘——

    这是我日夜的功课!
    我的悲哀,我的欢乐!
    什么是佛法的无边?
    什么是彼岸的乐国?
    我不久死后焚为残灰,
    里边可会有舍利两颗?
    一颗是幻灭的蜃楼!
    一颗是女尸的半裸!

  这是发自人性深处的痛切告白。自五四以来,人的发现和人性的觉醒,成为普遍的新文化思潮,而作为这一思潮之集中表现的"灵肉冲突"问题更成为二三十年代新文学的热门题材,但像《寺门之前》这样把"灵肉冲突"的主题表现得如此富于人性深度的作品并不多见。年轻的诗人在叙述这个令人震惊的故事时控制自如,娓娓道来,从容不迫,诗的音韵节奏则随着情节的发展相应地抑扬变换,显示出作者善于叙述的诗才和驾驭激情的能力,这在那个一任感情自然流露和自由宣泄的浪漫主义时代也是不多见的。正因为如此,冯至的这些写于二十年代前期的叙事诗篇,在此后相当长的时期里一直是新诗人难以超越之作。

冯至随后创作的长诗《北游》在纪游的叙述框架下,悉心抒叙的其实是一个敏感的知识分子面对复杂的内外困扰而严肃求索的心路历程。类似主题的长诗在五四及二三十年代的新诗坛上并不鲜见,有些长诗还曾名噪一时:打头的是周作人的《小河》,随后在二十年代又陆续出现了刘半农的《敲冰》、朱自清的《毁灭》、白采的《羸疾者的爱》等长诗,它们都颇有特色地表达了知识分子对现代人生困扰的某种自觉,并运用了寓言性的象征或小说化的铺叙等艺术手法,但大都显得生涩朴拙,而且往往理过于情,回味不足;三十年代初又有陈梦家的《悔与回》和孙大雨的《自己的写照》等长诗,皆锐意表达现代人复杂的都市生活经验,尤其是知识者自我人格分裂的苦恼,但未经沉淀的感受杂沓而出,不免过甚其辞,显得纷乱无绪。相比之下,冯至的《北游》就颇为出色了。《北游》是冯至1927年北游的艺术结晶,其时他只身"来到那充满了异乡情调,好像在北欧文学里时时见到的,那大的,灰色的都市"哈尔滨,"所接触的都是些非常 grotesque 的人们干些非常 grotesque 的事。"①这既扩大了冯至的生活视野,又使他倍感孤独与不适,但他并没有因此而沉沦,也没有急于抒发感伤,而是在寂寞中收视反听,咀嚼体会,终于在1928年新年的三天假日里一气呵成,写出了这首五百多行的长诗。这是二十年代新诗坛上最长的长诗。为了抒写复杂内容的需要,也为了避免长篇铺叙的单调与冗长,诗人选取了组诗的形式,全诗由13首诗作构成,分别从不同的侧面展现了当时社会现实的阴沉与病态,掩映其中的则是作者的感想、反思与自我拷问。如此寓合于分、主客交融,使整篇长诗构成了一个"游"与"思"互动互补的有机序列,呈现出步步拓展与层层深入的过程,兼具引人入胜的魅力和启人思索的情致。因此,《北游》在二三十年代的长诗中洵属出类拔萃之作。诚如冯至的诗友们在1928年初听他朗诵了这首诗后所断言的那样,"这是现实的赐予。"②的确,与更广大的社会现实的接近,使冯至的创作不再限于青春的抒情了。但同样重要的是冯至同时也独立地拓展了他的诗作的现代性。在《北游》中,诗人将批判的锋芒直指畸形繁荣的现代都市和病态的现代人性,两次用"荒原"来象征现代文明与现代人生的荒芜。这与 T.S.艾略特的名作《荒原》有异曲同工之妙。其时,冯至并没有接触到多少西方现代主义文学,所以这是他独立的思考与创造。要说受了什么启发,倒是鲁迅介绍的"苦闷的象征"文艺观、俄罗斯作家陀思妥耶夫斯基的灵魂拷问,以及古典诗人杜甫"独立苍茫自咏诗"(杜甫《乐游园歌》末句,《北游》初版前曾经引录)的沉吟诗风。这一切显然有助

---

① 冯至:《〈北游及其他〉序》,北平沉钟社1929年版。
② 冯至:《诗文自选琐记》,《冯至全集》第2卷,第173页。

第一节 "最为杰出的抒情诗人冯至"和他的早期诗作

于冯至摆脱西方浪漫主义诗歌和中国古典婉约诗词的抒情格调,而促使他初步形成了一种力求深切地感受现实、认真地思考人生、严肃地拷问自我的创作态度,以及一种将一切都纳入内心而沉吟永思的感受力,从而写下了这篇"独立苍茫"、情思兼美的抒情长诗。因此在《北游》中最引人注目的并非外在的现实,而是那个"独立苍茫自咏诗"的抒情主体的沉吟与永思。这沉吟与永思已超越了青春的寂寞感怀,而指向整个世界与人生:"一切都模糊不定,隔了一层。/把'自然'呼了几遍,/把'人生'叫了几声,/我是这样地虚飘无力,/何处是我生命的途程?"但面对光怪陆离的大千世界,年轻的诗人并没有目迷五色,他抚胸自问的是一些攸关自我存在意义的根本问题——

> 我生命的火焰可曾有几次烧焚?
> 在这几次的烧焚里,
> 可曾有一次烧遍了全身?
> 二十年中可有过超越的欢欣?
> 可经过一次深沉的苦闷?
> 可曾有一刻把人生认定,
> 认定了一个方针?
> 可真正地读过一本书?
> 可真正地望过一次日月星辰?
> 欺骗自己:我可曾真正地认识
> 自己是怎样地一个人?

这样一些问题正是当时世界范围内的严肃的现代主义者,尤其是存在主义者执著思考的问题。当年的冯至对这些问题也只是初步的自觉,还没有成熟的想法,但较之同时新诗坛上的象征派诗人,其思想的境界无疑更为深沉、诗的格局也更为大方。其实,即便是三十年代的现代派诗人也没有超过《北游》的深度与格局,而冯至本人也是"忍耐而工作"了十多年之后,才在四十年代达到更为精深的境界和更为精美的造诣。

所以,长诗《北游》不论对新诗坛还是诗人自己都有着不同寻常的意义。至少就冯至自己而言,这首长诗的确既是结束又是开始:它基本上结束了诗人此前那种浪漫中略带唯美的青春抒情,而开启了更为现代性的人生探询和更具知性美的艺术追求。

第二节 《十四行集》："真实的存在者"的体验与诗

1941年，时任西南联大教授的冯至在教学之余，借居于昆明郊外一个林场的茅屋里，从事歌德与杜甫研究，工作累了就在山间林荫的小路散步。此时的他已是一个成熟的学者，而"早已不惯于写诗了，——从一九三一到一九四零十年内我写的诗总计也不过十首，——但是有一次，在一个冬天的下午，望着几架银色的飞机在蓝得像结晶体一般的天空里飞翔，想到古人的鹏鸟梦，我就随着脚步的节奏，信口说出一首有韵的诗，回家写在纸上，正巧是一首变体的十四行。"[①]（即《十四行集》中的第8首）就是从这个近乎偶然的开端，冯至却一发不可收地写出了其余26首十四行诗，1942年结集为《十四行集》，由明日社初版，1949年又由文化生活出版社印行了带有作者自序的第二版（以下引诗均据第二版）。

不论对作者还是读者来说，《十四行集》的出现都像是一个意外的奇迹降临。

因为在此之前的整整十年，冯至的诗作很少，发表出来的更是寥寥可数，即使学成归国之后在上海工作的那一年（1936年7月到1937年8月），应戴望舒邀请担任《新诗》杂志编委，冯至也没有贡献一首诗，而只为该刊第3期（1936年12月10日出版）的"里尔克逝世十年祭特辑"翻译了几首诗，写了《里尔克——为十周年祭日作》一文。一个曾经那么杰出的诗人在创造力正盛之时，却长期吝于创作，这让人有些费解，只有把这个问题弄清楚了，才能理解《十四行集》是如何孕育的及其不同于其他现代派诗的独特性。

答案其实就在冯至1936年所写《里尔克——为十周年祭日作》一文里，以及次年5月他为自己翻译的里尔克《给一个青年诗人的十封信》所写的译序中。冯至虽然在1926年初就知道了里尔克的名字，但对里尔克的悉心阅读和理解则是在他留学德国的五年间，在此期间他也从克尔凯郭尔、尼采的著作和雅斯贝斯那里接受了存在主义哲学的熏陶，而作为现代诗人的里尔克同时又对人的存在问题有深刻的体验与洞见，如此一来，现代哲学与诗学的契合在里尔克那里表现得特别典型。这一切不仅使冯至自己深受影响与启发，并且促使他把里尔克郑重地介绍给中国新诗人们。在前一文中，冯至重点介绍了里尔克与众不同的体验诗学："我们常听人说，这不是诗的材料，这不能入诗，但是里尔克回答，没有一事一物不能入诗，只要它是真实的存在者；一般人说，诗需要的是情感，但是里尔克说，情感是我们早已有了的，我们需要的是经验：这样的经验，像是佛家弟子，化

[①] 冯至：《十四行集·序》，上海文化生活出版社1949年版。按，冯至这里所谓"一个冬天"指的是旧历的1940年冬末，按公历则已进入1941年了。

身万物,尝遍众生的苦恼一般。"如此深广的经验乃是与生命同体的存在体验,一个诗人只有不断扩大和深化自己的体验,才可望有真正的诗从中产生——用里尔克《布里格随笔》中的话来说,就是必须"等到它们成为我们身内的血,我们的目光和姿态,无名地和我们自己再也不能区分,那才能以实现,在一个很稀有的时刻有一行诗的第一个字在它们的中心形成,脱颖而出。"在冯至看来,"这是里尔克的诗的自白,同时他也这样生活着。"在后一文中,冯至进而向中国的新诗人们介绍了里尔克带有存在主义特点的生存观:"他告诉我们,人到世上来,是艰难而孤单。一个个的人在世上好似园里的那些并排着的树。枝枝叶叶也许有些呼应吧,但是它们的根,它们盘结在地下摄取营养的根却各不相干,又沉静,又孤单。人每每为了无谓的喧嚣,忘却生命的根蒂,不能在寂寞中、在对于草木鸟兽(它们和我们一样都是生物)的观察中体验一些生的意义,只在人生的表面上永远滑过去。……谁若是要真实地生活,就必须脱离开现成的习俗,自己独立成为一个生存者,担当生活上种种的问题,和我们的始祖所担当过的一样,不能容一些儿代替。"①诚如冯至所说,里尔克确是如此严肃地生活着和创作着——在写出其早期的杰作之后,里尔克就曾在沉默中工作并等待、求索与体验达十余年,然后才在1922年的几日内赢来了诗思勃发的高潮,其时诗人"独自望着万象的变化,对着无穷无尽的生命之流,发出沉毅的歌声",创作了《杜依诺哀歌》和《致奥尔弗斯的十四行》两部伟大诗章,一举而让什么都有了个交代,"这样他完成了他的使命"②——冯至如是总结道。

  应该说,当冯至介绍里尔克的时候,他也就在述说着自己的人生态度和诗学观念。明白了这一点,我们也就不会奇怪他在1928年初获现代性的艺术自觉与存在体验之后,却为什么在整个三十年代的十年间迟迟不见有创作上的动静了。同时,我们也可以隐约体会到,冯至在全面抗战爆发的前一年里如此郑重地向新诗坛推荐里尔克,其实是有所针对和有所期待的——对《新诗》诗人群的那种竞尚现代、但求纯粹、显摆寂寞以至于不免"为赋新诗强说愁"的摩登诗风,他是不大以为然因而不愿附和的,只是当时不便明言而已(直到十年后他才明确说出了自己的批评),所以他才特地介绍里尔克,期望新诗人们能像里尔克那样多点抒情的自我克制、加强些生存体验的深度,并提高自己对社会人生的承担精神。可惜的是这一切在当时的新诗坛上并没有引起多大反响。但冯至自己的确是自觉地以此为持守,像里尔克一样在忍耐和工作中默默守望达十年之久,于沉潜中致

---

① 冯至:《〈给一个青年诗人的十封信〉译序序》,《冯至全集》第11卷,第282—283页。
② 冯至:《里尔克——为十周年祭日作》,原载《新诗》杂志第3期,1936年12月10日出版,此据《冯至全集》第4卷,第86—87页。

力于扩展自己的生命感受、深化自己的存在体验,从而在1941年不期然而然地迎来一个厚积薄发的创作高峰。

所以,虽然冯至1941年初信口吟成的那首十四行诗迹近偶然,但它唤醒的却并非诗人一时的创作灵感,而是他十多年积淀起来的生命感怀和存在体验,并使他"内心里渐渐感到一个责任:有些体验,永久在我的脑里再现;有些人物,我不断地从他们那里吸收养分;有些自然现象,它们给我许多启示:我为什么不给他们留下一些感谢的纪念呢? 由于这个念头,于是从历史上不朽的精神到无名的村童农妇,从远方的千古的名城到山坡上的飞虫小草,从个人的一小段生活到许多人共同的遭遇,凡是和我的生命发生深切的关联的,对于每件事物我都写出一首诗:……这样一共写了二十七首。到秋天生了一场大病,病后孑然一身,好像一无所有,但等到体力刚刚恢复,取出这二十七首诗重新整理誊录时,精神上感到一身轻松,因为我完成了一个责任。"①就此而言,整个《十四行集》的创作并不是一个偶然的奇迹,而是诗人庄重的生活态度和创作态度的必然结果。这种态度在《十四行集》的第一首诗中得到了近乎完美的表达——

> 我们准备着深深地领受
> 那些意想不到的奇迹,
> 在漫长的岁月里忽然有
> 彗星的出现,狂风乍起:
>
> 我们的生命在这一瞬间,
> 仿佛在第一次的拥抱里
> 过去的悲欢忽然在眼前
> 凝结成屹然不动的形体。
>
> 我们赞颂那些小昆虫,
> 它们经过了一次交媾
> 或是抵御了一次危险,
> 便结束它们美妙的一生。
> 我们整个的生命在承受
> 狂风乍起,彗星的出现。

---

① 冯至:《十四行集·序》,上海文化生活出版社1949年版。

第二节 《十四行集》:"真实的存在者"的体验与诗

这首诗并不难懂,但言近旨远,严肃凝重——生命的美妙和死亡的庄严令人惊心动魄地交织在一起,呈现出严峻的格调和沉重的力度,给人崇高的美感。它启示读者,不论是人生难得的高峰性体验还是艺术杰作的辉煌完成,乍看都好像是意想不到的奇迹,但其实皆非偶然的幸致,而必须历经漫长岁月的默默积累和生死以之的严肃准备,然后才可望有那"一举而让什么都有了个交代"(英国诗人奥登1938年在中国所写纪念里尔克的诗句)的完美瞬间。不难理解,冯至在结集时把这首诗作为开卷之作,并非随意的措置,其实是视之为整个《十四行集》的序诗,以此宣示他的人生态度和创作态度,一如他评里尔克时所说的那样:"这是他的诗的自白,同时他也这样生活着。"

整部《十四行集》悉心表达的都是诸如此类精深的存在体验与生命感怀,但由于作者的感兴皆缘于普通的日常生活,又经过长期的反复体会与深思熟虑,且善于近取譬,而又力戒一般象征派—现代派诗的含糊晦涩与刻意高深之弊,所以《十四行集》的风格庄重而朴实,凝练而舒展,深入而浅出,并没有什么特别难解之处。这种深刻的体验出之于平易的表现,正是冯至诗艺的过人之处。大体说来,《十四行集》中的存在体验与生命感怀,比较集中地表现在两个包含着深刻矛盾的主题上,从而着力弘扬一种勇于承担、多所关怀和敢于开拓的人生态度。

一个矛盾的主题是关于存在者尤其是人这种存在者的生死问题。"既有生也,又何必死!"这可以说是一个困扰着人类的永恒难题,它对于每个人都有着本己的迫切性而又任谁都难以超越,所以这是一个与生俱来、与人类同在的人本难题。冯至对这个人本难题的沉思,在《十四行集》的第2首、第3首和第13首等不少诗作中得到了深切的表现,从中可以看出他吸收了丰富的中外思想资源——从《易传》的流变不已之理,到理学家如张载所谓"存,吾顺事;没,吾宁也"(语出《西铭》,一般理学家解"顺事以没"为事亲之道,其实也可解作对待生死之道)的坦荡之道,以及歌德所谓生死嬗变的辩证之论,表现出诗人开阔的视野与豁达的胸襟;同时又确实融贯着人是"先行到死"、"向死而在"的现代性存在体验,强调人应该根据自己对死亡这个事属未来却必然降临者的先行意识,来自觉地安排和筹划自己的现存在。如第2首就先写人应如树木蝉蛾一样顺应自然:"……我们安排我们/在自然里,像蜕化的蝉蛾//把残壳都丢在泥土里;"但紧接着就是自觉地"向死而在"的提示:"我们把我们安排给那个/未来的死亡,像一段歌曲,"最后则以生顺之、死宁之的从容歌咏作结:"歌声从音乐身上脱落,/归终剩下了音乐的身躯/化作一脉的青山默默。"短短一首诗却能融会如此丰富的古今中外思想,而又出之以独到的存在体验,诚所谓得心应手、深入浅出,没有语障亦不落理障。这样的诗蕴含有哲理,但不是刻意高深的哲理诗;运用了象征,但不是云罩雾障的象征派诗。第13首咏赞歌德能从种种生的危机中"随时随处都演化出新的生机,"他的辉煌的一生"道破一切生的意义:'死和变'。"所以冯至这些咏思生死的诗作虽然带着存在主义特有的严峻和沉重,但并不像此前的象征派与现代派诗作那样止于虚无迷惘的感叹,而表现出镇定自若、从容死生的存在风度。

另一个主题也包括两个相互矛盾的方面。一方面,《十四行集》中有相当一些篇章表现了冯至对个人存在的孤独性、有限性的自觉和对存在的终极意义的拷问。如第15首从遥望东奔西走的一队队驮马起兴,联想到走南闯北的人之一生,遂体验到个体存在的孤独与漂泊:"我们走过无数的山水,/随时占有,随时又放弃,//仿佛鸟飞翔在空中,/它随时都管领太空,/随时都感到一无所有。"随后便引发出了对个人存在意义的不确定性、虚无性之反思:"什么是我们的实在?/从远方什么也带不来,/从面前什么也带不走。"诚然,说穿了,人的一生真是生不带来,死不带去,那么生活又有什么终极意义呢? 这确实是一个古老而常新的人本问题。第21首又从一个暴风雨之夜起兴,更为深刻地展现了对个人存在的孤独性与有限性的自觉:"我们听着狂风里的暴雨,/我们在灯光下这样孤单,/我们在这小小的茅屋里/就是和我们用具的中间//也有了千里万里的距离:……//……只剩下这点微弱的灯红/在证实我们生命的暂住。"在这里,人的存在的孤独性与有限性不是一般的个人性情问题或社会问题,而被推向了任谁也无由回避的人本层面,被视为人之与生俱来、无由超越的基本存在处境,并且是无法由人替代、必须独自承担的根本人生难题,所以给人极为严峻和沉重之感。但另一方面,《十四行集》也有不少篇什深情地歌咏着在世的存在者相互关情、相互敞开,以至于共在并生、生死相关的境界。如在表现人的孤独与漂泊的第15首之后,紧接着的第16首就以山水自然的交错,喻示所有的生命之间都息息相通,即便是素不相识的陌生人其实也生死相关,因为人在完成自己生命的过程中总要吸收别人的生命与其他的存在,同时每个人自身生命的完成也在无形中支持着他人的生命:"哪条路、哪道水,没有关联,/哪阵风、哪片云,没有呼应:/我们走过的城市、山川,/都化成了我们的生命。//……我们随着风吹,随着水流,/化成平原上交错的蹊径,/化成蹊径上行人的生命。"人如此与他人共在于世,相互敞开,相互呼应,有时精诚所至,甚至可以脱略形迹而达到神魂相通的精深境界。《十四行集》第20首诗对此就有非常感人的表现:"有多少面容,有多少语声/在我们梦里是这般真切,/不管是亲密的还是陌生://……//谁能把自己的生命把定/对着这茫茫如水的夜色,//谁能让他的语声和面容/只在些亲密的梦里萦回? /我们不知已经有多少回/被映在一个辽远的天空,/给船夫或沙漠里的行人/添了些新鲜的梦的养分。"

上述这些矛盾的人生难题对人意味着严峻的考验,并且由于这些难题是人本的困境,所以人不能指望从认识上克服它们、超越它们,却必须承担它们——担当自己有生又有死的一生,担当个人的孤独与痛苦,同时还要担当同时同地他人的痛苦与不幸,以至于担当社会的责任与义务。在冯至看来,人只有在担当中才能使自己的生命获得充分的拓展、使自己的存在获得充实的意义。正是有鉴于此,他特别着力弘扬一种勇于承担、多所关怀和敢于开拓的人生态度。这是《十四行集》歌咏的又一个基本主题。如第 4 首从渺小而清白的鼠曲草(又名贵白草)"想到人的一生",遂借物言志,咏赞一种默默地担当自己的死生、成就自己的人生的精神:"但你躲避着一切名称,/过一个渺小的生活,/不辜负高贵和洁白,/默默地成就你的死生。//一切的形容、一切喧哗/到你身边,有的就凋落,/有的化成了你的静默://这是你伟大的骄傲/却在你的否认里完成。/我向你祈祷,为了人生。"在冯至的存在视野里,不仅孤独及连带而来的寂寞,是个人不可克服的本源性存在处境,而且独立自为更是个人不可让渡的唯一自由、不可替代的存在责任。所以他别具慧心地选取默默成就自己死生的小草作为人生的象征。独特的存在体验甚至使冯至在古老的"别离"题材上翻出了全新的意义。由于交通不便,古人往往"别时容易见时难",生离常常意味着死别,所以"黯然伤别"成了古典文学的一个传统。但《十四行集》第 19 首却赋予离别以积极的意义,一种自觉地借助离别使自己在时间上有限的生命获得空间上的拓展以至于新生:"我们招一招手,随着别离/我们的世界便分成两个,/身边感到冷,眼前忽然辽阔,/像刚刚降生的两个婴儿。//啊,一次别离,一次降生,/我们担负着工作的辛苦,/把冷的变成暖,生的变成熟,/各自把个人的世界耕耘,//为了再见,好像初次相逢,/怀着感谢的情怀想过去,/像初晤面时忽然感到前生。"如此从寻常处开掘出非同寻常的意义,而又出之以从容自如的艺术表现,的确令人叹服。至于咏赞关怀他人的存在、分担他人的不幸的诗篇就更多了。它们往往是一些致敬的诗篇,如《十四行集》从第 9 首直到第 14 首,是分别写给一个普通的战士、新文化人蔡元培、鲁迅、古典诗人杜甫、德国诗人歌德、荷兰画家梵诃的。这些人除了歌德是善于自我更新的典型外,其他五人都是富有承担精神和人间关怀的存在典范。他们在担当自我的同时也心系天下的不幸,尽其在我地自为而又参加人类的工作和世界的重整(参见第 10 首)。冯至显然从这些典范的存在者那里获得了丰富的人生启迪,而又对之进行了存在主义的整合。这在他当时的散文中有明确的表达:他期望每个人都能"自己独立成为一个生存者,担当生活上的种种问题,……不容有一些儿代替。"①他强调"人之可贵,不在于任情的哭笑,而

---

① 冯至:《〈给一个青年诗人的十封信〉译序序》,《冯至全集》第 11 卷,第 283 页。

在于怎样能加深自己的快乐,担当自己的痛苦。"①同时冯至也指出,正因为个体存在是孤独的和有限的,所以要想拥有更丰富和更充实的人生,个人就不能仅止于自我体验和自我承担,而必须对其他的存在者有所分担:"人生的意义在乎多多经历,多多体验,为人的可贵在乎多多分担同时同地的人们的苦乐。"②在冯至看来,虽然这种分担不能从根本上改变个体存在的孤独性和有限性,却有助于个人生命的充实和存在意义的提升。这可以说是冯至的"存在之道"。所以他特别反感两类存在者:一类是"得意忘形者",其得意使他觉得"所有人间的痛苦都与他无关,"所以他对一切都漠不关情,无所担当;另一类是"失意忘形者",其失意使他"爱把自己当作世上最不幸的人,可以例外看待,一般人行为里的节制他也无须遵守;同时他更不自省,他的失意是否这样深,纵使这样深,他更不了解应该怎样担当这样的失意。"③冯至的这些散文论说有助于理解他的《十四行集》的诗意境界。从人生承担的多寡和关怀的深浅上,我们也能够体会到冯至这些诗作的现代性与二三十年代的象征派—现代派诗的差异。在抗战最为艰难的年月里,冯至如此推崇担当与关怀,其严肃恳切的意味很有感召力和启发性。

《十四行集》的最后一首诗即第27首这样写道——

　　从一片泛滥无形的水里,
　　取水人取来椭圆的一瓶,
　　这点水就得到一个定型;
　　看,在秋风里飘扬的风旗,

　　它把住些把不住的事体,
　　让远方的光、远方的黑夜
　　和些远方的草木的荣谢,
　　还有个奔向无穷的心意,

　　都保留一些在这面旗上。
　　我们空空听过一夜风声,
　　空看了一天的草黄叶红,

---

① 冯至:《忘形》,《冯至全集》第 4 卷,第 15—16 页。
② 冯至:《"这中间"》,《冯至全集》第 4 卷,第 55 页。
③ 冯至:《忘形》,《冯至全集》第 4 卷,第 14—15 页。

第二节 《十四行集》："真实的存在者"的体验与诗

向何处安排我们的思、想？
但愿这些诗像一面风旗
把住一些把不住的事体。

冯至把这首论诗诗放在诗集之末显然也是有意的安排：它一方面表达了诗人的诗学理想，另一方面则是对其《十四行集》创作实践和艺术追求的自我总结。其中特别重要的是在诗歌创作中如何处理诗思的自由与形式的规范之间的辩证关系。我们已经看到诗人的这些诗作极富"思、想"（请注意不是作为抽象结果的"思想"，而是流动的富于诗意的沉思和想象），而且是相当现代的"思、想"，但他却采取了十四行这种格律比较谨严的西方传统诗体来表现之。这乍看起来不是自找苦吃吗？可作者却在自序中说："至于我采用了十四行体，……纯然是为了自己的方便。我用这形式，只因为这形式帮助了我。正如李广田先生在论《十四行集》时所说的，'由于它的层层上升而又下降，渐渐集中而又[渐渐]解开，以及它的错综而又整齐，它的韵法之穿来而又插去，'它正宜于表现我所要表现的事物。它不曾限制了我活动的思想，只是把我的思想接过来，给一个适当的安排。"正因为如此的适合，所以十四行的形式与诗人的"思、想"真是相得益彰，达到了近乎完美的结合。也因此，尽管冯至在自序中自谦说他"并没有想把这个形式移植到中国来的用意"，但他的《十四行集》的成功创造，却使这种外来的传统诗体从此在中国生根开花，一如本土自有的美花佳卉。同时作者也自觉地从中国古典诗艺如律诗中吸取了合宜的艺术营养，如第 21 首中的跨行对句"狂风把一切都吹入高空，//暴雨把一切又淋入泥土"，不就分明有杜甫七律《登高》"风急天高猿啸哀，渚清沙白鸟飞回，无边落木萧萧下，不尽长江滚滚来"的风韵在回荡么？这一切都表明，诗的内容与形式的关系并不像早期新诗人所理解的那么简单，而且，在相当长一个时期里被认为是截然对立的现代与传统之关系，其实也不无相通之理，甚至是相反相成的；至于诗不单是情感，而是汇合着感性经验和知性思考的结晶，也因为《十四行集》的成功而得以确证。

所以，冯至的《十四行集》不仅意味着"十四行体"在中国的成功创造，它事实上把中国现代诗提高到了一个可与最完美的中外诗歌经典相媲美的水平，鲜明地标志着中国"新诗"已臻于成熟的"现代诗"阶段，并在如何运用现代的感受力和诗学思维拓展中国古典诗歌的"言志"、"寄托"传统等诸多方面，都给后来者以深刻的启示和深远的影响。

第三节　诗人艾青的由来与复归

1933年1月14日在上海法租界第二看守所,一个年轻的政治犯望着铁窗外纷飞的雪花,想起自己儿时的保姆悲苦的一生,满怀深情地写下了《大堰河——我的保姆》一诗,这首诗后来被带出监狱,次年5月1日在上海《春光》月刊第1卷第3期上发表,立即引起了新文坛广泛的关注,而作者"艾青"的声名也不胫而走。此后,他在狱外还陆续发表了不少诗作。待到1935年10月艾青出狱后,他惊讶地发现自己已是众所瞩目的诗坛新秀。次年11月第一部诗集《大堰河》的出版,更使艾青一跃成为继郭沫若之后左翼诗潮的旗手,此后引领诗坛风骚长达半世纪之久,其诗歌创作的博大与丰富,在迄今的中国新诗人中仍是首屈一指的。

艾青(1910—1996)原名蒋正涵,字养源,号海澄,浙江金华人。"无论生活与艺术都促使我走上革命道路",①晚年的艾青曾如此说。这个自我总结是大体不错的。艾青本是一个地主家庭的长子,但因为一出生就被判定是"克父母的命",所以童年时期他被寄养在保姆"大堰河"家里,这无形中使他与贫苦的农民亲近而与身为地主的父母疏远。虽然作为地主的父亲期望他学习经济或是法律,以便将来能发展家业、光大门楣,但青少年时期的艾青却受新文化的影响而具有叛逆的性格和反封建的精神,他"不走正道",偏偏爱好新文艺尤其是绘画艺术。1928年7月艾青在浙江省立金华第七中学初中毕业后,即考入国立西湖艺术学院绘画系。在当时有志于艺术的青年们眼中,法国的巴黎是世界艺术之都,而执掌国立西湖艺术学院的林风眠恰是刚从法国学成归国的画家,正是在他的鼓励下,艾青在西湖艺术学院学习不到半年,即决心到法国学习绘画。1929年春艾青来到巴黎,开始了艰苦而又丰富的半工半读生活。在这里,他一方面接受了自后期印象派到野兽派等非学院派美术思潮的熏陶,另一方面则随兴阅读了大量欧美文学和译成法文的俄苏文学作品,其中对他日后创作产生了重要影响的是比利时象征主义诗人凡尔哈仑、俄苏诗人马雅可夫斯基、布洛克、叶赛宁以及美国自由诗人惠特曼等。这一切都开阔了艾青的文学与艺术视野。由于父亲不久就中断了经济上的支持,所以这位来自东方的穷学生不得不混迹于社会底层,从而得以认识另一个巴黎,而通过参加一些左翼的集会,他体验到法国人民爱好自由的精神和革命的激情,同时作为殖民地、半殖民地子民的他在异国也在所难免

---

① 艾青:《母鸡为什么下鸭蛋》,《艾青全集》第5卷,花山文艺出版社1991年版,第252页。下引作品均据此版。

地遭受到屈辱与刺激:"九·一八"事变后艾青发现法国的咖啡店里推出了一种名为"中国人"的点心以招徕顾客,而当他有一天在巴黎街头写生的时候,一个喝醉了的法国人对他大喊:"中国人,你的国家都快亡了,你还在这儿画画!"这一切当然激发了青年艾青的反帝情绪和爱国情怀。1932年1月的一天,艾青在巴黎参加了"世界反帝大同盟"东方支部集会后,情不自禁地写下了《会合——东方部的会合》一诗。虽然艾青在1928年就有新诗发表,但他的诗歌创作的真正开始,还是《会合》。此时的艾青感时忧国,再加上经济的困难,遂决心回国,而他在马赛起程归国的那一天,正是中国军民在上海奋起抗击日军的1932年1月28日。5月艾青抵达上海,很快就与一些左翼美术青年筹办了"春地美术研究会",稍后并参加了中国左翼美术家联盟。当时艾青的艺术理想还在绘画方面,他决心运用自己的特长推动中国现代美术走向为大众、为社会的革命道路。但残酷的现实迫使艾青不得不放弃绘画,走上了诗歌创作道路:1932年7月12日艾青因为从事左翼美术活动而被捕入狱,羁押达3年之久,在狱中他自然无法作画,不得不"借诗思考,回忆,控诉,抗议,……诗成了我的信念、我的鼓舞力量、我的世界观的直率的回声……"①从此艾青一发而不可收,走上了诗歌创作道路,至1936年11月他的第一部诗集《大堰河》出版,艾青作为最有实力和前途的左翼诗人的地位已然确立。在该集中诗人沉郁的感情、反抗的精神通过气势奔放的自由诗句得到强有力的表现,达到了相当高的水准。这一切都令整个新诗坛刮目相看,并对他寄予更远大的期待。

艾青没有让人们失望。1937年7月6日他在沪杭道上写下了《复活的土地》一诗,以诗人特有的敏感预言了全面抗战的爆发和民族的复兴,而就在他做出预言的次日,卢沟桥的枪声就打响了。由此,艾青的诗歌创作迈进到一个成熟和丰产的阶段,以扎实丰赡的创作成绩和深造自得的理论思考,成为战时新诗坛公认的领袖人物,产生了广泛的影响,尤其对国统区独立左翼诗潮产生了显著的启发和引导作用。诗人在晚年回顾时也欣慰地说:"抗战期间,我写的诗比较多,是我整个创作生涯的一个高潮"。②虽然在战争岁月里艾青颠沛流离,先后辗转于杭州、临汾、西安、武汉、桂林、衡山、重庆,直至1941年3月抵达延安后才稍微安定下来,但诗人创作不辍,相继推出了《北方》(1939年)、《他死在第二次》(1939年)、《向太阳》(1940年)、《旷野》(1940年)、《黎明的通知》(1943年)、《吴满有》(1943年)、《雪里钻》(1943年)、《献给乡村的诗》(1945年)等多部诗集,以及《诗论》集(1941年)。这些诗作展现了诗人广大的关怀和丰富的情感,在艺术

---

① 艾青:《母鸡为什么下鸭蛋》,《艾青全集》第5卷,第253页。
② 艾青:《母鸡为什么下鸭蛋》,《艾青全集》第5卷,第254页。

上则表现出由短诗向长诗、由抒情诗向叙事诗转变的倾向。在革命根据地艾青自觉追求文艺与革命政治的结合,努力从知识分子的倾诉向表达大众的诉求转变,但他又强调这种结合与转变应"表现在文艺作品的高度的真实性上",认为"文艺并不是政治的附庸物",①革命的政治应是"民主政治",因而它理应尊重作家的创作自由和文艺的特殊性。延安文艺座谈会之后,艾青积极投身于创造革命化、民族化、大众化的新文艺运动中。他衷心服膺毛泽东文艺思想,但并没有把它当作教条。

解放战争时期艾青在解放区主要从事文艺教学和文艺批评,创作较少。1949年2月艾青随军进入北平,参与接管北平艺专,准备筹建中央美术学院。这又燃起了他从事美术的未了之愿。但新中国的文学更需要艾青,一年后他只得服从组织的安排,重新回到文学队伍里来,但自此直到1957年,艾青的诗歌创作陷于徘徊不进的状态。这种状况是多种原因造成的。一方面来自行政事务的干扰和家庭婚恋上的变故,使诗人颇为分心而无法集中精力于创作,另一方面文艺界渐成气候的教条主义也让诗人在创作上有些进退失措:他力图像解放区的一些代表诗人一样写民歌体的叙事诗,但辛苦撰写的《藏枪记》却以失败告终,而他原本杰出的抒情才能则常常赶不上变动不居的新社会和新政策的发展。所以,几年下来,艾青的创作中只有一些到少数民族地区采风和出访智利等国时的即兴之作勉强可看。对此,艾青非常苦恼而又心有不甘,忍不住写了《画鸟的猎人》、《偶像的话》、《养花人的梦》、《蝉的歌》等寓言性的散文,其中既有艺术上的自责,也表达了他对文艺界教条化、概念化、同一化及宗派主义倾向的不满。这就为稍后的挨整埋下了祸根。到1957年"反右"时,艾青在劫难逃,遭到严厉批判,次年4月被划为右派。在走投无路之际,热情爱才的老将军王震向艾青伸出了援手,邀请他全家到东北的农垦基地"北大荒"去,1959年又转赴新疆生产建设兵团,从此艾青以戴罪之身开始了他在边疆漫长的改造生涯。在这过程中,诗人写下了一些反映边疆开垦生活的诗作以及一些报告文学和纪实散文。随后便是十年"文革"的劫难与沉默。

"这歌声很熟识/却已经好多年没有听见"(《我爱她的歌声》),这是艾青1977年重提诗笔的首唱。在被迫喑哑十多年后,重新归来的艾青虽然已年届古稀,但长期压抑之后的诗情诗思喷薄而出,在七十年代末和八十年代前半期的几年之间赢来了诗歌创作的又一个高潮。除旧作新版外,他发表了大量诗作,推出了《归来的歌》(1980年)、《彩色的诗》(1980年)、《域外集》(1983年)、《雪莲》(1983年)等新集。难得的是,饱经沧桑的老诗人仍有一颗年轻和开放的心,从

---

① 艾青:《我对于目前文艺上几个问题的意见》,《艾青全集》第5卷,第386页。

《在浪尖上》《光的赞歌》《古罗马的大斗技场》等传诵一时的诗作中,读者又听到了艾青特有的激情与忧郁,而劫后重生的历史反思与生命感怀更赋予他的新作以深重的意味,并促使他带头为"创作自由"和"艺术民主"而大声疾呼。

1996年5月5日,艾青病逝于北京,留在身后的是一笔丰厚的诗歌遗产。

第四节 诗的"现代中国"总体形象的塑造

三四十年代,尤其是全面抗战爆发前后的十多年间,的确是艾青最富创造力的时期,其创作视野的阔大、题材的多样、关怀的深广和诗艺的丰赡,都是并时诗人无可比拟的:从旧中国乡村的衰敝和农民的苦难生活,到现代西方的都市风情和畸形人生,都被他形诸歌咏;他的诗笔既有力地传达了中国人民反封建、反侵略、反专制的民主、民族意识和世界人民反法西斯主义、反帝国主义的时代强音,也恳切地表现了出身于旧家庭的知识分子追求进步的艰难历程和知识分子在革命洪流中的复杂情怀;他的诗固然以感时忧国、大声镗鞳之作为多,但也不乏精微深湛的哲理感怀、恬静优美的田园写意、情味隽永的象征寄托之作。所以,艾青这十多年创造出的不是诗的一片或一面,而是一个丰富博大的"诗歌世界"。

在这个"诗歌世界"里,诗人艾青倾注了最大关怀的,无疑是现代中国的现实与未来。对此,他念念不忘,悉心探索,反复歌咏而不厌。所以贯穿于艾青诗歌世界里的抒情脉络虽然极为繁复,但有两条力透纸背、感人至深的主经纬是一望可知的,那就是饱含着对多灾多难的祖国土地与人民之深切关爱的感时忧国情怀,以及由此而执著探求民族解放、社会革命的光明前景以及为此而不断自我探索追求进步的理想主义情怀。这两条抒情的主经纬,真可谓脉络分明地彰显出艾青诗歌创作社会关怀的广度和人生探索的纵深,既反映了作者对现代中国人民争取自由解放之路的自觉意识,也表现了诗人自己在这一进程中自我探索的心路历程。它们在艾青的诗作中得到了极为执著而且成功的表现,以至于关联着人民与民族苦难的"土地"类意象和寄寓着光明与热情的"太阳"类意象,被公认为艾青诗作风格的鲜明标志。《大堰河——我的保姆》《复活的土地》《雪落在中国的土地上》《北方》《向太阳》《我爱这土地》《火把》《旷野》《黎明的通知》等名作即是代表性的诗篇。这些诗中的"土地"类和"太阳"类意象,不是一般的语象,而是诗人最深切的关怀和最殷切的期望的表征;前者凝聚着艾青对祖国和人民最深沉的爱,对民族危难和人民疾苦的深广忧思;后者则寄托了艾青对民族光明未来的热烈向往和对美好的社会理想的不懈追求,所以它们是主题级的象征意象。它们的频频出现使诗人深广的社会关怀和自觉的人生追求得到了充分的表现,给读者极为深刻的印象和影响。由此贯穿起来的,两条抒情脉络在艾青的诗作中不是相互分立的,而是相互交织成同生共在的整体,如《我爱这土地》——

　　假如我是一只鸟,
　　我也应该用嘶哑的喉咙歌唱:
　　这被暴风雨所打击着的土地,
　　这永远汹涌着我们的悲愤的河流,
　　这无止息地吹刮着的激怒的风,
　　和那来自林间的无比温柔的黎明……
　　——然后我死了,
　　连羽毛也腐烂在土地里面。

　　为什么我的眼里常含泪水?
　　因为我对这土地爱得深沉……

在这里,诗人对家国土地饱含忧郁的挚爱和为祖国光明未来而慷慨献身的赤子情怀,悲欣交集地构成了难解难分的抒情经纬,并使诗作具有独特的美感:一种忧郁而又崇高的情调。这种情调也被公认为艾青诗作的一个显著的美学特征。

的确,忧郁是艾青这十多年诗歌创作中的一个挥之不去的存在,不仅《雪落在中国的土地上》等歌咏祖国和人民苦难的诗作中一直郁积着深深的忧伤,即使在歌颂光明前景、鼓舞人民战斗的诗作如《向太阳》、《吹号者》等名作里,也总包含着忧郁悲怆的情怀。简单地看待革命和光明的人士对此曾经不以为然,而艾青则坦承:"叫一个生活在这年代的忠实的灵魂不忧郁,这有如叫一个辗转在泥色的梦里的农夫不忧郁,是一样的属于天真的一种奢望。"①其实,艾青诗中的忧郁乃是诗人的良知对民族苦难现实和人民悲苦命运的敏锐感应。但艾青并不希望人们以忧郁的沉浸和玩味为满足,所以他紧接着就强调,应该"把忧郁与悲哀,看成一种力!把弥漫在广大的土地上的渴望,不平,愤懑……集合拢来,浓密如乌云,沉重地移行在地面上……"②正因为民族解放的渴望与人民反抗的精神凝聚其中,所以艾青诗中的忧郁不但不给人消极悲观之感,反而一无例外地将读者引向庄严、崇高的境界,蕴涵着振奋人心、催人奋进的巨大感召力。即使是那些

---

① 艾青:《诗论》,三户图书社 1942 年 10 月重版,第 62 页。下引作品均据此版。
② 艾青:《诗论》,第 62—63 页。

未必首肯艾青政治立场的诗评家,也不能不承认其诗中忧郁的力度及其崇高性,认为"他的诗一部分写忧郁悲哀的乡村,广漠悲怆,却有坚忍的生命韧力。另一部分写战士,表现出英勇大无畏的具体形象。"①这个评价是中肯的。艾青笔下的中国乡村,尤其是广大的北方委实令人悲哀,贫穷和灾难几乎使一切"都披上了土色的忧郁",但回顾历史,想象未来,诗人又满怀着崇高的敬意与坚定的信念,因为我们的祖先不仅开垦了这土地,而且——

> 几千年了
> 他们曾在这里
> 和带给他们以打击的自然相搏斗
> 他们为保卫土地,
> 从不曾屈辱过一次,
> 他们死了
> 把土地遗留给我们——
> 我爱这悲哀的国土,
> 它的广大而瘦瘠的土地
> 带给我们以淳朴的言语
> 与宽阔的姿态,
> 我相信这言语与姿态,
> 坚强地生活在大地上
> 永远不会灭亡;
> ……
> ——《北方》

同样的,在艾青的眼中,英勇无畏的战士也不妨有个人的忧郁与寂寞,如《吹号者》——"吹号者的命运是悲苦的,……吹号者的脸常常是苍黄的……,"以至于号角里"也夹带着纤细的血丝",但出于对光明的"过于殷切的期望"和时刻准备着为民族解放而献身的"圣洁的意志",悲苦的吹号者克尽战士的职责,而当他吹起胜利在即的冲锋号时却似乎命定一样被敌寇的子弹击中:"他寂然地倒下去/没有一个人曾看见他倒下去,/他倒在那直到最后一刻/都深深地爱着的土地上,/然而,他的手/却依然紧紧地握着那号角;//……/听啊,/那号角好像依然在响……"这个悲壮而又寂然牺牲的吹号者形象既是写实也是象征,他象征着为民

---

① 黄继持:《现代中国诗选·导论》,香港大学出版社、香港中文大学出版社1974年版。

族解放战争而呐喊的诗人及其感时忧国、以身许国的情怀。这情怀固然难免忧郁,但又不止于忧郁,而转升为令人肃然起敬的崇高。不言而喻,艾青诗作中的忧郁情调及其向崇高的转换,既是对民族悲苦境遇的反映,又是对它的升华。

艾青如此孜孜以求地探寻着中国的命运,念兹在兹地歌咏着人民的悲欢,诚所谓精诚所至,造诣自然非同寻常:他的那些关联着现代中国方方面面、形形色色的丰富诗篇虽不具有完整统一的形式,却不期然而然地交绘成了一个连续而宏大的诗歌长卷,成功地塑造出了诗的"现代中国"的总体形象——现代中国饱经苦难的广土众民、民族抗战的悲壮历程、人民革命的滚滚洪流,以及社会各阶层的精神面貌和祖国丰富多彩的自然风光,都在其中得到了真切的反映和动人的表现,并且各篇各集的确既有其自身的独立性而又交织互文、相互辉映、经脉贯通、血肉相连,蔚然形成一个更为宏大的整体,所以才能共同塑造出一个丰富博大、形神兼备的"现代中国"形象。就此而言,艾青的辉煌诗篇堪称是一座诗的"现代中国"的丰碑。这是艾青的诗世界中最为出色也最为宏大的建构。毫无疑问,艾青所创造的这个"现代中国"形象、所构建的这座诗的"现代中国"的丰碑,乃是百年来中华民族从深重的危机中艰难崛起,通过民族解放和人民革命而创建独立的现代民族国家的历史进程在诗歌中的创造性表现,所以它不是史诗而胜似史诗,显示出非同寻常的博大与丰富、悲壮与崇高、广度与深度、意义与美感。这是艾青对中国文学最重大的贡献,它不仅在中国新诗史上是并世无二的辉煌建构(并世和后起的新诗人在某一方面或许有比艾青更杰出的贡献和更精深的造诣,但在总体上都迄未超越艾青的成就),而且在整个中国诗歌史上也是一个划时代的诗歌丰碑,有着可与杜甫笔下的"唐代中国形象"、涅克拉索夫笔下的"近代俄罗斯形象"、惠特曼笔下的"近代美国形象"、凡尔哈仑笔下的"现代欧罗巴形象"相媲美的恒久意义与价值。1938年曾有一位中国左翼作家希望国际友人"抓住战斗的中国民族这个崭新的形象"①而抓住了并且成功地塑造了这个形象的,还是中国的左翼诗人艾青。他在四十年代初即成为最具国际影响的现代中国诗人,②显然与他的这一巨大成就有关。

艾青之所以能够取得如此辉煌的成就,并非偶然。他对民族解放战争的伟大意义有着非常深切的体认,并因此把为民族的自由解放而歌,视为自己的神圣使命——

---

① 冯乃超:《抓住战斗的中国民族这个崭新的形象——代表中华全国文艺界抗敌协会欢迎国际学生代表致辞》,《抗战文艺》第7期,1938年6月。

② 诗人彭燕郊在1943年11月举行的一次文艺座谈会上就指出,"艾青是东半球最有名的诗人,他已经取得了国际地位"——见《战后中国文艺展望》,载桂林《当代文艺》第4期,1944年4月。

> 中国抗战是今天世界的最大事件,这一事件的发展与结果,是与地球上四万万人的命运相关的,不,是与全人类的命运相关的。……诗人,永远是正义与人性的维护者,他生活在今日的世界上,应该采取一种明确的态度:即他会对一个挣扎在苦难中的民族寄以崇高的同情吧?诗神如带给他以启示,他将也会以抚慰创痛的心情,为这民族的英勇斗争发出赞颂,为这民族的光荣前途发出至诚的祝祷吧?
>
> 我们,是悲苦的种族之最悲苦的一代,多少年月积压下来的耻辱与愤恨,将都在我们这一代来清算。我们是担戴了历史的多重使命的。不错,我们写诗;但是,我们首先却更应该知道自己是"中国人"。我们写诗,是作为一个悲苦的种族争取解放、摆脱枷锁的歌手而写诗。诗与自由,是我们生命的两种最可贵的东西,只有今日的中国诗人最能了解它们的价值。①

但艾青并不是一个狭隘的民族主义者,他充分认识到并且反复强调"这战争的革命的性质,这战争的进步的意义必须被每个诗人所了解,所熟稔,这不是帝国主义的侵略战争,所以我们没有国民精神的杀人的沉醉。这是半殖民的国家为了自己能从奴役与被宰割的命运里解救出来的革命的战争。"②而"中国革命——对外要求民族解放,对内要求民主政体的实现这一运动,是人性的争取胜利的斗争,在精神上是无比的'诗的';中国革命的发展与胜利就是中国新诗的发展与胜利。"③所以,在艾青的心中凝聚着深厚的中国意识和坚定的革命意识,同时他还具备了特别执著的自我意识和相当开放的现代艺术意识。正是这些因素的紧密结合与相互作用,才使艾青在新诗坛上独树一帜、成就卓著——如果没有深厚的中国心,艾青不会如此深情地关怀古老中国的现代命运;而如果没有坚定的革命性,艾青对现代中国命运的关怀可能在别的方面,不一定会把重心放在劳苦大众身上,并且他也不会如此准确地把握住现代中国的命运之所系和前途之所在;但如果没有自我的主体性,艾青对现代中国命运的反映与想象就可能失去独特的个性风采;而如果没有开放的现代艺术视野和创造性的艺术天才,则一切要么止步于概念的演绎要么限于平庸的表现而已。前二者的意义不言而喻,因此人们并无异词。但对后两点,则众说纷纭,颇不一致了,所以还需要再做分析。

---

① 艾青:《诗与宣传》,《诗论》,第 78—79 页。
② 艾青:《论抗战以来的中国新诗——〈朴素的歌〉序》,《文艺阵地》第 6 卷第 4 期,1942 年 4 月。
③ 艾青:《抗战以来的中国新诗》,《中苏文化》第 9 卷第 1 期,1941 年。

第五节 "左翼现代主义者"的创造性探索

艾青独立不羁的自我意识及其诗作的独特个性风采,曾经在国统区不少年轻的左翼诗人那里引起了普遍的共鸣,并成为促使他们走上独立自主的左翼之路的重要因素。但几乎自艾青初登诗坛直至四十年代后期,也一直不断有评论指出"他的歌总是'我的歌'"(胡风评语)、他的诗总是带有"诗人的智识分子气"(周扬评语)。这其实是委婉批评艾青的那些革命的诗篇未能彻底清除知识分子的自我意识、思想感情,如知识者的自我表现以及复杂矛盾的情怀等等,所以这些批评家或直接地呼吁或含蓄地启发艾青也应像田间和柯仲平那样,成为断然"抛弃了知识分子底灵魂的战争诗人和民众诗人"(胡风对田间的赞誉)。有意思的是,做出这类批评的大多是左翼批评家如胡风、孟辛(冯雪峰)、吕荧、周扬以及向左转了的闻一多等,而他们其实都首肯艾青诗的革命性及其在现代诗坛上的显著地位,都认为艾青诗作的艺术完成度为田间或柯仲平所不及,甚至也乐意承认艾青那种带有诗人自我色彩的、未能脱尽知识分子气的诗作更合乎他们自己的兴味,所以他们对艾青诗作都并无恶意,甚至颇有好感。也因此他们对艾青的不满和对田间、柯仲平的抬举,只是出于创造一种更合乎革命化、大众化诗学理想的诗歌之想象与期待。在他们的这种想象与期待中,田间、柯仲平的诗作虽然不尽完善,却是走在正确的路向上,艾青则因其对自我的固执和知识分子气,而距革命化、大众化的诗歌理想比较远。① 应该说,这样一类批评所指正的情况,确实是艾青诗作的一个引人瞩目的特点,但未必就是个务须克服的缺点。当然,左翼诗歌的革命化、大众化取向是一种反映了历史正当要求的诗学理想,但它的绝对的纯粹的境界,其实与它所反对的纯诗概念一样,都不是诗的一个可以完全达到的类型,而只是诗人们希求与努力的一个理想边际。因此,对有志于革命的诗人来说,真正重要的还是立足自身实际而努力追求的过程本身,这个过程及其途径当然是多样的和开放的,并不存在唯一正确的选择。也因此,当作为知识分子的诗人把自己追求与革命与大众相结合的独特心得及其间复杂的情怀,用他以为适当的艺术方式做出富于个人色彩的表达,那是不但不足为病,反倒有助于左翼诗歌获得切己的真实性与感染力。

---

① 参阅胡风:《吹芦笛的诗人》(见《密云期风习小记》,海燕书店,1938)、《关于诗和田间的诗》(见《民族战争与文艺性格》,桂林,南天出版社,1943)、孟辛(冯雪峰):《论两个诗人及诗的精神和形式》(《文艺阵地》第4卷第10期,1940年3月)、吕荧:《人的花朵——艾青与田间合论》(《七月》第6集第3期,1941年4月)、周扬:《诗人的智识分子气》(《诗》第3卷第4期,1942年11月)、闻一多:《艾青与田间》(载上海《联合晚报》副刊《诗歌与音乐》第2号,1946年6月)。

从这样的角度看,艾青诗中的那些被批评为过多的"我的"色调或"诗人的知识分子气",其实乃是他的诗篇真切感人、获得成功的原因,因为正是这些出自于"我的"个性化因素,才使得艾青的那些为着民族解放和人民革命的诗歌,避免了一般左翼诗歌的概念化与公式化,而具有了只属于艾青"这一个"的本己体验和个人特色。这特色的一个鲜明的标志,就是艾青的那些辉煌的诗章,在成功地塑造了一个宏大的"现代中国"形象的同时,也成功地塑造了一个感情丰富、颇富个性的抒情主体形象。这个抒情主体的形象其实也就是诗人艾青自我的艺术显现,读者正是通过他的心和眼感同身受地体会到现代中国的深重灾难与艰难复兴,以及一个知识分子对这一切的切身体验和独立思考,与此同时读者当然也对抒情主体自身的情感、胸怀、思想以至于人格获得亲切的体认。我们读《雪落在中国的土地上》等诗篇,最感动的便是作为抒情主体的诗人在漫漫的雪夜里对苦难的祖国之悲怆而深情的叩问——

> 中国的苦痛与灾难
> 像这雪夜一样广阔而又漫长呀!
> 雪落在中国的土地上
> 寒冷在封锁着中国呀……
>
> 中国
> 我的在没有灯光的晚上
> 所写的无力的诗句
> 能给你些许的温暖么?

而当全民奋起抗战、民族复兴的曙光崭露的时候,这个抒情主体也欣然奋起,对战斗的人民和复活的土地进行着诗的巡礼,并在巡礼的过程中抚今追昔,检讨着民族的命运和自己的思想的起伏,最后则带着诗人特有的激情奔向中华民族光明的未来:"我奔驰/依旧乘着热情的轮子/太阳在我的头上/……/我用嘶哑的声音/歌唱了:'于是,我的心胸/被火焰之手撕开/陈腐的灵魂/搁弃在河畔……'/这时候/我对我所看见 所听见/感到了从未有过的宽怀与热爱/我甚至想在这光明的际会中死去……"(《向太阳》)。诚然,这样一种抒情,确实带有浓厚的主体色彩和知识分子气,但这正是"其来有自"而不足怪的。因为诗人艾青本来就是一个情感丰富的知识分子,他几乎在其刚刚登上诗坛的时候,就曾对可能看不惯他的姿态、听不惯他的歌声的人坦然宣告:"因为那是我的姿态呀!""因为那是我的歌呀!"(《芦笛》)

关于艾青诗歌艺术的开放性和现代性，自《大堰河》问世以来也一直存在着不同的看法。一方面，非左翼的人士看重的是艾青在艺术上的现代性与先锋性，但又惋惜艾青的革命性使其在艺术上不能走向纯粹的现代与"耽美"的境界。如曾经为"文艺"请命的第三种人杜衡（苏汶）就认为存在着两个相互矛盾的艾青："一个是暴乱的革命者，一个是耽美的艺术家。"①所谓"耽美"，指的是从波德莱尔到阿波利奈尔的法国现代诗及先锋派艺术的为艺术而艺术趣味，这在杜衡笔下被夸张为一种"连自己的国家的经纬度都不愿意知道的'艺术'流氓"气，即为艺术而艺术的波西米亚人作风或流浪艺术家气质。杜衡的偏爱显然在这个"耽美"的艾青。另一方面，左翼的批评家都强调艾青诗歌艺术的革命现实主义特性，而把他所受西方现代派、先锋派文艺的影响视为有碍诗的革命性的不纯因素，所以他们或者尽量淡化此类影响的痕迹，或者寄希望于作者在进一步走向革命和大众途中能彻底"清除"此类有害的影响，如孟辛（冯雪峰）就直截了当地说，"我以为象征派以及未来派的诗的形式，对于我们的新诗的创造，并不能带来积极的意义，这是完全由我们的诗的精神所决定的。……我以为艾青的某种程度的象征派式的诗的感觉方法，和由此而来的象征派的诗的形式和用语的采用，对于他的诗的精神是会有损害的，在他的诗中，他的诗的本质的精神和他的这种感觉方法及形式之间的矛盾，是明白地反映着的。"②这两种观点虽然在价值判断上截然相反，在艺术上却表现出某种相反而又相似的执著纯粹、狭隘保守的教条主义观点——他们都认定诗的革命性、现实性和诗的现代性、先锋性不仅不可能兼容，而且简直就是相互妨害的。

其实，在这二者之间并不存在如此不可逾越的鸿沟或不可克服的矛盾。当左翼文学和现代主义文学在二十世纪三十年代同时成为国际性的文学思潮时，就颇有一些倾向左翼的现代主义诗人，如法国现代诗人阿拉贡、艾侣亚和英国现代诗坛的奥登一代等。艾青与他们的情况类似，他也是一个具有开放的现代艺术意识的左翼诗人，甚至竟可说是一个"左翼现代主义"诗人。所谓"左翼现代主义"当然与"纯粹"的现代主义不同，因为艾青为之注入了左翼文学的革命性、现实性及其政治理想，但同时它也突破了单纯的左翼文学的艺术教条，而自由地吸纳了现代派、先锋派的艺术因素，所以在艺术上显示出不同于一般左翼文学的开放性、现代性。这突出地表现在以下几个方面。

---

① 杜衡：《读〈大堰河〉》，载《新诗》第1卷第6期，1937年3月。
② 孟辛（冯雪峰）：《论两个诗人及诗的精神和形式》，载《文艺阵地》第4卷第10期，1940年3月。这其实是左翼批评家的共同意见，如吕荧就认为"一个革命的诗人不需要去学习歌唱布尔乔亚阶层的情感，不需要去经历布尔乔亚文学中的种种流别的形式，这是十分明白的事。"——见《人的花朵——艾青与田间合论》，载《七月》第6集第3期，1941年4月。

首先而且显而易见的是艾青以开放的艺术胸怀,坦然地吸纳西方现代主义诗歌的艺术营养,尤其是象征主义诗歌在象征性意象和意境营造上的长处来丰富自己的诗艺。艾青对此是并不掩饰的。他说自己是"最不喜欢浪漫主义的诗人们的作品"而"比较喜欢近代的诗人们的作品的",因为前者"把感情完全表露在文字上"而后者则以更具艺术性的方式表现了"近代人的明澈的理智与比一切时代更强烈更复杂的情感。"① 这里所谓"近代的诗人们的作品"即指自波德莱尔以来直至阿波里奈的法语现代主义诗人以及布洛克、马雅可夫斯基等俄苏左翼现代主义诗人。但艾青摈弃了西方现代主义者如象征派诗人波德莱尔、梅特林克的超验趣味和悲观虚无情调,以及俄苏左翼的未来派诗人马雅可夫斯基等浮夸铺张、缺乏思想的弊病,而注重学习现代主义尤其是象征主义诗人如何以现代的感受方式和艺术手法来传达现代人的复杂经验。由此,艾青不仅纠正了此前中国左翼诗歌直白浅显的写实和浪漫浮躁的叫嚣,使自己的诗作达到了同时的中国象征派、现代派纯诗无法企及的思想境界和丰富博大的艺术境界,而且有力地推进了左翼诗歌艺术的现代化及其感受方式的革新,使之超越了直奔政治主题的宣传化抒情,而走向感觉、情绪、想象、象征与思想的综合,即以切己的情感体验作为诗歌创作的起点,而继之以想象的生发和象征性的转化,再经思想的深化与升华,从而赋予诗作以不同凡响的深度与广度,带给读者深广而又复杂的美感。如《复活的土地》一诗就由作者在沪杭路上所见大地复苏的景色起兴,但诗人并没有止步于即兴的抒情写景,而经想象的一路扩展和暗喻的转化,继之以深沉的思索与升华,最终呈现给读者的乃是一篇象征性地喻示了人民奋起抗战、民族必将复兴的杰出诗章。艾青特别擅长运用富于共感的音色来喻示一言难尽的复杂情怀。如《手推车》——

  在黄河流过的地域
  在无数的枯干了的河底
  手推车
  以唯一的轮子
  发出使阴暗的天穹痉挛的尖音
  穿过寒冷与静寂
  从这一个山脚
  到那一个山脚
  彻响着
  北国人民的悲哀

---

① 艾青:《我怎样写诗的》,《艾青全集》第 3 卷,第 132 页。

诗中阴暗的天穹、枯黄的河道与手推车痉挛的尖音构成了音色的共感，这共感的音色又与"北国人民的悲哀"形成了非常契合的共鸣。这显然也得益于象征派等现代主义诗歌艺术的启发。有时艾青也喜欢运用反拨（反讽）的抒写手法和知性的态度抒情。正因为艾青广泛地吸取了象征派等现代主义文艺感受方式和表现方式，所以他在诗歌写作中坚定不移地奉行的乃是革命现实主义之关怀现实、改造现实的精神，而并不拘泥于其典型化方法和细节真实等写实性艺术规范，毋宁说艺术上的"写实"往往被他发挥到写意性、象征性的境界，而这一切在那些固守现实主义艺术规范的左翼批评家那里，就不大容易理解甚且常常被误解，所以他们多次批评艾青的《吹号者》、《他死在第二次》、《乞丐》、《骆驼》等诗作，认为它们对工农兵的描写有违现实主义的真实性要求，以致艾青不得不出面澄清说《吹号者》"只是对于'诗人'的一个暗喻，一个对于'诗人'的太理想化的注解"，不能太老实地按一个"吹号兵"去理解，并提醒批评家们在批评象征主义的神秘—悲观主义倾向时，不要连"诗的象征的手法"[①]也一并非难。

其次，开放的现代艺术意识，也使得艾青能在绘画、戏剧、小说以至于音乐、电影艺术中自由采撷，大大拓展和丰富了他的诗作的表现力和艺术性。这自然与艾青在法国留学时期所受先锋派艺术以及现代派文学的广泛熏陶有关——那一切给艾青留下了终身难忘的深刻印象，自然不能不影响到艾青的诗艺。不少人都注意到艾青的诗作自然浑成而又沉郁顿挫的谨严章法，那其实是吸取了现代小说的结构艺术、戏剧性的场景转换技巧和音乐的变调技法，所以才能曲折有致、井然有序地推动着诗情诗思的起承转合，这在《火把》、《向太阳》等长诗中的表现尤其出色。艾青在其诗论中曾特别提醒诗人要扪心自问："我有'我的'颜色与线条以及构图么？"[②]至少艾青自己的现代美术素养使他的诗歌创作受益匪浅，所以他的诗作不仅在形象、意象和场景的描绘上表现出对色彩、线条以至于光线透视的讲究，而且在诗作整体意境的构图设计上也匠心独运，特别擅长处理诗作的主体情理架构与局部肌质细节的关系、基本色调与主导意象的关系，如灰黄沉郁的土色背景之渲染和渐近渐明的阳光之透露就时常贯穿于艾青诗的全篇，那显然是有意为之的艺术设计。并且艾青诗歌在形象、意象和意境的营造上，其实也交叉运用了近似于电影艺术的广角镜头、长镜头和特写镜头的技巧。诸如此类吸取自其他文艺门类的艺术表现方式，在《雪落在中国的土地上》、《北方》、《乞丐》等诗作中都有着娴熟的运用，它们无疑有助于现代诗艺术表现力的丰富和美感魅力的提升。

[①] 艾青：《为了胜利——三年来创作的一个报告》（1940年12月），见《艾青全集》第3卷，第124—126页。
[②] 艾青：《诗论》，第54页。

艾青对自由诗体的推重并以之作为自己写作的主导诗体，其实也体现了他的艺术意识的开放性、现代性以及革命性。因为在他的艺术视野里，"诗是自由的使者，""诗的声音，就是自由的声音。"①所以自由诗体之"自由"，对艾青来说恰恰意味着它是最具开放性、现代性和革命性的诗体。而艾青广博的现代艺术素养和过人的创造才华也使他足以驾驭自由诗体并提高其艺术水准。事实上，中国新诗里的自由诗体在很大程度上乃是经由艾青十多年的创造性运用，才在艺术上获得了长足的发展——自由挥洒的散文美和诗歌语言的韵律感在艾青诗中构成了充满张力的存在——从而改变了先前的自由诗之散漫随意、缺乏诗美的不佳形象，以成熟的姿态稳立在中国现代文坛上，赢得了普遍的尊重，从此再没一个严肃负责的批评家可以怀疑自由诗也是诗的一体，而且是一种独具美感的现代诗体了。这是艾青对中国现代诗歌的又一重大贡献。当然，自由诗体乃是一种永远向着未来开放的、具有无限可能性的诗体，所以它永远不可能被谁完全地完成。就此而言，艾青只是帮助它牢固地站立起来，成为迄今现代汉诗写作中被运用最为频繁的主导诗体，而不是也不可能是它的最终的完成者。而且即使才力博大如艾青者，其诗作也不可能篇篇俱佳，加上他创造力勃发的三四十年代恰是战争和革命的年月，如此时代既激发了他的创造激情和艺术天才，同时自然也对他有所牵制与限制，所以即兴率意之作、散漫粗糙之弊，在艾青亦难完全避免，然而毕竟无伤大雅、无损大体。单是在三四十年代的诗歌创作，已为艾青在中国诗歌史上赢得了确定不移的崇高地位，若就他一生的丰富创造而论，则允称杜甫之后中国诗歌史上的又一座丰碑。

---

① 艾青：《诗论》，第8页。

第十七章
全面抗战及四十年代的小说

第一节　从抗战小说到讽刺暴露小说

适应着全面抗战爆发之初民族情绪的释放和抗战宣传的要求,初期的抗战小说创作也多是急就的短篇,带有较强的战地报道性和宣传鼓动性,往往热情有余而艺术个性不足,这自然是一时难免的。即使比较出色的抗战小说如萧乾的《刘粹刚之死》、碧野的《北方的原野》等,也都带有纪实性。[①] 而使抗战小说令人刮目相看的是丘东平和姚雪垠独具特色的创作。

丘东平(1910—1941,广东海丰人)早年曾参加过海丰农民运动和武装起义,"九·一八"后参加十九路军,亲身经历了上海"一·二八"抗战和热河抗战,三十年代在"左联"的培养下走上创作道路,有小说集《沉郁的梅岭城》等,主要以自己的亲身经验为基础,描写了其故乡的农民革命斗争,显示出倔强的反抗意志和峭厉的艺术风格。1937年7月全面抗战爆发后丘东平立即奔赴前线,撰写战地报告《第七连》等,并创作了多篇描写战斗前沿的小说,作品多在胡风主编的刊物上发表,所以被认为是"七月"派的一员。由于丘东平富有战地经历,对前线军人的英勇和抗战的悲壮有切身的体验,所以他的抗战小说一出手就非同一般。《一个连长的战斗遭遇》、《暴风雨的一天》等是典型的战地小说,真实地反映了抗战前线的悲壮情景,也沉痛地揭露了国民党军队里不平等的官兵关系——一边是暴戾恣睢的长官们,不把士兵当人看,随意处置其生命,一边是英勇不屈的士兵,虽然没有地位,却仍然浴血奋战、为国效命。稍后的《友军的营长》更进一步揭露了国民党军政体制的腐败无能与全民抗战要求的尖锐矛盾。1938年春丘东平加入新四军,1940年进入新四军苏北根据地,次年6月殒命疆场,留下了一部未能完成的长篇小说《茅山下》。从已写出的五章可以看出,作者在这部小说中力图

[①] 《刘粹刚之死》在《文艺阵地》第1卷第4期发表时,目录上标明是"小说",但作者萧乾特地在作品后面加"附记"说明,"本文关于(刘粹刚)殉职经过,系依据烈士的夫人许希麟女士的口述"。而碧野的《北方的原野》也是作为"战地报告丛刊"之一出版的。

对新四军初到江南敌后的艰苦战斗生活进行真实和深入的描写,尤其注意揭示革命队伍中工农干部郭之龙与知识分子周俊等人之间的思想性格冲突,这在当时是独具慧眼的新发现。丘东平的小说富于战地生活实感和直面现实的锐气,带有浓重的主观感情和沉郁的悲剧色调,尤其注重凸现人物强烈的生命意志和生活的复杂矛盾,显示出非同一般的才华。"我的作品中应包含着尼采的强者,马克思的辩证,托尔斯泰和《圣经》的宗教,高尔基的沉着的描写,鲍特莱尔(通译作波特莱尔——引者)的暧昧,而最重要的是巴比赛的又正确、又英勇的格调"。① 这是丘东平的创作抱负。可惜的是他英年早逝,其创作追求也就半途夭折。不过,差堪幸慰的是,丘东平的创作抱负在更年轻的"七月"派小说家路翎那里得到了近乎完全的实践,并且在丰富性和复杂性上有更充分的表现。

姚雪垠(1910—1999,河南邓县人)1931年因参加学潮被大学开除,遂到北平谋生,并开始学习创作,三十年代已有不少作品发表,但真正引起文坛瞩目的是他1938创作的短篇小说《差半车麦秸》。"差半车麦秸"(喻指一个人脑子不够数)是一个农民的外号,他带着农民的质朴和小生产者的毛病参加了抗日队伍,闹出了种种让人哭笑不得的傻事,但也在战斗中经受锻炼,逐渐发生了变化,后来在一次激烈的战斗中成了英勇杀敌、光荣负伤的英雄。这篇小说突破了初期抗战小说在人物描写上的简单化模式和现代小说相沿成习的欧化作风,以富于生活气息的细节和大众化的语言,明快幽默的笔调,生动地表现了一个被视为憨傻的农民在抗战风雨的洗礼下逐步成长为一个抗日战士的过程,因此一发表就赢得好评,被茅盾誉为"目前抗战文艺的优秀收获。"② 这篇小说和作者后来创作的中篇小说《牛全德与红萝卜》,率先在国统区的小说创作中进行了民族化和大众化的尝试。四十年代姚雪垠致力于长篇小说的创作,《戎马恋》和《春暖花开的时候》等长篇企图融儿女情长与时代风云于一体,增强了小说的可读性,但也被批评有趣味化之弊。比较重要的是《长夜》(1947年),这部长篇小说以作者少年时期曾被土匪掳掠而又被释放的经历为基础,描写了河南一支"杆子"(当地对土匪的别称)的特殊生涯,揭示了农民被逼为匪的社会原因及其未被磨灭的人性。这是对现代文学表现领域的一个有意义的拓展(萧军在三十年代曾经以东北的"胡子"为题材撰写长篇小说《第三代》,但时作时辍,全书直到1955年才完成),在作者的创作生涯中具有承上启下的意义。与此同时,作者也开始研究明史。新中国成立后姚雪垠集数十年的心血创作了反映明末农民起义的长篇巨制《李

---

① 转引自郭沫若:《东平的眉目》,《沉郁的梅冷城》,花城出版社1983年版,第5页。
② 见1938年5月16日出版的《文艺阵地》第1卷第3期"编后记"。按,《差半车麦秸》就发表在这一期《文艺阵地》上,而茅盾当时是该刊主编,所以"编后记"应出于茅盾之手。

自成》，为历史小说的发展做出了重大贡献。

抗战当然是战时作家普遍关心的头等大事，而它又与当时社会的方方面面、形形色色有着复杂的关联，所以在抗战初期"写抗战"虽然呈一时之盛，后来许多小说家也都写过与"抗战有关"的小说，但战时的小说界是不可能也不应该止于单写抗战小说的。最初的热情过后，作家们很快就发现社会现实矛盾重重、弊害丛生，"抗战建国"、"民族复兴"的前途不容乐观。所以紧接着初期抗战小说而起的就是讽刺暴露小说。事实上，最初的讽刺暴露小说——张天翼的《华威先生》是1938年4月发表在茅盾主编的《文艺阵地》创刊号上的，这甚至比姚雪垠的《差半车麦秸》还早。这种创作倾向的出现并不奇怪：既然作家们感受到了"抗战建国"的艰难曲折和战时国统区社会政治文化等诸多方面的不合理现象，那么针砭各种不合理现象及其根源的讽刺暴露小说也就应运而生。张天翼是在三十年代就以写作讽刺小说见长的左翼作家，《华威先生》更是本时期国统区讽刺暴露小说的开山之作，作品发表后曾经引起抗战文艺要不要暴露的广泛讨论。其中自然难免讳疾忌医的论调，但于理无据而且不占主流，多数作家以为对不合理的社会现实进行批判，不但无损于抗战而且实在是有利于民族的新生的。张天翼接着又创作了《谭九先生的工作》和《"新生"》，与《华威先生》一起结集为《速写三篇》。这些作品讽刺的锋芒相当锐利且内涵较为深远，笔触从容含蓄，分寸把握得当，表明张天翼的讽刺艺术已克服了此前夸张过分而辞气浮露的缺点，进入较为成熟的境界。尤其是他笔下的华威先生，好像为抗战救亡而忙得不亦乐乎，以至于这样表白道："我恨不得取消晚上睡觉的制度。我还希望一天不止二十四小时。救亡工作实在太多了。"然而实际上他所有的讲话不外官腔套话，而他所有的忙迫不外是为了抓权而已。这种行径终于激起了热血青年的反抗，但华威先生是否就此收敛了呢？没有。作品是这样结尾的："这晚上他没命地喝了许多酒，嘴里嘶嘶嘶嘶地骂着那些小伙子。他打碎了一只茶杯。密司黄扶着他上了床，他忽然打个寒噤说：'明天十点钟有个集会……'"作品笔墨简练传神，成功地刻画了一个满口官腔、热衷权力的文化官僚形象，其概括性则超越了战时社会的特定范围，成为类似于"阿Q"那样具有普遍意义的典型。

抗战进入艰难的相持阶段以来，政治气候有所逆转，尤其是皖南事变之后，国共摩擦增多，国民党加强了特务统治以打击进步力量，国统区社会弊端日渐显露，这引起了人们的普遍不满。讽刺暴露小说适应着这种社会形势获得了迅速的发展，从左翼小说大家茅盾到通俗小说大家张恨水都转入了讽刺暴露小说的创作。茅盾在1941年夏创作了暴露国民党特务统治黑幕的长篇小说《腐蚀》，融社会分析与心理描写为一体，是四十年代讽刺暴露小说的扛鼎之作；张恨水的《八十一梦》、《五子登科》、《魍魉世界》等长篇，则尝试把清末民初的谴责小说、社会小说传统与梦幻、寓言的形式融合起来,表达对国民党达官显要纸醉金迷而普通百姓民不聊生的现实的抗议。萧红的《马伯乐》、靳以的《众神》、黄药眠的《陈国瑞先生的一群》等也是讽刺的名篇。这种创作趋向一直持续到抗战胜利之后的四十年代末期,牵涉许多作家作品,如沙汀和钱钟书的小说就讽刺犀利,但又不止于讽刺,而别有精深的造诣。

其实,从热情的抗战小说转向冷峻的讽刺暴露小说,也只是一个更大的转折的开始:从那之后的国统区小说创作主潮不可逆转地趋向更为严峻也更为注重"分析"的深入发展时期,其分析的笔触则分别指向现实的社会矛盾与阶级关系,社会各阶层的精神状态和种种"生活样式"所构成的社会生态以至于个人的存在体验与深层意识,并从而呈现出不同的艺术风貌。这表明经过二三十年代的实验和积淀之后,相当一批小说家不论对社会生活还是小说艺术,也都有了更为深入的认识和更为自觉的追求,从而使中国现代小说在四十年代终于迎来了一个可以在沉潜中走向深入的机遇。如此自觉地走向"分析",当然显著地拓展并深化了中国现代小说的现实性与现代性,却也不免给读者过于严峻和沉重之感。其实,置身于那个沉重和严峻时代的广大读者也需要富于浪漫性、抒情性和趣味性的读物来调剂身心,所以与注重"分析"的倾向相伴而生的,还有富于"情调风格"的小说以及"传奇"之作,如表现都市时髦男女风流情的摩登传奇和刻画城市流浪少年走向革命的新市井传奇。这些"传奇"与解放区的"新英雄传奇"、沦陷区的"反传奇的传奇"构成了有意味的对照。

第二节 沙汀与路翎:左翼小说向社会—心理分析的新拓展

茅盾、沙汀和路翎代表了全面抗战及四十年代国统区左翼小说的老中青三代,他们丰硕厚重的创作使左翼作家在这一时期的小说界具有了举足轻重的地位和影响。

沙汀(1904—1992),原名杨朝熙,又名杨子青,四川安县人。1921年起就读于成都省立第一师范学校,1926年毕业后曾在家乡参加革命工作。1929年流亡到上海,刻苦自学,参加开办辛垦书店,随后加入"左联",开始创作活动。他最初的一些短篇小说着力表现当时苏区的革命斗争,但不免受早期"普罗小说"的影响,多凭一时的印象和想象来表现一种观念和题旨,实感和深度不足。幸运的是沙汀及时地得到了鲁迅的指导。1931年岁末,沙汀和他的同学汤道耕(艾芜)为了创作上的困惑——写自己熟悉的生活却又担心那样的题材对时代没有意义,看到一些普罗作家笔下的人物突变式地走向革命,又觉得那是不真实的——写信向鲁迅请教,鲁迅在回信中鼓励他们"可以各自就自己现在能写的题材,动手来写的。不过选材要严,开掘要深,……现在能写什么,就写什么,不必趋时,自然更不必硬造一个突变式的革命英雄,自称'革命文学';但也不可苟安于这一点,没有改革,以致沉没了自己——也就是消灭了对于时代的助力和贡献。"① 同时在上海,关于中国社会性质的论战正在热烈地进行,沙汀参与创办的辛垦书店本来就是一家专营社会科学的书店,其中也有人卷入论战,这不能不引起他的关注,并且最早对沙汀的第一部短篇小说集《法律外的航线》给予好评的著名左翼作家茅盾,更以其独特的社会分析小说参与这次论战,沙汀还去出席了《子夜》的出版庆祝会,……这一切对沙汀此后的创作路向有相当深远的影响。当然,消化这些影响并结合自己的实际,进行富有成效的探索,这对创作态度严肃的沙汀来说是需要一个过程的。直到1936年7月出版了《土饼》一集,沙汀才在家乡四川农村找到了自己的文学"根据地",写出了道地的川味农村故事。次年7月出版的《苦难》一集又有所发展。至此,他作为一个杰出的短篇小说家的地位已然确立。全面抗战爆发后,沙汀奔赴延安,曾任鲁艺文学系代主任,1938年11月随贺龙率领的一二〇师转战晋西北和冀中,长篇报告文学《随军散记》即是此行的结晶。1939年11月沙汀衔命回重庆做文化联络工作,同时也好就近照顾拖累甚重的家庭。1940年夏到1948年,沙汀先是在重庆、随后又回到川西北的故乡蛰居,迎来了他的小说创作的成熟与丰收期,多年积累起来的生活经验和对现实的锐利分析,转化为持续的创作冲动,贡献出了《在其香居茶馆里》、《勘察加小景》等一系列短篇小说和长篇小说"三记"——《淘金记》、《困兽记》和《还乡记》。正是这些小说一举奠定了沙汀作为继茅盾之后最重要的社会分析小说家的声名,也为他在新中国文坛上赢得了显著地位。

  这些成就的取得并非偶然。沙汀无疑是一个善于学习他人创作经验而又注意开掘个人生活经验的作家。四十年代的他已成功地把两位前辈作家开创的小说写作传统——鲁迅的乡土写实小说与茅盾的社会分析小说——消化并整合为自己的素养,而正是这二者的结合使他能够得心应手地运用社会分析的观点去深入开掘自己丰厚的乡土经验,胜任愉快地用小说完成了对抗战时期中国农村各阶级和阶层的社会分析,描绘出了它的形形色色的人物与纷繁复杂的全景。就其广度与深度而言,这无疑是一个巨大的文学工程,稍前和并世的不少现代小说家都曾经有此企图,但都未能或无力完成它,直到沙汀的小说,尤其是"三记"的问世才算真正地实现了这个宏大的文学夙愿。"三记"各书故事发生的时间有先后,而且各书有不同的分析焦点,从而构成了一个富于历史的连续性和纵深感的小说系列。最早创作的《淘金记》写的是1939年冬到次年春发生在川西北乡

---

① 鲁迅:《关于小说题材的通信》,《鲁迅全集》第4卷,第377—378页。

镇北斗镇上的一场争发国难财的丑剧,这场丑剧的主角是在当地居统治地位的头面人物龙哥、白酱丹、林幺长子、彭胖,他们不是地主豪绅、流氓恶霸就是袍哥大爷和贪官污吏。在开发资源、抗战建国的堂皇名义下,他们为争夺一处金矿的开采权而勾心斗角、激烈争夺。作品由此不仅有力地抨击了这伙蠹虫对抗战的蛀蚀和破坏,而且揭示出抗战时期国统区农村社会统治阶级的"与时俱进",有的甚至在向资产阶级转型,但在他们变本加厉的盘剥和无法无天的统治下,农村社会是更加黑暗而民生也更加凋敝的。《困兽记》描写的是一群在困境中挣扎的乡村知识分子,故事发生在1940年的四川某乡村。其时适逢假期,从前线归来的章桐建议大家像抗战初期那样重演救亡戏剧,这重新点燃起了那些倍感压抑和苦闷的乡村知识分子的热情,但如此正当而且有益于抗战的活动却受到当地县党部的干涉与阻挠,演剧的事情尚未开始就夭折了;与此同时失败的还有田畴和吴楣之间的爱情,他们一个是不愿在灰色生活中沉溺的乡村教师,一个是被迫给地主做小的知识女性,但他们无力摆脱生活的困境,小小挣扎后又都退缩回去了,只有不甘屈服的章桐再次出走。作品沉痛地揭露了造成这些乡村知识分子灰色生活的社会原因,也深切地揭示了知识分子自身浮躁脆弱和容易动摇的弱点。《还乡记》没有交代故事的准确时间,大约发生在抗战的中后期。故事的主人公冯大生是个为了还债而自卖壮丁的农民。他不怕打仗,但他所在的国军部队并不同日本鬼子开战,他在部队里得到的只是非人的待遇。不甘忍受的冯大生逃回家乡,却发现妻子已被保长玩弄而且被保队副霸占。由于官官相护,有冤难诉的冯大生与保队副打了一架,却被保长等威胁要抓他的逃兵之罪。无情的事实教育了冯大生,他随后发动乡民对地主与贪官进行斗争,取得了初步的胜利,但他自己也因此成了地主与贪官们的眼中钉,而被迫再次出逃。不过这次出走的冯大生更加坚定了反抗的决心,他坚信农民总有翻身的那一天,自己总有回来的那一天。显然,从《淘金记》到《困兽记》再到《还乡记》,沙汀不仅逐步完善了他对乡土社会各层面的描绘,而且逐层深入地分析了抗战时期农村社会各阶级、各阶层的关系与矛盾,从而也就揭示了中国农村的根本问题与出路之所在。不解决这些问题,中国农村以至于整个中国是没有前途的。这种着眼点和沈从文等京派小说家的乡土抒情是截然有别的,也与一般左翼作家的农村题材小说不同。因为沙汀既没有让自己的乡土感情淹没分析的理性,又力戒从概念出发去演绎社会科学理论,他的"三记"乃是基于他所熟悉的川西北乡村生活经验,所以故事真实生动而人物大都栩栩如生,加上作者的叙述相当克制,力图让倾向性从乡村生活场景与细节的"客观"描绘中自然而然地显现出来,所以"三记"不仅被视为左翼文坛的重要收获,也得到非左翼人士如李长之和卞之琳等的好评。卞之琳就盛赞《淘金记》"是抗战以来所出版的最好的一部长篇小说。……要说写实,这才当真做到了。"①

沙汀是现代小说史上少有的长篇与短篇兼擅的小说家。如果说他的长篇小说严谨厚重有余而读来不免有点沉闷的话,那么他的短篇小说则的确匠心独运而笔墨灵活,更能代表他的艺术造诣与艺术个性。三四十年代沙汀推出了多部短篇小说集,有不少篇章是艺术精湛、意蕴深厚的名作,其中《在其香居茶馆里》和《勘察加小景》已被公认为经典之作,代表了他的短篇小说艺术成就的两个方面。《在其香居茶馆里》一开始就让矛盾的焦点人物出场:"坐在其香居茶馆里的联保主任方治国,当他看见正从东头走来,嘴里照例叫嚷不休的邢么吵吵的时候,简直立刻冷了半截,觉得身子快要坐不稳了。"这就预示着一场好戏就要在这里开场了。随后各路头面人物果然陆续聚拢来而且自然而然地在这里上演了一场"吃讲茶"以至于相互开打的好戏,接着是迟钝的蒋米贩子赶来报告了"好消息"后的惊讶——"你们是怎么搞的?你牙齿痛么?你的眼睛怎么肿啦?……"——作品就此戛然而止,真正做到了行于所当行的得体与止于所当止的适度。这正显示了沙汀短篇小说艺术的一个独擅胜场之处:他特别善于营造某种富于戏剧性的场景,把各路人物聚拢来让他们自我表演,结构巧妙而自然,情节虽然纷纭复杂而笔墨极为干净利落,叙述不动声色而含不尽之意于言外。《勘察加小景》则在一个秋风秋雨之夜展开叙述:一个流娼被捉起来示众一天之后,又饥饿又困乏,但她的屈辱与苦难似乎还没有完,看守她的保安队班长又打上了她的坏主意。然而似乎笃定要发生的事情并未发生,作品随后展示给读者的倒是那个流娼在班长与所丁那里得到了同情和善待。这出人意料的发展其实也在情理之中,它使作品超越了丑恶的暴露而开掘出污秽中的人性。这代表了沙汀的短篇小说耐人寻味的另一面——善于用富有韵味的语言体贴入微地表达对人生的有同情的理解,透过他的温润明净而且从容裕如的笔触,人们真切地感受到所谓阶级性并非自外于人性,而是人性的特定表现,即使在污秽与磨难中也存在着人性的微光。从文学史的角度看,自五四文学革命以来,短篇小说被推举为最具现代性的小说艺术体式,胡适从理论上、鲁迅在创作上为它在中国的发展奠定了基础,三四十年代短篇小说的写作仍然颇为盛行并且杰作时见,但也不免泥沙俱下,而大浪淘沙、披沙拣金,沙汀无疑是短篇小说艺术的出色淘金者,堪称继鲁迅之后最为杰出的短篇小说艺术家,连左翼小说大家茅盾也自叹不如:"沙汀的作品在那时才是货真价实的短篇,我是很佩服他的"。②

沙汀的小说还有一种经久弥新的特殊味道,那或许可以称为"川味"吧。从

---

① 卞之琳:《读沙汀小说〈淘金记〉》,《卞之琳文集》中卷,第41—44页。
② 茅盾:《短篇创作三题》,《茅盾论创作》,上海文艺出版社1980年版,第586页。

鲁迅的率先示范和周作人的理论倡导开始,所谓"地方色"或"地方风味"一直是许多现当代小说家着力追求的特色,但大多只是个人风格的装饰,而真正化为作品的血肉者就比较少见了,更进一步发展成某种被公认为小说的文化与美学尺度的典型"风味"者,就更少见了,有之则首推所谓"京味小说",其次大概就是"川味小说"了。有别于小说的"京味"成于众手,现代小说的"川味"则主要是由两位杰出的巴蜀作家苦心营造而成为一种典型风味的,先是李劼人,随后就是沙汀。李劼人给"川味"奠定了朴素的基础——丰富生动的巴蜀风俗描写、热情爽朗的川人性格以及风趣幽默的川人言谈方式。沙汀则更进一步赋予其"麻辣味"。这种"麻辣味"是地方风俗文化之艺术化的提炼和理性化的拓展,所以诸如川人茶馆里的"吃讲茶"、乡场上赶集时的闻风凑热闹等等,在沙汀的小说里就不仅是风俗画,更是出于推动小说情节发展和集中分析三教九流人物性格以至于展现阶级分野的艺术匠心,而沙汀小说的语言既有辛辣得让人咂舌的痛快爽利,也有温文不火的麻涩之感,还有绵里藏针式的川味含蓄。凡此种种,不但使沙汀的讽刺艺术迥异于人,而且使他的社会分析获得了独特的美感。沙汀的小说成为后来巴蜀小说家"川味"追求的艺术资源之一。

与沙汀同时向社会分析拓展的还有他的老同学艾芜。艾芜敏锐地关注着全民抗战给战时中国社会带来的新变化,如《秋收》一篇就反映了全面抗战初期军民关系的可喜变化:由于过去当兵的总是欺压老百姓,所以当一些伤兵主动帮助驻地村民收稻的时候,村民们都婉言谢绝了。但后来的事实证明当兵的是真心诚意,村民们也就渐渐改变了讨厌当兵的心理。这篇作品显然具有鼓舞军民团结抗战的积极意义,所以在当时曾经引起了较大的反响。当然,艾芜不久就意识到事情的另一面——举国一致对外的抗战并没有也不可能从根本上改变国统区的阶级关系,而不同阶级和阶层的人们对抗战其实也持不同的立场和态度。由此艾芜在抗战末期以后着力揭示战时民族矛盾与阶级矛盾相交织的复杂社会现实,创作了《石青嫂子》等短篇小说和《丰饶的原野》、《故乡》、《山野》等长篇小说。《石青嫂子》揭露了一个令人痛心的问题——在抗战的大后方农村社会里仍然存在着严重的阶级压迫,而像石青嫂子那样安分守己的农妇也不甘再任人欺压了,她的倔强的性格和反抗精神预示着今后的统治阶级未必再能维持其统治的安稳了。长篇小说《山野》更为全面和深入地展现了抗战时期农村社会矛盾的交织及其演变。作品描写的是一个南方村庄一昼夜间迎战日伪军的战斗经过,但作者真正着力揭示的是农村各阶级、各阶层面对日伪军的来犯所采取的不同态度和立场。所以这不是一部单纯的抗战小说,而是一部旨在分析战时农村复杂阶级关系与社会矛盾之作。《山野》的创作不仅标志着艾芜思想的进展,也展示了艾芜不同以往的艺术追求。这部小说不再是感性的抒情和浪漫的传奇,而是一部结构严谨、富于分析深度的现代长篇小说,虽然头绪纷繁、矛盾交织,但处理得当、驾驭自如。要说缺点,那倒可能是控制得过于严谨了,反而减少了艾芜作品一贯的自然与洒脱之美。

路翎(1923—1994)原名徐嗣兴,祖籍安徽无为县,长于南京,是中国现代文学史上少见的富有创作天才的作家。据说他出生在外祖父家,并且是随外祖父的姓,而他的外祖父是苏州首富,这给入赘的女婿——路翎的父亲——很大的压力,以致他在路翎年仅两岁的时候就自杀身亡。为了摆脱阴影,路翎的母亲移居南京,与一个小公务员再婚。生活在这样的大家庭和小家庭里,小路翎倍感压抑,养成了敏感内向的性格。"我的童年是在压抑、神经质、对世界的不可解的爱和憎恨里度过的,匆匆度过的。"①路翎曾如此回忆。入中学一年后,全面抗战爆发,南京失守,路翎一家逃到四川,他的中学学业时断时续,1938年底更由于"自由散漫"、"思想左倾"而被开除。从此路翎开始独自闯荡,先后在学校、矿冶等部门当小职员。也就从这时起,路翎开始了他的文学活动。这种选择并非偶然。事实上,幼年压抑的家庭生活、青少年时期在战火与动荡中流浪,以及由此而来的敏感和想象力,都把路翎推向了文学。并且,多年来路翎怀着强烈的精神饥渴进行了广泛的阅读,这使他不仅领略了尼采的强者哲学、马克思的辩证法、托尔斯泰描写人在战争与和平生活中的"心灵辩证法",车尔尼雪夫斯基的理想主义英雄色彩,高尔基对流浪汉的浪漫抒写和对革命者典型性格的沉着描写,还见识了从波德莱尔到纪德的现代主义作家倾心表现的都市社会的堕落与现代人的忧郁,罗曼·罗兰式的富于青春激情和理想,陀斯妥耶夫斯基式的灵魂拷问,肖洛霍夫笔下的人民原始的力量和泼辣生命,以及厨川白村所谓生命力被压抑者之苦闷的象征的文艺理论等,……这些阅读既开阔了路翎的视野,也培养了他偏爱探究人的精神状态和心理过程的文学趣味。而当青年路翎带着激情与想象尝试创作之初,他恰好遇到了胡风,时在1939年后半年。胡风那种强调"主观战斗精神"和"向生活突进"的现实主义文学主张,无疑是最适合路翎的个性与兴趣的。正是在胡风的指导和鼓励下,四十年代的路翎在创作上突飞猛进,推出了《饥饿的郭素娥》、《青春的祝福》、《蜗牛在荆棘上》、《求爱》、《在铁链中》等中短篇小说集和长篇小说《财主底儿女们》等,不仅是最能体现"七月"派创作特色的中坚作家,而且被公认为最具实力和复杂性的左翼文坛新锐、前途不可限量的新生代小说家。

虽然同为左翼作家,但年轻的路翎与资深左翼小说家茅盾、沙汀迥然有别。这差别在于,茅盾和沙汀走的是经典现实主义加现代的社会分析的路子,这种分

---

① 路翎致胡风信中语,见《胡风路翎文学书简》,安徽文艺出版社1994年版,第9页。下引作品均据此版。

析着重政治经济的定性,分析的意图仍然力求通过"客观"的写实"自然"地展示给读者;而路翎走的是"富有热情和重视体验的现实主义"①,这种"另类"的现实主义显然吸取了浪漫主义和现代主义的因素,其要点是强调作家应充分调动其主体的精神意志,以"复杂的战斗热情"(路翎语)"突入现实的内部去掌握火辣的向上的斗争"②,以获得"内容的力学的表现"③。从后一种现实主义来看,茅盾和沙汀等人的现实主义就由于创作主体激情的不足而显得"被动"和"客观",因而被批评为庸俗的"客观主义"、"公式主义"以至"教条主义"和"右倾倾向"。发起这种批评的是胡风,而最直言不讳的批评者就是路翎。由此,他们划清了与"客观"写实的左翼社会分析的界线,而强调创作主体应本其"实践的生活意志","从对于血肉的现实人生的搏斗开始"创作④,并将创作着力的重心锁定在"现实的内部",即人们的"精神状态"或"心理过程"上。之所以如此,是因为他们认定"文艺作品并不是社会问题的[政治]图解或通俗演义,它的对象是活的人,活人的心理状态,活人的精神斗争。人的心理或精神虽然是各自产生自一定的社会土壤,但它却有千变万化的形状和错综缭乱的色彩;作家通过自己的精神能力迫近它,把捉它,融合它,提高它,创造出一个特异的精神世界。"⑤而如果"不能理解具体的被压迫者或被牺牲者的精神状态,又怎样能够揭发封建主义的残酷的本性和五花八门的战法?不能理解具体的觉醒者或战斗者的心理过程,又怎样能够表现人民的丰沛的潜在力量和坚强的英雄主义?"⑥路翎是这种文学主张最卓有成效的实践者。他断然宣告:"'万物静观皆自得',我们不要,因为它杀死了战斗的热情。将政治的目的直接搬到作品里来,我们不要,因为它摧毁了复杂的战斗热情,因此也就毁灭了我们底艺术方法里的战斗性。"⑦而"如果没有这一主观斗争,那就不管写什么都是公式主义或虚伪的客观主义"。所以他决意追求一种"向现实的内部突进,真正的能够作为陶铸客观内容的主体的,执著于追求客观内容的主观及其战斗热情。"⑧这种专心"向现实的内部突进"以拷问人的"精神状态"、揭示人的"心理过程"的创作追求,就是一种带有左翼色彩的"心理分析",这在路翎的代表作《饥饿的郭素娥》和《财主底儿女们》里得到了淋漓尽

---

① 这个概括首见严家炎著《中国现代小说流派史》,人民文学出版社1989年版,第279页。
② 路翎:《评茅盾底〈腐蚀〉兼论其创作道路》,《路翎批评文集》,珠海出版社1998年版,第63页。
③ 胡风:《忆东平》,《胡风全集》第3卷,湖北人民出版社1999年版,第344页。下引作品均据此版。
④ 胡风:《置身在为民主的斗争里面》,《胡风全集》第3卷,第186—187页。
⑤ 胡风:《人生·文艺·文艺批评》,《胡风全集》第3卷,第197页。
⑥ 胡风:《置身在为民主的斗争里面》,《胡风全集》第3卷,第187页。
⑦ 路翎:《〈何为〉与〈克罗采长曲〉》,《路翎批评文集》,第9页。
⑧ 路翎:《论文艺创作底几个基本问题》,《路翎批评文集》,第106页。

致的表现。

1940年夏,路翎在当时的经济部矿冶研究所会计科当办事员,对研究所所在地白庙子矿区的工人及周围的农村有所了解,这为他创作《饥饿的郭素娥》提供了素材。但路翎不满足于"仅仅用现成的论点去归纳现实的表现"而努力"向现实内部突进",①所以稍后问世的《饥饿的郭素娥》并不是一部为社会下层妇女诉苦之作,也没有在那个一女三男的性爱纠葛上大做文章,而是借那个悲剧故事突入黑暗现实的内部,着力开掘社会下层人民从被压迫者到生命欲望的觉醒者直至反抗者的"心理过程"。这过程的揭示无疑融注了作者自己的"主观及其战斗热情",一如他自己所说的:"郭素娥,不是内在地压碎在旧社会里的女人,我企图'浪漫地'寻求的,是人民底原始的强力,个性的积极解放。但我也许迷惑于强悍,蒙住了古国的根本的一面,像在鲁迅先生的作品里所显现的。我只是竭力扰动,想在作品里'革'生活的'命'"。② 的确,路翎笔下的郭素娥完全不同于一心谨守妇道、逆来顺受的祥林嫂,在她的身内暗含着强烈的生命欲望和反抗意志,那些被压抑的欲望和意志一旦爆发,便不可遏止,直至死亡而后已。这是现代文学史上最有生命光彩和精神内涵的女性形象之一。同时,"心理分析"在这篇小说中的成功运用,还表现为对一些不起眼的小人物的内心隐秘与心理变化的深入揭示。如木匠魏海清的性格就相当复杂而且变化巨大,谁也没有想到老实巴交的他会痴恋着郭素娥,也想不到是他被郭素娥拒绝后心生嫉妒,把郭素娥的私情透露给刘寿春,而更令人意想不到的是,当郭素娥被害后最应该为她报仇的张振山竟一走了之,一向孱弱无言的魏海清却奋起抗争,不惜为她牺牲生命。但由于作者对魏海清的内在"心理状态"和"精神斗争"做了深入的抉发,所以回头想来他的那些看来匪夷所思的举措其实都是可以理解的。

"时间将会证明,《财主底儿女们》底出版是中国新文学史上一个重大的事件。"1945年7月,当胡风为即将出版的《财主底儿女们》作序时,他压抑不住激动的心情在"序"的一开头就作出了这样的断言。的确,不论就作者来说还是就整个现代小说而言,《财主底儿女们》都是不可多得之作。从1940年到1944年,路翎曾经两度创作(第一稿1941底在战乱中的香港丢失)、反复修改书稿,最后定稿的《财主底儿女们》已发展成近80万言的长篇巨制,其社会内容的广度和对人物心理分析的深度上都是现代文学史上少见的,而那时的作者不过20出头,其杰出的才华真可谓一时无二。《财主底儿女们》至少可以有两种读法。

一方面,它讲述了一个封建大家庭分崩离析的故事。作品中的大财主蒋捷

---

① 路翎:《论文艺创作底几个基本问题》,《路翎批评文集》,第106页。
② 路翎致胡风信中语,见《胡风路翎文学书简》,第37页。

三一家无可挽回的没落命运,是以路翎的外祖父一家为原型而重构的。蒋捷三及其长子蒋蔚祖之死,形象地展示了封建家族制度必然崩溃的历史命运。蒋捷三虽然敛财有道却教子无方,因而他尸骨未寒,他所苦心经营的大家庭就土崩瓦解了。蒋蔚祖可以说是封建大家庭的"垮掉的一代"的代表,作为长子的他虽然得到了精心的培养,但他的知书识礼、温文尔雅完全与现实脱节,恰恰使他无法而且无力在一个风雨飘摇的时代担当起传承家业、发扬光大的重任,自感无能的他只有在对放荡的妻子的病态情欲中寻求慰藉,身心受尽煎熬,最后只能疯疯癫癫地唱着"好了歌"自杀。蒋蔚祖的妻子金素痕既像《红楼梦》中的王熙凤那样美艳而且工于心计,又带有资产阶级暴发户的特点,她的疯狂的掠夺和放荡的情欲,对这个旧"财主"家庭具有极大的破坏性,加速了它的灭亡。就此而言,《财主底儿女们》显然是对《红楼梦》以来直到巴金的《家》等一系列关于封建家族没落叙事的一个发展,这"发展"既反映着时代的变迁也反射着作者叙事理路的变化:到了四十年代,封建大家庭的确气数已尽,病入膏肓,因而难免变态百出,而路翎的"心理分析"的笔恰恰抓住了这样的"财主"家庭难免的病态与变态大做文章,这就使得他笔下的"财主"家庭没落的故事具有了不同以往的特点。

另一方面,"财主底儿女们"在探索人生道路过程中展开精神搏斗的心理轨迹,无疑是这部小说最重要也最吸引人的内容。在这方面,路翎几乎倾注了他全部的人生经验与艺术想象,他的偏爱"向现实的内部突进"的心理分析倾向,在描绘青年一代的精神成长上也的确找到了最为适宜的用武之地,所以写来波澜起伏、鞭辟入里而精彩纷呈。最精彩的当然是关于蒋少祖和蒋纯祖兄弟俩精神历程的开掘与分析。蒋少祖是作品刻画得最成功的人物。在这个守旧的"财主"家庭里,他最早感受到五四新文化的启蒙,成为第一个叛逆者,并且经过激烈的个性解放和个人奋斗,终于跻身于新的知识精英之列。但他功成名就之后也就急流勇退,蜕变成一个文化守成主义者。为此他抛弃了自己的情人王桂英而选择了更为传统的张瑞芳。作者深入地剖析了蒋少祖精神蜕变的心理轨迹,并称之为"心灵底痛苦的狡诈"。诚如作者所揭示的那样,要从新文化退回文化复古,"对于蒋少祖,这是可怖的思想;正如离婚对于中国底旧式妇女们是可怖的思想一样。"这"可怖"的思想让"蒋少祖痛苦而兴奋,全身发冷,在房间里疾速地徘徊。他好象野兽准备战斗。他心里有了一种渴望:他渴望自己更痛苦。他想他是出卖了自己了;他想他是背叛了五四运动底、新文化底传统了;他想他底生活是破灭了;他想封建余孽和官僚们是张开手臂,等待拥抱他了。"然而,蒋少祖已是一个拥有了相当的"思想资本"而且学会了以自我为中心来思考问题的人,在他的"心灵底痛苦"里潜藏着自我开脱的"狡诈"。果然,经过一番痛苦激烈的精神挣扎,他终于给自己的退步找到了"正确"的借口,同时也给反对者准备好了不容推脱的"帽子"——

> "是的,我怎么能够没有想到,"他站了起来,"真理是:不是新与旧的问题,而是对与错的问题!"他想。他笑了起来。他心里重新获得光明了,"怎么我刚才那样愚笨!是的,是对与错的问题,不是新与旧的问题,——我愿意大声说一千次,一万次!这怎么能是那种意味上的复古!这是五四运动底更高的发扬,这是学术思想中国化!出于中国,用于中国,发展中国,批判地接受遗产!现在的那批投机的混蛋,早把中国自己底遗产忘记了,……他们不懂得历史,不明白中国,不爱这个民族,因此不能真的创造新文化,从而,他们搬进花花绿绿的洋货来,接受着莫斯科底指令,认为是创造新文化!"他想,笑了一声,走到桌前坐下。
>
> "多么艰辛的思想过程啊,其实道理是极明白的!"他愉快地想。

这是颇值玩味的心理独白。诸如此类的"心理分析"相当深刻地抉发出蒋少祖精神蜕变的"心理过程"及其深隐的"逻辑"。继起的小弟弟蒋纯祖的人生道路和精神探索最为曲折,其精神矛盾与自我搏斗也最为错综和激烈。这个人物无疑折射着路翎自己的影子,所以作者在"题记"中坦承:"我不想隐瞒,我所设想为我底对象的,是那些蒋纯祖们。对于他们,这个蒋纯祖是举起了他底整个的生命在呼唤着。我希望人们在批评他底缺点,憎恶他底罪恶的时候记着:他是因忠实和勇敢而致悲惨,并且是高贵的。他所看见的那个目标,正是我们中间的多数人因凭信无辜的教条和劳碌于微小的打算而失去的"。而胡风也在该书的《序》中提示读者注意,"在那个蒋纯祖身上,作者勇敢地提出了他底号召:走向和人民深刻结合的真正的个性解放,不但要和封建主义做残酷的搏战,而且要和身内的残留的个人主义的成分以及身外的伪装的个人主义的压力做残酷的搏战。"所谓"身外的伪装的个人主义"乃指那些自以为政治正确的教条主义和投机主义。如此种种的搏战当然大大加剧了蒋纯祖心理的紧张与精神的痛苦,但他至死都在不屈的反抗和执著的追求。从胡风和路翎所极力张扬的那种注重主体战斗精神的实践美学来看,重要的当然不是结果正确与否,而是那充满战斗意志和青春激情的追求过程、成长过程本身。就此而言,《财主底儿女们》不仅如胡风所说是一首"激荡着时代底欢乐与痛苦,人民底潜力和追求,青年作家自己的痛哭和高歌"的"青春底诗",更是一部具体而微地表现了时代青年的精神以至于整个时代精神如何在血与火的考验中成长的"成长小说"。这和二三十年代那些描写时代青年在新思潮的洗礼下走向进步的"进步小说"似而不同,那不同正如胡风的"序"中所说,"路翎所要的并不是历史事变底记录,而是历史事变下面的精神世界底汹涌的波澜和它们底来根去向,是那些火辣辣的心灵在历史命运这个无情的审判者前面搏斗的经验。"二三十年代的"进步小说"比较注意记录进步的痕迹,而未能深入精神搏斗的深层经验如《财主底儿女们》所着力开掘的那样——其实在整个左翼文学中这也几乎是仅见的独创、空前的巨制。

显然,路翎最拿手的"心理分析"不再是传统的静态心理描写,也与纯然变态心理学的分析不同,而是富有时代意识的"心理独白"和带有社会意味的"心灵辩证法"。这自然从托尔斯泰、陀思妥耶夫斯基直至厨川白村并经由厨川白村而从柏格森、弗洛伊德等人那里有所汲取,但直接推动路翎进行这样的创作实践的还是胡风的左翼主体性实践美学。毫无疑问,路翎的带有革命性的"心理分析"显著地提高了左翼文学的主体性与现代性,尤其有助于揭示时代思潮及各阶层人物心理的复杂性和矛盾性,推动了革命现实主义"向现实的内部突进。"这对左翼文学是一个重要拓展。但是,当这种倾向成为作者的一种偏好而不分场合、不择人物地一概施用的时候,就难免"过犹不及"之弊。应该说,失当的发挥在路翎的作品中是确实存在的,而且并非个别:几乎所有人物的性格和心理都打上了类似的烙印以至模式化,都有些多疑、敏感、易亢奋和好激动,都带着程度不同的神经质和突如其来的心理变化。这相似恐怕只能用维特根斯坦所谓"家族相似"来解释——他们都出于路翎的笔下。出现这种情况的原因,除了年轻的路翎毕竟生活经验有所不足外,还与他和他的文学领路人的理论偏执有关,那种偏执使他们看不起一切注重"客观性"的创作和一切与己不同的理论,而片面强调主体与精神的优先。这就暗含着陷入另一种主观主义、教条主义和公式化的危险。

当然,四十年代的路翎还很年轻,他自己、朋友们和广大读者都相信他会有调整和发展的机会。果然,新中国成立之初,路翎就出手不凡,贡献出《初雪》和《洼地上的"战役"》等佳作。然而,令人扼腕叹息的是,不久之后的"胡风集团"冤狱使一切可能都成为不可能了。

第三节 钱锺书的《围城》及其他小说家的现代性探索

四十年代的小说界有一个引人瞩目的现象,那就是一些身处学院的诗人、学者和学子们相继介入小说创作。战时的学院并非世外桃源,在民族生死存亡之际,学院作家关注现实、怀想历史,不能不感时忧国,而身经乱离更使他们格外忧世伤生,对人的存在困境及其复杂的深层意识感受颇为深切,加上他们具有较为深厚的学养且易于先得西方文艺思想的新风气,这使他们在创作中尤其锐意探索人的存在体验与意识之流,显示出非同寻常的现代性。

最早的成功尝试是诗人冯至的中篇小说《伍子胥》。由于史传的宣扬,尤其是古典小说和传统戏曲的不断演绎,伍子胥的传奇故事几乎是家喻户晓、妇孺皆知。据冯至回忆,他1926年第一次读到德语诗人里尔克的散文体叙事诗《旗手里尔克的爱与死之歌》,"我当时想,关于伍子胥的逃亡也正好用这样的体裁写一遍。但那时的想象里多少含有一些浪漫的元素,所神往的无非是江上的渔父与溧水边的浣纱女,这样的遇合的确很美,尤其是对于一个像伍子胥那样的忧患中人。"①但这想象并未付诸创作。直到1942年冬天,冯至读到卞之琳的译稿《旗手里尔克的爱与死之歌》,又想起了伍子胥的故事,一时兴会,终于写出了他自己的小说《伍子胥》。可是冯至这次重构的伍子胥形象几乎完全脱去了他十六年前的浪漫想象,而成为一个在现实中真实地被磨炼着的人,一个敢于在困境中断然做出存在决断的存在者。如此巨大的变化,当然与冯至社会视野和生活经验的扩大有关,例如,由于对战时国统区不合理的社会现实的不满,作者在这篇历史小说中就加入了一些显然是讽刺现实的因素。但更重要的还是存在主义思想介入了作者的历史想象。可以说,打破一切先验的本质论和社会决定论,直探人的尤其是孤独的个人的实存状态、拷问他如何通过无可推卸的个人自由选择来确证自身存在的意义,乃是现代存在主义哲学和文学的基本思路。三十年代前期冯至赴德国留学期间,对雅斯贝尔斯的实存哲学和里尔克的存在沉思以至于存在主义先驱克尔凯郭尔和尼采有了比较深入的理解,尤其是存在主义的决断观念(即个人的自由选择)给他非常深刻的影响,以至转化成为他自己的思想的灵魂。正是这种思想使冯至不期然而然地把"二千年前的一段逃亡故事变成一个含有现代色彩的'奥地赛'"②,而孤独的个人通过自由决断使自己的存在获得真实的意义,即是《伍子胥》的主题。为此,作者首先描写了伍氏兄弟在边城待罪三年间的那种被悬搁到近乎失重和失真的生存状态,然后用极为凝重的笔调描写了伍氏兄弟面对楚王使者的诱捕而作出重大决断的那一瞬间——

  在夜半,满城的兴奋还没有完全消谢的时刻,伍氏兄弟正在守着一支残烛,面对着一个严肃的问题,要他们决断。子胥的锐利的眼望着烛光,冷笑着说:"好一出可怜的把戏!这样的把戏也正好是现在的郢城所能演出来的。没有正直,只有欺诈。三年的耻辱,我已经受够了。"他对着烛光,全身在战栗,那仇恨的果实在树枝上成熟了,颤巍巍地,只期待轻轻地一触。他继续说:

  "壁上的弓,再不弯,就不能再弯了;囊里的箭,再不用,就锈得不能再用

---

① 冯至:《伍子胥·后记》,上海文化生活出版社1946年版。下引作品均据此版。
② 冯至:《伍子胥·后记》,按,"奥地赛"通译"奥德赛",荷马史诗。

了。"他觉得三年的日出日落都聚集在决定的一瞬间,他不能把这瞬间放过,他要把它化为永恒。

"三年来,我们一声不响,在这城里埋没着,全楚国已经不把我们当作有血有肉的人。若是再坐着郢城驶来的高车,被一个满面含着伪笑的费无忌的使者陪伴着,走进郢城,早晨下了车,晚间入了圜土,第二天父子三人被戮在郢市,这不是被天下的人耻笑吗?"

说到这里,子胥决定了。

祖先的坟墓,他不想再见,父亲的面貌,他不想再见。他要走出去,远远地走去,为了将来有回来的那一天;而且走得越远,才能回来得越快。

至于忠厚的伍尚,三年没有见到父亲的面,日夜都在为父亲担心;不去郢城,父亲必死,去郢城,父亲也死。若能一见父亲死前的面,虽死亦何辞呢。子胥笔直地立在他的面前,使他沉吟了许久,最后他也择定了他的道路:

"父亲召我,我不能不去;看一看死前的父亲,我不能不去;从此你的道路那样辽远,责任那样重大,我为了引长你的道路,加重你的责任,我也不能不去。我的面前是一个死,但是穿过这个死以后,我也有一个辽远的路程,重大的责任:将来你走入荒山,走入大泽,走入人烟稠密的城市,一旦感到空虚,感到生命的烟一般缥缈、羽毛一般轻的时刻,我的死就是一个大的重量,一个沉的负担,在你身上,使你感到真实,感到生命的分量,——你还要一步步地前进。"

就这样,伍氏兄弟在生死考验面前各自作出了一生最重大的存在决断:"一个要回到生他的地方去,一个要走到远方;一个去寻找死,一个去求生。"正是这种决断使他们结束了三年来那种失重的非本真的存在状况,走上了寻求真实存在的路,他们的生命由此获得了重大的意义和庄严的升华:"二人的眼前忽然明朗,他们已经从这沉闷的城里解放出来了。……三年来患难共守愁苦相对的生活,今夜得到升华。"读者从伍氏兄弟身上深切地感受到克尔凯郭尔所谓"选择赋予一个人的本质一种庄严,一种永久不会完全失却的寂静的尊荣。"①这种庄严甚至渗透在《伍子胥》的语言文体中,从上述引文就可以体会到一种特别庄严凝重的语调、沉郁顿挫的节奏,从而显示出深厚的底蕴和内在的力度。这样一种语言风格在现代小说中是极为少见的。对冯至来说,在抗战最艰难的岁月里写作

---

① 转引自冯至:《决断》,载 1947 年 8 月出版的《文学杂志》第 2 卷第 3 期,该文在《冯至全集》中有删节。

《伍子胥》并非为了发思古之幽情,而旨在提示一种应对艰难人生与艰难时世的态度:"生,需要决断;不生,也需要决断。一个人从事一个事业,一个民族从事一个战争,若是走到最艰难的段落上,便会发生一个严重的问题:继续奋斗呢,还是断念?……决断前或许会使人有一度陷入难以担当的苦恼,但生命往往非经过这个苦恼不能得到新的发展。……越是艰难的决断,其中含有的意义也越重大。"[①]在中国现代文学史上,冯至是第一个把存在主义的思考成功运用到小说创作中的人,他对人物的存在体验——从艰难的存在自决到对个人的孤独与寂寞的自觉承担——的深入分析,显然对后来者尤其是他的学生辈如汪曾祺等有所影响。

几乎与冯至同时而起,钱锺书也开始其小说创作,并且同样属意于人的存在状态和存在体验的分析。钱锺书(1910—1998),字默存,号槐聚,江苏无锡人。出生于书香世家,所谓幼承庭训,打下了扎实的旧学根底,稍长又在外语学习上表现出过人的聪慧与勤奋,及至三十年代初进入清华大学学习时,其中西学养已非同寻常。1935年钱锺书赴英国留学,1937年转学法国,1938年秋归国后破格担任西南联大外文系教授,被公认为真正学贯中西的学术通才,除专攻文学研究外,对哲学与心理学等也有湛深的修养。1939年10月钱锺书应父命赴设在湖南蓝田的国立师范学院任教,1941年暑期回上海探亲,随后太平洋战争爆发,上海租界被日军占领,钱锺书被迫羁留上海,在忧患中埋首创作、潜心学术。在学术研究上他撰有中西比较诗学研究专著《谈艺录》,于抗战胜利后出版,在创作上则新旧并作。钱锺书在青少年时期即尝试写作旧诗,起初喜欢自李商隐到黄仲则那一路哀感顽艳而不免衰飒的诗风,稍后在其父执辈陈衍的教训下转学宋体诗,在大学期间就刊行《中书君诗》、归国初期又有《中书君近诗》的结集,直到晚年仍然不废吟哦,并编订大半生旧诗为《槐聚诗存》。同光体诗评家陈衍评其早年旧体诗文"尤斐然可观,家学自有渊源也"[②],晚年的作者名闻遐迩,所为旧诗更为时人珍赏。然而旧诗的"老调子"在整体上早已唱完,到了现代即使才华杰出如钱锺书者也难望突破,写旧诗在他不过是积习使然,聊以遣兴而已,所做旧诗大多以文为诗、议论为诗,虽然显示出过人的博雅与机巧的才思,但大多诗味淡薄。其实,博古通今的钱锺书是非常明达识变的人,他在创作上真正用心的还是在新文学方面。三十年代以来他就不断有散文发表;进入四十年代更致力于小说创作,最初的收获是短篇小说集《人·兽·鬼》,收1944年以前的短篇小说4篇。在这些作品中钱锺书初步展露了他的讽刺才华和批判意向:《猫》和《纪念》二篇着力揭露现代都市上至欧化的高级知识分子下至普通的小职员在精神上的普遍委琐与

---

① 冯至:《决断》,载1947年8月出版的《文学杂志》第2卷第3期。
② 陈衍:《石遗室诗话续编卷一》,见《陈衍诗论合集》上册,福建人民出版社1999年版,第489页。

空虚,具体而微地戳穿了摩登人生的西洋景;《上帝的梦》以创造主上帝对现代人和现代社会的失望,象征性地揭示了科学理性和机械文明的破产,更以"人"的死亡喻示人文精神的失落——"这个充满了物质的世界同时也很空虚"。

这种创作趋向在长篇小说《围城》中得到了更为开阔和深入的拓展。

从1944年到1946年的两年间,钱锺书蛰居上海,满怀"忧乱伤生"之情,"锱铢积累"地写作长篇小说《围城》。"在这本书里,我想写现代中国某一部分社会,某一类人物。写这类人,我没有忘记他们是人类,还是人类,具有无毛两足动物的基本根性。"这是1946年12月《围城》初版本"序"的开场白,它喻示了《围城》具体而超迈的批判锋芒和言近而旨远的分析思路。这在作品中体现为三个逐步深入的意义层面。一是社会批判的层面。作品以主人公方鸿渐的人生历程为线索,广泛地触及三四十年代中国社会的诸多弊端和人生病态,可谓涉笔成趣而讽刺辛辣。二是文化与文明批判的层面,批判的锋芒主要集中在摩登都市和高级知识分子圈,对其间文化风尚以至于生活方式上特有的怪现状和病态相进行了毫不留情的针砭,诸如现代都市赶时髦的摩登风尚、托庇于洋场的旧文化传统的冥顽不灵、高级知识分子的崇洋迷外作风、教育界的思想文化控制等等皆在批判之列,从而揭示出舶来的西洋文明和寄生在洋场上的封建文化"土洋结合"的孽缘,是如何造成了文化上的"半封建半殖民地"的奇特景观的。进而作者又在《围城》中着力探讨了人的基本根性、人的基本存在处境、人际间的基本关系和人生的根本意义等人本问题,并对这些问题做出了形象生动而又富于现代哲学意味的解析。

《围城》的这几层意蕴当然是相关的,尤其是对"现代"的文化批判和对"现代人"生存困境的反思是紧密相连的。早在大学读书期间,钱锺书就敏锐地注意到西方思想界对"现代"的批判,并将那些批判归纳为两个要点:"(一)现代的人不讲理性,不抱理想;(二)现代是有史以来最奇特、最好或最坏、最吃紧(critical)的时代。"[①]稍后钱锺书又借上帝之口批评说,"到了十九世纪中叶,忽然来了个大变动,除了极少数外,人类几乎全无灵魂",甚至于"神"也成了"近代物质和机械文明的牺牲品,一个失业者。"[②]这样一种"现代"状况无疑大大加剧了"现代人"的生存困境与精神危机,而《围城》非同一般的独特性和深刻性之处,就在于作者把对"现代"的文化批判、对"现代人"的生存困境的解剖提升到了人本的形而上

---

① 钱锺书:《旁观者》,载1932年3月16日《大公报》"世界思潮"第29期。按,"critical"通译"危机"。

② 钱锺书:《魔鬼夜访钱锺书先生》,《钱锺书集·写在人生边上》,三联书店2002年版,第13—14页。下引作品均据此版。

的高度。这主要是通过主人公方鸿渐的存在体验来展现的。方鸿渐是一个曾经出国留洋而后归国工作的高级知识分子,对西方的"现代"和中国的"摩登"有丰富的阅历,而且生性敏感善思,但是他的人生历程处处碰壁,无以失败告终,这使他对现代人的生存困境以至于人生的一些根本问题不无独到的观察和深刻的体验。作品一开始就集中披露了方鸿渐教育梦想的破灭。他留学欧洲,"四年中倒换了三个大学,伦敦,巴黎,柏林;随便听几门功课,兴趣颇广,心得全无",这并不是他资质鲁钝,也不是西方的现代教育不能给他知识,而是他发现物质文明高度发达的西方正处在普遍的精神危机中,现代教育不能给人提供可以安身立命的精神信仰和人生意义,西方人曾经引为骄傲的理性已经破产。紧接着的是自由恋爱的失败。在十里洋场,方鸿渐好不容易遇到了"摩登文明社会里那桩罕物——一个真正的女孩子"唐晓芙,却有情而无缘:"心理仿佛黑牢里的禁锢者摸索着一根火柴,刚划亮,火柴就熄了,眼前没看清的一片又滑回黑暗里。譬如黑夜里两条船相迎擦过,一个在这条船上,瞥见对面船舱的灯光里正是自己梦寐不忘的脸,没来得及叫唤,彼此早距离远了。这一刹那的接近,反见得暌隔的渺茫。"这使他深刻体验到个人自由恰是最难以驾驭之物,人生的遇合是那么的偶然而个人的命运是如此的难以把握。进而方鸿渐又在现代人生的竞技场上遭遇到生存的危机。他发现在摩登的洋场和职场上,"生存竞争渐渐脱去文饰和面具,露出原始的狠毒。""在小乡镇时,他怕人家倾轧,到了大都市,他又恨人家冷淡,倒觉得倾轧还是瞧得起自己的表示。就是条微生虫,也沾沾自喜,希望有人搁它在显微镜下放大了看的。拥挤里的孤寂,热闹里的凄凉,使他像许多住在这孤岛上的人,心灵也仿佛一个无凑畔的孤岛。"由于在现代社会的汪洋大海里孤独地挣扎,方鸿渐感到"他个人的天地忽然从世人公共生活的天地里分出来,宛如与活人幽明隔绝的孤鬼,瞧着阳世的乐事,自己插不进,瞧着阳世的太阳,自己晒不到。"以至于在他眼里"孤独"成了个人本然的存在处境,"矛盾"成了人际关系难免的必然——"天生人是教他们孤独的,一个个该各归各至死不相往来,……好像一只只刺猬,只好保持着彼此的距离,要亲密团结,不是你刺痛我的肉,就是我擦破你的皮。"年纪轻轻而且不无才华的方鸿渐孤独地在生存竞争中挣扎,常常面临走投无路的困局,以至于痛感自己成了现代文明的弃儿,就像在大都市出卖过时的泥娃娃玩具一样,"这个年头儿没人过问。"正是现代的生存危机导发了方鸿渐的精神危机,使他对人生产生了深深的迷惘感、虚无感和荒诞感,觉得"活诚然不痛快,死可也不容易,黑夜似乎够深了,光明依然看不见。"他感到以前关于婚姻是"围城"的戏谈,现在竟成了人间万事都荒诞无谓的贴切象征,而失去了意义之源的人生在他眼里就如同"一无可进的进口,一无可去的去处"那样荒诞和虚无……诸如此类的存在体验,相当深刻而且痛切地抉发出了现代人深重的存在困境与精神危机。

但《围城》并未止步于人生的虚无和存在的荒诞之揭示,也没有把问题一股脑地归罪于社会了事。钱锺书早就表白过,"人生虽痛苦,但并不悲观。"①他虽然相当同情地描写了方鸿渐的存在体验,但并不同情方鸿渐的性格与活法。如果说人生是"围城"般的困境和绝境,那么现代人最需要的恰是一种敢于在绝望中抗战那困境的存在勇气。可方鸿渐虽然不乏聪明才智和正直善良,却由于看不到生活的意义和行动的必要性,因而总是在社会的边缘彷徨游移,在生活中总是怯于行动而惯于延宕,实在延宕不下去了,就凭着盲目的冲动去碰运气,表现出既被动又盲动的性格,而其最大的性格缺陷是缺乏自我决断、自我承担的勇气。正因为缺乏直面现实、自我负责的勇气,所以他面对不如意的社会环境和人本性的存在困境,总是采取消极逃避的态度,习惯于依附他人,而总是不愿自作决断、惮怕承担责任,几乎完全失去了作为一个独立的存在者应有的存在自觉与自为。不待说,消极逃避、寻求依附是没有什么出路的。到头来,方鸿渐不但被社会无情地抛弃,甚至见弃于家庭与亲人。失去了这最后一根救命稻草的方鸿渐在精神上萎缩不堪,以至于不由自主地逃遁于死一般的睡眠。对此,作者借描写他的睡相而痛下针砭道:"不知不觉中黑地昏天合拢,裹紧,像灭了灯的夜,他睡着了。最初睡得脆薄,饥饿像锯子要锯破他的昏迷,他潜意识挡住它。渐渐这锯子松了,钝了,他的睡也坚实得不受锯,没有梦,没有感觉,人生最原始的睡,同时也是死的样品。"

显然,钱锺书笔下的方鸿渐与冯至笔下的伍子胥恰好构成了颇有意味的对照;冯至在历史想象中重塑的伍子胥形象,是一个敢于在严峻的考验面前行使其自我决断的自由、使自己成为自觉的存在者的典范,一个具有现代色彩的"奥地赛"式英雄;而钱锺书着力刻画的现代人方鸿渐形象,则是一个无力适应现代的生存压力和摩登的社会时尚的"现代主角"(modern hero)即"非英雄"(anti-hero)角色,一个在人生的虚无与存在的荒诞面前逃避自由选择、放弃自觉自为的存在者的典型。如果说前者从正面激励人们在艰难时世里如何做出自由的决断、成就属于自己的存在,那么后者则从反面启发人们在现代的困境中要有自觉自为的存在勇气。方鸿渐这样一个现代的"非英雄"角色、一个逃避自由选择的存在典型,无疑是新文学史的首创,而他的存在体验相当深刻地揭示了现代人的生存困境以至于亘古而常新的人本困境。就此而言,《围城》既是一部"反摩登"的现代小说,也是一部人生困境的"形象的哲学",堪与卡夫卡的《城堡》、加缪的《局外人》等存在主义文学经典相媲美。事实上,钱锺书对西方的存在主义哲学

---

① 钱锺书:《论快乐》,《钱锺书集·写在人生边上》,第20页。

与文学思潮也并不陌生。① 但像《围城》这样的杰出之作根本不可能仅凭影响而作、单靠模仿而成,而只能是作者自出机杼的精心创造。

这种创造性在艺术上的突出成就,就是钱锺书在《围城》中独出心裁地运用了反仿、反讽和悖论,鞭辟入里地讽喻了摩登时尚的变态与现代文明的病态,并且善于近取譬而深化之,从而营造出言近旨远的象征性意象,其中形象的意象与形而上的意蕴融合无间,把现代人的生存困境及其存在体验表达得深入而浅出、传神而入微。所谓反仿(parody)又称反模仿,它与正模仿对被模仿对象的悉心追摹不同,而有意突出和夸大被模仿对象的弱点,最终达到对被模仿对象的颠覆与消解。所以反仿被认为是一种最具意图性、批评性和破坏性的艺术手法。反仿在拟古主义长期盛行的中国文学史上甚为稀少,只偶见于《庄子》里庄子与惠施的辩论。在现代中国文坛,有意的反仿始于鲁迅的《阿 Q 正传》,接着就是钱锺书的《围城》了。钱锺书曾称引列许登堡的观点,以为"模仿有正有负,'反其道以行也是一种模仿'。"②《围城》恰是"反其道以行"的模仿,并且它的反仿不局限于某人某作,而是如钱锺书所说针对"一种文艺风气"和一种"文学传统":它着意营造了一个"围城"般的困境,里面却没有什么悲壮的大事变、大冲突,而只是庸常生活的悲喜剧,它所精心刻画的"现代主角"方鸿渐也没有丝毫的英雄气质,而只是一个掉入日常生活陷阱里的"非英雄"角色,它没有张扬任何浪漫的激情或崇高的理想,而只是着力揭示现代人困乏的存在体验和深重的精神危机,……这一切都和二三十年代以来充满了浪漫情调和理想诉求的新文学叙事传统大异其趣。事实上,《围城》通过有意的反其道而行之的反仿,有力地消解了长期盛行而不免肤浅和浮躁的浪漫主义文学风尚,从而开启了从庸常生活出发对现代人生进行深入的文化批评和存在分析的路向,并达到了相当成功的境地。所谓悖论(paradox)又称反论、诡论或吊诡,它原是一种狡黠的语言技巧,用来表达某些矛盾的语义,如"欲速则不达"之类。古代的《老子》就充满了悖论的智慧。在西方现代主义文学中,悖论已发展成为一种基本的想象方式、结构方式以至于思想方法,即认为世界本质上是吊诡的,只有用一种模棱两可的矛盾态度才能把握世界的矛盾整体。对此,大学时代的钱锺书就颇有会心,以为"一个诡论(paradox),照我看来,就是缩短的辩证法三阶段。"③他创作初期的散文和短篇小说已表现

---

① 留学欧洲时期钱锺书在法国就接触到克尔克郭尔、雅斯贝尔斯等人的著作,此后他也一直关注着存在主义思潮的发展,对有关情况相当熟悉,以至于他在抗战胜利后曾经纠正过一本英文新字辞典对"existentialism"的错误解释——参阅钱锺书:《补评〈英文新字辞典〉》,载 1947 年 9 月 27 日出版的《观察》第 3 卷第 5 期。
② 钱锺书:《中国诗与中国画》,《七缀集》,上海古籍出版社 1985 年版,第 1 页。
③ 钱锺书:《〈落日颂〉》,《新月》第 4 卷第 6 期,1933 年 3 月。

出对悖论的偏好,并由此建立了自己独特的语言风格——悖论式的机智(wit)。在《围城》中,悖论更是大放异彩。它不仅渗透到作品语言的各个环节——从比喻的构造到心理的描写,其最精彩处往往是以悖论为着眼点的,并且作为一种结构原则和思想方法作用于作品的整体结构与主题。如"围城"般的人生困境对英雄性格的期待和现代人的非英雄性格的矛盾,就是一个事关整体的结构性悖论;同时也正是由于悖论思维的介入,才使得诸如"围城"、"刺猬"、"破门"等意象不停留在聪明的比喻和巧妙的语象层次,而被深化为喻示着人的存在状况的基本象征,成为人与生俱来的存在困境、人的基本根性以及人际间的基本关系的形象写照。所以,悖论既是钱锺书语言风格的独特标志,也是他的艺术思维和存在分析的基本思路。而他之所以那么偏好悖论,归根结底是因为在他看来,人的存在和生活本身就是悖论性的,因而只有借助悖论式的语言与思维,才能恰如其分地揭示他对人的存在状况的理解与分析。所谓反讽(irony)原是一种假装无知、正话反说或反话正说的修辞—辩论技巧,在古希腊戏剧、柏拉图的哲学对话和中国的《庄子》中就颇为常见。在西方现代主义文学和哲学中,反讽已发展成为一种思想方式以至于哲学态度,也因此在西方现代批评中,反讽乃是一个核心概念。钱锺书所熟知的克尔克郭尔是首先将反讽提升到哲学高度的思想家。而钱锺书本人也是一个精于反讽思维的智者,他在小说中频繁而出色地运用反讽技巧来表达自己对摩登世风和现代人生的讽喻。如学国文的人出洋"深造",本来是一件滑稽可笑的事情,但钱锺书在《围城》中却故意反话正说:"事实上,惟有学国文的人非到外国留学不可;因为一切其他科目像算学,物理,哲学,心理,经济,法律等等都是从外国灌输进来的,早已洋味可掬,只有国文是国货土产。还需要外国招牌,方可维持地位,正好像中国官吏商人在本国剥削来的钱要结外汇,才能保持国币原来价值。"诸如此类的反讽在《围城》中几乎比比皆是。最为精彩而且意味深长的是让时间来对人生进行反讽性的观照。为此,作者有意预先设置了一个小道具——一只落伍的老钟,它是方家的传家宝,当方鸿渐和孙柔嘉新婚宴尔之际,欣感"痴儿多福"的老父亲郑重其事地把它交给长子长媳以为祝福,并叮嘱他们"保护祖物,世传下去。"不论在年轻的方鸿渐夫妇眼中还是在读者看来,这只陈旧迟慢的老钟都只是一个笑柄而已。谁也没有想到,在《围城》的结尾,当方鸿渐在现代社会的围城里铩羽而归、精神崩溃之后,他逃遁于睡眠,像死尸一样摊睡在床上的时候,那只被人嘲笑的老钟从容登场,不仅对方鸿渐这个现代人,而且对整个人生进行了冷酷无情的反讽——

> 那只祖传的老钟当当打起来,仿佛积蓄了半天的时间,等夜深人静,搬出来——细数:"一,二,三,四,五,六"。六点钟是在五个钟头以前,那时候

> 鸿渐在回家的路上走,蓄心要待柔嘉好,劝他[她]别再为昨天的事弄得夫妇不欢;那时候,柔嘉在家里等鸿渐回来吃晚饭,希望他会跟姑母和好,到她厂里做事。这个时间落伍的计时机无意中对人生包涵的讽刺和怅惘,深于一切语言,一切啼笑。

的确,透过时间的反讽,读者看到的不仅是方鸿渐个人的失败,而且是整个存在的荒诞与整个人生的偶然。虽然那只时间落伍的计时机及其代表的时间本身是"无意"的,但作者显然是"有意"的:正是通过时间的反讽观照,作者的批判意向超越了方鸿渐的个体人生而指向了人类存在的整体,从而把《围城》的意蕴提升到了具有普遍意义的形而上高度。这样一种反讽正是存在主义的开创者克尔克郭尔所谓哲学性的反讽:"在更高的意义上,反讽不是这个或那个具体的存在,而是指向某个时间或情状下的整个现实,……它不是这个或那个现象,而是经验的整体。"①就此而言,《围城》的真正主角不是方鸿渐,而是时间老人本身;作者通过方鸿渐这个人所讲述的一切,也就不仅如孙柔嘉所要求的那样只限于她和方鸿渐"两个人的故事",而确实关乎"整个人类"。《围城》讽刺艺术的独特性和超越性恰在于此:不仅其出色的反仿、悖论、反讽艺术为并世的其他中国现代小说所罕见,而且其运用也不限于语言修辞技巧的层面,而被作者提升为想象和思想的方法,以至于看待整个人生、思考一切存在的基本态度,所以《围城》真正体现了"形式即内容"、"风格即人"的统一,使读者领略到真正杰出的语言艺术和艺术思维本身就包含着思想的智慧和分析的锋芒。如此打通内容与形式、语言与思维,这在中国现代小说中是颇为难得的造诣。自然,《围城》并非完美无瑕,它的前半部分就不如后半部分深厚有味,那倒不是作者才力不济,而恰在于作者仗才使气、用力过头而讽刺过火。尤其是对一些摩登女性,作者几乎不放过任何一个讽刺挖苦的机会,反倒有些轻薄而不够严肃。好在作品情节的发展有它自身的内在逻辑——越到后来越趋于沉重,所以作者也就不能不收敛才气,越来越严肃地对待笔下的人与事,其讽刺之笔也就随之趋于严谨与深入,并且不无同情的理解与厚道的体贴了。

进入四十年代,已届而立之年的现代派诗人卞之琳转向小说创作,他以为"诗的形式再也装不进小说所能包括的内容,而小说,不一定要花花草草,却能装得进诗。也就出于这样的判断和痴心,我在1941年,妄图以生活实际中'悟'得的'大道理',写一部'大作',用形象表现,在精神上,文化上,竖贯古今,横贯东西,沟通了解,挽救'世道人心'。当时妄以为知识分子是社会、民族的神经末梢,

---

① 转引自赵毅衡:《新批评文集》,百花文艺出版社2001年版,第114页。

我就着手主要写知识分子,自命得计。"①诗人创作的这部长篇小说题名《山山水水》,从1941年动笔,1943年写出初稿,因为在国内无法出版,遂边修订边英译;1947年秋作者赴英国旅居、研究,继续《山山水水》的修订与英译。1948年冬淮海战役打响的消息震动了英国,有感于祖国翻天覆地的巨变,卞之琳"断然搁笔",启程回国,积极投身于新中国的建设热潮,把这部小说丢在了脑后,"过了年把",发现中文原稿后"付之一炬,俨然落得个六根清净。原因就在于我悔恨蹉跎了岁月,竟在那里主要写了一群知识分子而且在战争风云里穿织了一些'儿女情长'!"②作者的这种热情冲动显然有点"左倾幼稚病",这在新中国成立初期当然是可以理解的,但一部近百万言的长篇巨制从此难见天日,毕竟令人遗憾。不幸中的幸事是,四十年代的一些刊物曾经发表过《山山水水》的若干章节,晚年的作者将它们收拾结集为《〈山山水水〉(小说片段)》重新出版,虽然不过十万字,不及原书十分之一,但总是聊胜于无了。事实上,作者前后倾注了八年心血的这部长篇小说,不仅规模宏大而且属意深远。书中"人物颇不少,只是以其中一对青年男女的悲欢离合作为曲折演变的主线配合另一些老少男女哀乐交错的花式,穿织起战争开始到'皖南事变'的近三年的各阶层知识分子的复杂反应与深浅卷入以及思想感情的回环往复。小说分上、下两编,合共四卷,一、三卷假设故事地点是两个战区中心城市——武汉和延安,二、四卷假设故事地点是当时叫'大后方'的城市——成都和昆明。"小说的主角是一对青年知识分子——作家梅纶年和研究书法的林未匀,他们是恋人,而且算得上是郎才女貌的佳偶,但主观上自尊自矜的性格气质和客观上难以逆料的战争风云,总使他们聚少离多,在悲欢离合的偶然中他们相互激励,心理和思想呈现出辩证的演变:"未匀到成都与纶年重聚了,不由自己而推动后者外出,而纶年到昆明和未匀又重会了,无意中又促使了后者离去,既有上旋的希望也有下旋的危机,但总是一种旋进的态势。……在最后从总体说来是宁穆的情调中,同样以冷嘲色调一方面使并不贪生怕死的纶年在前方的险境里没有发生事故而在后方安然不避空袭,猝被轰炸所消形灭迹,一方面使总想高飞远举的未匀先一步飞走别处而落入了有待她挣脱出来的一种无形的精神罗网。"③从这些情节纲要中,我们仍然可以大体领略作者宏大的创作旨趣和严谨的艺术追求。

卞之琳曾写过《詹姆士小说八讲》,推崇詹姆士"在英国小说史上是第一个把小说当作艺术,注意小说形式而影响了当代英国小说的小说家。也是他,在英

---

① 卞之琳:《〈山山水水〉(小说片段)卷头赘语》,《卞之琳文集》上卷,第267页。
② 卞之琳:《〈山山水水〉(小说片段)卷头赘语》,《卞之琳文集》上卷,第270页。
③ 卞之琳:《〈山山水水〉(小说片段)卷头赘语》,《卞之琳文集》上卷,第264页。

国,首先着重了小说里的心理表现而无形中助成了日后的'意识流'派小说。"①受此启发,卞之琳创作《山山水水》时特别注意"视点"的运用而又不完全拘泥于单一视角,第一、三卷分别运用男女主角作为"编造中心"(詹姆士小说艺术学术语),第二、四卷又改为男女主角综合而成的"主导觉知",同时全书以四城为背景,辗转回环,结构颇见艺术的匠心,显示出作者对现代小说结构空间化的趋势是相当自觉的。这些艺术上的苦心经营,使《山山水水》成为四十年代小说中最富于艺术现代性的巨著。而有意识地通过男主角梅纶年的意识流来戏剧化地呈现作为"社会、民族的神经末梢"的知识分子心态,无疑是《山山水水》最耐人寻味之处。如梅纶年在延安参加了开荒种地的大生产运动,他确是诚心诚意地想把自己作为一个微末的泡沫快乐地淹没在群众的大海洋里,"对啊,海统一着一切。"即使在忙碌的劳动中,他的不停顿的意识之流仍在极力把握群众的力量和劳动的意义;然而饶是梅纶年多么煞费苦心地努力体会"浪花淹没在大海里"的意义,他还是难以抑制其根深蒂固的"小资产阶级"情趣,所以当收工下山时,他回望女子大学开垦的地块形状,不禁突发绮想:"难怪这一片就像旗袍开叉里微露出来的一角鲜明的衬袍。"最有趣也最耐人寻味的则是,就在这一闪念之间梅纶年立刻意识到自己的绮想"太没来由了,太不伦",因而为自己"没有出口"而暗自"庆幸"。应该说,梅纶年在劳动中和劳动后的这两小段意识流之转换不仅颇有戏剧性,而且相当典型地剖示了大时代里的知识分子的思想矛盾和心理隐曲,令人读来忍俊不禁而又掩卷深思。也正是这些地方显示出诗人小说家卞之琳过人的精神敏感和艺术慧心:他不仅善于描写人物思想意识中的戏剧性场面,而且善于捕捉那些错综隐微到连人物自己也不完全自觉的、甚至要自我隐瞒的心理情结,其抉隐发覆的细致入微与分寸拿捏的恰如其分,都非同一般。

汪曾祺和李拓之是四十年代国统区小说界引人瞩目的两位新秀,他们的小说创作在探索人的存在之域或意识之流方面,也各有独特的造诣。

汪曾祺(1920—1997)出生于江苏高邮一个开明而且富于艺术传统的家庭,1939年夏考入西南联合大学中文系,开始学习创作,四十年代发表了不少短篇小说,大都带有习作的性质,其中一部分曾结集为《邂逅集》,1948年由上海文化生活出版社出版。在学习写作的过程中,汪曾祺得到了时在该校任教的京派小说家沈从文的提携,作品的风格不免受到沈从文和另一个京派小说家废名以及风格近似的西班牙作家阿佐林的影响,同时置身于西南联大那样一个开放活跃的学院中,汪曾祺也尽可能地接受了不少西方现代主义文学思潮以及哲学思潮

---

① 卞之琳:《亨利·詹姆士的〈诗人的信件〉——于绍方译本序》,《卞之琳文集》中卷,第50页。按,《詹姆士小说八讲》写于四十年代早期,今已无存。

的熏陶——从现代派小说家伍尔夫、纪德直到存在主义作家萨特等均有所涉猎。这两方面的影响很自然地折射在汪曾祺四十年代的小说创作中,产生了两类作品:一类是带着同情乃至温爱的态度描写古朴的乡土人物与传统习俗之作,如《悒郁》、《老鲁》、《戴车匠》、《鸡鸭名家》、《最响的炮仗》等;另一类则是一些深入触及人的实存状态、存在体验与深层意识的篇章,如《灯下》、《复仇》、《落魄》、《唤车》、《礼拜天早晨》等篇。

前一类作品先是追随京派小说家沈从文、废名的风格,至1946年发表的《最响的炮仗》已走出京派的范围。孟家炮仗店在少东家孟和的手里发展到了顶峰,也在人到中年的孟老板孟和手里无奈地倒闭,以至于一生好强的孟和不得不把女儿变相出卖给他最不齿的人,而他能给女儿送行的乃是其最好的也是最后的三个炮仗。随着这三声响亮的炮仗,女儿走了,曾经辉煌的炮仗店也彻底关张了。虽然"没有一个人知道是怎么回事",但孟和自己明白他既是在为女儿送行,也是在为自己的祖传产业送葬。在现代的外部因素和内部因素的作用下,中国的传统产业、传统生活方式以至于传统文化,不能不走向衰落。这是一个令人悲哀的真实,也是无可抗拒的历史必然。就此而言,孟和那"最响的炮仗"乃是传统业者最后的绝响,就像老舍笔下神枪沙子龙的五虎断魂枪一样,既是写实也是象征。像老舍一样,汪曾祺也清醒地意识到这一历史的必然,所以他用有情而清醒的笔墨为传统写下了落寞的最后一幕,而不是像沈从文那样虽感觉到了事实的无情却不甘心承认历史的必然,所以愈发把他笔下的边城世界写得美轮美奂,仿佛它的没落只是一个又一个偶然的错误。

后一类作品则明显带有现代主义色调,并且不无独特的造诣——对人的意识之流与存在体验的揭示融合为一。如《礼拜天早晨》一篇展示了一个人在礼拜天早晨洗澡时的意识流片段,作品一开始主人公沉浸在水中,沉浸在一片志得意满的舒适中,感到"多好啊,这么懒洋洋的躺着,把身体交给了水,又厚又温柔,一多星云浮在火气里。"然而,就在主人公心满意足之际,对时间的意识却冷不丁地闯了进来,冷酷地打破了他的心理自慰,令他猛省到自身存在的单调重复与贫乏无聊,从而对自身存在的意义产生了怀疑:"——今天是礼拜天!我们整天匆匆忙忙的干甚么呢?有什么了不得的事情非做不可呢?——记住送衣服去洗!再不洗不行了,这是最后一件衬衫。今天邮局关得早,我得去寄信。现在——表在口袋里,一定还不到八点罢。邮局四点才关。可是时间不知道怎么就过去了。'吃饭的时候'……'洗脸的时候'……从哪里过去了?……"这种怀疑可说是人作为有意识的存在者走向其本真的自为的存在之前提,这是一条充满艰难曲折的路,所以又不免让人畏难。正是出于这种畏难情绪,《礼拜天早晨》的主人公在刚刚有点觉醒之际就立即自欺欺人地安慰自己,努力把自己的意识从自我怀疑引开,转向那些令自己舒服愉快的事情,以便让自己相信其现在的存在状况原本是不错的,用不着改变什么:"我有点腻。——我喜欢我的这件衬衫。太阳照在我的手上,好干净。今天似乎一切都会不错的样子。礼拜天? 我从心里欢呼出来。我不是很快乐么? 是的,在我拧毛巾的时候我就知道我很快乐,我想到邮局门前的又安静又热闹的空气,非常舒服的空气,生活——而抽一根烟的欲望立刻淹没了我,像潮水淹没了沙滩。我笑了。"全篇都是诸如此类的意识流片段,若断若续,显隐杂糅,仿佛无意义的记录,却相当深入地揭示了一个存在者的意识之流从自得自满到自我怀疑再到自欺自慰的复杂过程。这在当时的文坛上是不多见的。更为难得的是《复仇》一篇。作品的主人公是个遗腹子,他所继承的唯一财产就是父亲的剑,长大了便责无旁贷地肩负起了为父报仇的责任,走上了义无反顾的寻仇之路。这种带着伦理庄严感的复仇叙事在文学史上很常见,而汪曾祺真正的过人之处是把一个传统的"复仇"传奇转换成了一个"复仇者"扬弃其既定身份、跃向自由选择的现代小说。作品是从主人公寻仇之行的终点写起的。此时的"复仇者"来到一个深山古庙里借宿,他深感疲累和茫然,不禁抚剑自问,对自己的存在身份与存在使命产生了怀疑:"哪一天他欻的一下拔出来,好了,一切就有了交代。剑呀,不是你属于我,我其实是你的。这是什么意思? 我活了这一生就落得这一句话,多可怜,多可怜的一句话。"尤其是当他想到杀了仇人之后自己作为"复仇者"亦将完全失去存在的价值时,他的存在自觉有了质的飞跃——

  也许这(指为父报仇——引者按)是很重要的。不过他一生中没有叫过一声父亲。真的,有一天他找到那个人,他只有一剑把他杀了,他没有话跟他说。他怕自己说不出话来。
  有时候他更愿意自己被那个仇人杀了。
  父亲和仇人,他一样想象不出是什么样子。小时候有人说他像父亲。现在他连自己的样子都不大清楚。
  有时他对仇人很有好感,虽然他一点不认识他。
  这确是一个问题,杀了那个人他干什么?
  既然仇人的名字几乎代替了他的名字,他可不是借了那个名字而存在的? 仇人死了呢?

"复仇者"存在的荒诞和虚无恰在这里:按照世俗常理看,为父报仇是一项责无旁贷的崇高使命,但这一使命却先在地规定了他的存在,把他贬抑成一个纯属供他人驱使的工具性的存在,更荒诞的是当他完成复仇使命后,他甚至连这种供他人驱使的、工具性的存在价值也没有了,完全失去了在世的存在意义。"复仇者"对自身存在意义之荒诞与虚无的这些反省,既标志着其自我意识的复苏,同时也预示着他有可能开始行使其自我选择的自由。果然,这一步在山巅绝壁的洞窟中与仇人意外相见的那一刻实现了。在那里"复仇者"看到一个开凿山石的和尚的手臂上也像他一样赫然刻着仇人的名字,而那正是自己父亲的名字——原来仇人和自己一样都是被社会习俗和伦理传统先在地规定为复仇工具的。这一发现使年轻的"复仇者"彻底觉醒,断然抛弃了"复仇者"的角色和"复仇"的使命,拿起另一副锤凿,与"仇人"并肩开凿山石。正是这个自主的选择使"复仇者"从一个被先在规定的工具性存在一跃而成为一个真正自为的存在者。显然,汪曾祺对"复仇"主题的这种新开掘,反映着他当时已经接触到的萨特存在主义自由选择观念的影响,但汪曾祺自己的精心开掘之功也不容忽视:能从"复仇者"这个历来被人尊敬的角色和"复仇"这个被中外文学作品反复揄扬的主题上发现隐含的荒诞与虚无,进而使"复仇者"从社会伦理的束缚中走向自我选择的自由,这无疑是个别出心裁的创造,没有过人的存在体验和艺术慧心,是不可能达到的。事实上,《复仇》也的确是汪曾祺的精心之作。[①] 新中国成立后,汪曾祺转向儿童文学和京剧剧本的创作,1958年被划为右派,在艰难中随时浮沉;直到八十年代重出文坛,发表了一系列富于民族文化精神和民族艺术风韵的短篇小说,回归为"一个中国式的抒情的人道主义者,"[②]被誉为"大器晚成"的一代小说名家。

李拓之(1914—1983)出生于福州一个传统知识分子家庭,幼年即颖悟过人,打下了旧学基础,后因父亲早逝,他中学毕业后即被迫自谋生计,主要以教书为业,但不忘学术文艺。抗战军兴,李拓之入郭沫若主持的军委会第三厅从事抗日宣传工作,"皖南事变"后被国民党视为"嫌疑分子"逮入集中营,后以无证据而获释,遂以教书糊口,并撰写学术论文。抗战胜利后,李拓之致力于小说创作,有历史小说《焚书》(1948年上海南极出版社),收短篇小说12篇,成为继鲁迅的《故事新编》和施蛰存的《将军底头》之后重构历史与古典而颇富创意的小说家。《焚书》中的一些篇章暗含着借古讽今、针砭现实的批判锋芒,如《焚书》写秦始皇吞并六国、一统天下之后,在李斯的教唆下控制思想、焚书坑儒的故事,《佯狂》写司马氏篡魏后竹林七贤备受迫害的故事,《变法》写司马光、苏洵等保守势力以及权奸朱勔等反对王安石新法的故事,……诸如此类的作品显然有意影射国民党统

[①] 汪曾祺创作《复仇》曾经数易其稿,1941年3月2日在《大公报》上发表第一稿,1946年在《文艺复兴》第1卷第4期上发表重写稿,这里依据的是《文艺复兴》本,二十世纪八十年代以来的各种版本又有所修订。

[②] 汪曾祺:《我是一个中国人》,《汪曾祺全集》第3卷,北京师范大学出版社1998年版,第301页。

治的专制和现代知识分子的堕落,体现出鲁迅"故事新编"作风的影响,延续了国民性批判和重建的文化思路。虽然李拓之同情左翼的政治立场,但他的历史小说追求人性和历史的真实,所以描写张献忠的《摧哀》一篇致力于对流民暴乱的暴虐及其领袖人物病态心理的深入揭示,只是李拓之的笔墨有时过于漫画化,并且直奔主题,不像《故事新编》那样富有余味。相形之下,另一些用现代心理学尤其是精神分析观点开掘古人深层心理情结的篇章则更为出色。如《文身》一篇就深入揭示了水浒女英雄一丈青扈三娘被压抑的性心理及其变相的释放。扈三娘武艺高强而且年轻貌美,却被宋江以"孝义"相勉强,下嫁给了矮脚虎王英,她不免心存遗憾,所以当梁山英雄一次夜宴酣卧之后,她有机会带醉饱看了众英雄健美的雄姿,不禁心旌摇荡,勾起了压抑在心底的憾恨——

> 一丈青今晚的眼膜有些变态了吧,她格外被这深山的灯光酒彩所刺激,变得感受性特别强烈,眼皮上下跳着,面前翔舞着奇怪的线符,迷离的彩色,加以高亢的烦热和醇酣的气味,调和成一片惝恍幻惘。有如自己跨了白马在战阵上交锋,旗幡挥旋急卷,鸾刀交剪翻飞,两旁血雨喷蛇,喝彩如潮。的确,她醉酒还没有全醒,不但口吻焦干,而且眼瞳也有点干渴。她欲饿地要看,看一种色泽鲜浓的精巧图绘,教睛珠满足,看一种剽悍放浪的江湖色相,教情绪撒野,她这时想起:九纹龙史进是个美男子,而浪子燕青更是风流人物,都比矮脚虎强多了。……

如此贪婪的"饱看"正反射出扈三娘心底的饥渴,而那种本能的饥渴即使在反叛的水泊梁山也会被视为不正当的淫念,所以在现实中得不到满足的扈三娘只能寻求变相的释放:她忍着极大的痛苦让圣手书生萧让在自己美丽的胴体上刻刺了猫头鹰、银面狐和水蛇的图案,"仿佛人世的悲惨与恚怒,苦毒和冤屈,一齐在她身上集中。又仿佛梁山泊里许多英雄好汉被奴役被侮辱,被虐待被迫害的怨情闷气,所有贼官污吏豪强刁滑的忍心辣手倒行逆施,一齐在她身上吐泄和呈现一样。她忽然一声厉鬼似的绝叫!头发披散,如母夜叉,胸前的猫头鹰和腹部的狐狸以及背上的蛇蝎,连接成一片妖异、魅惑和毒蛊,她要跳出这窗槛,走入深篁丛莽中,化为一只叛逆去咬碎这当前的残酷与羞耻!"《埋香》一篇的女主人公是以"易求无价宝,难得有情郎"驰名的唐末女诗人鱼玄机。据传统的传记,鱼玄机初适补阙李亿,情爱甚笃,而不为李妻所容,出为女道士,后来因为笞杀侍婢绿翘而被处死。虽然在李拓之之前已有研究者注意到作为女道士的鱼玄机其实兼为风流的"神女",但从来没有人探究她究竟为了什么而竟至于把婢女打死。借助弗洛伊德的精神分析学,李拓之发现绿翘之死别有文章可作,他的《埋香》即从此入手,进行了颇富想象力与心理深度的重构:起初鱼玄机生气的只是绿翘放走了来访的才子诗人玉溪生(李商隐),所以施以鞭责但并无杀心,然而当她在鞭责的过程中看到绿翘年轻美丽的身体,想到自己已经年老色衰,不仅婚姻无可挽回,而且已经失去了对异性的吸引力时,不禁极度失落,心理陡然变态,对绿翘的惩罚也就一发而不可收拾了:"这异样缛丽的光彩和色泽,化为一股神力在鱼玄机心口火山似的爆喷出来,她突然感到一种奇怪的嗜欲,要叫这光彩和色泽在自己手下成为齑粉,化为灰尘。消灭它!消灭它!消灭尽了这眼前的可嫉妒的魅惑,这咬牙切齿的堪憎恨的欲念!……她下意识地清楚看,认定自己所以被蔑视摒弃被压抑气闷到现在的单纯原因,就在这些。自己的快乐和幸福简直被绿翘所排挤,自己的权益和占有简直被绿翘所侵夺。这空前的怒火几乎卷着她直闯云霄,她飙的举起鞭子,愤恨的火花缭绕在鞭丝上如一连串的爆竹,她拼住了最恶毒最残酷的心情,下死劲地往绿翘全身上下集中抽打!"不待说,李拓之对古人"下意识"的分析体现着现代的观点,这无疑受了施蛰存小说的启发,而其造诣则颇有青胜于蓝之处:施蛰存的《石秀》等篇对古人性心理的分析虽然新颖而不免牵强,而李拓之笔下的扈三娘和鱼玄机尽管变态,但由于作者曲折尽致地揭示出她们的生命本能备受压抑的社会因缘及其陡然变态的特定契机,所以给人别出心裁而又切中肯綮之感。这种精神分析的分寸感和艺术表现的得当性,对一个年轻的作者是相当难得的。可惜的是,新中国成立后李拓之放弃了小说创作而转任厦门大学讲席,从事中国古典文学的教学与研究,1957 年更被划为右派而遭驱遣。1978 年李拓之恢复了工作,但不几年就病逝了,著述在身后始结集为《李拓之作品选》。①

第四节　师陀小说对现代中国"生活样式"的分解

师陀(1910—1988)出生于河南杞县一个破落的小地主家庭,学名王继曾,高中读书期间就接受左翼思潮的影响而有志于社会改造,改名王长剑及王长简。"九·一八"之后,他在北京加入了"反帝大同盟",同年创作了反映学生爱国运动的小说《请愿外篇》、《请愿正篇》,以笔名"芦焚"②发表在左联刊物《文学月报》和《北斗》上。1936 年 5 月出版第一部短篇集《谷》,稍后并获得京派文人主持的《大公报》文艺奖金,使"芦焚"成为文坛上颇受瞩目的新秀。1936 年秋芦焚自北京转赴上海从事创作。在那里,他经历了大战爆发前的骚动与不安,大战初期的

---

① 《李拓之作品选》,海峡文艺出版社 1987 年版。该书是李拓之新旧体创作和学术论文的选集。
② "芦焚"即英语 ruffiand 的音译,义为"暴徒",寓示对国民党当局污蔑革命者为"暴徒"的抗议。

亢奋与浮躁,沦陷时期的黑暗与压抑,以及抗战胜利后国民党政权的"劫收"与败乱。在这些风雨如晦的岁月里,师陀心怀忧患,埋头小说创作,成就卓著,并且也曾介入剧本创作,在改编剧上取得了显著成就。抗战胜利后,因笔名"芦焚"曾被汉奸文人及其他无聊文人接连盗用,遂宣布弃用,改署"师陀",并任教于上海戏剧学校,兼为电影公司特约编剧,撰有电影剧本及同名长篇小说《历史无情》等。新中国成立后,师陀先是努力深入基层生活、力图反映新社会,但碍难适应,收获无多,稍后转入历史小说和历史剧创作,渐有转机,但随后受到批判,被迫停止创作。新时期之初师陀曾经贡献出《李贺的梦》那样令人耳目一新的历史小说,但毕竟年届古稀,精力不济,文坛与学界也渐渐疏远了他;不求闻达的师陀在清苦的生活中埋头修改旧作,在热闹的上海度过了寂寞的晚年。

在师陀漫长的文学生涯中,二十世纪三四十年代无疑是建树丰硕的20年,仅就他这一时期的小说而言,《里门拾记》、《果园城记》、《无望村的馆主》、《马兰》、《结婚》五部都允称中国现代小说的佳作以至于杰作,虽然它们所描写的不出现代中国乡土社会或都市社会的范围,但作者观照的思路和表现的方式却非同一般,因而也就具有了迥异于人的独特意味。

1935年春师陀回故乡杞县化寨住了半年,近距离地观察到街坊乡邻们陷在麻木病态的生活中无望地挣扎,深切感受到乡土社会已陷入衰亡的末路。这一切让师陀感慨万千,难以自已,他"因此发下了愿心,打点把所见所闻,仇敌与朋友,老爷与无赖,总之,各行各流的乡邻们聚集拢来,然后选出气味相投,生活样式相近,假如有面目不大齐全者,便用取甲之长,补乙之短的办法,配合起来,画几幅素描,亦即所谓'浮世绘'的吧。日后积少成多,机会来了,编印成书,虽不怎么伟大惊人,倒也好算作一幅《百宝图》。"[①]是年秋返回北京后他正式开始写作,一年间创作了12篇小说,共同构成了一部名为《里门拾记》的系列小说集,1937年1月由文化生活出版社出版。这12篇小说描写了中原乡村的各种人物,但作者目的并不在典型人物的塑造,而旨在通过形形色色人物生活的悲喜剧,揭示乡土社会各种典型的"生活样式"及其构成的社会生态总体状况。那状况与当时废名、沈从文等作家的田园诗式乡土叙事大异其趣,毋宁说,师陀的《里门拾记》其实是一种反田园诗的乡土叙事——那里的乡里村落是一个有田园而无诗意、有自然而没有牧歌的所在;那里虽然也存在着阶级剥削与阶级压迫,却没有值得肯定的反抗与斗争,并且那里的压迫也不只存在于不同阶级之间,而频繁地发生在几乎所有的人们之间;那里虽然已受到一些"现代"物事如火车、传教士以至于毒

[①] 师陀:《〈里门拾记〉序》,《师陀全集》第1册,河南大学出版社2004年版,第96页。下引作品均据此版。

品的冲击,可这些冲击非但没有赋予乡土社会以新的生机,反而加速了它的衰亡,再加上频频发生的兵匪之患,官府恶霸的为非作歹,这一切的一切已把乡土社会变成了一片"有毒的土地",人们的生活几乎无一例外地趋于病态和变态,以至作者绝望地宣告:"我不喜欢我的家乡,可是怀念着那广大的原野。"作品着力揭示了乡村社会令人触目惊心的生活实况,让人感同身受地体会到乡土中国的种种"生活样式"都出了问题、整个"社会生态"完全恶化了。这是令师陀本人痛心疾首的发现,为此他首创了与之相适应的叙述形式——"系列小说"。应该说,《里门拾记》标志着师陀创作的真正起步:他终于找到属于自己的题材和思路以至于形式与文体,只是在把握和运用上还不够成熟,叙述不免有些情绪化。

就在完成《里门拾记》的一个月后——1936 年 7 月底,师陀从北京赴上海,途中绕道到河南偃城看望其老同学、共产党员赵伊坪,在充满花红果树的偃城县城住了半月。那里的所见所感又一次唤起了师陀系统描写乡土中国的冲动,但这一次他并没有立即动笔。经过整整两年的酝酿,从 1938 年 9 月开始到 1946 年初,蛰居上海的师陀差不多用了八年时间,精心创作了又一部系列小说《果园城记》,包括 18 篇小说,当它们陆续在《万象》等刊物上发表时,编者即盛赞:"芦焚先生的成就,在中国小说界真可说是'凤毛麟角'",1946 年 5 月全书由上海出版公司出版,《文艺复兴》杂志的编者更惊赞其"优美深刻,得未曾有;纯静、凝练、透明、反复闪光的水晶。"① 显然,《果园城记》乃是《里门拾记》写作思路与艺术风格发展成熟的结晶。这一次被师陀选为描写对象的不是一个小小村落,而是一个更大的乡土社区——小城镇。中国的小城镇,尤其是县城,"本来都是大农村",② 而它们作为一方政治、经济、文化的中心,无疑更为典型也更为丰富地凝聚了乡土中国"生活样式"的形形色色。所以,师陀选择一个县城作为描写的中心,并非随意之举,而旨在对乡土中国社会生态进行更具深广度的观照和更具有机性的表现。这在《果园城记》初版序中有明确的宣示——

这小书的主人公是一个我想象中的小城,……我有意把这小城写成中国一切小城的代表,它在我心中有生命、有性格、有思想、有见解、有情感、有寿命,像一个活的人。我从它的寿命中切取我顶熟悉的一段:从前清末年到民国二十五年,凡我能了解的合乎它的材料,我全放进去。这些材料不见得同是小城的出产:它们有乡下来的,也有都市来的,要之在乎它们是否跟一

---

① 《万象》编者和《文艺复兴》编者评语转引自刘增杰编《师陀研究资料》,北京出版社 1984 年版,第 19 页、23 页。按,盛赞《果园城记》的《万象》编者可能是柯灵,《文艺复兴》编者可能是李健吾。

② 师陀:《〈果园城记〉新版后记》,《师陀全集》第 8 册,第 269 页。

个小城的性格适合。我自知太不量力,但我说过,我只写我了解的一部分。现在我还没有将能写的写完,我但愿能写完,即使终我一生。

虽然小城镇曾是不少现代中国乡土小说描写的对象,但大多不成系统,从未有过像师陀这样自觉为之、全力以赴的创作抱负。倒是一些西方现代小说家有过差相近似的追求,并且不约而同采取了与《果园城记》相似的系列小说叙事形式,如爱尔兰作家詹姆斯·乔伊思的《都柏林人》和美国作家舍伍德·安德森的《俄亥俄的温斯堡》就是现代欧美"乡土小说"的杰作。所不同的只是《都柏林人》和《俄亥俄的温斯堡》的"乡土性"乃是指地方特性,而《果园城记》的"乡土性"则不限于地方特色,更意味着它是对作为生活样式、文化风俗以至于社会生态总体的"乡土中国"之写照。可以肯定,那时的师陀并不知道乔伊思和安德森,《果园城记》乃是他持续关怀乡土中国社会进而深思熟虑的独立创造。

作为"乡土中国"生活样式的典型和社会生态的范型,果园城可谓是形神兼备、有声有色、丰富多彩的存在。它有优美的自然——田园风光,一种特有的花红果"果园正像云和湖一样展开,装饰了这座古老的小城。"并且"有桃红的人家就有少女",谁家没有少女呢?所以家家都有俗称桃红的凤仙花。果园城甚至还有自己独特的神话传说,据说它的千年高塔就是从一个过路的神仙的袍袖中遗落下来的,传说最早的居民是一个员外和他的三个美丽的女儿,而最有趣的则是关于那个古怪灵精的河水鬼阿嚏的传奇。与此相得益彰的是果园城辉煌的历史。在明清帝制时代,果园城也曾经人才辈出,所谓"进士第"或"布政第"的胡马左刘四大家族主导了城乡庶民的生活,甚至连"门房"也是"世袭罔替"。这虽然不平等,但毕竟给果园城带来了"简单而有规律的生活",那种自然生态和社会生态让过路的客人们叹赏不已:"幸福的人们!和平的城"。(《果园城·果园城》)但发思古之幽情并非师陀的旨趣所在,他着重描写的是"从前清末年到民国二十五年"间果园城社会的"生活样式"——它们主宰了果园城三教九流诸色人等的现实"生活"。虽然从帝制中国换成中华民国,皇帝是倒掉了,可土皇帝仍然存在,果园城里官绅勾结的统治秩序并没有变,只是他们的统治术披上了合乎民国"法理"的外衣。其中最成功的统治者是朱魁爷,"他和'有司'勾搭,……官吏们从他手里得到了好处,他也从果园城的居民身上得到了好处。"魁爷最高明之处是"始终不担任任何职务,"因为他在乡下和果园城全境都布置了把庄稼人引到他这里来寻求"法理"的使者,同时又把自己的得力走狗安插进官府的各种机关,这样一来"他也就不受任何政治变动的影响,始终维持着超然地位:一个无形的果园城主人"。最耐人寻味的是,这个在外力求"和善"施治的朱魁爷"一走进他的老宅,……他却成为专制中最专制的了"——"在他的禁止十二岁的男童的住宅里,他的四位太太每人有一所房屋,他每人给她们一个丫鬟,一个女仆,另外在她们的房子里给她们预备一把鞭子。当她们犯了错误,只有上天也许会怜惜她们,他把她们剥得赤条条的,把她们吊起来,用专门为她们设备的鞭子抽打。"(《果园城记·城主》)如果说"在这个仿佛被时间忘却了的小城中也有变动"(《果园城记·狩猎》)的话,那只限于例行的堕落与无奈的没落。传统世家的堕落遵循的是例行的模式——门第显赫的胡马左刘四大家族在纨绔子弟的挥霍和兄弟阋墙的内耗中纷纷败落,以至于"布政第"胡家的千金小姐沦落风尘;传统业者每况愈下的没落也是难免的收场——由于现代物事的冲击,一向安分守己的小城平民渐渐难以维持传统的生计,手艺高超的锡匠沦为乞丐,技惊四座的说书艺人贫病而死,如此景况令回乡的游子兼叙述者的马叔敖感叹:"凡是在回忆中我们以为好的,全是容易过去的,一逝不再来的。"(《果园城记·说书人》)而问题在于,尽管正在无可挽回地走向没落和堕落,但果园城人的生活方式和生活态度仍然普遍满足于习惯成自然的传统惯性,既不能产生也不能接受任何有现代意义的新变革与新事物。即使偶尔有人从外部世界接受了一点新意识、略有点新举措,但他们不是被赶走或被逼疯,就是被果园城既定的习惯势力所同化或扼杀。所以曾经不甘平庸的文学青年贺文龙终于向平庸认命,一度热心的农事改革家葛天民屡经挫折之后变成了一个不问世事的隐士,而那个在外感染了现代思想的"傲骨"回到家乡的小小改革举措——植树造林,却被他雇来种树的穷苦乡下人在夜里连根拔掉,当柴烧了,两个革命者徐立刚和小张则被迫逃离果园城。最令人悲哀的是女性仿佛命定的凄惨命运——可爱的女教师油三妹因为行为举止不像个传统女性而被迫自杀了,美丽的大刘姐仅仅因为被一个莽撞小子强吻了一下,就无法在家乡立足而只得远嫁为他人妾,封闭在深闺里的素姑做着传统的才子佳人的好梦,年复一年为自己绣出了一箱又一箱嫁衣,可在那个封闭的小城里她连谈婚论嫁的机会也没有,只能做个嫁不出去的老姑娘……

所有这些果园城人的"生活"都显示了一个令人痛苦的真实:虽然历经近半个世纪的风风雨雨,但果园城人的"生活样式"并无真正的改变,而且绝大多数果园城人也没有改变其"生活样式"的自觉。这或者正是作者在前一部系列小说《里门拾记》中不无激愤宣称"我不喜欢我的家乡,可是怀念着那广大的原野"的原因。这种又爱又恨的情结在《果园城记》中通过马叔敖之口得到了更委婉也更沉痛的表达。按师陀的设计,马叔敖是个自外而来的现代知识分子,果园城虽然不是他的家乡,却也是给少年时代的他留下美好回忆的乡土乐园,而今他重回旧游之地,重新观照这里的一切,固然勾起了亲切美好的回忆,但目睹其衰败与沉滞的现实,尤其是果园城人一仍其旧的生活样式与生活态度,则不免感触良多而心怀难平了——

>　　在墙外面,当我们讲着话的时候有一个小贩吆喝。还有什么是比这种喊声更亲切更值得回忆的呢,当我们长久的离开某处地方,我们忽然听见仍旧没有改变,以前我们就在这样静寂的小巷里听惯了的声调。我们从此感到要改变一个小城市有多么困难,假使我们看见的不仅仅是表面,我们若不看见出生和死亡,我们会相信,十年、二十年,以至五十年,它似乎永远停留在一点上没有变动。
>
>　　……
>
>　　我们继续坐在葡萄棚下面。四围是静寂的,空中保持着一种和谐,一种乡村所有的平静气息。这城里的生活是仍旧按着它的古老规律,从容的一天一天进行着,人们还一点都不感到紧张。太阳已经转到西面去了,我们可以想像到太阳每天在这时候都这样的转到西面去了。……
>
>　　　　　　　　　　　　　　　　　　　　——《果园城记·葛天民》

诸如此类的复杂感怀真可谓"别有一番滋味在心头",它们贯穿了整部作品,主导了作品的叙述节奏,影响着作品的意义生成,使《果园城记》读来既有感人的抒情韵味,又富于引人思索的深长意味。所以马叔敖对果园城的观感既富于感情也暗含着分析的元素,同时还具有结构的功能和导读的作用——读者正是透过他的敏感善思的心与眼,逐步深入"果园城社会",一点一滴地积累着印象、深化着认识,到最终,一个生动而复杂的"果园城"整体形象已然生成了。那些精彩纷呈、互文互补的篇章,既使人们感同身受地体会到乡土中国的社会生态实在是步入了日薄西山、病入膏肓的末路,更引人思索的是为什么"这城里的生活是仍旧按着它的古老规律,从容的一天一天进行着,人们还一点都不感到紧张。"

八年心血不寻常,《果园城记》获得了双重的成功——从"生活样式"的角度来观照社会生态的创作思路与系列小说的叙事体式,在这部小说中的运用俱臻成熟而且相得益彰、融合无间。从中外小说史来看,系列小说是有意识地把多个短篇结构成一个富有内在联系的系统整体,其内部的每个叙述单元虽然采取短篇小说的形式,但从整体上看系列小说并不是短篇小说的自然集合,而是一个互文共在的有机整体,这使它具有不亚于甚至大于长篇小说的容量,在结构和叙述上又比长篇小说更为自由灵活。所以系列小说是一种兼采长篇与短篇之长而自成一体、独具特色的现代小说体式,具有自由灵活、不拘一格、寓合于分、互文互补的特长和整体大于部分之和的优势,尤其适宜于描写某些封闭自足、自成一体而又内含多种生活样式的社区生态,詹姆士·乔伊斯的《都柏林人》和舍伍德·安德森的《俄亥俄的温斯堡》就是成功的先例。在师陀之前的中国小说家虽然也写出过近似的作品,如鲁迅的"鲁镇系列"、沈从文的"湘西系列",但究其实它们都是后来批评家、研究者的归纳概括而非作家当初的自觉创造。真正有意为之的首创者是师陀。如果说《里门拾记》对这种小说体式的运用还不免初创的生涩的话，那么作者在《果园城记》中对系列小说的驾驭已臻于得心应手、从容自如的成熟，令人感到用这样一种叙述形式来表现果园城这个"有生命、有性格、有思想、有见解、有情感、有寿命，像一个活的人"的小城社会，真可谓天造地设、恰如其分，允称"有意味的形式"。《果园城记》之后，系列小说的创作一直后继无人，直至二十世纪七十年代初的台湾始有白先勇的杰作《台北人》问世，而大陆自新时期以来，系列小说勃然复兴，不断涌现出如王蒙的《在伊犁》、林斤澜的《矮凳桥风情》和李锐的《厚土》等出色作品，但都还不能说超过了《果园城记》的水平。所以，单是《果园城记》的杰出成就，已足以使师陀在二十世纪中国小说史上占据一席之地而无愧。

如果说系列小说《果园城记》是对乡土中国生活样式和社会生态的总体观照，因而其中的单篇只能是大致勾勒出某种生活现象的素描而非工笔画，那么中篇小说《无望村的馆主》则选取乡土中国重要生活样式之一进行专门的抽样分析，因而也就能够集中笔墨，纵深开掘了。所谓"无望村"原名"吴王村"，其"馆主"即地主兼戏班班主陈世德，从祖父两代继承了巨大的家财而富甲一方，声威煊赫，"那时候他的年青，有钱，华丽，最重要的是他的慷慨，他曾经怎样像一个王子一样惹人注目！同时他又是怎样骄傲，怎样尊贵，又怎样像把全世界的祸福都不放在心目中啊！"然而曾几何时，不可一世、横行乡里的陈世德荡尽了家财，也失去了权势，成了一个万人嫌的蹭吃蹭喝的乞丐，"吴王村"也从此一蹶不振，被人称为"无望村"。这一切到底孰使为之、何以致之？自然，从发家到败家的命运逆转肯定并非当事者所愿，但正如作者在结尾所说的那样，那逆转却仿佛自然规律一样不依当事人的意愿而必然地发生了："这些全是意想不到的结果，……他们自然都不曾想到，然而这些事情现在全实现了。无望村正像经过一场大火，纵然我们还能找出当初的遗迹，能想起它的盛况的现在还有几个？"其实这还不是最终的收场，因为如此这般发家—败家的悲喜剧并没有因为陈世德家的破落、无望村的衰微而停止，只不过财富与权势转移到别人与别的村庄（其中陈世德的仆人胡大海是最大的受益者），所以同样的悲喜剧也必将在别的村落、别的地主那里继续演出。然则诸如此类此起彼伏的兴衰更替的意义何在？对具体的当事者和相关者来说，那当然意味着生活地位的巨变，但就乡土中国社会的生活方式而言却没有带来任何改变，一切不过是循环反复而已。这才是师陀真正关注的问题，他之所以把自己描写的那个中国乡村命名为"无望村"，并且浓墨重彩地描绘了那里的地主陈世德家族的兴衰，正是因为他发现像陈家那样发家与败家的故事在乡土中国乃是一种"自然而然"的普遍现象，可以说是一种典型的生活样式的照例搬演而已。事实上,千百年来的乡土中国社会就一直在这样的重复搬演中原地踏步、止步不前,它自身并不能产生新的生产力、生产方式和生产关系以至于生活理想,一切的一切已经成为既定的生活样式的重复,如发家—败家的轮替。从这个角度来看,乡土中国社会其实是有循环而无变化,更谈不上有什么进步的可能,注定了是没有前途的"无望村"。这个循环不进的"无望村"也可以说是传统中国社会的一个基本特征——充斥着周期性的动乱、"以暴易暴"的改朝换代和财产的不断转移,却没有发生过真正革命性的变革,因而长期限于停滞不前的状态——之具体而微的表现。同时,《无望村的馆主》也展现了师陀善于从病态中开掘人性的洞察力。陈世德曾经怂恿自己的狐朋狗友满天飞奸污了梦喜庄的一个姑娘,而当新婚之夜他才发现那个被摧残的姑娘就是他的新娘。从此这位快乐王子陷入了难以自拔的烦恼:"他的新娘是一个所谓破货。"他杀了满天飞,把妻子赶回了娘家,都不能解决自己的苦恼,挽不回受伤的自尊,所以只能变本加厉地玩乐挥霍,直至一无所有、走投无路之际,"他决定到梦喜庄去",而梦喜庄的百合姑娘也终于等来陈世德的那句话:"我想接你回去。"然而,一切都太晚了,一切都快完了——

"你知道我快完了……"

(陈世德本来还有许多话要讲,不知道为什么缘故,或者是羞耻心,他没有把它们完全说出来。)

"快完了。是的,大家都快完了。"他的太太低声叹息着说,她低下头去玩弄被角。

陈世德没有想到这时候空气已由苦痛,气恼和羞惭转成哀伤。他的太太的只剩下骨头的细小手指在棉被上动弹着,她说她不能跟他回无望村,因为她现在正当病着,同时她已经听说他过去的行为,他使她只有憎恨。她惟一的希望是将来他能再来一趟,她愿意死后能埋在姓陈的地里。

一向傲慢残忍的陈世德终于有了羞耻与哀伤,而他的受尽折磨的妻子虽然憎恨,仍然愿意死后能埋在姓陈的地里。"大家都快完了"——乡土中国连同它的最后的荡子和贞女,而不论荡子还是贞女其实都是有人性的人,但他们都不可能超越乡土中国"生活样式"给他们预定的角色,不能设想在那样既定的社会生态里他们会扮演别的角色,会有别样的命运。

"倘若中国的农村小说有它的前途,芦焚正在试着一条中国的有些迷惑性的路径。这条路可以向晦涩诡僻回去,也可以把这个懵懂的尚不曾十分明白自己的民族性揭发出来。"①当《里门拾记》出版后,有人曾经对芦焚即后来的师陀有这样的期许。这是一个很高的期望,因为自五四以来,"乡土中国"一直是新文学,尤其是小说的描写重心,先后形成了三种有显著影响的乡村叙事范式:以鲁迅、台静农为代表的旨在对国民性进行文化批判的乡土写实范式,以茅盾、吴组缃为代表的着重对农村社会进行经济—阶级分析的叙事范式,还有以废名、沈从文为代表的带有文化守成情怀的田园牧歌抒情范式。这三种范式几乎主导了当时所有的乡村叙事。师陀显然从这些叙事范式中都有所汲取,但他不以任何一种范式为足止,而致力于别开生面的探索,从《里门拾记》到《无望村的馆主》再到《果园城记》,就是他悉心探索的结晶。这三部小说贯穿着师陀对乡土中国种种生活方式——他称之为"生活样式"——的独到观察与出色分析。在他笔下,形形色色的乡土人物不是作为阶级的、人格的典型来塑造的,而是作为乡土中国各种各样的"生活样式"的代表来刻画的。他们所代表的"生活样式"不是孤立的存在,而在共同的乡土背景上构成了一个既有等级区分又相互依存而且可以相互转化的小社会,一种具有共同文化习俗、行为习惯以至于意识形态的人类小群体,所以师陀有意识地让那一幅幅人物素描构成一整套相互配合、相互补充的"生活样式"的"浮世绘",这样一来师陀的乡村叙事最终便成为对那个自成一体的人类小群体、小社会的更具整体性和有机性的观照,读者透过他的观照所看到的也就不只是乡土中国的这一点或那一面,而是一幅相当完整和本色的乡土中国社会生态画卷。这样一种从"生活样式"着眼来对乡土中国"社会生态"进行整体观照的叙事路径,的确迥异于既有的三种乡村叙事范式,而它的成功实践委实把现代中国的乡村叙事推进到了一个新的境界,使人们得以在既有的而且几成定式的叙事——那种深刻而不免苛刻的文化批判、严正而不免刻板的阶级分析以及富有诗意而不免美化的田园抒情——之外,能够有分析也有同情的理解乡土中国的种种生活样式及其共同构成的社会生态总体,体会到那一切也是渊源有自的人类活动、自成一体的人类社会。当然,那些生活样式确实落后了,那种社会生态也明显恶化了,而问题的严重性更在于那些生活在如此循环反复的困局中的人们并不自觉,他们不会自发地产生现代意识,所以那样的社会也无望自然而然地转向现代。师陀虽然"不喜欢他的家乡,临了他把公道还给他的家乡。"②

师陀在乡土叙事上的出色成就,乃是其乡土生活经验与现代人文—社会科学思潮相接触的结果。不难看出,师陀的"生活样式"概念与新儒家梁漱溟的文

---

① 杨刚:《〈里门拾记〉》,《大公报·文艺》第351期,1937年6月。
② 刘西渭(李健吾):《读〈里门拾记〉》,《文学杂志》第1卷第2期,1937年6月。

化概念颇为相似。五四时期的梁漱溟是一个广泛吸取了当时人文社会科学新说而又致力于独立思考中国问题的人,所以他才能在当时的中西文化论战中鞭辟入里地把文化从抽象的义理还原为人的生活,以为"生活的根本在意欲而文化不过是生活之样法。"① 这无疑启发了师陀对乡土中国社会的思考。而当人们在《果园城记》的一开篇,就读到"果园城,一个假想的西亚西亚式的名字,一切这种中国小城的代表",肯定会觉得那个外来语的修辞不免有些突兀,而正是它无意中透露出了三十年代中国社会科学界关于中国社会性质论战的讯息。师陀对那场论战并不陌生。那是一场论题广泛、影响深远的论战,"亚西亚生产方式"(马克思对以自然经济为主的东方社会经济形态的概括)和中国社会的停滞性就是论战中的热点问题,并且那场论战显著地推动了对中国农村社会的调查与研究:一批年轻的左翼经济学家开展了中国农村经济调查,梁漱溟发动了他的"乡村建设运动",同时一些年轻的社会人类学家也致力于乡土中国的"田野调查"。应该说,三十年代那场论战也触动了师陀,唤醒了他的乡土生活经验,并促使他独立思考乡土中国社会的问题,而《里门拾记》、《果园城记》和《无望村的馆主》亦可视为对那场论争的独特回应。师陀的可贵之处在于他虽然广泛地接触了种种时代思潮,但那些只是他的思想的触媒,他不愿用西方的概念来规范中国的现实,没有以现成的观点代替自己的独立思考。所以"亚西亚生产方式"及与其相关的生产力、生产关系、阶级关系概念并没有限制他,反倒启发他专心思考那些实存于乡土中国社会中因而更具中国本色的各种"生活样式",因为它们是生动具体的现实,而又呈现出经久不变的式样,所以更值得深思和探索。正是循此而进,师陀的观照与思考渐渐逼近了乡土中国社会生活的原生态,接近了它的封闭自足、传承有序而又循环往复、日渐恶化的社会生态困局,并从而予之以出色的艺术表现。

北京和上海是师陀长期生活过并给他深刻印象的两个城市,他的长篇小说代表作《马兰》和《结婚》就分别以这两座城市为背景,并将他独创的"生活样式"分析拓展到对都市社会的观照,在都市叙事上表现出不同于社会分析派和海派小说的鲜明特色。

在师陀的眼中,三十年代的北京是个"住满学生和靠进当铺为生的前代勋旧,半农村性质,令人难忘的老城。"② 这是一个很有意思的观察,它抓住了北平的矛盾的两面:一方面是老旧的传统文化与生活样式,另一方面则是年轻学子集聚的新文化中心和时新生活样式的孕育之地。《马兰》集中描写的是后一面,所

---

① 梁漱溟:《东西文化及其哲学》,商务印书馆1987年影印第1版,第54页。
② 师陀:《〈马兰〉小引》,《师陀全集》第3册,第279页。下引作品均据此版。

以作品中的人物不是"在学"的就是"在野"的青年知识分子,并且他们大多都受到左翼思潮的影响和感染,其思想与行为方式显然不同于二十年代的"新青年",而比较普遍地表现出激进的革命性。不过,师陀虽然同情而且向往革命,但他并没有像一般左翼作家那样把《马兰》写成一部鼓吹革命的作品。尽管作品中的人物都与革命不无关系,但作者宣称:"我并不着意写典型人物"。① 他的着眼点是那些人物作为各种"革命行为方式"的代表性,而《马兰》的独特性正在于它是一部观照和分析时代青年"革命行为方式"的小说。师陀敏锐地观察到时代大潮下的"革命行为"呈现出不同的形态:一些人把"革命"视为"进步"的摩登时尚来追逐。乔式夫就是这样的人物,他的"追求革命"乃是小资产阶级知识分子不甘"落后"于时代而"预流"先进的投机行为而已。他用进步的革命的面目掩盖了自己对马兰美色的觊觎,使马兰信托于他,却在马兰跟他出逃的头一夜里就强奸了她。所以对乔式夫来说"讲革命"只是一种赶时髦、谋私利的摩登生活方式。李伯唐则是一个业余的革命爱好者。他出身于旧式大家庭、受过现代教育,有相当的人文修养和一定的社会地位,只是由于不满平庸的生活现实而倾向革命,但他身上又带着有才华的大家庭子弟的孤傲与现代知识分子的矜持,这使他落落寡合而且思想大于行动,很像普希金笔下的奥涅金和莱蒙托夫《当代英雄》中的毕巧林——事实上,《当代英雄》确实对《马兰》的创作有影响。以李伯唐那样的出身和地位居然能够"爱好革命"、尊重女性,这正是他的魅力之所在,但也仅此而已,他的修养和地位恰恰使他既不可能义无反顾地投入革命,也不可能毫不犹豫地抓住真正的爱情,所以这些东西也就迟早会离他而去,最后只留下他自己彷徨无地、怅然若失,变成一个自悼自伤的虚无主义者。真正走向革命的是乡村女知识青年马兰。这看来近乎传奇,却是出自真实。马兰并没有多少革命的理论修养,但诚如作者所说,"她本来是倾向革命的,"② 因为对这个有幸接受了初步的现代启蒙却不幸除了美丽便一无所有的乡村少女来说,生活显得格外艰难和危险,旧社会时时要吞噬她,所谓新生活则充满陷阱,而正是革命把她从绝境中拯救出来,所以虽然经过了曲折的道路,但她走向革命的步伐却比那些有理论修养的知识分子更坚定更踏实。应该说,在三十年代的中国都市里,像乔式夫那样赶革命的时髦者、像李伯唐那样业余的革命爱好者,还有像马兰那样因为革命拯救了自己从而坚定地走上革命道路的新女性,都不少见,左翼作家一般都把他们当作时代的阶级的典型来刻画并从中表现其倾向性,而像师陀的《马兰》这样深入剖析种种"革命行为样式"之真伪的作品则不多见。同时,作者在《马兰》的叙述

---

① 师陀:《〈马兰〉小引》,《师陀全集》第 3 册,第 279 页。
② 师陀:《谈〈马兰〉的写成经过》,《师陀全集》第 8 册,第 310 页。

方式上也煞费苦心。全书以李伯唐的自述为主辅之以马兰的札记,所以对这两人的感情纠葛及其爱情心理的刻画颇为细致深入:对李伯唐来说,马兰的感情是他先前不要而后来永远求之不得的,对马兰来说,李伯唐是她从乔式夫的欺骗中觉醒过来后的真正初恋,但一朝被蛇咬的恐惧心理,使她一开始就对英俊而矜持的李伯唐不无敌意,后来才猛然间省悟到自己对他的仇视原来是爱情在作怪,……作者通过特定的视角写出了现代爱情关系的逆转及当时人复杂微妙的心理,使《马兰》成为现代小说中刻画爱情心理颇为曲折复杂的一部,至今读来仍然引人入胜。

"难道这就是上海吗/难道这不就是上海吗"——当师陀从东方情调的古都北京转居到摩登都市上海后,他惊讶地发现上海与北京大不相同:"你不能不承认上海是一个大城市;假如我们说北平是一个候补道,我是说北京人的北平,它一面搭着大爷架子,一面以当卖祖宗的遗物为生,上海要比较有希望的多了。它的居民们有一种大欲望,有一种惊人的活动力。"他看到"这个纯粹的商业城市是靠着掠取与攘夺维持生命,"而充斥其中的居民是"洋鬼子,工业家,金融家,投机家,商人,流氓,强盗,娼妓,各种帮口,……这里的居民都有一种'实事求是'精神。"那就是金钱至上,为此人们可以不择手段,买卖一切。对这样一个欲望主宰了人性、摩登成了生活指标的十里洋场,师陀既痛感与之格格不入,又深深为之着迷,因为"这是一个怎样简单但又怎样复杂的世界呵。"①所以师陀对上海还是很下了一番研究的工夫,其结晶首先是一部系列散文集《上海手札》,精细地分析了上海社会生态的形形色色、方方面面及其运行机制。正是以此为基础,师陀随后——在抗战胜利的前一年——又精心撰写了一部专门剖析这个摩登社会生活样式的长篇小说《结婚》。其实,《上海手札》中《淑女》一篇所说的那个在恋爱场上逞英雄的瞎子不就是《结婚》中的黄美洲的原型么? 当然,这还不够,师陀在《结婚》中不仅完善了黄美洲的故事,更创造了胡去恶为了结婚而拼命发财、终于失掉了真爱也搭上了性命的故事。这两条故事线——一个于理于情都应该结婚却终于毁灭、一个本不该结婚却居然成功——的交织对照就构成了《结婚》的基本情节,从而极具反讽性地揭示了"结婚"这一原本最为浪漫而且庄严的人生行为在摩登上海如何演变成一出出令人匪夷所思的荒诞剧,而这就是上海的现实:"上海是个最讲现实的地方,它产生车载斗量的血淋淋的黄色事件,绝不产生浪漫故事。"②就此而言,《结婚》可说是现代中国文学史上最反传奇的传奇,或者说反浪漫的罗曼司。浪漫的罗曼司(Romance)是二三十年代以来新文学的一个叙

---

① 以上引文见师陀:《上海手札·住了》,《师陀全集》第 5 册,第 250—251 页。
② 师陀:《谈〈结婚〉的写作经过》,《师陀全集》第 8 册,第 285 页。

第四节 师陀小说对现代中国"生活样式"的分解

事传统,到四十年代仍在延续和发展,但也出现了一些有力的反拨之作,其中师陀的《结婚》和钱锺书的《围城》堪称双璧。有意思的是,这两部小说都孕育、创作和出版于四十年代的上海,并且它们的作者也都不以反浪漫为足止,而不约而同地走向对"摩登"的深入反思,那反思也都是以"摩登"上海为背景的。

不同于钱锺书从存在主义的思路来批判"摩登文明"的病态,师陀是从"生活样式"的视角来观照并反思摩登上海的社会生态对人性的异化的。诚如师陀所说,"上海地方是'文明'的,什么花样和人物都有。"① 师陀描写的是他比较熟悉的"中层社会"。这里有爱财如命而又附庸风雅的阔少田国宝,还有摩登小姐田国秀和摩登恶少钱亨,以及虽然失明却生财有道的前教师黄美洲等等。从这些人的生活方式可以看出,摩登的上海"文明"其实是一种偏至的商业—消费文化,唯利是图唯的"唯'物'主义"和唯西方时尚马首是瞻的"摩登主义",是这个半殖民地都市社会风气的一体之两面,而由于一切物质享受都以金钱为前提,所以几乎所有人的生活都以金钱的现实考量为中心——"当时的上海是个唯利是图的地方,一切决定于现实利益。"② 加上战时的物资封锁使百物腾贵,更助长了囤积居奇、投机买卖之风,以至于"假如空气可以出卖,他们会把空气也存到货栈里去了。"③ 民族战争不但没有唤起他们的民族家国意识,反倒对他们的末世享乐生活起了推波助澜的作用。总之,不择手段的发财,不顾一切的享乐,这样一种风气毒化了摩登上海的社会生态,主导了几乎所有摩登人士的生活方式,其结果必然使人性异化、人际关系丑恶化,人们竞相趋于邪恶而不辞。

胡去恶就是被摩登上海丑恶的社会生态和生活样式异化了的人物。胡去恶不无才华,而且与小学教师林佩芳有一份美好的感情,准备结婚。然而身为穷教师的他没钱结婚。眼看着别人发国难财、过摩登生活,胡去恶既不平又眼红,所以心存侥幸,试图冒险一搏。在送林佩芳父女下乡避难之后,胡去恶结交了钱亨和田国宝兄妹,开始混迹于那个摩登奢华的圈子,也开始了他的可怜的投机冒险生涯。书呆子的他本就不是做投机生意的料,况且他也没有资本,所以在生意场上他其实只有上当受骗的份。而俗话说,"近朱者赤,近墨者黑。"在那样一个丑恶的世界里和那样一些丑恶的人厮混,他又怎么能够"去恶"呢?所以他的发财路极不顺利,堕落的脚步却越陷越深,直至不能自拔。对摩登上海的生活方式与社会生态如何诱人堕落,师陀有极为深刻的印象与观察,所以他把胡去恶作为《结婚》的主人公,全书的叙述都围绕着他的冒险与堕落而展开。就此而言,《结

---

① 师陀:《上海手札·马食余》,《师陀全集》第 5 册,第 209 页。
② 师陀:《谈〈结婚〉的写作经过》,《师陀全集》第 8 册,第 295 页。
③ 师陀:《上海手札·上海》,《师陀全集》第 5 册,第 197 页。

婚》乃是一个小人物的"上海梦"的破灭史及其人性的堕落史。对原本洁身自好的胡去恶来说，那当然是一个痛苦而且复杂的过程，难能可贵的是师陀没有像沈从文那样因为厌恶都市人生的道德义愤而对之做简单化的处理，他精心设计了《结婚》的叙述方式，努力控制叙述语态，细致入微地展示了胡去恶步入歧途的过程和心性堕落的轨迹。这使《结婚》成为中国现代长篇小说中最讲究叙述艺术而又最富人性解剖深度的一部，尤其在揭示摩登世态如何影响人的心性方面，既能从大处着眼，又能从小处着笔。全书分为上下两卷，上卷采用第一人称限制叙事，由胡去恶写给在乡下的未婚妻林佩芳的六封信组成。在这些私密的信函中，胡去恶向未婚妻报告着他在上海的生活与社交情况，同时无形中也显示了自己的心态的浮沉与心性的蜕变。开始的几封信对林佩芳依然深情款款，所以对自己的行迹与心迹也毫无保留地倾心相告，一吐为快。后来的信件就渐渐情不自禁地流露出对金钱与欲望支配下的摩登生活方式的着迷。这显示出随着与田国宝兄妹、钱亨和黄美洲等人的交往日深，胡去恶的生活追求渐渐变质，他的性格也渐渐偏离了正直与良善，恶性日渐膨胀——为了过上摩登生活，他已跃跃欲试，甚至准备抛弃心爱的林佩芳而打算与有钱的摩登小姐田国秀结婚。所以到后来胡去恶给林佩芳的信也就写不下去了，《结婚》上卷的第一人称叙述也就随着胡去恶的第六封信的最后一句话"我觉得好像要病了"而宣告结束。正是由于心性的蜕变使胡去恶不再能够敞开心扉倾诉了，所以下卷自然而然地转为作者的全知叙述。不明就里的林佩芳抱着无限柔情写信问候胡去恶的"病情"，这让胡去恶"感到羞惭痛苦"，无以为答，直到良心不容他再朝下拖延之时，才煞费周章地拟了一封"短到不能再短"的回信，不无痛苦地宣告了自己的选择：他爱林佩芳，但不能跟她结婚，他并不真心爱田国秀，但已经离不开她。从此，胡去恶彻底告别了林佩芳，也彻底告别了善良与正直，而选择了田国秀及其代表的另一种生活样式，他督促自己"以后要好好干，"而他越是在那条道上拼命干，他的人性也就堕落得越快，他的命运也急转直下——他的投机生涯因钱亨的欺骗而一败涂地，他企图攀附的结婚对象田国秀也抛弃了他，重新搭上了钱亨。人财两空、"上海梦"破灭的胡去恶一怒之下杀了钱亨。但报仇之后的胡去恶"得到的却是痛苦。……他厌恶一切：全世界，全人类，连他的小屋和他本人在内，都教他想睡。"在痛苦与厌恶中他想起了被他抛弃的林佩芳："'我要告诉佩芳，'他像游魂般想，'我要告诉佩芳：是我不对，是我走上了绝路；要不然，即使不结婚，也好得多！'"不过，那个令他厌恶的世界没有回头路好走，甚至不容他多想，巡捕就击毙了他。在摩登的大上海，这不过是司空见惯的小事一桩，摩登的一切照常进行。所以胡去恶被击毙的当晚，本不该再婚却因为打官司赢得经济补偿的梅毒患者黄美洲又一次举行婚礼，其时楼下的报贩正在叫卖着"杀人的新闻"，那新闻的主角就是黄美洲邀来参加婚礼却久候不至的胡去恶——

> 那报贩当然想不到楼上有人结婚,并且讲到他,刚才还等他新闻上的人物去吃喜酒。大概怕剩下的报销不完,他自顾把吃奶的力气使出来,打炸雷也似的喊,一面向前跑着去追主顾。但是大家天天听见杀人,听也听腻了,马路上熙来攘往,谁也不去注意。这条新闻即使侥幸送到几个人眼里,过两天也会忘得干干净净。不管被杀也罢,杀人也罢,只要死的不是自己,人们得照样去谋生,跟谁都没有关系。
>
> 譬如向大海投个石子,石子完了,大海毫无影响。

这个极具反讽而又令人悲悯的收场与《围城》的结尾异曲同工。

《结婚》无疑是中国现代都市叙事的重要收获。在师陀之前,中国现代文学对摩登都市的描写,已有了左翼作家的都市社会分析叙事和海派小说家的都市新感觉叙事导夫先路。师陀赞同左翼作家对社会经济阶级问题的重视,但他们只把人当作阶级的典型来写而忽视人性的开掘,则未免刻板教条,所以为师陀所不取;海派小说家借鉴现代性观点来揭示都市摩登人士心性行为的欲望结构,自有其独到之处,但他们的书写过于醉心展现摩登都市"色情风景线"的浮光掠影,其笔下的人往往只有生物性的冲动而无社会性的自觉,结果是欲深反浅而且不免媚俗猎奇之弊,严肃的师陀对此颇为不屑,时常在作品中把海派小说本身作为都市摩登现象来讽刺。这些经验与教训促使师陀在四十年代开始他的都市叙事时,同时关注社会与人——"我是写我心目中的社会与人"、"我只是刻意描写社会和人"。① 而社会与人的联结点则是师陀特别看重的"生活样式",它既是社会化的人类生活模式,又体现为人的具体实存行为与复杂心性。所以师陀才把"生活样式"作为叙事的焦点,通过它来观照更庞大的社会生态整体,也借助它来透视更具体的人性隐曲。这种创作追求在《结婚》中发挥得颇为出色,使这部以摩登都市生活为题材的长篇小说成为一部杰出的"反摩登"之作,展现出独特不凡的社会批判意向和烛隐发微的人性深度,推进了现代都市叙事的深入开展。

有人说,"论才情,师陀是比不上钱锺书或张爱玲的"。② 这话大概不错。作家当然不能没有才情,不过,才情过佳的作家往往是得也才情失也才情。师陀的才情或许不算太大,但无疑够他使用,所以他的创作的起步并不低,而更重要的是他不恃才而善用其才,心不旁骛,持之以恒地坚持独立的思想与艺术探索,不

---

① 师陀:《我的风格》,《师陀全集》第8册,第340页。
② 夏志清:《中国现代小说史》,香港中文大学出版社2001年版,第393页。

断地丰富和发展着自己,此所以他的小说虽然并非篇篇俱佳,其水平也不像钱锺书和张爱玲的作品那样均衡,以致他的创作特点让人颇感难以概括、他的文学史地位也长期难以论定,但师陀的创作无疑比钱锺书和张爱玲要丰富得多,而在追求人性描写的深度和叙事艺术的经营上,师陀显然也更为自觉和用心,并且确有卓然不凡的造诣和为数不少的独创,所以他的小说创作的总体成就,即使与一些名气更大的中国现代小说家如巴金和沈从文来比,也毫不逊色,甚且有过之而无不及。

第五节　战时小说家的浪漫叙事

抗日的烽火继之以革命的风暴,如此严峻的时世理所当然地迫使战时的小说家们严肃地应对现实,并且促使他们冷峻地思考现存的种种问题,从而有力地推动着全面抗战及四十年代的小说创作深入分析社会与人生的实际。不过,这只是历史实存的一面,虽然是重要的居主导性的一面。同时还存在着另一面,虽然是较弱的一面,但毕竟发生过,那就是富于热情、理想、想象以至幻想的浪漫叙事,其显著的表现即是"情调"风格和"传奇"形态的小说于焉崛起,尤其是进入四十年代以来。这同样不难理解,因为抗日战争是寻求民族复兴和民族独立的正义之战,解放战争是旨在社会改造和人民解放的革命战争,所以那个战争连着战争的年代也是催生理想、激情高涨的时代,因而也就必然激发战时小说家们的浪漫想象与理想追求。自然,并不是所有的人都有这样的理想和觉悟,何况旷日持久的战火和暴风骤雨的革命也严重地威胁着人们的生命,压抑着人们的欲望,尤其是都市市民阶层大多身心疲累,他们需要美与幻的文艺慰藉身心、释放欲望,获得快感的满足和趣味的消遣,哪怕明知是浮华离奇的梦幻,只要能得到暂时的解脱也好……这正的和负的时代精神状况使得浪漫叙事成为战时小说创作之势所必至的趋向。

在战时小说家中,较早表现出"情调"叙事风格的是碧野,但不太自觉并且仅限于中短篇的范围。稍后,姚雪垠的长篇《春暖花开的时候》虽然写得颇有情趣,但不免"言情"格调的局限。真正自觉地致力于"情调"风格的创造而且成就显著的是年轻的学院作家鹿桥。

鹿桥(1919—2002),本名吴讷孙,原籍江苏武进,出生于北京,自天津南开中学毕业后考入西南联大,1942年大学毕业后业余从事文学写作。1944—1945年间创作的长篇小说《未央歌》是鹿桥的处女作也是代表作,虽然该书直到1959年才得以正式出版(香港人生出版社初版),但没有作什么增改,所以仍可说是抗战时期国统区小说创作的重要收获。作品写的是战时西南联大的学生生活,那时来自全国各地的青年学子们"尽笳吹弦诵在山城,情弥切",而且别有情趣,但他们也知道大学校园并非世外桃源,何况国难当头,所以他们也念念不忘"多难殷忧新国运"的使命并为此而"动心忍性希前哲"(罗庸《西南联大校歌》),孜孜于心性的完善和文化的修养,努力把自己培养成堪当"中兴业,继往烈"(冯友兰《西南联合大学碑铭》)的杰出人才。所以思想文化生活的活跃是战时大学生活的特点,而经过五四以来的各种偏至,到抗战时期的西南联大在文化思想上已趋于比较健全的多元并存与中西互补,用鹿桥的话来说就是青年学子们"一面热心地憧憬着本国先哲的思想学术,一面又注射着西方的文化,饱享着自由的读书空气。"①这种自由的文化思想生活和青年学子们的青春热情相结合,更显得有声有色,丰富多彩,让躬逢其盛的鹿桥难以忘怀,遂有了《未央歌》这部表现战时学院青年文化关怀与心性修为的"青春之歌"。

《未央歌》刻画了一大批青年学子的形象,而作者最为用心描绘的是"大余"余孟勤、"小童"童孝贤、大姐姐伍宝笙和小妹妹蔺燕梅四人。在八面来风、自由开放的大学校园里,这些正当青春期的学子们自然都接受了个性解放、思想自由的现代观念,但时当万方多难的民族抗战之际,他们也不约而同地从中国传统的思想文化汲取营养,所以他们思想性格各有不同,并且各有其发展演变的过程。余孟勤严于律己,刻苦自励,有浮士德式的执著不息的求索精神,同时他也继承了墨家摩顶放踵的刻苦奉献与儒家克己不已的进德功夫,尤其是后者成为他性格中的主导因素,他因此被同学们称为"圣人"。自然,余孟勤并不是不食人间烟火的圣徒,他也爱恋着美丽聪慧的蔺燕梅,并且深深地吸引住了对方,但由于他一度把学术与品德上的精进不息当成唯一正当的人生理想,而对民族责任的自觉承担又使他律己待人都过于苛严,所以不免偏执成病,仿佛一个苦行僧,以至于使他与蔺燕梅的爱情横生波折,两人都在刻苦自制中痛苦不堪,不得不分离。这个痛苦的教训促使余孟勤反省和调整自己,从而在人格修为上趋于成熟和健全,更富人情、更能理解生活的情趣,但他并没有因此而简单抛弃儒墨思想的精华——那种担当天下、当仁不让的理想主义精神,所以调整后的他仍然是校园中当之无愧、领袖群伦的人物。伍宝笙是一个集传统的仁厚与现代的博爱于一身的完美女性,所以在众同学中自然而然地扮演了大姐姐的角色,成了小弟弟小妹妹的守护神。她淡泊娴雅,满怀爱心,无私地爱着他人。如果说伍宝笙的温柔慈和,更多地继承了传统女性的优秀品格,那么她在个人感情上却勇敢有主见——就在余孟勤痛苦自责、难以自解而众人又在为他的婚事焦急的时候,她却以绝大的勇气给余孟勤一封信,寄予及时的抚慰,同时也表白了自己的心迹,缔

---

① 鹿桥:《未央歌·前奏曲》,明天出版社1990年版。

结了二人的美满婚姻,也解除了所有当事人的烦恼。这又表现了她不同于传统女性的现代性格。这两种品格在伍宝笙身上已融为一体而并不矛盾。天生丽质、绝顶聪明的蔺燕梅一入学就受到全校师生的宠爱,而为了对得住这份厚爱,蔺燕梅更追随余孟勤,在他的督促和指导下刻苦砥砺自己,这其实不合她原本活泼自然、渴望爱情滋润的青春情性,所以内心倍感压抑,差点酿成悲剧,以至于苦恼不堪的她几次试图从宗教中寻求解脱。幸亏同学们的爱护让她回心转意,而经历了生活与情感历练的蔺燕梅也渐臻成熟,她最后选择"小童"童孝贤,既标志着她的爱情观念的成熟,也标志着她的独立不依的人格的成熟。童孝贤乍看似乎只是个可爱的大孩子,但其实他是始终保持古人所谓赤子童心之自然和现代个性之自由的人物,所以他最终成为蔺燕梅的选择并非偶然。

鹿桥曾经反复强调说《未央歌》是一部"以情调风格来谈人生理想的书"。所谓"情调风格"与"人生理想"的交融,从内容上说即是青年学子浪漫纯洁的爱情追求与精神修养的心路历程的结合。所以,《未央歌》并不是一部单纯的爱情传奇。事实上,作者更着力表现的乃是由那不太复杂的爱情线索穿织起来的战时学院青年砥砺品格、修炼身心的复杂"课程"和"过程"。在这过程中被青年学子们引为人生理想的既有各种现代思想,也有儒释道以及天主教等传统文化精神。现代与传统的对立几乎成了五四以来几代"新青年"的文化心理定式,但鹿桥却不再把新与旧、中与西、现代与传统视为截然对立、不可通融的两极,在他的笔下这些向来被视为矛盾的因素呈现出兼容互补、都有益于心性修炼的精神营养。这种兼容互补的文化态度反映了战时中国知识界文化观念的转变,寓示着自五四以来文化思想上的中西、古今、新旧之争的困局有了打破的迹象。显而易见,在这种文化态度中得到重新估价以至于平反的乃是长期被简单化贬斥的中国传统文化。不待说,鹿桥在《未央歌》中之所以能够重新肯认中国传统文化的价值,那自然与新儒家哲学在西南联大的影响有关,同时也折射出在民族解放战争的背景下,"动心忍性希前哲"乃是理有固然、势所必至的文化动向。如果说在冯友兰等新儒家那里,释古开今原是一种抽象的人文理想,那么鹿桥在《未央歌》中已将抽象的人文理想转化为一个个文化青年在内外困惑中动心忍性、自我完善的思想实践。当然,大学学子们注重文化修养、心性修炼的心路历程与他们在所难免的青春期情感问题原是密不可分的,而这二者恰好代表了鹿桥念念难忘的大学精神生活的两面——那些"又像诗篇又像论文似的日子"。所谓"像诗篇"的一面自然指的是浪漫的青春情爱,而"像论文"则喻指战时大学学子们在精神修养上的严肃探寻。

如此"又像诗篇又像论文"的生活无疑更为内倾,即更侧重于人的精神、情感、思想等内在的方面,所以要用向来以叙说故事为主的小说体式来表达,是不无困难的。为此,鹿桥不得不在艺术上折中损益,在长篇小说体制下成功地运用了一种他自称为"情调风格"的叙述风格。这样一种风格的小说其实就是人们常说的"抒情小说",它以抒情主导叙事,往往富于诗意而淡化情节,所以也被称为"诗化小说",并且由于这类小说不追求叙事结构的严谨而颇富散文的自然随意,所以又被称为"散文化小说"。自鲁迅、郁达夫首开其端,中经废名、沈从文的发挥,直至萧红、艾芜、师陀和解放区的孙犁,这样一种以抒情主导叙事的小说可以说是屡见不鲜,但一直局限于短篇小说、个别中篇小说以及由多个短篇小说构成的系列小说,而在长篇小说的创作中则一直缺乏成功运用的先例。这是因为如何处理长篇小说中的架构与肌质以及相关的理性与感性,是"抒情小说"写作不易解决的难题。在"抒情小说"中,随着抒情而来的大多是一些颇富诗意和美感的细节、风俗、情绪之类的东西,它们可以构成小说的丰富有意味的肌质,但这些东西往往"鸡零狗碎"、"杂七杂八",缺乏统一的架构,难以合理的整合。如果是在短篇的体裁里,合乎情理的架构之缺乏还够不上严重的缺憾,但假使一部数十万言的长篇小说通篇都由丰美而又杂碎的抒情化肌质构成,那必将对其必须的艺术整体性和思想连贯性造成严重的削弱。年轻的鹿桥显然为其小说的抒情肌质与理性架构的矛盾所苦恼,因为他觉得一部小说的叙事"体例"即结构性的"外表"只是一个架子而已,真正重要的是架子里面所容纳的那些丰富复杂的情与意,用他自己的话来说就是:"小说的外表往往只是一个为紫罗兰缠绕的花架子并不是花本身,又像是盛事物的器皿,而不是事物本身。"但鹿桥也意识到一部数十万言的叙事作品是不能一股脑儿地端给读者看的,而必须有一个叙事框架来合理地容纳那些丰富有味的抒情性肌质,所以他还是给自己的作品精心"挑了个小说的外表。"那"外表"并不是徒有其表,而是赋予整部作品以统一性的情节结构及其叙述脉络。在这方面,鹿桥对近现代西方小说的叙事技巧和中国古典小说的叙述技法都有所汲取——作品主角的爱情故事是西方式的情节结构,而全书一开始却有一个中国旧说部式的"楔子",那显然是从《红楼梦》等古典名著中学来的,并且各章节之间的起承转合也不乏中国古典小说之"断"与"连"的文脉经营和"伏笔"与"接榫"的艺术讲究。如此自觉地致力于叙事艺术的中西合璧,在中国现代小说中是不多见的,这可以说是《未央歌》的一个显著特色。但更值得注意的是《未央歌》表面上的情节性架构与内在的抒情性肌质之间的紧张关系。作者显然更倾心于后者的表现,所以《未央歌》中充满了青年学子激荡的青春激情、繁复的文化感怀以及校园生活富于诗情画意的情境和有意味的细节,这些丰沛优美的情感意境结晶为作品绵密的抒情性肌质。可是,这些颇富精神情调与诗意美感的抒情性肌质并不完全服从作品情节架构的约束,倒如作者所自觉的那样,"这精神甚至已跳出了故事,体例之外而泛滥于用字,选词和造句之中。看罢!为了记载那造形的印象,音响的节奏,和那些不成熟的思想生活,这叙述是多么荒唐地把这些感觉托付给了词句了呵!以致弄成这么一种离奇的结构、腔调,甚至文法!"①面对丰富的抒情性肌质时有冲破情节性的架构约束之势,作者不得不煞费苦心地勉力调和二者之间"岌岌可危"的关系,使这种充满张力的关系免于破裂而维持至终篇。正因为如此,才成就了这部中国现代长篇小说中的别具一格之作,一部"情调风格"的小说——它并不缺乏一部长篇小说所必须的自成一体的情节架构和叙述脉络,但在其中真正占了胜场的乃是"情调"而非"情节",它的抒情性的肌质实际上比情节性的架构具有更为重大的意义。这或者就是这部小说读来更像一部抒情性的青春之歌或青春之诗的原因吧。

《未央歌》当然是中国现代小说中的佳作,它的成功证明用"情调风格"写一部抒情性的长篇小说是完全可能的。但应该指出的是,由于鹿桥过分醉心于"情调风格"的营造,而他所钟爱的"情调"又过于理想,以致他有意把战时的西南联大写成了一个"只有爱没有恨,只有美没有丑的"(《六版再致〈未央歌〉读者》)世界,仿佛是个爱与美的"大观园"。如此自觉地偏至于爱和美而刻意回避学院内外以及学子们内心世界里难免的阴暗面,自然大大强化了《未央歌》的美感与诗意,却削弱了它的社会广度和人性深度。就此而言,有人把《未央歌》推举为战时长篇小说的"四大巨峰"之一,②那显然是揄扬过分了。

在全面抗战及四十年代的小说家中,论创作量和畅销度,无疑要数徐訏和无名氏的小说了。他们的小说的畅销程度,不仅是并时的其他现代小说家无可比拟的,而且取代了二十年代以来最为畅销的通俗小说家张恨水的作品,成为都市大众的流行读物。

徐訏(1908—1980),原名徐伯訏,浙江慈溪人,1927年考入北京大学哲学系,毕业后又在心理系修业两年,接触到各种流行的思想学说,同时爱好文学,三十年代曾协助林语堂编辑小品文刊物《论语》和《人间世》,1936年他自己也创办了性质接近的刊物《天地人》,所以徐訏最初的创作也集中在小品文和小品性的抒情诗方面。1936年秋徐訏赴法国留学,研习柏格森哲学,但真正吸引他的还是富于罗曼司情调的小说,所以他也在业余从事小说创作,1937发表的中篇小说《鬼恋》一炮走红,从此一发不可收。1938年1月徐訏回到"孤岛"上海后,接连创作了《阿拉伯海的女神》、《吉布赛的诱惑》、《精神病患者的悲歌》、《荒谬的英法海峡》、《英伦的雾》等中长篇小说,风行一时。1942年他离开完全沦陷了的上

---

① 以上引文并见鹿桥:《未央歌·前奏曲》,明天出版社1990年版。
② 司马长风:《中国新文学史》下卷,第122页。

海,辗转抵达重庆,供职于银行界并兼任中央大学教授,潜心创作了长篇小说《风萧萧》,1943 年开始在《扫荡报》连载,据说每天重庆渡江轮上的乘客们几乎"人手一纸",可见何等风行。1944 年徐訏任《扫荡报》驻美特派员,1946 年归国后仍居上海,1950 年赴香港定居,继续从事创作,有《江湖行》等小说问世,并在香港中文大学、香港浸会学院等处任教。无名氏(1917—2002),原籍江苏扬州,出生于南京,原名卜宝南,改名卜乃夫,青少年时期聪颖好读书,受左翼思潮影响,养成叛逆的性格,1934 年初夏因反对中学联考制度愤而辍学,随即奔赴北平刻苦自修,两年间涉猎广泛,在思想上兼收并蓄左翼思潮、自由派思想和尼采等人的生命意志哲学,同时开始文学上的练笔。抗战军兴,卜乃夫供职于国民党宣传出版机构,稍后又担任记者,在新闻界崭露头角,随后与韩国流亡政府和光复军将领李范奭多所接触,后者的传奇经历尤其是爱情艳遇令年轻的卜乃夫颇为激动,而他自己则在感情上颇受挫折。这些经历和见闻激起了卜乃夫的创作冲动。1942 年他创作了长篇小说《荒漠里的人》和短篇小说集《露西亚之恋》,但反应平平,他仍然默默无名。所以次年他在西安创作的《北极风情画》就索性以"无名氏"之名刊出,居然一纸风行,随后又创作了《塔里的女人》,成为与徐訏齐名的畅销小说作家。1944 年底,已经成名的无名氏回到重庆,离群索居,致力于生命奥秘的"沉思试验"和浪漫的人文想象,并在此基础上形成了他的"长河小说"《无名书稿》的基本构想,计划用二百余万字的规模、多卷本长篇小说形式完成它。从 1946 到 1948 年完成了前二卷《野兽、野兽、野兽》、《海艳》和第三卷《金色的蛇夜》的上集,下集则迟至 1956 年才完稿,其余三卷《死的岩层》、《开花在星云以外》、《创世纪大菩提》据说分别在 1956、1958 和 1960 年完成。此时的无名氏蛰居杭州,没有职业,贫病交加,悄悄写出来的作品不可能公开问世,所以直到 1982 年无名氏移居港台后,这些作品才陆续修订出版。

徐訏和无名氏的小说在四十年代虽然很流行,当时的批评家却不大看重,代表性的意见是视为"《蝴蝶梦》式的新式的通俗小说"。[①] 这样一种小说在新中国愈来愈苛严的文化氛围中自然不受欢迎,但那并不是因为政治因素,而是出于一种文化艺术上的清教主义的自觉抵制,例如在新中国的某个年轻小说家的笔下,徐訏的《鬼恋》也只是不健康的"黄色书籍"的代表而已。在 1949 年后的港台,人们对徐訏和无名氏的小说也看法不一。有些人视徐訏和无名氏为穆时英等三十年代海派小说家的后继者,以为穆时英的作品"不脱离上海都市的本质,遂造成了一种描写都市爱情的轻飘飘的'洋场文学'。……在抗战的前夜,徐訏的小说开始取穆时英而代之。后来又有无名氏的小说,亦系描写洋场者;所以徐訏、无

---

① 孟超等:《蝴蝶梦·徐訏》,载 1948 年 12 月 16 日天津《大公报》。

名氏等都是属于这一派"。① 但也有人认为徐訏和无名氏的小说"成就超卓"、"冠绝同代"。② 二十世纪八十年代以来,徐訏和无名氏的小说在内地重新出现,得到了新的评价。一些文学史家注意到他们的小说始终不脱浪漫性,那种浪漫性往往过于理想化而且带有某些现代主义的因素,所以称之为"后期浪漫派小说。"③稍后,更有人特别注意这些作品中的现代哲学、心理学因素及其"放弃了客体而注重心态"描写等艺术特点,而誉之为"后期现代派"。④ 如此等等的议论尽管纷纭不一,但有一个事实是大家都公认的,那就是徐訏和无名氏的小说在当时确实很畅销。然则它们究竟缘何而畅销?追究起来,传奇性可能是根本因素,而且这传奇性也正是它们与严肃的写实小说的区别之所在。就此而言,朱自清当年的看法颇值得参考。1947年10月,正当徐訏和无名氏的小说畅销之时,朱自清就撰文指出,中国的旧小说原本就以富于趣味和快感的传奇情节成为市民普遍爱好的"消遣"读物,所以被视为不严肃的"闲书"。自五四文学革命之后,"文学扬弃了消遣的气氛,回到了严肃……这负着严肃使命的文学,自然不再注重'传奇',不再注重趣味和快感,读起来也得正襟危坐,跟读经典差不多,不能再那么马马虎虎,随随便便的。"然而"意义和使命压下了趣味,认识和行动压下了快感"的写实小说往往过于生硬和严肃,不免降低了作品的阅读趣味,这也是一种偏至。到了"抗战期中,文艺作品尤其是小说的读众大大的增加了。增加的多半是小市民的读者,他们要求消遣,要求趣味和快感。扩大的读众,有着这样的要求也是很自然的。长篇小说的流行就是这个要求的反应,因为篇幅长,故事就长,情节就多,趣味也就丰富了。这可以促进长篇小说的发展,倒是很好的。"⑤在此,朱自清分析了现代小说史上严肃的写实与有趣的传奇两种倾向的消长及其原因,这无疑是一个中肯的而且富于文学史意义的观察。虽然朱自清没有明言,但徐訏和无名氏的畅销小说显然属于他所谓的传奇之列,并且其中的趣味与快感颇为摩登,所以才能风靡新的读众。事实上,徐訏和无名氏的突出贡献,就是把传奇叙事摩登化了,就此而言,他们的小说可称为"摩登传奇"。自唐代至清末,传奇一直是重要的叙述文类,其中以英雄侠义传奇和男女艳情传奇为大宗。在西方也有与传奇近似的文体 Romance,音译为"罗曼司",意译即为"传

---

① 这是南宫博和刘心皇的观点,见刘著《抗战时期沦陷区文学史》,成文出版社有限公司1980年版,第83页。
② 司马长风:《中国新文学史》下卷第二十六章《长篇小说竞写潮》。
③ 严家炎:《中国现代小说流派史》第八章,人民文学出版社1989年版。
④ 孔凡今、潘学清:《论后期现代派》,该文为孔凡今主编《中国现代文学补遗书系·小说卷四》的附录,该卷为张爱玲、徐訏、无名氏的小说选集,明天出版社1990年版。
⑤ 朱自清:《论百读不厌》,《朱自清全集》第3卷,第229—232页。

奇",包括中世纪骑士故事、哥特式恐怖小说以及供大众消遣的感伤言情之作。富于奇情异想是中国古典传奇和西方罗曼司的共同特征。所以在西方自近代写实小说兴起后,传统罗曼司曾一蹶不振,后来陆续吸收浪漫主义的文学趣味和电影艺术、现代心理学的因素以及现代主义的文学风尚,渐次迎来了现代的复兴,演变成一种可与追求生活深度和细节真实的写实小说相抗衡的现代叙事模式,成为适合现代都市大众阅读趣味的现代罗曼司,代表作有著名的《蝴蝶梦》等。以徐訏和无名氏的畅销小说为代表的"摩登传奇"洋溢着扑鼻的洋气和时髦的趣味,几乎可说是西方现代罗曼司的移植,但其中也暗含着中国古典英雄侠义传奇和男女艳情传奇的遗传基因。徐訏和无名氏敏锐地意识到战乱中的中国都市大众既欣羡摩登又渴望传奇的心理需求和阅读趣味,所以"立意用一种新的媚俗手法来夺取广大的读者,向一些自命为拥有广大读者的成名文艺作家挑战。"[①] 在这方面他们确实取得了空前的成功。他们的"媚俗手法"自然不止一种,而归纳起来则大体不外三个基本要素:传奇性情节、男女性情结和异域性情调。其实,这些要素不仅仅是"手法",而且是"摩登传奇"的基本构成元素和类型化特征。当然这些元素也常见于其他的传奇之作,而徐訏和无名氏作品的特色乃在于对这些基本元素的搭配和运用的摩登化。这摩登化便是其"新的媚俗手法"之"新"的所在。只要打开他们的作品,那些非同寻常的传奇人事固然引人入胜,而时髦的洋气更是无所不在——从人物和情节的设计到背景和情调的渲染都非常摩登。如此摩登化的传奇无疑更适合现代都市大众的口味,所以风靡的程度才能超越古典和近代的武侠—言情小说等旧派传奇而后来居上。

在致力于传奇叙事的摩登化方面,徐訏和无名氏也各有特点、各擅胜场。

徐訏善于编织曲折的情节而且讲究叙事结构,尤其擅长设计引人入胜的叙事悬念和营造时髦优雅的情调氛围,并且成功地把古典与近代中国的传奇传统融化到西方现代罗曼司的叙述风格中。他早期的成名作《鬼恋》显然化用了古典传奇中人鬼恋的叙事套路,而让故事在摩登的十里洋场上海渐次展开。作品的主角是一个神出鬼没的"女鬼",她仿佛偶然地与一个年轻绅士兼叙述者的"我"邂逅,但其摩登冷艳的美和奇特不俗的言行深深地吸引着后者,也吸引着读者欲知其究竟。后来"我"发现她其实是个从事革命工作的冷美人。当然,这个革命的"女鬼"也不无人间情怀和时髦趣味,所以她与那位绅士在自己藏身的一座哥特式住宅里时不时地约会。虽然她把约会严格限制在一块儿抽 Era 牌雪茄,谈美学、形而上学之类摩登的消遣上,而拒不接受那位年轻绅士的痴痴追求,但她的冷艳的美丽和神秘的行径反倒更加激发了对方的爱欲,致使他因爱而染病住

[①] 这是卜少夫对其弟弟无名氏创作动机的说明,转引自司马长风《中国新文学史》下卷,第103页。

院。至此,这位革命的"女鬼"其实已不能无动于衷,所以每天乔装打扮赶来探视。然而革命的"女鬼"毕竟非一般美人可比,所以待对方转危为安后,她还是毅然决然地远去,让那位年轻绅士怅望不止,也让读者叹为观止。这样的摩登人物和摩登情调,显然已非《聊斋》式的人鬼恋老套传奇所可比拟了。但这在徐訏尚属牛刀小试,其代表作《风萧萧》在传奇传统的摩登化上更为成功和成熟。故事发生在"孤岛"上海,一开篇就是让人着迷的悬念——

> C. L. 史蒂芬先生与 C. L. 史蒂芬太太有莫大的光荣请××先生与太太参加一九四○年三月十八日史蒂芬太太生日的宴舞会,在辣斐德路四一三○八号本宅举行。　R. S. V. P

　　史蒂芬同他的太太?我开始惊奇起来。史蒂芬会有太太?这不是奇怪的事么?
　　那么是另外一个史蒂芬了。
　　但是我只认识这个C.L.史蒂芬。
　　可是C.L.史蒂芬怎么会不知道我是没有太太的人呢?
　　那么一定另外还有一个C.L.史蒂芬了。
　　而我不认识他。
　　但是他竟寄我这隆重的请客单。
　　莫非就是这个C.L.史蒂芬同我开玩笑么?

　　如此开篇在西方现代罗曼司如流行的间谍小说、侦探小说或爱情小说中已属司空见惯的常套,但对四十年代的中国读者大众来说,则颇觉新鲜有味,因为它是那样的优雅而且洋气、叙述简洁而颇富悬念,所以读众一下子就被深深吸引住了,急不可待地想知道到底是怎么回事。而作者也没有让读者失望,他随后用50万字的巨大篇幅给读者讲述了一个复杂有趣的传奇故事。那里面既有中、美、日多国间谍在"孤岛"上海的激烈角逐,又有一男三女的情感纠葛。并且这两方面的情节交织在一起,而把一切聚焦在一起的焦点人物就是那个一开始不明就里的"我"。这个"我"是一位滞留在"孤岛"上的中国哲学家,他年轻英俊,但哲学家的气质使他对一切都保持"距离",包括战争和女性。可逐渐地,"我"还是不由自主地卷入其中,情不自禁地与三位年轻美丽的女性——中方秘密特工白苹、美方情报人员梅瀛子以及另一个异国少女海伦·曼斐儿恋爱起来,并且"我"后来也成了一名成熟的情报工作者。所以,这些乍看似十里洋场上的摩登男女,其实乃是战斗在反法西斯秘密战场上的英雄儿女。如此传奇的人物情节中交织着令人回肠荡气的英雄气与男女情,而那男女情不但多至三角四角而且还穿插着跨国恋,并且那多角恋的男主角还是个中国美男兼哲学家,来自他的第一人称叙述含蓄节制、精致洗练,口吻洋气而语调深沉,……徐訏就这样化腐朽为神奇,成功地将中国的英雄侠义传奇、男女艳情传奇的老套以及三十年代海派作家的三角恋爱小说的滥调,创造性地转化为富于西方现代罗曼司情调风格的"摩登传奇"。

徐訏的成功显然启发了无名氏,所以无名氏的成名之作《北极风情画》以及《塔里的女人》读来就像徐訏作品的翻版,同样以摩登且富于异国情调的奇情艳遇吸引读者,传奇性很强,但独创性不足,只是笔墨比徐訏更为酣畅淋漓些。才气过人的无名氏自然不会满足于亦步亦趋,所以经过一段"沉思试验"之后,他决意倾全力创造独具面目的《无名书稿》,自以为"如能预期完成这个多年计划,我相信无论在艺术上、思想上,对中国和世界总有涓滴之献。——我主要野心是在探讨未来人类的信仰和理想:由感觉——思想——信仰——社会问题及政治经济。我相信一个伟大的新宗教、新信仰即将出现于地球上,……"又谓"此生夙愿是调和儒、释、耶三教,建立一个新信仰。"①试图借助如此庞大的艺术工程来实现思想体系创造的雄心,这本身就是一个过于浪漫的幻想——在现时代,哪怕是一个更有专业素养和思想能力的现代哲学家也无法思想这样一个无所不包的思想乌托邦,更不用说无名氏那样一个哲学爱好者了。诚然,无名氏的确广泛地涉猎了古今中外的思想,尤其是西方现代生命—意志哲学,但浪漫的天性和想象力使他把杂学旁收的一切思想观念都浪漫化了,所以他真正拥有的其实不是深刻独到的思想,而是些浪漫化或者说诗化的生命—情感体验而已。这些体验虽然谈不上什么深度,但非常浓重,因而不可遏止地倾泻于《无名书稿》中。这使《无名书稿》富于浓厚的生命感怀和诗意抒情,并在叙事上任情而为、不拘一格,表现出天马行空的才思和汪洋恣肆的才情,以至有人誉之为"突破了古今中外一切小说的框框,开创了不大像小说的小说,以诗、散文诗和类小说的叙事,混成的新文学品种。"②这个看法有点似是而非。无名氏虽然不屑守写实叙事的常轨,但他的《无名书稿》仍然不脱奇情异想的传奇叙事套路,不过更为摩登些、更富幻想力和异国情调罢了;至于充溢其中的那些哲理和诗意笔墨,其本身并不具有独创的思想意义,也不成其为真正的诗,它们实际上只是对摩登的传奇叙事发挥了一些

---

① 这两段话是无名氏1950年和1951年间致其兄长卜少夫信中自道其《无名书稿》创作旨趣的,转引自司马长风《中国新文学史》下卷,第108页。
② 司马长风:《中国新文学史》下卷,第106页。

辅助性的抒情修辞功能,起着些渲染气氛和美化叙述的作用。这显然使《无名书稿》比徐訏的作品多了些激情与诗意,但连篇累牍之不休,铺张扬厉之极端,也使《无名书稿》缺少徐訏作品那种富于余韵的含蓄之美。即如《无名书稿》第三卷《金色的蛇夜》,洋洋洒洒60万言,繁复的诗意抒情与哲理感言,除了为情节的发展渲染出非常的氛围、给叙事装点些诗意的门面之外,并未创造出精深感人的意境,即使间有一二见道之言,亦无关作品整体的成败,何况多数都是些浮夸多余的修辞,不论作者多么得意,读者其实并不在意。归根结底,作品的真正出彩之处并成为读众真正看点的,还是主人公印蒂的那段奇情艳遇。虽然无名氏试图赋予那段艳遇以非同寻常的生命哲学意味,但根深蒂固的浪漫幻想和摩登趣味,却使他不能也不耐通过具体而微的生活写实,体贴入微地揭示出主人公真切的深层生命体验,浓墨重彩的笔下仍只有一对摩登男女的一段放浪形骸的生命传奇可观。当然,正因为无名氏抒写的只是摩登的生命传奇,所以他并不追求而读众也不向他苛求写实的真实感尤其是细节的真实性。说穿了,《无名书稿》真正给予大众的乃是奇美绝艳的梦幻——那里有风流潇洒、独往独来的摩登男士,冷艳野性、放荡不羁的摩登女性,他们在摩登的都市或富于异国情调的奇特背景下,过着常人难以企及的冒险生活,演出着常人歆羡不已的男欢女爱故事……战争中的都市大众轻松愉快地欣赏着这些,就像欣赏好莱坞的罗曼司影片一样,他们为之陶醉,那既不足怪也不足病,因为他们并不当真,他们明白那只是些让人感到受活的"传奇"。

所以,当年有人批评这类畅销读物为"《蝴蝶梦》式的新式的通俗小说",并不失为明敏的判断,虽然言下颇为不屑。其实徐訏和无名氏创作这类"《蝴蝶梦》式的新式的通俗小说"或者说《蝴蝶梦》式的摩登传奇,既不违背抗战的"主旋律",又以摩登奇幻的传奇趣味满足了战时都市大众渴望在幻想中使疲累的身心获得慰藉与放松的需求。这有何不妥呢?所以,徐訏和无名氏的贡献不容抹杀——摩登传奇的成功崛起显著地标志着现代都市大众文学终于获得了符合其读众要求的摩登内容和摩登形式,有力地把新文学推进到它长期不屑而其实也无力掌握的读者群中,拓展到长期被旧派通俗文学占据的文学市场。这也就够了,此外也就不必苛求也无可深求了。

在摩登一派之外,四十年代国统区的传奇之作还有革命的一脉,代表作是黄谷柳的《虾球传》。黄谷柳(1908—1977),祖籍广东梅县,出生于越南广宁的一个华侨家庭,幼年在云南河口度过,青少年时期辗转于广州和香港等地,"因为生活穷困,做过苦力,当过兵,和穷人、烂仔、捞家经常打交道的缘故",[①]所以对两地

---

① 转引自夏衍:《忆谷柳——重印〈虾球传〉代序》,见《虾球传》,广东人民出版社1979年版。

下层社会的生活相当熟悉,这为他以后的创作提供了生活经验。全面抗战爆发后黄谷柳在国民党军队中工作,追求进步并且爱好文艺,间有短篇作品发表。抗战胜利后他摆脱国民党军队,来到香港卖文为生,创作了长篇小说《虾球传》,稍后并加入了中国共产党。《虾球传》讲述了一个香港流浪少年从堕落为黑社会的小混混到成长为革命的游击队员的传奇故事,可以说是一部革命的市井传奇。显然,黄谷柳在创作上一方面继承了早期普罗小说如蒋光慈的《少年漂泊者》的浪漫传统以及欧阳山写于抗战时期的《哀仔》、《长子》等传奇叙事而有显著的改进——由于黄谷柳富于城市流浪生活的经验,所以《虾球传》的笔触更为扎实和写实;另一方面他也有意"向香港的那些章回小说家学习,"[①]而又去芜存精,有所发展,所以《虾球传》的情节跌宕起伏而叙述明快生动,读来颇有引人入胜的快感。尤其是第一、二部讲述虾球在香港和广东的流浪冒险生涯,情节曲折复杂而叙述有声有色,很有可读性,同时对主人公虾球性格的刻画也真切而且生动。这位小小少年为生活所迫,流浪于一个码头到另一个码头之间,也游走在善与恶的夹缝之中,既不乏捞钱发财的快感与自豪,又不无良知未泯的苦闷与自责。最有意味的一幕是他偷了一位归国的"唐山伯"的血汗钱后,带着"发达"的兴奋回家孝敬母亲,"即刻塞五十块钱在他妈手上,作为重逢的见面礼。"然而虾球随即就发现那个被偷的"唐山伯"正绝望地躺在自家床上,原来他就是在美国辛苦打工而今年老归来的父亲。此情此景,让"虾球觉得这个鬼地方不能再待下去了。再待下去,他也许会苦闷得发疯,也许会干出一些连自己也料想不到的危险的事情出来。他决心离开这个鬼地方。到哪里都可以,做什么事情都可以,只是再也不做扒手了。"作品中颇多这类"不是冤家不碰头"的情节巧合,那自然是借鉴了"无巧不成书"的传奇传统,但其中人物的心理矛盾却是一般传统的传奇所缺乏的。即使写到黑社会老大,作者也没有把他们漫画化,而赋予其人性应有的真实与复杂,如黑社会头子"鳄鱼头"就不仅穷凶极恶、心狠手辣,他在困境中也会心酸失意,而又始终不失"老江湖"的机警、果敢与顽强,给读者深刻的印象。第三部写历经艰难曲折的虾球终于加入游击队,锻炼成长为一个机智勇敢的革命战士。如此从歧途走上正道,这当然是一个合乎理想的发展,虽然也不免有些理想化。但"鳄鱼头"的得力干将"蟹王七"仍然写得很有个性。"蟹王七"与虾球一块在码头厮混,为人极讲江湖义气和荣誉,所以才被"鳄鱼头"利用,而他的最终投降也只是不忍心看着好友虾球以及自己的妻子与他玉石俱焚,"这个倔强的汉子,他想不通眼前离奇曲折的事情,满肚子的不高兴。他觉得,无论投降给什么人,即使是投降给自己的老婆或投降给患难朋友虾球,都是一件十分羞辱的事"。在这

[①] 转引自夏衍:《忆谷柳——重印〈虾球传〉代序》,见《虾球传》。

个误入歧途的人物身上,无疑折射着古典英雄侠义传奇人物如《隋唐演义》中单雄信以及传统戏曲中的绿林好汉窦尔敦的影子,而事实上单雄信、窦尔敦这类传统的英雄侠义人物恐怕也仍然是"蟹王七"这类现代市井人物心目中英雄。茅盾曾赞扬《虾球传》"从城市市民现实生活的表现中激发了读者的不满、反抗与追求新的前途的情绪。……打破了'五四'传统形式的限制而力求向民族形式与大众化的方向发展"。① 自然,《虾球传》并不是向中国古代的"大众文学"——英雄侠义传奇等等——的简单回归,而是对之进行了革命化和现代化的改造。就此而言,《虾球传》恰与解放区的"新英雄传奇"构成了显然的呼应,而与徐訏、无名氏笔下的"摩登传奇"则形成了鲜明的对照。

---

① 茅盾:《在反动派压迫下斗争和发展的革命文艺——十年来国统区革命文艺运动报告提纲》,《茅盾全集》第24卷,人民文学出版社1996年版,第52页。

第十八章
全面抗战及四十年代的话剧与散文

第一节 社会动员与话剧艺术的互动共进

话剧在新文艺中虽然出现最早却成熟最晚:早在二十世纪之初就有编演"新剧"的尝试,但其后却几经反复,直到抗战期间,作为新剧的话剧才得以广泛开展和普及,话剧艺术水平也得到全面的提升,所以,人们公认全面抗战阶段是话剧的繁荣时期,①若加上此后持续发展的四年,正合古人所谓"一纪"之数。对话剧来说,这十二年的确是成就辉煌的一纪。②

抗日战争的爆发,有力地推动了话剧运动的广泛开展和普及。三十年代,话剧虽然在上海等大城市已有一定的基础,并出现了曹禺那样杰出的剧作家,但那时的话剧运动毕竟局限在少数城市和少数阶层中,谈不上普遍的开展;那时的左翼话剧运动和救亡话剧运动更备受当局打压,如1935年华北危机爆发后左翼戏剧工作者开展的"国防戏剧"运动,就受到国民党政权及租界当局的压迫与限制,以致国防戏剧中不能出现"日本"和"抗日"的字样,左翼的和爱国的剧作家们只能假借历史题材来讽喻现实,代表作有夏衍的《赛金花》等。全面抗战爆发后,举国一致抗日,长期被压抑的抗日爱国情怀得以自由抒写,戏剧成了对民众进行抗战动员的利器,而新兴的话剧更迎来了蓬勃发展的良机,在战时戏剧运动中居于中坚和主导地位,成为最活跃的抗敌宣传形式、效果显著的民族动员手段和广受人民大众欢迎的艺术样式。1937年7月15日,夏衍建议将此前上海戏剧界的统一战线组织"上海剧作者协会"扩大为"中国剧作者协会"(以下简称"剧协"),并通电全国各地、各派戏剧人士,得到积极响应,使"剧

---

① 参阅柏彬:《中国话剧史稿》第四章《现代话剧的繁荣(1937.7—1945.10)》,上海翻译出版公司1991年版。

② 战时话剧工作者对其艺术活动的历史意义有充分的自觉,所以,当时最重要的戏剧刊物名为《戏剧春秋》,1943年夏衍、宋之的、于伶并合写了多幕剧《戏剧春秋》,生动地表现了话剧工作者20多年来的奋斗历史;同年6月1日《天下文章》杂志第3期开始连载剧作家周彦的长篇小说《我们是戏剧的铁军》,"描写从九一八到现在的这十二年中戏剧运动"(见作者写在该剧开头的"试笔小记")的战斗历程。

协"成为领导抗战戏剧运动的有力组织。而就在"剧协"成立不久,上海方面的会员集体编写了话剧《保卫芦沟桥》,该剧由三个有连续性的独幕剧《暴风雨的前夕》、《芦沟桥是我们的坟墓》和《全民的抗战》组成一个"三联剧"。全剧由9位剧作家分组编写,最后由郑伯奇、张庚、孙师毅和夏衍整理完稿,并由冼星海、周巍峙等六位音乐家配曲,由洪深、唐槐秋等十九人联合导演,由辛汉文、陈白尘、阿英、尤兢(于伶)等负责演出的组织工作,1937年8月7日首演,轰动了大上海。演出活动既是对广大民众的抗战动员,也是上海戏剧界—电影界自身的大联合、大誓师。紧接着,各地也纷纷编演了以芦沟桥事变为题材的抗战宣传剧。抗战戏剧运动由此揭开了宏壮的大幕。

  随后,上海话剧—电影界组建多个救亡演剧队,将抗战戏剧运动由上海推向全国各地、从后方推进到前线。"八一三"上海抗战之后,左翼戏剧家尤兢(于伶)接受中共领导周恩来的指示,得到八路军驻沪办事处的支持,在戏剧人才最为集中的上海,迅速组建了十三个"上海文化界救亡协会救亡演剧队"、一个京剧救亡演剧队和三个战地服务团,除二个演剧队继续留在上海工作外,其他各队奔赴上海周边和全国各地,开展抗战戏剧演出活动。演出活动大多以活报剧、街头剧等形式进行,演出的剧目多是各演剧队队员根据战时现实斗争的需要而临时编写或改编的独幕剧。有些剧目在各地反复演出中不断得到改进,受到战时军民的热烈欢迎,发挥了很好的宣传动员作用。最著名的是合称为"好一计鞭子"的三个独幕剧,即《三江好》、《最后一计》和《放下你的鞭子》。[①]《三江好》刻画了一个

[①] 关于这三个独幕剧的编撰情况和编撰者,说法不一。据柏彬的《中国话剧史稿》第四章所述,《三江好》是舒强、吕复根据爱尔兰格莱葛瑞夫人的《月亮上升》改编的,但据1938年1月武昌战争丛刊社出版的抗战戏剧丛书第3种《三江好》,则该剧应是舒强、吕复、何茵、王逸四人集体改编,而他们所依据的格莱葛瑞夫人(又译为格里戈里夫人、葛瑞古夫人)原作《月亮上升》则是由陈鲤庭编译、陈治策改编,1935年5月就由北平中华平民教育促进会出版,1938年6月陈治策改编本又列为《抗战戏剧集》第5种,由长沙中华平民教育促进会出版。其实,早在1920年1月15日出版的《新中国》第2卷第1号上就发表了王小隐翻译的Lady Gregory独幕剧《月上》。《最后一计》,据《中国话剧史稿》第四章所述又名《马百计》,为向培良所编,柏彬的根据可能是1938年4月福建抗敌后援会宣传部编选出版的《抗敌戏剧选第一集》,但武昌战争丛刊社于1938年1月出版的抗战戏剧丛书第四种《最后一计》却标明是张平群译、瞿白音改订,另有刘念渠的《马百计》将马百计的儿子改为女儿,载艺文研究会1938年12月出版的《后方》。《放下你的鞭子》的情况最为复杂。据《田汉年谱》(中国戏曲出版社,1992年)记载,1928年12月16日田汉根据德国歌剧《威廉·迈斯特》(据歌德的同名小说改编)中的情节,即兴改编为短剧《迷娘》,写一个吉普赛女郎眉娘(田译为迷娘)被迫卖艺的故事;1931年"九·一八"事变后,陈鲤庭将它改编为短剧《放下你的鞭子》,同年10月10日在江苏南汇县首演,次年中秋节在上海再演,深受观众欢迎;抗战全面爆发后该剧被改编为街头剧,在各地广泛传演。各地的演出不断增改,也就出现了不同的版本:在阿英选编、1937年6月出版的《一九三六年中国最佳独幕剧选》中被收录的佚名的《放下你的鞭子》;稍后并有张逸生改编的《香姐》,长沙国立戏剧学校1937年12月出版;而武昌战争丛刊社出版1938年1月出版的抗战戏剧丛书第2种《放下你的鞭子》,则题作陈鲤庭著、王为一改编;该剧最为流行的版本可能是1938年3月汉口上海杂志公司出版的《大众剧选第一辑》(尤兢编选)版独幕剧《放下你的鞭子》,作者署名"一群剧作家";该剧的另一改编本《从南到北》,载《光明》旬刊第1卷第2期,1938年4月1日重庆生活书店出版。

勇敢机智的东北义勇军英雄,他带领战士转战于黑龙江、松花江、鸭绿江一带打击日寇,威镇三江,所以老百姓爱戴地称他为"三江好"。《最后一计》表现抗日义勇军司令马百计和儿子马坤被俘后,敌伪想要逼迫他们说出义勇军一个要塞的秘密通道,马百计给备受折磨的儿子饮下毒酒,自己随后也壮烈牺牲,他们用这"最后一计"击败了敌伪的阴谋。《放下你的鞭子》是一部戏中戏:街头的观众正在看一个卖艺少女香姐的表演,但她因为饥饿而表演失误,遭到带班汉子的无情鞭打。一个青年工人怒不可遏,挺身而出,要教训那个汉子,香姐却急忙阻止。原来打人的汉子就是香姐的父亲。这父女俩本是东北人,由于家乡被东洋鬼子侵占,他们全家流浪关内,生活非常艰难,被迫卖艺求生,父亲的残忍也是为生活所迫。真相大白后,青年工人乘机(他原是提前安排在观众中的演员)号召观众团结起来找侵略者算账。这样的剧情及其表演形式,深受群众欢迎——"台上台下完全打成了一片,全体观众跟演员一起高呼口号。"① 左翼戏剧人是话剧走向战地、走向大众的主要推动力量。稍后,左翼剧人主导的上海戏剧界还组织了孩子剧团,并领导了另一剧团新安旅行团。在上海戏剧界的带动下,其他地区也纷纷组团开展抗战戏剧演出活动,演剧团体与演出剧目之多,难以一一备述。

全面抗战初期以话剧为主导的抗敌演剧活动,产生了很好的抗日宣传和社会动员效应,显著地推动了整个戏剧界抗日民族统一战线的发展壮大,以至连国民党主导的部门如教育部、军事委员会及稍后成立的三民主义青年团也都组织了抗日演剧团体。在戏剧界团结御侮、共赴国难的良好气氛下,"中华全国戏剧界抗敌协会"于1937年12月31日在武汉宣告成立,成为全国戏剧运动的领导机构,并规定每年10月10日为全国戏剧节。在一致对外的抗战时代,新旧剧界的关系也得到了明显的改善——1937年12月20日,新旧剧界在武汉联合举行了援助各战区抗日战士的联合公演,演出了平剧《新雁门关》、楚剧《岳飞的母亲》(均由田汉编剧)等。稍后一些旧剧如平剧(京剧)、楚剧、湘剧、汉剧、桂剧等也在话剧运动的影响下进行改革,编演反映抗战的新剧。话剧界也意识到"中国气派"的重要性,展开了话剧民族化的讨论,一些剧作家也自觉地向老百姓喜闻乐见的传统戏曲学习,积极推动旧剧的改造和话剧艺术的民族化进程。在这方面,两位资深的话剧家田汉和欧阳予倩率先努力,坚持不懈,成就显著。在话剧作家中,田汉一贯"重视戏曲艺术,认为新歌剧要以旧歌剧为基础,一直致力戏曲改革;他尊重戏曲艺人,无微不至地关心他们的疾苦,成为戏曲艺人的知己。……这种真诚相待的态度,赢得了戏曲界的尊敬。在他的组织和影响下,京剧、湘剧、

---

① 颜一烟:《在救亡演剧二队的日子里》,《中国话剧运动五十年史料集》第3辑,中国戏剧出版社1963年版,第180页。

楚剧、汉剧许多演出团体参加了救亡宣传。"①应战时宣传演出的需要,田汉战时的创作以戏曲剧本为主,数量甚大,可惜的是不少剧目现在已经失传了。欧阳予倩则将《桃花扇》改编为京剧,并创作了《梁红玉》等多部桂剧,他的话剧创作也特别注意吸取民族戏曲艺术的营养。

　　1938年夏,包括演剧队在内的一二百个文化救亡团体云集武汉三镇。此时徐州陷落,国民党由于战争节节失利,害怕自己的统治受到威胁,开始限制抗日的文化艺术团体,大批爱国的戏剧团体处境艰难。中共领导人周恩来认为,"国民党对抗敌宣传消极怠工,那么这份工作只能由我们担负起来了。"②在他的指示下,由郭沫若领导的国民政府军事委员会政治部第三厅出面并由第三厅宣传处处长田汉具体负责,对集中在武汉的各救亡演剧队进行接收和整编,于1938年八九月间组成了十个抗敌演剧队、一个孩子剧团,成为"政治部第三厅"直属的抗敌演剧队,利用其合法招牌,继续开展抗战戏剧运动。经过一段集中整训和学习,演剧队以新的面目出现在抗战宣传的舞台上。1938年8月武汉外围战打响后,各演剧队分赴各战区,深入前线和敌后农村演出,给前线和敌后军民以及时的鼓舞和教育;1939年冬国民党发动第一次反共高潮,加紧限制进步文化力量,迫害进步戏剧人士,使演剧队遭受重大损失,但他们在极其险恶的环境下勇敢坚持。1940年冬至1941年春,转战赣、湘、粤、桂等地的一、二、八、九演剧队在长沙会师并联合公演,给反共逆流以有力回击。

　　1938年8月之后,随着"中华全国戏剧界抗敌协会"(以下简称"戏协")和诸多戏剧团体迁移重庆,抗战戏剧运动的中心转移到重庆,并扩展到西南各地。1938年10月10日第一届戏剧节,二十五个话剧演剧队参与演出了大型抗敌剧《全民总动员》(又名《黑字二十八》,曹禺、宋之的编剧)等剧目,盛况空前;同时,由资深话剧家熊佛西主持的四川省立戏剧教育实验学校也在1938年双十节演出了新型灯舞会戏,轰动成都。接着在1939年元旦,重庆戏剧界为庆祝"戏协"成立一周年,又举办了盛大的演出活动和火炬游行;1939年10月第二届戏剧节,各剧团又演出了《上海屋檐下》(夏衍编剧)等十部大型话剧。广州、昆明、桂林等地的抗战戏剧演出活动也相当活跃……这些活动引起了国民党当局的疑惧,1940年9月"第三厅"被解散,接着当局又以"戏剧节不便与国庆纪念日合并举行"为借口,命令撤销戏剧节,禁止进步戏剧的合法演出,以至对进步剧人进行监视或拘捕,大后方戏剧运动面临着很大的困难。戏剧界的中共党组织根据周

---

①　阳翰笙:《田汉同志所走过的道路》,《阳翰笙选集》第4卷,四川文艺出版社1989年版,第571页。
②　夏衍:《周总理对演剧队的关怀——关于演剧队的一些史实》,《夏衍全集》第3卷,浙江文艺出版社2005年版,第372页。下引作品均据此版。

恩来的指示,在"文化工作委员会"(简称"文工会",由资深左翼文化人郭沫若和阳翰笙主持)的领导下,团结广大影剧人士,积极筹组了1941—1942年冬春季的雾季公演,终于冲破了笼罩山城的乌云,以职业化演出的形式把战时戏剧运动推进到了一个新阶段。雾季公演连续进行了四届,演出了有定评的中外经典话剧如《大雷雨》(俄国奥斯特罗夫斯基编剧)、《日出》(曹禺创作于1936年)等剧目,而更多的是左翼和其他进步剧作家的抗战宣传剧、社会写实剧和新编历史剧,如《蜕变》(曹禺编剧)、《法西斯细菌》(夏衍编剧)、《屈原》(郭沫若编剧)等,演出则以中共领导下的民营剧团"中华剧艺社"(简称"中艺",1941年成立)为核心,稍后又有左翼剧人为骨干的"中国艺术剧社"(简称"中术",1943年成立)等。重庆雾季公演声势浩大,震撼山城。公演的成功,显著地提高了戏剧表演的艺术水平,但也不可避免地带来了名利主义和商业化的负面影响。为此"戏协"于1942年10月发动了剧人励志签名运动,以砥砺气节;同时话剧界也展开了关于建立现实主义演剧体系的讨论。在此基础上,以左翼—进步话剧人士为主的戏剧界又于1944年2月—5月间在桂林举行了西南第一届戏剧展览会(简称"西南剧展"),由欧阳予倩和田汉负责主持,广邀国统区各地戏剧人士,共有二十八个戏剧团队前来参加演出,骨干团队是左翼作家杜宣组织的新中国剧社(1941年成立),历时九十天的演出与展览活动规模空前,进一步推动了国统区大后方的戏剧运动,激励戏剧界团结奋斗,迎接抗战的胜利。

抗战胜利后,国民党政权带给人民的是"劫收"、内战、独裁统治的强化和空前的经济危机。这一切很快就让沉浸在胜利喜悦中的人民觉醒过来,国统区掀起了轰轰烈烈的反内战、要和平、反独裁、要民主、反饥饿、要生存的民主运动,与人民解放战争的胜利进军相呼应。感受到时代的变迁,国统区的话剧运动也进入了一个新阶段,讽刺喜剧的创作与演出成为这一时期国统区话剧的突出特点,代表作有茅盾的《清明前后》(抗战后期开始创作,抗战后完成)、陈白尘的《升官图》和洪深的《鸡鸣早看天》等。尤其是《升官图》的演出,在特务的破坏之下,仍然连演四十多场,场场爆满,可见民心之向背。讽刺喜剧的发达既为旧政权、旧社会的结束敲响了丧钟,也为国统区话剧运动画上了一个完满的句号。

诚如田汉所说,"中国自有戏剧以来没有对国家民族起过这样伟大的显著的作用。"[①]话剧界则在整个战时戏剧运动中扮演着主角:从开战初期积极组织演剧队、深入前线后方进行抗敌宣传和民族动员,到战争中后期在艰难的情况下举办雾季公演、"西南剧展",直到解放战争时期以嬉笑怒骂的喜剧为旧政权、旧社会送葬,话剧界始终引领着戏剧运动的潮流。在这过程中,话剧艺术自身也获得

---

① 田汉:《关于抗战戏剧改进的报告》,《戏剧春秋》第1卷第6期,1942年4月。

了前所未有的发展良机:一方面,应和着抗敌救亡演出活动,话剧这种外来艺术终于启动了大众化和民族化进程,从少数大中城市的剧场普及到更为广大的社会和群众中间。所以夏衍在1940年评论战时话剧时曾欣慰地说,"二十年来束缚着中国新戏剧运动之开展的枷锁,终于在抗战爆发的那一瞬间粉碎了。"并认为话剧在战时正经历着"从量的大众化到质的中国化"的关键时刻。① 另一方面,话剧在抗战中后期连续数年的大规模职业化演出中也大大提高了艺术水平,其各个环节如编剧、导演、表演直至舞美设计、演出运作都获得了显著的提升。并且由于电影界人才也集中到话剧界,所以更加人才济济:郭沫若、欧阳予倩、田汉、夏衍、阳翰笙、阿英、于伶、陈白尘、宋之的、吴祖光等左翼一进步剧作家都有上佳表现;金山、白杨、张瑞芳、项堃、顾而已、舒绣文、赵丹、秦怡等优秀演员如群星灿烂;名导演则有洪深、焦菊隐、熊佛西、张骏祥、马彦祥、陈鲤庭、孙师毅、沈浮等,如此编、导、演人才均极一时之盛,所以话剧艺术水平才能在战时得到全面的提高。

在蓬勃开展的国统区话剧运动中,话剧剧本创作喜获丰收,以至一位见证过战时话剧繁荣景象的人士断言:抗战时期"文学作品中最有成绩的,是当时在重庆桂林上演、颇为叫座的话剧"。② 这话或许不无个人的偏爱,但决非不负责任的即兴之谈。事实上,战时中国话剧剧本不仅在总量上远远超越了二三十年代话剧的总和,而且其总体水平也显然超越了二三十年代话剧的成就,真正标志着中国编剧艺术继元杂剧的辉煌之后,终于成功实现了现代更新、迎来了一个全面丰收的新时代。这突出表现为写实剧的深化和历史剧的兴盛。为了集中观照,以下的叙述也包括了一些剧作家在"孤岛"时期及上海沦陷期间创作的写实剧和历史剧。附带着也对浪漫的情节剧和抒情的情调剧等创作趋向略作叙述。

第二节 转进于世态人性写实的左翼剧作家及其他

从抗战中期直到解放战争时期,持久化的战争,使非常时势成为人们日常生活必须面对的现实,这种情况既对人们的民族意志、社会意识和人性人格构成了

---

① 夏衍:《戏剧抗战三年间——祝三届戏剧节并答苏联友人》,《戏剧春秋》第1卷第1期,1940年11月。
② 柳无忌:《烽火中讲学双城记》,《教授·学者·诗人——柳无忌》,社会科学文献出版社,第54页,2004年。据柳无忌回忆,他在战时曾经主持美国国务院嘱托的译介中国抗战文学的事务,原本可以翻译一些容易在国外发表的短篇小说,但他有感于战时话剧创作的繁荣及其艺术水准的显著提高,所以还是舍易就难,组织同人精心挑选了八部大型话剧译为英文交付美方。虽然这些话剧英译本后来出版未果,但柳无忌作为一个战时中国文学见证者的切身感受和一个兼长中西戏剧的专家之判断,是值得参考的。

严峻的考验,也引发了剧作家们对社会、民族、人性的深入思考;同时国统区社会矛盾的日渐恶化,也势所必至地引发了人民的不满和文学界的批判。由此,国统区的话剧创作也便从开战初期热情的抗日宣传,转入更沉潜的写实和更锐利的讽喻。特别是左翼剧作家不约而同地扬弃了单纯的抗敌宣传,转而对战争时空下日益激化的社会矛盾、复杂曲折的人性隐微进行多维观照,并自觉"学习更写实的方法",努力追求社会描写与人性开掘的深度,从而使写实的正剧、悲喜剧和讽刺喜剧佳作不断,成就显著。同时,浪漫的情节剧和抒情的情调剧也于焉涌现,为在战火中坚守苦熬的国统区观众提供了惊险热闹的愉悦或婉转低回的美感。

在写实的观照中得到集中表现的是知识分子的性情和市民阶层的悲欢。这自然是因为在战时国统区和沦陷区的都市社区里,知识分子和小市民占大多数,所以他们的生活处境和精神状况引起了话剧作家的普遍关注。左翼剧作家对此尤为关怀,资深的左翼剧作家夏衍率先转向写实,创作了一系列表彰知识分子在艰难时势下感时忧国、坚贞不渝的正剧,和表现战时知识分子情感生活以及小市民艰难生活的悲喜剧,达到了相当高的思想和艺术水准,堪称战时话剧创作的重大收获。全面抗战爆发前夕,夏衍就创作了三幕话剧《上海屋檐下》(1937年初春动笔,6月完稿),其中交织着知识分子的苦闷和小市民的痛苦,体现出严谨朴素的写实风格。在这个成功的转型之后,开战之初夏衍也写过一些应急的抗敌宣传剧,但那些在艰难时世中坚守的知识分子和苦熬的小市民一直使他萦念在心,所以他随后的创作对这两类人物给予了深切的关怀和持续的表现。关于小市民,夏衍在1940年7月出版了专题剧作集《小市民》,收集了此前创作的5部剧作,此外,多幕剧《一年间》(1938年9月创作)和《愁城记》(1940年12月创作)描写的也是困守上海的小市民。关于战时知识分子的困境与心志,夏衍贡献出了《心防》(1940年5月完稿)、《法西斯细菌》(1942年8月完稿)、《芳草天涯》(1944年秋完稿)等为知识分子写心的正剧。应该说,进入四十年代的夏衍已是一个成熟的革命家和革命的剧作家。这成熟集中表现在两个方面:一方面夏衍在艺术上自觉坚持"不肯走奇怪的路",而力求从日常的生活中写出"平凡的戏"①,从而有力地矫正了"戏剧界风靡着的所谓'情节戏'"②的做派,开启了一条"更沉潜地学习更写实的方法"③的话剧创作之路。另一方面夏衍也自觉地抵制"左"的教条主义和公式主义,反对"很简单地把艺术看作宣传的手段,"④他的坚

---

① 夏衍:《谈〈心防〉演出》,见《夏衍全集》第1卷,第481—482页。
② 夏衍:《〈上海屋檐下〉自序》,《夏衍全集》第1卷,第225页。
③ 夏衍:《〈上海屋檐下〉自序》,《夏衍全集》第1卷,第225页。
④ 夏衍:《〈上海屋檐下〉后记》,《夏衍全集》第1卷,第233页。

定的革命政治倾向和阶级观念,并没有让他失却对人性和人的感情生活复杂性的有同情的理解。正因为如此,不论是写知识分子还是小市民,夏衍都没有因为抗战宣传的需要而刻意拔高或贬低笔下人物,而是努力贴近生活、体贴入微地揭示出切身的困顿生活和艰难境遇是如何触发了小市民"民族意识"与知识分子"反法西斯意识"的觉醒,从而塑造出刘浩如(《心防》)、俞实夫(《法西斯细菌》)等真切感人的形象,给人感同身受的深切印象和廉顽立懦的感发力量。夏衍特别关注战争对人性的压抑与激发,反复强调自己是带着"同情"以至于"眼泪"①来描写小市民和知识分子的,包括他们的感情上的苦闷与道德上的困境。创作于1944年的四幕话剧《芳草天涯》就是一部关于战时知识分子感情生活的戏:人到中年的尚志恢、石咏芬夫妇感情上有了隔阂,此时年轻漂亮而且善解人意的孟小云出现了,她与尚志恢相互吸引,二人逐渐亲密的关系自然让身为妻子的石咏芬和暗恋着孟小云的许乃辰深感痛苦,……情感矛盾和道德困境由此产生了。但严峻的社会责任感和严肃的道德感使双方及时止步,最后他们在陡然紧张起来的时局下相互达成了谅解,依依惜别,分赴抗战的路途。诚如作者所说,"正常的人没有一个能够逃得过恋爱的摆布,"尤其是感情生活要求比较丰富细腻的知识分子,即使在战争的非常情况下也难免产生感情上的冲动和纠葛,这是人性的真实;但作者也没有把这部"以恋爱为主题的戏"写成一部爱情悲剧,而着力使矛盾的两方在家国意识和人性良知的引导下,将爱的"辛酸"自觉转化为宽容的谅解和为民族解放而工作的动力,彰显出在非常时势下把"恋爱和家庭变成工作的正号而不再是负号"②的崇高理想。这部剧作在当时曾经引起热烈的争论,虽然意见不一,但热烈的争论本身正说明剧作所表现的恰是人们普遍关切的重要问题。

另一位左翼剧作家于伶(1907—1997,江苏宜兴人)也经历了与夏衍近似的转折。三十年代的他曾以尤兢等笔名从事创作,是当时左翼戏剧运动的领导者之一,全面抗战爆发后改名于伶,坚守孤岛数年,组织、领导上海剧艺社,并创作了《女子公寓》(1937年)、《花溅泪》(1938年)、《夜上海》(1939年)、《大明英烈传》(1940年)等话剧,成为"孤岛"话剧运动的重镇;皖南事变后于伶离开上海,辗转香港来到重庆、桂林等地,加入了大后方话剧运动,创作了《长夜行》(1942年)、《杏花春雨江南》(1943年)等话剧。夏衍曾经指出,"从尤兢(1931—1937)到于伶,无可否认的他有了一个飞跃的——值得刮目的成就。"③严格点说,这

---

① 参阅夏衍:《关于〈一年间〉》、《〈芳草天涯〉前记》,分见《夏衍全集》第1卷,第313;第2卷,第236页。
② 夏衍:《〈芳草天涯〉前记》,《夏衍全集》第2卷,第236页。
③ 夏衍:《于伶小论》,《夏衍全集》第3卷,第125页。

"飞跃"是从 1939 年创作《夜上海》起步的。把《夜上海》和于伶此前的话剧相比，那进展显著地表现为："从性急的呼喊到切实的申诉，从拙直的说明到细致的描写，从感情的投掷到情绪的渗透。"①此后的《长夜行》、《杏花春雨江南》两剧继续"大踏步地走向了更现实主义"②的创作道路。《长夜行》描写了太平洋战争前夕上海市民的形形色色：这里有昧着良心大发国难财的投机商人沈春发，有抱着"人生难得是糊涂"的苟且态度而随时浮沉的小市民卫志成夫妇，有怀着"识时务者为俊杰"的机会主义思想的汉奸褚冠球。与此形成对照的是坚守知识分子的良心、坚韧抵抗敌伪势力的教师俞味辛、任兰多夫妇，以及革命知识分子陈坚。他们在漫漫长夜中相濡以沫、相互砥砺，默默坚守在敌伪环伺的"孤岛"——

　　俞味辛　（低沉地）不知道是家庭累了我，还是我累了家庭！（又高昂）抗战初起的时期，我不是没激动过。上海变成孤岛以来，我也不止一次地想离开这里，想跟冯斌他们去打游击。可是，一直到今天，五个年头，把我磨得自己也不认识自己了。

　　陈　坚　（也有点激动）谁没有家庭，谁没有父母呢？……范仲淹说过"先天下之忧而忧，后天下之乐而乐"。老俞，难道，今天的我们不应该比范仲淹更进一步么？……当我们为自身问题烦恼，为家庭问题苦痛的时候，为什么不想得、看得远一点呢？

　　俞味辛　（幽沉地吟味）"先天下之忧而忧，后天下之乐而乐！"

　　陈　坚　我想，范仲淹这样说，不是什么英雄豪语，只是一个知识分子的良心话。味辛，你方才想起了方老师的话：人生有如黑夜行路，失不得足。尤其我们现在生活在这敌后的上海孤岛，那才真象在黑夜里走路，而且是在一个很黑很黑的长夜，是一条很难走、很容易失足的长途。（加重）但是，味辛！倘使我们仅仅是走着走着，仅仅是自己不失足，那还是消极的！

　　俞味辛　你是说，……

　　陈　坚　（紧接）我是说，我们不仅应该自己不失足，跟着人群走；我们更应该跑在人群前面，领导在这黑夜里走长途的五百万上海市民，不失足落水，不停留后退，不仅光荣地走完这长途，而且应该在这黑暗的时代里放射出光芒！即使是……

　　俞味辛　因为我们是知识分子么？

　　陈　坚　更因为我们是中国人，是为人表率的老师，神圣的教育工作

---

① 夏衍：《于伶小论》，《夏衍全集》第 3 卷，第 125 页。
② 夏衍：《于伶小论》，《夏衍全集》第 3 卷，第 125 页。

者。中国读书人的传统责任,是"以先知觉后知,以先觉觉后觉"。

《长夜行》悉心表现了在漫漫长夜中坚贞守望的知识分子的情怀与情操,其中显然融注了作者的切身体会,所以朴素亲切,感人肺腑。于伶在该剧作中着力揭示支撑着知识分子"长夜行"的精神资源,其中既有现代意识和革命理想,也有中国士人的传统情操和人文抱负。这二者在此前一直被新文化人视为相互排斥、不可通融的两极,而今一部出自左翼剧作家之手的剧作,却如此令人欣服地昭示了现代革命意识与传统人文精神相互融合的契机。这是《长夜行》一剧最耐人寻味之处。《杏花春雨江南》是《夜上海》的续篇。由于真切地刻画了开明士绅梅岭春举家避难上海而矢志不渝、苦熬待旦的风骨,《夜上海》在当年曾被誉为"孤岛上海的史诗"。《杏花春雨江南》则续写不愿与汉奸同流合污的梅岭春毅然举家返回半沦陷的家乡,此时敌伪正企图攫取他所经营的桐园,游击队及时出手帮助,将抗战急需的战略物资运送到后方,受此鼓舞,老骥伏枥的梅岭春也壮心不已,充满信心地把子女送上战场。

自《夜上海》起,于伶就坚持"为'生'与'活'而戏剧"[①],而甘冒"缺少一般所说的戏剧性"之险[②],所以人们曾赞誉《夜上海》的"戏就是生活的再现,而不在技巧的卖弄"。[③] 当然,追求对生活的写实并非不要艺术,事实上于伶既注重艺术的真实性和战斗性,也自觉到作为剧场艺术的话剧必须深入浅出的艺术要求,并有意探索话剧艺术的民族化。为此,"他学会了战斗,接触了'浅俗',他懂得了千万上海市民的心,他真实地从浅俗的材料中去提炼惊心动魄的气韵,使他完成了一种'诗与俗的化合'的风格,使他写下了令人不能忘记的迂回曲折地传达了上海五百万市民决不屈服于侵略者的意志的作品。"[④]这种风格在《长夜行》和《杏花春雨江南》中得到了更进一步的发展,使于伶成为夏衍之后最擅长在朴素的写实中传达诗意韵味的现代剧作家。

宋之的和陈白尘四十年代的剧作分别在人性的拷问和社会的讽喻上取得了显著的成就。

宋之的(1914—1956),河北丰润人,三十年代初上大学期间就加入了北平左翼戏剧家联盟,1933 年转往上海,参加左翼剧联的工作,创作了一些具有革命倾向的话剧和电影剧本,其间曾经两度入狱。1936 年撰写了揭露阎锡山恐怖统治

---

① 于伶:《幕前》,《于伶戏剧电影散论》,中国戏剧出版社 1985 年版,第 81 页。
② 于伶:《〈夜上海〉小序》,《于伶戏剧电影散论》,第 83 页。
③ 沈仪(李健吾):《我这样看〈夜上海〉》,载《剧场艺术》1939 年第 10 期。
④ 夏衍:《于伶小论》,《夏衍全集》第 3 卷,第 126 页。

的报告文学《1936年春在太原》。1937年创作的历史剧《武则天》是他全面抗战前的代表作,着力表现"男性中心的社会下,一个女性的反抗及挣扎,"①但艺术处理比较简单。全面抗战爆发后,宋之的参加救亡演剧第一队开展战地宣传,并参与了抗敌宣传剧《全民总动员》的创作。1940年到1945年,宋之的创作进入成熟期,先后创作了多部独幕剧和多幕剧,而最著名也最能体现他的艺术造诣的是《雾重庆》(1940年初版,又名《鞭》)和《祖国在召唤》(1943年初版)两部五幕剧。《雾重庆》较早揭露了战时陪都重庆民生艰窘的社会现实和不法之徒竞发国难财的不良世风,《祖国在召唤》也着力揭示了太平洋战争爆发前夕"一边是荒淫与无耻,一边是严肃的工作"的香港社会现实,所以宋之的一直被视为国统区讽刺暴露剧作的代表性作家之一。这自然是无可置疑的。不过,宋之的四十年代剧作的成就并不限于社会弊端的讽刺与暴露,其实,他对人性在战争情势下的复杂变异之解剖更为出色。《雾重庆》的男女主角沙大千和林卷舒原是大学同学,"七七"事变后流亡到重庆结为夫妇,虽然一度生活艰难,但仍是一对恩爱的佳偶,而且都满怀抗战的热情。然而后来为生活所迫,沙大千赴香港做生意,"虽然时间只有六个月,但我们的主人翁们却已经有了一点儿变动。变动得最厉害的是沙大千,他刚刚从香港回到重庆,生意的得手,使得他的生活也豪奢起来了。"与此同时,林卷舒也变了,但她的变化却让沙大千很不理解:"这几个月,我在香港,卷舒仿佛变了。我听说五三、五四大轰炸的时候,她在死人堆里钻来钻去,大卖力气。自然,这是国民应尽的责任,我们应该鼓励的。可是像我们这种人,何必自己下手呢? 花几个钱,还怕没人抬死尸吗?"在他看来妻子的勇敢行为不过是匹夫之勇——"匹夫之勇,有什么用呢! 把精力浪费在那些细微末节上,却只有把自己埋没了。对于我们的事业,我是有着野心的。我将来很想在民族工业上尽点力,她看不到这个,害了眼光如豆的病了。"因此,夫妇二人产生了分歧。作者进而细致地描写了人性变异中的挣扎、痛苦中的反省和不得不然的分道扬镳:沙大千最终堕落成一个为富不仁的投机商人,对曾经一同落难的人颐指气使,并且毫不羞耻地寻花问柳,以致把梅毒传给了妻子;林卷舒离开了丈夫、重新投入艰苦的抗日工作,但她对无药可救的丈夫只有难过和自责,因为她意识到自己对丈夫的堕落并非没有责任。正如作品中的另一个人物老艾所反省的那样,"这一年多,我们大家都害了病,而且很严重。要是说我没有勇气,那么,卷舒就是投机取巧。大家在这抗战时期,都拣了轻便的路子! 现在的结果是当然的,我们能够单单地怪大千吗?"老艾的话其实代表了作者的声音,这表明宋之的并没有把人的堕落简单归罪于社会,他执意拷问的乃是人性自身的弱点。《祖国在召

---

① 宋之的:《〈武则天〉序》,《宋之的剧作选》,人民文学出版社1958年版,第153页。

唤》进而转向对人的复杂心性的抉发:女主人公夏宛辉曾经是个富有叛逆性和独立性的新女性,大学毕业后却出人意料地嫁给了香港最有名的外科医生陆原放,过着沙龙式的生活,家庭似乎很美满,但其实备受丈夫照顾而自己无所事事的生活,常使她身心疲惫不堪,以至成了这个"幸福之家"中久治不愈的"病人"。太平洋战争爆发前夕,夏宛辉过去的恋人、革命者章克恭途经香港来访,这让她激动不已,但也让她的丈夫忧心忡忡。《祖国在召唤》的剧情即主要围绕这三人的心理碰撞展开,相当深入地揭示出人性的复杂与情感的隐曲。这样的剧情与夏衍的《上海屋檐下》《芳草天涯》颇为近似,而宋之的抉发人类情性的手眼也不输于夏衍。宋之的特别擅长用别有意味的对白来昭示人物性格与心理的复杂性,如《祖国在召唤》写夏宛辉与章克恭久别重逢的一幕——

> **夏宛辉** (望着章克恭,立刻知道他洞悉了一切,忽然激动地握住他的手)我忽然觉得我们并没有离开过,根本就没有离开过。
>
> 章克恭无语。
>
> **夏宛辉** (逐渐冷静下来,一种不自然的语调)你会后悔这次访问的。
>
> **章克恭** 不!为什么?
>
> **夏宛辉** 五六年来,我们的生活方式不同,对事情的看法也两样了。是的,我清楚我自己,也非常懂得你。你不会满意我,你不过是想要看一看——这个曾经和你那么亲近过的人,现在是变得如何丑怪,如何堕落了。
>
> **章克恭** 你为什么这么想呢?
>
> **夏宛辉** 什么能阻止我这么想呢!
>
> **章克恭** 你似乎在嘲笑我!
>
> **夏宛辉** 嘲笑?是的,整个的生活,就是嘲笑!我有美满的家庭,过着平静的生活,有值得尊敬的丈夫,有聪明可爱的孩子,这一切对你又算什么呢!你果然真心赞美这些吗?
>
> 章克恭无语。
>
> **夏宛辉** (激动地)为什么不回答我?觉得可笑是不是?当我出来的时候,我的丈夫正在手术室里工作。一个人的生命决定在他的手上,这在你看来,不是很可笑吗?
>
> **章克恭** 宛辉!
>
> **夏宛辉** 是的,是可笑。工作的结果,只能救活一个人;是一个人,不是千百万,这多么渺小,多么可笑!而尤其是,在工作的时候,他不能不记起他的宛辉,他规定了她九点半钟吃药,十点钟睡觉。当他行完手术后,他急忙地跑回来,却发现那个宛辉已经在十一点出去了。

乍一听,夏宛辉似乎在为丈夫陆原放的治病救人和恋人章克恭的献身民族解放—人民革命之间的价值比较而苦恼,但其实这并非真正的问题,她心里明白而又碍难承认的最大情感症结,乃是她一直不能忘怀章克恭却从未爱过丈夫陆原放;至于章克恭的沉默无语更是"此时无声胜有声",因为他在冒死犯难的征途中居然偷空造访旧恋人这一行为本身,已足以说明身为革命者的他同样旧情难忘,而他的再度回港和冒死负伤,终于使夏宛辉情不自禁地做出了这样的决定:"放心吧,克恭,……等到你完全好了,我们一道回去,回到祖国去;我们一道再共同负起我们的使命,到……把敌人打跑了,我要为了你……为了你再建立一个家"。所以,夏宛辉激动的言辞固然饱含着感情的憾恨与冲动,章克恭的沉默寡言又何尝不暗含着复杂的感情与期待。就此而言,《祖国在召唤》在表现民族—革命大义召唤的同时,也揭示了爱情的感召力,并且两相比较,对爱情感召力的揭示更为精彩——这种召唤力即使在战争和革命中也难以完全压抑,因为它是人之所以为人的人性或人情之常,虽在革命者亦在所难免。从夏衍到宋之的,左翼剧作家不约而同地注重社会与人性的双重观照,这表明左翼剧作家的思想和艺术在四十年代已趋于成熟。

陈白尘(1908—1994),江苏淮阴人,原名陈增鸿或陈征鸿,1927年入上海艺术大学文学科,后转入田汉主持的南国艺术学院。1932年参加反帝大同盟,并加入中国共产主义青年团。二十年代后期和三十年代前期,陈白尘在小说和戏剧创作上都有所尝试,起初受浪漫—唯美主义的影响,稍后转向左翼和写实主义。1933年陈白尘被捕入狱,1935年出狱后主要从事戏剧创作。全面抗战爆发后,陈白尘投身抗日救亡戏剧运动,抗日战争胜利后继续戏剧以及电影剧本创作。陈白尘三四十年代的重要剧作有《金田村》(1937年出版)、《乱世男女》(1939年出版)、《大地回春》(1941年出版)、《结婚进行曲》(1942年出版)、《岁寒图》(1945年出版)、《升官图》(1945年发表)、《大渡河》(1946年出版)等。这些剧作涉及各种戏剧类型,如《金田村》和《大渡河》是关于太平天国的史剧,《岁寒图》是表彰知识分子节操的正剧,其余则多为喜剧,而陈白尘的突出贡献恰在喜剧方面——他是丁西林之后成就最为卓著的喜剧家。

从"幽默"到"讽刺"标志着陈白尘战时喜剧创作的风格演变,而前后的演变仍存在着关联——在"幽默"中已经含有讽刺的因素,在"讽刺"中还保留着幽默的元素。前一阶段的代表作是《乱世男女》和《结婚进行曲》,它们对丁西林开创的幽默诙谐的风俗喜剧既有继承又有发展。如五幕剧《结婚进行曲》就从幽默的风俗描写开场:女大学生黄瑛为反抗包办婚姻逃到重庆,决心求职自立,好不容易找到了一份工作,但上司看中的其实是她的姿色;她希望租房独居,可房东们都不愿把房子租给单身女士;她被迫暂时寄居在恋人刘天野家,刘母虽不知情,却敏感到儿子会被"勾引",所以急着赶她走;而黄父听说女儿爱上了一个穷鬼,也急忙赶来抓她回去,……剧情就在有意无意地隐瞒与误解中展开,人物的言行也可笑到令人忍俊不禁,风俗的固陋则于焉显露无遗。如自诩开通的黄父关于"婚姻自由"的见识与不开通的刘母也只是五十步笑百步而已——

  刘 母 哎,她到底有了婆家没有?
  黄 父 有了哟!我已经答应了吴家大少爷啦!
  刘天野 黄老伯!婚姻有自由呀,你怎么替她答应了?
  刘 母 你少说话!
  黄 父 自由嘛,我也不反对。
  刘 母 你错啦!为什么不反对?
  黄 父 嗨,我不是不开通的人呀!人家吴大少爷家财巨万,托人来做媒。我说,就让他们自由吧,让他们自由见面,自由谈话,她就该跟人家自由恋爱,自由结婚呀!
  刘天野 (不禁笑起来)这是什么自由呀?
  刘 母 你少开口!
  黄 父 可是这个鬼丫头偏偏不要这个自由,爱上了一个什么穷鬼!
  刘 母 穷鬼?你说谁?
  黄 父 就是不知道是谁呀!……

  像《结婚进行曲》这样从日常风俗中发现戏剧性的取材角度及其巧合而又错位的剧情结构,还有男女主人公被迫以"瞒与骗"来对付不合理的陈规陋习的抗争方式,以及戏剧对白的幽默、诙谐与反讽意味,都和丁西林的独幕喜剧《一只马蜂》、《压迫》颇为相似,甚至可以说是一脉相承的。但不同也是显然的:《结婚进行曲》对不合理的风俗习惯的表现并未止于"幽默喜剧"的境界,作者进而着力从黄瑛这样一个"小资产阶级的职业妇女"的遭遇来揭示现代中国妇女的社会处境——"在这儿等候她的,又是个半封建、半殖民地的社会;这儿也许有着男女平等的幌子,但更真实的却是对于妇女的善意或恶意的歧视,有意或无意的压迫,以及诱惑玩弄,侮辱……逼迫你败退,或者投降"。[①] 所以作者说,对于黄瑛,"我同情她的不明世故,同情她的一切遭遇,但我也不能完全责备她的浅薄、无知与空想,在这样的关系下,我所能给予这人物的,当然是含有不同成分的'幽默',而

---

  ① 陈白尘:《〈结婚进行曲〉外序》,《陈白尘选集》第 5 卷,四川文艺出版社 1988 年版,第 445 页。下引作品均据此版。

不是憎恨的'讽刺'了。讽刺,是被用在黄瑛夫妇以外的人物身上的。……换言之,是他们周围的社会。"①剧作家并坦承"到了第五幕,为了对于黄瑛——这无知而善良的灵魂同情太多之故,理智被压缩,结果写成了一个悲剧的尾巴,以致破坏了整个形式的完整。"②可也正是这种社会意识和悲剧感受,使陈白尘把喜剧从有趣的趣味性幽默拓展到严肃的社会性讽刺。这是对中国现代喜剧艺术的一个重要推进,一个现实主义的推进。

抗战胜利之初,陈白尘即敏感到国民党统治的倒行逆施,创作了政治讽刺喜剧《升官图》,尖锐地揭露官场的腐败与黑暗,准确地预言了人民革命推翻反动统治的历史进程。如此锐利的政治批判锋芒倘以写实的方式直接表现,显然难以通过国民党影剧—图书检查官的"法眼",所以陈白尘把剧情发生的时间移到军阀当道的"民国初年",并巧妙地用写"梦境"来影射当下的现实:序幕是在民国初年的一个凄风苦雨之夜,两个盗贼逃避追捕,闯入一所故宅,在苟延残喘中进入梦乡;在随后的梦境里展开的三幕戏是一场又一场升官发财、男盗女娼的闹剧,而正当这伙丑类弹冠相庆的时候,愤怒的群众冲过来将他们抓了起来。在尾声中,两个大梦初醒的盗贼惊魂未定,正准备逃走,可是门外已枪刺如林,他们只有束手就擒。"鸡叫了,天快亮了!"剧本最后以这句含义深长的台词作为结束,寓示着反动统治下的黑暗社会之完结和人民革命的光明前景之到来,已为时不远。《升官图》不仅是陈白尘个人的喜剧代表作,而且是整个四十年代中后期讽刺暴露文学思潮和中国现代喜剧艺术的最佳收获之一。此时的作者不论在政治斗争经验上还是在喜剧艺术修养上都臻于成熟,他显然从中国古典小说如《南柯太守传》、近代谴责小说如《官场现形记》、传统戏曲(尤其是丑角戏)以及果戈理的讽刺喜剧《钦差大臣》中汲取了艺术营养,在《升官图》的创作中大胆而又得当地运用了梦幻、象征、夸张等艺术手段,借梦幻影射现实,于荒谬的闹剧性情节中寄寓着严肃的社会批判,结构精巧严密,语言幽默诙谐,讽喻隐显适度,使剧作"假中见真、真假难分",把中国现代讽刺喜剧艺术提高到一个新的水平。

此外,四十年代国统区知名的悲喜剧作家还有张骏祥和沈浮。张骏祥(1910—1996,江苏镇江人,笔名袁俊)1939年自美国留学归国后担任戏剧教学和话剧及电影的导演工作,业余从事喜剧创作。1939—1946年间陆续创作了《边城故事》(1940年出版)、《小城故事》(1941年出版)、《美国总统号》(1943年出版)、《山城故事》(1944年发表)、《万世师表》(1946年出版)等剧作。除了最后一部是表彰一个教师之家三代人矢志不渝"长久地艰苦地守着一个理想"的正剧

---

① 陈白尘:《〈结婚进行曲〉外序》,《陈白尘选集》第5卷,第449页。
② 陈白尘:《〈结婚进行曲〉外序》,《陈白尘选集》第5卷,第450页。

外,其他几部都是喜剧。张骏祥的喜剧得之于中国现代风俗喜剧的另一开拓者王文显的亲授,并曾赴美专攻戏剧,所以他的喜剧技巧熟练,剧情结构巧妙,语言幽默生动,而所作多取材于抗日战争时期大后方不合理的社会现实,因此比乃师之作多了些社会讽刺的意味。张骏祥比较注重喜剧效果的营造,而对人物性格的刻画和矛盾冲突的处理时有简单化之处,如《边城故事》极力突出奸吏殷科长之奸和好官杨专员之好,剧情的发展完全由这两个人物主宰,这虽然强化了情节的戏剧性,却将复杂的社会矛盾及其艰难的解决之途过于简化了。沈浮(1905—1994,天津人)是三十年代左翼电影编导之一,全面抗战爆发后,他与陈白尘等组织上海影人剧团并担任导演,辗转至重庆后创作了话剧《金玉满堂》(1942 年出版)、《重庆二十四小时》(1943 年出版)、《小人物狂想曲》(1945 年出版)等。他的剧作多借鉴电影技巧,简洁生动地揭示了战时小人物的生活悲欢与人性畸变,较张骏祥的剧作更富现实感和批判性。

虽然现实主义是抗战中后期国统区话剧创作的主潮,但也不是全然没有别种倾向的剧作家。陈铨和吴祖光就分别以浪漫的情节剧和抒情的情调剧,丰富了国统区的剧坛。

陈铨(1905—1969),四川富顺人,1928 年在清华大学外语系毕业后赴美留学,嗣后又赴德留学,1934 年回国先后任教于武汉大学、清华大学、西南联大、中央政治学校,同时从事创作。1940 年 4 月他与云南大学教授林同济、西南联大教授雷海宗等在昆明创办了《战国策》半月刊,1941 年末又在重庆《大公报》上开辟《战国》副刊,他们因此被称为"战国策派"。"战国策派"是一个民族主义的文化—文学流派。该派主要成员都曾留学德国,较多接受了德国近代新浪漫主义的哲学与史学(如叔本华和尼采的生命—意志哲学,尤其是尼采的超人观念和权力意志学说及其影响下的史学如斯宾格勒的比较文化形态史学)的影响,并且爱好"狂飙突进"运动以来的德国浪漫文学,尤其崇拜富于生命扩张力的"浮士德精神";同时他们也怀抱着中国士人纵横天下、学以致用的传统理想,以现时代的"策士"、"谋臣"自居,极欲为祖国的救亡复兴贡献心力。不言而喻,在抗日救亡的烽火岁月,出现"战国策派"这样具有强烈民族主义情怀的文化—文学流派,是必然的而且正当的。不过必须指出的是,"战国策派"浪漫而且唯心的哲学和史学观念,使他们简单地把现时代理解为唯力是尚的"战国争霸"时代之重演,这诚然有助于鼓舞中华民族奋起抗争、救亡图存,但不区分现代战争中的正义与非正义而一味强调唯力是尚的"战国争霸",这也可以被法西斯主义用来为其弱肉强食的侵略行径作根据;同时,迫切的救亡情怀和浪漫的英雄崇拜,也使他们淡化社会矛盾、轻视人民力量,而极力鼓吹"民族至上"、"国家至上"的片面民族主义政治主张,甚至为了凝聚国力而宣称"外表民主而实际独裁的专制政治"乃是战国重演的今日世界同趋之"大势",并据此指斥五四以来的个人自由主义和唯物史观的阶级论"实际影响乃至减弱了民族团结的精神,⋯⋯延迟了政治的统一,分散了军事的力量。"①这种论调固然用心良好,但也不无迎合国民党专制统治的政治意志之嫌。所以,"战国策派"虽然标榜要在政治上超越"左右",却遭到了左翼阵营和自由主义者如沈从文等的批评(虽然沈从文也曾经参与《战国策》的编务),甚至招致了提倡"法西斯主义"的误解和批判,而推原误解之由,该派理论主张之近乎"纸上谈兵"的浮夸、片面和简单也难辞其咎。

在"战国策派"骨干人物中从事创作的几乎只有陈铨一人。陈铨在二十年代后期已登上文坛,著有长篇小说《天问》(1928年出版)等,全面抗战爆发后更大力提倡"民族文学"运动,创作了《野玫瑰》(1942年出版)、《蓝蝴蝶》(1942年出版,1940年并出版有同名短篇小说集)、《金指环》(1943年出版)等多幕剧,代表了"战国策派"民族文学运动的实绩。其中《野玫瑰》影响最大。该剧剧情与李健吾此前的三幕剧《这不过是春天》很相似,②而更富浪漫传奇色调。全剧情节围绕王立民、夏艳华和刘云樵三人展开。伪北平政委会主席王立民虽然是个大汉奸,但性格刚毅,极富"权力意志",所以我行我素、敢作敢为,在失明后毅然服毒自杀,保持了"永远不会向命运低头"的超人气概;他的太太夏艳华不仅是个年轻美丽的摩登女性,而且是个打入敌伪阵营的高超间谍,她三年前离开恋人、嫁给王立民,原是受命潜伏、舍身为国;刘云樵是王立民前妻的侄子,此次他表面上是来找姑父王立民谋职,其实他现在是抗日的谍报人员,他来到后与夏艳华接上了暗号,得到她的掩护,而夏艳华原是他昔日的情人,二人重逢后不免燃起旧情;同时,警察厅长早就垂涎夏艳华的美色,而王立民与前妻所生的女儿曼丽也爱上了英俊潇洒的刘云樵,⋯⋯如此一来,敌我界限与人伦亲情、英雄性与男女情、谍报战与爱情戏交织在一起,构成了复杂紧张、热闹好看的情节,所以在演出上获得了引人注目的成功,受到偏爱"戏剧性"情节的都市市民观众的热烈欢迎。显然,陈铨这些战时的剧作不乏值得肯定的民族意识和宣传效果,并且作者有志于"浪漫悲剧"的创造,所以在戏剧冲突的经营、人物性格的刻画以及台词的锤炼上颇下工夫,不无精彩之处。但问题在于,陈铨所信仰的"超人"理想、"权力意志"观念以及"浮士德精神"等,往往在无形中淡化以至扭曲了作品的民族意识,而浓墨重写的人物复杂性格大多沦为人性概念的图解,过于注重传奇化"戏剧性"的美

---

① 陈铨:《政治理想与理想政治》,载重庆《大公报》"战国"副刊第9期,1942年1月28日出版。
② 晚年的陈铨在未刊的《"文革"交代材料》中曾回忆说,《野玫瑰》"头一幕写完,北大数学系教授申有谌看,他说'太象李健吾的《这不过是春天》'",并从而解释了他自己的取材根据。陈铨之所以有此解释,是因为《野玫瑰》当年公演后,有人批评他有抄袭李健吾的《这不过是春天》的嫌疑,那批评见孟哲的文章《〈野玫瑰〉与〈这不过是春天〉》,载1943年5月15日桂林出版的《文艺生活》第3卷第5期。

学情趣,则常常使他不由自主地将剧情引入过分的巧合以至离奇之境。所以陈铨实际写出的乃是些浪漫的情节剧,并未达到他所标举的"浪漫悲剧"的境界。

吴祖光(1917—2004),原籍江苏武进,生长于北京,1935年入中法大学文学院学习,并开始尝试创作。1937年在其表姑父余上沅主持的南京国立戏剧专科学校担任秘书,同年冬以东北抗日义勇军英雄苗可秀的真实事迹写成四幕话剧《凤凰城》,一鸣惊人,被誉为剧坛"神童",从此走上戏剧创作道路。四十年代后期和五十年代前期,吴祖光转而担任电影编导,1957年被打成右派,六十年代重返戏曲界,编写戏曲剧本。新时期复出后创作有描写评剧艺人生活的剧作《闯江湖》(1979年)等,并担任中国戏剧家协会副主席等职。

全面抗战及四十年代是吴祖光创作的鼎盛期,主要的剧作有《风雪夜归人》(1942年)、《牛郎织女》(话剧本1943年、诗剧本1946年)、《正气歌》(1943年,写文天祥事迹)、《夜奔》(1944年,又名《林冲夜奔》)、《少年游》(1945年)、《捉鬼传》(1947年)、《嫦娥奔月》(1947年)等,成为众所瞩目的剧坛新秀。当时的吴祖光在思想政治上接近左翼,在艺术上则独自闯出了一条与众不同的戏剧天地。吴祖光自幼受到传统文化与艺术的熏陶,尤其酷爱传统戏曲,青少年时期曾长期观看富连成班的演出,结交演员朋友;同时也接受了新文化和新文学运动的影响,养成了浪漫洒脱的性格。所以,当他登上剧坛之后,便随性情之所至、凭性灵之所适,自由吸纳传统艺术和现代艺术营养,逐渐形成了一种可称为"抒情的情调剧"的创作风格。这可以说是现代的浪漫情调与传统的抒情趣味的化合物——前者激发着作者的想象和热情,后者则赋予他的剧作以热而不烈的温情与文采、如痴如梦的诗意和含蓄淡远的韵味。正因为如此,吴祖光从神话传说重构而成的不少剧作虽然颇富想象和热情,却不像西方浪漫剧作那样狂放不羁、激情澎湃,而多属借"景"借"事"以寄情抒怀之作。如诗剧《牛郎织女》就在充满温情和梦幻的情调中,表现了一个少年从幻想之境回归现实生活的成长过程,给人以温柔的抒情之美。即使借传说人物来讽喻现实的《捉鬼传》,其实也以诙谐的情趣见长。取材于现实的《风雪夜归人》和《少年游》是吴祖光抒情的情调剧的典型。"寄我一时也是永久的情怀,于是我写《少年游》"。① 该剧描写了北平沦陷后某教会大学的几个学生备受压抑的感情和决心投奔大后方的心路历程,表达了作者对烽火岁月少年情的珍重和对沦陷中的家园的怀念。《风雪夜归人》被公认为吴祖光的代表作,它描写的是京剧名伶魏莲生与高官苏弘基之妾玉春二人的爱情悲剧:二十年前,玉春被迫堕入风尘接着又嫁为人妾,但她心志高洁,不甘堕落,并提醒魏莲生不要满足于做权贵娱乐的玩偶,二人因此定情并约定出走。然而不幸

---

① 吴祖光:《〈少年游〉序》,《少年游》,上海开明书店1946年第三版。

事泄,魏莲生被驱逐出境,玉春也被送给人作女仆而远赴他乡。二十年后,两人重回当年定情处,可未及晤面,魏莲生就死于风雪中,玉春也随即悄然消失于风雪之夜。这样一个爱情悲剧故事在近现代言情小说中并不鲜见,并且与西方浪漫戏剧如《茶花女》不无近似之处。但吴祖光看重的不是爱情故事的凄美,而着力揭示被侮辱与被损害的小人物的人性觉醒及其"富贵不能淫、贫贱不能移、威武不能屈"的人格自尊。同时,他还别具慧心地化用唐人刘长卿诗"日暮苍山远,天寒白屋贫。柴门闻犬吠,风雪夜归人"的意境来经略全剧,赋予《风雪夜归人》以抒情诗的情调结构,成为中国现代话剧史上独具民族艺术韵味的名剧,推进了话剧艺术的民族化进程。

第三节 郭沫若《屈原》等剧作与战时历史剧运动

"历史剧的发展,于今为盛"。① 1944年2月有人在谈到抗战以来的戏剧时,曾如此强调历史剧在整个战时戏剧中的特殊分量。这个说法是有充分根据的。当然,在抗战前和抗战后也都有历史剧的创作,但历史剧创作和演出的黄金年代无疑是在抗战时期。据最近研究者的统计,"从二十年代到抗战开始,公开发表的现代剧目中,历史剧不足三十种。"② 而仅就现存剧目来看,1937年至1945年间全国创作、改编的历史剧(包括话剧、戏曲、歌剧和音乐剧)至少有118种,其中历史题材的话剧又占绝对多数,达94种:1937年7种,1938年7种,1939年11种,1940年11种,1941年16种,1942年12种,1943年9种,1944年12种,1945年9种。③ 这个剧目编年数据清楚地显示,历史剧的创作自全面抗战以来即一路跟进、日趋繁盛,并一直持续到抗战胜利之后。由此不难看出,抗战救亡的严峻时势与迫切要求,的确激发了剧作家们的民族意识并唤醒了他们抚今追昔的历史想象,遂使历史剧成了他们表达民族抵抗意志和感时忧国情怀的恰当

---

① 刘念渠:《战时中国的演剧》,载《戏剧时代》第1卷第3期,1944年版。
② 王家康:《抗战时期思想文化背景中的历史剧写作》(北京大学博士学位论文,2003年7月)。
③ 据田进《抗战八年来的戏剧创作》(载1946年1月26日《新华日报》,又刊于1946年2月5日出版的《文联》第1卷第2期)一文统计,全面抗战阶段大后方共创作125种剧作,其中历史剧28种,约占五分之一强。这个匆促的统计数字,自然难称完备。据最近的研究者王家康在其博士学位论文《抗战时期思想文化背景中的历史剧写作》中的估计,抗战时期的历史剧至少在50种以上。此处的统计综合了《民国总书目》的"文学理论、世界文学、中国文学"卷(书目文献出版社,1992年)、贾植芳和俞元桂主编的《中国现代文学总书目》(福建教育出版社,1993年)、董健主编的《中国现代戏剧总目提要》(南京大学出版社,2003年),并参考了有关剧作家的全集、文集和王家康的论文而有所订正,但肯定还有遗漏,如果算上1946—1949年的剧作,则全面抗战及四十年代话剧中的历史剧目至少在100种以上。为省篇幅,此处不一一列举这94种历史剧的剧名。需要说明的是,以往的统计对某些剧作是否历史剧的问题,不无误认,此处有所甄别,不赘述。

方式。最能说明问题的是 1941 和 1942 两年。这是抗战形势最为严峻而国共摩擦也最为紧张的两年,而历史剧的编演也恰在此时达到了高峰:不仅这两年创作的历史剧数量多达 28 种,而且其中的十余种如《大明英烈传》(于伶,1941 年 7 月出版,写刘伯温、常遇春等人反元的故事)、《洪宣娇》(魏如晦[阿英],1941 年 8 月出版)、《忠王李秀成》(欧阳予倩,1941 年出版)、《天国春秋》(阳翰笙,1941 年创作并演出,1944 年初版)、《杨娥传》(阿英,1941 年创作并演出)、《清宫怨》(姚克,1941 年创作并演出,1944 年 1 月出版)、《屈原》(郭沫若,1942 年 1—2 月发表)、《正气歌》(吴祖光,1942 年 6 月出版,曾改名《文天祥》)、《棠棣之花》(郭沫若,1941 年 12 月完稿、1942 年 7 月出版)、《虎符》(郭沫若,1942 年 10 月出版)、《高渐离》(初名《筑》,郭沫若,1942 年 10 月发表),更被公认为战时历史剧的名作。所以,不论从数量还是质量来看,这两年历史剧的创作成绩都最为可观。因此,在抗战胜利之初有人就把 1941 年作为战时历史剧发展的分水岭,认为战时剧作家在 1941 年之前"写历史剧者占百分之十四,"在 1941 年之后"写历史剧及半历史剧者占百分之三十三。"①其实,在 1941 年刚刚结束之际,明敏的批评家就有感于该年历史剧创作的格外繁盛,进而预言历史剧在 1942 年"将有重大的开展"②,并将这重大开展的希望寄托于战时左翼文化的旗手郭沫若。毫无疑问,郭沫若没有辜负这个期望,他在本年以惊人的才思贡献出多部重要的历史剧,几乎使 1942 年成了历史剧写作的"郭沫若年"。此外,从地域的角度来看,出自解放区和沦陷区的历史剧都比较少,专注于历史剧创作的剧作家多集中于国统区大后方以及"孤岛"时期的上海,1941 年底之后历史剧的编演活动更是会集于国统区。所以,国统区可说是战时历史剧的主要舞台。在那里历史剧既是通过民族历史表演来激发民众的民族抵抗意志和国民道德意识的利器,③也在无形中成了国共两党借以表达各自的政治诉求、争夺抗战建国舆论主导权的方式。

纵观战时历史剧的写作,有两个颇为突出的现象,特别引人瞩目。

首先,这 94 种历史剧虽然广泛地涉及从上古直到近代的中国历史(只有两三种是关于外国历史的),但并不是中国历史的每一段都受到同等的重视、更不可能都得到成功的表现。真正值得注意的是,战时历史剧的写作几乎不约而同地聚焦为三个选材热点,并由此形成了三种可观可点的史剧类型:第一个写作热点集中在内忧外患交集的民族代兴之际,尤其是南北宋之交和宋末、明末和南明

---

① 田进:《抗战八年来的戏剧创作》,载 1946 年 1 月 26 日《新华日报》。
② 黄芝冈:《新年谈历史剧》,载 1942 年 1 月 1 日重庆《新蜀报》副刊《蜀道》。
③ 如当时的国民政府教育部就有鉴于此而悬赏征集历史剧本,其征文云:"教育部为推动历史艺术教育,发扬民族精神,特征集各种新编历史剧本"——《教育部征集历史剧本》,《教育导报》第 24 期,1942 年 5 月。

的历史,可称为"民族危亡史剧";第二个写作热点集中在诸侯争霸的纷乱之际,如战国争霸、楚汉相争的历史,可称为"乱世整合史剧";第三个写作热点是历史上的农民起义,尤其致力于明末李自成起义和晚清太平天国起义的反思,可称为"农民起义反思史剧"。当然,这种区分只是相对而言的。事实上,国家危亡之际也往往是社会纷乱之时,而民族矛盾与农民起义也常常同时而起;所以剧作家们的旨趣虽然各有侧重,但在具体创作过程中,这些因素其实是难免交织的。倾注在这三个选材和写作热点中的,显然不无中国文学中传承不衰的吊亡怀古之情和借古讽世之意,但更重要的还是剧作家们在抗战建国的当下所迫切感受到的"现实政治问题":如何吸取民族历史的经验教训和民族英雄的典范意义来应对当前的民族危机?如何在大敌当前的形势下妥善处理本民族内部的冲突、以避免民族悲剧历史的重演?以及用什么样的理念、依靠什么样的力量、遵循什么样的抗战路线,来引导和动员全国人民为建立一个新的统一民族国家而奋斗?同时,剧作家们也敏感到战争和革命的历史大变动对个人命运及人性人格的深刻影响,并常常情不自禁地将自己的体会与思考形诸笔墨。正是这一切,使得战时的历史剧既具有感时忧国的现实政治寓意,也夹带着深切复杂的人性和人文关怀。

其次,在历史剧的写作中,诸多原本出身左翼或倾向革命的剧作家如郭沫若、田汉、欧阳予倩、阿英、阳翰笙、于伶、陈白尘、吴祖光等,显然居于主导地位。尤其是郭沫若、阿英和阳翰笙三位用力最勤也收获最丰,所以他们的历史剧不仅是战时左翼剧作的重要收获,而且被公认为代表了整个战时历史剧的实绩和水平。然则左翼剧作家为什么在历史剧的写作中尽占胜场?追根溯源,历史剧的写作所要求于一个剧作家的,除了必备的艺术才能如编剧技巧外,还需要非同一般的史学修养、透彻理解历史整体的系统性历史发展观念,以及由于介入当下的历史创造从而更能设身处地地体会和想象历史的二度创造力。而以郭沫若、阿英和阳翰笙为代表的左翼剧作家,恰恰在这三个方面比其他剧作家更具优势。就史学修养而论,不仅郭沫若作为中国古史研究的大家,是其他剧作家不可攀比的,即是阿英和阳翰笙,也都对其倾心重构的历史有非同寻常的史学修养和史料准备。在"南明史剧"的写作上取得杰出成就的阿英,对南明史有充分的准备和研究,单是他收集的南明史料就差不多有三百多种,连当时最负盛名的南明史文献专家柳亚子也自叹弗如,而在写作过程中他更与柳亚子反复商榷,对所涉及的历史事实和历史人物如郑成功做了精细的考辨和深入的研究,力求所写"无一没有根据,无所本的,而对话的主要部分,也无一不是采取着他自己的语言。其他人物,可考的,也是竭力的求与事实符合"。[①] 同样,阳翰笙也是在太平天国史上

---

① 参阅阿英:《关于〈海国英雄〉的写作》,《阿英全集》第20卷,安徽教育出版社2003年版,第119页。

"搜集了大量材料"、做了充分的准备之后,才开始他的太平天国史剧"三部曲"的写作。① 而比史料的搜集和史实的研究更为重要的是,马克思主义的历史唯物主义和辩证法,使左翼剧作家获得了一种能够抓住左右历史运动的根本因素和运行机制、来深入透视历史矛盾的历史方法论和把握历史发展大势的宏大历史意识。这正是新兴的马克思主义史学超越于当时其他史学流派的地方。这种历史观上的优胜,连当时非马克思主义的重要史学家也不否认。1939年1月,钱穆曾经纵论"中国近世史学",将之分为重记诵的"传统派"、重宣传的"革新派"和重考订的"科学派"。他批评前后"二派之治史,同于缺乏系统,无意义,乃纯为一种书本文字之学,与当身现实无预。"而对于"革新派"史学,钱穆虽然有不满,但仍公正地指出,"惟'革新'一派,其治史为有意义,能具系统,能努力使史学与当身现实相缔合,能求把握全史,能时时注意及于自己民族国家已往文化成绩之评价。故革新派之治史,其言论意见,多能不胫而走,风靡全国。今国人对于国史稍有观感,皆出数十年中此派史学之赐"。② 而钱穆所谓注重"'社会经济形态'之改造"的第三期"革新派"史学,指的其实就是崛起于二十世纪三十年代的马克思主义新史学,郭沫若就是其开山之一。在当时,马克思主义历史观的影响不仅限于史学界,它也是所有左翼文化人共有的历史意识,自然也就成为左翼剧作家创作历史剧时的史学指南,这使他们比其他剧作家更能在纷纭复杂的历史现象之中把握住历史发展的根源、社会变迁的大势,更注意在历史的整体性和矛盾性中洞察具体历史事件与具体历史人物言行的复杂意义。其他剧作家如徐訏虽然颇有才情,但其历史剧《费宫人》(1939年9月出版)却延续着陈腐的正统史观,满足于从明末的历史大事变中抓取一个传奇性的小枝叶,编凑成一出了无新意的传统忠义传奇剧——描写李自成攻破北京、崇祯帝自缢之后,女官费贞娥为保护长平公主,不惜冒名顶替,被李自成赏给其猛将韩虎,费贞娥本想谋刺流寇李自成,但苦于没有机会,遂坚持"按我们大明的规矩"与韩虎成婚,随即在新婚之夜刺死韩虎并自缢身亡③。而左翼剧作家如阿英的历史剧《李闯王》等,则致力于明末民族矛盾和阶级矛盾的历史分析,深入地揭示了李自成失败、吴三桂投降的相关原因,并对历史人物的性格变迁有生动的刻画,该剧序言中强调"以历史还历史"一节,则被誉为"近年戏剧理论的杰构。"④ 再如另一个历史剧作家李朴园,其《朴园史剧》(甲集,1938年4月出版)收历史剧四种,但均无历史分析可

---

① 参阅阳翰笙:《阳翰笙选集》第2卷"自序"第2页,四川人民出版社,1983年。
② 钱穆:《国史大纲》"引论",商务印书馆1996年版,第3—4页。
③ 《费宫人》显然是据传统戏曲《刺虎》翻写而成,据此翻写的历史剧还有1940年1月出版的《费宫人刺虎》,作者失记,剧情略同于《费宫人》,只是"韩虎"作"罗虎"。
④ 霖:《崇祯与李自成——读〈甲申三百年祭〉》,《透视》丛刊第二本,1949年2月10日。

言,只是勉强把一个个历史故事敷衍成戏而已,了无足观。追究其间的差别,关键不在于剧作家才情的高低,而在于阿英等左翼剧作家具有比徐訏、李朴园等非左翼剧作家更胜一等的历史意识和历史理解力。毋庸讳言,马克思主义的历史观带有意识形态的特性,但它是一种革命的意识形态,尤其适用于动荡时世的矛盾分析,而优秀的左翼剧作家对它的运用也并不教条。最后也最重要的是,不论是马克思主义的"新史学",还是革命的左翼文学——包括左翼的历史剧,都具有积极介入"现实"、创造历史的品格。实际上,重要的左翼剧作家本身就是积极参与现代中国社会改造事业、勇于担当新的民族历史创造责任的人,而乐观进取的历史进步理念和担当历史责任的创世激情,不仅使他们充满自信地"向前看",也使他们在"向后看"既往的历史时,更能"想象仿佛"、贴近历史。虽然历史不会完全重复,但古今的人事毕竟有相通以至相近之处,所以作为参与当代历史创造的左翼剧作家,在对千百年前的历史进行艺术的二度创造时,自然也就比一般单纯的剧作家更能设身处地想象当年历史的生动情境、感同身受地体会历史事变中的人性隐微了。应该说,正是上述诸因素在左翼剧作家身上的汇聚,使他们具有综合的优势。这优势不仅让陈腐保守的国民党御用剧作家黯然失色,也使一些颇有才华的非左翼剧作家相形逊色了。

  郭沫若几乎可说是体现了左翼剧作家综合优势的历史剧大家。

  "又当投笔请缨时,别妇抛雏断藕丝。去国十年馀泪血,登舟三宿见旌旗。欣将残骨埋诸夏,哭吐精诚赋此诗。四万万人齐蹈厉,同心同德一戎衣。"1937年7月27日,当郭沫若结束在日本的十年流亡生涯而终于秘密返回祖国之时,他立即步鲁迅著名的"惯于长夜过春时"诗的原韵,写下了这首义无反顾、投笔从戎的壮歌。而这位新文学老将的归来,既使中共和左翼文化界在鲁迅逝世之后重新获得了一面文化大旗,也使国民党当局欣感在抗日救亡的历史关头得到了一支有力的如椽巨笔——事实上,身为政治要犯的郭沫若能够归国,是得到了国民党最高当局的默许并由其部下秘密策动的。所以,1938年2月,众望所归的郭沫若出任了国共合作的军事委员会政治部第三厅厅长,主持战时文化宣传工作,实际上接受着政治部副主任周恩来的领导。然而,第二次国共合作的"蜜月"不久就结束了。1940年9月,国民党当局发现第三厅不听使唤而解散了它,代之以有名无实的文化工作委员会,虽然仍任命郭沫若当主任,但其实是将他投闲置散。随后"皖南事变"爆发,国民党的反共摩擦与分裂逆流达到高潮,左翼文人在国统区处境艰险。当此之际,郭沫若以崇高的威望和极大的勇气坐镇雾都重庆,成为文化界抗击反共分裂逆流的中流砥柱。与此同时,他的创作也迎来了第二个爆发期,在历史剧的创作上取得了辉煌的成就:从1941年12月到1943年3月间,郭沫若在不到一年半的时间内先后创作了五幕剧《棠棣之花》(该剧第二幕和第三幕创作于二十年代初，1938年扩展成五幕剧，1941年12月整理完毕)、《屈原》、《虎符》、《高渐离》以及四幕剧《孔雀胆》和五幕剧《南冠草》共六部大型历史剧。这些史剧既显示出一个诗人剧作家精彩绝世的艺术才思和一代史学大家卓尔不群的历史洞察力，有力地表达了团结抗战、一致对外的民族抵抗意志，同时也宣喻了一个革命的诗人政治家的政治理想——以革命手段反抗专制暴政，进而建立一个华夏一统、独立自由、以人为本的现代民族国家。就乱世整合史剧和民族危亡史剧的发展而言，郭沫若的创作具有举足轻重的意义，而他稍后发表的史论《甲申三百年祭》，则是引导农民起义反思史剧之发展的史学指南，并被中国共产党引为有助于整风建党、抗战建国的重要文献。

《棠棣之花》、《屈原》、《虎符》、《高渐离》四部史剧都取材于从战国争霸到秦始皇统一中国之初的史事，因而俗称为"战国史剧"。它们集中处理了由弱肉强食的诸侯纷争到谁主沉浮的整合统一过程中激烈的政治矛盾和紧张的人性冲突，可说是乱世整合史剧的典型。《棠棣之花》取材于战国时期著名刺客聂政的事迹。据《史记·刺客列传》记载，"濮阳严仲子事韩哀侯，与韩相侠累有郤"，所谓"有郤"即表示那原是无关国家大计的私仇，而聂政之所以"杖剑至韩，……刺杀侠累，"也只是出于对作为"诸侯之卿相"的严仲子之"不远千里枉车骑而交臣，……奉百金为亲寿"的感恩和义气，并无什么远大的政治抱负，所以郭沫若觉得"这实在不够味"。在他的意念中，"写历史剧并不是写历史，……剧作家的任务是在把握历史的精神而不必为历史的事实所束缚。剧作家有他创作上的自由，他可以推翻历史的成案，对于既成事实加以新的解释，新的阐发，而具体地把真实的古代精神翻译到现代。"[①]正是这种史剧观念，使郭沫若得以结合自己对抗日战争的现实体会，将两千多年前的聂政故事置于更为宏大的历史背景中进行新的想象，以为"在这时韩国的君长是韩哀侯，他的丞相侠累便是主张三家分晋，并且倾向于亲秦的，侠累的政敌严仲子却反对三家分晋，并主张联合诸侯一致抗秦。严仲子因斗争失败，便只好到国外濮阳地方亡命，但他始终想除去侠累，破坏他的亲秦的阴谋。"[②]作者由此重构出来的聂政刺杀侠累以及韩哀侯的戏剧——《棠棣之花》，大大超越了原初故事纠缠于个人恩怨的局限，而具有了更为重大的历史意义和现实政治寓意。对此，郭沫若坦承无隐："《棠棣之花》的政治气氛是以主张集合反对分裂为主题，这不用说是参合了一些主观的见解进去的。望合厌分是民国以来共同的希望，也是中国自有历史以来的历代人的希望。因为这种希

---

① 郭沫若：《我怎样写〈棠棣之花〉》，《郭沫若全集》文学编第6卷，人民文学出版社1986年版，第273页。下引作品均据此版。

② 郭沫若：《〈棠棣之花〉的故事》，《郭沫若全集》文学编第6卷，第280页。

望是古今共通的东西,我们可以据今推古,亦可以借古鉴今,所以这样的参合我并不感其突兀。"①《虎符》重构了著名的魏公子信陵君在如姬的帮助下窃符救赵的故事,以极富戏剧性的矛盾冲突,有力地表达了团结救亡、抗击侵略、反对求和、保家卫国的时代主题。在戏剧结构和人性的描写上,《虎符》比《棠棣之花》更为出色也更有深度,尤其是信陵君、如姬和魏王之间由隐到显的冲突,除了政治主张的显然不同之外,还暗含着不同的人格心理、人性理想的对抗。作品中写得最具人性光彩和心理深度的角色是如姬。她在窃符事发后本可逃到邯郸去找信陵君,可她却选择了自杀。在如姬临死前,作者让她遥对死去的父亲,以近乎哈姆莱特"生还是死"的长篇独白,表露了自己在生死抉择之际的复杂心理和人格尊严。一方面,她对信陵君满怀着感激、崇敬和爱慕,可这感情却同时加重了她的自尊和自卑,以至使她在忧郁和绝望的深情中决心以自己的死来维护信陵君的光辉——

> 信陵君,他就是维持公道和正义的人。我接触了他的光辉才增加了我做人的勇气。……爹爹,你是知道的。太妃要我逃走,要我逃到邯郸去找信陵公子。……我也知道,他一定能够保护我,能够体谅我,但我能够去吗? 能够到他那儿去吗? 我知道,那是不能够的。怎么也不能够。
>
> 他是太阳,万一我要走近了他的身边,我就会焦死。我会要遮掩了他的光。我只好是一颗小小的星星,躲在阴暗的夜里,远远的把他望着。
>
> 我如果到了他那儿,我知道,别人会以为我们是为了儿女的私情才做出了那种种的举动。他那舍生取义的精神,他那悲天悯人的志趣,他那神机妙算的智谋,他那赴汤蹈火的勇气,那是多么美好的,多么有光辉的呀!但我一去便要给他蒙上了污秽。
>
> 我去,他是能够体谅我,他一定能够体谅我。但是别人能够体谅吗? 天下后世的人能够体谅吗? 要使天下后世的人不要对于他有丝毫的误会,这是我对于他应该尽的责任。
>
> 不,我知道我是不能去的。我绝对不能去。我要留在这儿,永远留在这儿。……

另一方面,如姬对其以身事之的魏王则极为憎恨,这憎恨不仅针对魏王对暴秦妥协投降、对邻国见死不救的卑劣行径,更指向魏王践踏人性和人格尊严的暴戾统治。对后者,身为魏王宠妾而实为其玩物的如姬有近乎刻骨的切身体会,所

---

① 郭沫若:《我怎样写〈棠棣之花〉》,《郭沫若全集》文学编第6卷,第277页。

以她才决绝地不愿假手魏王杀死自己,而不惜以自杀来表达自己对非人生活的反抗和对个人自由自尊的追求——

(对比首)啊,你灵妙的匕首!你是我的解放者。……我不能够死在那暴戾者的手里,我不能够奴颜婢膝地永远死陷在那暴戾者的手里。

(复昂头向大梁回望)哦,你,你暴戾者呀!你不肯把人当成人,你把一切的人都当成了你的马儿,你的工具。你把死的威胁来恐吓一切的人,你要使一切的人都变成没人性的你的奴隶牛马,你的摆设玩器,我现在要把人的尊严指示给你了。你所制造出来的死是不足以威胁人的呀!死倒成为了我们的朋友,成为了我们的创造品的时候,你的威权也就一切都完结了。暴戾者呀!你要知道,人是能够自行创造死的,这是人的尊严,这也是我的尊严。我此刻要把这种尊严指示给你啦!

如姬悲壮的自杀及其临终的独白,把剧情推向了高潮,也将剧作的主题由反抗侵略、反对投降推进到反抗暴力统治、争取人性解放的层次。这种处理虽然于历史记载并无所据,而完全出自于郭沫若的创造,但揆诸战国时期以人的道德理性之自觉为核心的人本主义思潮和剧中人物所处的具体情境,作者的这些描写与刻画并非凭空生造,而乃对历史和人性之所应有和能有的深入抉发。

郭沫若过人的历史识见和杰出的艺术才思,在《高渐离》一剧的创作过程中也有不凡的表现。早在流亡日本期间,郭沫若就曾经"想把高渐离的故事写出来",①但直到1942年五六月间,他才有机会完成夙愿,剧本初名《筑》,发表在1942年10月出版的《戏剧春秋》杂志第2卷第4期上。但由于"存心用秦始皇来影射蒋介石",剧本"送审时没有得到通过",②所以《高渐离》长期不能演出,初版也迟至1946年。有意思的是,该剧刻画得最出色的角色,并不是正反双方的主角高渐离和秦始皇,而是配角赵高。按正统史传所述,赵高不过是个为人不齿的宦官,正是由于他诱导胡亥为非作歹,才导致了秦帝国二世而亡,所以虽然历来的论者都认为这对暴秦来说是罪有应得的报应,但在对赵高的历史评价上却也众口一词地斥之为祸人家国的奸邪之徒,而从未有人探究他之所以为奸邪的深层原由及其刻意诱导胡亥为非作歹的潜在动机。据郭沫若的写作日记,他一开始"欲写赵高诱导胡亥作恶",也觉得"颇不容易",但次日的日记却出人意料地

---

① 郭沫若:《关于〈筑〉》,《郭沫若全集》文学编第7卷,第113页。
② 郭沫若:《〈高渐离〉校后记之二》,《郭沫若全集》文学编第7卷,第129页。

出现了"赵高写得颇成功"的记录。① 原来,感到为难的郭沫若复读《史记·蒙恬列传》所谓"赵高者诸赵疏远属也。赵高昆弟数人皆生隐宫。其母被刑僇,世世卑贱"等语,突有所悟,灵机一动,想象"赵高实一深心人,其对秦皇父子出以深谋远虑之内部破坏,实为其父母及赵氏复仇也。"②作者循此而生发的描写,不仅以不共戴天的国恨家仇给予赵高刻意诱导胡亥为恶的"奸邪"行径以合情合理的心理解释,而且以恶恶相报的恶性循环,深入揭示了历史之可悲的变态——极端暴虐的专制统治必然催生同样极端的变态反抗。这给予正在抗战建国的国人可能的喻示便是:统一的民族国家之建构,不应走专制整合的路,而对专制暴政的变态反抗,也必然因其极端的变态而丧失其本有的正当性和应有的建设性。应该说,郭沫若对赵高的既定性格及其颠覆秦国这一"既成事实加以新的解释,新的阐发",既显示出卓荦不凡的历史慧眼和艺术慧心,也别具现代变态心理学的眼光。这种眼光使特定历史人物的心性与行为在他笔下得到超乎成见的心理开掘,彰显出引人警醒的历史反思意味和耐人寻味的人性深度。

《屈原》被公认为郭沫若历史剧的代表作。该剧集中揭示了乱世整合进程中的各种冲突,寄寓着作者对战时政治现实的忧愤和建设新的统一民族国家的理想,也隐含着对历史运行之二律背反的感怀。据郭沫若的历史研究,屈原生活的战国时代正是中国社会的大变革时期,并且变革是多重的。一是由列国纷争的乱世走向整合为统一国家的政治大变动,这在当时是有利于华夏民族发展的大趋势,所以"先秦时代的学者自孔子以来都怀抱着大一统主义,他们都想把中国的局面统一起来。"二是"由奴隶制逐渐移行于封建制"的社会大变革。三是"由奴隶制至封建制的变革,而产生的意识形态上的反映,即思想革命。"如"'民为贵,社稷次之,君为轻'(《孟子·尽心下》)"的民本思想,仁、慈、兼爱的人道主义伦理思想,"为政以德"的政治思想等等,它们共同汇成了一股澎湃的民本—人本主义思潮,而以儒家思想为主导。在这三大变革中,最重要的社会革命处在一种自然演进的状态,思想革命反映的是当时知识阶层的人文理想,尚不普及,而由纷争到整合的政治统一进程则诚如郭沫若所说,是"当时的一般具有见识的人"普遍意识到的历史要求:"春秋、战国时代,尤其是战国末年,中国实在已经到了'车同轨,书同文'的地步,只等有一个国家来收获这政治上的大一统的功绩。当时的列国中最有资格的便是秦、楚两国,刘向有两句话,'横则帝秦,纵则楚王'

---

① 郭沫若:《剧本写作的经过》(初刊时题为《〈筑〉序言》下),此据《郭沫若全集》文学编第7卷,第120页。
② 郭沫若:《人物研究》(初刊时题为《〈高渐离〉人物研究》),此据《郭沫若全集》文学编第7卷,第123页。

(见《战国策叙录》),把当时的情形说得最为扼要。"在这个问题上,当时的知识分子"大别也可以分为两派,主张德政的人例如儒家则大抵反对秦国,而主张刑政的人例如法家,则每每不择手段,而倾向于维护秦国。"屈原的悲剧性抗争便是在这样的时代与思想背景下发生的:一方面,"屈原怀抱着德政思想,想以德政来让楚国统一中国,而反对秦国的力征经营。"并且"屈原的思想是前进的,他是南方的一位儒者。儒家思想,在当时,由奴隶制蜕变为封建制的当时,是前进的"。然而另一方面,"是时楚王恃其国大,不恤其政"(《战国策·中山策》),而对内"不恤其政"和对秦妥协政策的恶果是,楚国国破迁都、国运一蹶不振。在这过程中屈原进行了坚忍不拔的抗争,而终于寡不敌众,难挽危亡,眼看着"好端端的一个楚国却被父子两代的'雍君'和群小们弄得一塌糊涂,看着那以力征经营的秦国便要以刑政来统一天下,这不是比一个楚国亡了,更要令人失望吗?临到了这样的一个最大失望,理想家的屈原,你叫他会怎样?我看除死而外,在他实在是没有第二条路好走"①——郭沫若如是说。

正是依据上述宏深的历史分析和体贴的历史理解,郭沫若在剧作中突出揭示了屈原面临的双重冲突——抗秦与妥协、德政与刑政的政治路线之争,儒家墨家的民本—人本主义道德理想与纵横家法家的实力法术理路之间的文化冲突,而不论在政治冲突还是在文化冲突中,屈原都代表着正义的和先进的一面,但冲突的结果却是屈原失败、楚国政治倒退、走上妥协亡国之途,而暴秦的图谋则——得逞。由此,作者重构了屈原的形象和悲剧:他不再是一个单纯"眷顾楚国,系心怀王"(《史记·屈原贾生列传》)的爱国忠臣,更不是一个只知"露才扬己,……忿怼不容"(班固《离骚序》)的骚人狂士,而是一个胸怀民本—人本理想、洞察天下由分趋合大势、坚持正确政治主张的伟大诗人政治家,一个为伟大理想而献身的悲剧英雄。他主张对外联合山东诸国共同抗击暴秦的侵略,对内推行为政以德的政治改革,进而由楚国完成统一华夏神州的大业。为此,屈原屡遭挫折和打击,但矢志不移,即使在被诬陷之后,他仍然对理想念兹在兹,沉着而且沉痛地敦劝楚怀王:

---

① 以上引文并出郭沫若的《屈原研究》一文,分别见《郭沫若全集》历史编第4卷,人民出版社1982年版,第57页、第86页、第90页、第92页、第92页、第93页、第103页、第104页。下引作品均据此版。按,《屈原研究》是作者完成《屈原》后紧接着撰写的学术著作,可视为对《屈原》创作过程中的历史思考的补充说明。但应该注意的是,郭沫若关于战国时代正值奴隶制向封建制转型的看法,以及对其时民本—人本主义思潮尤其是儒家思想价值的再评价,在当时的学术思想界并不是什么主宰性的"权力话语",而只是他运用马克思主义史学理论和方法独立思考的一家之言,所以曾引起真正居于学界主流的史学家以及其他左翼史学家的商榷。

大王，我可以不再到你的宫廷里来，也可以不再和你见面。但你以前听信了我的话一点也没有错。你要多替楚国的老百姓设想，多替中国的老百姓设想。老百姓都想过人的生活，老百姓都希望中国结束分裂的局面，形成大一统的山河。

　　你听信了我的话，爱护老百姓，和关东诸国和亲，你是一点也没有错。你如果照着这样继续下去，中国的大一统是会在你的手里完成的。

　　所以，屈原的悲剧归根结底是"由于他的理想和楚国当时的现实相隔太远，不能不使他失望，因而他便只好演出一幕殉道者的悲剧了。"[①]郭沫若刻意在专制—妥协主义大行其道与人本—民本主义理想严重受挫的冲突中来突显屈原不屈的悲剧性抗争，当然有警告国民党当局、讽喻现实政治的寓意。只是由于屈原乃历代公认的爱国典范，所以国民党当局一开始对此并无警觉，还让《屈原》在其舆论喉舌《中央日报》上连载。在随即引起巨大轰动的公演里，广大观众对剧中屈原的独白"雷电颂"的现实政治寓意之心领神会的共鸣与应和，才让国民党当局及其御用文人醒过神来，发动了可怜无补费精神的讨伐。但《屈原》的意义并不限于现实政治的讽喻，还隐含着作者复杂的人文历史感怀。在西方自康德、黑格尔直到恩格斯，都对历史实际与人文理想的二律背反有深刻的认识——历史的实际并不一定合乎善的理想，有时，甚至常常是恶得势，而恶其实也在推动历史。郭沫若虽然没有作过如此明确的概括，但他在构思和写作《屈原》时对此其实已有所意识。所以，他在高度赞扬屈原先进的民本—人本理想及其抗争精神、为屈原的悲剧命运和楚国的错失良机而扼腕叹息的同时，又不得不承认力征经营的秦国之统一中国是"北方的现实主义"对南方"浪漫主义"的胜利，[②]甚至不能不承认作为屈原和楚国敌人的张仪及秦国的历史功劳，以为"在本剧中他（指张仪）最吃亏，为了禋祀屈原，自不得不把他来做牺牲品。假使站在史学家的立场来说话的时候，张仪对于中国的统一倒是有功劳的人"。[③]

　　的确，作为戏剧的《屈原》并不是屈原事迹的简单再现。郭沫若清醒地意识到要把屈原的历史事迹转化为戏剧艺术，有不少难题，而最大的难题是戏剧结构问题——"屈原的悲剧身世太长。……怎样可以使它被搬上舞台呢?"[④]起初作者计划用各含五六幕的上下两部多幕剧来完整再现屈原悲剧性的一生，但动笔

[①] 郭沫若：《屈原研究》，《郭沫若全集》历史编第 4 卷，第 103 页。
[②] 郭沫若：《屈原研究》，《郭沫若全集》历史编第 4 卷，第 102 页。
[③] 郭沫若：《我怎样写五幕史剧〈屈原〉》，《郭沫若全集》文学编第 6 卷，第 403 页。
[④] 郭沫若：《我怎样写五幕史剧〈屈原〉》，《郭沫若全集》文学编第 6 卷，第 397 页。

不久就完全打破了原来的计划,结果只写了一部五幕剧,而这部五幕剧也"只写了屈原一天——由清早到夜半过后。但这一天似乎已把屈原的一世概括了。"①这是各种矛盾似偶然而实必然交集爆发的一天,也是屈原命运大起大落的一天:开幕的清晨,屈原在橘园里满怀愉悦地赋诗论史,因为就在昨天他力挽狂澜,敦劝楚怀王挫败了秦国使臣张仪破坏齐楚邦交的阴谋。然而不甘罢休的张仪又以向楚怀王进献美女的计策,诱使南后郑袖为了保护自己的地位而在上午的舞宴上诬陷屈原,昏庸的楚怀王一怒改变了决定,整个剧情因此急转直下,受诬的屈原随后被收押在东皇太一庙里,面临着死亡的威胁,只是由于忠心的婵娟误服了毒药,屈原才幸免于难。深夜,受到屈原精神感召的卫士甲杀死凶手郑詹尹,并自愿为屈原的仆夫,主仆二人毅然奔向汉北的人民中间,留在身后的是东皇太一庙的熊熊大火,给观众以希望和暗示。如此将屈原悲剧性的一生浓缩在一天而剧情的发展又如此合情合理,这不仅在戏剧结构上是一个天才的创造,而且把剧作由拘泥的历史传记剧转化为凝练深刻的历史悲剧,所以意义更为重大;同时对南后、婵娟等人物的出色想象,以及充满诗意抒情和对抗性张力的戏剧语言,也表现出非凡的才情:凡此,都使《屈原》成为中国现代话剧中出类拔萃的经典之作,并被誉为"给中国诗剧开拓了新路,堪称为一部比较完美的杰作"。②

"民族危亡史剧"虽然取材于祖国历史上民族代兴、江山易手的危机存亡之秋,但描写的重心多不在民族冲突本身,而更侧重对民族危机背景下不同人生选择的道德观照,着力表彰那些矢志不移的民族先烈、贬斥那些苟且附逆的汉奸贰臣,以不容回避的道德考验和意味深长的人格对照,来激发人民"天下兴亡,匹夫有责"的民族意识,强化人民坚贞自守、国而忘私的道德情操。显然,这类富于道德人格感化意味的历史剧最切合抗日救亡的需要,所以作品层出不穷,观众反响热烈,其中阿英的多部"南明史剧"成就颇为突出。

阿英(1900—1977),安徽芜湖人,原名钱德富,又名钱杏邨,有笔名多种,而以阿英最为知名。阿英早年积极参加五四运动和随后的大革命运动,1927年"七·一五"武汉政变后赴上海,次年1月与蒋光慈等人组织革命文学团体"太阳社",出版《太阳月刊》,倡导无产阶级文学;接着又参与左联的筹建,成为三十年代著名的左翼批评家,并参加"左翼电影小组"工作,开始电影剧本和话剧的创作。全面抗战爆发后,阿英坚守"孤岛"数年,致力于南明史剧的创作,1941年底

---

① 郭沫若:《我怎样写五幕史剧〈屈原〉》,《郭沫若全集》文学编第6卷,第404页。
② 王亚平:《伟大的五年间的新诗》,载1942年8月20日出版的《学习生活》第3卷第2期。

因太平洋战争爆发、日军占领"孤岛"而被迫离开上海,转移到苏北抗日根据地,①在新四军中担任文化领导工作。历史上的南明指的是 1644 年至 1662 年间由明诸藩王在南方地区建立的临时政权,包括弘光政权、隆武政权、永历政权,以及监国的鲁王政权,此外还有被隆武帝收为义子的郑成功建立的闽台抗清政权。虽然残存的南明政权在清兵的步步紧逼和内部的重重矛盾挤压下,接连崩溃,但在那风雨飘摇的民族危亡岁月里,南明各地也涌现出了不少正气凛然、坚贞不屈的民族英烈,他们可歌可泣的事迹和人格,在全面抗战爆发之后自然成为历史剧作家竞写的热点题材之一。此时阿英所积累的南明史料和曾经创作戏剧的经验恰好派上用场,所以他雄心最大,计划创作四部南明史剧——《碧血花》(初名《明末遗恨》、又名《葛嫩娘》,1939 年)、《海国英雄》(又名《郑成功》,1940 年)、《杨娥传》(1941 年)和《悬岙神猿》(写张苍水事迹),自信"南明全部史实,有此四剧,概括可谓略尽。"②虽然作者只完成了前三部,③但它们不仅被公认为南明史剧中的翘楚,而且堪称民族危亡史剧的典范。

像曾在"孤岛"坚守过的左翼剧作家夏衍、于伶一样,阿英最关心的是如何鼓励艰苦抗战的人民,尤其是五百万上海市民在风雨如晦的黑暗岁月里谨守"心防"、秉烛待旦的问题,所以他精心选择典型的南明史事,着意以戏剧的形式为南明的英雄儿女树碑立传,大力弘扬先烈们百折不挠的民族精神和坚强不屈的道德风范。《碧血花》里的葛嫩娘像《桃花扇》中的李香君一样,也是出污泥而不染的秦淮名妓,而又"较香君更具积极性"。④ 因为李香君只是希望她所相恋的名士侯方域能洁身自好,葛嫩娘却激励并陪伴着宠眷她的名士孙克咸毅然投身抗清的军旅,后来兵败被俘,双双慷慨就义;与他们形成互文对照关系的是余澹心、李十娘和蔡如衡、陈微波两对情人。《杨娥传》重塑了壮志未酬的滇南抗清女英雄杨娥的形象——她的丈夫张小武护卫永历帝进入缅甸,不久永历帝被吴三桂杀害,张小武也殉国疆场,杨娥满怀国仇家恨,潜入吴三桂府中行刺不成,又开酒肆于吴军营旁,企图以自己的容貌技艺引诱吴三桂上钩,好借机复仇,但一直苦

---

① 阿英没有记载自己离开"孤岛"的准确时间,他后来的回忆以及一些研究者们均笼统说是 1941 年,但查阿英这一年大部分时间都在"孤岛"活动,直到 11 月仍在"孤岛"刊物上发表多篇文章,据此推测,阿英离开上海当在该年年底了。

② 魏如晦(阿英):《海国英雄·编剧者言》,《阿英全集》第 10 卷,安徽教育出版社 2003 年版,第 113 页。下引作品均据此版。

③ 一些研究者声称阿英有《悬岙神猿》之作,但该剧既不见收于《阿英全集》,各种现代图书目录亦无著录。查阿英在 1941 年 11 月 1 日出版的《上海周报》第 4 卷第 9 期上曾发表《张苍水临难之年人事略——〈悬岙神猿〉人物志之一》,那显然是为《悬岙神猿》的编撰而作的准备,但随后日军进占"孤岛",阿英未及着手写作就被迫撤离"孤岛",他此后的日记也无续作《悬岙神猿》的记录,所以该剧可能并未完成。

④ 魏如晦(阿英):《碧血花·公演前记》,《阿英全集》第 9 卷,第 347 页。

无机会,最后抑郁成病,赍志以没。《海国英雄》重构了伟大的民族英雄郑成功奋斗不息的一生,作者准确地"把握着郑成功一生几个主要的转折点,而展开这位民族英雄韧性的战斗精神的发扬"。[①] 这种"韧性的战斗精神",用剧中老百姓的大白话来说即是:"王爷最值得佩服的地方,是一路打下去,皇上死了,打!老子娘被捉被杀了,还是打!打了胜仗,不忘记打!打了败仗,还是往下打!"这种精神乃是坚定不移的民族意识和威武不屈的道德人格的综合,它其实是阿英笔下所有男女英雄的共同品格。显然,阿英在此时此地对此大书特书,这对正在艰苦抗战的军民尤其是沦陷区的人民来说,确是及时的提醒和恳切的激励。但阿英并没有因此把他的南明史剧写成民族精神的简单传声筒,他笔下的民族先烈也不是尽善尽美的完人,而是既有豪情壮志又有人间情怀以至难免失误的人,他们的"韧性的战斗精神"里也包含着对人间痛苦与寂寞的忍耐。《海国英雄》就描写了郑成功在戎马倥偬间与儿子的一段情感交流,尤其是在家、国之间的痛苦抉择——

  郑 瑜 (凄哀地)孩儿一向只知道父亲是一位英雄,是一代人杰,从来没有知道父亲的心里还藏着如此的痛苦!
  郑成功 正因为如此,我的心就更觉得痛苦了!孩子,难道你也不想想吗?就是英雄,就是人杰吧!然而总还是人呀!人有人的感情,人有人的忧思,我能从什么地方快活起呢?国是差不多亡了,家是破了,父亲在这一生,恐怕很少有重见之望!母亲更是不幸得很,竟被糟蹋而死!为着巩固复仇的基础,我不能不忍心的杀死你的叔父郑联,赶掉你的叔父郑彩。你的庶母,和三个弟弟,在北伐渡海的时候,又遭覆舟而死!我的命运的遭遇竟是这样!孩子,有了这么多的痛苦,你叫我怎么能不伤心呢?我就是英雄人杰,又怎么能不痛苦呢?……

突然明白过来的郑瑜悲不自胜,不禁伏在父亲膝上痛哭失声,这时郑成功反过来安慰儿子:"这不过是父亲心里生活的一面,今天在偶然的机会里露了出来。实际上,我和平常是没有两样的,我既不会灰心,也不会失望,只有愈感到痛苦,愈自知激励,愈外的想复仇。我的痛苦愈深,我的心也愈热,我的复仇的念头也就愈坚!"如此注重揭示民族英雄人物之德性与人情的化合,是阿英剧作的一个突出特点。对"史"与"剧"转换生成的分寸,阿英特别注意,所以他既广搜穷究史料,力求忠实于历史,以至于其剧中人物的每句话都有所本,又

---

 ① 魏如晦(阿英):《海国英雄·自序》,《阿英全集》第10卷,第11页。

深知戏剧艺术不可能照搬历史事迹,所以颇能"忍痛割弃"以至"改变"史实。①同时,阿英还尝试把民族戏曲艺术如连台本戏的结构方式与讲究韵味的对白引入话剧。虽然这些努力不都成功,但他为民族及其艺术的复兴而倾注的苦心是不应轻忽的。

吴祖光的《正气歌》(1942年)、郭沫若的《孔雀胆》(1943年)和《南冠草》(1943年)以及姚克的《清宫怨》(1942年公演,1944年出版),也是民族危亡史剧的名作。《正气歌》和《南冠草》分别重构了宋末民族英雄文天祥和明末民族英雄夏完淳的感人事迹,显然旨在激励抗战中的国人向民族先烈学习、坚持民族正气——前者并曾易名《文天祥》在沦陷了的上海演出多时,深受观众欢迎,鼓舞了沦陷区人民的民族抵抗意志。《孔雀胆》和《清宫怨》则更为深入地揭示了历史人物在民族危局中的道德困境和人性迷思。

《孔雀胆》与一般民族危亡史剧的区别,不仅在于它的故事发生在异族强权统治即将覆灭而被压迫的汉民族等复兴在即的元末,更在于男女主角思想性格的与众不同:一方面,出身于被压迫民族的男主角段功(民家人,远祖是汉人)却幻想为了家乡免受战乱而轻信异族统治者的"善意",遂走上了放弃斗争、妥协求和的歧途,他的被杀实乃与虎谋皮的妥协主义的必然恶果;另一方面,身为异族统治者一员的女主角阿盖公主却深受汉文化的熏陶而富于仁爱之心,她对段功一往情深却又难违父命,最后只好牺牲自己为夫复仇,同时也以自己的死亡让昏庸的父王醒悟;至于参政车力特穆尔和王妃忽的斤的所作所为,既是不甘失势者丧心病狂的反扑,也是其个人情欲与野心的极端膨胀使然。所以,《孔雀胆》交织着民族的和人性的复杂矛盾,对此,作者本人也有一个认识深化的过程。郭沫若说起初"我的主眼是放在阿盖身上的。……我的注重点是在民族团结,这凝结成为阿盖的爱,和这对立的是车力特穆尔的破坏。段功呢?我是把他放在副次的地位的。加以我有意在回避一种可能性,即是怕惊动微妙的民族感情,我把段功更写得特别含混。"②稍后郭沫若摆脱了顾虑,深切认识到段功是一个虽然可同情而毕竟不足为法的妥协主义者——"妥协主义者必然是有所企图的,而且必然是相当聪明的人,聪明反被聪明误的原因是梁王的恩和阿盖的爱。他被这两道彩绳束缚而牵引着,结果是陷入了泥沼。这可能使段功成为悲剧的人物。"③换言之,段功的悲剧既是不可调和的民族冲突使然,也是其妥协性格所致。而不论从政治上看还是从人性上讲,妥协主义都是民族危亡关头必有的政治倾向和心

---

① 参阅阿英:《海国英雄·自序》及《〈杨娥传〉故事形成的经过》,均见《阿英全集》第10卷。
② 郭沫若:《〈孔雀胆〉的润色》,《郭沫若全集》文学编第7卷,第274页。
③ 郭沫若:《〈孔雀胆〉的润色》,《郭沫若全集》文学编第7卷,第275页。

性迷思之一,但一般剧作家往往激于民族大义而对此做出比较简单化的处理。郭沫若的过人之处是,他在随后润色《孔雀胆》时既努力秉持"有同情的理解"来加强对段功性格的刻画,又着力从特定时期民族与人际关系的复杂性来揭示妥协主义的因与果,遂强化了这部历史剧的性格悲剧色彩和反思妥协主义迷思的深长意味。然而,也许是《孔雀胆》对男女主人公爱情悲剧和反面人物变态心理的刻画太出色了,以致当年观众的兴趣多被吸引到"爱情戏"方面,而往往忽视了作者在民族危亡之际反思妥协主义迷思的苦心。所以,从接受的角度看,《孔雀胆》确是"副题"突出而"主题"不彰,这在当年曾引起讨论与批评。①

《清宫怨》的作者姚克(1905—1991),浙江余杭人,原名姚志尹,字莘农。早年毕业于东吴大学,英文甚佳,三十年代接近左翼文学阵营,曾与美国进步记者埃德加·斯诺合作翻译鲁迅及其他左翼作家的作品。1937年访学英伦,次年转赴美国耶鲁大学学习戏剧,1940年返回"孤岛"上海从事话剧的编导,直到抗战的胜利。姚克创作有《清宫怨》、《楚霸王》、《美人计》等历史剧,是左翼之外最有成就的历史剧作家。代表作《清宫怨》创作于1941年前半年,同年7—10月在上海公演,成为战时上海演出效果最佳的话剧之一。该剧剧情发生在戊戌变法前后十多年间的清廷,其时正值清王朝内忧外患、中华民族危机存亡之秋,这一切在宫廷内部引起多少复杂的矛盾与纠葛,所以如何在艺术上进行选择与结撰,对剧作者无疑是一个很大的挑战。姚克驭繁于简,以颟顸守旧的慈禧太后与年轻开明而极欲有为的光绪皇帝及其爱妃珍妃之间的宫廷斗争,贯穿起从光绪十三年(1887年)亲政之初的明争暗斗直至光绪二十六年(1900年)间纷至沓来的内忧外患,并以珍妃的落选开幕又以她的死亡收束全剧。作者如此巧妙地化用"宫怨戏"的情节模式,来表现一个空前危机时代的复杂政治冲突与人性冲撞,允称雅俗共赏的选择。并且,此时的姚克对中西方戏剧艺术的得失利弊亦有深切的观察和独到的思考,所以他在戏剧艺术上既不盲目守旧,也不刻意趋新,而孜孜于"中国传统戏曲形式与西方编剧技巧的结合,"②这在《清宫怨》中表现为有意采用幕与景("景"约略相当于传统戏曲的"出"或"折")相结合的二级结构,力图既保有西方戏剧幕式结构之大起大落的紧凑,又保留中国传统戏曲出折结构之仔细演绎的从容。这种中西结合、新旧折中的结构方式,显然比较适合当时上海观众的艺术趣味与接受水平。从戏剧文学的角度看,《清宫怨》最精彩之处是对

---

① 参阅郭沫若:《〈孔雀胆〉后记》、《〈孔雀胆〉的润色》、《〈孔雀胆〉二三事》等文,俱见《郭沫若全集》文学编第7卷;并可参阅阿英:《关于平剧〈孔雀胆〉——论应如何再度改编》,见《阿英全集》,第6卷。

② Yao K'o, personal correspondence, 18 May 1975, 转引自 Edward. M. Gunn, JR: Unwelcome Muse: Chinese Literature in Shanghai and Peking, 1937—1945, p.135, New York, Columbia University Press, 1980.

纠缠于政治和家庭双重矛盾中的三个主角性格的刻画。的确,中国宫廷政治的冲突往往难免大家庭里母子、婆媳间的恩怨纠葛色彩。姚克笔下的慈禧既是个不愿在政治上放权的太后,也是个在家庭关系上不愿对养子放手的母亲、无法对过于聪明的儿媳放心的婆婆;而珍妃的聪明美丽、颇有主张既是她吸引光绪帝的地方,又是她招忌于慈禧太后之处;夹在中间而左右为难的是光绪帝,他深深爱恋着珍妃,并且在政治改革上受到珍妃的鼓励,但在慈禧的"慈威"面前,他又不能不压抑自己的爱情和政治意愿……,对这些"家务化"的宫廷政治纷争的描写,不仅赋予了《清宫怨》更可观赏的戏剧性,而且增加了剧作的人性—心理解剖的深度,而观众和读者也可从这部拟"宫怨"的历史剧中隐约谛听到一点非"宫怨"的弦外之音:时届十九、二十世纪之际,清王朝的最高统治者仍然沿袭着"家天下"不分的传统政治思维,那不仅难以调理好王朝"第一家庭"的内部关系,更别想处理好近代世界格局下的军政外交大事了,这才是"近代中国"的真正危机之所在。不过,姚克为了吸引观众的兴趣而着意强化角色间的性格对抗和感情戏的分量,这也暗含着把严肃复杂的历史事变简单化和趣味化的危险。《清宫怨》中颇为浓重的"宫怨"情趣已使历史的弦外之音隐隐约约,稍后的《楚霸王》、《美人计》更大炒英雄男女传奇剧的剩饭,遂令观众和读者有味同嚼蜡之感。此外,姚克在《清宫怨》中对戊戌—庚子期间中华民族危机的外部因素之淡化和内部因素如义和拳运动非理性之强调,也不自觉地流露出一个有留学欧美背景的知识精英的观点。这就为《清宫怨》的电影版在新中国之初的被批判埋下了伏笔。

  阳翰笙的《李秀成之死》(1939年1月出版)、《天国春秋》(1941年创作并演出、1944年初版),阿英的《洪宣娇》(1941年8月出版)、《李闯王》(1945年创作并首演)、欧阳予倩的《忠王李秀成》(1941年)等剧作,多取材于明末李自成起义或清代后期太平天国起义,学术界习称之为"农民起义史剧",而其作者不是出身左翼(如阳翰笙和阿英)就是有潜在的左翼背景(如欧阳予倩)。所以,在当时和现在都有人指出这类史剧的特别之处——在国、共两党及左、右两翼知识分子的文化政治竞争中,左翼的或接近左翼的剧作家这么热心于农民起义史剧的写作,显然是着意借用农民起义的阶级斗争特性来表现其不同于国民党当局及右翼知识分子的阶级立场,进而寄寓其为建构新的民族国家和人民政权者提供"历史的经验与教训"的政治旨趣。应该说,在主要由左翼作家创作的农民起义史剧中,阶级倾向和政治寓意确实存在,如阿英的《李闯王》就是按照被中共中央定为整风必读文献的《甲申三百年祭》来构思的。但如果因此就以为农民起义史剧纯属党派政治的简单传声筒、全是阶级斗争观念的教条演绎,那就不免想当然了。其实,左翼的或接近左翼的剧作家对农民起义的"有同情的理解"并没有淹没他们的历史反思,他们的优秀之作对农民起义悲剧的揭示,不仅超越了农民意识并且突破了阶级观念,表现出颇具深度的历史反思和引人入胜的悲剧艺术魅力。就此而言,所谓"农民起义史剧"其实应该改称为"农民起义反思史剧"才对,而阳翰笙的《天国春秋》和阿英的《洪宣娇》则堪称其中的双璧。这两部史剧都取材于太平天国的内乱而且都创作于 1941 年。如此巧合并非偶然,因为其时正当"皖南事变"已经发生后国共摩擦加剧、抗战大局危殆之际,所以二剧作者显然都有借古讽今、总结历史教训、呼吁团结抗日的现实政治意图,但这只是他们共同的出发点,随后的开掘则各有侧重而且都颇有深度。阿英笔下的洪宣娇既英勇善战又头脑清醒,正是透过她的心和眼,剧作不仅揭露了洪秀全、杨秀清"一班人腐化、苟安、倾轧"的内幕,而且进一步揭示了太平天国"经济制度不能确立,民间疾苦未能解除,新政实施步骤难以适应民情"乃是"失败的基点"。[①] 这就颇富历史反思的深度了。阳翰笙的《天国春秋》则更进一步,致力于"历史的真实"和人性的复杂之开掘,将农民起义反思史剧推进到更高的思想艺术境界。

阳翰笙(1902—1993)原名欧阳本义,四川高县人。他是资深的革命活动家,大革命时期曾任黄埔军校政治部秘书兼政治教官,随后并参加南昌起义,任总政治部秘书长。大革命失败后转而从文,参加后期创造社,1928 年 4 月起任中共江苏省委直属文化支部书记,从事左翼文化的组织领导工作。1930 年参与发起成立"左联",先后任左联党团书记、左翼文化总同盟书记,中共中央文化工作委员会委员等职,并创作有《地泉三部曲》、《义勇军》等小说、话剧和电影剧本。1935 年 2 月被捕入狱。全面抗战爆发后阳翰笙获释,参与筹组文学艺术界各个抗敌协会、协助郭沫若筹建国民政府军事委员会政治部第三厅并任第三厅主任秘书、随后又出任文化工作委员会副主任。全面抗战时代阳翰笙的创作趋于成熟,有历史剧《李秀成之死》、《天国春秋》、《草莽英雄》及电影文学剧本《塞上风云》、《万家灯火》(与沈浮合作)等。其中最重要的是关于太平天国的几部历史剧。

据阳翰笙自述,他三十年代入狱之前就曾多次萌生"把太平天国的题材写几个历史剧"的创作冲动,而"对于李秀成之死一段特别感到兴趣,"因此他一出狱"就动手来描写太平运动这一悲壮的最后一幕。""希望我们从这个故事中获取不少血的教训,对于目前我民族的抗战,能够多少有点帮助。"因此《李秀成之死》着意在"太平天国诸王中许多人已经逐渐腐化"的背景下,来塑造李秀成这个始终不忘其为民初衷的农民革命英雄形象,并着力揭示在危机存亡关头"太平天国的内部还有摩擦,还有斗争,这说明了太平天国的失败主要原因之一,是没有一个

---

① 魏如晦(阿英):《〈洪宣娇〉公演前记》,《阿英全集》第 10 卷,第 148—149 页。

坚强的革命的组织来领导,结果李秀成正确的意见和主张不被采纳,因此终至促成太平天国的灭亡。"①该剧用血的历史教训,表达了作者警告国民党阵营不要制造摩擦、坚决反对妥协投降的政治寓意,同时也暗含着提醒自己所属的共产党始终坚守民族与人民立场,成为"一个坚强的革命的组织来领导"抗战的政治意愿。此心此旨,在开战之初的热情宣传中显得格外冷峻,表现出一个亲身经历过大革命挫折的革命剧作家非同一般的历史洞察力和政治敏感性。对作者的寓意,当年的观众显然是心领神会的——该剧1938年春在武汉首演,随即又在"孤岛"上海连演数月,引起广大观众的强烈反应,成为战时最受欢迎也最具现实政治寓意的名剧,所以国民党阵营疑惧有加,不惜以"通共"的罪名将其下属剧团中曾经扮演李秀成的演员李英活埋、其余二十几个演员投入牢狱、最后全部枪杀,制造了骇人听闻的"綦江惨案"。国共两党的这种政治角力进一步催生了阳翰笙的另一部太平天国史剧:"一九四一年发生震惊中外的'皖南事变',激起了全国人民的无比愤怒。为了控诉和谴责国民党反动派这一滔天罪行,揭露它破坏团结,准备对日寇妥协投降的罪恶阴谋,我写了《天国春秋》。"②该剧取材于直接导致了太平天国衰亡的内乱——洪秀全诛杀杨秀清事件,其借古讽今、指斥当道的话外之音是灼然可感的,所以"《天国春秋》上演时,观众对这个戏的针对性十分敏感。每当剧中人洪宣娇在觉醒后惊呼:'大敌当前,我们不该自相残杀!'观众席中立即爆发出雷鸣般的掌声,说明群众对蒋介石同室操戈的反动罪行怀着多么强烈的憎恨。"③

然而,如此浓重的借古讽今政治意图并没有影响阳翰笙对历史真实和人性隐微的深入开掘。事实上,从《李秀成之死》开始,阳翰笙就努力克服他早期创作如《地泉》的"革命的浪漫谛克"所造成的概念化、脸谱化缺陷,并且抛弃了戏剧上的"Melodrama(情节剧、传奇剧——引者按)的成分,"而自觉地"用历史的现实主义的手法,……去发掘历史的真实"。④ 这种努力到《天国春秋》臻于成熟,所以该剧除了借古讽今的现实寓意之外,更着力挖掘了太平军在文化思想上的局限及其因此而迷信暴力—权力的恶果:太平军领导层轻视中国传统文化而所接受的外来文化又是基督教的皮毛,占据他们中心的其实只是些小农意识,而如此狭隘的思想和如此匮乏的文化必然使他们的革命热情难以为继,造反的冲动失

---

① 参见唐纳:《关于〈李秀成之死〉——与剧作者阳翰笙氏的谈话》,原载1938年7月25日《抗战戏剧》半月刊第2卷 第4—5期合刊,此据《阳翰笙选集》第4卷,四川人民出版社1989年版,第250—253页。下引作品均据此版。
② 阳翰笙:《阳翰笙选集》第二卷"自序",第4页。
③ 阳翰笙:《阳翰笙选集》第二卷"自序",第4—5页。
④ 参见唐纳:《关于〈李秀成之死〉——与剧作者阳翰笙氏的谈话》,《阳翰笙选集》第4卷,第252页。

去后劲,而容易趋向苟安享乐并滋生恶性的权利争夺。此所以革命尚未成功,洪秀全和韦昌辉已走向腐败和堕落,而独支大厦的杨秀清则权力坐大,这二者必然产生矛盾。面对矛盾,杨秀清只能采取诉诸神权巫术——借助天父附身的迷信做法——来警戒洪秀全、韦昌辉等,这不但解决不了问题,反而促使恐惧大权旁落的洪秀全不惜使用暴力恐怖手段来解决问题,于是便出现了他密令韦昌辉诛杀杨秀清,随即又诛杀韦昌辉,而后又准备采用同样的手段对付石达开的一连串事变。而最忠实地执行洪秀全杀戮命令的国舅赖汉英虽然感觉这样做不妥,但他面对别人的质问却只能无奈地辩解说——

  我赖汉英是一个老粗,我只知道服从陛下的命令,陛下要这样干,你叫我有什么办法呢!

  类似的台词在剧中反复出现,而所谓"天国"也在内乱中加速走向覆灭。由此,阳翰笙在《天国春秋》中全力发掘的"历史的真实"便是:虽然太平军非常富于造反的革命热情,可他们既无意也没有能力继承优秀的中国传统文化和先进的西方文化——事实上他们的造反往往伴随着对文化的践踏,而正是由于缺乏优秀文化传统和先进思想的支撑,所以他们想不出也想不到用合理的方式来平衡和约束随着革命暴力而来的权力,更无法预防随着权力而来的腐败、堕落和争权夺利的内讧,这就为太平天国中道覆灭的悲剧埋下了伏笔。应该说,这个血的历史教训不仅对当道的国民党是一个警告,也是对作者所属的革命政党的预警,并且具有更为普遍的历史意味,达到了真正"历史的现实主义"深度。

  《天国春秋》在人物刻画上也突破了脸谱化的阶级定性,写出了血火斗争中的人际情感关系的复杂和人物心理的隐秘,在人性的开掘上达到了相当复杂精深的境界。这尤其表现于对傅善祥、洪宣娇、杨秀清三人关系的描写上。傅善祥是个美貌的才女,她因洪宣娇的识拔成为太平天国的女状元,而又供职于权倾朝野的东王府,作为天平军中最有文化修养和思想见解的人,她竭智尽心地就军国大政向杨秀清建言,并且尽力保护文物、冒险拯救被天王不合理的禁欲法规陷于死地的女战士,这一切都显示了她过人的才识,她也因此赢得了杨秀清的赏识以至爱慕。但也正因为如此,傅善祥引起了贵为天王御妹、西王遗孀、太平天国赫赫有名的女元帅洪宣娇的嫉妒以至报复,因为洪宣娇也爱慕着英才盖世的杨秀清,而杨秀清对傅善祥的日渐宠信使洪宣娇颇感冷落而心生嫉妒,何况他的刚愎自用的个性和几乎不受制约的权利也使他树大招风、功高震主,作为天王御妹的洪宣娇也受到折辱,她自然心生不满,加上野心家韦昌辉的刻意挑拨,她遂不由自主地成了诛杀杨秀清的帮凶。不过,洪宣娇参与这场谋杀是半心半意的——

她真正恼恨的是年轻貌美的傅善祥,而对自己心怀爱慕的杨秀清则并无杀心。所以当韦昌辉拿着傅善祥的骸骨和金钗给洪宣娇时,她感到解恨的狂喜,可当韦昌辉送上用杨秀清的肉做成的"羊肉汤"让她品尝时,她异常惊怖而且悔恨,开始觉悟到自己和韦昌辉以至洪秀全的所作所为是亲者痛仇者快的内乱、自毁长城的谬举、十恶不赦的罪行,因而发出痛心的忏悔,随即并遁入修道院。洪宣娇无疑是《天国春秋》中写得最有人性深度和心理复杂性的角色,由她串联起来的剧情则充满了激情与权力的复杂纠葛。就此而言,《天国春秋》不仅是一部惨痛的历史大悲剧,也是一出令人悲悯的人性大悲剧,作品最后以忏悔的洪宣娇遁入修道院作结,也暗寓着悲剧后的怜悯与净化。这一切显然突破了单纯的阶级意识和党派观念,使《天国春秋》成为战时历史剧中最具思想深度和艺术光彩的悲剧之一。①

历史剧在战时的繁荣,已是人们公认的历史事实,但对它的评价却不无争论,争论的核心问题则是其"借古讽今"的政治寓意:一种意见认为这正是战时历史剧最重要的价值之所系,另一种意见则以为这恰是其最大的局限性之所在。"爱国的,借古讽今的历史剧抗战以来这样盛行,这是我国独特的现象,因为历史剧不能算是二十世纪西方话剧的主流。"②这是一位著名的美籍华裔学者的话。他的话表达了对一个文学史事实的承认,但承认得很勉强——他虽然觉得"历史剧抗战以来这样盛行"是个不可否认的事实,但过于西化的而且是过于"现代化"的西化文学教养,又使他不免觉得这种中国特有的"现象"毕竟不合"二十世纪西方话剧的主流",尤其是战时历史剧之难免的"爱国的,借古讽今的"政治意图特别不合"纯艺术"的自足性,所以就让他觉得不好评价或者说不能给予好评价了。在近些年国内关于抗战时期历史剧的研究中,也时时可见类似的文学观念的影响。然而,且不说有"爱国的,借古讽今的"意图未必不能产生好作品,也不论西方戏剧史上并不乏历史剧的传统,单说"二十世纪西方话剧的主流"即转向内心和形而上问题因而趋于思想之艰深和艺术之怪诞的现代主义戏剧,是否就好到足以成为评价中国现代戏剧的标准,就仍可斟酌而且确实存在着不同意见。事

---

① 上述剧情直至 1949 年 8 月上海群益出版社版的六幕剧《天国春秋》仍然完整保持着,到 1957 年人民文学出版社版《阳翰笙剧作选》,阳翰笙对《天国春秋》作了改写——据他 1956 年 6 月为该书所写的后记中交代:"在我写这一剧本的时候,我又为了要通过那一道难于通过的审查关,对于主人翁们的恋爱纠纷,也就只好加了一番渲染。后来,当这个剧本演出以后,我就感到这样写有些不妥了。因此,在我去年修改这个剧本的时候,我就索性把那些恋爱场面都删去了。"实际上,被删去的不仅是恋爱场面,还有最后一幕洪宣娇遁入天主教堂的结局。作者当年的加写恋爱场面和后来的删去恋爱场面,或许都与通过审查有关,而增删的得失则很显然:当年的"增加"其实并不多余,而后来的删则使剧情的完整性和人物性格的复杂性大受影响,前后的情节演变失去了内在的关联和心理的逻辑。

② 夏志清:《〈林以亮诗话〉序》,见《林以亮诗话》,台湾,洪范书店 1976 年版。

实上,战时中国著名历史剧作家之一的姚克,对其一度专攻的西方现代戏剧曾有这样的质疑和反省:"我经过苏俄和西欧的游学——在耶鲁大学戏剧学院的深造和从莫斯科到纽约剧院观看大量戏剧——之后,开始对西方戏剧产生怀疑(我指的是当时的西方现代剧)。窃以为,西方现代剧走得太远了,以至它对于西方观众已嫌过于艰深费解,更无论对中国观众是多么玄奥难解了。……对一个中国观众来说,西方现代剧所反映的生活方式及隐藏其中的思想乃是完全异己的存在。"①这提醒我们最好不要用简单的政治好恶和单一的艺术标准去验收现代中国剧作家的创作,真正重要的是虚心体贴民族的历史实际、努力理解前人的艺术苦心,才可望对文学史上的重要现象作出实事求是的历史分析和艺术判断。从这样的态度和角度来看,战时中国话剧作家借古讽今、感时忧国,乃是其社会良知和艺术良知的表现,岂可轻易非难;更何况历史剧作家们并不满足于单纯的宣传效用和浅显的戏剧化情趣,不久就相率转入富有深度的历史反思和人性悲剧的开掘,不少历史剧达到了相当高的思想艺术境界,其成就已远非"借古讽今"的现实政治讽喻所可概括,而有力地推进了现代悲剧艺术在中国的发展。可是,执著于新的"意态牢结"(ideology)和当代性美学偏见的当代论者,对包括历史剧在内的战时中国话剧往往视而不见、甚至不愿待见,却对一些好莱坞式的传奇剧情如"倾城之恋"之类恋恋不舍、叹为观止。这样的当代性视野岂非一叶障目、不见泰山?

第四节 全面抗战及四十年代的散文

全面抗战爆发后,"文章合为时而著"成为散文写作的主导倾向,所以首先发皇于国统区文坛的乃是事关抗战军政民情的叙事散文,尤其是报告文学在开战初期一枝独秀。丘东平的战地通讯《第七连》、《我们在那里打了败仗》、《我认识了这样的敌人》,及时反映了淞沪战役的悲壮场面,并且突破了单纯的战情报道,致力于对战场人物的生动刻画和敌我情况的深入分析。骆宾基的战地报告《东战场别动队》选材别具眼光,叙写有声有色。曹白的报告散文集《呼吸》真实地表现了战时上海难民的困境和不屈精神,并记叙上海失陷后江南游击队转战敌后的事迹。此外,S.M(亦门)的《闸北打起来了》、徐迟的《大战之夜》、以群的《台儿庄战场散记》、王西彦的《台儿庄巡礼》、田涛的《中条山下》、姚雪垠的《战地书

---

① Yao K'o, personal correspondence, 18 May 1975,转引自 Edward.M.Gunn,JR:Unwelcome Muse: Chinese Literature in Shanghai and Peking, 1937—1945, pp.134—135, New York, Columbia University Press, 1980.

简》、慧珠的《在战地医院中》等,也是战时报告文学的名篇。随着抗战的深入,报告文学逐渐扩大了报道的视野,批判意识和艺术性都有了显著的提高,出现了一些引人注目的讽刺暴露之作,如黄钢的《开麦拉之前的汪精卫》、宋之的的《从仇恨生长出来的》、蹇先艾的《塘沽的三天》、草明的《遭难者的葬礼》、于逢的《溃退》、沈起予的《人性的恢复》等。其中,《开麦拉之前的汪精卫》借用电影摄影机的镜头去观察人物,巧妙撷取了汪精卫讲演的几个场面,通过蒙太奇的剪辑,将汪逆装腔作势的表演而其实心怀鬼胎的丑恶暴露无遗,给人别出心裁的艺术感受;《人性的恢复》则真实描绘了日本战俘的思想变化,从一个独特的侧面展现了敌我双方在抗战中的特殊较量。

战时国统区作家的报告文学还有两个突出的亮点。一是有些国统区进步作家在中共领导的抗日民主根据地(后来通称解放区)经历了"奇异的旅行"之后,怀着深深的敬意,向国统区读者如实报道了他们在根据地的见闻,尤其是八路军、新四军将士非同寻常的英雄风采。这类报告文学中最著名的是沙汀的《我所见之H将军》(又名《随军散记》,H将军即贺龙)、卞之琳的《第七七二团在太行山一带》,以及楼适夷的《四明山杂记》。二是职业记者的通讯报道,为战时报告文学的繁荣作出了独特贡献。名记者范长江、徐盈、汪金丁、杨刚、萧乾在抗战时期的通讯报道,兼有新闻的敏感性和文学的感染力。其中成就最为突出的是萧乾。萧乾是第二次世界大战期间中国唯一长期驻欧的特派记者。他原本是学新闻出身而后成为作家的,所以他写出的那些反映欧洲人民反法西斯斗争及战时欧洲社会景象的报道,既有新闻记者敏感把握时局大势的开阔视野,又有小说家捕捉典型印象和有趣细节的艺术敏感。《矛盾交响曲》、《银风筝下的伦敦》等是传诵一时的名篇。如后一篇以"银风筝"为喻,形象生动地写出了1940年大不列颠空战中英国空军矫健的雄姿,进而描写了英国人民如何对待德军撒下的劝降传单的有趣一幕——

> 最初,德国也丢过数次传单。但这些传单发生的作用却正相反:它们变成了募救国捐的工具。八月六号德机在东北部丢下了希特勒劝降演词的全文,红十字会把它们集起,卖一便士或两便士一张,不数分钟凑了十多镑。在威尔士某地,行市每张贵到五先令。后来买者太多,幽默的英国人,发起了"一便士看一眼",这下集资更多,……

面对法西斯的狂轰滥炸和宣传战,英国人民仍然不失幽默,竟然竞购希特勒劝降词。如此以小见大、寓庄于谐,把英国民族的性格特点和爱国心描写得传神生动而且别有意味。

报告文学自始至终是解放区散文写作的主导文体,而呈现出与国统区迥然不同的气象。革命的英雄模范是解放区报告文学的描写中心,并经历了一个从着重描写高级将领等传奇英雄到描写普通的工农兵英雄模范的扩展过程。早期的解放区报告文学多以八路军高级将领为描写对象,如丁玲的《彭德怀速写》(1937年)、刘白羽的《八路军七将领》(1938年)、陈荒煤的《陈赓将军》(1939年)和《刘伯承将军会见记》(1940年)等等。在战争年代,传奇式的英雄将领自然是众所瞩目的焦点人物,作者们怀着崇敬的心情描写这些传奇英雄,也正好满足了人民渴望英雄出世的理想情怀。所以这种写作趋向一直得以持续,其他作品还有邓拓的《聂荣臻在晋察冀》、刘白羽的《记左权同志》、周立波的《徐海东将军》和《李先念将军》、周而复的《聂荣臻将军》、黄既的《关向应同志在病中》等等。在随后的岁月里解放区作家们日渐体认到,现代民族解放战争和人民革命不是个人英雄开天辟地的创世史,而是千千万万劳苦大众翻身求解放的革命事业,尤其是1942年延安文艺座谈会的召开,更明确确定了为工农兵服务的方向。由此,普通的工农兵英雄模范进入了解放区报告文学的视野。丁玲的《田宝霖》是开创之作,其他作家随后跟进,到1944年前后,在解放区形成了一股描写工农兵英雄模范人物的热潮,涌现出了一大批作品,如曾克的《女神枪手冯凤英》、陈荒煤的《一个农民的道路》、刘白羽的《一个战斗英雄的传记》、杨朔的《文武双状元》和《张得胜》、穆青的《工人的旗帜赵占魁》、孔厥的《一个女人翻身的故事》等。其中,周而复的长篇报告文学《诺尔曼·白求恩》叙述了伟大的国际主义战士白求恩的感人事迹和崇高人格,给人格外深切的感动。解放区有关工农兵英雄模范人物的叙事,追求叙述的真实与朴实,而无意于艺术的增饰与添彩。再后来,解放区的"新英雄"叙事向两个方向发展。一方面,它进一步扩展到对"新英雄"群体形象和革命战争洪流的描写,出现了黄钢的《雨——陈赓的兵团是怎样作战的》、洪林的《一支运粮队》、韩希梁的《飞兵在沂蒙山上》、李立的《四十八天》等,随军记者刘白羽(1916—2005)和华山(1920—1985)的表现尤为出色。刘白羽的《环行东北》、《英雄的记录》、《光荣照耀在沈阳》和《历史的风雨》诸集,华山的《风雪中来去》、《勇士们》、《战线纵横》、《英雄的十月》、《总崩溃》诸篇,都是他们参与解放战争的战斗报道,充满了凯歌行进的英雄气势和胜利在望的革命豪情。另一方面,"新英雄"报告文学成了小说的素材,在"新英雄传奇"小说的再创造中得到艺术的升华。

论说性的杂文和抒情性的散文在全面抗战及四十年代都经历了比较曲折的发展历程。

论说性的杂文在二三十年代就形成了注重批判性论争的传统。这传统显然与开战初期全民一致对外的态势不太适宜,所以国统区的杂文写作一度较为沉寂,而当抗战进入相持阶段之后,面对国统区的社会政治弊端,杂文的批判功能重新找到了用武之地,因而杂文写作于焉复兴。国统区的杂文作者以左翼文人为主导,最引人注目的是《野草》杂文作者群。他们有感于在艰难时势下需要继承和发挥鲁迅开创的杂文传统,所以1940年创办了以鲁迅作品《野草》为名的杂文刊物,并推出"野草丛书"13种,其中坚作者有聂绀弩、夏衍、秦似等。聂绀弩是三十年代深受鲁迅影响的作家,他早期的杂文如《怎样做母亲》、《误人子弟》等,明显地师法鲁迅,着力抨击旧伦理、提倡新道德;抗战以后的杂文则趋于成熟,善于大处着眼、小处着笔,如《论怕老婆》、《历史的奥秘》等篇,驳难论战,酣畅淋漓,而又庄谐并出,时有奇笔。夏衍的杂文既有文学家的丰富情感,又富有革命家的远见卓识,名篇《残忍的根源》、《人·畜·兽》、《超负荷论》等,分析各种社会问题,议论纵横自如,切中时弊要害,颇带政论的特点。秦似是《野草》的编者,有杂文集《感觉的音响》,颇讲究杂文的艺术性。郭沫若、茅盾、宋云彬等资深作家以及秦牧等年轻作者,也都纷纷撰写杂文为《野草》助阵。冯雪峰是四十年代最有成就的左翼杂文家。他的杂文集《乡风与市风》,继承鲁迅传统,注重对大转变时代的各种社会现象的文化分析,不仅充分发挥了杂文的战斗功能,而且进一步拓展了左翼杂文的思想深度。此外,从学者走向战士途中的朱自清、闻一多和吴晗,也写下了一些富有时代气息和文化深度的杂文。在"孤岛",杂文一开始就是对敌伪进行斗争的便捷武器,并一直持续到"孤岛"失守之后,成就显著;解放区的杂文写作也在1941年后半年至1942年春形成了一股小浪潮,但不久就因延安文艺整风和对王实味的处理而消歇,另见有关章节。

虽然日寇的猖狂进攻曾经使作家们一度失去了抒发诗意情调的兴味,以致开战初期抒情散文写作颇为寥落,但抒情的文脉并未断绝;稍后,镇定下来的作家们又开始了富有情感的抒写,而经过战火洗礼的抒情散文也确实具有了不同于此前的新格调和新气象。这显著地表现在两个方面。一方面,一些早有定评的散文家如丰子恺、李广田、何其芳等人的抒情散文,不仅忧乐深广显然地不同于此前之作,而且增添了既往所无的骨格和力度:丰子恺在写了多篇杂文式的"漫文"之后重提抒情之笔,陆续结集为《子恺近作散文集》、《率真集》(按,这两集收集了作者1938—1946年的散文,但也兼收谈艺的论文以及一些此前的散文),其中名篇如《中国就像棵大树》、《辞缘缘堂》等,依然保持着性灵率真的笔调,但其抒情寄托则由于坚强不屈、再造家国的意志而更为刚健有力;李广田战时写作的散文有《圈外》、《回声》、《日边随笔》诸集,仍然保持着质朴的抒情风格,但明显地增加了社会分析的元素,所以忧愤的情怀也就更为深广而引人思索;走向延安的何其芳有散文集《星火集》和《星火集续编》等,其中的抒情篇什一洗先前华美之极而柔若无骨的抒情作风,着力表现革命者为国为民的"大人情"和普通人民的"朴实美"。何其芳而外,解放区的抒情散文作者还有吴伯箫和杨朔等。另一方面,更多的小说家介入了抒情散文的写作,为之带来了不同一般的新气象。其中茅盾、沈从文、巴金、萧红和师陀等都奉献出风格独特的佳作。茅盾的《白杨礼赞》等篇,抒情写景,从容洗练,而托物喻人,寄托宏大。沈从文精心撰写了专题散文集《湘西》,在写景的生花妙笔和绵绵的乡土感情之外,有意增加了叙事和分析的成分,目的是祛除人们对这块后方土地之魅惑不经的成见,引导抗战当局和外来人士体恤湘西风俗民情的实际,以便更好地发扬民气民力,在裨益抗战大业的同时切实推动地方的进步。此心此旨,与同一作者此前所写系列散文《湘行散记》之刻意渲染传奇、一味诗化抒情的散文风格相比,显然有很大的变化。巴金的散文名篇如《废园外》不再是激情的"我控诉",而在凭吊没落荒芜的旧居时,表现出一个成熟的现代作家对旧文化、旧生活的复杂情怀。萧红的《回忆鲁迅先生》让读者看到了一个有血有肉的鲁迅及其人间情怀,而看似随意撷取的日常生活细节,一经作者小说化笔法的点染,便别具耐人咀嚼的深长意味。师陀在蛰居"孤岛"期间撰写了不少散文,结集为《江湖集》、《看人集》和《上海手札》等。师陀的小说往往散文化,而他的散文则常以小说化的笔致见长。

在四十年代散文写作中,有一个现象特别突出,那就是"知性散文"的显著崛起。

在五四文学革命时期产生了两大现代散文类型,一是批判性的随感录即杂文的前身,一是艺术性的美文,又称随笔或小品。而后者按周作人所说,"这里边又可以分出叙事与抒情,但也很多两者夹杂的。这类美文似乎在英语国家里最为发达"①。但其实不论在西方还是在五四前后的中国,富有艺术性的散文都不止于"叙事与抒情"。胡适在1922年即指出,"这几年来,散文最可注意的发展乃是周作人等提倡的'小品散文'。这一类的作品,用平淡的谈话,包含着深刻的意味;有时很像笨拙,其实却是滑稽。"②这就不是"叙事与抒情"的风格,而显然更富知性,鲁迅和周作人的某些既非杂文又非抒情与叙事的散文,就是以亲切的人生漫谈而彰显出这种风格的。在二十年代后期,梁遇春的《春醪集》和朱光潜的《给青年的十二封信》,就以富于思想和美感的人生漫谈取胜。但在当时和此后相当一段时间,这类散文的独特风格却一直没有得到确认和独立的发展。三十年代的散文除了新增的报告文学外,以批判的杂文、抒情的情调小品和幽默的趣味小品为主要取向,而富于知性的人生—人文漫谈甚为少见,只有温源宁以英文撰写而被译成中文的《不够知己》聊备一格。直至四十年代,这类散文才获得了

---

① 子严(周作人):《美文》,载1921年6月8日《晨报》。
② 胡适:《五十年来中国之文学》,《胡适学术文集·新文学运动》,中华书局1993年版,第160页。

显著的发展,就中颇为杰出的便是梁实秋的《雅舍小品》、钱锺书的《写在人生边上》、冯至的《决断》、《认真》诸文、李霁野的《给少男少女》以及杨振声的《拜访》、《被批评》等。他们都形成了自己独特的风格。梁实秋漫谈人情世态,简劲通脱;冯至分析实存状态,严肃深沉;钱锺书俯察人生诸相,机智超迈;李霁野指点人生迷津,风趣通达;杨振声批点礼俗虚文,谑而不虐。凡此皆卓然不群,独步一时,并且都保有文章之美而不陷人于理障。

这些别具一格的散文在近年已经引起了人们的关注,但关于它们"别具一格"的所在迄今仍然含糊不明。有人注意到此类散文中的智慧、学问和书卷气,并追索到其作者从而称之为"学者散文",也有"文化散文"以至"哲理散文"之称。这诚然于此类散文的独特品性有所感知,但距离准确的定性似乎尚有一间未达。揆诸实际,称之为"知性散文"或许更为切当些。所谓"知性",当然也有相对于理性和感性而言之意,但无须特别强调它的哲学意义如老黑格尔所言。其实这类散文的"知性"品格,乃指融会其中的一种不离经验而又深化了经验的感受力、理解力,因为它既不同于理论论述的理性化、抒情叙事的感性化,甚至与激情意气有余而常常欠缺理性节制及"有同情的理解"的论战性杂文也迥然有别,所以不妨借用现代诗学中的知性概念而称这类散文为"知性散文"。如果说杂文着重表现的是批判性的激情和社会意识,抒情叙事散文着重表现的是感性的经验与情感,而且一切常被"诗化"了,那么知性散文表达的则是经过反省和玩味、获得理解和深化的人生经验与生命体验。正因为所表达的不离经验和体验,所以知性散文仍保持着生动可感的魅力,又因为所表达的经验与体验业已经过了作者的反复玩味和深化开掘,所以知性散文往往富有思想的深度和智慧的风度。诚然,写作这类散文的多是学者型的作家,知性散文其实就是他们所"历"、所"阅"与所"思"的艺术结晶。作为生活的有心人,他们当然也不乏直接的生活经验并且注意观察人生,但较之一般散文家,他们从广泛阅读所得的间接经验及其人文素养无疑更为丰厚,而由此养成的对人生、人性、人情以至于历史与风俗等等的理解力和分析能力,也较其他散文家更为健全些或者深刻些。此所以在他们的散文中不仅多了一般散文所没有的博雅之知与浓厚的书卷气,而且对人生较少执一不通的偏见,而更富于有同情的理解与豁达的态度。或许正以为如此,知性散文往往以睿智开明而富美感的人生——人文漫谈见长。

梁实秋的《雅舍小品》始作于艰难的抗战岁月里,在看似无关宏旨的风趣漫谈中,传达出对于生活本身的丰富情趣和富有同情的理解,那正是一个民族的气度和力量的表现;同时,作者对日常生活和社会现象情伪的透辟洞察,通过清峻洗练的语言中传达出来,一洗三十年代抒情散文之浪漫的煽情和唯美的造作,表现出一个新古典主义者兼新人文主义者反"抒情主义"的本色,给战时文坛吹进了一股富有理智之美和通达之见的清风。钱锺书在三十年代就有《论俗气》、《论交友》等散文,全面抗战后又有《说"回家"》等散文发表,1941年结集出版的散文集《写在人生边上》收文十篇,其中一些篇章如《论文人》、《释文盲》、《一个偏见》、《说笑》都曾以"冷屋随笔"之名发表。事实上,钱锺书的散文都以人性——人生诸相的冷峻解析取胜,极为睿智犀利而且博雅善喻,常常穷性极相而又暗含悲悯,使读者从人性——人生的迷惘中警醒之余,又格外深切地体会到人性——人生迷思其实难以根治的吊诡。

冯至和李霁野原是抒情散文的高手。冯至的《山水》一集写景抒情,不同流俗,余味深长,是现代抒情散文中难得的杰作。李霁野《温暖集》中所收十多篇怀人念往之作,也以感性的真挚抒发见长,较之朱自清的《背影》、《给亡妇》等名作并不逊色。但进入四十年代,冯至和李霁野不约而同地转向人生体验和人文精神的漫谈,文章颇具知性之美。

冯至的知性散文颇富生命—存在哲学的意蕴,却并不表现为抽象的说理,而始终不离日常生活的经验,谈说具体恳切,没有一点玄虚,给读者的是生动可感的印象和深入浅出的启发,其引人入胜之美与耐人咀嚼之味,远非装模作样的"哲理散文"可比,也与驳难论战的杂文及纯然论事说理的议论文有别。如《认真》(1943年)一文首先从人们日常生活中熟视无睹的不认真现象谈起,接着是对国人根深蒂固的不认真生活态度的恳切批评,最后水到渠成,深入浅出地倡导一种认真负责的人生态度——

> ……我爱慕那些认真的人。据说王羲之写字时,若是发现有一笔放的位置不妥当,他当时所感到的痛苦便像是瞎掉一只眼,失却一只胳臂似的,感到生命有一部分残缺了。《檀弓》里曾子易箦的故事是很感动人的,这故事常常使我联想到一个法国诗人临死时的一件事:那是 Felix Arvers,他卧在医院里的床上,他正在平静地死着,看护他的修女以为他已经死去了,便大声向外边叫喊,寻找一些东西;但她不是受过教育的女子,有些字音说不准确,把 corrider(走廊),说成 collidor 了。这诗人于是把他的死亡往后推迟了片刻,他认为是必要的,就是向那个修女讲明,并且纠正她,说这个字中间有两个字母是两个"r",而不是两个"l"。里尔克在他的小说《布里格随笔》里记载了这段故事,他说:"他是一个诗人,他憎恨'差不多';或者这事对于他只是真理攸关,或者这使他不安,最后带走这个印象,世界是这样继续着敷衍下去。"……现代哲学家雅斯丕斯曾对此说过这样的话:"任其自然,觉得事体不关重要,是走向世界从内心里破碎的道路。"——在事事不求认真的社会,真使人担心要走向这条可怕的道路。

随后冯至接连写了《忘形》、《自慰》等文,对"不认真"的两种人格类型——"忘形者"(包括"得意忘形者"和"失意忘形者")和"自慰者"作了通俗的存在分析。冯至这些写于抗战时期的文章,绝非无的放矢,它们都包含着一个崇高的志愿,即通过对我们民族的存在方式的批判,唤醒个人的生命活力和存在的自觉,由个人的自觉达到"民族的自觉"和"民族的复兴"。

李霁野的知性散文曾汇为《给少男少女》一集出版。该集所收六篇文章原是作者1944年在四川白沙女子师范学院任教时,应学生之请所做的讲演,事后再写出的。这些讲演稿就青年们关心的种种人生问题畅谈感想,虽然所谈不外人生人性之常,并不刻意求深,但是融进了作者的人生经验和体验,并广泛吸取了古今中外的人文主义精神,因而健全通达,亲切风趣,读来覃覃有味,令人怡然忘倦。以《至上的艺术——爱》一篇为例,该文谈的是两性之爱,这自然是年轻的女大学生们关心的问题,而当时在这个问题上也常有悲剧的发生,触发了作者的就是"前几天学校附近发生了一件恋爱的悲剧,一时引起了一点纷纷的议论,有几位英语系的同学想要我说几句话,我立刻答应了。"作者首先扼要考察了古今中外对两性之爱的态度,以为"以前的人和现在的许多人,关于性的一切,总持着将人蒙在鼓里的态度。不仅家庭不准谈说,学校的生物学和生理学也毫不谈到。这种缄默的阴谋所酿成的不幸,真是令人寒心。近代的思想家持开明的态度,向无知和冥顽进攻,主张将性的知识作为人生常识的一部分,教给男女的孩子,而且以为能在十岁以前完成这种教育最好"。当然,即使如此,性的生活中也难免病态与变态,所以作者以为"我们的态度是要了解这些情形,正视事实,不是要苛责,要裁判。同情的了解和指导才是我们应做的事。"并进而主张"我们应该将爱情看作一种艺术。"为此不仅需要正当的知识和技术,而且要有入微的体贴和宗教般的严肃。随后作者针对两性之爱中的种种烦恼,向年轻的女大学生们提出了自己的建议。如:"被爱可是并不爱,往往也是怪苦恼人的事,对不对?我觉得诗人是很可爱的,可是诸位的前辈使他们有不少吃过很大的苦头。我们在班上已经读过好几首诗,哀求他们的女神不要残酷无情,不要漠然轻视。不过大体是没有用的。这自然无话可说。……爱是一个男子对于女子所能给予的最高的敬意,不接受是没有什么的,不过态度要大大方方,而且绝对不应当给人不必要的痛苦。在爱情上表现的小器和残酷,是最准确的量人的尺度。"在文末则是通达而又风趣的总结——

> 将肉从灵分开或看为罪恶,是不对的。性是纯洁的,我们应当将爱作为艺术来培植。这需要知识,需要技术和细心的体贴。嫉妒和占有只能保持

爱的躯壳，我们应当有勇气，有宽容，使爱在自由的空气中生长。结婚是爱的继续，孩子是家的基石，二者都各有特殊的问题，需要充分的知识和技巧。在任何阶段，愚昧都应当努力破除。在完成爱的艺术这工作上，男子不能是家庭的暴君，女子也不应是玩偶家庭的住客；能做贤达的父母，爱的艺术便开花结实，到了成熟的地步。我和诗人同意，以为对于女子的爱是最好的教师，所以女子是教育的中心人物。英国的散文家斯提尔（Richard Steele）说以利萨伯·哈斯婷（Elisabeth Hastings）："To know her was a liberal education"（认识她是一种高尚的教育）。我们这里有六百位同学，我想每位都是一所大学，所以教育的功效应该等于六百所大学了。愿诸位愉快地完成这任务。

如此叮咛周至而又结之以幽默，真所谓亦庄亦谐，令人在深受启迪之余又不觉莞尔。

杨振声是五四时期登上文坛的"新青年"作家之一，其小说《玉君》曾经驰名一时。稍后转向散文写作，二三十年代的散文《圆明园之夜》、《北平之夜》等，走的是诗意抒情的路子，而尚未建立起自己的风格；进入四十年代，人到中年的杨振声在散文写作上趋于成熟，陆续撰写了《拜访》、《被批评》、《邻居》、《拜年》等篇，其中的一些篇章曾署名"希声"，与钱锺书的"冷屋随笔"刊登在同一刊物上，同样表现出鲜明的知性格调，但二人的风格差异也灼然可感。与钱锺书散文解剖人性之穷性极相、庄谐并出且博雅善喻、喜欢掉书袋不同，杨振声四十年代的散文多选择日常生活中庸俗无聊的虚文陋俗给予嘲讽，笔调简洁明快、鞭辟入里而又谑而不虐，别有一番风味。如《拜访》即直率地声言："拜访变为虚文时，人生又加了一种无聊"，"我想认此为礼节的只有几种人：一种是贤人，人家去看他，他认为是访贤；一种是阔人，他要一大群无聊的人替他去摆阔；还有一种是闲人，要人替他去消闲；再有，就是一种莫名其妙的无聊之人，一生专以无聊是聊。"《被批评》则精辟地剖辩道："能容纳旁人的不同意见是雅量，能使旁人尽言的是风度，至于取人之长补己之短的简直是超脱，超脱才真能接受批评。固执自己的意见是不超脱，拘泥于旁人的批评也是不超脱。"然而我们却不能因为这些精辟的议论，而误认为作者是在做说理的论说文或批判的杂文，因为作者精警的议论始终浸润着一种生动可感的经验和美感，而生动的经验和美感中又始终贯穿着一种知性审思的明澈态度。如《邻居》开篇即道——

"风送幽香隔院花"，那的确是芳邻。
"绿杨楼外出秋千"，这又是艳邻。
然都还太着迹相。至于郎士元的"风吹声如隔霖[彩]霞，不知墙外是谁家。重门深锁无人知,疑有碧桃千树花。"那就有点近乎仙邻了。

然后,作者分析了近代城市发展对邻里关系的影响,并叙述了自己被一个又一个邻居制造的噪音所干扰的不愉快经历,在文末则发出了这样的感慨:"我们不敢希望什么'芳邻'或'艳邻',只希望能有不扰害我们工作的'静邻'就够了。"虽然文章旨在批评一种陋俗,但不是抽象的说大道理的论文,也不像嬉笑怒骂的杂文,而是幽默风趣的夹叙夹议,显得摇曳多姿,情理并茂,既给人启迪也给人美感。

在四十年代转向知性散文写作的还有资深散文家朱自清、冰心以及李健吾、李广田、季羡林等。早在1930年朱自清就开始了非抒情的知性散文写作的尝试如《论诚意》,到四十年代他更有意写一部漫论世故人情的《世情书》,后来因故未能成书,但已经完成了不少篇章,就是收集在《语文影及其他》中的"人生的一角之辑"八篇。这些篇章其实都是知性散文,它们虽然不如《背影》等抒情之作那样成功,但作者拓展散文艺术新天地的苦心是不可埋没的。冰心的《关于女人》一集(1943年出版)已告别了早年的美丽抒情,到四十年代后期的《做梦》、《请客》(未入集)等篇,则在克制的抒情中展开风趣的议论和想象,兼之以幽默的自嘲,显现出不同既往的知性风度。李健吾的过人才情不仅体现在他的文学评论方面,也表现在小说和散文写作上,四十年代亲历沦陷区和国统区的艰难时世,显然使他对人生不仅感怀良多而且体会转深,于是有了《说一叶知秋》、《说人之患在好为人师》、《说帝王惑于朱紫》、《说领教》等一系列出色当行的知性散文。此外,近似知性散文的还有王了一和黄裳的一些读书论史随笔。王了一即语言学家王力(1900—1986,广西博白人),他在西南联大任教期间撰写的《龙虫并雕斋琐语》等随笔,把专深的古代语言知识与具体的古今生活结合起来,娓娓而谈,趣味横生。年轻的黄裳有读书论史随笔《金陵杂记》等,取法周氏兄弟,虽深广有所不及,而雅有知人论世、读书得间之美。新时期以来黄裳更专心于此,成为继周作人之后独树一帜的读书随笔大家。

诸如此类的文章是散文吗?当然是的。古语云:"世事通明皆学问,人情练达即文章",说的大概就是这类既富人生智慧又有人情味的好"文章"吧。只是由于现代散文理论批评相对滞后,知性散文就一直混杂在小品文及杂文里。其实,早在三十年代初,梁遇春就借用陆机《文赋》所谓"赋体物而浏亮,……论精微而朗畅",来区分现代小品文的两种风格,以为"小品文大概可以分做两种:一种是体物浏亮,一种是精微朗畅。"不过,古典文论概念毕竟难以完全切合现代文章的实际,所以梁遇春又进而分析说:"前者偏于情调,多半是描写叙事的笔墨;后者偏于思想,多半是高谈阔论的文字。这两种当然不能截然分开,而且小品文之所以成为小品文就靠这二者混在一起。描状情调所必定含有默思的成分,才能蕴藉,才有回甘的好处,否则一览无余,岂不是伤之肤浅吗?刻画冥想时必得拿情绪来渲染,使思想带上作者性格的色彩,不单是普遍的抽象东西,这样子才能沁人心脾,才能有永久存在的理由。不过,因为作者的性格和他所爱写的题材的关系,每个小品文家多半总免不了偏于一方面,我们也就把他们拿来归儒归墨吧。"从这个敏锐而且富于前瞻性的分析中,两个现代性的散文概念"情调散文"和"知性散文"已呼之欲出。虽然梁遇春对这两种散文未加轩轾,但他紧接着就针对"情调"写作的偏至而特意强调——

> 国人因为厌恶策论文章,做小品文时常是偏于情调,以为谈思想总免不了俨然;其实自 Montaigne(蒙田——引者按)一直到当代思想在小品文里面一向是占很重要的位置,未可忽视的。能够把容易说得枯索的东西讲得津津有味,能够将我们所不可须臾离开的东西——思想——美化,因此使人生也盎然有趣,这岂不是个值得一干的盛举吗?①

可惜的是,这个呼吁在三十年代无人理会,直到四十年代才有了真正的下文。从现代散文的发展史来看,知性散文在此时的崛起意义重大:它有力地矫正了被杂文的刻毒褊急、情调散文的感伤煽情和幽默小品的轻薄玩世所左右了的三十年代文风,恢复了中外散文艺术之纯正博雅的传统,不仅拓展了现代散文的艺术天地,而且深化了现代散文的思想境界。

---

① 上引梁遇春语,均见《〈小品文续选〉序》,《梁遇春散文全编》,浙江文艺出版社1992年版,第555页。

第十九章
延安文艺运动和解放区文学

第一节 "延安文艺座谈会"召开以前的文学状况

西安事变和平解决后,中国共产党提出的建立全民族抗日统一战线的主张得到各界人士的热烈响应,中共中央所在地延安成为人们心目中的抗战堡垒和"革命圣地",召唤着知识青年和左翼作家络绎不绝来到这座位于中国西北的边陲小城。从1936年到1940年末,到达延安的知名文化人就有艾思奇、丁玲、周扬、周立波、柯仲平、陈企霞、徐懋庸、田间、萧军、萧三、何其芳、艾青、陈学昭、草明、欧阳山、舒群、刘白羽、周文、张庚、林默涵等。这些文艺工作者具有较高的献身热情,他们纷纷兴高采烈地奔赴抗日前线劳军和采风,写出了许多鼓舞后方军民的通讯、特写、诗歌、剧本、小说及其他形式的文艺作品[1],履行着"以文艺配合抗战"的任务。以丁玲率领的西北战地服务团为例,该团"以戏剧、音乐、讲演、标语、漫画、口号各种方式向抗日战士及群众作大规模宣传,使之能彻底明了民族革命战争之意义与目标,藉以唤起中华民族之儿女们的斗争情绪与求生存的牺牲精神"为纲领,辗转奔波在山西和陕西的市县乡村及抗日前线,宣传抗战的伟大意义及共产党的抗战主张,所到之处播下了抗战文艺的种子。在延安本地,各种街头剧、街头诗、诗朗诵等民众宣传动员工作也开展得有声有色。尽管这里"还没有产生如《阿Q正传》那样成熟的作品,就是像《子夜》、《八月的乡村》……有着丰富新鲜、伟大场面的描写也还找不出。然而它却自有自己的特点,那就是大众化,普遍化,深入群众,虽不高超,却为大众所喜爱"。[2] 同时,由于当时主管意识形态工作的张闻天的大力支持,延安的各类文艺协会与刊物如雨后春笋般

---

[1] 例如:田间的诗《义勇军》、《假使我们不去打仗》、《给饲养员》,丁玲的散文《彭德怀速写》和短篇小说《一颗未出膛的枪弹》、《压碎的心》、《入伍》、《夜》,艾青的诗《雪里钻》、《秋天的早晨》、《毛泽东》,冼星海、光未然的《黄河大合唱》等。

[2] 丁玲:《文艺在苏区》,原载《解放周刊》第1卷第3期,1937年5月,此处引自《丁玲文集》第4卷,湖南文艺出版社1983年版,第29页。

纷纷成立或出版：从1936年丁玲、毛泽东等人发起成立"中国文艺协会"到1942年，延安先后创立的文艺协会和社团就有近百个。以延安那样一个很小的区域而在这么短的时间内涌现出近百个文艺社团与刊物，实在称得上战时中国难得的文化景观。

抗战进入相持阶段后，"抗日"、"干革命"等崇高行为已经日常化，作家对根据地的不适应以及周边环境对他们的某些不满都开始出现了。一方面，在浪漫的想象和救亡的热情经过时间的消磨后，作家们发现延安和其他根据地并非以前想象的那么理想和完美。应该说，他们的发现确是事实：延安作为国民党中央政权鞭长莫及的一块"飞地"，在经济和文化上相当落后，只是由于大批刚刚到来的军队和"文化人"①才稍稍改变了它贫瘠荒凉的面貌；战时的延安还只是一个刚刚有了初步民主的地方，不但当地百姓中存在着诸多落后的观念和行为，就是在刚刚成立的初级民主政权和共产党的部门中，也不可避免地残存着诸如"官僚主义"以及轻视知识分子等不良作风。另一方面，与国统区相比，延安几乎没有新文化的市场，而当地的老百姓也很难接受和欣赏新文艺作品。在延安桥儿沟的鲁迅艺术学院（后改称"鲁迅艺术文学院"，简称"鲁艺"）所在地，当地群众编了这样一首顺口溜，表达了他们对该校师生文化活动的不满："戏剧系装疯卖傻，音乐系呼爹叫妈，美术系不知画啥，文学系写的'一满解不下'（不懂的意思）"。类似的情况在其他根据地也时有发生，如一次在新四军第五师驻地，"鲁艺"学员演出一个大戏，演员穿旗袍，战士在台下看了骂"婊子"，往台上扔石头。作家从前线采风回来以后写出来的作品，多多少少都还带着知识分子特有的文风，这不但令接受者不满，自己也觉得十分尴尬。

虽然对自己与环境之间的隔阂有了相当程度的认识，但由于当时作家的生活和工作都受到比较特殊的重视与优待，②所以在相当长一段时期内，他们并没有产生改变自己以适应环境和新政权要求的自觉，而是选择了重新回到知识分子的圈子，从中寻求工作的意义与自我的认同。这首先表现在他们有意无意地回避与工农兵的接触。周立波回忆说："我们和农民，可以说是比邻而居，喝的是

---

① "文化人"是当时延安社会对文艺工作者及其他知识分子的一种普遍称呼，该称呼也常见于延安当时出版的各种报刊中。

② 为安置大批到来的文化人，使他们发挥各自的特长，共同为抗战服务，延安制订了颇为优待的文化政策。在1940年由当时主管文化宣传的张闻天主持颁布的《关于各抗日根据地文化人与文化团体的指示》中，对如何优待文化人作了这样一些规定："应该用一切方法在精神上、物质上保障文化人写作的必要条件，使他们的才力能够充分地使用，使他们写作的积极性能够最大地发挥"。"党的领导机关，除一般地给予他们写作上的任务与方向外，力求避免对于他们写作上人工[为]地限制与干涉。我们应该在实际上保证他们写作的充分自由"。这个"指示"原载《共产党人》第12期（1940年12月1日出版），此处引自《张闻天选集》，人民出版社1985年版，第291—293页。

同一井里的泉水,住的是同一格式的窑洞,但我们都'老死不相往来'。整整地四年之久,我没有到农民的窑洞里去过一回。"①在创作上,虽然表现抗战和工农兵的主题都为作家们所赞同,但在事实上却被冷落了。据陆地回忆,何其芳根据自己上前方采访战斗英雄后写作的经验,认为知识分子的思想感情和工农战士之间是存在着距离的,硬要去写,吃力不讨好。② 对要求"鲁艺"学生去前线搜集材料的方法,何其芳表示质疑,认为作家"写我们知识分子的经历也可以写出中国,写出中国必然发展的道路与前途"。③ 何其芳的看法在作家中具有一定的代表性。由"鲁艺"带动的延安戏剧界争演"大戏"的风气,④以及"鲁艺"的"关门提高",⑤也是在当时偏重提高而忽略普及的大气候下发生的。其次,是作家对结社和办刊等活动的热衷,也使得他们有意无意地把自己的活动局限于文人内部的小圈子。在当时延安创办的众多文艺协会和刊物中,比较知名的除"中国文艺协会"外,还有 1937 年成立的"特区文化救亡协会"(后改称"边区文化救亡协会",也简称"文协"或"边区文协"),1939 年成立的"中华全国文艺界抗敌协会延安分会"(简称"文抗"),1940 年由丁玲、萧军、舒群等人组织的"文艺月会",1941年萧军等人发起的"鲁迅研究会",以及 1940 年萧三发起成立的"延安新诗歌会"等七八个诗歌协会。文学刊物也有将近 20 种之多,其中有影响的是《新中华报》副刊、《大众文艺》、《中国文艺》、《谷雨》、《草叶》、《文艺月报》、《解放日报》副刊等。这些在当时受到政策鼓励的文艺社团和刊物的活动,活跃了延安的思想文化气氛,提高了文艺创作的水平。但是,作家之间热闹的交流,与在工农兵中间进行"普及"工作的相对冷清,两相比较,却更加深了人们对文化人注重"提高"而忽略"普及"的观感。

　　与此同时,作家们随着对环境观察的加深,经验积累的增多,他们对文学与抗战、文学与生活两者之关系以及怎样更好地发挥文学的作用,也有很多思考,于是在报刊上陆续发表文章,谈出各自的想法与体会。1941 年 7 月周扬在延安《解放日报》上发表《文学与生活漫谈》,就提出了自己一些的重要见解。他认为"创作就是一个作家与生活格斗的过程",即使作家"处身在自己追求的生活中

---

① 周立波:《纪念、回顾和展望》,《周立波选集》第 6 卷,湖南人民出版社 1984 年版,第 385 页。
② 陆地:《七十回首话当年》,《新文学史料》1989 年第 4 期。
③ 何其芳:《关于艺术群众化问题》,《何其芳文集》第 4 卷,人民文学出版社 1983 年版,第 46 页。
④ 延安演"大戏"是在"鲁艺"的带动下形成的。大概从 1940 年前后开始,以"鲁艺"为中心,延安的戏剧舞台上排演了《钦差大臣》、《大雷雨》、《吝啬鬼》、《马门教授》等外国名剧,以及《雷雨》、《日出》、《北京人》、《上海屋檐下》、《李秀成之死》等五四以来的国内优秀剧目。这些剧目被称为"大戏"。
⑤ 实际上当时"鲁艺"开展的正规化办学还是为后来的戏剧创作和演出培养了很多有成就的专才,但因当时的正规化办学与"普及"的要求不适应,在延安整风后改变。

了,他看到了光明,然而太阳中也有黑点,新的生活不是没有缺陷"。因此周扬主张对延安"要实写出它的各方面来"。此后不久,丁玲、艾青、罗烽、王实味、萧军也相继发表文章,涉及根据地内以思想启蒙力促抗日救亡的问题。丁玲在《我们需要杂文》中认为:"即使在进步的地方,有了初步的民主,然而这里更需要督促,监视,中国所有的几千年来的根深蒂固的封建恶习,是不容易铲除的,而所谓进步的地方,又非从天而降,它与中国的旧社会是相连结着的。而我们却只说在这里是不宜于写杂文的,这里只应反映民主的生活,伟大的建设"。文章最后写道:"我们这时代还需要杂文,我们不要放弃这一武器。"①她的《干部衣服》和《"三八节"有感》两篇杂文,则对延安逐渐滋生的官本位现象,以及男权以"革命"的名义对女性所施加的压抑进行了有力的针砭。艾青的杂文《了解作家,尊重作家》说:"作家并不是百灵鸟,也不是专门唱歌娱乐人的歌妓","作家除了自由写作之外,不要求其他的特权。他们用生命去拥护民主政治的理由之一,就因为民主政治能保障他们的艺术创作的独立的精神。因为只有给艺术创作以自由独立的精神,艺术才能对社会改革的事业起推进的作用。"艾青呼吁人们"从最高的情操上学习古代人爱作家的精神"。② 罗烽在《还是杂文的时代》中认为,尽管自己很希望杂文的时代不要再卷土重来,但在"光明的边区"也存在着"经年阴湿的角落","如今还是杂文的时代。"他希望今后的《文艺》副刊"变成一把使人战栗,同时也使人喜悦的短剑"。③ 萧军在《杂文还废不得说》中认为现在"我们不独需要杂文,而且很迫切。那可羞耻的'时代'不独没过去,而且还在猖狂。"他进一步指出:"剑是有两面刃口的:一面是斩击敌人,一面却应该是为割离自己的疮瘤而使用罢。……"④

时在延安马列学院编译部工作的王实味,也是这一杂文潮的积极参与者。⑤他的《野百合花》被作为当时延安文学中主张"暴露"风气的代名词而闻名。文章

---

① 丁玲:《我们需要杂文》,《解放日报》1941年10月23日。
② 艾青:《了解作家,尊重作家——为〈文艺〉百期纪念而写》,《解放日报》1942年3月11日。
③ 罗烽:《还是杂文的时代》,《解放日报》1942年3月12日。
④ 萧军:《杂文还废不得说》,《谷雨》第5期,1942年6月15日。此处转引自刘增杰等编:《抗日战争时期延安及各抗日民主根据地文学运动资料》(上),山西人民出版社1983年版,第182、183页。
⑤ 王实味(1906—1947),河南潢川县人,1925年考入北京大学预科,1926年秘密加入中国共产党。后因经济原因辍学,辗转在北京、南京、济南、开封等地依靠写作、翻译和教书谋生。1937年10月抵达延安,在"中央研究院"从事马克思主义理论原著的翻译工作。1942年因接连发表批评延安社会的杂文《野百合花》、《政治家·艺术家》等受到毛泽东和延安文艺界的批评。不久又以"托派分子"的罪名被逮捕。1947年7月由延安转移至山西兴县被秘密处决。1991年2月,经中华人民共和国公安部复查,决定对王实味"在战争环境中被错误处决给予昭雪"。参见黄昌勇:《王实味传》,河南人民出版社2000年版。

尖锐批评了同志之间缺乏爱与被爱的现实以及存在于延安的所谓等级制度等问题。王实味颇具锋芒的文艺观点则集中表现在另一篇杂文《政治家·艺术家》中。该文着重论述了政治家与艺术家的关系。王实味认为革命事业有改造社会制度和改造人两方面的伟大任务。政治家的任务"偏重于改造社会制度",艺术家的任务"偏重于改造人底灵魂(心、精神、思想、意识)"。社会制度的不合理滋生人灵魂中的肮脏黑暗,人的灵魂的根本改造又依赖于社会制度的根本改造。社会制度的改造过程也就是人的灵魂的改造过程。"政治家底工作与艺术家底工作是相辅相依的"。政治家和艺术家各自都有不同的优点和弱点,但他们的共同点在于"彼此同是带着肮脏黑暗的旧中国底儿女"。因而"大胆地但适当地揭破一切肮脏和黑暗,清洗它们,这与歌颂光明同样重要,甚至更重要。揭破清洗工作不止是消极的,因为黑暗消灭,光明自然增长"。为此,王实味呼吁艺术家们"更好地肩负起改造灵魂的伟大任务罢,首先针对着我们自己和我们阵营进行工作;特别在中国,人底灵魂改造对社会制度改造有更大的反作用;它不仅决定革命成功底迟速,也关系革命事业底成败"。①

　　无可否认,这些带有强烈启蒙意识的文学潮流,具有明显的民族自我批判精神和干预现实的取向。但是,其时的延安,还是一个在战争阴云的笼罩中初步建立起来的民主根据地,急需巩固和完善。对于一个处在战争威胁中的革命政党来说,对文艺的要求,必然首先着眼于其战争动员功能。一切为了战争,是延安考虑各项工作的出发点。由于战争的主体是工农兵,因此,强调文学要以工农兵的欣赏水平为尺度,以工农兵为本位,向工农兵进行"普及"而不是作家的"关门提高",就是一种理所当然的选择。这种战时功利主义的文学观,将势所必至地成为当时延安及其他根据地对文学的期待和要求。不难理解,在共产党的领导看来,作家的"暴露"、"批评"及民主诉求,首先应该是有利于全民抗日,而不应不讲策略地急于暴露延安根据地内部的"阴暗面";尽管对革命根据地内部的问题与弊病也还是可以批评的,但这种批评应与对国民党政权的批判和暴露有"态度"上的不同。

　　在延安的作家内部,也因三十年代在上海从事左翼运动时期产生的一些纠葛,相互之间也延续着并滋生出这样那样的矛盾。文艺整风以前,吴奚如曾抱怨说:"延安文艺界表面上似乎是天下太平的,但彼此在背地里,朋友间,却常常像村姑似的互相诽谤,互相攻击;各以为是,刻骨相轻。显然的,这里存在着许多待

---

① 王实味:《政治家·艺术家》,《谷雨》第1卷第4期,1942年3月。此处引自《文学运动史料选》第四册,上海教育出版社1979年版,第594—597页。

决的问题,如对文学理论的见解,作品的看法,以及作家之间正常的关系等等。"① 这种不和谐的关系,又在文艺应该"歌颂"还是"暴露"或其他问题上进一步发酵,形成了持不同倾向的两方面作家基本上以"鲁艺"和"文抗"为中心相对集中的格局。这虽然没有如周扬后来所笑谈的那样已经结成了"歌颂派"与"暴露派"②,但两方面作家在文艺观念及创作表现上的分歧确是事实。当然分歧不应夸大。其实,两方面的关系是异中有同、同中有异的。即如双方都认为应该开展批评,但"文抗"作家的批评往往以启蒙自高,所以率意指责、放言无忌,不大注意态度与方式,而"鲁艺"作家的批评则比较体谅和委婉,更注意批评的分寸以维护共产党和根据地的形象与利益。无庸讳言,作家之间产生的不睦乃至冲突不可避免地要对团结抗战的大方向产生一定的消极影响。

延安文艺界中存在的上述问题逐渐引起了党和军队领导人的关注。丁玲曾回忆说,在1942年4月初的一次高级干部学习会上,大家的话题只有一个,即《"三八节"有感》和《野百合花》。③ 与会的高级领导对两篇文章中暴露出的"自由主义"、"极端平均主义"进行了严厉指责。从晋西北前线回来参会的贺龙更拍案而起说:"我们的战士在前方保卫毛主席,保卫党中央,保卫延安,你们却在后方说延安黑暗。如果真是这样,我们就要'班师回朝'了"。④ 高层领导中酝酿的不满情绪,也使解决文艺界"脱离群众"及"和党闹独立性"的问题,从而为延安制订一个开展文艺运动的方针政策,迅速提到了共产党的工作日程上来。

第二节 《在延安文艺座谈会上的讲话》和文艺界的整风

1942年前后,中国共产党为应对更加严重的时局,在延安发起了一场影响深远的全党大整风运动。整风初期,由于延安作家对现实不满的激烈表现,以及萧军等作家因延安没有一个明确的"文艺政策"而向毛泽东有所建言,毛泽东开

---

① 参见吴奚如:《一点意见》,《解放日报》1942年3月12日。作家严文井后来也曾回忆道:"当时鲁迅艺术学院住了一批作家,延安文艺界抗敌协会也住了一批作家。两边各办了一个刊物。"尽管"两个刊物的名称都很平和,可是两边作家的心里面却不很平和。不知道为什么,又说不出彼此间有什么仇恨,可是看着对方总觉得不顺眼,两个刊物像两个堡垒,虽然没有经常激烈地开炮,但彼此却都戒备着,两边的人曾不往来。"参见严文井:《延安文艺座谈会前后》,载《新疆日报》1957年5月23日。

② 1978年周扬在对美籍华人记者赵浩生的访谈中,曾说当年延安文人中出现了"歌颂派"和"暴露派"两派,并称自己是"歌颂派"的首领,丁玲是"暴露派"的首领——参见赵浩生:《周扬笑谈历史功过》,原载香港《七十年代》月刊(1978年9月号),1979年2月《新文学史料》第2辑转载。丁玲对此有不同意见——参见丁玲:《讲一点心里话》,《丁玲文集》第4卷,湖南人民出版社1984年版,第343—359页。

③ 丁玲:《延安文艺座谈会的前前后后》,《新文学史料》1982年第2期。

④ 艾克恩:《毛主席〈在延安文艺座谈会上的讲话〉的前前后后》,《新文学史料》1992年第3期。

始深入了解延安文艺界的动向,准备解决文艺界存在的问题并着手制定战时共产党的文艺指导思想和文艺政策。为此,他先后给萧军、艾青、欧阳山、草明等人写信或面谈多次,并让"文抗"支部书记刘白羽找党员作家座谈,收集各方面的意见。在经过充分准备之后,1942年5月2日,毛泽东以他和凯丰的名义,邀集延安知名文化人开会交换对文艺问题的意见。文艺座谈会共开三次。① 毛泽东在首尾两次会议中分别作了"引言"和"结论"的重要讲话,后以《在延安文艺座谈会上的讲话》为题发表(以下简称《讲话》)。

在《讲话》的"引言"部分,毛泽东开门见山地提出,座谈会的目的,是要"研究文艺工作和一般革命工作中间的正确关系,求得革命文艺的正确发展,求得革命文艺对于其他革命工作的更好的协助,藉以打倒我们的民族敌人,完成民族解放的任务",同时也"要使文艺很好地成为整个革命机器的一个组成部分;作为团结人民,教育人民,打击敌人,消灭敌人的有力武器,帮助人民同心同德地和敌人作斗争"。② 由此引出当前延安文艺工作亟待解决的几个问题,即:文艺工作者的立场问题、态度问题、对象问题、工作和学习问题。问题的中心,是文艺必须为工农兵、为革命和战争服务。

在"结论"部分,《讲话》以革命仍然面临着艰巨的任务立论,指出在这个前提下,当前文艺工作的中心"基本上是一个为群众与如何为群众的问题"。在"文艺为什么人"这个根本问题上,毛泽东实际上是按照各阶级对于"革命"、"民族解放"的意义这一逻辑进行排序的:"第一是为工人的,这是领导革命的阶级"、"第二是为农民的,他们是革命中最广大最坚决的同盟军"、"第三是为武装起来了的工农即八路军新四军及其他人民武装队伍的,这是战争的主力"、"第四是为小资产阶级的,他们也是革命的同盟者,他们是能够长期地和我们合作的"。关于"如何为群众的问题",《讲话》从"无产阶级的革命的功利主义者"的观点对此进行了详细地阐发,指出当前必然是以普及为主、在普及的基础上进行提高。关于歌颂与暴露这个在延安文艺界最有争议的问题,《讲话》仍以作家的立场问题来展开:你是资产阶级文艺家,你就不歌颂无产阶级而歌颂资产阶级,你是无产阶级文艺家,你就不歌颂资产阶级而歌颂无产阶级与劳动人民,二者必居其一。对于人民,这个世界和历史的创造者,为什么不应该歌颂呢?无产阶级,共产党,新民主主义,社会主义,为甚么不应该歌颂呢?小资产阶级的个人主义者,当然不愿意

---

① 除5月2日的开场外,另两次开会时间为5月8日和5月23日。5月23日毛泽东为大会作了"结论"后,会议正式结束。

② 毛泽东:《在延安文艺座谈会上的讲话》,此处引自1943年10月19日出版的《解放日报》,下引同此。本文在收入1953年的《毛泽东选集》时经过了修改。

歌颂革命人民的功德,鼓舞革命人民的斗争勇气和胜利信心。而这样的人不过是革命队伍中的蠹虫,革命人民实在不需要这样的"歌者"。《讲话》还论证了文艺服从于政治,党的文艺工作和文艺工作者必须服从于党的整个工作的问题,以及文艺批评中必须坚持"政治标准第一"、"艺术标准第二"等革命文艺工作和文学批评的基本原则。

在论说延安文艺界存在的各种问题后,《讲话》认为延安文艺界中"还存在着三风不正的东西,同志们中间还有很多唯心论、洋教条、空想、空谈、轻视实践、脱离群众等等的缺点",因而"需要一个切实的严肃的整风运动"。于是文艺座谈会后,毛泽东又在5月28日的一次党内会议上,以《文艺工作者要同工农兵相结合》为题,对《讲话》的精神进一步加以阐发。这篇讲话除再次申述党的文艺工作的基本观点外,特别强调了"文艺家要向工农兵取材,要和工农兵做朋友,像亲兄弟姐妹一样"。① 文艺界要破除资产阶级思想、小资产阶级思想的影响,文艺家要"脱胎换骨,以工农的思想为思想,以工农的习惯为习惯",②由此真正实现与工农兵的结合,并要求党内同志对文艺工作者暂时不能结合的问题要帮助和原谅。毛泽东同时指出,文艺界也必须参加整顿三风,"目的就是要把资产阶级思想、小资产阶级思想加以破除,转变为无产阶级思想"③。这为随后开展的文艺界整风运动做了铺垫。这篇讲话可以视作《在延安文艺座谈会上的讲话》的姊妹篇。

《讲话》最大的历史功绩,在于比较科学地、实事求是地总结了五四以来革命文艺发展的历史经验,联系延安和各抗日民主根据地文艺工作的实际状况,解决了革命文艺在民族和民主革命历程中必须解决的一系列重大理论和政策问题,为文艺如何高效率地配合无产阶级政党在军事和政治上的斗争,指明了方向。《讲话》阐明的许多文艺创作的基本规律,如文艺创作的源与流、文艺工作者的学习、文艺与人民的关系等问题,到今天仍然被证明是真理,仍然对我国当前文艺创作发挥着重要的指导作用。但同时应该注意的是,不能也不应把《讲话》绝对化,因为诚如郭沫若在读到《讲话》之后所说并为毛泽东所欣然接受的那样,"凡事有经有权",即《讲话》本身也是有经常的道理和权宜之计的。④《讲话》的有些思想如文艺与生活、文艺与人民群众的关系,文艺遗产的继承与借鉴、文艺的普及与提高的辩证关系等等,无疑具有普遍的意义,而有些观念如强调革命文艺歌

---

① 毛泽东:《文艺工作者要同工农兵结合》,《毛泽东文集》第2卷,人民出版社1993年版,第428页。下引作品均据此版。
② 毛泽东:《文艺工作者要同工农兵结合》,《毛泽东文集》第2卷,第430页。
③ 毛泽东:《文艺工作者要同工农兵结合》,《毛泽东文集》第2卷,第426页。
④ 参阅胡乔木:《关于延安文艺座谈会前后》,《胡乔木回忆毛泽东》,人民出版社1994年版,第60页。

颂光明以至于强调文学服从政治、只从阶级视角观察人性和文学等,乃是在战争与革命环境中形成的,尽管当时有其必然性乃至合理性,但如果将其视为普遍的原理,就会把复杂的文艺问题简单化。然而后来的事实说明,由于战争与革命环境的特殊性,这些"权宜性"的要求在后来的根据地—解放区文艺实践中被绝对化和普遍化了,以致造成了一些严重后果,如因王实味的思想而对其进行政治组织处理的错误等等。① 这不能不说是历史的局限。

延安文艺座谈会之后,各根据地文艺界迅速行动起来,以《讲话》为理论依据,开展了扎扎实实的文艺大整风运动。应该说,没有革命政党发动的这个整风运动的推动,即使来到延安的左翼作家,大多数其实都热衷于做个坐论革命之道、自上启蒙群众的文化人,没有几个真正愿意做个切实深入群众、真心实意为群众写作的人民文艺工作者。延安作家在经过一年多的整风之后,都不同程度地受到严格的党性锻炼,提高了对"人民革命"的认识和"为工农兵服务"自觉性。随后,作家们就迎来了1943年的文艺工作者下乡运动。这次下乡运动,是为巩固整风运动的成果,进一步锻炼和转变文化人的一次有组织的运作。在聆听了毛泽东的讲话之后,已经有作家开始要求下乡。② 但是,由于整风运动还在进行之中,文化人的思想问题尚未得到根本解决,如果这时就把他们分散到乡下,显然不可能完成思想改造的任务。1943年3月,中央文委和中央组织部召开了党的文艺工作者会议,这次会议实际上也是号召文化人、作家下乡的动员会。会上,中共中央领导人博古、凯丰、陈云、刘少奇等发表演讲,延安的五十多位党员作家出席了会议。中共中央宣传部副部长凯丰的讲话重点谈了文化人及作家"为什么下乡,怎样下乡"的问题。凯丰认为,以前的下乡之所以没有能够解决文艺工作者与实际结合和工农兵结合的问题,原因主要是没有首先解决认识上的问题。这次下乡,就是要解决这两个老大难问题。总结过去下乡的经验,应该提出两个问题:一是要打破做客的观念,这就要求不要抱收集材料的态度下去,而要抱工作的态度下去;不要抱暂时工作的态度下去,而要抱长期工作的态度下去。二是要放下文化人的资格。自己不要以为自己是文化人就自视特殊,否则就会格格不入。他要求文艺工作者下乡后必须服从当地党的当前任务,服从当地的组织,不管灵感来与不来都要完成任务。他告诫文艺工作者下乡后一定要

---

① 至于王实味的被杀虽是战事转移中的偶发事件,但极为恶劣,以至毛泽东闻讯后震怒到要求"还我王实味"。
② 比如,文艺座谈会刚刚开过,艾青就给毛泽东写信,要求到前线去,毛泽东回答他:目前还是"希望你蹲在延安学习一下马列,主要是历史唯物论",然后再到前方,切实研究农村阶级关系。这时文艺整风才刚刚开始,毛泽东拒绝艾青,显然是出于整个整风进程的节奏对文化人的影响考虑的。

把背上的文化人的"包袱"放下来,下决心彻底地实现和工农兵的结合。① 中共中央组织部部长陈云则在讲话中要求文化人不要把文艺的地位一般地估计过高,同时更不要对自己在文艺上的地位估计过高,一定要在下乡时去掉文化人"特殊"和"自大"这两个缺点。② 中共中央华中局书记刘少奇批评了党内一部分知识分子"口头上唯物,行动上唯心"的倾向,指出文艺工作者要从改造实际中长期学习,才能改造主观与客观。博古的发言强调速写、报告在文艺上和政治上的重要性,号召大家成为党报通讯员。

这次文艺工作者会议之后,《解放日报》在第三天的头版位置详细报道了这次会议的情况,并在《毛泽东同志曾指示文艺应为工农兵服务》的标题下详细地介绍了《讲话》的精神。几乎同时,《解放日报》陆续发表了一些作家响应这次会议并自我反省的文章,如舒群的《必须改造自己》、周立波的《后悔与前瞻》、何其芳的《改造自己、改造艺术》等。周立波的文章叙述了自己"做客"下乡的害处,并深入反思产生这些问题的原因:一是还拖着小资产阶级的尾巴不愿意割掉,也不愿意抛除爱惜知识分子的心情;二是中了书本子的毒,不知不觉成了上层阶级的文学俘虏;三是在心理上强调了语言的困难,以为只有北方人才适宜于写北方,实际是自己躲懒的借口。何其芳认为这次下乡的意义并不是一个简单的收集材料的问题,而是一个有严重意义的改造自己、改造艺术的问题;如果仍然"旧我未死,心多杂念",将来就有可能在革命队伍中掉队;坦言经过了整风后才猛然意识到自己原来像那外国神话里的半人半马的怪物,一半是无产阶级,还有一半甚至一多半是小资产阶级,才知道自己急需改造。通过严肃诚恳的反省,作家们无一例外地表示一定要借着下乡的机会,彻底地改造自己,改造文艺。

在中共中央的统一部署和作家的自我反省中,下乡成为1943年开春之后延安文化运动的主题。3月15日报载,诗人艾青、萧三,剧作家塞克赴南泥湾了解部队情况并进行劳军。作家陈荒煤赴延安县工作,小说家刘白羽及女作家陈学昭也准备到部队去,高原、柳青等人出发到陇东等地,丁玲及其他文艺工作者也都做好了下乡的准备。③ 1943年4月22日延安发出的一份党务广播稿《关于延安对文化人的工作的经验介绍》中,总结这次组织文化人下乡的经验说:"过去我们的想法,总是把文化人组织进一个文协或文抗之类的团体,把他们住在一起,由他们自己去搞。长期的经验证明这种办法也是不好的,害了文化人,使他们长期脱离实际,结果也就写不出东西来,或者写出的东西也不好的。真正帮助文化

---

① 凯丰:《关于文艺工作者下乡的问题》,《解放日报》1943年3月28日。
② 陈云:《关于党的文艺工作者的两个倾向的问题》,《解放日报》1943年3月29日。
③ 参见艾克恩编纂:《延安文艺运动纪盛》,文化艺术出版社1987年版,第429页。

人应当是分散他们,使之参加各种实际工作。"①下乡之后,作家们大多成为当地的一名实际工作者,经过一段时间的摸索,各自找到了与工农兵结合的途径,创造出当地群众喜闻乐见的文艺形式。

1943年10月19日《讲话》全文正式在《解放日报》上发表。随后,中共中央立即掀起了一个全党学习《讲话》的热潮。10月20日,负责整风学习的"中共中央总学委"发出通知,指出《讲话》"是中国共产党在思想建设理论建设的事业上最重要的文献之一,是毛泽东同志用通俗语言所写成的马列主义中国化的教科书"。要求"各地党组织收到这一文章后,必须当作整风必读文件"。②11月,中共中央宣传部向全党印发了《关于执行党的文艺政策的决定》③,决定指出:十月十九日《解放日报》发表的毛泽东同志《在延安文艺座谈会上的讲话》,规定了党对于现阶段中国文艺运动的基本方针。全党都应该研究这个文件,以便对于文艺的理论与实际问题获得一致的正确的认识,纠正过去各种错误的认识。全党的文艺工作者都应该研究和实行这个文件的指示,克服过去思想中工作中存在的各种偏向,以便把党的方针贯彻到一切文艺部门中去,使文艺更好地服务于民族与人民的解放事业,并使文艺事业本身得到更好的发展。决定强调:毛泽东同志《讲话》的精神,同样适用于一切文化部门,也同样适用于党的一切工作部门。全党应该认识这个文件不但是解决文艺观文化观问题的教育材料,并且也是一般的解决人生观与方法论问题的教育材料,中央总学委对此已有明确指示,鉴于根据地知识分子大多数都是受过小资产阶级、资产阶级或地主阶级文艺的深刻影响的,在他们中间尤须深入地宣传这个文件。《关于执行党的文艺政策的决定》的颁布和实施,标志着延安和其他根据地有了一个统一的文艺政策。

经过了延安文艺座谈会、文艺工作者下乡和整风运动之后,延安和其他根据地、解放区④的文艺创作在"文艺为工农兵服务"方向的指引下,发生了深刻的变化。群众性文艺运动的开展,成为文艺活动的主要方式;作家个人化的写作让位于集体创作形式。反映工农兵、为工农兵喜闻乐见的大众文艺作品大量涌现,使解放区文艺面貌焕然一新。"新的题材、新的主题、新的人物"与新的艺术形式,构成了解放区文艺创作的新格局。据周扬在新中国成立前夕对入选《中国人民文艺丛书》的177篇作品主题的统计中,写抗日战争、人民解放战争(包括群众的

---

① 《关于延安对文化人的工作的经验介绍》(1943年4月22日党务广播),载于《陕甘宁边区抗日民主根据地》文献卷(下)第449页,中共党史资料出版社1990年版。
② 《中共中央总学委通知》,《解放日报》1943年10月20日。
③ 《中央宣传部关于执行党的文艺政策的决定》,《解放日报》1943年11月8日。
④ 本章所论内容实际上包括了抗日根据地文学和解放战争时期文学两部分。为行文之便,本文将这两部分文学也都统称为"解放区文学";这也是学术界通行的一种提法。

各种形式的对敌斗争)与人民军队(军队作风、军民关系等)的有 101 篇;写农村土地斗争及其他各种反封建斗争(包括减租、复仇清算、土地改革以及反对封建迷信、文盲、不卫生、婚姻不自由等)的有 41 篇,写工业农业生产的有 16 篇,写历史题材(主要是陕北土地革命时期故事)的有 7 篇,其他(如写干部作风等)的有 12 篇。① 从"五四"以来的新文艺,至此发展到了一个崭新的"工农兵文学"的历史阶段。

第三节 新歌剧《白毛女》和解放区的戏剧

自 1943 年作家们下乡与工农兵进行结合后,最先体现出这种"结合"成绩的,是年初在延安开展起来的秧歌剧热潮。秧歌剧事实上成为文艺界在以往最难以实现的"老大难"问题——"普及"方面的突破口。在秧歌剧成功的示范效应下,各种戏剧活动在延安和其他解放区率先蓬蓬勃勃地开展起来。无论在创造民族新歌剧、民间戏曲改革还是在话剧创作等方面,都取得了一定的成就。

秧歌原名"阳歌",是流传于陕北的一种古老的群众祭祀活动,后来逐步演化为群众性的娱乐活动。每年春节来到,"锣鼓一响,喉咙发痒",当地百姓就开始筹办秧歌来"热闹"或"闹红火"。较早时期常常是男扮女装,以即兴表演为主,中间一般夹杂有男女相互调情的段子,不免粗俗的对唱和动作,尤为传统秧歌中的一大看点,所以秧歌表演也叫闹秧歌,又有"骚情秧歌"的别称。文化人初到陕北,对当地群众喜闻乐见的这种"骚情秧歌"并不看重。但是,经过了文艺座谈会和整风之后,"鲁艺"师生响应毛泽东提出的走出"小鲁艺",跨进"大鲁艺"的号召,重新发现了这种当地百姓喜闻乐见的民间歌舞,以前一直被视为低级趣味的"骚情秧歌",再次以新的格调进入作家的视野。他们边学习,边创新,变换了其旧的形式,并赋予它新的政治内涵,比如把领头的伞头改为手持木制镰刀斧头的工农形象,内容上竭力宣传共产党的政策,使之形象健康,场面热烈,调子高亢,情趣诙谐。以前的"骚情秧歌"被"鲁艺"师生新创的"翻身秧歌"、"胜利腰鼓"所取代。

1943 年的春节,当"鲁艺"师生精心排演的新秧歌出现在延安街头时,很快吸引了成百上千的当地百姓前来观看,连毛泽东、朱德等中央领导也兴致勃勃到现场凑热闹。毛泽东看了后说:"这还象个为工农兵服务的样子……"②在翌年 3 月召开的宣传工作会议上,毛泽东还特别称赞了秧歌剧所起到的教育作用,说:

---

① 周扬:《新的人民的文艺》,《周扬文集》第 1 卷,人民文学出版社 1984 年版,第 512 页。
② 参见艾克恩编纂:《延安文艺运动纪盛》,文化艺术出版社 1987 年版,第 419 页。

"这就是我们的文化的力量。早几年那种大戏、小说,为什么不能发生这样的力量呢?因为它没有反映边区的政治、经济。过去,成百成千的文学家、艺术家、文化人脱离群众。开了文艺座谈会以后,去年搞了一年,他们慢慢地摸到了边,一经摸到了边,就受到广大群众的欢迎。所谓摸到了边,就是反映了群众的生活,真正地反映了边区的政治、经济,这就能够起指导作用。"①毛泽东并要求多组织秧歌队,"搞新的内容,一个区搞一个、两个、三个、四个,不加限制"。②"鲁艺"编演新秧歌的成功和毛泽东、朱德等中央领导人的大力支持,吸引了文化人群起仿效。比如艾青当上了中央党校秧歌队的副队长,率领一百多人的秧歌队到杨家岭、王家坪、桥儿沟、南泥湾等地演出。他的秧歌队因演出《牛永贵挂彩》影响较大,还被《解放日报》登报表扬。③《解放日报》为大力推动秧歌剧的编演,还刊登了延安文艺界知名人士丁玲、周立波、黄钢、林默涵等人赞颂秧歌剧的文章。周扬和艾思奇则从更高的层次上总结了秧歌剧在文艺工作者实践《讲话》精神中的重要意义。周扬高度评价了新秧歌(斗争秧歌)贴近群众、贴近实际的长处,认为它"已经成为新文艺运动的一支生力军",是"实践毛主席文艺方针的初步成果",也"完全证明了毛主席在文艺座谈会讲话中所指引的文艺新方向的绝对正确"。④ 胡乔木撰写的《解放日报》社论总结说,自从毛泽东在文艺座谈会上讲话后 10 个月来,经过一些反省、讨论和实践尝试的过程,文艺界在思想上和行动上的步调渐趋一致。许多脱离实际、脱离群众的小资产阶级自由主义的倾向逐步受到清算,而毛泽东所指出的为工农大众服务的方向,成为众所归趋的道路。这已经为春节宣传中出现的秧歌剧等民间艺术的热潮所证明。延安秧歌运动是延安文艺工作成绩的一次检阅,检阅的结果证明毛主席的文艺方向是正确的。这也说明了文艺工作者"开始努力使文艺从知识分子的小圈子里走向工农兵群众",因此"文艺界同志们的下乡工作,是有重大意义的"。⑤ 党的文艺政策也再次特别强调了戏剧和新闻通讯是根据地文艺工作"最有发展的必要与可能"的形式,并且指出:"内容反映人民感情意志,形式易演易懂的话剧与歌剧(这是融戏剧、文学、音乐、跳舞甚至美术于一炉的艺术形式,包括各种新旧形式与地方形式),已经证明是今天动员与教育群众坚持抗战发展生产的有力武器,应该在各

---

① 毛泽东:《关于陕甘宁边区的文化教育问题》,《毛泽东文集》第 3 卷,人民出版社 1996 年版,第 109 页。下引作品均据此版。
② 毛泽东:《关于陕甘宁边区的文化教育问题》,《毛泽东文集》第 3 卷,第 118 页。
③ 参见《解放日报》1943 年 3 月 15 日消息。
④ 周扬:《表现新的群众的时代——看了春节秧歌以后》,载《解放日报》1944 年 3 月 21 日。
⑤ 《从春节宣传看文艺的新方向》(社论),载《解放日报》1943 年 4 月 25 日。此文发表时没有署名,后来收入《胡乔木文集》第 1 卷。人民出版社 1992 年版。

地方与部队中普遍发展。"①陕甘宁边区在后来制订的《关于发展群众艺术的决议》中指出:"群众艺术无论新旧,戏剧都是主体,而各种形式的歌剧尤易为群众所欢迎。应该一面在部队、工厂、学校、机关及市镇农村中发展群众中的话剧和新秧歌、新秦腔等活动,一面改造旧秧歌、社火及各种旧戏。"②在这种氛围中,延安的秧歌队短短几个月就发展到27个,上演节目150多出。而整个边区演出的秧歌剧有300多个,观众达800万人次。

新秧歌剧的内容多是反映边区建设、男耕女织、互助合作、劳动竞赛、拥军优属、支援前线、破除迷信、扫除文盲等等。其中,王大化、李波表演的《兄妹开荒》在延安多次公演,观者如潮,堪称小型秧歌剧的代表作。剧中的哥哥和妹妹都是响应开荒生产的积极分子。正在开荒的哥哥为了要和给自己送饭的妹妹逗趣,在妹妹快到时故意装作懒汉的样子睡起了大觉。妹妹挑着饭担来到开荒地却发现哥哥正躺在地上打鼾,禁不住生起气来。她批评哥哥懒惰误事,哥哥假装推说夜里开会"解不下"区长都说些啥,睡觉太晚没有精力,还装出懒洋洋的样子劝妹妹不用太积极。被哥哥的懒汉态度逼急了的妹妹表示要去报告刘区长开会斗争哥哥,哥哥这才正经起来,认真地和妹妹谈论开荒生产的事情,兄妹之间的误会在欢乐中结束。剧中哥哥的扮演者王大化和妹妹的扮演者李波是两位有才情的演员,无论扮相、唱腔还是歌舞都非常出色。憨厚朴实的哥哥和爽直泼辣的妹妹,以及大生产运动中热气腾腾的劳动场面都真实而风趣地展现在观众面前,产生了强烈的艺术感染力和直接的教育意义。另一出在当时颇受欢迎的秧歌剧《牛永贵挂彩》通过敌占区老乡冒着生命危险,掩护受伤的八路军战士,将他安全送回营地的故事,说明了"军民合作力量大"的主题。在同样为配合大生产运动和改造农村二流子的《一朵红花》、《动员起来》、《钟万财起家》等剧中,劳动的意义焕然一新。那种轻视劳动和劳动者的封建观念,不知不觉在观众的笑声里丧失了合理性。《买卖婚姻》、《小姑贤》、《算卦》、《神虫》和《回娘家》等"斗争秧歌",把矛头指向旧婚姻制度、家庭生活中的专制主义和算卦敬神之类的迷信活动,揭露这些在长期的封建宗法社会中形成的旧风俗旧习惯毒害人民群众的罪行,真正起到了启蒙民智和移风易俗的作用。《刘顺清》、《张治国》和《烧炭英雄张德胜》等反映军队开荒生产和军民关系的秧歌剧,赞颂革命战士响应号召,又当战斗队员又当生产队员的人民战士风貌。

在艺术上,新秧歌剧既保留了旧秧歌剧的民间情调,如剧情简洁明快,语言

---

① 《关于执行党的文艺政策的决定》,载《解放日报》1943年11月8日。
② 《关于发展群众艺术的决议》,《解放日报》1945年1月12日。决议中提到的"社火",乃旧时农村节日期间扮演的民间杂戏。

生动活泼,风格刚健清新等,还从其他剧种吸取了不少因素,改变了传统秧歌剧演出粗糙、娱乐成分过多、缺乏思想内涵的缺点。比如,有的秧歌剧既保留了传统秧歌边歌边舞、注重音乐性的特点,又适当地增加了对白,注意塑造有鲜明性格特征的人物形象,这些都为解放区戏剧艺术的进一步发展积累了经验。另一部新秧歌剧佳作《夫妻识字》的作者马可,又是《白毛女》的作曲之一,即是明证。

为提高戏剧的表现力和感染力,解放区的戏剧工作者也在艺术上进行了多样的探索和大胆的创新。整风期间接受了关于"演大戏"活动的严肃批评,戏曲工作者放弃了"贪大求洋"的趣味,转而从有深厚群众基础的民间艺术尤其是戏曲中发掘可以利用的形式,进行改造和创新,这成了解放区戏剧工作者"推陈出新"的主要方法。在编写的不同类型、不同体裁的剧作中,既有把秧歌和其他地方剧种的优点融合在一起创造的民族新歌剧《白毛女》、《王秀鸾》、《刘胡兰》和《赤叶河》等,也有旧剧改革的成果《逼上梁山》、《三打祝家庄》、《血泪仇》等。同时自外移植而来的话剧也开始与工农兵的战斗生活切实结合,出现了一批优秀话剧如《抓壮丁》、《同志,你走错了路》、《战斗里成长》、《炮弹是怎样造成的》、《红旗歌》等。与1942年整风之前的延安戏剧活动相比,解放区戏剧实现了一个新的转型。其中由"鲁艺"师生集体创作,贺敬之、丁毅执笔的新歌剧《白毛女》,是延安戏剧界努力追求"中国作风"、"中国气派"的民族新歌剧的代表作。

《白毛女》的编创过程是这样的:1945年西北战地服务团从晋察冀前方回到延安,带回一个在当地流传甚广的"白毛仙姑"的传说,说有一个被地主迫害的农村少女只身逃入深山,在山洞中坚持生活多年,因缺少阳光与盐,全身毛发变白,又因偷取庙中供果,被附近村民称为"白毛仙姑",后来在八路军的搭救下得到了解放。时任"鲁艺"院长的周扬在了解到这个故事后,敏锐感觉到其中蕴含着可以挖掘的思想内容,立即决定由"鲁艺"以"白毛仙姑"故事为素材,创作并演出一部大型舞台剧,向即将举行的党的"七大"献礼。"鲁艺"师生对剧情进行了加工,将戏剧的重心放在反映阶级剥削给劳动人民造成的沉重灾难上,曲作者以秦腔为基调给剧本配了曲,但试排结果难以令人满意。周扬认为无论从剧作的立意,还是从艺术形式上,都没有走出旧剧的程式,要求重新排戏,强调这出戏的主题,要能体现出劳动人民的反抗意识,以鼓舞人民的斗志,去争取抗战的最后胜利。剧本曾有喜儿在被黄世仁污辱并怀孕时一度对黄抱有幻想的情节。编剧后来删去了喜儿身上这些落后的思想,突出了农民群众身上的反抗意志。此外,还增加了赵老汉讲述红军故事的情节,把农民的反抗性和党的影响联系了起来。最后演出的剧本还增加了大春痛打穆仁智,在赵老汉指点下投奔红军,杨格村解放后,他回到家乡开展反霸斗争等重要情节。① 这些修改,使《白毛女》主题的革命性得到了强化和深化。

《白毛女》成功地塑造了杨白劳、喜儿等被地主阶级残酷压迫的农民形象。杨白劳在除夕之夜被恶霸地主黄世仁强迫卖掉女儿抵债,他痛愤交集服卤水自杀。他的悲惨结局,是对地主阶级欺压劳动人民恶行的血泪控诉。演出中他的遭遇始终受到广大观众的深切同情,极大地激发起人民群众的阶级义愤。喜儿是《白毛女》着力塑造的人物形象。戏的开头,她是一个天真善良的农村少女,在被黄世仁抢走后先是忍受恶毒的地主婆的折磨,继而又被黄世仁强暴。万般无奈的她企图自尽,但在遇救后很快就抛弃了"不能见人"的思想,决心为复仇而活下去。怀着对地主阶级不共戴天的仇恨,喜儿躲开追捕逃入深山老林。在山上,她依靠庙里的供奉和采野果维持生存,等待着复仇的时机。最后,喜儿在共产党领导的人民军队的帮助下,终于报了血海深仇。喜儿由"鬼"复而为人,而且成为新社会的主人。新旧社会两重天的鲜明对比,既表现了"只有共产党才是农民的救星"这一主题,也显示了"人的文学"在解放区文学中的落实和拓展。

在艺术上,《白毛女》继承了民间歌舞的传统,同时也借鉴了我国古典戏曲和西洋歌剧的表现方法,创造出了为中国老百姓所喜闻乐见的崭新的歌剧形式,为发展我国民族歌剧积累了重要的经验。《白毛女》的音乐创作广泛吸取各种民间音调,包括民歌、说唱、戏曲和器乐等,作为表现剧中各种人物主题的音调基础,并根据人物性格和剧情发展的需要加以改造,使歌剧音乐既有鲜明的民族特点,又有强烈的戏剧性。

在《白毛女》之后,《赤叶河》和《王秀鸾》也是产生过较大影响的新歌剧。《赤叶河》(阮章竞编剧)在剧情和结构上与《白毛女》有相似之处,表现农民在共产党和人民军队帮助下的"翻身"。《王秀鸾》(傅铎编剧)赞扬了王秀鸾响应上级号召,努力生产支援抗日前线,从一名普通的农村妇女成为一名劳动英雄的崭新变化,也赞扬了中国妇女谨于孝道和忍辱负重的传统品德。

在新秧歌剧以及民族新歌剧蓬勃发展的同时,延安和其他解放区大力开展了戏曲改革工作,取得了一定的成绩,这比较集中在平剧即京戏的改革上。尽管五四前后直到三十年代,已经有人尝试改良京剧使之能反映新的现实以满足新的观众需要,但终因京剧的程式有着很大的历史惰性而未能取得切实的成效。延安文艺座谈会以后,改革京剧的问题再次被重视起来。1942 年 10 月,延安平剧院成立,宗旨为"研究平剧,改革平剧",使"平剧为新民主主义服务"。他们尝试用京戏的程式、唱腔,加以民间的歌谣,创作出反映现实生活的新戏。稍后,利

---

① 参阅丁毅:《歌剧〈白毛女〉创作的经过》,载《中国青年报》1952 年 4 月 18 日。

用京剧艺术形式来表现富于现实意义的历史题材获得成功,如新编京剧《逼上梁山》。《逼上梁山》共三幕二十七场,最初是 1943 年由延安中央党校的一部分京剧爱好者组成的业余文艺团体——大众艺术研究社集体编写(杨绍萱、齐燕铭等执笔)并排练演出的。剧本把《水浒传》中林冲被逼投奔梁山的故事改编成"通过林冲被逼上梁山的故事,讲古比今,教育群众,争取敌占区的人民与军政人员弃暗投明,参加到革命队伍里来"①。1944 年元旦前后《逼上梁山》首演引起热烈反响。同年 1 月 9 日,毛泽东看了演出后的当晚就欣然致函编剧和导演,赞扬他们对京剧的改革,给《逼上梁山》以很高的评价:

绍萱、燕铭同志:
　　看了你们的戏,你们做了很好的工作,我向你们致谢,并请代向演员同志们致谢!历史是人民创造的,但在旧戏舞台上(在一切离开人民的旧文学旧艺术上)人民却成了渣滓,由老爷太太少爷小姐们统治着舞台,这种历史的颠倒,现在由你们再颠倒过来,恢复了历史的面目,从此旧剧开了新生面,所以值得庆贺。郭沫若在历史话剧方面做了很好的工作,你们则在旧剧方面做了此种工作。你们这个开端将是旧剧革命的划时期的开端,我想到这一点就十分高兴,希望你们多编多演,蔚成风气,推向全国去!②

得到毛泽东的肯定后,延安平剧院再接再厉,又创作演出了另一部新京剧《三打祝家庄》。该剧由毛泽东建议改编,体现并宣传了毛泽东的军事思想。毛泽东曾说:"《水浒传》上宋江三打祝家庄,两次都因情况不明,方法不对,打了败仗。后来改变方法,从调查情形入手,于是熟悉了盘陀路,拆散了李家庄、扈家庄与祝家庄的联盟,并且布置了藏在敌人营盘里的伏兵,用了和外国故事中所说木马计相像的方法,第三次就打了胜仗"。③《三打祝家庄》就"以三次攻打祝家庄的情况与策略运用的不同为中心编演。全剧共分三幕,第一幕写调查研究的重要,第二幕写利用矛盾各个击破,第三幕写里应外合"。④《三打祝家庄》演出后,

---

①　金紫光:《在延安参加编演〈逼上梁山〉的经验》,引自《延安平剧改革创业史料》第 2 集,文津出版社 1989 年版,第 92 页。
②　毛泽东:《致杨绍萱、齐燕铭》(一九四四年一月九日),《毛泽东论文艺》(增订本),人民文学出版社 1992 年版,第 142 页。
③　转引自金灿然:《论〈三打祝家庄〉》,原载《解放日报》1945 年 3 月 29 日,此处引自《延安平剧活动史料集》第 2 集,文津出版社 1989 年版,第 68 页。
④　金灿然:《论〈三打祝家庄〉》,原载《解放日报》1945 年 3 月 29 日。此处引自《延安平剧改革创业史料》第 2 集,第 69 页。

毛泽东向编创人员表示祝贺:"我看了你们的戏,觉得很好,很有教育意义。继《逼上梁山》之后,此剧创造成功,巩固了平剧革命的道路。"① 从 1945 年 2 月下旬起到 1947 年 3 月下旬延安平剧院撤离,《三打祝家庄》共在延安演出 70 多场,观众达 10 万人次之多。② 改编或编演新的京戏剧目在延安各演剧机构蔚然成风,仅延安军政机关就自编自演了《战北原》、《史可法》、《恶虎村》、《保卫边区》、《阎家坪》等;各地后来还相继演出《中山狼》、《进长安》、《红娘子》、《九宫山》等新京剧。经过这次有组织的戏曲改革,京剧这样古老的剧种从严格定型了的程式中解放出来,能够适应抗战宣传的需要,为以后的改革积累了经验。

当然,京剧毕竟是一门有着特殊历史、特殊审美方式、特定演出程式的古老剧种。对它的改革如果撇开其艺术上的特殊规定性,而只着眼于其思想内容上把颠倒的历史"再颠倒过来",并因此而随意使人物形象"突破旧剧行当的限制"、在表演上"不拘于程式"③,就不免简单和片面性了。这种简单化和片面性在当时的戏曲改革中确有表现。当时参与改编者也直言《逼上梁山》的主要成绩,应该说还是在思想内容方面。在艺术方面,的确还需要很多的努力和加工"。④

1940 年前后"鲁艺"等竞演中外名剧(时称"大戏")的风气,确实培养出了一批较高水平的话剧人才,为后来话剧运动的兴盛打下了基础。但在整风和文艺座谈会期间,"演大戏"作为"关门提高、脱离群众"的典型受到批评,话剧基本上被冷落起来。话剧要继续发展,必须在演出形式上尽可能地大众化,内容要能直接为现实斗争服务,为工农兵群众所接受和喜爱。话剧工作者为此进行了尝试和探索,也取得了新的成就和经验。这主要体现在当时以独幕剧形式演出的"问题剧"上。它以迅速反映发生在群众的革命斗争和生活中各种新情况、新问题为编演的主题,由提出问题到回答问题和解决问题,作为话剧冲突及情节展开和发展的基本结构模式。这种化繁为简的艺术追求,得到了工农兵观众的认可。

较早出现的独幕话剧《把眼光放远一点》(冀中火线剧社集体创作),以兄弟两人对待各自参加八路军的儿子的不同态度——哥哥坚决支持儿子抗战到底,

---

① 毛泽东给任桂林的信,见魏晨旭:《〈三打祝家庄〉在延安、北京、上海及全国的盛况及其意义》,此处引自《延安平剧活动史料集》第 2 集,第 177 页。
② 魏晨旭:《〈三打祝家庄〉在延安、北京、上海及全国的盛况及其意义》,《延安平剧活动史料集》第 2 集,第 176 页。
③ 齐燕铭:《旧剧革命划时期的开端——革命京剧〈逼上梁山〉是怎样创作的》,此处引自《延安平剧活动史料集》第 1 集,第 53 页。
④ 金紫光:《在延安参加编演〈逼上梁山〉的经验》,此处引自《延安平剧活动史料集》第 1 集,第 107 页。

弟弟唆使儿子开小差回家当"良民"——所引起的家庭风波,提出了如何对待参军抗日的态度问题。它赞扬了敌后农民的坚毅和智慧,讽刺了部分富裕农民眼光短浅、犹豫动摇的心理。在描写部队生活的话剧中,较有影响的是抗日战争时期的《同志,你走错了路》和解放战争时期的《李国瑞》、《战斗里成长》、《喜相逢》等。《同志,你走错了路!》(姚仲明、陈波儿等集体创作)围绕着如何理解、执行抗日统一战线这一重大问题,描写了八路军某支队司令部内部的一场激烈斗争,正面表现了党内两条路线斗争的重大主题。该剧在人物形象塑造上较为真实可信,但由于主要着重于人物的政治层面的表现,缺少对于人物心灵世界的深层开掘,影响了作品的思想深度和感人程度。《战斗里成长》(胡可根据胡朋等人的集体创作修改)表现了赵铁柱父子从只知为个人复仇的农民,到在部队中锻炼成以解放全中国为己任的无产阶级革命战士的转变过程,具有很强的教育意义。

《红旗歌》(刘沧浪、陈怀皑、陈淼等集体创作,鲁煤执笔)是解放区第一个描写工人的剧本。该剧故事发生在解放不久的北方某城市一工厂,剧中的中心人物是被称为"马蜂窝"的女工马芬姐,她在旧社会饱经折磨,对资本家和工厂抱着敌对的态度,解放后她不理解"工人是工厂主人"的根本改变,依然采取旷工、怠工和打击积极分子的态度,和周围一些人发生了激烈冲突,怀疑甚至反对劳动竞赛,并愤而离厂。最后,她在说服和教育下转变成积极分子,小组也取得了红旗竞赛的胜利。剧本反映了工人阶级在从旧社会的奴隶成为新社会的主人后,应该如何对待劳动和团结落后分子,以及工厂如何解决好依靠工人阶级恢复生产、学会工业管理等新的课题。《民主青年进行曲》(贾克、赵寻、轲犁等集体创作)和《思想问题》(蓝光、桑夫等集体创作,蓝光、刘沧浪执笔),则是以知识分子改造为主题的两个话剧,表现了知识分子在无产阶级政党的领导下,克服动摇、观望、脱离政治以及个人主义的弱点,在思想改造中逐步前进的时代主题。由于知识分子题材在文艺座谈会之后变得较为敏感,因而两剧在表现上都有些明显的拘谨和概念化。

尽管解放区话剧创作和演出的水平并不均衡,多数作品在艺术上还比较粗糙,"问题剧"的结构模式占了很大比重,人物形象的塑造比较单薄,但是解放区话剧在动员民众投身伟大的抗日战争、宣传党的各项政策以及配合政治任务方面发挥了重要的作用。事实上党的宣传部门也主要是把戏剧看做一种革命思想教育的政治活动。领导部门为发挥戏剧的"工作教科书"作用,往往直接为作家定题目,出思想,作为政治任务交给他们。话剧为完成这些政治任务必须要在思想内容上具有明确、单一的规定性,并努力在舞台上不失时机地向工农兵群众清楚地宣讲教育内容。这样一来,图解政治和概念化的倾向也就很难避免了。

第四节 《王贵与李香香》和解放区诗歌

朗诵诗和街头诗运动的蓬勃开展,是早期延安文学中引人注目的诗歌现象。尤其是街头诗,因其形式短小精悍,内容多发抒政治激情,追求的是"当冲锋号未吹起时,它就要准备冲锋,号召冲锋;当肉搏快要开始前,它就要准备肉搏,号召肉搏;并且直接参加战斗的过程中"①这样的鼓动效果。1938年8月7日,由延安诗歌团体"战歌社"和"战地社"发起了延安第一个"街头诗运动日",1939年晋察冀边区的《诗建设》为纪念延安"八·七"街头诗运动1周年又发起了1000首街头诗创作活动,把解放区的街头诗运动推向高潮。除朗诵诗和街头诗之外,在国统区已经成名的诗人如艾青、何其芳等在来到延安以后,也都各有佳作问世,或经历了创作上的转型。艾青1941年来到延安发表的第一首诗是《毛泽东》,表达了对领袖毛泽东的由衷敬佩和爱戴。《向世界宣布吧》歌颂了"没有饿殍,没有冻死的人"的解放区,《敬礼啊——苏维埃联邦》表达了对苏联这个寄托着人类希望的新生共和国的热爱和向往。长诗《雪里钻》为一匹英雄的骏马"雪里钻"谱写了一曲英雄主义的赞歌,"雪里钻"在敌人密集的炮火中挣扎前进的场面深深地震撼了"我",使"我"重新获得了突破敌人重围的勇气、信心和力量。何其芳1938年与卞之琳、沙汀一起来到延安,这里崭新、明朗、快乐的生活淘洗掉了诗人往日的孤独和忧伤。《快乐的人们》、《我们的历史在奔跑着》、《生活多么广阔》、《我为少男少女们歌唱》是这一时期诗人在延安"广阔的生活海洋里"寻找"快乐和宝藏"的热情礼赞。不过,诗人的情感也有另外的一面,那就是在《夜歌》、《解释自己》、《多少次啊当我离开了日常生活》(《诗三首》之一)里真实记录的"一个旧我与一个新我在矛盾着,争吵着,排挤着"②,从不能尽快克服"知识分子气"的焦虑到终于找到解脱"温情"达到心态澄明的知识分子思想改造的心路历程。《叹息三章》是三首赠友诗,诗中暗含了自己对旧的生活尚存的一丝留恋,但主要表达的仍是诗人要和工农大众站在一起的决心和勇气。这几组诗在整风前后曾引起评论界的争议,如有人要求:"何其芳同志应该立即停止这种歌声。这是无益的歌声。我们的兄弟们,不需要诗人'一起来叹息'。他们也不唱'悲哀的歌'",③但也有人对这种简单化的批评提出了反批评,而诗人自己此后则转向

---

① 袁勃:《诗歌的道路》,载《新华日报·新华增刊》(华北版),1941年7月7日出版。此处转引自刘增杰主编:《中国解放区文学史》,河南大学出版社1988年版,第221页。
② 何其芳:《夜歌·后记》,《夜歌》,重庆:诗文学社1945年版。
③ 吴时韵:《〈叹息三章〉与〈诗三首〉读后》,载《解放日报》1942年6月19日。

了明朗的歌唱。

在晋察冀边区,活跃在抗战第一线的一批诗人田间、魏巍、陈辉、邵子南、孙犁等以"战歌社"和"铁流社"两个诗歌团体为阵地,以边区工农兵的斗争生活为内容,在美学观点和风格追求上逐渐接近和互相渗透,形成了一个颇有特色的诗人群,后来被称为"晋察冀诗人群"。他们追求把"新的血的战争现实写入诗里",无论是赞美边区人民的生活还是讴歌革命战争的主体工农兵,都具有"浓厚的生活气息,鲜明的战斗色彩,饱满的革命热情,和淳朴简洁的语言和形式"。① 除田间外,其他都是在根据地成长起来的年轻诗人。

魏巍(1920—2008,原名魏鸿杰,河南郑州人)1938年底在延安抗日军政大学毕业后,来到晋察冀边区并开始诗歌创作。《高粱长起来吧》、《游击队部的歌》、《蝈蝈,你喊起他们吧》、《月夜短曲》,或描绘晋察冀人民苦难与欢乐交织的生活场景,或讴歌革命战士美好的心灵,都给人留下非常深刻的印象。《蝈蝈,你喊起他们吧》饱含爱的深情写战士们经过了激烈战斗后酣睡的场景:

> 睡得这样甜啊,
> 树影在你的军衣上绣起了花朵,
> 大红枣跳到子弹带上你也不知道。
>
> 螳螂,你这勇敢美丽的昆虫,
> 也站在战士的脚上,触须轻轻舞动。
> 你可是在偷看他们的梦?
>
> 你可曾看见,在他们的梦里:
> 手榴弹开花是多么美丽,
> 战马奔回失去的故乡时是怎样欢腾,
> 烧焦的土地上有多少蝴蝶又飞上了花丛!

诗意的梦境中流淌着对战士的爱。1942年的《黎明风暴》,是一首深沉悲壮的长篇叙事诗,曾获鲁迅文学奖。全诗共分四章,以指导员和老红军连长在黑夜里到警戒线上巡哨为线索,由每章绘就的一幅幅生动形象的人物剪影和战斗场面联缀而成。长诗的故事情节虽然不很连贯,但是场景和细节的描绘却很生动。这表明魏巍长于用简洁的笔触创造出情、景、事交融的画面和意境。

---

① 魏巍编:《晋察冀诗抄》"后记",中国青年出版社1984年版,第597页。

陈辉(1920—1944,原名吴盛辉,湖南常德人)是晋察冀诗人群中很富有才华的诗人。他1938年到延安后开始诗歌创作,1939年到晋察冀边区通讯社工作,1941年下乡做群众工作,1944年在战斗中壮烈牺牲,年仅24岁。1958年田间从陈辉的80多首遗作中选取一部分,整理出版了诗集《十月的歌》。其中《平原小唱》和《平原手记》两组作品以轻快的调子,生动地描绘了根据地人民的斗争生活,抒发了游击队员们豪迈乐观的纯朴感情。《月光曲》是一曲用拟人化的手法写成的"太行山上子弟兵的月夜之歌":"我们的红色的马队,/在妈妈河上急飞,/马蹄呵,愉快地踏着浅浅的河水,/枪尖呵,/胜利地闪着血红的光辉。"《献诗·为伊甸园而歌》把"简陋的田园"、"质朴的农村"和"燃烧着战火的土地"的晋察冀边区比作伊甸园,诗人为了保卫神圣的家园也许"歌声明天会不幸停止","然而/我的血肉呵,/它将/化作芬芳的花朵/开在你的路上。/那花儿呀——/红的是忠贞,/黄的是纯洁,/白的是爱情,/绿的是幸福,/紫的是顽强。"《为祖国而歌》同样表达了对于祖国的赤子情怀:"我高歌,/祖国呵,/在埋着我的骨骼的黄土堆上,/也将有爱情的花儿生长。"单纯明朗的艺术手法、深沉悲壮的抒情格调和乐观主义的情怀,使陈辉的诗别具一种动人的力量。

"狂飙诗人"柯仲平(1902—1964,原名柯维翰,云南广南人)1937年11月来到延安后,成为朗诵诗的积极倡导者,曾任边区文协主任、民众剧团团长、战歌社社长。1938年,诗人创作了长达两千行的长篇叙事诗《边区自卫军》,热情叙写了自卫军李排长和韩娃机智捉拿汉奸叛匪的故事,谱写了一曲人民动员、保卫边区的颂歌。毛泽东在听了柯仲平的朗诵后,当即索阅全稿,并写信鼓励诗人"此稿甚好,赶快发表"。另一首长诗《平汉路工人破坏大队》,最初以《平汉路工人破坏大队的产生》为题发表在1939年《文艺战线》上。长诗围绕平汉路工人破坏大队成立的过程,歌颂了工人阶级空前团结、共赴国难的精神品质。柯仲平是解放区诗歌大众化、通俗化的最早尝试者,他的这些诗篇具有强烈的时代精神,情感真挚动人,语言朴素明朗,豪迈粗犷而富有召唤力和战斗性,但艺术上过于平直而缺乏提炼。

延安文艺座谈会之后,解放区诗人把学习民歌作为新诗创作的方向,在《王贵与李香香》以新颖的民间艺术形式受到广泛的赞誉后,解放区掀起了一股竞写叙事诗的热潮。阮章竞的《漳河水》、田间的《赶车传》《戎冠秀》、张志民的《王九诉苦》、《死不着》、李冰的《赵巧儿》等叙事诗,是解放区民歌体新诗创作中的主要收获。

《王贵与李香香》的作者李季(1922—1980,河南唐河县人),1938年进延安抗日军政大学学习,结业后赴太行山区部队里做基层工作,先后当过小学教员、县区政府秘书和小报编辑,业余广泛地收集过民歌,这为他成功地创作出这部脍炙人口的叙事长诗作了必要的准备。1946年夏,他创作的《红旗插到死羊湾》首先在《三边报》上连续发表;同年秋延安《解放日报》将其改为《王贵与李香香》连载;随后又由延安广播电台广播,并由新华社用电讯发出,不少解放区出了单行本。长诗发表的当时,就被认为从内容到形式都"出来了新的一套","表示了新民主主义文艺运动对于封建的买办的反动的文艺运动的胜利",是"新诗歌的方向"。①《王贵与李香香》也因此成了解放区新诗写作的范本。

全诗共分三部十三章,以乡村青年王贵和李香香曲折的爱情遭际为线索,表现了三十年代"三边"地区农民群众在中国共产党领导下,拼死反抗地主阶级的压迫,最终取得胜利的感人故事。长诗第一部写了王贵与李香香在革命前悲惨的生活状态,以及他们在苦难中成长起来的爱情。"二三月饿死人装棺材,五六月饿死没人埋",尽管如此,恶霸地主崔二爷家"窖里粮食霉个遍",他不但见死不救,反而催逼佃户们交租。王贵的父亲因为交不起租子,被崔二爷活活打死,十三岁的王贵也被迫成了崔家的"没头长工"。王贵得到了李德瑞父女的关心和照顾,苦难中长大的王贵和李香香,产生了真挚淳朴的爱情。第二部写王贵因暗地参加革命被崔二爷毒打,危难时刻,李香香给游击队送信救下了王贵,并打下了崔二爷盘踞的死羊湾,解救了那里的百姓,王贵和李香香终于幸福地结婚了。第三部写崔二爷在白军的支持下重回死羊湾向百姓们反攻倒算,王贵随游击队连夜转移。李香香落入崔二爷之手,他威逼利诱李香香做他的小老婆,被李香香坚决拒绝。崔二爷正欲对李香香下毒手,王贵和游击队又打回来了死羊湾,崔二爷被活捉,李香香得救了。"不是闹革命穷人翻不了身,不是闹革命咱俩也结不了婚。""革命救了你和我,革命救了咱庄户人。"这是主人公发自内心的歌唱,也是作品表达的主题。陕北民歌"信天游"长于抒情而又兼具叙事功能,这一特点在《王贵与李香香》中得到了充分的发挥。长诗运用信天游特有的比兴、叠字、两句一节等表现手法,圆熟自如地完成近千行全诗,相当于把几百首"信天游"连缀成章,表现了作者高超的驾驭语言和信天游结构的能力。诗中的比兴精彩贴切,节奏流畅明快、自然和谐,活泼优美的民间语言在朴素中具有形象美、音乐美的特点。由于长诗浓厚的民歌风味和生动感人的人物形象,恰到好处地展现了劳动人民走向革命的过程,所以茅盾欣喜地赞誉"它是一个卓绝的创造,就说它是'民族形式'的史诗,似乎也不算过份"。②

阮章竞(1914—2000,广东中山人)创作于1949年3月的《漳河水》,也是一部采用民歌形式写成的优秀长篇叙事诗。长诗反映了太行山区妇女在封建传统

---

① 陆定一:《读了一首诗》,《解放日报》1946年9月28日。
② 茅盾:《再谈"方言文学"》,《大众文艺丛刊·批评论文选集》,北平,新中国书局1949年6月版,第256页。

习俗的野蛮压迫下遭受的苦难,刻画了荷荷、苓苓、紫金英三个性格各别、命运相似的农村妇女形象,歌颂了她们的反抗意志以及在共产党领导下获得新生。荷荷、苓苓、紫金英都曾经对未来的生活有过美好的憧憬,渴望着能过上美满称心的家庭生活。但在传统礼俗下,她们的命运如"断线风筝","婚嫁像"押宝"一样,结果"三个人的心事都走了样",陷入了各自不同的痛苦境地里。共产党领导的"革命"推动了妇女的解放,荷荷率先冲出了恶婆婆的家门,果断地和年岁悬殊的"黑心肝"老头离了婚。她积极参加互助组劳动,在劳动中组建了新的家庭,还帮助姐妹们翻身走上新的生活道路。在荷荷身上,体现了冲出封建家庭桎梏的新女性敢于向一切旧传统习惯作斗争的自信、果敢的时代风采。苓苓聪明能干,活泼风趣,她用"家庭训练班"的方式和丈夫的大男子主义作斗争,是一个善于办事的"巧媳妇"。而这时已经成了寡妇的紫金英背负着沉重的旧式婚姻制度的创伤不愿再婚,一心想抚养"墓生娃"成人,忍辱负重地"厚着脸皮偷偷活","日月糊涂过"。在荷荷、苓苓的鼓励带动下,紫金英终于摆脱了旧的生活状况,投身于集体生产劳动,过上了新的生活。《漳河水》不但成功地塑造了三个性格各异的女性形象,而且在表现形式上也有新颖的创造。长诗把流传在漳河两岸的许多民间小曲如《开花》、《四大恨》、《割青菜》、《漳河小曲》、《牧羊小曲》等加工改造,杂采成章,用于表现不同人物的思想感情和情绪变化,却无拼凑割裂之感,读来和谐统一而又活泼多变。结构上按照三个人物命运和性格的变化设置了平行发展的三条线索,交错叙述、脉络分明,表现出较高的艺术技巧。

在这一时期也涌现出来一些以农民翻身为题材的长篇叙事诗。其中影响较大的有田间的《戎冠秀》、《赶车传》,张志民的《王九诉苦》、《死不着》以及李冰的《赵巧儿》等。

田间的《戎冠秀》是以"子弟兵母亲"戎冠秀的真实事迹为原型,选取了戎冠秀苦难经历和英雄事迹中的三十三个生活片段写成的,表现了这位压在旧社会底层的劳动妇女接受革命教育后成长为英雄人物的过程。但由于太拘泥于真人真事以及结构上的松散而显得诗味不足。田间稍后创作写的长诗《赶车传》是一部农民阶级的"翻身"传奇。主人公石不烂是一位具有强烈反抗性格的贫苦农民,曾自发地反抗旧社会,结果失败了;他漂泊到晋察冀边区的河北地带,看见共产党领导使"天底下出了活路",懂得了受苦人翻身要走三条路:换脑筋,结团体,党领导。回到家乡后他和老朋友金不换(共产党员)结合起来,发动群众,成立农会,开展减租减息,终于使穷苦人获得了翻身。作品采用了一些民歌表现手法,不乏动人之处;但作品脱离主要情节的铺叙过多,冲淡了主题;而通篇采用五字为主的句式,使得有些诗句生涩呆板,降低了作品的感人力量。张志民的《王九诉苦》、《死不着》控诉了地主阶级的罪恶,歌颂了贫苦农民在土改运动中的翻身解放,作品纯朴自然,真实感人,缺点是对人物的内心世界刻画不多。李冰的《赵巧儿》把赵巧儿放在整个土改过程中如诉苦、锄奸除霸、分田地、参军等来表现,塑造了一个正在觉醒、成长起来的中国劳动妇女的形象。作品运用了心理描写、插叙等手段,产生较好的抒情效果。

毫无疑问,解放区诗歌的民族化和大众化为新诗争取到了更多的工农兵读者,也扩展了诗歌的艺术表现力,使之呈现出口语化、民歌化的新鲜活泼的特点;但是,一些人片面地强调诗歌向民歌学习,甚至强调新诗的发展要以民歌为正宗,拒绝五四以来的新诗对西方现代诗艺不断汲取这一新文学的传统,其影响所及,遂使1949年以后的新诗一度趋于单一的民间化或民歌化,这也是无可讳言的。

第五节　赵树理、孙犁等的中短篇小说

延安文艺座谈会以前,解放区的短篇小说数量不少,但除丁玲和孔厥的几篇外,称得上佳作的并不多见。延安文艺座谈会之后,先是赵树理从晋冀鲁豫地区迅速成为解放区文学的"方向",继之是孙犁的小说以抒情秀美的笔调脱颖而出,而后又出现了以迅速及时反映革命战争而引人注目的刘白羽的小说,解放区中、短篇小说呈现出相当繁荣的新气象。在解放区成长起来的其他作家如康濯、杨朔、马烽、西戎、束为、秦兆阳、王希坚等的创作,也从各个方面丰富着解放区小说的内容、格调与色彩。

丁玲1936年逃离南京,辗转来到中共中央临时所在地保安;她的小说创作也从此进入了一个新的阶段。《一颗未出膛的枪弹》是1937年初丁玲到达延安后的第一篇小说。作品中的小红军在逃避敌人的追击时掉了队,只能暂时在农村老大娘家里躲避。在国民党东北军的搜捕中,小红军不幸暴露了身份,当东北军连长说要枪毙他时,他镇定地回答说:"不,连长,还是留着一颗枪弹吧,留着去打日本!你可以用刀杀我!"最后,这个东北军军官忍不住抱住这个孩子,大声地说:"还有人要杀他么?大家的良心在哪里?日本人占了我们的家乡,杀我们的父母妻子,我们不去报仇却老在这里杀中国人。看这个小红军,我们配拿什么来比他!他是红军,我们叫他赤匪的。谁还要杀他么,先杀了我吧……"小红军英勇可爱的形象,与东北军连长的醒悟都被刻画得栩栩如生、撼人心魄,"全民抗日"的主题获得了特别感人的表现。《压碎的心》借孩子平平的眼睛和感受,亲切地写出普通人民对日本侵略者的恐惧与憎恨,对八路军英勇抗日活动的拥护和赞扬。《入伍》是一篇把知识分子和战士对照起来写的小说,通过两三天的战斗经历,既暴露了记者徐清的浮夸、爱吹牛、胆小、自私,又赞颂了年轻战士杨明才

的纯朴、勇敢、聪明、能干以及对革命的忠贞。作品以生活逻辑的充实、严密见长。在同类题材的小说中，这是较早出现并且是较好的一篇。《新的信念》(1939年)中的陈老太太在日军对村庄的突袭中被掳走并惨遭蹂躏，她在幸免于难重新回到村子后，没有悄无声息地忍辱偷生，而是愤怒地用亲身经历控诉侵略军的罪行，她从宣讲时"人头的海随着(她的)声音的波涛摆动着"的情景，感受到"新的信念"在她心中坚强地树立了起来。《夜》(1941年)以体贴入微的笔触刻画了农村基层干部何华明的烦恼。他每天忙于繁忙的工作，几乎没有时间照顾自己的农活。他有自己的骄傲，也有自己的苦恼：他是乡里的指导员，儿子和女儿却都已夭折，妻子又是一个比他大十几岁不能再生育的女人，夫妻感情非常不好；同样有着不合理婚姻的妇联委员侯桂英正在追求他，但当侯桂英夜半出现在他面前时，他还是控制了自己的感情，并为自己出于责任感而作出的决断感到满意。小说在写实中又蕴含着诗意。

1940年创作的《我在霞村的时候》以及《在医院中时》(后改题为《在医院中》)，对革命队伍中残存的封建思想及小生产习气、效率低下等问题作了大胆的思考和批判，是延安时期丁玲小说创作的重要收获。《我在霞村的时候》发表于1941年6月20日《中国文化》第2卷第1期。小说讲述了一个名叫贞贞的北方农村少女，为抗拒父母的包办婚姻跑到一所教堂要求做"姑姑"。正在这个时候，日本侵略军进村，贞贞不幸被掳走，并被迫当了一年多随军妓女，在这过程中她也有摆脱日军的机会，但她忍辱负重、利用自己的身份为游击队暗送情报。在身体受到严重摧残后，贞贞脱离日军回到自己的家里治病；然而她得到的却是乡亲们的嘲讽和谩骂，父母的冷漠和责备，甚至还有一些村里人的幸灾乐祸。陷入精神折磨中的贞贞拒绝了以前男友的求婚，在得到队伍上准备送她去别处治病的消息后，倔强地决定离开自己的家乡。小说深刻地揭示出贞贞的精神创伤，不仅源自侵略者的罪恶，而且也源自"霞村"人不自觉的愚昧与冷酷，作者由此讽刺和鞭挞了解放区人民中存在的麻木、残忍、封建等道德恶习，这显然是鲁迅所开创的启蒙主义精神在解放区文学中的延续和拓展。同时，这篇作品也不自觉地暴露了革命的启蒙主义知识分子以启蒙自高而傲视群众的问题。这主要表现在作品中的"我"身上。"我"不仅是个旁观的故事叙述者而且也是个革命干部，"我"的现代修养使其同情贞贞的不幸并因同情而与她成为朋友，这自然没错；但身为革命干部的"我"也应该知道村民们的"愚昧"表现是不明就理、情有可原的，并且不是不可改变的。可问题是"我"却也像贞贞一样不屑与落后的村民们为伍，"我"只是欣赏着贞贞的悲情、旁观着村民们的愚昧，而始终无所作为，好像那只是党和政府该管的事，"我"丝毫没有自觉到应该对村民们做点启蒙与沟通工作，以帮助贞贞改善一点生活环境——这些其实都是"我"力所能及的事情。

《在医院中》最初发表于 1941 年 11 月出版的《谷雨》第 1 期。小说通过年轻女医生陆萍被分配到一座新建医院后的感受、遭遇,来展开故事情节。陆萍毕业于上海一个产科学校,全面抗战爆发时曾到伤兵医院热情服务,后来经过长途跋涉,辗转来到延安,并在抗大入党。她不计较席地而卧、与鼠做伴的艰苦生活条件,在医院里积极主动地从事各种医护工作,还充满幻想地学习"战争时期最是需要"的外科技术,准备着有一天"她可以到前方去,到枪林弹雨里奔波忙碌"。陆萍是战时千千万万投奔根据地的革命知识青年的艺术写照。她身上所具有的可贵的工作热情,蓬勃的革命朝气,现代的科学知识,连同富于幻想、缺乏锻炼等弱点,在当时的革命青年中都有相当的代表性。然而她面对的这所刚开办的医院,条件却极差:既乏财力,也缺少设备,医生太少,护士只是受过简单训练尚未养成良好习惯的农村妇女;更糟糕的,医院的院长竟是"种田的出身","对医务完全外行",他只知道讲节约,要大家"学着使用"全院唯一的那支已经弯了的注射针,有一次手术中还发生了病人、医生、护士因煤气中毒几乎丢了性命的大事故。作品显示的改革者陆萍与周围环境之间的矛盾,实际上是那种和高度革命责任感相联系的现代科学文化要求,与小生产者的蒙昧无知、褊狭保守、自私苟安等思想习气所形成的尖锐对立。《在医院中》正是由于从生活实际出发,写出了现代科学文化要求同小生产思想习气作斗争的艰难曲折的过程,并且通过失去双腿的革命老战士的谈话,以及作品收尾时那句意味深长的结语("人是要经过千锤百炼而不消溶才能真正有用"),呈现出了独有的思想深度。作者站在革命的立场上,继承五四新文化的科学与民主传统,在共产党领导的区域内第一次提出反对小生产思想习气的问题,将启蒙推向深入。可以理解,在当时的延安,如此表现"革命事业内部中的矛盾",难免引起一些简单地拥护革命和痴爱根据地的人士的不同看法——在稍后的整风运动中有人就责怪丁玲讲了一个在革命环境里不可能发生的"使人灰心堕落的"故事,批评她"为了表现她的人物"而"过分地使这个医院黑暗起来"①。好在这种幼稚的偏见并没有成为权威意见。只要看看毛泽东的《纪念白求恩》,就知道当时的革命政党并没有讳疾忌医,而事实上自《在医院中》及《我在霞村的时候》问世以来直至四十年代末,它们都不断在各解放区重刊并作为解放区文学的优秀作品而被推荐到国统区多次发表。

在解放区小说中,以朴实的大众化的手法,真实表现农民和农村生活而受到广泛赞誉,并被确定为解放区创作"方向"的,是后来被誉为现代农村小说"铁笔"和"圣手"的赵树理。赵树理(1906—1970),山西省沁水县人,出身贫农家庭。父亲赵和清是生产上的多面手,兼通易卜星象和医术,常带儿子参加农民的自娱性

---

① 燎荧:《"人……在艰苦中成长"——评丁玲同志的〈在医院中时〉》,《解放日报》1942 年 6 月 10 日。

团体"八音会",这使赵树理熟悉农村,了解农民,而且耳濡目染,对民间曲艺十分在行。1925年赵树理考入长治的省立第四师范学校,受到五四新思潮的影响,开始接触新文学,后来由于反动当局的迫害,长期过着漂泊不定的流浪生活。他卖过字画,当过江湖郎中、差役、录事,教过私塾,饱尝生活的艰辛。从1931年起,赵树理为太原一些报纸副刊写作小说等多种形式的作品。那时,他已深感"中国当时的文坛太高了,群众攀不上去,最好拆下来铺成小摊子。他立志要把自己的作品先挤进《笑林广记》、《七侠五义》里边去"。① 赵树理早期创作的一些通俗文学作品,尽管多数已经散佚,但作为大众化的摸索和尝试,为他以后的成功积累了有益的经验。正如周扬后来指出的那样:赵树理是作为"一个在创作、思想、生活各方面都有准备的作者,一位在成名之前已经相当成熟了的作家,一位具有新颖独创的大众风格的人民艺术家,进入文坛的。"②

1936年赵树理回到家乡任上党乡村师范学校语文教师,翌年参加山西抗日牺牲救国同盟会。1941年到华北党校,专门做通俗文化工作。此后,他在编辑《黄河日报》(太南版)副刊、《中国人》报、《新大众报》时,写作了大量小说、小戏、快板和其他通俗作品。他还参加农村剧团的编导工作,跟随剧团深入群众。1943年5月,赵树理发表了短篇小说《小二黑结婚》,受到彭德怀将军的赏识和推荐。不久创作了中篇小说《李有才板话》。1945年冬,长篇小说《李家庄的变迁》问世。其间创作的中、短篇小说还有《孟祥英翻身》、《地板》(1944年)、《福贵》(1946年)、《小经理》、《邪不压正》(1948年)、《传家宝》、《田寡妇看瓜》(1949年)等。1946年8月,郭沫若和周扬分别在上海和延安发表文章,推荐赵树理和他的作品。郭沫若评论《李有才板话》说:"我是完全被陶醉了,被那新颖、健康、简朴的内容和手法;这儿有新的天地,新的人物,新的意义,新的作风,新的文化,谁读了我相信都会感着兴趣的。"③1947年7月,晋冀鲁豫边区文联召开文艺座谈会,正式提出"赵树理方向",将其作为边区文艺界开展创作运动的"号召"和"旗帜"。文联负责人陈荒煤在总结发言中说:"他的创作可以作为衡量边区创作的一个标尺。"④8月,边区政府把唯一的文教作品特等奖授予赵树理,赵树理成了解放区最具代表性的作家。新中国成立后,赵树理在北京任《说说唱唱》、《曲艺》主编,并任中国文联常委、中国作家协会理事、中国曲艺工作者协会主席等职。1950年为配合我国第一部婚姻法的颁布赶写的一篇评书体短篇小说《登

---

① 陈荒煤:《向赵树理方向迈进》,《人民日报》(晋冀鲁豫版),1947年8月10日。
② 周扬:《论赵树理的创作》,《解放日报》,1946年8月26日。
③ 郭沫若:《板话及其他》,1946年8月16日上海《文汇报》副刊《笔会》。
④ 陈荒煤:《向赵树理方向迈进》,《人民日报》(晋冀鲁豫版),1947年8月10日。

记》,被视为《小二黑结婚》的姊妹篇。1955年发表了反映农业合作化运动的长篇小说《三里湾》。在次年召开的中国作协大会上,赵树理与茅盾、巴金、老舍、曹禺一起,被称为"当代语言艺术的大师"。1958年"大跃进"运动期间创作了中篇小说《"锻炼锻炼"》,虽然主观意图是想"批评中农干部中的和事佬的思想问题",站在青年干部杨小四一边维护农村中的新生事物,"让自私落后的人出点丑",但客观上揭示了当时农村中日趋激化的干群矛盾。在1959年《文艺报》组织的"文艺作品如何反映人民内部矛盾"的讨论中,多数人认为"锻炼锻炼"》歪曲了农村现实,丑化了正在进入共产主义的农民形象,赵树理受到了严厉批判。在1962年的大连"农村题材短篇小说座谈会"上,邵荃麟代表中国作协党组正式宣布1959年对赵树理的批判是完全错误的,并将赵树理誉为描写农村的"铁笔"、"圣手"。1965年2月,赵树理全家从北京迁到山西太原。文革当中赵树理作为"资产阶级反动文学权威"、"周扬黑帮树立的标兵",遭到残酷批斗以至病危不治。

《小二黑结婚》是赵树理的成名作。小说于1943年9月出版后,立即在解放区引起了轰动,仅半年时间,就在太行一个区发行了三四万册。这在当时图书销量一般只有几千册的解放区甚至国统区,的确是非常罕见的。小说随后被改编成曲艺、戏剧等形式,影响进一步扩大。小说《小二黑结婚》成功地反映了解放区农村中发生的令人鼓舞的变革。在抗日根据地的一个村庄,特等射手小二黑和村姑小芹自由恋爱,但受到双方迷信落后的父母阻挠,也遭到混进村政权中的恶霸金旺兄弟的破坏。二黑和小芹大胆地反抗"父母之命媒妁之言"的婚姻旧俗以及为非作歹的金旺兄弟,最后终于在区政府的干预下取得了胜利。这个胜利在当时来之不易。作者一方面热情地赞扬了二黑和小芹大胆追求婚姻自主的行动,另一方面也对阻挠他们自由结合的旧观念和恶势力进行了讽刺和揭露。小二黑的父亲二诸葛是个善良、迷信又胆小怕事的老一辈农民,他力图按照封建"命相"主导自己和儿子的生活;小芹的母亲三仙姑则是一个沾染了好逸恶劳等恶习的妇女,她用装神弄鬼掩护轻浮放浪的行为,为贪财而出卖女儿。这两个人物形象的真实塑造,揭示了农村小生产者精神上的落后面,从一个方面表明农村实行民主改革、移风易俗的重要意义和面临的困难。金旺兄弟是在群众没有充分发动起来时混入基层民主政权的流氓,他们当上干部后就反过来压迫、剥削农民。通过描写金旺兄弟的胡作非为,作者揭开了刚刚建立的农村基层民主政权严重不纯的状况。这一问题在《李有才板话》中得到进一步的展开。

中篇小说《李有才板话》围绕着阎家山改选新政权与减租减息等活动,真实地再现了抗战时期农村尖锐、复杂的阶级斗争。阎家山在抗战后成了敌后根据地,并在共产党带领下建立了基层政权。但是,这一新生的政权并没有真正掌握在贫农手中,恶霸地主阎恒元仍在暗地里用更加狡猾的手段,继续在村里一手遮天,欺压贫苦百姓。他在威逼利诱爪牙为自己服务的同时,还拉拢蜕化变质的干部陈小元,攥走了敢于和他斗争的李有才。来村里指导工作的章工作员因为缺乏经验,不但没能发现这一切,反而把阎家山树为"模范村"。这时幸亏富有斗争经验的老杨同志来到了阎家山。他贯彻党的正确路线,脚踏实地深入调查,在李有才及"小字辈"农民的配合与支持下,终于揭露了阎恒元在幕后统治阎家山的罪行,在斗争了阎恒元之后,阎家山的政权又重新回到了人民的手中。在小说塑造的众多人物当中,李有才刻画得最为生动丰满。在阎家山,李有才是个没有财产和家小的"外来户",靠着给别人家放牛和看守庄稼为生,饱尝生活的艰辛。但他却爱憎分明,不向欺压自己的恶霸地主低头。他诙谐幽默而又韧性十足,用自己创作出来的快板,向刚来阎家山工作的老杨同志揭露"模范村"的真相,并鼓励村里的"小字辈"们敢于起来斗争。由于他对村子里的情况了如指掌,积累了丰富的斗争经验,在与地主阶级的较量中,他积极帮助老杨分析阎家山的阶级现实,和"小字辈"人物一道,把广大贫苦农民团结在农救会周围,终于改选了村政权。

长篇小说《李家庄的变迁》以主人公铁锁的命运遭际为线索,反映了太行山区一个村庄从大革命失败后,直至抗战胜利后近二十年间天翻地覆的变化,描绘了贫苦农民在党的领导下,经过民族斗争和阶级斗争烈火的锻炼而逐步成长起来的历史进程。勤劳本分的农民铁锁,被恶霸地主李如珍欺压,不得不离乡背井,四处漂流谋生。一次偶然的机会里,铁锁结识了共产党员小常,他为小常身上表现出的革命者的气概所吸引,经过小常的引导,逐渐懂得一些革命道理。全面抗战爆发后,小常被派到他们县来工作,领导农民斗争恶霸地主李如珍。铁锁在小常的带领下,走上了革命道路,屡经挫折,终于参加了八路军。后来铁锁转业当了区长,领导农民惩处了李如珍。小说的不足之处是下半部情节发展得过于匆促,叙述庞杂松散,对铁锁参加革命后的性格刻画不够,影响了其形象塑造的完整性;前后两部对比给人以头重脚轻之感,这使《李家庄的变迁》未能达到更高的艺术成就。①

赵树理的其他短篇小说从不同方面表现了解放区农村社会关系的新变化。在解放区文学中,改造因长期战乱和流民习气养成的农村二流子,曾是一个十分重要的主题。与那些常把"二流子"写成不务正业游手好闲的流氓无赖不同,赵树理的《福贵》却意在为那些被压迫又哀告无门的贫苦农民伸张正义。福贵在族长王老万高利贷盘剥下,失去了自己的土地,还被王老万以族规严惩。在走投无路的情况下,福贵当了吹鼓手,而这是人们视为下贱的职业,因此他被蛮横无理地当作"二流子"。赵树理没有简单地嘲笑和讽刺他,而是深刻地揭示了农村二

---

① 参见唐弢、严家炎主编:《中国现代文学史》第3册,人民文学出版社1980年版,第378页。

流子产生的制度和社会原因,对旧社会提出有力的控诉,也对习惯势力作了严正的批判。赵树理还十分热心地关注解放区的妇女问题和如何建立新型家庭关系的问题。他的一些小说揭露和批判了压迫、残害妇女的宗法制度,赞扬在新政权的保护下勇于向旧观念挑战、摆脱自身封建思想束缚的新女性。《孟祥英翻身》写太行山区度荒英雄孟祥英,从一个受欺压的年轻媳妇,在党的影响下"怎样变成英雄"的故事。《邪不压正》不但表现了妇女对以势压人的不合理婚姻的反抗,还揭示了以"割封建尾巴"之名侵犯中农利益的左倾错误,比较深刻地反映了当时错综复杂的阶级矛盾和时代的变迁。《田寡妇看瓜》以田寡妇看瓜田的心理变化,反映出农村生活的改善,以及农民在道德上的进步。《传家宝》以婆媳关系变化为主轴,透过当媳妇的金桂取代婆婆掌管家庭财产这一情节,反映了解放区农民生活发生的显著变化。

赵树理对农村和农民有着非常深入的了解和同情,尤其对农民身上深重的精神包袱有着深切的体认。他在真诚地为农民获得翻身解放欢呼和讴歌的同时,也以冷静的态度揭示了农民身上因袭着的封建思想的负担。像《小二黑结婚》中的二诸葛、三仙姑,《李有才板话》中的老秦,《孟祥英翻身》和《传家宝》中的婆婆等老一代农民,由于深受传统道德和人伦关系的影响,对新风尚常持怀疑和抗拒态度,往往在不知不觉中成为压制年轻一代的顽固势力;而他们的这种精神状况很容易被地主、混入基层政权中的坏人和变质分子所利用,无意中成了坏人坏事的帮凶。《李有才板话》中的阎恒元和小元就是利用了农民的自私、落后和章工作员的主观主义、官僚主义而得逞于一时的。二诸葛和三仙姑在反对儿女的爱情婚姻上与坏分子金旺、兴旺走到一起了。① 基于对老一代农民的透彻了解,赵树理对他们的"转变"也写得比较谨慎而不失分寸。

赵树理的小说之所以到现在还有一定的审美和认识价值,与他真诚的写作态度不无关系。他不虚矫,不伪饰,不回避现实中的各种矛盾,敢于揭露生活中的问题,这使他成为一个真诚的、有良知的、带着认死理的农民气质的现实主义作家。在建国后的一个时期根据意识形态的指引对生活进行裁剪和组织成为一种普遍的创作风气中,赵树理的实打实、认死理的写实就显得十分难能可贵。

赵树理的创作实践,把新文艺大众化和民族化的进程切实推进到一个新阶段。在塑造人物形象方面,他继承了我国古典小说塑造人物的特点,适应群众的欣赏习惯,把人物放到故事情节的发展中,在矛盾冲突中,通过人物自身的行动和语言,来展现自己的性格特征。他几乎不对人物作静止的描绘、分析、议论。由于他能抓住人物的特征,因而寥寥数笔就能把人写活。他注重在日常生活中,

---

① 参看温儒敏、赵祖谟著:《中国现当代文学专题研究》,北京大学出版社 2002 年版,第 207 页。

通过朴实、简练但却细腻的细节描写去展现人物的性格。他小说中的许多细节，不但与人物塑造有密切关系，而且使作品具有浓郁的生活气息和地方色彩，即使从民俗学的角度去读，也有很高的认识价值。在小说语言上，赵树理摒弃了五四以来知识分子创作中常见的欧化语言和句式，完全采用北方农民的口语来写作。无论讲述故事或评论人物、事件，都使人觉得像是一个农民在说话。但他使用的农民口语，又是经过提炼的北方农民的语言，既纯粹质朴，又幽默生动。农民看问题的眼光和趣味，被他以活灵活现的方式呈现在读者面前，在风趣横生之中，表现了农民群众的聪明机智和乐观主义。

赵树理的创作也存在一些问题，尤其是在他被确定为解放区作家创作的"方向"和"旗帜"后，问题似乎就变得更具普遍性。赵树理在创作时尽量满足农民的文化需求，这固然反映了他的民本情怀、通俗意识，但他对五四开创的新文化传统的认识明显不足，这必然限制了他，使他不能在更大的选材范围，从更高的认识层面，以更加开放的艺术眼光表现中国社会尤其是农村的历史性变革。赵树理自述其小说多是问题小说。他说："我在做群众工作的过程中，遇到了非解决不可而又不是轻易能解决了的问题，往往就变成所要写的主题。"[①]由于过分关注和贴近"问题"，赵树理的小说往往不太注重对人物形象的塑造，人物性格缺少发展变化。这也阻碍了他的小说进入真正经典文学作品的行列。《李家庄的变迁》集中暴露了赵树理创作中的缺陷——在驾驭长篇小说结构方面的力不从心，对大变动的时代氛围的描绘比较拘谨，尤其是把主人公铁锁写得平直简单，缺乏一个典型人物所应具有的比较深厚的审美价值和认识价值。

与赵树理同时并起而风格显然不同的是孙犁——他以精致和浪漫地描写冀中农民的抗日斗争，成为解放区一位具有独特风格的优秀小说家。

孙犁(1913—2002)，河北安平人。早年在保定育德中学学习期间，他就广泛阅读了大量关于文学、哲学等社会科学方面的著作，接触到鲁迅、茅盾、普希金、梅里美、契诃夫、高尔基等中外文学家的作品，并尝试文学创作。高中毕业后失业，萌发了以文谋生的念头，但并不顺利。1937年冬天，孙犁加入了吕正操领导的冀中人民自卫军，随军做宣传和编辑工作。在经过了长期战斗生活的洗礼后，孙犁积累了丰富的生活素材，加上从事文学编辑工作的经验和中外文学大师的艺术熏陶，他厚积薄发，创作了小说《邢兰》、《一天的工作》、《战士》、《芦苇》、《女人们》等作品，初步显露出洗练、细腻的文笔与战地浪漫主义的文风。1945年春，孙犁和华北联大的学员一起来到延安，在鲁迅艺术学院从事教学和研究工作，同时继续文学创作。这期间，他先后发表了《荷花淀》、《芦花荡》等一组描写

[①] 赵树理：《也算经验》，《赵树理文集》第4卷，北岳文艺出版社1990年版，第186页。

冀中根据地人民抗日斗争生活的小说,迅速以其细腻委婉的抒情风格而引人注目。抗战胜利后,孙犁随华北文艺大军返回家乡冀中地区,随后发表了《碑》、《钟》、《嘱咐》、《纪念》、《光荣》、《织席记》、《采蒲台的苇》等作品,笔调清新明快,诗意盎然,在表现艰苦斗争的同时,洋溢着革命的乐观主义和温馨的人情味,更加发展了他婉约抒情的叙事风格。

歌颂人民战争中劳动妇女身上闪光的人情美和人性美,是孙犁小说的一个鲜明特色。在艰苦卓绝的人民战争中,农村劳动妇女不但逐步解脱了封建伦理道德的束缚,也在战争的洗礼下焕发出中国女性特有的道德情操和人性光彩。他笔下的劳动妇女不再是忍气吞声的旧式农妇,而是有情有义、能劳动能战斗的解放女性;她们对待自己的亲人温柔多情,细致体贴,对敌斗争则英勇顽强。她们不怕艰难,不怕牺牲,承担着生活和斗争的重任,显示出解放了的妇女的风采。《荷花淀》和《嘱咐》中的水生嫂勤劳能干、通情达理。她一开始似乎有些天真,依恋丈夫,但经过战争的考验逐渐变得勇敢机智,坚强果断。在《荷花淀》中,她和妇女们一道也组织起水上游击队,在《嘱咐》中,她又撑着冰床飞快地送走作战八年刚回家一夜又要去打反动派的丈夫,为的是丈夫"快快打走了进攻我们的敌人,你才能再快快地回来,和我见面"。《采蒲台的苇》中的小红坚韧乐观,机敏地把敌人活动的情报报告了游击队,使游击队袭击敌人成功。《光荣》中的秀梅是个还没有恋爱结婚的村干部,干工作和对待感情一样大胆泼辣,爱憎分明。《蒿儿梁》中的村妇救会主任有着悲惨的身世,但在艰苦的战争环境中锻炼得沉稳大方,在敌人进村扫荡时迅速组织群众伏击敌人并掩护部队伤员撤退隐蔽,表现了解放区人民与军队的鱼水深情。

孙犁对中国女性的人情美和人性美的悉心描写,表现了他深切的生活体验和独特的美学理想。他说:"我喜欢写欢乐的东西。我以为女人比男人更乐观,而人生的悲欢离合,总是与她们有关,所以常常以崇拜的心情写到她们。"[①]"她们在抗战年代,所表现的识大体、乐观主义以及献身精神,使我衷心敬佩到五体投地的程度。"[②]他更愿意看到"令人充满希望的东西,春天的花朵,春天的鸟叫;不愿意去接近悲惨的东西"。[③] 在孙犁眼中,真善美的极致恰在抗日战争中得以彰显:"我经历了美好的极致,那就是抗日战争。我看到农民,他们的爱国热情,参战的英勇,深深地感动了我……我的作品,表现了这些善良的东西和美好的东

---

① 孙犁:《孙犁文集》第1卷《自序》,百花文艺出版社1981年版,第4页。
② 孙犁:《关于〈荷花淀〉的写作》,《孙犁文集》第4卷,百花文艺出版社1982年版,第612页。下引作品均据此版。
③ 孙犁:《文学和生活的路》,《孙犁文集》第4卷,第393页。

西。"①在孙犁笔下,人民群众特别是劳动妇女通情达理的家国意识、坚韧乐观的精神品质、有情有义的道德情操,在抗日战争中得到了淋漓尽致的发挥,它们是人性、阶级性和民族性的综合表现。可以说,孙犁的小说为(世界)现代战争—革命文学开启了一个新的视野。

善于通过日常生活的侧面反映革命战争的风云,是孙犁小说在叙事上的一大特色。孙犁笔下的战争,没有硝烟弥漫、刀光剑影,多的是与战争间接相关的家庭生活、劳动生产等日常生活场景;战争只是作家展示人性美的背景和道具。在代表作《荷花淀》中,小说开头部分水生夫妻富有意味的夜话场景,一向为人所称道:

> 月亮升起来,院子里凉爽得很,干净得很,白天破好的苇眉子潮润润的,正好编席。女人坐在小院当中,手指上缠绞着柔滑修长的苇眉子。苇眉子又薄又细,在她怀里跳跃着。……
> 这女人编着席。不久在她的身子下面,就编成了一大片。她像坐在一片洁白的雪地上,也像坐在一片洁白的云彩上。她有时望望淀里,淀里也是一片银白世界。水面笼起一层薄薄透明的雾,风吹过来,带着新鲜的荷叶荷花香。但是大门还没关,丈夫还没回来。

这段精心的白描编织出的动人情景,衬托出了水生嫂女性的纯洁、宁静和温柔的美好人性。而如此这般灵巧传神的白描手法,无疑构成了孙犁小说艺术的另一个重要特征。无论是描人状物,他都能以白描手法勾勒得浓淡适宜,形神兼备,令人神往。特别是他对白洋淀水乡人物景色的描写,字里行间洋溢着深挚感情。而这种感情,又使他的作品具有特别能够打动读者心灵的魅力。孙犁小说的语言凝炼优美,而又典雅细腻。充满诗情画意的美学追求与清新秀雅的艺术风格,使他成为解放区作家有着鲜明个人风格的一位。在他的影响和带动下,大约到五十年代中期,他的周围聚集了一些风格相近的作家,形成了著名的"荷花淀"派,丰富了中国当代小说的艺术。

孔厥(1914—1966,原名郑挚,江苏吴县人)是全面抗战初期在延安崭露头角的一位小说新人,《受苦人》是他自1938年到延安后创作的反映农村生活的短篇小说的结集。代表作《受苦人》讲述一个童养媳与年纪比她大一倍的丈夫之间既互相同情又缺乏爱情的痛苦生活,沉痛地揭示了旧式婚姻制度的不合人道。《一个女人翻身的故事》以平实的笔调叙写了一个童养媳在根据地成长为抗日妇女先锋和边区女参议员的过程,表达了对根据地妇女翻身得解放的欣悦之情。

---

① 孙犁:《文学和生活的路》,《孙犁文集》第4卷,第393页。

1938年创作的《农会会长》塑造了由贫苦农民成长为翻身农民领袖的农会会长形象。主人公曾被土匪绑架,赎回后沦为贫苦农民,但就是这样一个普普通通的下层百姓,却在组织群众翻身中逐渐表现出很强的领导才干。他貌不惊人,说话做事看似慢慢腾腾心不在焉,实际上却果断机智。他善做群众工作,办起事来"蹲在坐下的人圈里,时常倾出上半身,用烟管在地上敲着,商量般地同这个说几句,又同那个讲两声:不像个会长,也不像个主席,却就像揩去他那小孙女的眼屎一般,慢吞吞的,他用说话揩去了庄稼人心上的疑虑"。《郝二虎》描写了优抗主任郝二虎忍着病痛、宁愿自家的庄稼抛荒也要完成上级交代的"代耕"任务的事迹,赞扬了农村基层干部积极开展拥军优属支持抗日战争的爱国精神。孔厥的小说风格淳朴自然,叙述语调亲切体贴,这在他后来与人合作的长篇小说《新儿女英雄传》中有更为出色的表现。

康濯(1920—1991,原名毛季常,湖南湘阴人)1938年到达延安,在鲁艺毕业后任八路军随军记者,长期在晋察冀边区从事文化工作。《我的两家房东》、《灾难的明天》、《初春》是他短篇小说的代表作。《我的两家房东》从一个到农村工作的干部的视角,细致地刻画了两家年轻的房东栓柱和金凤之间微妙的爱情心理,揭示了在旧婚姻习俗下年轻人不得不采取试探和隐蔽的方式恋爱的生活情态,为农村青年最终冲决旧婚姻制度和封建思想的束缚而由衷的庆幸和欣慰。小说笔调简洁幽默,描写细腻曲折,是当时解放区短篇小说中别具一格的佳作。

刘白羽(1916—2005,原名刘玉赞,北京通州人)是解放区部队文艺的代表性作家,也是现代文学史上比较擅长军旅叙事的作家。中学读书期间适逢"九·一八"事变发生,有感于国难当头,他投笔从戎,驻防绥远前线,由此得以亲身体验底层士兵生活。1934年考入民国大学中文系,稍后开始小说创作,1937年出版了第一部短篇小说集《草原上》,着力描写旧军队下层士兵的生活,虽然艺术上比较粗糙,人物形象显得模糊,却显示出严肃的写实旨趣和左翼的社会批判倾向。其中的《冰天》和《草原上》两篇发表不久,就被选入良友图书公司编选的《一九三六年短篇小说佳作选》。正是因为有这样的思想和创作基础,全面抗战爆发后刘白羽毅然来到延安,积极参加文艺工作团奔赴华北抗日前线,解放战争时期又作为随军记者,参与东北战场及入关与南下作战。长期与人民子弟兵同生活、共战斗,使刘白羽对人民军队的新性质和将士们的新人格有着非常亲切的体认,从而唤起了他歌颂人民军队的创作热情。在这方面他贡献了两类作品。一类是《八路军七将领》(与王余杞合作)、《游击中间》、《英雄的记录》、《历史的暴风雨》、《为祖国而战》等随军报告文学,另一类是《勇敢的人》、《无敌三勇士》、《政治委员》、《火光在前》等革命军旅小说,它们可视为随军报告文学的艺术再创造。《政治委员》不仅塑造了永葆革命精神、善于做思想工作的团政治委员吴毅的感人形象,而且通过"战争生活过腻了"的二营教导员沈克,较早地揭露革命军队中某些干部革命意志衰退甚至厌战的问题,小说发表之后曾引起较大反响。《无敌三勇士》讲述了三个战士阎福成、李发和、赵小义从闹不团结,经过诉苦会打通了阶级感情,终于在血与火的战场上结成"生死抱团"的"无敌三勇士"的过程,生动地展现了人民军队普通士兵的精神风貌。这篇小说采用类似于赵树理小说《小二黑结婚》的叙事结构,全篇十一节都有一个小标题,情节环环相扣,小说语言也一洗先前用知识分子语气描写士兵生活的隔涩,而始终贯穿着通俗明快、亲切生动的叙述语调。刘白羽的这些革命军旅小说开了当代文坛上表现革命军事题材之作的先河。新中国成立后,刘白羽长期担任国家和军队文化部门的领导职务,但仍笔耕不辍,五十年代在散文写作上成就较大,《长江三日》是传诵一时的名篇,直至新时期仍奉献出长篇小说《第二个太阳》,荣获第三届茅盾文学奖。

第六节 《太阳照在桑干河上》、《暴风骤雨》等长篇小说

解放区的长篇小说大约在 1945 年抗战胜利前夕才出现。① 较以前相对稳定的工作环境,民族解放即将到来时的乐观主义、理想主义和英雄主义的时代气氛,以及作家较长时间的生活体验和艺术积累,催生出了《洋铁桶的故事》(柯蓝)、《吕梁英雄传》(马烽、西戎)、《新儿女英雄传》(孔厥、袁静)等抗日英雄传奇的流行。随后,反映农村社会变革和经济发展的《高干大》(欧阳山)、《种谷记》(柳青),表现工业生产的《原动力》(草明),还有全景式展现土改过程的长篇杰作《太阳照在桑干河上》(丁玲)、《暴风骤雨》(周立波)等陆续问世,显示了解放区长篇小说创作的后来居上。

柯蓝(1920—,原名唐一正,湖南长沙人)1944 年创作的《洋铁桶的故事》,是解放区较早以章回体形式写成的中篇小说,小说写了洋铁桶(真名吴贵)领导的民兵小队抗击日本侵略者,建立新政权,对伪军进行政治攻势,以及捉特锄奸的传奇故事。尽管它存在着描写夸张过分、手法陈旧等旧小说的痕迹,缺乏时代色彩等弱点,但由于适应了战时读者对乐观主义和英雄主义的期盼,尤其是章回体这种传统的情节小说在塑造传奇人物上所具有的独特优势,因而受到了读者的热烈欢迎。这鼓励更多的作家运用章回体形式创作新的英雄传奇。次年,马烽、西戎合作的长篇章回体英雄传奇《吕梁英雄传》开始在报纸上连载了。

---

① 参见刘增杰主编:《中国解放区文学史》,第 172 页。该著考证了 1945 年在报纸上连载的《吕梁英雄传》是解放区的第一部长篇小说。

马烽(1922—2004,原名马书铭,山西孝义人)、西戎(1922—2001,原名席诚正,山西蒲县人)合作的《吕梁英雄传》是一部民兵英雄传奇。吕梁山区康家寨的农民长期遭受地主康锡雪(外号桦林霸)的压迫和剥削,他勾结日本侵略军,组织维持会,寨子里的农民受着双重的压迫。共产党员、武工队员武得民领导组成了民兵队,开展反汉奸、斗恶霸的斗争,终于砸烂了维持会,真正把政权掌握在人民手中。小说由许多故事联缀而成,情节曲折生动,很有可读性。但故事与故事之间有时缺乏内在联系,主要人物的个性也不够鲜明。这些缺陷在后来的《新儿女英雄传》中有所克服。孔厥、袁静(1914—1999,原名袁行规,祖籍江苏武进,出生于北京)合作的《新儿女英雄传》,是一部比《洋铁桶的故事》和《吕梁英雄传》更为成功地运用章回体创作的英雄传奇故事。它以冀中白洋淀为背景,表现了抗战中新的英雄人物不断成长的过程,歌颂了中国人民在共产党领导下坚持抗战的英雄气概。小说在结构上以敌我双方的武装斗争为主线,主人公牛大水、杨小梅的爱情纠葛为副线,两条线索交错发展,情节曲折多变,较好地发挥了章回体小说故事性强的特点。同时,又注意吸收现代小说在人物塑造和心理描写上的长处,努力创造情景交融的艺术氛围,这是解放区的章回体小说中具有较高艺术价值的一部。

《高干大》是反映解放区开展合作化运动的较为优秀的长篇小说。作者欧阳山(1908—2004,原名杨凤岐,湖北荆州人)参加过延安文艺座谈会和整风运动,《高干大》是其方向转换后的一部力作。小说写了抗日战争最艰苦时期陕甘宁边区一个叫任家沟的地方办供销合作社的故事。供销合作社主任任常有思想机械保守,官商作风十足,严重侵犯群众利益。因此,合作社不但没有给农民带来好处,反而成了严重的负担。群众把合作社称作"活捉社"——"把人民都捉定了"。在合作社面临崩溃的危险之际,共产党员、合作社副主任兼推销员高生亮(许多喜欢高生亮的群众都让自己的孩子拜他为"干大"即干爹,渐渐地人们都尊称他"高干大")了解群众的意见和愿望,相继办起了医药社、纺织工厂、信用社、驮盐运输队,包下了救国公债和公粮负担,使合作社真正起到推动生产发展、减轻人民负担的作用。尽管高干大的正确做法遭到任常有的百般阻挠以及官僚主义的区长程浩明的误解和反对,但是人民群众欢迎合作社,拥护高干大。高干大坚持按照自己的思路办下去,终于取得了胜利。这部小说的价值不仅在于写出了边区合作社经济发展的道路,反映了边区农村新的生活面貌,还在于真实地表现了农村经济工作中存在的问题,以及对任常有、程浩明一类官僚主义者的揭露。赵树理评价这部小说时说:"主观主义、官僚主义,在一九四四年至四五年,虽在解放区到处遭到反对,可是据我所见,还没有任何一个作品能象本书揭发得那样彻底。"①

柳青（1916—1978，原名刘蕴华，陕西吴堡人）的《种谷记》也是当时反映农村社会变革的较有影响的长篇小说。小说以王家沟组织集体种谷的事件为线索，展示了解放区农村生活的一个侧面。为了提高生产，解决劳力不足的问题，县里指示在变工队的基础上实行定期集体种谷，却遇到各种不同力量的阻挠，其中既有富裕中农、行政主任王克俭为代表的保守势力的消极应付，也有富农王国雄的破坏。但是，积极分子、农会主任王加扶和劳动模范王存起一起在共产党的领导下，团结群众，克服困难，撤销了王克俭的职务，终于胜利地开展了集体种谷。小说不但深刻地揭示了农村指导工作中的某些官僚主义错误，而且对农民的生活和心理有真切细致的描绘。冯雪峰在看过小说后认为："无论怎样，我们也总能从《种谷记》这类作品里，得到一些我们研究和理解在革命中的农村关系和农民生活的可靠的真实材料"，"这种材料，虽然我们可以在文学作品以外去更多地得到，但在现在，这在文学上更可宝贵的。假如它能够取得文学的更久的生命而流传更久，在将来也自然还有意义"。②

草明（1913—2002，原名吴绚文，广东顺德人）的《原动力》是解放区第一部描写工人生活的长篇小说，1949年5月出版后即引起广泛的注意。小说一开篇的场景是，东北解放区玉带湖发电厂由于先后遭到日本侵略者和国民党反动派的破坏，冰雪埋没了机器，厂里一片荒凉。当国民党接收大员要对工厂进行破坏时，老工人孙怀德和工友们机智地保护了机器。东北解放了，当人民政权还未来得及接管工厂时，孙怀德已经领着工友主动刨冰捞油，修复机器。不久，上级派王永明来担任经理。孙怀德和工人们对公开和暗藏的坏人进行斗争，同时也抵制了王永明的官僚主义，终于在最短时间内修复了遭到破坏的电厂，孙怀德也被选作电厂的副厂长。作品形象地表明，党领导下的工人阶级是生产建设的原动力。《原动力》对中国工人阶级大公无私、意气风发的精神面貌作了鲜明生动的描绘，讴歌了他们作为领导阶级的先进素质，这无疑对缺乏代表先进阶级典型形象的新文学有所贡献。

在解放区的长篇小说中，丁玲的《太阳照在桑干河上》和周立波的《暴风骤雨》，是两部描写正在进行的土改运动因而产生了广泛影响的作品。它们写作和出版的时间大致都在1948年前后，并分获1951年度斯大林文学奖的二等奖和三等奖，代表了解放区长篇小说创作的最高成就。

延安整风结束以后，丁玲多次到农村与农民群众在一起劳动和生活。1944

---

① 赵树理：《介绍一本好小说——〈高干大〉》，《人民日报》1948年10月7日。
② 《〈种谷记〉座谈会》，《小说》第3卷第4期，1950年。

年,她采写边区先进人物的报告文学《田保霖》发表后,立即受到毛泽东的热情鼓励。1945年抗战胜利后,丁玲奉命从延安出发到东北解放区去开展工作,但途中因交通受阻而滞留在了河北张家口。此时正逢中共中央发布了关于在解放区实行土地改革的"五四指示",丁玲参加了晋察冀中央局组织的土改工作队,就近在怀来、涿鹿一带搞了两个多月的土改工作。这段难忘的工作,孕育了丁玲《太阳照在桑干河上》的主题和人物。以后,为了补充"生活和小说中的不够",作者又两度到河北农村参加土地复查和平分工作,并且根据1947年召开的全国土地会议和颁布的《中国土地法大纲》的新精神,对原定的写作计划进行了调整,将原计划写作的"斗争"、"分地"、"参军"三个阶段,压缩到集中写"斗争"这一阶段,进行了纵深开掘。

描写农民和地主之间的冲突和较量,表现农民阶级"翻身"以及"翻心"的希望和艰难,是《太阳照在桑干河上》的叙事重心。但是,作者不是简单地理解和表现农民与地主的矛盾,而是循着生活的原生态,把延续千百年的中国宗法制农村错综复杂的人际关系和社会情况,以及各阶级在土改过程中表现出的不同态度,作了比较真实和生动的描绘。暖水屯的阶级阵线表面上看起来清楚,实际上却犬牙交错。富裕中农顾涌既把大女儿嫁给了外村富农胡泰的儿子,又是本村地主钱文贵的儿女亲家,一个儿子参加了人民解放军,儿媳妇出身贫农,另一个儿子在村里当青联主任,是个积极要求上进、工作不坏的干部。钱文贵是群众最恨也最怕的地主,可是他的亲哥钱文富却是个老实的贫农,堂弟钱文虎又是村工会主任;他把儿子送去参军,又默许侄女黑妮和农会主任程仁(他原来的长工)的感情关系。侯忠全是地主侯殿魁的佃户,一生受着东家沉重的压榨和剥削,然而他和侯殿魁又是堂叔侄的关系。斗争最坚决的积极分子贫农刘满,他的哥哥刘乾却在钱文贵的逼迫下当过伪甲长。这种盘根错节的乡村宗法关系,麻痹了农民被剥削的"痛感",导致土改一开始就进行得颇为不顺。而为能"唤醒"多数农民的"痛感",使他们认识到自己被剥削被压迫的真实处境从而主动为争取平等做人的权利而斗争,小说把主要笔力聚焦于工作队员说服农民打破情面,把地主和农民之间剥削与被剥削的关系从复杂的人际社会关系中剥离出来的过程。这也是农民阶级"翻心"的过程。客观地而不是意识形态化地在小说中处理农村复杂的阶级关系,由此展开双方复杂的斗争态势并呈现土改运动的艰难过程,应该说是这部小说现实主义描写的一个胜利。

《太阳照在桑干河上》的成就还表现在塑造人物性格时,努力避免此前的左翼小说常常把人物的阶级属性当作唯一属性来刻画的弊病。丁玲说:

《桑干河上》是一本写土改的书,其中就要有地主,但是要写个什么样的地主呢？最初，我想写一个恶霸官僚地主，这样在书里还会更突出，更热闹些。但后来一考虑，就又作罢了，认为还是写一个虽然不声不响的，但仍是一个最坏的地主吧。……关于对中农，如顾涌这个人物，也曾花费了很大的思索。在土改当时，我觉得划分阶级上有些问题，觉得凡是以劳动起家的，我们把人家的财产、土地拿出来，是不大妥当的。譬如像顾涌这样的一个家庭，我们决不能把他划成富农，他应该是一个富裕中农，于是我在小说里便从这个角度来表现了他。写成以后，我找了一个地委干部来看，让他提意见，他不同意我对顾涌的这个写法，说还是应当分他的地。我当时很苦恼，无可奈何，又下农村去了。下去以后，正赶上"贫雇农路线"，我就更不敢讲话了。后来少奇同志来了，他了解了这个情况，说这样搞法不好。从此，我才把自己的意见肯定下来，回去安安稳稳地写我的小说。还有，就是对黑妮的处理。当时我想，地主是坏的，但地主的儿女们是否也是坏的呢？他们都还年轻，是否也要和地主一样的看待呢？我想，地主的家庭内部也是复杂的，其儿女不能和地主一律看待，譬如我本人就是出身于地主家庭，但我却是受家庭压迫的，这是由于中国社会的复杂性，于是，我就安排了一个地主家的女儿黑妮，并给了她一个好出路。写出来以后，有好多人说，黑妮写得不妥当，把她写得太好了；有些人也同意我这个写法。对这个问题，我也考虑了好久，不过最后还是按照我原来的想法写了出来。①

可见，丁玲对土改的描写是从生活实际出发，有自己的独立思考。也因此，她笔下的人物是比较有血有肉，真实丰满的。作者选择了富裕中农顾涌作为小说的串线人物，"以舒徐的富有诗意的笔，深刻地展开着这个富裕中农的灵魂的同时，也就布成了影响全书的一种气氛，使你感觉着地主、富农、中农、贫雇农各自对于土地的深切的关系，感觉着他们之间的阶级的矛盾，感觉着时代与环境的空气"。② 对于张裕民这个暖水屯的第一个共产党员，作品突出了他沉着、老练、忠心耿耿的品质，但也写了他的一些缺点，如发动群众斗地主时一度在思想上摇摆不定，担心斗不倒钱文贵自己无法下场等心理。小说中的另一主要人物程仁从小饱受地主剥削，对地主阶级有本能的仇恨，因而能在斗争的暴风骤雨中站稳自己的阶级立场，与贫雇农一起向地主阶级进行坚决的斗争。但作者也写了他因为和钱文贵的侄女黑妮的恋爱关系，在斗争中总感到有什么东西"拉着他下垂"，以致差点犯错误。丁玲没有把张裕民和程仁写成了不起的英雄人物，她认

---

① 丁玲：《关于〈太阳照在桑干河上〉的写作》，载《人民日报》2004年10月9日。
② 冯雪峰：《〈太阳照在桑干河上〉在我们文学发展上的意义》，《文艺报》1952年第10号。

为"他们可以逐渐成为了不起的人,他们不可能一眨眼就成为英雄,但他们的确是在土改时期走在最前面的人",而这个时期,"走在最前边的常常也不全是崇高、完美无缺的人"。钱文贵是顽固对抗土改的地主典型,他固然老奸巨猾,却非罪大恶极的恶霸。丁玲之所以选取这个人物来写,是因为"在某种意义上,他比恶霸地主还更能突出地表现了封建制度下地主阶级的罪恶"。[①] 钱文贵没有黄世仁那样毒辣,也没有崔二爷那样张狂,他工于心计、善于投机,所以他才能以进为退、早为之计——在土改之前让儿子钱义去参军,获取军属身份来作为掩护;在土改中又劝诱侄女黑妮去找农会主任程仁,企图用"美人计"来拉拢干部作自己的保护伞;他伙同白娘娘、任国忠搞迷信,播谣言,利用女婿张正典欺压贫农以转移斗争目标;在被押上台斗争时,他还故作镇静,想用平时的"威严"吓阻农民的控诉。应当说,丁玲塑造的钱文贵是地主阶级中颇具个性特色的"这一个"。而其他地主在土改中的表现也都各有特色:李子俊的胆小绝望、江世荣的色厉内荏,侯殿魁的愚蠢盲动等。特别值得一提的是李子俊的老婆,她最大的本事是善于伪装。她在土改一到来就装出百依百顺的样子,企图以此软化、欺骗前来清算她家的贫雇农们;当这一着失灵时,她虽然表面上还强装笑脸,内心却恶毒咒骂斗争她的农民。作家对她在果树园中心理活动的描写,淋漓尽致地揭示了这个"地主婆"败退时憎恨中夹杂着无奈和委屈的复杂心理。黑妮形象的塑造,尤其体现了作者忠于现实的创作态度。黑妮曾与钱文贵一家生活在一起。这在当时普遍按照人物的出身进行定性描写的风气中,是很容易将她写成地主阶级营垒中的一员。然而实际上,黑妮不过是寄寓在钱文贵家的孤女,钱文贵不但把她看成丫环,还想利用她对程仁施以"美人计"。作者对黑妮的遭遇报以同情,把她写成一个有情义、有主见的美丽少女,并让她最终摆脱了钱文贵的控制而来到勤劳的大伯家,并和程仁走到了一起。

当然,《太阳照在桑干河上》毕竟是特定历史阶段的产物。共产党关于这一阶段土改斗争的目标和农村社会的各种阶级关系的表述,实际上已经为丁玲处理这段题材划定了一个思考和写作的底线。因此,尽管丁玲在具体写作中表现出了一定的主体性和独特的思考方式,但也不可能真正从根本上超越那一时期党的政策以及作家本身认识上的局限,独立进行更为自由的探索和更为深入的开掘。

周立波(1908—1979,原名周绍义,湖南益阳人)的《暴风骤雨》分上下两部,第一部反映了1946年《五四指示》下达后土改斗争第一阶段的情况,第二部写1947年10月末《中国土地法大纲》颁布后的土改状况。它以东北地区松花江畔

[①] 丁玲:《生活、思想与人物——在电影剧作讲习会上的讲话》,《人民文学》1955年第3期。

一个叫元茂屯的村子为背景,从工作组进村掀起土改、斗争恶霸地主、土改复查、分土地、挖浮财、打土匪一直写到最后元茂屯掀起参军热潮,完整地展现了土改运动的全过程。

与《太阳照在桑干河上》相类似,《暴风骤雨》也通过写地主阶级的狡诈和农民被唤醒的困难,来表现土改斗争的复杂性和艰巨性。韩老六和杜善人是元茂屯恶霸地主的代表,平日里他们横行乡里,鱼肉百姓。当土改工作队长萧祥率队进驻元茂屯时,他们恐惧焦虑,但并不甘心失败,而是积极地秘密串联,安插耳目,想尽办法打探工作队的行踪,并暗地转移浮财,造谣惑众,甚至派人向萧祥打黑枪吓阻工作队和农民翻身。在表现农民觉醒的过程中,作品细致地描写他们在土改中心理的变化。当工作队刚进村时,他们还无法认识自己受剥削的真正原因,处于涣散、软弱、观望状态。但随着工作队的不断启发和动员以及斗争形势的发展,他们的觉悟程度也逐渐提高。最后在工作队的广泛发动并组织武装自卫队的情况下,他们终于摆脱了害怕、犹疑的心态而勇敢地投身于斗争当中,完成了自身的解放。

《暴风骤雨》着力塑造了赵玉林和郭全海两个土改积极分子的形象。土改前,他们两家饱受日伪和恶霸地主韩老六的压迫,跟韩家结下了血海深仇。赵玉林蹲过监狱,受过残酷的私刑,老母饿死,妻子讨饭,全家三口都"光着腚"(因此他外号叫"赵光腚")。郭全海的父亲被韩老六害死,自己十三岁就当了韩家的马倌,跟韩家是两代世仇。正因为铭心刻骨的深仇大恨,所以在土改工作队进屯后,他们就能迅速地觉悟起来,勇敢而坚定地站在斗争的最前线。通过他们,作者揭示了土改运动的群众基础,写出了这一伟大革命的必然性。作者也写了他们的弱点(如赵玉林的缺乏斗争经验,郭全海在坏分子掌权后斗争意志一度消沉),但更主要的是突出表现了他们勤劳朴实、积极勇敢、大公无私、不怕牺牲的品格。作品里写得最成功的人物,是车把式老孙头。外出赶车的经历,使他比一般农民多见过一些世面,也养成了他爱吹牛、好面子,思想保守、胆小怕事的性格,身上还沾染了一些坏毛病。对于土改运动,他比别人多了一些见解。他真诚地拥护土改,盼望真正的翻身,但是由于担心土改不彻底,更害怕土改失败后地主的反攻倒算,所以开始时他只是从旁观望。但当他看到地主势力被镇压,工作队帮助农民真正实现了他们的翻身梦时,他最终也积极地参加到土改中来。他开朗而幽默,保守又忠厚,不敢出头又盼望翻身的性格和行为,都给人留下了深刻印象。与《太阳照在桑干河上》侧重写农民在地主阶级压迫下形成的麻木、愚昧、落后的思想状态以及他们在斗争中逐步成长起来的过程不同,《暴风骤雨》则偏重于塑造农村中的新人形象。这两部同一题材的作品形成的差异,体现了作者不同的艺术追求和不同的审美方式,也提供了两种土改小说创作的模式。

《暴风骤雨》的艺术优长是叙事生动明快、节奏有张有弛，人物性格鲜明、勃勃有生气，语言幽默风趣、颇有感染力，并且善于抓取有意味的风俗和细节——这一切都使它比《太阳照在桑干河上》更具艺术吸引力。即如"分马"一节，人物众多，大家喜气洋洋，你一句我一句的对话，读来如闻其声、如见其人，而形形色色人物的活动，热闹而不紊乱，对人物心理的把握尤为精到，加上富有民俗风味的生活画面，令人叹赏不止。小说的缺点是第二部在结构上有些松散，事件头绪多而表现不够集中；两部之间的联系也不够紧凑；主要人物的性格虽然鲜明，却都嫌单纯了些。这也在一定程度上使作品对农村阶级斗争的反映显得有些简化了。① 之所以出现这类情况，可能同作者对革命现实主义创作方法的不同理解有关系。周立波在写完《暴风骤雨》之后的1949年曾说："北满的土改，好多地方曾经发生过偏向，但是这点不适宜在艺术上表现。""因为革命的现实主义的反映现实，不是自然主义式的对于事实的摹写。"②周立波这种抛开消极面才符合"典型化"原则的看法，其实是对革命现实主义的多少有点简单化的理解。

不过，也应该理解，像土地改革这样改天换地的革命，作为真正推翻"人吃人"的社会制度的群众运动，是很难做到和风细雨、倒往往挟带着暴风骤雨，美好的希望自然是不要出现什么偏差，但实际上发生这样那样的偏差恐怕是在所难免的，正因如此，中共中央一直在紧密地跟进和改进，尽可能地纠偏和纠错。也因此，伴随着土改运动而同时进行的土改叙事，就是一个政策性极强的重大政治题材，它既被迫切地需要着又不能不慎重从事。既然"兹事体大"，则不论《太阳照在桑干河上》还是《暴风骤雨》的写作与出版，虽然都出自久经考验的左翼名家之手，却都不可能是一个单纯得只由作家个人独立为之的纯文学行为，所以出现一些问题——比如写了一点不那么人性化的"群众暴力"，或者在审读过程中遇到不同意见因而迟滞了出版之类，其实都是理有固然的事，似乎无须特别地大惊小怪。当然，问题也不容讳言——解放区文学发展至此，已不仅与革命政党的政治紧密结合，而且与其政策密切配合，这事实上将成为即将建立的新国家对文学的一种制度约束，而不久之后的事实也将证明，这种约束即使对革命的左翼—解放区作家来说，也将是难以持久忍受的束缚，而势必制约新中国文艺的发展。

---

① 参见唐弢、严家炎主编：《中国现代文学史》第3册，第424页。
② 周立波：《现在想到的几点——〈暴风骤雨〉下卷的创作情形》，载1949年6月21日《生活报》。

第二十章
抗战时期的中国沦陷区文学

在帝国主义列强中,日本对中国的侵略后来居上,"甲午战争"之后,它的野心空前膨胀,已不满足与其他帝国主义列强瓜分在中国的势力范围、分享在中国的经济利益,而以独霸中国、实行殖民统治为目标,蓄意发动了一次又一次侵华战争:从"九·一八"事变到"七七"事变,日本侵华战争逐步升级,中国的大片国土相继沦入日寇魔掌,先后形成了东北沦陷区、华北沦陷区、华中沦陷区(当年的华中包括了今日华东和华中一些地区)、华南沦陷区等。再往前追溯一下,自"甲午战争"之后台湾就被迫割让给日本,进入了所谓"日据"时代,这被"日据"的台湾其实就是中国最早的一块沦陷区。

在日伪的高压和引诱下,沦陷区的作家面临着是否坚持民族的意志、是否坚持人的尊严和文学的尊严的严峻考验,不同的应对态度使那里的新文学活动分化出不同的形态——不论在哪块沦陷区,都有抵抗的文学,也有妥协的文学,以及挣扎在二者之间的文学;这些不同倾向的文学与民族母体文学、抗战主体文学之间,存在着或隐或显的呼应或对抗,而各个沦陷区之间则既各有其地域上和文学上的特殊性,又常常有所流动和互动。这里按照沦陷的先后,依次叙述"日据"时期的台湾文学、东北沦陷区和华北沦陷区的文学、华中沦陷区文学。至于其余的沦陷之地,由于常常发生拉锯性的战斗,失收反复易手,处在很不稳定的状态,几乎没有文学的发展空间,所以此处从略。

第一节 "日据"时期的台湾文学

宝岛台湾虽然孤悬海外,但很久以来就和祖国母体保持着文化的同一性。日本帝国主义侵占台湾、实施殖民统治之后,尽管处心积虑、软硬兼施,极力割断台湾对祖国的民族文化认同,但爱国的台湾知识者一直坚守不懈,更以文学来曲折表达他们对母体文化的认同意识和远隔祖国的海天孤愤。1915年台南西来庵事件是台湾最大规模的武装抗日斗争,遭到日军残酷镇压。此后,殖民当局转向采用"文治"、"化俗"政策,台湾人民也从武力抗日转为政治抗日、文化抗日,被称为日据时代三大诗人的连横、林幼春、胡南溟以"遗民"式的古典诗文写作来维系传统,抵抗殖民同化。1919年,留日台湾学生成立"声应会",取和五四新文学运动"同声相应"之意,翌年改名"启蒙会"。随后又成立了以林献堂为会长的"新民会",该会1920年7月创刊的《台湾青年》(后改名《台湾》),其《卷头语》直接宣告"反抗横暴而服从正义"的"文化运动"的开始。正是这样一种抵抗殖民统治、认同祖国文化的精神和情怀,推动着台湾的新文化和新文学逐步发展,并形成了自己的特点。

1923年元月,《台湾》杂志发表黄呈聪《论普及白话文的新使命》和黄朝琴《汉文改革论》,立论于"就文化而论,中国是母,我们是子"和"普及白话文"是避免"民众变成愚昧"的"新的使命"。之后,曾就学北京的张我军在台湾《民报》相继发表《糟糕的台湾文学界》、《文学上的主张》、《新文学运动的意义》等文,明确依据陈独秀、胡适的文学观念,提出了"台湾白话文学的建设"等主张,并跟赖和、蔡孝乾等一起展开了跟旧派文人的论战。1925年,《人人》、《七音连弹》等新文学杂志创刊,台湾新文学由此诞生。

赖和的创作是台湾新文学最初的实绩。赖和(1894—1943),台湾彰化人,原名赖河,字懒云。他从1925年发表白话散文《无题》,到1941年在狱中完成《狱中日记》,创作小说十多篇,还有不少新诗和散文。这些作品连同赖和积极倡导"平民文学"的活动,从多个方面奠定了台湾新文学的基础,赖和也由此被誉为"培养了台湾新文学的父亲或母亲"[①]。赖和的创作将寓有阶级和民族意识的现实主义精神带进了台湾新文学。《斗闹热》(1926年)以民生艰难,而台湾民众仍想方设法供奉妈祖神的"闹热",浓缩起台湾根同大陆的意识和情感。《一杆称仔》(1926年)描写老实本分的小贩秦得参跟欺压他的警察同归于尽,将批判的笔触直指"强权行使"的殖民统治。《蛇先生》在民众相信中医之神力的场景中写出了中华文化传统植根民间的强韧性。《善讼人的故事》则以林先生只身跨海到福州为民告状的故事,在叙事空间上将大陆同台湾联结在一起,认同祖国的情感在潜行中澎湃不已。《不如意的过年》勾画了查大人(日本巡查)的统治心理,颇有胆识地揭露殖民警察制度。赖和的小说在台湾乡土文化的背景上,寻根于中华传统,质疑于殖民"现代性",最早表现出了台湾新文学的孤愤特征,并以现实主义同本土特色的统一、民族精神同现代意识的融合奠定了台湾新文学的基础。与赖和一起被称为台湾新文学初期"三杰"的杨云萍和张我军也各自显示了创作实绩。杨云萍致力小说创作,其代表作《光临》借保正林通灵设家宴恭候日本警察光临的场景,犀利抨击奴才思想,被称为"台湾新文学有了实质收获的肇始"。

---

① 王诗琅:《赖懒云论——台湾文坛人物论(四)》,《台湾时报》第201号,1936年8月。

张我军1925年的诗集《乱都之恋》则为台湾第一部新诗集,自有其文学史价值。

台湾新文学的诞生晚于大陆新文学五六年,大致反映了其接受祖国大陆新文化传播的过程。而台湾新文学一旦扎根于台湾土地,便很快进入发展时期。三十年代初,台湾新文学运动由散乱趋于统一整合。相继创刊的《台湾新民报·文艺》(1930年)、《台湾文学》(台湾文艺作家协会,1931年)、《南音》(南音社,1932年)、《先发部队》(台湾文艺协会,1933年)等都倡导文艺大众化,不同程度呈现出跟祖国大陆三十年代左翼文学运动呼应的思想脉络。而在1934年5月6日举行的第一回台湾全岛文艺大会上成立的台湾文艺联盟,更明确地以"推翻腐败文学"、"实现文艺大众化"为努力目标。该联盟的机关刊物《台湾文艺》(1934年至1936年共出15期)也作为"为人生而艺术、为社会而艺术的一种富有创造意识的杂志",为台湾新文学的中兴"留下了光辉的一页"。1930年至1932年,台湾新文学界还发生了乡土文学的倡导和讨论,寓有强烈的民族意识和现实批判精神,由此产生的台湾情结、台湾意识等也一直对台湾新文学产生复杂影响。

1937年4月,台湾总督府下令废止汉文书房,报刊禁用汉字。日本侵华战争全面爆发后,依据所谓战时"国策"推行的"皇民化"运动,强迫台胞在语言文学、拜神祭祖的风俗习惯以至饮食起居等方面加速日本化,台湾作家队伍被迫分化、重组,除封笔蛰存者外,分别形成了据《文艺台湾》和《台湾文学》而潜在对峙的两个文学阵营,《文艺台湾》以日人西川满为主导,追求以日人立场为本位的"异国情调"、"外地经验",后滑向国策性立场。《台湾文学》由张文环主编兼发行,坚持台湾"本土文学"立场。

从三十年代到抗日战争结束,台湾新文学创作成就一直以小说、诗歌为重。大致有三类作家,一类是以杨逵、吴浊流为代表的抵抗作家,直接塑造日据下台湾人的抵抗形象,社会使命意识强烈。一类是以吕赫若、张文环为代表的风俗画作家,寓抵抗意识于日常生活、风土习俗的真切呈现中。另一类是龙瑛宗那样受西方文化影响深、沉浸于唯美追求,思想上更为彷徨与困惑的作家。

杨逵(1905—1985),台南人,原名杨贵。二三十年代因从事农民运动和进步文化运动为殖民当局不容,先后入狱十余次,其志不悔。他于1932年完成成名作《送报夫》,在《台湾新民报》刊出一半即遭腰斩,后投寄日本《文学评论》,发表于该刊1934年4月号后,并获该刊征文第二奖(第一奖缺),不久就被胡风译成中文,收入小说集《山灵》(1936年4月文化生活出版社),成为最早介绍到大陆来的台湾新文学作品之一。《送报夫》以小喻大,真切地反映了台湾民众在殖民统治下的苦难。作品的主角是一位杨姓台湾青年,其父因拒绝日本公司收买土地而遭毒打致死,他带着母亲的嘱托东渡日本另求出路,却走投无路,靠卖报为生,结果也被日本老板诱骗盘剥;留在家里的弟弟和妹妹也死掉了,他的母亲在自尽前写的遗书中更是字字血泪:"村子里的人们底悲惨,说不尽。你去东京以后,跳到村子旁边的池子里淹死的有八个,像阿添叔,是带了阿添婶和三个小儿一道跳下去淹死的。"作品在悲愤直言殖民统治下台湾人民苦难的同时,也反复抒写了"日本底苦力不会压迫台湾人"的信息,两国送报夫患难中相濡以沫,进而携手抗争,取得了罢工斗争的胜利。与此构成强烈对照的是,杨姓青年的大哥当了巡查,为虎作伥,被其母逐出了家门。这样一种突破了单纯的民族主义的创作视野,显示出了杨逵社会关怀的深广和左翼的文学倾向。

1934年,杨逵加盟台湾文艺联盟,出任《台湾文艺》编辑,自此以斗士身影活跃于台湾新文学界。1935年12月创办《台湾新文学》,发行15期,成为此时期台湾进步文学最重要的阵地。"七七"事变后,他归居垦荒,以"与其随佞而得志,不若从孤竹于首阳"①的志向创办"首阳农场",在野菜煮粥、瓦盆当碗的艰难生活中坚持进步的文化运动和文学创作,后来结集为小说集《鹅妈妈出嫁》和散文集《羊头集》。这些作品有着一个明显的取向,就是在经济层面上对殖民性的揭露和批判。《鹅妈妈出嫁》(1942年)一开始那"长得密如魔鬼蓬松头发"的野草"牛毛鬃",肆无忌惮地"抢夺阳光和肥水",全家如同"面临决斗"似的在烈日下除草的场景包含着强烈的暗示。随后,小说用两个独立平行的故事构成一种讽刺的思考。一个故事描写经济学家林文钦受父辈儒学影响,急公好义,赈灾解难,又掷全部心力去研究"共荣经济"理论,希望"资本家都取回了良心,回到原始人一般的'朴实纯真'"。然而,这种书斋追求的结果却是家破人亡。另一个故事是讲述学艺术的"我"莳花为生,在一场交易中,官立医院院长中饱私囊,索要抢夺,看中了"我家"漂亮的母鹅后,恶言霸相,坐等"我"送"鹅妈妈出嫁"。两个故事并无情节上的联系,却交融于一种辛辣的讽刺:异族统治下的"经济共荣",只不过是以政治权力为依靠的巧取豪夺。《模范村》写阮新民外出留学十年,回到家乡,"就像走进了神经病院一般,被成群的疯子包围了"的情景,也是以经济生活的画面为主,一面是当局标榜的经济现代化,一面是"模范村"里肖乞食、蔡木槌、憨全福等一个个被"穷"逼得走投无路。杨逵小说对日本经济殖民掠夺性的揭露,不仅为日据时期的台湾文学开辟了一个重要主题,而且对战后台湾文学有重要影响。杨逵小说对殖民性的腐蚀有着高度的警觉,《泥娃娃》(1942年)借家居生活述意,最发人深省的是主人公对受殖民奴化教育的孩子的命运的深切忧虑:太平洋战争刚爆发,放学归来的孩子已在家院里用泥巴玩攻占新加坡的游戏,"决战"体制下的教育向孩子们灌输的就是战争强权。"不,孩子,再也没有比亡国的孩

---

① 杨逵:《幼春不死,赖和犹在!》,《文化交流》杂志第1辑,1947年1月。

子去亡人之国更残忍的事了……"忘了亡国之痛,又去亡人之国,这才是被殖民者的最大哀痛。所以小说后来借孩子用烂泥所塑日本坦克、飞机、军舰和士兵在倾盆大雨中被"打成一堆烂泥"的生活场景,痛快淋漓喊出了反对"奴役制的民族"的战争的呼声,表达了对日本殖民战争同化恶果的高度警醒。

在"日据"期间以"半地下文学"的状态进行文学创作、曲折地表达了殖民统治下台湾人民的民族悲愤和抵抗意志的是小说家吴浊流。吴浊流(1900—1976),原名吴建田,祖籍广东蕉岭县,出生于台湾新竹县新埔镇。1916年进入台湾总督府国语学校师范部学习,毕业后当过小学教员。1936年在杨逵创办的《台湾新文学》发表小说处女作《水月》。1940年,因为日本人在运动会上凌辱台湾教员,吴浊流愤然辞职,随后赴南京当记者。1941年因不满汪伪政权,回到台湾,仍然从业于新闻界。此后几年间在沉潜中致力于小说创作。他的短篇小说代表作是发表于1944年的《先生妈》。这是有感于"台湾总督府极力推行皇民化运动……软骨头的本岛人士亦有参加"①的现实而创作,小说描写出身贫苦的钱新发百般取媚日本殖民者,经济上暴发后,更以博取日本式家庭的名声为荣。然而,他的奴性行为遭到了其生母的有力抵抗。小说在言语、衣着、饮食、起居、葬礼等日常习俗文化中写尽了钱母(先生妈)的民族操守。她不吃日本饭菜,不住日式房间,虽卧病在床也不食日本味噌汁,甚至把儿子要她穿着拍照的贵重的日本和服用菜刀乱砍成碎片,为的是"留着这样的东西,我死的时候,恐怕有人给我穿上了,若是穿上这样的东西,我也没有面子去见祖宗"。"语言冲突"在小说中更作为殖民冲突的焦点被呈现。"钱家是日本语家庭,全家都禁用台湾话",台湾话就是汉语方言。可先生妈出来应酬,"说出满口台湾话来,声又大,音又高","台湾人来的时候不敢轻看她,所以用台湾话来叙寒暄,先生妈喜欢得好像小孩子一样"。"日本人来的时候",先生妈照样"含笑用台湾话应酬",至于先生妈跟儿辈仆佣说话,更用台湾话,对方也只好用台湾话,这样一来,"全家都禁用台湾话"名存实亡。她临终之言是"我不晓得日本话,死了以后,不可用日本和尚。"在"日据"时期的台湾,日语借助于政治势力的威势,已成为人们"身份分流"的标志。先生妈拒斥日本语的任何侵入,已不单是"乡音难舍",而是政治层面上对日本统治者决绝、有力的抵抗。

在吴浊流小说创作和台湾新文学史中都有里程碑意义的,是1943年至1945年创作的长篇小说《亚细亚的孤儿》。小说是在"地下"状态中完成的,常常"写好两三张纸就藏在厨房的炭笼下面,有了一些数目就疏散到乡下的老家

---

① 吴浊流:《泥沼中的金鲤鱼·自序》,台北,集文书局1963年版。

去"①。小说写成时取名《胡志明》,意指"台湾人是明朝之遗民",其"志"何(胡)不在复明呢。小说用意绪悠长的抒情笔调,展示了出身台湾乡间望族的知识分子胡太明的人生遭际和心灵历程。他因无力抗争日本教员殴打台籍学生的现实而辞职,东渡日本埋头科学,却因是台湾人而被疑为间谍。回台隐居,他陷入更深痛苦。转赴大陆前,曾在祖坟前焚香祈求祖父保佑他成为"埋骨江南"的第一人,却又因他是"台湾人"而被南京当局以"日本间谍嫌疑犯"囚禁入狱。得到大陆同学的相助,他越狱潜回台湾,却又被殖民当局视为中国间谍而跟踪监视。芦沟桥事变后他被强征为随军翻译再次来到大陆,目睹日军暴行而昏厥暴病,遣送回台,随即而来的母亡弟死的家庭变故使他再次悲愤欲绝。他终于觉醒,于是重返大陆,投身抗日。作品同时显示出,这样心怀故国、迭经曲折而矢志不移的台湾青年,并不止胡太明一人,如在南京接待他的曾姓青年就是一位先行者,他比胡太明更早尝到"亚细亚的孤儿"回归祖国寻根的艰辛与痛苦,他再三嘱咐并鼓励胡太明——

> "我们无论到什么地方,别人都不会信任我们。"曾把复杂的环境向太明解释道:"命中注定我们是畸形儿,我们自身并没有什么罪恶,却要遭受这种待遇是很不公平的。可是还有什么办法?我们必须用实际行动来证明自己不是天生的'庶子'。我们为建设中国而牺牲的热情,并不落人之后啊。"

的确,从胡太明漂泊的感遇来看,他的"亚细亚的孤儿"意识不仅指产生于台湾被割让的历史屈辱中跟祖国分离的孤绝感,也包括由于沦为日本殖民地而面临来自祖国大陆政权、民众的警觉,乃至遭受拒斥的深重悲哀,这种夹缝处境中产生的"孤儿"意识弥散出历史的沉重、悲凉,凝结着台湾人民特有的民族国家认同困惑,从而将批判的锋芒指向日本殖民当局的奴化政策。作品更通过胡太明的觉悟和百折不挠的寻根表明,中国意识必将克服孤儿意识,而胡太明的中国意识不仅是政治、国家层面上的归属意识,更包含文化层面上的寻根意识、认同意识。尽管"由于汉文被禁",《亚细亚的孤儿》被迫用日文写成,但小说叙事中"语言虽是日本的,其表现形式则是中文的"②。到小说结尾,主人公觉醒之际,壁题"反诗"——"志为天下士,岂甘作贱民?击暴椎何在?英雄入梦频。汉魂终不灭,断然舍此身!"——更用汉诗形式直接颠覆了日语。《亚细亚的孤儿》正是在交织着浓郁的地域民俗色彩和严酷的现实环境氛围的多层时空结构中,具体揭示了台湾"孤儿"情结的历史渊源,在认同国家统一的归属意识和认同民族根脉

---

① 吴浊流:《亚细亚的孤儿·自序》,台北,华南出版社1962年版,第2页。
② 吴浊流:《睽违三年,重游日本》,《台湾文艺》1972年第2期。

的文化意识的融合中,生动呈现了日据时期台湾知识分子的复杂心态,对光复后台湾乡土文学产生了重大影响。台湾光复后,吴浊流更锐意创作了长篇小说《孤帆》《泥泞》,中篇《波茨坦科长》《狡猿》和短篇集《功狗》等政治讽刺小说,笔法老辣而又舒展自如。他的主要作品后来结集为6卷本《吴浊流全集》出版。1964年,吴浊流又创办《台湾文艺》,并在1969年以田产和退休金设立"吴浊流文学奖",这些在台湾文学史上都有重要影响。

吕赫若(1914—1951),原名吕石堆,台中人,出版有小说集《清秋》和《台湾女性》等。小说处女作《牛车》1935年发表于日本刊物《文学评论》,描写殖民性的"工业文明"借助"国家"权力强行入侵乡村生活,依赖传统牛车为生的农民杨添丁走投无路,被迫依靠妻子卖淫为生,为了摆脱这种"男奴"困境,他无奈去偷鹅而入狱。《暴风雨的故事》等小说也是以农村经济破产的种种悲剧揭露殖民地半封建社会的矛盾。1939年,吕赫若求学日本,其作品《蓝衣少女》《田园与女人》等以一种细腻哀婉的风格描写台湾都市女性的生活。最能代表吕赫若创作价值的是他1941年后创作的家族小说,这类小说一方面深入开掘台湾新文学较薄弱的反封建题材,另一方面则以包括风情习俗的中国民间传统文化的描写对抗殖民同化政策。《财子寿》(1942年)描写主人公海文"多财多子多福寿"的处世哲学使得偌大个家族最后兄弟分家,母亲亡故,妻子发疯,下女另嫁,只剩下荒芜空荡的宅第了。《合家平安》(1943年)也描写一家之长的范庆星嗜食鸦片,家道一再衰落。这两篇小说都被视为描写封建世家"历史性的没落"的"最成熟的社会小说"。小说中祭祀、风水、节庆等风俗描写渗透出地道的中国性。这些都使得吕赫若小说虽用日文的形式却消解了殖民性"文化共同体"的神话。吕赫若小说描写细密,结构匀称,善于点染人物心境,风俗色彩浓郁,其艺术成就在当时台湾小说界是颇为突出的。战后,吕赫若参加了左翼政治活动,1951年遭毒蛇咬啮身亡。

张文环(1909—1978),台湾嘉义县人,1933年发表处女作《落蕾》,此后创作不辍,日据时期共发表中短篇小说20余篇及长篇《山茶花》。他的小说被认为"充满雾样的迷惑,他的芳香泥土的暗示,恐怕不是轻易解得开的谜"。① 其实富于"芳香泥土"的民族历史传统和风土习俗的描写,承担着殖民统治下保存民族集体记忆的责任,如小说《夜猿》写石和妻儿们被"街路"商界逼回祖传山林孤居,跟夜猿相伴,始终抱持"自己的土地,当然应该自己来守"的信念,而在二万来字的山林生活叙事中隐伏着一条线索,便是汉族的节庆习俗,冬节、除夕、元宵、清明……支撑石家驱走孤寂的正是积淀着久远历史的民族节庆习俗。所谓"充满雾样的迷惑"则指张文环小说想象的丰富性和意义的复杂性。如著名的《阉鸡》

---

① 彭瑞金:《台湾新文学运动40年》,台北,自立晚报社1991年版,第283页。

(1943年)一篇在"汉书房"、"中药铺"与"公学校"、"西医"以及铁路的此消彼长背景上,展示了民族文化传统与殖民进程的矛盾,又以一只"木雕阉鸡"作为一家中药铺的象征,通过其从兴到衰的命运变迁,批判性地揭示了人性的自私和卑琐;而失去中药铺的阿勇那"失去灵魂"、一蹶不振的形象,则和他的妻子月里富于血性的反抗性格构成了有意义的对照——月里无法忍受"阉鸡"样无法鸣叫的日子,喜欢上了有才气和志气的瘸子阿凛,最后背着阿凛投潭而死。所以这篇小说的习俗叙事中既包含着文化抵抗精神也富于文化批判精神。张文环七十年代还用日文创作了长篇《在地上爬的人》,1975年译成中文《滚地郎》出版,被称为台湾当代文学最重要的收获之一。

龙瑛宗(1910—1999,台湾新竹人),是战时台湾文坛最多产的作家之一。1937年发表小说处女作《植有木瓜树的小镇》。小说在中日职员的生活对比中,描写了台中一小镇公所会计补助陈有三的失志、挫败,刻画出充满绝望的台湾知识分子群像。早期创作的其他小说,如《黄昏月》、《獏》等也都呈现了台湾知识青年在殖民环境中身心时时被啮食的痛苦,弥漫出世纪末的绝望情绪。他在战争后期的小说,更多地转向了庶民世界,《一个女人的记录》(1942年)用编年体的叙事结构呈现了一个贫贱女子从1岁到54岁的生命史,近于散文诗的笔调点染出女主人公富于韧性与乐观的性格——她从养女到佃农之妇,经历了丈夫残疾后自杀身死,聪慧的儿子照料病母时染疾而亡,贫寒绝境中被迫把女儿送养他人,但女主人公在承受一切苦难时总会寻找到自己的快乐,从幼时放牛吹草笛的欢乐到流落台北种菜补家计的满足。如此硬朗、健康的贫民女性正是龙瑛宗寻找到的庶民世界。《不知道的幸福》(1942年)生动入微地描述了一对贫民夫妻相濡以沫的生涯,他们在艰辛、淡泊的生活中享受到的家庭的快乐,除了那种"只要心里富裕"的庶民心愿,还来自他们"亲近自然"的生活方式。《海边旅宿》(1944年)则写一个知识分子的孤独、怀疑如何在年轻的船夫"除了劳动以外,什么都不想"的生活中开始消除。庶民世界才是真实的台湾,也是抗衡"皇民化"的力量。龙瑛宗的忧郁气质和敏锐思考,加上其唯美主义的追求,使得他的小说成为台湾最早的较为成熟的现代主义小说。他对庶民世界的发现,则反映了战时台湾现代主义小说的特殊性。龙瑛宗八十年代又恢复写作,出版长篇《红尘》和短篇集《午前的悬崖》。

第二节 东北沦陷区文学的变迁

"九·一八"事变后,东北全境迅速沦陷。面对殖民统治主导下的伪"满洲国"现实,东北沦陷区文学经历了从1931年9月至1945年8月近十四年的漫长岁月,其发展大致可以1937年和1941年为界,分为沦陷初期、中期和后期三个发展阶段,其间既有英勇的抵抗和不屈的漂流,也有滞留的苦涩和屈辱。

1931年至1937年的东北文学作为沦陷区文学的最初实践,首先在抗日文学的先导上显示了其历史价值。"抗联"文学(其创作主要是歌谣、诗词和话剧)兴起于这一时期,更有影响的是围绕《哈尔滨新报·新潮》(1931—1932年)、长春《大同报·夜哨》(1933年)、哈尔滨《国际协报·文艺》(1934—1935年)等形成的北满作家群,骨干作家塞克、萧军、萧红、罗烽、白朗、舒群等创作发表了三百余篇作品。其中,金剑啸(1910—1936年)的叙事长诗《兴安岭的风雪》于1938年8月在上海列入"奴隶丛书"出版了单行本,该诗在一种雄强本色的抒情中,大胆歌咏了三十二位抗联战士踏冰卧雪抗击日寇的慷慨悲壮之气。萧军、萧红的小说合集《跋涉》是东北沦陷后第一本作品集,所收萧军《疯人》等六篇小说在认同普罗文学中特别富于"力"的色调和氛围,所收萧红《王阿嫂的死》等五篇小说在表现社会下层命运中追求生命"情味"的笔法,都开始显示出他们的创作特色。随后,萧军的《八月的乡村》写成于哈尔滨,萧红《生死场》前两章连载于《国际协报》。北满作家群最先提供了沦陷国土上的抗日文学,随后其成员大部分相继入关,并集中在上海,形成了中国现代文学史上最早的抗日流亡文学群体——"东北作家群"。

1933年,被称为"东北沦陷初期四大社团"的冷雾社、飘零社、新社、白光社相继成立,随后几十个文学社团见报亮相,使该年被称作"社团年"。而《凤凰》、《新青年》、《斯民》等在1935年相继创刊,则使1935年被称为"期刊年"。从1935年到1937年,相继发生了关于"盛京文学赏"、关于"乡土文学"、关于"写与印"创作主张的几次论争。至此,东北沦陷区文学形成了两个分立的作家群体——"文选"—"文丛"派和"艺文志"派。

围绕长春"文丛刊行会"和沈阳"文选刊行会"而形成的"文选"—"文丛"派,倡导"乡土文学",将"乡土"扩展至日本占领下的整个东北,并将"描写真实"和"暴露真实"作为当时创作上"最困难的课题"来突破。这一群体成员创作的作品集约40种,较有影响的作家有山丁、秋萤、袁犀、梅娘。

山丁(1914—1998,原名梁梦庚,辽宁开原人)。1931年开始创作,出版有短篇集《山风》、《乡愁》、《丰年》,诗集《季季草》,散文集《东边道纪行》和长篇小说《绿色的谷》。山丁的创作富于浓烈的黑土旷野气息,并使其小说带有叙事诗的风格。代表作《绿色的谷》在交替展开狼沟山民古久的生活和"南满"站掠夺、欺诈的发迹中,既用某种史诗的笔触描绘出东北农民的历史命运轨迹和现实人生选择(其中小白龙农民武装揭竿而起、劫富济贫的义举被描绘得既有东北山林历史的纵深感,又有暗指日本殖民现实的启悟性),又用关东乡野魅力和外来暴虐力量构成的叙述张力,质疑着以"南满"铁路为代表的殖民"现代性","现世的魔障"似的铁路与狼沟古朴诗意的旷野对比,构成了殖民统治下的民族寓言。小说中的一些人物形象,如"有李逵那样的粗野性格"却在长期"被豢养"中挤压得懦弱的长工霍凤,"给自己的宅第唱挽歌"的少东家小彪等,都在朴厚丰腴的关东风情中呈现出历史感和现实性。

秋萤(1914—1995,辽宁抚顺人)出版有短篇集《去故集》、《小工车》和长篇小说《河流的底层》。他还写过许多文学评论,主编出版了《满洲新文学史料》。同山丁乡土小说着力刻画关东乡民形象有所不同,秋萤小说的艺术笔触较多地开掘矿山中苦不堪言的工人和怨愤满腔的知识青年这两类人物形象,而在风雨如晦的社会背景上,侧重人物的心理剖析,是其小说创作的特色。《河流的底层》在点明了"九·一八"民族灾难的背景上,揭示了林梦吉、周汉英等知识青年的寻求;《血债》则描写在日本武装移民的农垦区,农民黄金生等人的复仇,都寓有抵抗意识。《失群者》从主人公由现实触发的联想、幻觉、梦境、内心独白等来写一个政治变节者俞震心灵痛苦的沉沦,其呈现压抑的心理描写手法较为成熟。《陋巷》描述破旧污秽小巷中芸芸众生的挣扎,直面写实和心灵逼视结合在一起。这些小说显示出当时东北文坛向心理现实主义的某些推进。

袁犀(1920—1979,原名郝维廉)1937年开始发表小说,沦陷时期出有短篇集《泥沼》、《森林的寂寞》、《某小说家的手记》、《时间》和长篇《贝壳》、《面纱》。他的小说具有"忧郁而热情"[1]的特色。早期作品有写乡野揭竿而起的义举,如中篇小说《风雪》,不仅正面塑造农民崔平这一反抗者形象,也在东北草莽文化的背景上开掘了"胡子"精神中劫富济贫、抗日除暴的时代内涵;更多的是写都市底层劳动者同命运共患难的团聚力量,如《邻三人》、《一只眼齐宗和他的朋友》、《十天》等,其中的人物也往往具有强悍反抗的精神,甚至具有革命者的理想和情操。1942年初袁犀抵北平后,在环境压力下,陷入了"内心痛苦胜生活痛苦千万倍"的境地,而想"为自己的解脱而写作"[2],于是转向对人性弱点的剖析,但这种人性剖析仍或隐或显地染有时代色彩。《贝壳》、《面纱》通过李玫、李瑛姐妹俩的生活道路,细微呈现了都市青年知识分子的人性的沉沦,但这种人性沉沦的剖析不仅有着"读书不忘救国"的背景,而且包含着西方思想的影响如何"致使某些中国人无力抗日"的叙述。《一个人的一生》以薛宝祥在帝俄殖民东北时期的沉沦,揭示了戴着沉重的传统精神枷锁的劳动者的命运——薛宝祥的懒散、油滑、狡黠使他成为俄国人的取乐对象,但他又仗俄国人的威势去敲诈钱财,小说由此揭露出

---

[1] 常风:《面纱·跋》,新民印书馆1943年版。
[2] 姚锦等编:《李克异研究资料》,花城出版社1991年版,第31页。

"乡下人是很聪明的,明白了俄国人有的时候倒好对付,最不好办的却是中国人——因为对于中国的事情,他们比俄国人明白",具有很大的鞭挞力和反思意味。此时期袁犀的小说多在超现实的时空炼狱中表现人物隐秘变态的心理,颇有独异的象征意味,如《手杖》、《红裙》、《某小说家的手记》等,其叙事虽有指向现实世界的病态、虚饰,但更深的是指向人物自救而不能的内心挣扎。袁犀是东北流亡作家中最具民族抵抗意识和艺术探索精神的一位。进入新中国,袁犀更名李克异,创作有表现东北抗联英雄的电影文学剧本《杨靖宇》、《归心似箭》和长篇小说《历史的回声》。

梅娘(1920—?,原名孙嘉瑞,吉林长春人)在东北时期出版过小说集《小姐集》和《第二代》,经历了从"描写小儿女的爱情"到"渗透着大众的时代的气息"[①]的变化。1942年定居北平后,她又出版了《鱼》、《蟹》等小说集,在细腻的女性意识里也有着较开阔的社会视野。《蟹》描写少女孙玲的"出走",揭示出年轻一代女性的反抗精神,而孙氏家族的盛衰折射出帝俄、日本殖民东北的历史。《蚌》讲述出身于显宦兼商贾之家的白梅丽的婚姻变故,而白公馆内外生活都受制于日本的"经济统制政策"。《侏儒》用质朴的描述和深切的抒情笔触,描写一个形如侏儒的学徒仅仅因为是私生子,便被践踏了全部情感和欲望,最后死于疯狗的撕咬。这篇小说带着"我所给予他的同情"来展开叙述,富于女性的情调。此外,梅娘的一些作品如短篇小说《侨民》以及未完成的长篇《小妇人》、《夜合花开》等,也曲折地表现了旅居日本的殖民地人民(朝鲜人和所谓"满洲国人")在民族认同上难以言说的尴尬和痛苦。梅娘的叙事,明丽、温婉中透有强劲,圆润、秀美中间有豪放,但她的成就还不足以同南方的张爱玲小说相比。[②] 毋庸讳言的是,梅娘的丈夫柳龙光是后期华北沦陷区文坛上热衷于与日人合作的活跃人物,在沦陷的后期梅娘自己也已经在文坛获得稳定地位,夫妇二人过着舒适、稳定的生活,此时的梅娘似乎已经没有了民族认同上的痛苦,她的女性书写仍在继续,却不无败笔,曾发表从"女性的处境"之普遍性出发来鼓励日本妇女继续为"大东亚战争"恪尽职守的广播讲话。[③]

[①] 山丁:《第二代·序》,新京(长春)文丛刊行会1940年版,第2页。

[②] 陈放在1987年发表的《一个女作家的一生》一文中说:"1942年,北平的马德增书店和上海的宇宙风书店,联合发起了'读者喜爱的女作家'的调查活动,调查结果,南方的张爱玲和北方的梅娘,是读者最喜爱的两位年轻的女作家。从此,文坛上出现了'南玲北梅'之说。"(此处引文见收有陈放文章的《又见梅娘》一书,人民文学出版社2002年版,第95页)。陈放的说法是据晚年梅娘的口述,疑有误记,因为张爱玲真正走上文坛是在1943年,她怎么可能在1942年与梅娘一起成为"读者最喜爱的两位年轻的女作家"?

[③] 梅娘:《四月二十九日对日广播——为日本妇女祝福》,载1945年6月出版的《妇女杂志》上,此处引文据赵月华论文《历史重建中的迷失——沦陷区作家梅娘研究》所附录的原文。

围绕着东北沦陷后第一个纯文艺中文期刊《明明》(1937年)及其后身《艺文志》(1939年)而形成的作家群被称为"艺文志"派,其主要成员有古丁、小松、爵青、疑迟、外文、辛嘉等。他们针对东北文坛的凋零沉寂提出了"写印主义",即"首先要努力写出作品","至于写什么,怎样写,那都是有了作品以后的事"①。该作家群的创作重视从外来文学中吸收营养,艺术视野较为开阔,艺术探索较为多元,以避免自身沉沦和触犯当局禁忌两种危险。但他们也强调"屈原、杜甫、鲁迅"的"一贯的诗魂"②之传承,强调坚持用汉语创作的意义。"批判旧家族制度"是他们开掘得较为深入的主题。这一作家群体成员出版的作品集也有四十种左右,所出"城岛文库"、"骆驼文学丛书"、"诗歌丛刊"等影响较大。

爵青(1916—1956,原名刘佩,吉林长春人)自1938年出版第一本小说集《群像》后,接连出版了长篇小说《麦》、《黄金的窄门》,中篇小说《青服的民族》、《人鬼通灵录》,中短篇集《欧阳家的人们》,短篇集《归乡》。爵青嗜读纪德、爱伦·坡等西方作家的作品,其创作显示着这类影响的烙印,在当时就被称为文坛"鬼才"。③他是艺文志派中艺术思维最为复杂的一个,"主张在作品中要倾注作者的哲学思想",而他的哲学思维集中表现为一种"废墟哲学":"我们由旧的废墟走出来",然而"我们新创造出来的世界"却"也是个新形成的废墟"。④《欧阳家的人们》就以"立体的综合的表现手法",从欧阳家长幼三代、嫡庶兄妹八人的活动中多角度展示了欧阳家族崩溃成为废墟的进程。《废墟之书》更以与友人的通信,淋漓尽致地表现出对西方"超越伦理"的哲学的痴迷,但他由此构筑成的仍是一个"废墟"世界。爵青的艺术趣味倾向于神秘,心理分析细腻。《青春冒渎之一》以"我"的"苦寂的放浪"表达了对爱伦·坡创作的倾慕:"我爱他那浓厚如烈酒而淫酷如长蛇的文句,我爱他那在死宫一样黑暗的荒室里写文章的癖气,我爱他在薄寒的春夜拥着病妻叙说贫苦的事迹,我爱他死在酒店里的人生",于是,"我"常"在深夜里","在无光的蜘蛛网底下,静静地构思那些生活上不易碰到的奇特的景象。"爵青正是用这样一种魔魇鬼魅的新浪漫精神构筑其小说世界。《遗书》讲述齐龄24岁生日时继承父亲遗产,却又因父亲那封魔咒似的遗书弃遗产而去。作品以令人疑团百生的思念开头,幽明错综、扑朔迷离的叙事氛围,以哲思为归宿的构思,都与徐訏的小说有近似之处。《麦》中的陈穆在"魔女"朱婉贞"阴毒的心机和毒厉的媚术"攻击下不断处于"背德"的心灵分裂中,而《黄金的

---

① 《林房雄·古丁对谈》,《艺文志》1942年4月号。
② 古丁:《谭·诗魂的传承》,艺文书房1942年版,第45页。
③ 吴郎:《一年来满洲文艺界》,1943年2月15日《华文大阪每日》。
④ 爵青:《废墟之书》,《艺文志别辑·小说家》,艺文志事务会1941年版,第70页。

窄门》的主人公却在非常环境中"始终追求着精神的平安和生存的勇气",其心理手法都相当娴熟多样。爵青的小说创作代表了现代主义探索在东北沦陷区文坛上的开展。

小松(1912—?,原名赵树全,辽宁黑山人)。他虽以诗集《木筏》(1940年)为其创作起点,但其6种小说集《蝙蝠》、《人和人们》、《苦瓜集》、《野葡萄》、《无花的蔷薇》、《北归》更能反映其"除了纯美之外,并没有什么可写"[1]的创作追求。他的小说中较有审美价值的,是那些以苍劲古遒的笔触描写在东北边陲茫茫雪林里和无垠黑土上闯荡的边民之悲苦命运的作品。如中篇小说《部落民》(1942年)在寂寥苍凉的乡野气息和北国风味中展示北疆边民们充满野趣野性的生存内容和方式:洪水淹没部落之际,王八大爷为夺船救其相好马寡妇,将王二傻推入河中。他因此罪孽感缠身,撑船救出王二傻媳妇后投江自尽。刘车把卖马装殓并护送灵柩回王八大爷故居山东,七年后才回关东荒原,遇见了那"使王八大爷疯狂了而隐秘的女人"马寡妇……作品写得苍凉混茫,题材的独异和情调的丰郁,呈现出东北文学特有的强悍独异色调。长篇《北归》(1940年)从童年记忆中写杨、苏两个家族的命运,包含着对"没有太阳"的"冻土"无法割舍的"乡情"的眷恋:"这块荒土所蕴藏的诱惑力,是伟大的,是永无穷尽的使他们眷恋着。"[2]小松其他的小说技巧翻新繁多,但再也没有创造出像《部落民》那样令人过目难忘的作品。

疑迟(1913—?,原名刘玉璋,辽宁铁岭人),是在苏俄文学的强烈影响下走上文学道路的,这种影响后来使他成为新中国翻译苏联电影最多的翻译家。他当年出版有短篇集《花月集》、《风雪集》、《天云集》,长篇《同心结》和《松花江上》。这些小说多描写同高尔基作品中下层劳动者一样纯朴的扳道夫、伐木人,也往往有近似于屠格涅夫作品所描绘的旷野苍茫气象,尤其善于将"冷气"和"热力"交织在一起——自然界的严寒、生活境遇的冷酷,同东北乡民生的挣扎、死的抗争在作者重浊实兀的笔调中交织映衬,构成奇峭悲凉的审美境界,有时甚至使人觉得他把关东黑土地的莽苍、厚实、凝重,扬一把在空中也不随风飞扬的特质文学化了。《雪岭之祭》描写深山林海中一群狩猎者同猛兽搏斗、跟豪绅对峙的求生险境,在周庆、于亮、佟老四等人物身上写出了孕育于白山黑水中苦难而强悍的灵魂。《乡仇》将苍茫荒原之气跟侠义之行交汇在一起,写农民刘斌升为报父仇潜回故乡,仇人马启泰已死,原来要"父债子还"的刘斌升却救下了马启泰的儿女。《塞上行》叙述"虎老雄心在"的刘进为草原人复仇的故事,彰显出莽莽荒原

---

[1] 小松:《苦瓜集·自序》,兴亚杂志社1943年版,第1页。
[2] 小松:《〈北归〉跋》,艺文志事务会1941年版,第311页。

所孕育的强悍人性。

自 1932 年 10 月严令"危害"伪满"存立之基础"的事项"不得揭载"的"出版法"公布后,日伪一直未放松文化专制政策的实施。到 1941 年 3 月,伪满国务院颁布《艺文指导要纲》,宣称要以日本文艺为模式,移植建构满洲"浑然独立的文艺"。同年 7 月,"依《艺文指导要纲》之趣旨"的满洲文艺家协会成立。在"大东亚文学"的思潮的胁裹下,一部分作家,包括某些原先创作倾向进步的作家卷入日伪政治的泥坑中。但另一方面,从 1941 年后出版的近五十部作品集看,滞留东北沦陷区的作家们仍有不少人恪守了从文学本身出发的原则,一是强调从各自的生活和艺术积累出发,坚守创作的现实主义,使地域特色、历史题材等因素受到较多开掘;二是用"艺术至上主义"抗衡"国策文学"、"决战文学",以避免文学沦为日伪政治宣传的工具,艺术的锤炼更为作家看重;三是以各种方式沟通同关内新文学的联系,并强调坚持用中文写作,以对抗文学的殖民化进程。

东北沦陷后期,更年轻的一代女作家吴瑛、但娣、朱媞、杨絮、左蒂等引人注目地登上文坛。1943 年 2 月出版的《女作家创作选》的《序》用不同于婉约温柔的传统女性文学的字眼,如"雄健""尖锐""泼辣""粗野""有力"等评价了东北沦陷区女作家的创作。其中但娣(1916—1991,原名田琳,黑龙江汤原人)于 1944 年出版了散文小说合集《安荻和马华》,提供了一种较凝重的散文诗体小说,而其女性形象也明显带有苦难中的刚烈之气。女作家之外,比较值得关注的是杨慈灯的军营小说。他的长篇《入伍》,短篇集《老总短篇集》、《一百个短篇》和中篇《年轻人》等,几乎全是写旧军队生活的,其中含纳了善恶邪正的丰富色彩,仗义疏财、济贫赈穷和醉生梦死、匪气弥漫两种相反人生色彩构成农民出身的旧军人在那个特定年代的基本生存状态,留下了独异的战争记忆。作品笔墨重浊粗犷而不乏才情,有的作品在抒写军人沉沦与觉醒的命运里潜行着民族的正气。

第三节　华北沦陷区文学的演变

华北沦陷区文坛自然以北平为中心。1937 年 7 月之后,京、津、察、绥等地相继沦陷,大部分原居北方的作家,包括胡适、梁实秋、沈从文、朱自清、闻一多、郑振铎、张恨水等先后南下,滞留在北平的资深作家或惊魂未定、或暂时观望,所以在北平曾经有一年的文学空白期。

进入 1939 年,坚守在燕京大学、辅仁大学等教会大学以及汇文中学等处的一些爱好文学的师生们,陆续创办了《枫岛》、《篱树》、《燕京文学》、《文苑》(第 2 辑起改名《辅仁文苑》)等刊物,涌现出一批后来在华北文坛较有影响的青年作家,如赵宗濂、查显琳、林榕、谢人堡、秦佩珩等。其中最值得注意的是吴兴华和张秀亚。吴兴华在诗歌创作上的成就,已在关于全面抗战及四十年代的诗歌一章中有所叙述。另一个校园文学的新秀是后来成为台湾著名散文家的张秀亚(1919—2001,河北沧州人),1938年考入辅仁大学中文系,主编过《辅仁文苑》等刊物,并先后出版了短篇集《大龙河畔》、《珂罗佐女神》,中篇《皈依》、《幸福的泉源》和长篇《海沤》等。这些小说反映了作者曲折的思想历程:始则多轻幻的梦境,继而对现实睁开了眼睛,随后又在苦寻无路的精神困境中皈依圣教,最终又因不满现实而出走。这种起伏变化的心灵历程在沦陷区青年作家中是有代表性的。张秀亚的小说在艺术风格上受冰心、沈从文、凌叔华、萧乾等人的启迪,有其恬静、秀美的个性。当时有评论认为张秀亚"具有丁玲的前进精神,而兼着冰心的美丽技巧,换句话说,就是有着冰心丁玲二人之长,而无丁玲冰心二人之短"①,这种评价在张秀亚后来的创作中多少得到了证实。应该说明的是,这些北方教会校园的境遇,类似于开战初期成为"孤岛"的上海租界,所以,发生在其中的校园文学活动像"孤岛文艺"一样坚持到1941年底太平洋战争的爆发,随后即因日军的侵入而中辍,失去教会学校保护的作家们从此散入了沦陷区的文学中。郭绍虞、陆志韦等滞留在北平的资深作家则始终默默坚守在校园中。

也是从1939年开始,另一些资深的或成名的作家陆续在华北沦陷区文坛上复出了。由此得以复苏并且持续最久、作家众多的是散文写作。1939年创办的《诗与散文》和《中国文艺》等刊物都"以散文号召读者",周作人和他的弟子及一些爱好散文的青年作家纷纷撰稿,散文写作成为沦陷的北方文坛上作手最多、成就显著的文类。这一是因为沦陷区的政治环境"事实上只允许作者笔耕于这种文体"②,二是因为"事变后留在北京的较有地位的文人,而又肯答应在新刊物上发表文章的只有周作人氏。'知堂'一个名字已经成为北方文艺界的偶像",而"他所写的不过是读书的随笔,因此也就提高了这种随笔散文的地位"③。周作人在华北沦陷时期共出版了八本散文随笔集,收文近四百篇(则),加上散见于报刊的,数量可谓不少。这些随笔散文,在整体上交织着伪官吏"周督办"和大名士的"周知堂"两种影子,所以隐含其中的思想与感怀也相当复杂,既不乏对自身附逆之"苦心"的曲折开脱,也有应时而作的"配合"之词以及不无保留的"诤言"。除少数应时而作的官样文章外,周作人此时的散文大致有四类,一是回忆散文,二是读书札记,三是知识小品,四是专题论述文稿。写得最多的是读书札记,大致反映了周作人看重素雅趣味、淡远境界的见解,也时而露出"幕僚"、"清客"的

---

① 林慰君:《漫谈张秀亚及其他》,《中国公论》1卷5期,1939年8月。
② 吴楼:《我们的毒舌》,《吾友》第43期,1941年2月。
③ 楚天阔:《1940年的北方文艺界》,《中国公论》4卷4期,1941年1月。

心态,有时甚至不免夹带些政客的情感和逻辑。而写得较有味道的是谈天说地的文字,其中一些叙及浙东故乡风物的小品,于清冷苦涩中显出腴润,较为感人。如《上坟船》对上坟船中的"野趣"和红灯绿酒中的"华贵"都能——敏锐捕捉,在"喜之"中写出。周作人此时期所写的一些专论文稿《汉文学的传统》、《汉文学的前途》、《中国文学上的两种思想》等,强调中国思想与文学有其自己的中心命题,既暗含了对日伪"思想战"策略的不满,同时又有为日伪统治奉献"治安策"的苦心。这种矛盾实际上反映出周作人在殖民统治下构筑"中国思想体系"的疲散无力,而他对"中国"固有的思想与汉文学传统之强调,恰在战局不利于日伪之际发表,其实包含了为自己"别留说辞"、"预备后路"的心计,所以并不能拔高为"文化抵抗"。与周作人近似的散文家还有俞平伯、沈启无、谢刚主(谢国桢)、傅惜华、徐一士、瞿兑之等,所作多为漫谈文史的札记、描摹风物的随笔,在博雅散淡的文字中既有苦中作乐的趣味又有自我调适以至自我麻醉的情调。

在周作人一派之外,华北沦陷区文坛上还存在着另一类散文——以个人化的抒情叙事为主的纯文学散文,代表性的作家是南星和林榕,他们的散文写作都多少受到何其芳的《画梦录》的影响和启发。南星(1910—1996)本名杜文成,原是三十年代的现代派诗人之一,"七七"事变后滞留北平,继续诗歌创作,有诗集《离失集》、《春怨集》、《山峨集》等,诗作弥漫着"中年"的感伤,通过传统色彩的意象和现代诗的繁复技法传达出自悼复自怜的意味,如《节日》所写清明时节墓穴中的隔绝、孤寂,《乌鸦》所写艰险旅途中对原乡的期待等。与此同时,南星在沦陷期间也以另一个笔名"林栖"发表了不少散文,结集为《蠹鱼集》、《松堂集》、《荒城杂记》,所作常将乡土风情的抒写同浓重乡思的流洒、师友情谊的追叙同漂泊命运的感叹、古都风光的绘摹同家国不幸的感伤融于一文,文笔清远素净。林榕(1918—2003)本名李景慈,其散文集《远人集》当时被誉为写景状物的"大手笔"①,是一种较独特的诗化散文,在既钟情山水,玩味自然,但又无法忘却现实的人生体验中提炼诗意,将其向外在世界延展,又从大千世界中摄取纷繁多变的意象,收容、转换成内视象,文中插入古传说,但意不在知识性,而着重于一种氛围的渲染、心境的体现。林榕还是华北沦陷区写作最勤,影响较大的文学评论家。

在华北沦陷区文坛,小说创作的复苏始于 1940 年。先是两位从东北入关的青年作者黄军和范紫的创作引起人们关注。随后,毕基初(1919—1976,山东威海人)的小说集《盔甲山》于 1941 年出版,被人称为"现代的梁山泊故事",其中《青龙剑》描写赵四秃子视代表"大义"的祖传青龙剑为生命,以身护剑而亡;《岚

---

① 杨应:《上年度的结算》,《国民杂志》3 卷 1 期,1943 年 1 月。

中青春》讲述纯情恬静的牧羊女玲子手刃官军的复仇故事;《流》则直接描写盔甲山农民武装在敌兵压境的危境中成长的过程。这些小说都在"静静的巍立于夜色里,高耸的兀立着如同支起天幕的柱子"的盔甲山背景上,笔墨酣畅地书写舍生取义、爱家爱国之情,乡野气息浓郁,文风强悍雄健。毕基初后来的小说扩大了题材,但传奇色彩都很浓郁,并仍侧重寻觅鲁地水乡的豪强性格、雄悍灵魂,在家仇国恨的背景上雕刻人物形象。《烽火狼烟》描写奉"皇太后圣谕",周城守在大水泊镇西山脚下埋下"大英租界地威海卫界碑"之际,水泊乡民以"我们要自己保护我们自己"的侠胆正气,拼死抗争,展开了一幕又一幕悲剧,其中疯道人、黄九秀才等形象都被塑造得悲凉慷慨。《第二十五支队》节奏紧凑地描写了第二十五支队队长韩威率部抵抗强盗似的保安队,在荒漠旷野浴血苦战、保护百姓的情景,场景气势浩大,背景清冷神秘,在齐鲁山水间点染出种种生命强力,暗含着的一定程度的民族抵抗意识。

与东北沦陷区的情况近似,华北沦陷区的小说家深受压抑的民族意识也曾经转而以富于乡土地域色彩的叙事形态出之。在毕基初等人创作的引发下,以1942年"满洲"和华北交换文学作品为契机,华北文坛发生了关于"乡土文学"的广泛讨论。在讨论中对"乡土文学"的口号论述得最多的是关永吉(1916—2008,本名张守谦,河北静海人),他将民族、社会意识寓于"乡土文学"口号之中,认为"乡土文学"不仅"指作品的题材取自于乡间和强调地方色彩",而且是立足于"任何一个国家,都有其独自的国土(地理环境),独立的语言、习俗、历史和独自的社会。由这些历史的和客观的条件限制着的作家,他在这国土、语言、习俗、历史和社会制度中间生活发展,其生活发展的具象,自然有一种特征。把握了这特征的作品,就可以说是'乡土文学'",[①]"所谓'乡土',并非单纯的'农村'之谓,乃是说的'我乡我土',指生长教养我们的作家的整个社会而言,所以也就是要求作家在创作过程中忠实于他的生活,而如此达于并完成现实主义"[②]。关永吉着眼于沦陷区的具体环境,将"乡土文学"作了意义上的扩展。至此,发端于台湾(1931年前后)、蔓延于东北(1939年前后)的沦陷区乡土文学思潮,在华北文坛成为一种涤清娱乐清闲的文风、抗衡日本殖民文化的文学潮流。而关永吉自身的小说创作,包括已出版的短篇集《秋初》、《风网船》,中篇《苗是怎样长成的》,长篇《牛》和未刊完的长篇《泉》、《红边》等,大多开掘他自小熟悉的华北农村,寄托"我乡我土"的绵绵深情。《牛》以辛亥革命前后的华北平原为背景,描写了艾子口小镇高家三代的沉浮兴衰,以"牛"这一意象贯穿始终,反映了"不是都和牛一样么"的现

---

① 上官筝:《揭起乡土文学之旗》,《华文每日》11卷1期,1943年7月。
② 上官筝:《再补充一点意见》,《中国公论》9卷3期,1943年8月。

实生活,寄同情于那"牛一样的生活,吃草而贡献最大的精力"的农民,象征土地的儿女们眷恋乡土的情感。关永吉自言"我只是个农民",①但又称自己"具有一切流浪人的恶习",②所以他笔下常出现涌动生命力的自然环境、意象同具有"流浪汉"气质、性格的人物的互相渗透融合的情况。《风网船》便是在广阔的洪水包围文安洼这一空间意象中,通过逃兵陈升、长工大狗、青年船主雷国权同时爱上了跳神林嫂的女儿珠子而演出的一场人生悲剧,以"流浪人生"的模式展示了动荡社会中的人性变异和新的寻求,这形成了关永吉笔下"乡土文学"的新视角,而关永吉善于将簸荡不安的人生同骤起骤落的心理结合在一起,章法上时有"非常规"之处,也使他的"乡土文学"有了新内容。

此外,闻国新的京俗心理小说,萧艾的京味讽刺小说,雷妍的田园抒情小说,都见出"京派"的余绪;而张金寿的工厂题材小说,马骊的流民题材小说,高深的社会讽刺小说,程心枌的幽默讽刺小说,王朱的妓女题材小说,查显琳的青春性心理小说等,则表现出写实小说的多样化追求。北派通俗小说的崛起,包括宫白羽、赵焕亭、还珠楼主、郑证因、王度庐等的武侠小说,刘云若、耿小的、陈慎言等的社会言情小说,也颇为盛行。

华北沦陷区的诗坛和戏剧界相对沉寂。在现代诗探索和古典诗歌余绪的承继这两种创作追求中,虽出现了一批叙事长诗和30余种短诗集,但除了吴兴华、南星有所成就外,略值一提的诗人是沈宝基和刘荣恩。沈宝基(1908—2002)曾与戴望舒一道游学法国,并在1934年获里昂大学文学博士学位,他在沦陷期间特别关注中国古代有情有义的女性传奇故事,分别以孟姜女、白素贞、祝英台和织女的传说为基础,创作了《哭城》、《塔下的呻吟》、《哭坟》、《鹊桥》等诗作,前两首合称为《姊妹篇》,后来四首诗合称为《四个永恒的女性》。刘荣恩有《刘荣恩诗集》、《十四行诗八十首》、《五十五首诗》、《诗》等多种诗集,多写故国风物和个人情怀,特色不甚鲜明。寥落的华北剧坛较有光彩的是产生了一位对中国剧坛较有贡献的戏剧家陈绵(1901—1966,福建闽侯人),他创作发表了《候光》、《天罗地网》、《半夜》、《人群》、《水落石出》等多种多幕剧,翻译了多出外国名剧。他早年留学法国巴黎大学获戏剧学博士学位,三十年代初回国后任中国旅行剧团导演,被称为"中旅保姆",有丰富的舞台经验,所以他的贡献主要在于将戏剧创作同戏剧导演实践结合,强调"要使大众爱好话剧,必须使他们先感到话剧有趣味"③,在戏剧题材和结构上致力于大众化,又注重演剧的艺术质量。

---

① 关永吉:《秋初·序》,北平新民印书馆1944年版。
② 上官筝:《揭起乡土文学之旗·附记》,《华文每日》11卷1期,1943年7月。
③ 陈绵:《〈缓期还债〉序》,商务印书馆1937年版,第2页。

从1944年下半年起,一种"文学就要显明地同政治合起步调"①的思潮有所泛滥,但随后出现的华北沦陷区的经济崩溃和军事危机,使得文学创作还未对这种思潮作出回应便大大萎缩了。此外,值得记一笔的是,在沦陷期间,不仅有东北作家流亡到北平从事创作,而且还有一批台湾作家旅居北平,包括台湾新文学诞生时期最重要的倡导者张我军、台湾文艺联盟委员长张深切、后来被称为"台湾乡土文学之父"的钟理和、台湾著名杂文家洪炎秋等。在台湾禁绝中文写作的战时,这批作家流亡到北平、坚持用中文写作,这本身就表达了对中华民族的认同意识,以特殊的"流亡文学"维系着台湾文学的民族血脉。

第四节 "孤岛文艺"和华中沦陷区文学

华中沦陷区文学以上海文坛为中心,并由此辐射到就近的南京和较远的武汉等地。

不过,在此首先应该叙述的是"孤岛文艺"——当1937年11月中国军队撤离上海,上海华界沦陷后,属于英美势力范围的公共租界和属于法国势力范围的法租界成为被沦陷区包围的"孤岛",爱国的文艺工作者就利用租界的掩护,在这块小小的孤岛上掀起了有声有色的抗战文艺运动,史称"孤岛文艺"。其最活跃的形式是戏剧和杂文。

上海在三十年代就已是新兴的话剧和电影艺术的中心,所以全面抗战爆发后,上海当之无愧地成为全国抗战戏剧运动的策源地,十多个"救亡演剧队"就是在上海组织起来、奔赴全国各地的。"孤岛"时期,接续着"救亡演剧队"而起的是众多业余剧团和上海剧艺社、中法剧社、中国旅行剧团等专业剧团,他们的戏剧演出促进了戏剧创作,于伶、石灵、吴天等的"孤岛现实剧",阿英、唐纳、舒湮等的历史剧,构成了"孤岛"戏剧创作的两股潮流。于伶和阿英可称为"孤岛"剧坛的两大支柱。在他们的剧作中,山河破碎的历史背景、生死不计的雪耻报仇的历史人物、饱含暗示和讽喻的台词,极易同现实发生共鸣而激扬起民众的抗日正气,所以当时几遭禁演却连演数月不衰。"孤岛"历史剧创作热潮早于国统区,为战时历史剧创作奠定了基础。1941年底之后,于伶转入大后方继续戏剧活动,阿英则转入新四军中从事文化工作,他们的创作已在关于战时戏剧的专章中有所叙述。

杂文创作是"孤岛"作家向日伪进行抗争的有力武器。满怀着民族忧患意识和战斗意志的杂文作家们,自觉地继承和发扬了鲁迅的杂文传统,形成了"鲁迅

---

① 邱一凡:《大东亚战争与中国文学》,《中国文学》第3期,1944年。

风"杂文作家群,主要作者有王任叔、唐弢、周木斋和柯灵等,与大后方的"野草"杂文作者群遥相呼应。"鲁迅风"杂文得名于1939年1月创办的《鲁迅风》杂志,有关作家们还出版了一系列坚持鲁迅传统的杂文集——王任叔的《扪虱谈》等散文形象同思辨相得益彰,唐弢的《投影集》等从一事一物生发出很强的现实感和历史概括力,周木斋《消长集》等在博识辨微的思辨中呈现"诗的灵魂",柯灵的《市楼独唱》表现出直面现实的明快质直,凡此都以各自的个性师承和发挥着鲁迅的杂文传统。甚至连邵洵美(1906—1968,原名邵云龙)这样在此前很反感杂文的作者也转而从事杂文写作,在他暗中支持下由美籍女记者项美丽(Emily Hahn 艾米丽·哈恩,1905—1997)出面主编的《自由谭》等刊物上,就集合了不少先前的《论语》派文人和海派作家如章克标(1900—2007,浙江海宁人,太平洋战争爆发后态度有变化)等,发表了大量揭露日伪、鼓舞人心的杂文。面对"孤岛"作家的文化抵抗,日伪也加大了对租界当局的压力,抗日宣传和杂文写作受到越来越大的压迫。在这种情况下,爱国的文化人和作家改变策略,纷纷引入英美等外籍人士担任报刊发行人,通过报刊身份的表面改变来掩护抗日宣传。在这样"洋装"的华文报刊上,也涌现出不少杰出的杂文作家。如后来以翻译莎士比亚戏剧闻名于世的朱生豪(1912—1944,浙江嘉兴人)从1939年10月到1941年12月的两年间,在美籍商人担任发行人的《中美日报》上发表了370则"小言",①这些三五百字的杂文,以洗练犀利间带幽默嘲弄的笔触,揭露了日伪的丑恶面目和狼子野心,表现出坚定不移的民族抵抗意志。在"孤岛"上艰苦笔耕、秉烛待旦的还有一些散文家,如沦陷时期惨遭日寇杀害的陆蠡(1908—1942,浙江天台人)此时出版的散文集《囚绿记》,剖析战乱中的心理人格,感情厚实,文字格外凝重有力,名篇《囚绿记》立意不凡,于囚禁而不屈的常青藤上暗喻了"永不屈服于黑暗"的气节。

在短兵相接的"孤岛"环境中,显然不宜于小说的从容写作,但也有一些比较值得注意的作家作品。一些作家尝试用传统形式来写抗日风云,如谷斯范(1916—1999,浙江上虞人)的《新水浒》用章回体描写太湖游击队的曲折成长过程。有的作家则将古典寄托深沉的民族忧患意识,如王统照的《华亭鹤》借用陆机临刑叹息"华亭鹤唳"的典故,抒写山河破碎之悲慨。鸳鸯蝴蝶派作家秦瘦鸥(1895—1968,原名秦浩,上海嘉定人)在"孤岛"创作的长篇言情小说《秋海棠》空前轰动,这是作者接受新文学的影响而"领会了一些小说的真谛,和觉悟到了过去的错误之后"(见该书"前言")所作,所以创作态度比一般旧派通俗小说家严肃得多。作品精细入微地描写了一个不甘下流的京剧演员秋海棠(他因为听人说

---

① 这些"小言"直到最近才结集为《朱生豪"小言"集》,人民文学出版社2000年版。

中国的地图如秋海棠的叶子正在被列强蚕食,遂以"秋海棠"作为自己的艺名)和一个不甘为军阀玩物的女子罗湘绮之间的爱情悲剧,在宛转曲折的叙事之外,特别注意人物性格和心理的刻画,显示出旧派通俗文学向新文学的靠拢。年轻的徐訏也在"孤岛"开始了他的摩登传奇写作,1942年转赴重庆,在那里他的创作取得了更显著的成就。

1941年末太平洋战争爆发后,"孤岛"沦陷,上海文坛一时陷入沉寂,随后各派文学力量开始重新聚合并调整方向:一些著名的抗日爱国作家如郑振铎等被迫转入地下、在沉默中守望待旦,另一些爱国作家如于伶、钱杏邨、徐訏等出走到大后方或新四军苏北抗日根据地,还有一些曾经抵抗的作家如文载道、章克标等转而与日伪合作,更多被迫滞留的作家则借助通俗化和商业化的文艺渠道继续坚持新文艺活动。从1942年下半年起,文学活动有所恢复,上海地区有50种左右的文学刊物(包括文学内容占较大篇幅的综合性刊物)相继问世,围绕这些刊物,隐然形成了三个集群:一是以《万象》、《春秋文艺丛刊》等为核心,聚合起王统照、唐弢、李健吾、师陀、郑定文等一大批作家,在创作上继承三十年代左翼文学风气,多以含蓄曲折的形式蕴积着深沉的民族忧患意识,艺术上颇为真切、沉实、精致。二是以重新出刊的《紫罗兰》以及《小说月报》、《春秋》、《大众》等刊物为主要依托的作家群体,包括程小青、周瘦鹃、孙了红、徐卓呆等老作家和程育真、汤雪华等小说新秀,其创作以通俗文学为主,技法纷然杂呈、新旧兼容。三是以《古今》、《风雨谈》、《天地》等散文类刊物为阵地形成的作家群,其文体意识最分明,政治和思想倾向也最为纷纭复杂,既有一些附庸风雅的汉奸,也产生了苏青那样有特色的作家,而一些隶属于日伪系统的刊物如《杂志》等也有国共阵营文化人的暗中渗透。

"孤岛"沦陷后,留守的戏剧界人士改变了策略,他们利用上海比较成熟的商业化运作模式,使得以上海为中心的华中沦陷区剧坛出现剧作、演出、评论互为促进的情景,这得益于"孤岛"时期演剧运动的积累,也来自众多剧作家的努力。三十余位留居上海的剧作者创作了九十余个多幕剧,二十余出独幕剧,尤以孔另境主编的《戏剧丛刊》五十种影响为大。其中吴天、周贻白等的都市现代剧,杨绛、鲁思等的喜剧,孔另境、魏于潜等的历史剧,李健吾、师陀、顾仲彝等的改编剧,都在殖民统治、商业消费的环境中有为有守,成绩斐然。

剧作家、小说家又兼文学评论家的李健吾,是一个具有强烈民族观念的人。上海完全沦陷后,伪华北政务委员会教育督办周作人捎信让他回伪北京大学任教,他回信说自己要做第二个李龟年,也就是表示宁可去当"戏子",也不去为敌伪效力。为了不给敌伪可乘之机,李健吾放弃个人创作,转而从事中外名著的改编,在沦陷期间他贡献出近十部改编剧,变相地表达了追求戏剧民族化的旨趣。

他曾说:"我梦想抓住属于中国的一切,完美无缺地放进一个舶来的造型的形体。"① 根据巴金同名小说改编的《秋》当时就被称赞为"上海剧场光辉的代表,它像一首清丽的诗篇,艺术水准成就极高。"② 而他改编得最为成功的外国剧几乎完美实践了其"艺术忠实,对改编者说来,不是粘滞,而是灵活"③的主张。他的改编往往"利用原作的某一点,或者是结构,或者是性格,或者是境界,或者是哲理,然后把自己的血肉填了进去,成为一个有性格而向上的东西"④。如当时影响最大的据萨尔度剧作《杜司克》改编的《金小玉》,叙写1925年晚春,革命党人莫同藏身于青年艺术家范永立的密室,范的恋人金小玉受警备司令王士琦的调唆欺骗,误以为范另有新欢藏于密室,前往探究底相,未料将搜捕的北洋政府警士引至莫的藏身之处,莫拒捕自尽,范、金也与王士琦同归于尽。李健吾扬长避短的改编,使"革命者的坚贞,艺术家的刚毅不屈,女伶的痴情与妒忌,军警头子的阴险与狠毒,纠扭盘结,迸出耀眼的火花,构成惊心动魄的场面,道地北京气氛的人事景物,你再想不到它的原生地是法国。"⑤ 其他如《王德明》保留了莎士比亚原作《麦克白》中野心家篡位弑君的凄厉阴惨的艺术格调,搬演成中国五代时期军阀割据、人性沦丧的民族悲剧。《花信风》则在北伐的大背景上,将萨尔度的剧作富有戏剧力度地改写成了一出人道主义意味浓郁的重逢喜剧。李健吾的改编剧不论在语言习惯、艺术境界、生活细节上都进行了再创造,为话剧这种西方文艺样式适应中国观众的审美习惯做了成功的探索。李健吾是上海完全沦陷时期戏剧运动的主角,敌伪对他的活动早就怀恨在心。1945年4月19日晚,李健吾被日本宪兵逮捕,虽然备受了酷刑的折磨,但他始终守口如瓶,稍后被营救出狱,随后秘密离开上海。

在改编剧上取得显著成就的还有师陀和柯灵(1909—2000,原名高季琳,原籍浙江绍兴,生于广州)。《大马戏团》是师陀根据俄国作家安特列夫的剧作《吃耳光的人》改编而成的四幕剧(1942—1943年公演),剧作展现了一个跑江湖卖艺的马戏团里一对青年小铳和翠宝的爱情悲剧及马戏团的解体过程,将安特列夫的象征主义的原作改造成一部关于旧中国"江湖"社会真实人生斗争的现实主义戏剧,师陀在改编中并发挥自己善于刻画人物和长于写对话的小说家本色,所以被公认为接近创作——"这样的改编,正如李健吾先生所称许的,是一种'再创

---

① 李健吾:《改编剧本》,《李健吾戏剧评论选》,中国戏剧出版社1982年版。
② 《上海剧坛漫步》,《杂志》第9卷第5期,1942年8月。
③ 李健吾:《改编剧本》,《李健吾戏剧评论选》,中国戏剧出版社1982年版。
④ 李健吾:《〈大马戏团〉与改编》,《艺光公演特刊》第7期,1943年7月。
⑤ 柯灵:《李健吾剧作选·序言》,中国戏剧出版社1982年版。

造',在中国尚不多见"。① 1944 年师陀又和柯灵合作,将高尔基早期剧作《底层》改编成四幕话剧《夜店》,该剧刻画了一些被社会抛弃在底层的江湖流浪者——妓女、小偷、戏子、瘪三等等,两位改编者"从低污卑贱里拼命的发掘人性,揭示了高贵的感情;……化腐朽为神奇,使秽水垢流发着闪闪的光。"②《大马戏团》和《夜店》不仅在当年取得了良好的演出效果,给沦陷后期的上海市民带来了难得的艺术享受,而且剧作也以对社会底层人物之富于人性深度的刻画和炉火纯青的生活化对白,成为中国现代话剧文学的佳作。

杨绛(1911—,江苏无锡人)在三十年代已有小说、散文发表,是京派文学的新秀;二十世纪八十年代又以长篇小说《洗澡》等再度引起新时期文坛的关注。在 1941 年后的沦陷岁月中,杨绛创作了 4 部喜剧,在风俗喜剧(又称为幽默喜剧)的编写上独擅胜场。著名批评家李健吾当时著文说:"假如中国有喜剧,真正的风俗喜剧,从现代中国提炼出来的道地喜剧……第一道纪程碑属诸丁西林,人所共知;第二道我将欢喜地指出,乃是杨绛女士。"③杨绛的风俗喜剧,确以其特有的魅力表明着中国喜剧的某种成熟。她善于感知人物起居饮食的外在形态跟其内在喜剧性灵魂的关系,在各尽其妙的人物刻画中,隐寓世态炎凉、人情冷暖之滋味,而且包含对中西文化历史的双向审视。《称心如意》借孤女李君玉寄人篱下,走马灯似地被三个舅舅推来推去,走投无路中却被家财万贯膝下无儿女的徐郎斋收为孙女,承继了全部家产的情节,在种种颇有中国特色的人际周旋中,写尽了种种滋生于中西文化病态中的虚伪自私,表现出杨绛对于隐藏于琐碎人情风俗中的喜剧因素有着敏锐的审美感知力和深邃的思想洞察力。杨绛剧作风格温和、清新,有着中国气派的宽厚、幽默、机智,也融入了一个女性的细腻、温文。《弄真成假》中,杨绛对男女主人公周大璋和张燕华互相欺骗而成眷属的酸甜苦辣,既有揶揄又含宽容。杨绛善于将灵活、富有表现力的民间语言,同地域文化风情相融合,提炼成一种平易中闪烁机警、清浅中富有韵味的喜剧语言。她最后一个剧本《风絮》是悲剧,以"太阳里开着花,春风吹得她乱飞"的杨花这一意象贯串全剧,描写沈惠连随丈夫方景山下乡办学,丈夫受恶势力的陷害入狱,得其同窗好友唐叔远全力营救出狱,在这过程中沈惠连对唐叔远产生了恋情,但又无法彻底割舍方景山,终于自杀身亡。剧中三个主要人物各自受社会因素制约,都有如"风里的杨花,自己能做得什么主?"然而最终的结果却要沈惠连一个女子

---

① 周信:《〈大马戏团〉评》,上海《话剧界》第 11 期,1942 年 10 月 24 日,此据刘增杰编《师陀研究资料》,北京出版社 1984 年版,第 268 页。

② 唐弢:《关于〈夜店〉》,见 1945 年 12 月苦干戏剧修学馆《夜店》演出说明书,此据刘增杰编《师陀研究资料》,第 287 页。

③ 孟度:《关于杨绛的话》,1945 年 5 月号《杂志》。

承担。全剧在一种茫然的人生感喟中写出了人性的弱点、时代的苦闷,悲剧节奏起伏跌宕,人物独白诗情蕴藉,表明作者对不同体式的话剧都有较强的驾驭能力。

这一时期上海及华中沦陷区诗坛颇为沉寂。较为活跃的是成立于1943年的诗领土社,它延续了三十年代的现代主义诗风。该社由时居上海的路易士(纪弦)、董纯瑜、田尾,时居北京的南星,时居南京的叶帆等七人发起,其"同人信条"强调"个性尊重风格尊重",追求和创造"全新的旋律与节奏",提倡"草叶之微宇宙之大经验表现之多样性题材选择之无限制"。① 诗领土社出版有《诗领土》5期,"诗领土丛书"约10种,其核心人物路易士三十年代与施蛰存、杜衡等过从密切,又曾与戴望舒、徐迟等合办《新诗》月刊,五十年代又成为台湾现代派诗歌的领军人物。他战时大部分时间居于上海,并出版了《爱云的奇人》、《夏天》、《三十前集》等7种诗集,沦陷时期的诗作尤为重视诗的形式,致力于诗作视觉感的强化、诗境的暗示性和不确定性、意象的繁复和叠加、比喻的新奇怪异、语言的"超凡脱俗"、诗行的变化组合等。而诗中反复出现的"重车碾压"的意象,也投射战争环境重压下的浓重阴影。他的种种努力,使中国现代主义诗歌在战时有了某种承续延展,与诗领土社坐镇北方的南星相呼应,使现代主义诗风成为沦陷区诗坛的主导。但与南星的萦念家国不同,路易士则将家国置之度外而又与日伪当局不无关系,他的写作除了没完没了的自我表现、自我卖弄,还有一些肆无忌惮地贬斥抗战、附和日伪的作品。

太平洋战争爆发半年之后,在上海、南京等地陆续出现了一些主要发表散文的刊物如《古今》、《风雨谈》、《文史》、《天地》、《苦竹》、《语林》,一些综合型文艺刊物如《杂志》等也颇多散文发表,由此涌现出一批散文作者,比较突出的是文载道、柳雨生、纪果庵、朱朴、周黎庵、谭正璧等,小说家张爱玲、苏青等也是散文写作的好手,而大汉奸周佛海、陈公博及无行文人胡兰成等也时有自我表白的散文发表。如果说"孤岛"时期的杂文继承、发扬的是鲁迅的战斗传统的话,那么抗战后期华中沦陷区的散文显然追随着周作人的步调和情调,所作多为说古论今的文史随笔和感伤低调的抒情小品。从"鲁迅风"式的战斗杂文转向"知堂风"的趣味随笔,这不能不说是一个巨大的转型,而所牵涉的又不仅仅是纯文学的旨趣,还有人生操守的选择,这即使对作者自己来说也并不是件很容易心安理得的事情。所以,南方沦陷区的散文的一个突出特点,就是常常自觉不自觉地表现出作者进退失据的矛盾、游移和扭捏。在这方面,文载道(1916—2007,原名金性尧,浙江定海人)是最为典型的。在三十年代以及"孤岛"时期,文载道曾是鲁迅杂文

---

① 《同人信条》,《诗领土》第3期(1944年)。

的景慕者,参与《鲁迅风》的编辑、与同人出版过鼓吹抗战的《边鼓集》、《横眉集》,进入沦陷岁月他又追随周作人,有散文集《风土集》、《文载道文抄》等,1944年分别在上海和北平出版,后一集即由周作人作序。《风土集》、《文载道文抄》中交织着滞留者难免苦涩的乡国之思和苟且者患得患失的自我表白,如在描绘故乡风土的文字中就往往同时并存着"存汉腊而思正朔"的民族情怀和"宁为太平犬,莫作乱离民"的自哀自解,而在古今感怀的篇章中则既有对"孤臣孽子"的曲折表彰,也有自认"怯于斗争"因而"含垢图存,忍辱偷生,恋恋于一息之存者"的自慰自辩。柳雨生(1917—?,原名柳存仁,原籍广州而生于北京)、纪果庵(1902—1965,原名纪国宣,河北蓟县人),青年时期都受教于北京的大学,程度不同地领受过以周作人为首的京派散文文风的熏陶,沦陷期间他们分别在上海和南京伪机关供职。柳雨生在1942年3月和1943年8月曾两次赴日参加所谓"大东亚文学者代表大会",是华中沦陷区文坛上颇为活跃的人物,纪果庵曾为伪中央大学教授、汪伪立法院议员。在散文写作上,柳雨生有散文集《怀乡集》等,其中既有附和日伪的文字如《异国心影录》和《海客谭瀛录》等,又有缅怀母校北京大学的《汉园梦》、《再游汉园》等文字,后一类文字更见光彩也更见性情。纪果庵有散文集《两都赋》等,其中有不少篇章描写南京和北京两地的历史、名胜与风习,夹杂着无可奈何的历史感慨和不得已而苟且的自我剖白,也有一些篇章蒿目时艰、怀念远人——出走到大后方的友人,深情款款,流露出一丝未泯的民族情怀。文载道、柳雨生、纪果庵基本上代表了华中沦陷区散文的成就。他们都继承周作人的衣钵,自认是些"近乎唯美的言志派",①所作皆富于书卷气而且都工愁善感,文笔摇曳多姿而不免顾影自怜,在情感的抒发上尚未达到周作人的节制与洗练。

小说创作在华中沦陷区的复兴虽然略晚一些,但成就却更为显著。仅1943年在《万象》、《春秋》、《小说月报》、《杂志》、《紫罗兰》等八家期刊上刊出短篇小说420篇、长篇小说27部,文字量近千万字。这或许是因为此时战争的持久化已是一个显然的事实,沉静下来的作家们便不约而同地由应急的文字转入小说的创作,而在持久化的战争中辛苦挣扎的众多市民们也需要比较富于阅读快感的小说来调剂身心。于是,乡土故事、通俗传奇、历史小说与日常生活叙事,在这一时期小说写作中各显神通。杂文家唐弢自1943年起以"潜羽"等笔名接连发表了系列乡土小说。《海和它的子女们》描写浙东渔村强悍的民风,其中渔家青年大漠手刃情侣青霞而赴海自尽,另一青年羊索也坦然面对跟情侣英莉相遇于刀枪丛中的境遇等情节,交互渗透着海的阔大和历史的悲凉。《稻场上》借莲姐儿及其情侣马春虎的遭遇,在冷峻、炽热交织的笔调中鞭挞了山乡恶绅的骄横荒

---

① 纪果庵:《风土小谭》,《两都集》,辽宁教育出版社2000年版,第58页。

淫。《山村之夜》则在雕花匠吴老巧因家事纷扰出走夜宿山神庙的情节中寄托深沉的家国之思。这些小说将自然的、社会的、人文的、心理的种种因素，交融于一种中国地域风味浓郁而又富有象征内蕴的艺术境界中，艺术层面丰富，笔调转换有致，意味耐人寻思，无疑提高了上海沦陷时期小说的水准。此外，沈寂的《捞金印》（与石琪合著）、《两代图》等小说集借助民间传奇色彩较浓的题材来呼唤强悍人生，融民族意识的象征于写实之中。谭正璧的《长恨歌》、《三都赋》显示了以海派的摩登和媚俗的趣味来重构历史的实绩。把现代小说由精英的启蒙书写推向普通人行为描写的是予且和周天籁。予且的《予且短篇小说集》等众多海派伦理小说，不论在内容上还是在形式上都折中新旧，而一以通俗为依归；而周天籁的长篇小说《亭子间嫂嫂》及其续集用上海方言写活了"亭子间嫂嫂"顾秀珍卑贱和污秽中的良知、尊严，在当时颇为轰动，也显露了海派社会小说的流变脉络。周瘦鹃的言情小说和孙了红的侦探小说代表了传奇叙事的新进展，周瘦鹃并在沦陷期间创办了《紫罗兰》杂志，为新旧文学的融合提供了一个难得的阵地。

苏青、潘柳黛、施济美、张爱玲等诸多女小说家在上海的群体崛起，是华中沦陷区文坛上引人注目的现象。潘柳黛和施济美所写多为浪漫的言情之作，虽然足为休闲时的消遣，而别无意味可言，真正成就突出而且特色鲜明的是苏青和张爱玲的小说创作。

苏青（1917—1982，浙江宁波人），1935 年开始在《论语》等刊物上发表散文。上海沦陷后，她卖文为生，创办了《天地》杂志，以发表散文为主，颇为畅销，其间也不无借助汉奸势力之处，所以刊物上也颇有一些与汪伪"和平主义"的政治论调相一致的低调文章。苏青个人在创作上兼写小说和散文。1943 年 7 月出版的自传体长篇小说《结婚十年》是苏青的代表作，描写女主人公苏怀青结婚 10 年的生活遭遇，表现了包含有某些"人类共同性"的女性追求。小说出版后印行了 8 次，颇为畅销。此后，苏青又创作出版了《续结婚十年》、《歧途佳人》、《朦胧月》等小说。张爱玲曾言"踏实地把握住生活情趣的，苏青是第一个。她的特点是'伟大的单纯'。经过她那俊洁的表现手法，最普通的话成为最动人的，因为人类的共同性，她比谁都懂得"。[①] 苏青描写女性生活直率大胆，"设身处地"感强，描写琐事俗务中有某种悟性，同时，她的小说较多地有着传统小说的影响。《结婚十年》借鉴章回体小说来写闺房闺情，同时在布局上又融入人物心理发展的线索；日常生活场景描绘上的细腻，令人想到受了《红楼梦》的影响，同时又更多渗透一个现代女性的情感，语言意象的选择带有浓厚的民族传统心理，语言质感又

[①] 张爱玲：《我看苏青》，《张爱玲散文全编》，浙江文艺出版社 1992 年版，第 257 页。

往往有古典诗词意境的渗透,凡此种种中,最引人注目的是一幅幅色彩鲜明的家庭风俗画的描绘,作者从女儿、妻子、母亲多个角度的眼光描写在婚礼洞房、生儿育女、归宁省亲等家庭生活中的种种习俗风情。第一节题名"新旧合璧的婚礼",那"新旧合璧"四个字正概括了三十年代中国家庭生活习俗的特征,骨子里是旧的,形式上有些新变化,但并未改变女性的家庭地位,所以,成亲之日,女主人公不仅要在花轿中接受轿神对新娘贞节的考察,还要在"要新娘唱外国歌"的"闹房"中当展品,在丈夫"婚外恋"的新式"自由"中忍辱生活……后面各节展开的女主人公种种日常生活场景的描写,如第七节中有奶汁却喂不得亲生女儿的纠纷,第八节中如同守寡的少奶奶生活,十二节中归宁省亲的纠葛,十六节中小家庭中的小心眼儿……都在琐细中情趣盎然,但引起的审美效果却往往是悲凉的,让人看见一个囿于家庭、囿于自身的女子,充其量不过是一件传宗接代的工具。《结婚十年》从表现家庭传统习俗和女性特殊心态的角度,延续了五四后女性文学专注于女性屈辱的表现和妇女命运探索的传统。苏青小说的另一鲜明特色在于她特有的女性意识,即从日常生活着眼来看女性的问题与困境。她当时在《第十一等人》中这样为女子鸣不平:"我敢说一个女子需要选举权、罢免权的程度,决不会比她需要月经期内的休息权更切;一个女子喜欢美术音乐的程度,也决不会比她喜欢孩子的笑容更深……我并不是说女子一生便只好做生理的奴隶,我是希望她们能够满足自己合理的迫切的生理需要以后,再来享受其他与男人平等的权利吧!"这种呼吁在四十年代显得"另类",但从女性的天性提出了五四后女性文学较为忽视的一种角度。苏青醉心于描写女性生活领域中的饮食起居、人情往来、生儿育女,于俗务中发现人生的某些悲喜剧,《结婚十年》在琐细家务的描写中把夫妇间的相处、姑嫂间的勃谿、婆媳间的生疏、母女间的隔膜,好坏喜恶都毫无掩饰地呈现出来,亲切感和某种心灵被袒露的窘迫感会交织成苏青叙事特有的吸引力。同时,苏青也大胆展开青年女性在情爱、性爱上的渴求。被认为"最能代表作者的个性、思想和作风"的短篇小说《蛾》描写"男女间根本难得所谓爱,欲望像火,人便是扑火的蛾",而女主人公明珠在经历了种种痛苦后,依然"想做扑火的飞蛾,只要有目的,便不算胡闹"。小说直率而坦白地剖析女性的爱欲心理及其日常生活,这种大胆使苏青在当时被认为具有"男性的豪放"。

苏青的散文有《浣锦集》(1944年)、《饮食男女》(1945年)、《逝水集》(1945年)和散文小说合集《涛》(1945年)。苏青的散文含有两种眼光。一种是"女人"的眼光,"苏青最好的时候能够做到一种'天涯若比邻'的广大亲切,唤醒了往古来今无所不在的妻性母性的回忆,各个人都熟悉,而容易忽略的。实在是伟大的。她就是'女人','女人'就是她。"①她在一些常人易掩饰的人生问题上,用一种直接、主观的眼光去体察、剖析,并直言坦白,绝无忌讳,曾将"饮食男女,人之大欲存焉"标点为"饮食男,女人之大欲存焉",反世俗地张扬女人的情与欲。这使得她的散文在当时冲淡温和的散文风气中显得格外与众不同。自然,她也有写得温柔恬静的文章,如叙事散文《河边》写宁波老家长工毛伙的故事,《豆酥糖》写儿时同祖母夜深人静时卧床同乐的趣事,绵绵思绪,脉脉深情,有着轻云流水样的柔和。另一种是"上海人"的眼光。她长期在上海生活,熟谙上海的风俗人情。同张爱玲的矜持冷峭相比,苏青多了些对世俗人情的热烈认同。这使她往往忘乎所以地从所谓"乱世里的盛世人"立场来描摹沦陷了的上海滩上的种种,以致她的一些散文如《牺牲论》、《道德论》等几乎无原则地张扬一种现世主义的活命哲学。其实,同样的生活态度也程度不同地渗透在苏青的小说中。

第五节 张爱玲及其"反传奇的传奇"

　　张爱玲(1920—1995)祖籍河北丰润,生长于上海,其外曾祖父李鸿章、祖父张佩纶都是中国近代史上的著名人物,但当她出生之时其显赫的家族早已风光不再。不过,大家庭的败落令幼年的张爱玲感受最为痛切的,并非生活的穷困而是爱与关怀的缺乏。她的父母由不和而分居,形同陌路,把一对儿女像皮球一样踢来踢去,所以不论在父亲还是母亲那里,张爱玲都没有得到过应有的爱和关怀。这样的家庭生活让幼年的张爱玲倍感压抑、性格内倾,而文学则成了她在孤独中的慰藉,所以中小学期间的她就在刊物上发表习作,初露其不凡的艺术才华。同时过早窥见家庭内部所暴露的人性之自私和生命在华丽外衣下之颓废,则让张爱玲特别地敏感早慧,并在无形中养成了她自顾自怜的孤独个性,以至于终其一生,张爱玲都不愿与人交往,对自身之外的一切缺乏鲁迅那样的关怀与承担。紧接着"家败"体验的乃是"世乱"的经验。张爱玲高中尚未毕业,战争就爆发了。在"孤岛"的教会学校念完了中学后,一心向往着到欧洲留学的她于1939年以优异成绩考入伦敦大学,却因欧战的爆发不得不转学香港大学,接着是1941年底太平洋战争的爆发和香港的沦陷,张爱玲只好转学上海的圣约翰大学,随即因为失去生活来源而不得不辍学,开始以写作在战乱中艰难谋生……如此遭逢"乱世"——封建秩序的瓦解和殖民进程的加剧——并没有在年轻的张爱玲身上激发出像同样出身大家族的路翎那样的革命意识和社会关怀,这也与张

---

① 张爱玲:《我看苏青》,《张爱玲散文全编》,浙江文艺出版社1992年版,第257页。下引作品均据此版。

爱玲自幼在旧家庭里封闭孤独的生活及其少女时代在教会学校所接受的殖民教育有关。封闭衰腐的旧家庭里缺乏爱与关怀的生活气氛,继之以同样封闭的教会学校偏至的西化殖民教育,无形中推动着张爱玲对家与国的疏离,助长着她对人间责任的淡化,使她既缺乏传统士大夫所谓"国家兴亡,匹夫有责"的感时忧国情怀,也缺乏五四以来大多数现代知识分子救亡图存的现代国民意识,而渐渐成长为一个疏离于家国、游离于社群、淡然于责任的孤独个人,一个如她自己所坦承的"自私的人"。在这样的张爱玲眼中,近现代世界格局下的中国社会现实,确实是、也仅止是一个妨害个人现世安稳而个人却无力抗拒的"乱世";身在其中的她对人生之最为痛切的体验,也便是遭逢"乱世"的孤独个人之不得不然的卑屈与无奈,于是在她看来孤独无助的个人所面对的最现实的问题,也就不是如何尽其在我地救世救人而是如何本其求生意志以自救自全了。

现代心理学已然证明,一个人早年的生活经历,尤其是那些深切的痛苦经历,会积郁为挥之不去的创伤性记忆,它不仅会促发一个人在生活上的早慧和艺术的敏感,甚至会成为一种范式性的经验,左右着他/她今后的人生态度和艺术表现。成名后的张爱玲在其散文《私语》中回忆起幼年的家庭生活时,那种不受欢迎、不得爱护的创伤仍然让她耿耿于怀,随后细数少女时代被父母推来搡去的遭际,那种在父母家却如寄人篱下的酸辛,竟让她彷徨无助到"我觉得我是赤裸裸的站在天底下了"的地步……再后来,家败人散的记忆加上兵荒马乱的现实,更使年轻的张爱玲对人生频生无限的苍凉,慨叹"乱世的人,得过且过,没有真的家。"①足见在张爱玲心里,这些不堪回首的经验确已深刻地积郁为久久难以释怀的隐痛,同时也自然而然地积淀成为她可以随手取材的经验资源,直至孕育成为她最为偏爱和擅长的叙事主题——传写末世的人性之变和乱世的人性之常。

1943年5月在复刊后的《紫罗兰》第2期发表小说《沉香屑:第一炉香》,张爱玲正式走上文坛,当年接连发表了《倾城之恋》、《金锁记》、《封锁》等八篇小说,1944年8月她的中短篇小说集《传奇》出版,后来又有增订版,两版共收小说十五篇,最早的发表于1943年5月,最晚的发表于1945年2月。这短短不到两年间是张爱玲创作的巅峰期,而《传奇》则代表了其小说创作的最高成就。从叙写的焦点来看,《传奇》中的小说基本上可以分为两大类。

一类小说着力揭示和平的庸常生活里的人物心性之变态。即如寄生在半殖民地都市里的一些旧世家的末代子孙,由于所依凭的那个旧制度崩溃了,他们来到了十里洋场,成了靠祖传遗产生活的现代寄食者,一方面惯性地延续着传统的生活习惯,另一方面又不自觉地接受着现代都市所提供的消费方式和生活享受,

---

① 张爱玲:《私语》,《张爱玲散文全编》,第123页、第133—134页、第120页。

但他们既对传统价值没有精神上的忠诚,又不可能有真正的现代意识,所以他们的寄食生活纯然是消费性的,仿佛是些只有食色本能的行尸走肉,无所事事地寄食在那样一个高消费的半殖民地都市里,等待他们的只有坐吃山空、日渐没落的命运。这一切使这些寄食者的心性行为往往趋于病态以至变态。张爱玲自己就出生于这样的家庭,亲眼见证、亲身体验到这无聊而且无望的一切,使她特别深刻地感到"苍凉"。这种"苍凉"感没有悲剧的严重和严肃,因为那些在乖张的变态和病态中走向死亡的一切,原本就算不上生命的悲剧,而只是本能的快感性颓废和生命的无意义消耗。所以张爱玲很早就语出惊人地断言:"在没有人与人交接的场合,我充满了生命的欢悦。可是我一天不能克服那种被咬啮性的小烦恼,生命是一袭华美的袍,爬满了虱子。"①正是带着这种深切的敏感和苍凉的悲哀,张爱玲以生花的妙笔为这类寄食者病态和变态的生活留下了精细入微的生命纪传或性格志异,代表作便是中篇小说《金锁记》。

  《金锁记》的故事发生在一个寄食于半殖民地都市上海的旧家庭姜公馆里。这个曾经显赫的旧世家如今有出无进,少爷们不是败家子,就是病秧子。在这个家庭里唯一有生命力的是出身卑微的二少奶奶曹七巧。漂亮能干的曹七巧是一家麻油店老板的女儿,原本不愿意也没有资格入嫁名门姜公馆,只因姜家二少爷久患骨痨,门当户对的人家谁也不愿把女儿嫁给他,姜家只得退而求其次,而曹七巧的哥嫂也贪图姜家的富贵,两家于是结成了婚姻。在这场门第、金钱的交易中,七巧牺牲了自己正常的生活欲求,而只剩下一种焦灼的等待:用青春熬死丈夫,她自己拥有金钱才好改变一切。十五年过去了,她的心愿实现了,却未料及自己也由此套上了黄金的枷锁,而不能正常满足的生理欲望则趋于变态。她早就喜欢其风流倜傥的小叔子姜季泽,如今自己经济上独立了,小叔子也上门来向她示爱,她不觉心旌摇荡,然而她随即又警觉到自己财产被觊觎的危险,于是愤怒地赶走了姜季泽。从此,曹七巧被压抑的情欲便以反常的甚至残忍的方式寻求着出路,得不到幸福的她也不想让儿女幸福。为了把儿子长白羁留在自己身边,曹七巧处心积虑地逼死了儿子的妻与妾。随后她又不动声色地破坏了女儿长安和归国留学生童世舫的婚恋。借助精神分析学的观点,《金锁记》鞭辟入里地揭示了女主人公曹七巧被虐—自虐—虐子的心理蜕变过程,在人物心性病态和变态的分析上可谓发人之所未发,达到了罕见的深度,而在艺术表现上又体贴入微、恰如其分。如小说的结尾这样描写垂老的曹七巧,其中交织着人物不堪回首的哀痛和作者饱含悲悯的分析——

---

① 张爱玲:《天才梦》,《张爱玲散文全编》,第3页。

七巧似睡非睡横在烟铺上。三十年来她戴着黄金的枷。她用那沉重的枷角劈杀了几个人,没死的也送了半条命。她知道她儿子女儿恨毒了她,她婆家的人恨她,她娘家的人恨她。她摸索着腕上的翠玉镯子,徐徐将那镯子顺着骨瘦如柴的手臂往上推,一直推到腋下。她自己也不能相信她年青的时候有过滚圆的胳膊。就连出了嫁之后几年,镯子里也只塞得进一条洋绉手帕。十八九岁做姑娘的时候,高高挽起了大镶大滚的蓝夏布衫袖,露出一双雪白的手腕,上街买菜去。喜欢她的有肉店里的朝禄,她哥哥的结拜弟兄丁玉根,张少泉,还有沈裁缝的儿子。喜欢她,也许只是喜欢跟她开开玩笑,然而如果她挑中了他们之中的一个,往后日子久了,生了孩子,男人多少对她有点真心。七巧挪了挪头底下的荷叶边小洋枕,凑上脸去揉擦了一下,那一面的一滴眼泪她就懒怠去揩拭,由它挂在腮上,渐渐自己干了。

如此娓娓道来的叙述语调中自然地融入了体贴入微的分析,不愠不火的语言恰切地传达出凄凉的意象,共同营造出一种苍凉的意境和凄怆的情调,而曹七巧倔强而又病态的个性、被害而又害人的一生,就在这样的意境和情调中无奈地走向终点。这样一种富于韵味的文学语言,继承了《红楼梦》的优雅感伤的语言格调,而又达到如此富于现代性的心性解剖深度,这在中国现代文学史上是不多见的,所以《金锁记》发表后不久,就被誉为当年文坛"最美的收获之一",①如今已被公认为中国现代小说史上最美的经典之一。

类似的篇章还有《茉莉香片》和《心经》等。如果说《金锁记》表现了变态的母爱竟至于变成摧残子女的"母难",那么《茉莉香片》则在"父灾"的叙述中剖析了父权对子女心性的扭曲。《心经》则讲述了少女许小寒对父亲的"恋父情结",而她的父亲和母亲在发现问题之后,却因为相互斗气而放任女儿的畸恋继续发展,如此刻意印证精神分析学,就不如《金锁记》和《茉莉香片》那么富于生活本色了。

《传奇》中的另一类作品则悉心表现着非常战乱时世下的人性人情之常——饮食男女的欲求与现世安稳的诉求。出没在这些作品中的人物大多是些执著日常生活和现世欲求的"乱世男女"。张爱玲自己就是其中的一员,所以她对"乱世"人生及"乱离"中的人性有着特别深切的体会和堪称独到的发现。她痛感乱世的不可阻挡及其对个人的威胁——

个人即使等得及,时代是仓促的,已经在破坏中,还有更大的破坏要来。有一天我们的文明,都要成为过去。如果我最常用的字是"荒凉",那是因为

---

① 迅雨(傅雷):《论张爱玲的小说》,《万象》第3年第11期,1944年5月。

思想背景里有这迷惘的威胁。①

在这种迷惘的威胁中,张爱玲有两个铭心刻骨的发现,一是个人的孤独,一是人性的自私。而当战乱去掉了一切的浮文,她进而发现自私的人"剩下的仿佛只有饮食男女这两项"②基本的欲求。但张爱玲以为这些也正是延续人类香火的人性人情之常,并且觉得它在女性身上表现得比男性更为顽强,所以她便用蹦蹦戏里泼辣的花旦作为人的求生本能与生命欲望的象征性形象,并将之树立为适应危难的乱世人生的生存典型:"将来的荒原下,断瓦颓垣里,只有蹦蹦戏花旦这样的女人,她能够夷然地活下去,在任何时代,任何社会里,到处都是她的家。"③正是由于这些深切的体验和独到的发现,张爱玲决定了她"对于战争所抱的态度",④做出了她在战乱时世的人生选择和文学选择,那便是不管战争如何都要追求个人的生存和发展,文学则成了她力求谋生和成名的手段,而孤独无助的个人在非常的战乱时世里但求生活如常、"现世安稳"的心态和行为,便成了她饱含同情和悲悯的又一个叙事焦点。这类小说的典型之作便是她的另一个著名中篇《倾城之恋》。

《倾城之恋》讲述了一对"自私的男女"如何在战乱中结成相依为命的"平凡的夫妻"的传奇故事。出生于上海名门的白流苏小姐离婚后寄居在娘家,倍感娘家人挤对的她只巴望着找一个可以依附的男人,哪怕做他的情妇也可以,国家的灾难与她无关;风流成性的华侨子弟范柳原并无当时许多归国华侨那样报效祖国的崇高意愿,他继承了大量遗产,衣食无忧,乐得游戏欢场,回国来对所谓中国情调的女人有些好奇,他和白流苏的恋爱不过是"上等的调情",同居也只是相互利用的交易而已。但不论白流苏还是范柳原都不是坏人,他们只是那些不免自私而又不乏人性的凡夫俗子的典型。有意思的是,恰恰是陡然而来的战火,使他们获得了人生的启示,那便是战乱时世下个人的脆弱与孤独,而正是由于这点觉悟,他们之间虽说没有真情,却产生了一点相互辅助、共度余生的真心。劫后余生的某夜,白流苏回想起范柳原当初在浅水湾一面墙下曾经戏言"有一天,我们的文明整个的毁掉了,什么都完了——烧完了,炸完了,塌完了,也许还剩下这堵墙。流苏,如果我们那时在这墙根下遇见了……也许你会对我有一点真心,也许我会对你有一点真心",如今戏言成真,她不禁感慨万千——

---

① 张爱玲:《再版的话》,《传奇》,人民文学出版社 1986 年版,第 349 页。
② 张爱玲:《烬馀录》,《张爱玲散文全编》,第 59 页。
③ 张爱玲:《再版的话》,《传奇》,人民文学出版社 1986 年版,第 351 页。
④ 张爱玲:《烬馀录》,《张爱玲散文全编》,第 50 页。

>　　流苏拥被坐着,听着那悲凉的风。她确实知道浅水湾附近,灰砖砌的那一面墙,一定还屹然站在那里。风停了下来,象三条灰色的龙,蟠在墙头,月光中闪着银鳞。她仿佛做梦似的,又来到墙根下,迎面来了柳原。她终于遇见了柳原。……在这动荡的世界里,钱财,地产,天长地久的一切,全不可靠了。靠得住的只有她腔子里的这口气,还有躺在她身边的这个人。她突然爬到柳原身边,隔着他的棉被,拥抱着他。他从被窝里伸出手来握住她的手。他们把彼此看得透明透亮,仅仅是一刹那的彻底的谅解,然而这一刹那够他们在一起和谐地活个十年八年。
>　　他不过是一个自私的男子,她不过是一个自私的女人。在这兵荒马乱的时代,个人主义者是无处容身的,可是总有地方容得下一对平凡的夫妻。

　　这一面屹立不倒的"墙"之所以让白流苏和范柳原念念不忘,就是因为它象征着自私的人类不得不相互依赖的真理,进而喻示着这些乱世男女对"现世安稳"的平凡生活之发现。白流苏和范柳原虽然没有爱的真诚与激情,却因为有了战火下这"一刹那的彻底的谅解",终于结成了相互依赖着过普通人生的"一对平凡的夫妻"。就此而言,倒是香港的陷落成全了白流苏和范柳原,否则他们未必有那"一刹那的彻底的谅解",也就未必能够下决心厮守在一起了。所以,他们的故事委实是乱世男女中难得一见的传奇。通过这个平凡而又传奇的故事,张爱玲真切地展现了脆弱的个人在非常的战乱时世里亟求现世安稳、渴望平实生活的心性与行为趋向。这种趋向里既包含着脆弱的个人之发自本能的求生意志,又折射出他们的人性在努力适应甚至顺应环境压力之下的卑微与自私。表现这种心性与行为趋向的作品,给读者的自然不会是壮烈或悲壮的悲剧感而只是令人悲哀的苍凉感。

　　此类宣叙乱世人情人性之常的篇章还有《封锁》,它叙述了一对陌生男女在战乱中偶然邂逅与黯然分离的生命插曲:某银行会计师吕宗桢和某大学英文助教吴翠远都是凡俗男女,他们各自孤独无助地承受着战争的压力和日常生活的压抑,只是偶然地同乘一列电车而又适逢"封锁"的特殊时刻,遂情不自禁地开始调情——这是他们面对战争的压迫和日常生活的压抑所产生的唯一出轨行为,而这出轨行为的唯一效果就是他们在刹那间相互慰藉、缓释了压抑,近乎自欺自慰的白日梦,所以随着"封锁"的解除,他们又惯性地退回到原来的位置和惯常的生活角色中去了,仿佛"封锁期间的一切,等于没有发生。整个的上海打了个盹,做了个不近情理的梦"。这个心理出轨而又复归如常的插曲,诚然把乱世人性的不甘与躁动、乱世人生的卑微与无奈写到了极致,真是怎一个苍凉了得。可是一对萍水相逢的男女竟然被刻画得如此心有灵犀一点通、脉脉情深黯然别,也不免给人刻意造作、煽情过分之感。

与《传奇》叙事之有意低回、不免煽情的笔墨不同,张爱玲的散文集《流言》尽管也表现出同情芸芸众生在末乱之世但求"现世安稳"的"日常生活"之取向,但抒情叙事更为清俊通脱,遣词造语亲切自然而少见做作。这或者正如张爱玲自己所说,"最亲切的身边散文,是对熟朋友的态度",①所以也就用不着像小说写作那样生怕读者不感动,有时就不免情不自禁地去夸张渲染了。作者在《流言》中往往从细微的小处着笔,将自己对末代大家庭生活的切身感受和对乱世小市民人生的体贴观感,随意道来、信手写出,可是就在那些看似不经意的絮语琐谈中,却融注着相当深入的知性省思和敏锐的文化感怀,所以读来不仅亲切感人而且耐人寻味。如《私语》一篇在"乱世的人,得过且过,没有真的家"的感慨中回想起儿时的家常琐事,看似随意的琐谈却寄托着值得玩味的文化感怀——

> 领我弟弟的女佣唤做"张干",裹着小脚,伶俐要强,处处占先。领我的"何干",因为带的是个女孩子,自觉心虚,凡事都让着她。我不能忍耐她的重男轻女的论调,常常和她争起来,她就说:"你这个脾气只好住独家村!希望你将来嫁得远远的——弟弟也不要你回来!"她能够从抓筷子的手指的地位上预卜我将来的命运,说:"筷子抓得近,嫁得远。"我连忙把手指移到筷子的上端去,说:"抓得远呢?"她道:"抓得远当然嫁得远。"气得我说不出话来。张干使我很早地想到男女平等的问题,我要锐意图强,务必要胜过我弟弟。②

正是如此出诸家常絮语与市井琐谈而又超越了家常与市井的抒写,使张爱玲的文章成为中国现代散文中别具一格、自成一家的存在。

《传奇》的扉页上有这样两句画龙点睛的题记:"书名叫传奇,目的是在传奇里面寻找普通人,在普通人里寻找传奇"。张爱玲的写作旨趣和艺术追求都凝结在这两句话中了。一般以为,张爱玲的这两句话有强调她在小说创作上着意沟通新与旧、雅与俗的意思,而她之所以有此追求,乃是因为她看到了五四以来新旧、雅俗文学各自偏至的态势,故此有意别闯一条调和新旧兼容雅俗、能使新旧雅俗共赏的路子。这种看法确有道理。张爱玲的小说当然属于新文学的范畴,但与一般新文学作家不同的是,她"对于通俗小说一直有一种难言的爱好"。③

---

① 张爱玲:《惘然记》,《张爱玲散文全编》,第331页。
② 张爱玲:《私语》,《张爱玲散文全编》,第123页。
③ 张爱玲:《多少恨·题记》,《张爱玲文集》第2卷,安徽文艺出版社1994年版,第279页。

正是在这种爱好的阅读中,张爱玲充分感受到这类小说契合市民大众趣味的叙事魅力,但作为一个有现代修养的读者,她也发现了这类小说大多都难登大雅之堂的种种缺憾,所以她特别激赏《红楼梦》那样既通俗又高雅的艺术,以为"在过去,大众接受了《红楼梦》,又有几个不是因为单恋着林妹妹或是宝哥哥,或是喜欢里面的富贵排场?就连《红楼梦》大家也还恨不得把结局给修改一下,方才心满意足。完全贴近大众的心,甚至于就像从他们心里生长出来的,同时又是高等的艺术,那样的东西,不是没有"。① 这话其实道出了张爱玲在艺术上的企图心,那就是以《红楼梦》为典范,既努力"通俗"到"完全贴近大众的心,甚至于就像从他们心里生长出来"一样表现大众的趣味,又努力使之成为"高等的艺术"。

为此,张爱玲经过一番慎重的比较思考,自觉选择了抓小放大、俗事文讲、凡中求奇、参差对照的叙事策略。反省个人的经验和趣味,张爱玲觉得自己最了解的乃是那些在末世和乱世里挣扎的凡夫俗子,并肯认他们的心性与行为虽然难免庸俗却正是生活的底色和社会的基础,于是她便决意摈弃崇高宏大的叙事而钟情于凡俗人物庸常生活的描写。她低调而又坚定地声言,自己悉心描写的"全是些不彻底的人物。他们不是英雄,他们可是这时代的广大的负荷者。"② "我甚至只是写些男女间的小事情,我的作品里没有战争,也没有革命。我以为人在恋爱的时候,是比战争或革命的时候更为放恣的"。③ 不待说,游离于革命和战争之外的男女自然是"普通人",无关革命和战争的男女之事自然也是"小事情",可又因为"人在恋爱的时候,是比战争或革命的时候更为放恣的",所以"男女间的小事情"就又是普通人庸常生活中最具光彩的亮点、最近传奇的事情。也因此,这样一种叙事兴趣虽然是抓小放大的却又是凡中求奇的。与此相关的是张爱玲处理题材的艺术方法——"我用的是参差的对照的写法,不喜欢采取善与恶,灵与肉的斩钉截铁的冲突那种古典的写法。"④这种写法不追求大起大落的戏剧性及其对比鲜明的叙事效果,而旨在"写出现代人的虚伪之中有真实,浮华之中有素朴"⑤的情事与心性。为此,张爱玲一方面从古代婉约诗词、《红楼梦》等文人小说和《海上花列传》等近世言情传奇汲取营养,另一方面又继承和发挥了西方近代小说精细的写实传统,以救正一般传奇叙事之奇而不真的弊端。正是这两方面的结合,使张爱玲得以从众多的凡俗人物身上发掘出了一个个生动有趣的末世—乱世男女传奇,而又出之以婉约的笔调和精细的写实笔墨,成功地打破了

---

① 张爱玲:《我看苏青》,《天地》月刊第 19 期,1945 年 4 月。
② 张爱玲:《自己的文章》,《新东方》第 9 卷第 4—5 期合刊,1944 年 5 月 15 日。
③ 张爱玲:《自己的文章》,《新东方》第 9 卷第 4—5 期合刊。
④ 张爱玲:《自己的文章》,《新东方》第 9 卷第 4—5 期合刊。
⑤ 张爱玲:《自己的文章》,《新东方》第 9 卷第 4—5 期合刊。

新与旧、雅与俗、传奇与写实的对立,将分立的双方导向融合并转换生成为一种新旧兼容、俗事文讲、凡中有奇、雅俗共赏的文学读物。张爱玲所谓"在传奇里面寻找普通人,在普通人里寻找传奇",说的其实也就是其小说叙事的这个与众不同的特点。这是一种"反传奇的传奇"叙事,其中水乳交融着优雅的意境情调之美感和生动的凡俗人间传奇之趣味,所以才能超越那些一味偏向于传奇情节叙事的旧派通俗小说和过于注重严肃批判现实叙事的新派写实小说,而难得地获致雅俗共赏、新旧皆宜的接受效应。

进而言之,"反传奇的传奇"在张爱玲不仅是一种别出心裁的小说叙事艺术策略,而且是一种折中浪漫主义和写实主义的创作取向,同时还是一种别有寄托的叙事意识形态。其"反传奇"的一面,即意味着对浪漫主义文学趣味及其抗俗救世的高调人生理想之摈弃,而属意于"普通人"追求现世安稳的庸常人生之宣叙,这使张爱玲的小说具有一种执著表现末世—乱世人生基本生存欲求的现世主义写实特性;然而另一方面,张爱玲也不以过于凡俗的写实叙事为满足,她又执意要"在普通人里寻找传奇",尤其热衷于从非常时世下的庸常人生中发掘出一个又一个哀感顽艳的男女情事,于是她的小说又不乏浪漫的传奇情趣了。不难想象,如此反浪漫的现世写实旨趣和不无浪漫性的男女传奇情趣原本是矛盾的,但它们在张爱玲的笔下却获得了难能的折中,构成了一个个既"反传奇"又不无"传奇性"的独特叙事。在这种"反传奇的传奇"叙事里,日常生活细节描写的真实性与人物心性情结的传奇性之融合无间——凡俗生活细节描写的真实性为小说奠定了实实在在的生活底色,对人物性格心理及其相互之间纠葛的精细解析,则赋予小说以过人的心性深度,这种心性深度并非如西方现代派小说那样以心理独白或意识流的形态表现出来,而是夹带在人的行为之中、融注在人物间的情感—心理博弈之中,近乎"自然而然"地呈现给读者。这样一来,那一个个关于"男女"的传奇叙事之重心,已非男女悲欢离合的传奇情节,而是其心性变态的传奇情结。由此,张爱玲成功地把传统的才子佳人言情—艳情传奇转换为现代痴男怨女的心性—情结传奇。《金锁记》就是这种转换的成功典型,加上生活细节的精细写实和意象情调的精心营造,的确给人迥异往常、鞭辟入里、意味隽永的新感觉,而较诸三十年代过于摩登离奇的新感觉派小说又成熟老到得多。再如《红玫瑰与白玫瑰》将一男二女的出轨传奇转换为一个个琐屑的细节和男女之间微妙的情感博弈过程,男主角佟振保的矛盾心态于焉暴露无遗,而两位女主角的心性行为也都有些常中出奇之处:"热烈的情妇"王娇蕊竟然变成了一个贤妻良母;"圣洁的妻"孟烟鹂居然也会红杏出墙,而当振保颓丧得不管不顾的时候,烟鹂却勇敢坚韧地发动了家庭保卫战,终于迫使风流成性的振保"改过自新,又变了个好人"。作品最后就以这三个主要人物从浪漫回转现实宣告了这出男女出轨传奇的云收雨散。这一出普通男女的出轨传奇及其主角们的心性变迁,显然不是向壁虚构的才子佳人传奇所可比拟的,其常中出奇的叙事不仅具有细节的真实性而且包含着深细入微的心理逻辑。张爱玲的一系列"反传奇的传奇"叙事大都交织着诸如此类常中出奇的情节和情结,这也正是她的作品特别引人入胜之处:常中出奇的故事情节给读者以基本的阅读快感,常中出奇的心理情结则"别有用心"地引领读者穿透人生的表象,逐步深入地领会人物心性的复杂与隐秘。

　　如此这般引人入胜的叙事特点当然也是诱人观赏的看点,所以在中国现代小说家中,张爱玲的作品也就特别适合改编成雅俗共赏的话剧与影视,而事情的另一面是张爱玲的"反传奇的传奇"叙事也曾取法于当年的电影艺术。像那个年代生长在上海和香港的众多少男少女一样,张爱玲自小的嗜好之一就是看西方电影尤其是好莱坞影片,这种嗜好甚至激发了她最初的创作尝试,如中学时期的传奇习作《霸王别姬》就是间接模仿罗曼司化的好莱坞历史片而成,所以"很少中国气味,……末一幕太像好莱坞电影的作风了。"①大学时代的她还用英文给《泰晤士报》等写过影评和剧评。在这种嗜好中成长起来的张爱玲,其艺术趣味是不可能不受同时代西方电影艺术之潜移默化的,尤其是好莱坞的现代罗曼司(传奇)影片及其据以改编的罗曼司叙事原作,如当年的两大名片《乱世佳人》和《蝴蝶梦》在香港热映的时候,张爱玲正在香港大学读书,作为好莱坞热心影迷的她肯定不会放过观赏的机会。从这两部好莱坞罗曼司影片及其文学原著那里汲取的现代罗曼司叙事趣味,可说是张爱玲"反传奇的传奇"叙事的现代性之源。所以《倾城之恋》刚刚问世,即有人撰文盛赞作者过人的才气和魄力,但同时也非常敏锐而且尖锐地指出:"这篇《倾城之恋》,不就是《乱世佳人》的影子吗?柳原岂非白瑞德,而流苏也像郝思嘉。"②这个批评可谓切中肯綮。的确,正如《乱世佳人》一样,《倾城之恋》也在摧毁一切的战乱背景下叙述了一对普通男女的乱世奇缘,但丰富的细节写实,颇能给人真切的感动,而乱世里的普通男女有此奇缘毕竟近乎偶然,所以更给读者以苍凉的美感,最终那一对自私的男女决意在乱世里相互扶持、但求现世安稳的劫后觉悟,也给读者恰到好处的启示……诸如此类好莱坞乱世罗曼司影片最擅长也最煽情的元素,都精致地具备于张爱玲的这出反传奇的乱世男女传奇中了。随后的《金锁记》则相当娴熟地化用了《蝴蝶梦》开启的好莱坞"心理变态影片"的叙事模式。事实上,《传奇》的不少篇章在叙事上都或隐或显地化用了好莱坞影片的编剧技巧,打上了好莱坞的罗曼司美学趣味的烙印。

　　不过,在张爱玲那里,外来的现代罗曼司叙事风格与她所喜好的本土文学传

---

① 张爱玲:《存稿》,《张爱玲散文全编》,第 183—185 页。
② 马博良:《每月小说评介》,见上海出版的《文潮》杂志创刊号,1944 年 1 月 1 日。

统并不矛盾,倒是相辅相成地构成了她的美学趣味。1947年5月书评家少若在读了《传奇》初版本后,有鉴于张爱玲醉心于病态美的末世—乱世男女传奇叙事,乃以"颓废的情热"①来指称她的美学趣味,并指出其病态的美学趣味是中西和合而成的。如此中西和合而成的"颓废的情热"在张爱玲创作中的落实,也就是集末世—乱世男女传奇叙事之大成的《传奇》。对《传奇》的成就与局限,少若作出了敏锐的分析和中肯的评价——

> 她自己标出了全书的大旨:"书名叫传奇,目的是在传奇里面寻找普通人,在普通人里面寻找传奇。"十个故事的题材,写大家庭的男女,写十里洋场的男女,写新旧时代交替时作了牺牲的男女,写学校中的男女,写小资阶层的男女,总之,都是男女的事。而写男人总不如写女人来得丁宁周至,琐屑动人,即使是讽刺女人的所在。她懂得心理动态的描绘,懂得注意环境与背景,更留心到技巧的结构,只是文字间还欠经济。平凡的故事,以传奇笔墨出之,十九象好莱坞的电影脚本。然而,作者的精力有余,学问有余,从这儿向前走,绝对是有她的路的。止于此,就未免可惜了。②

其实,张爱玲何尝不明白传奇或罗曼司叙事格调不高,但眼见富于传奇性的男女叙事对读者大众的吸引力,又使她不免眼热而舍不得放手,于是她试图走一条从通俗的传奇趣味入手而后再超出传奇趣味的创作路子。如她在一篇创作谈里就强调说作者"为了争取众多的读者,就得注意到群众兴趣范围的限制,"而在她看来现代小市民显然更喜欢富于戏剧性的男女言情故事,虽然她也承认在这类故事及其源头——通俗的男女言情—艳情传奇传统——中"低级趣味的存在是不可否认的事实",但她并不赞成作家自处甚高而有意俯就地"去迎合低级趣味",倒主张作家不妨彻底放下架子,作为读者大众的一员去体会他们喜欢言情—艳情传奇的文学趣味,然后"非得从里面打出来"。可是这样一种入乎其中出乎其外的路子并不好走,因为过于醉心其中就往往难以出乎其外。平心而论,张爱玲确如少若所说"是个天才"。可是她太想从小市民读者那里获得成功了,所以她的《传奇》叙事孜孜追求"又要惊人,眩人,又要哄人,媚人,稳住了人"③的媚俗效果,而最足媚俗之道则自然是事关"男女"的传奇叙事,而她的"男女"叙事又多与末世和乱世的病态相关,于是转成更具"颓废的情热"因而别具媚惑力的

---

① 少若(吴小如):《〈传奇〉》,天津《益世报》"文学周刊"第41期,1947年5月17日。
② 少若(吴小如):《〈传奇〉》,天津《益世报》"文学周刊"第41期。
③ 张爱玲:《论写作》,《张爱玲散文全编》,第79页。

乱世男女叙事,果然在沦陷区读众中大获成功。然而,这成功是有代价的,那就是"风格不太高"。纵使张爱玲努力以反传奇的写实笔墨为之弥缝、刻意讲究"文字的韵味"①以免其俗气,她仍未能实现其标置的"非得从里面打出来"的目标,她所精心创作的《传奇》仍然是传奇,只不过与一般传奇或罗曼司相比,减却了些肤浅的浪漫情热而增加了点心性写实的深度和苍凉颓废的味道。参照中国古典文学来看,《传奇》中的《金锁记》等篇虽然达到了化小俗为小雅的境界,但离大俗大雅的《红楼梦》还远得很;参照西方文学来说,《传奇》中的《倾城之恋》等篇也算得上出色的现代罗曼司,但与玛格丽特·米切尔的《飘》(Gone with the wind)相比,也还有不小的距离。而问题还在于张爱玲对自己耽溺于"男女"传奇叙事的趣味缺乏反省和节制。《传奇》初版本的十个故事已如少若所说"都是男女的事",十足让读者观止矣,作者其实也可以见好就收了。可是张爱玲却不以为自己的叙事趣味"太专门",反而强调"像男女结婚,生老病死,这一类颇为普遍的现象,都可以从无数各各不同的观点来写,一辈子也写不完。"②于是她便竭力变换着花样写下去,那自然难免无以为继之困,后续之作明显地呈现出下滑之势,再也没有达到《传奇》的水平,大多难免俗艳煽情之弊,甚至不无堕入低俗者如《连环套》之类。才华卓绝的张爱玲竟"止于此"而没能"从里面打出来",她到底还是被其有意媚俗的男女传奇叙事趣味给带累了。

与文学—美学趣味的局限相关的,其实还有人生观—人性观的下滑。这两方面的问题在张爱玲1944年创作的"第一个长篇"《连环套》里就有明显的暴露。女主人公霓喜为人做妾、与人姘居的"传奇"一生,居然是"畅意的日子一个连着一个",竟至于说什么"(男人们)走就走罢,去了一个又来一个",那口吻就像潘金莲在模仿郝思嘉的自我安慰之言"After all tomorrow is another day"一样难掩低俗,至于袭用潘金莲打情骂俏的腔口如"贼囚根子"等等之粗鄙,更不待言。这样的人物当然不是不可写,问题是霓喜几乎被写成了"一个动物",她靠为人做妾、与人姘居以谋生,却丝毫不见她有什么内在的人性斗争,甚至连一个人起码应有的痛苦和屈辱也没有。张爱玲将这个人物置于动物般的生存竞争中,津津乐道其不断与环境寻求妥协、接连逢凶化吉的传奇"连环套",完全肯定她"究竟是个健康的女人",把她塑造成发挥所谓"女人性"的人性获得乱世生存的典型。如此严重的失败和失误,并非由于张爱玲的艺术技巧不足,而是其文学—美学趣味和人生—人性观的偏至之所致。这引起了一直默默关爱着张爱玲成长的资深作家郑振铎、傅雷等人的担心。他们为此而诚恳地忠告过张爱玲,希望她能够珍

---

① 张爱玲:《论写作》,《张爱玲散文全编》,第83页。
② 张爱玲:《写什么》,《张爱玲散文全编》,第142页。

重自己的才华、深入开掘人性的内在的斗争,在为文为人上有所坚守,不要满足于以媚俗的传奇趣味去迎合读者,更不要用妥协的人生态度去适应乱世。耿直爱才的傅雷(化名迅雨)甚至警告说:"才华最爱出卖人!""文艺女神的贞洁是最宝贵的,也是最容易被侮辱的。爱护她就是爱护自己。""'奇迹在中国不算希奇,可是都没有好收场。'但愿这两句话永远扯不到张爱玲女士身上!"①可是当时的张爱玲正满足于她那套反传奇的传奇叙事策略的成功适销,满心满意地追逐着个人在乱世里的安稳和成功,对这些忠告和警告根本听不进去。她甚至颇为自得地撰写了答辩文章《自己的文章》,居然将一种妥协苟且以求个人现世安稳的"妇人性"抬举为"人的神性",提出了一套但求个人自由安稳于现世、不妨苟全性命于乱世即是真善美的乱世生存哲学和乱世生存美学。同时她的男友——一个小有才的无耻汉奸兼无行文人胡兰成——又从旁诱导和鼓励着她。于是抗战末年的张爱玲在为文和为人上同时作出了妥协求安的选择:她很快与胡兰成结成了但求现世安稳的夫妻,并参加了胡兰成发起的所谓推动中国新生的"启蒙运动",自觉地欲以妥协求安的"人的文学"给予沦陷区人民以做人的"启示",其举措之一便是对小说《倾城之恋》进行了妥协化的戏剧改编……

　　让人感到庆幸的是,就在张爱玲渐行渐远之际,抗日战争的胜利及时地止住了她走向歧途的脚步。不过,抗战的胜利只对张爱玲在政治上有小小的触动,却没有引发她对自己的文学—美学趣味和人生—人性观念之局限的反省。张爱玲在新中国初年所写小说《十八春》和《小艾》倒是朴素而不乏新意。1952年她移居香港、随后又于1955年移居美国,期间曾迎合西方冷战意识形态,努力写作了反共小说《秧歌》、《赤地之恋》,但艺术上并不成功。后来她又回到反传奇的乱世男女传奇叙事上来,可是重温旧梦并不能重获成功。由于生活的更为封闭、趣味的更为偏执,所以此后的张爱玲纵然写作不辍却水准日落,反复宣叙的那点乱世男女的传奇秘辛,尽管写得越来越细致而且越来越极致,却再不能给人新意和美感。一代才女的传奇,终于只有一个好开头而未能有个好收场,真让傅雷不幸而言中了。

---

① 迅雨(傅雷):《论张爱玲的小说》,《万象》第3年第11期,1944年5月。

郑 重 声 明

高等教育出版社依法对本书享有专有出版权。任何未经许可的复制、销售行为均违反《中华人民共和国著作权法》，其行为人将承担相应的民事责任和行政责任，构成犯罪的，将被依法追究刑事责任。为了维护市场秩序，保护读者的合法权益，避免读者误用盗版书造成不良后果，我社将配合行政执法部门和司法机关对违法犯罪的单位和个人给予严厉打击。社会各界人士如发现上述侵权行为，希望及时举报，本社将奖励举报有功人员。

反盗版举报电话：(010) 58581897/58581896/58581879

传　　真：(010) 82086060

E - mail：dd@hep.com.cn

通信地址：北京市西城区德外大街 4 号
　　　　　　高等教育出版社打击盗版办公室

邮　　编：100120

购书请拨打电话：(010)58581118